KB237658

김정한 단편선
사하촌

책임 편집 · 강진호

고려대학교 국어국문학과와 같은 과 대학원 졸업.

현재 성신여대 국어국문학과 교수.

저서로는 『한국문학의 현장을 찾아서』 『탈분단 시대의 문학논리』 『현대소설사와 근대성의 아포리아』 『독서』(고교 교과서) 등이 있고, 편저로 『한국 문단 이면사』 『김정한』 등이 있음.

한국문학전집 06

사하촌

김정한 단편선

초판 1쇄 발행 2004년 12월 3일
초판 22쇄 발행 2025년 9월 26일

지 은 이   김정한
책임 편집   강진호
펴 낸 이   이광호
펴 낸 곳   ㈜문학과지성사

등록번호   제1993-000098호

주   소   04034 서울 마포구 잔다리로7길 18(서교동 377-20)
전   화   02)338-7224
팩   스   02)323-4180(편집) 02)338-7221(영업)
전자우편   moonji@moonji.com
홈페이지   www.moonji.com

ⓒ ㈜문학과지성사, 2004. Printed in Seoul, Korea

ISBN 89-320-1558-9 04810
ISBN 89-320-1552-X(세트)

한국문학전집 06

김정한 단편선
사하촌

강진호 책임 편집

문학과지성사 한국문학전집 06

| 차 례 |

| 일 러 두 기 |

1. 이 책에 실린 작품은 김정한이 1932년부터 1985년까지 발표한 작품 중에서 선정한 11
   편의 중·단편소설이다. 각 작품의 정확한 출처는 주에 명기되어 있다.
2. 이 책의 맞춤법은 1988년 1월 19일 문교부 교시 '한글 맞춤법'에 따르는 것을 원칙으
   로 하였다. 단 작품의 분위기에 영향을 준다고 판단되는 방언이나 구어체 표현, 의성
   어·의태어 등은 그대로 두었다.
   > 예) 숙부님께서나 <u>가슈</u>.
   > 이분이 김선생 조카 되시는 <u>분이구랴</u>.
3. 원본의 한자는 가급적 한글로 바꾸었으며, 작품 이해에 도움이 될 만한 한자는 그대로
   두고 괄호 안에 넣었다(예 ①). 반복적으로 등장하는 한자어는 최초에만 괄호 안에 한
   자를 병기하고 후에는 한글로만 표기하였다. 또 책임 편집자가 독자들의 이해를 위해
   필요하다고 판단되어 부가적으로 병기한 한자는 중괄호(〔 〕)를 사용하여 표기하였다
   (예 ②).
   > 예) ① 花郎의 後裔→화랑의 후예(後裔)
   > ② 차마→차마〔車馬〕
4. 대화를 표시하는 『 』혹은 「 」은 모두 " "로 바꾸었고, 대화가 아닌 강조의 경우에는
   ' '로 바꾸었다. 또 책 제목은 『 』로, 영화·단편소설 등의 제목은 「 」로 표시했다.
   말줄임표 '···' '...' '......' 등은 모두 '……'로 통일시켰다.
5. 외래어 표기는 1986년 1월 7일 문교부 교시 '외래어 표기법'에 따라 바꾸었다(예 ①).
   단 작품의 제목이나 중요한 어휘로 등장하는 경우에는 원본을 그대로 살렸다(예 ②).
   > 예) ① 쩌어날리스트→저널리스트
   > ② 조선의 심볼(현 외래어 표기법으로는 '심벌')
6. 과도하게 사용된 생략 부호나 이음 부호는 읽기에 편하도록 조절하였다.
7. 책임 편집자가 부가적인 설명이나 단어 풀이가 필요하다고 판단한 경우에는 본문에
   중괄호(〔 〕)로 표시해놓거나 책의 뒤쪽에 미주로 설명을 붙여놓았다.

그물

1

그 결과가 이렇게 될 줄 알았다면, 또쭐이는 어떻게 하더라도 그 오 원을 구해서 김주사에게 드렸을 것이라고 생각된다. 만약 그래만 했다면 적어도 일 년 동안은 무사하였을는지 모른다. 그러나 실상은 그러지 못했다. 이렇다.

일이 발생된 것은 칠월이었다. 칠월 어느 뜨거운 날, 또쭐이는 자기가 부치는 박양산의 논에서 김을 매다가 점심을 먹으려고 집으로 향했다. 거친 벼잎과 끓는 물기운과 메탄가스와 비료 썩는 냄새에, 스치이고 찌이고 탈려서' 얼굴은 빨갛게 부어오르고 두 눈은 가득 충혈되고 목구멍 안은 바싹 말라붙었다. 그리하여 골머리가 뻐개지도록 아프고, 몸이 빙빙 돌려 어지러운 것을 근근이 참으며, 억센 벼줄기에 스쳐서 힘줄이 붉게 드러난 거무튀튀

한 팔뚝에, 땀 밴, 석새² 베옷을 벗어 걸치고서 논귀를 떠나 언덕
으로 올라갔다. 그가 막 언덕 위에 올라서자, 거기 있는 느티나무
그늘에 뜻밖에 김주사가 부채질을 하고 앉아 있었다. 김주사——
그는 지주 박양산의 사음³이다. 또쭐이는 그를 보자 곧 이렇게 인
사를 여쭈었다.

"들에 나오셨습니까, 이 더운데!"

그도 커다란 입가에 웃음을 띠워서 대답했다.

"그래, 송생원인가! 아마 저기서 김매는 것이 자넨 듯해서 입때
〔여태〕 여기서 기달렸네그려, 더웁지?"

"괜찮아요. 그런데 왜 곧 부르지 않았어요? 무슨 말씀이 있었습
디까?"

"그래, 마 이리 와 좀 앉게. 천천히 이야기하세……"

그래서 또쭐이가 곁에 가까이 가니까, 김주사는 큰 입을 한층
더 크게 벌려가지고, 교만한 태도로, 그러나 어찌 보면 매우 너그
러운 듯이 이렇게 말을 시작했다.

"들으니 자네에게 노는 돈이 얼마 있다지?……"

"거짓말입니다! 저에게 돈이 있을 리가 있습니까?"

"아니, 그러지 말고, 날 한 오 원만 빌려주게. 있는 줄은 내가
다 아니까……"

"네?……"

하고 또쭐이는 놀랐다. 무리는 아니다.

——왜냐하면, 자기에게는, 오 원은커녕 오십 전도 없을 뿐 아니
라, 또 자기에게 돈 빌리러 올 처지가 절대로 아닌 김주사가 자기

같은 가난뱅이에게 돈 오 원을 빌려달라는 것은 참으로 천만의외
였기 때문에 누가 생각해도 이상한 일이다. 그래서 또쭐이는 이
렇게 말했다.

"천만에 말씀입니다. 주사님께 없는 돈이 저에게 있겠습니까,
어디."

"그럴 게 아니라, 이 사람——"

"아닙니다. 사실 돈이 없습니다. 있다면, 주사님 같은 양반이
말씀하시는데 어디 안 디릴 수 있습니까!? 없으니 그렇지요!"

"참말로?"

"무슨 거짓말할 리가 있습니까?"

"정말 그래!? 그럼 가겠네."

하고 앉았던 돌에서 일어나 서더니, 김주사는 이마에 주름살을
깊게 잡아 보이면서 사기그릇 부서지는 듯한 소리로 이렇게 노
하였다.

"예끼 이 사람! 그래 안 하는 법이다. 늙은 사람이 일부러 여까
지 찾아와서 말하는데, 대접을 해서라도 그럴 수 없지! 안 된 사
람 같으니!"

그리고 김주사는 돌아도 안 보고 그곳을 떠나버렸다. 정말 기막
힐 일이다.

또쭐이는 한참 동안이나, 〔8字 정도 판독 불능〕 정신없이 서서,
떠나가는 김주사의 뒤통수만 바라보았다. 아무리 생각해도 알 수
없는, 이상한, 그러나 어떤 의미가 없지도 않을 듯한 연극이었다.
무슨 재미없는 일이 다가올 듯한 불쾌한 전조같이 느껴졌다.

2

그리고 몇 달이 지나서, 겨울이 왔다. 소작료 납입기가 왔다. 소작인들은 일 년 동안 피땀 흘려 지은 곡식을 반도 더, 그것도 제일 잘된 것만 골라서, 일 년 내 손가락 하나 놀리지 않은 지주의 창고에 갖다 넣지 않으면 아니 된다.

또쭐이도 박양산에게 바칠 소작료를 그의 열다섯 살 되는 아들과 같이 김주사댁 뜰에 가지고 갔다. 둘이서 구루마⁴로 두 번 운반했다. 모두 넉 섬 열 말이다. 풍년이 져야 여덟 섬 날 둥 말 둥 하는 서 말 반지기 논에 넉 섬 열 말! 그러고도 지세를 소작인 측에 쳐 넘긴다.

소작인들은 가져온 차례대로 세를 바쳤다. 되질은 김주사 아들과 머슴이 하고, 그 감독은 물론 김주사다. 되질을 어떻게 하는지 열 말에 적어도 한 말 이상이 축이 난다. 그 때문에 소작인들은 예비로서 보통 몇 말 더 가지고 간다. 그러나 만약 모자랄 때에는 큰일이 난다. 먼저 되쟁이가 화를 낸다.

"왜 이렇게 가져왔소?"

다음에는 사음—김주사가 나선다.

"여보게 자넨 남의 토지를 그저 지어 먹을 배짱인가? 왜 그 모양이여?"

마지막에 그 작인은 박양산 앞에 꿇어앉아서 꾸지람을 듣게 한다.

"예끼 못생긴 사람! 졸아지게 그게 뭐냐? 심사가 그러니깐 항상 못살지!? 어서 가서 떨어진 것을 마자 가지고 오게. 어서 가!"

설사 어떠한 이유가 있더라도, 이에 대하여 싫다고 해서는, 아니, 싫은 표만 보여도 그 자리에서 곧 논이 떨어지고 만다. 무서운 일이다. 그 때문에 싫어도, 의제[5]로 좋은 웃음을 얼굴에 드러내서 예, 예 하고 항복하지 않으면 아니 된다.

마침내 또쭐이 차례가 돌아왔다. 그러나 다행히 모자라지는 않았다. 도리어 두어 말 남겨 가게 되었다. 그래서 또쭐이는 인젠 안심하고서, 목에 감았던 무명 베수건을 풀어버리고서 박양산 앞에 나아갔다. 실상은 칭찬을 받을 줄 믿고 있었다.

언제나같이 박양산은 자선가다운 태도로써 이렇게 물었다.

"자넨 누군가?"

또쭐이는 공손히 대답했다.

"송또쭐입니다."

"송또쭐이?"

"네, 저— 구서리 있는……"

"아— 그래, 그럼 저— 돌아간 송치삼 노인의 둘째 아들이지?"

"네."

한즉, 박양산의 얼굴에는 지금까지 꾸며져 있던 자선가인 듯한 관대한 표정은 별안간에 어디로 사라져버렸다. 그리고 그예 지주다운 차디찬 표정과 날카로운 눈깔로써 또쭐이를 흘겼다.

"응…… 이놈—!?"

또쭐이는 박양산의 이러한 태도에 혼을 잃었다. 벌벌 떨면서……

"네……?"

하고 무슨 까닭인지 몰라서 쳐다보았다.

박양산은 우레같이 고함을 내질렀다.

"네? 라니, 이놈! 내 앉아 들으니 네가 좋은 나락은 골라서 네가 처먹고 나에겐 제일 나쁜 것만 돌려서 갖다준대지? 이 망측한 아이 도적놈 같으니! 명년부터는 내 논 부치지 마라! 일 없다, 이젠."

"하늘이 여기 내려다보지만——"

"잔소리 말아라, 이놈!"

"무슨 그럴 리가 있습니까? 이 자리에서 목숨이라도 걸어서 맹세하겠습니다."

또쭐이는 전력을 다해서 변명했다. 사실 그는 그러기는커녕, 전연 그 반대였다——박양산의 논이 실농될 때는 반드시 다른 논의 좋은 나락을 대신으로 갖다 바쳤다. 그런데도 불구하고…… 이게 대관절 어찌된 셈이냐?

박양산은 술냄새를 내뿜으면서, 끝까지 또쭐이를 내밀었다.

"뭐가 그러찮단 말이냐? 이 아이 도적놈아! 한번 안 된다면 안 된다, 가거라! 가거라! 가거라!……"

참으로 땅 팔 일이다. 또쭐이는 어쩔 줄을 몰랐다. 그때 다행히 김주사가 곁에 와서 이렇게 말해주었다. 먼저 박양산을 향해서,

"선생님 좀 참아주십시오."

하고 이번에는 또쭐이에게,

"이 사람 저리 나가게. 선생님께서 벌써 기분 좋잖게 되었는데, 그런 소리 했자 별수 있나! 무슨 할 말이 있으면 이 다음 기분 좋을 때 조용히 할 것이지. 우선 가게! 어서 집으로 가게!"
하고, 아주 점잖스럽게 또쭐이의 어깨를 살푼[6] 건드렸다.

이것을 다행으로 또쭐이는 겁을 먹은 그냥 마룻바닥에서 일어섰다. 그는 지게를 힘없는 등에 붙이고서 김주사의 집을 나왔다.

그러나 또쭐이는, "명년부터는 내 논 부치지 마라!"고 한 박양산의 말은 도저히 잊을 수가 없었다. 그것은 무서운 악마의 손과 같이, 언제까지나 또쭐이의 가늘게 야윈 목줄기를 졸라 쥐고 있었다. 사실, 그는 숨이 잘 안 쉬어졌다.

그는 조약돌 많은 시골길에, 풀죽은 다리를 터덕거리면서 이렇게 생각했다.

'이거 확실히 어느 놈이 내 부치는 논을 떼어 부치기 위하여 나를 먹어댄[7] 모양이다. 박양산이나 김주사를 찾아가서 그런 비열한 거짓말을 한 모양이다. 대체 어떤 놈일까?…… 김주사? 그럴는지도 모르겠군, 그놈이 하도 남의 논을 잘 떼어 부치니깐. 그리고 지난여름 그자가 나를 찾아와서 아지 못할 연극을 한바탕 했겠다? 쥐새끼 같은 놈! 하여튼 어떤 놈이든지 닥쳐라! 난 박양산과 오 개년간의 소작 계약을 맺었것다. 아즉 삼 년은 남았다. 그처럼 수얼하게 물러앉을 것 같디!? 쳇!'

그는 조약돌에 발을 차이면서 이런 생각을 했다.

그리고 그는, 소작료를 바치고 돌아올 때 하는 농민의 버릇으로, 길가의 작은 술집에 들어갔다. 거기서 그는 소주를 먹기 시작했다―한 잔, 두 잔, 석 잔, 넉 잔…… 곁에 있던 동무가 만류해보았다. 그러나 그는 듣지 않았다. 연방 더 빨아댈 뿐이다. 결국은 소주에 취했다. 빨갛게 취해버렸다. 혀가 맘먹은 대로 돌아가지 않게 되었다.

그리하여 그는 마침내, 돌아가지 않는 둔한 혀로써, 이렇게 부르짖었다.

"어느 놈이든지 제발 내 논을 떼, 떼기만 해봐! 그를 그냥 두는가!? 아무리 내가 못 먹어도 도끼 하나쯤은 맘대로 쓰, 쓴다, 이 놈들!?"

3

춘분 드디어 번경[8]이 시작되었다.

또쭐이가 이웃집 소를 빌려가지고 들에서 팩질을 갈고 있으니깐, 그의 조그만 딸아이가 찾아와서 빠른 입으로 이렇게 조잘거렸다.

"아부지! 한어머니[9]께서 어서 오시래요. 머들 있는 김주사댁에서, 안골 우리 논을 간다고, 어서 아부지를 데리고 오시랬어요."

또쭐이는 머릿속에 뜨거운 핏줄기를 느꼈다―김주사! 논! 오원! 소작권! 과연 김주사!…… 또쭐이는 전부를 량했다.

"어디 가보자!"

순간 또쭐이는 굳센 결심을 품었다.

어린 딸아이의 말과 같이 안골 논을 갈고 있는 것은 과연 김주사댁 사람들이었다. 김주사의 아들 두 분과 머슴이었다. 셋이서 소 두 마리를 가지고, 안골 안이 터지도록 의기양양하게 고함을 내지르고 있었다. 이러한 건방진 광경을 보자, 또쭐이는 한층 더 화가 났다. 화에 북받쳐서 간도 한층 더 커졌다. 그리하여 그는 김주사의 아들을 향해서 이렇게 말했다.

"여보게 이게 무슨 짓이야? 왜, 말없이 남의 논을 갈긴 갈아? 응? 건방지게! 대관절 누구의 허가냐?"

물론 김주사의 아들도 이에 대해서 가만있지 않았다. 계집애 호양질[10]을 해도 제 할 말은 다 있다고, 그도 얼굴을 빨갛게 해가지고 떠들기 시작했다.

"무슨 짓이냐고? 건방지게? 누구의 허가냐고? 그래 아무의 허가면 왜? 지주의 논이니깐 물론 지주의 허가겠지?"

"어떤 놈의 지주가 그래? 오 개년 소작 계약은 어쩌고?"

"그야 내가 알 수 있나? 금년부터는 소작권이 우리에게 있다는 것만 알 뿐이지."

"예끼 화적놈의 새끼! 전부가 네 애비 그놈의 수작이다! 어디 해보자……"

"뭐가 어째?"

농민이란 지루한 입다툼은 할 줄 모른다. 그런 점잖은 일에는 영리치 못하다. 곧 주먹이 나선다. 저편이 틀린 줄을 알기만 하면 곧 주먹으로써 해결해버린다. 또쭐이도 그러한 농민이었다.

"뭐, 내 말이 틀렸니, 그래? 응? 이 간사한 쥐새끼 같은 놈아!"
하고 그는 김주사 아들의 뺨을 한 대 무쭐하게[11] 갈겼다.

이리하여 주먹 싸움이 시작되었다. 그러나 또쭐이에게 비하면, 김주사 아들은 힘이고 잽이손[12]이고 붙을 나위가 없었다. 김주사의 아들은 몇 번이나 땅바닥을 끌어안았다.

그러나 그때, 여태껏 멀리서 두 사람의 싸움을 가만히 구경만 하고 있던, 김주사의 다른 아들과 머슴이 두 사람 곁에 달려왔다. 그리하여 싸움은 크게 벌어졌다. 또쭐이 한 사람을 향해서 여섯 손발이 한꺼번에 덤벼들었다. 하나마 또쭐이도 그렇게 쉽게 물러앉을 겁쟁이는 아니었다. 그는 이를 악물고 반항했다. 곧 일장의 격투가 계속되었다. 네 사람은 모두 몇 번씩 땅바닥에 넘어졌다. 넘어지는 놈 위에 다른 놈이 걸타붙었다. 마치 공싸움하듯이. 그리하여 결국은 네 사람이 모두 팔에 힘이 빠졌다. 그러나 중과부적으로, 끝에 가서는 또쭐이가 봇도랑에 내리박히게 되었다. 또쭐이가 불꽃같이 화를 내가지고, 입에까지 묻은 진흙을 닦으면서 다시 일어서니까, 김주사의 아들이 부르짖었다.

"이놈아 그런 게 아니다, 법에 가자! 주재소에 가자! 너 같은 놈들을 길들이기 위하여 저기 법이란 것이 있다! 아느냐? 이놈, 어서 가자!"

또쭐이는 이렇게 말하는 자의 주둥이를 냅다 치더니, 어느 여가에 그 손으로써 그놈의 오른편 팔을 틀어쥐고서 앞으로 몰았다.

"가자, 어데든지 좋다. 법이면 더욱 좋다. 주재소라면 누가 겁낼 줄 아니? 똥 싸고 빌 줄 아니? 응? 이 개새끼 같은 놈아!"

"넌 거기 서 있어!"

두 사람이 주재소 문을 열고 안에 들어서려니깐, 몹시 젊은 조선 순사가 귀찮은 듯이 그들을 힐끗 쳐다보더니 또쫄이만은 안에 못 들어오게 했다. 전신이 뻘덩어리가 되어 있었기 때문이다. 부득이 그는 밖에 서 있었다. 마치 얻어먹는 사람처럼.

"어째 왔어?"

순사는 먼저, 김주사 아들을 향해서 이렇게 물었다. 김주사 아들은 거게[13] 대답했다.

"다른 게 아니라, 내가 논을 갈고 있으니깐, 저기 있는 저 사람이 찾아와서 일을 방해할 뿐 아니라, 게다가 또 사람까지 치고 야단을 하니깐 그래요. 어쨌든 저런 놈들은 법을 쓰시는 경관 나리께서 잘 처리해주셔야겠습니다."

한즉, 순사는 문밖에 서 있는 또쫄이를 보고 이렇게 부르짖었다.

"넌 무슨 까닭으로 남의 일을 방해해? 그리고 왜 또 사람은 쳐?"

또쫄이는 무거운 목소리로써 대답했다.

"손질이야 양편이 다 같이 했지만, 저자가 괜히 내 논을 갈기 때문에 그랬어요."

순사는 다시 김주사 아들 쪽으로 향했다.

"왜 너는 남의 논을 갈았어? 도적놈 아니냐?"

"아니, 그런 게 아닙니다. 논은 저놈 논도 아니고, 내 논도 아닙니다. 박양산의 논입니다. 그런데 소작권만은 내가 가졌어요."

"아닙니다, 나리!"

하고 또쭐이는 문밖에서 떠들었다—

"그 말은 신용할 수 없습니다. 지주야 박양산입니다만, 나는 그 박양산과 재작년에, 오 개년간의 소작 계약을 맺고, 여태껏 그 논을 지어왔습니다. 그 소작증이 아즉 집에 가만히 있습니다."

"아니, 저도 소작증을 가졌습니다."

하고, 김주사 아들은 매우 흥분된 손으로써, 개아춤[14]에서 조그만 종잇조각 하나를 꺼내가지고 순사의 테이블 위에 놓으면서 태연스럽게 말을 이었다—

"여기 있습니다. 이것입니다. 작년 겨울에 낸 것입니다."

순사는 그 종잇조각을 잠깐 들여다보더니, 곁에 있는 부장에게 일본말로써 무어라고 지껄였다. 서류 정리를 하고 있던 부장은, 귀찮은 듯이 두어 마디 캐물었다. 그것을 조선 순사는 두 농민에게 번역해 들려주었다.

"소작증은 두 분이 다 가졌을는지 모르나, 우리는 그 최근의 것만을 신용한다. 오 개년 계약을 한 자는 아마 지주에게 무슨 좋지 못한 일을 해가지고 소작권을 빼앗긴 모양이지. 하여튼 최근의 것이 유력하다. 하니깐—" 하고 김주사 아들에게, "당신은 곧 가서 논을 가시오" 하고 다음에 또쭐이를 향해서, "넌, 너 일 보러 가! 다시는 방해를 놀아서는 안 된다. 잡아다 가둔다! 알겠니?"

그러나 또쭐이는 불복이었다.

"하지만 나리! 나는 아즉 지주에게 대해서 조금도 좋지 못한 일을—"

하자, 순사는 얼른 그의 말을 끊었다.

"잔소리 말아! 우린 그런 것 모른다. 그런 소리는 박양산에게 가서 해! 우리도 바쁘니 어서 가! 가!"

별수 없이 또쭐이는 그곳을 벗어났다.

또쭐이는 이렇게 속으로 중얼거렸다.

집에서는 어머니와 아내가 죽어가는 사람처럼, 기운 없이 울고 있었다. 참 정말 소작인에게 있어서는 논 떨어지는 것이 죽는 것과 별로 틀림없다.

또쭐이는 자기에게도 북받쳐 오르는 눈물을 억지로 눌러 숨키면서, 그들을 위로하기 위하여, 될 수 있는 대로 침착한 태도로써 이렇게 타일렀다.

"울긴 왜들 울어요? 박양산 논 아니면 어디 굶어죽을 것 같습니까? 논 없으면 다른 일이라도 하지요. 염려 말아요, 조금도! 어째도 어머니하구 처자쯤은 넉넉히 벌어 먹일 테니깐."

4

그리고 이삼 일 뒤였다.

"주사님 계십니까?"

"응 그 누구냐?"

"송또쭐이올시다."

"또쭐이 그래 들오게!"

김주사댁 사랑이었다.

또쭐이가 그날 들에서 저물게 돌아오니깐, 그의 어머니가, 낮에 김주사가 찾아와서 저녁에 그를 자기 집까지 꼭 좀 나와달라고 하고 간 것을 말했다.

"얘 어서 저녁 먹고 가봐! 행여나 또 다른 논이라도 돌려줄는지 아나?"

그러나 또쭐이는 저녁밥도 먹지 않고, 선걸음에 나섰다. 물론 어머니와 마찬가지로 일주[15]의 희망을 가슴에 품고서.

……또쭐이는 조심스럽게 김주사의 방문을 열고 안에 들어갔다. 방 한구석에 앉았다.

한즉, 김주사는 갑자기 일어나 앉아서, 긴 담뱃대로써 또쭐이의 턱밑을 들이받으면서 이렇게 떠들었다.

"예끼 망측한 아이 도적놈 같으니! 건방지게 네가 이놈 내가 부치려는 논을 못 갈게 훼방을 논다고? 누구 앞인 줄 알고 그래? 응, 이 본데없이 자란 놈아!"

너무나 의외였기 때문에 또쭐이는 정신을 못 차렸다. 이자가 미치지나 않았나 하고, 한참 동안 김주사의 얼굴을 쳐다보다가, 마침내 그도 무섭게 화를 냈다. 김주사에게 지잖게 큰 소리를 냈다.

"아이 도적놈이라고? 야 이 늙은 놈아, 정신 좀 차려라! 그래 무고히 논 떼인 놈이 도적놈이냐, 맘대로 남의 논 뗀 놈이 도적놈 이냐? 어느 놈이 도적놈이란 말이냐? 응? 이 늙은 놈아!"
하고 또쭐이는 번개같이 김주사의 머리에서, 커다란 관을 벗겨가 지고, 와드득 와드득 찢어서 문밖에 내던졌다.

김주사는 가장 위엄 있는 듯이,

"그래 못하지, 이놈—?"

하고 긴 담뱃대로써 또쭐이의 턱을 또 한 번 들이받았다.

또쭐이는 불길같이 화를 내가지고 건방진 긴 담뱃대를 빼앗아, 도리어 김주사의 가슴패기를 사정없이 콱 지르면서 이렇게 떠들었다.

"이놈—? 야 이자가 또 양반 상놈을 가릴 모양이로구나! 그래 넌 양반! 주사! 그러나 뭐 하잔 물건이냐? 남의 논 떼는 주사냐? 주사! 내 밑구덩으로 난 주사냐!? 더러운 늙은 도적놈 같으니."

한즉, 김주사는 이 역시 의외로, 그러나 이번에는 가장 인정스러운 듯한 웃음을 얼굴에 드러내면서 어지간히 낮은 목소리로, "그거 다 무슨 소리냐? 이 사람 송생원, 왜 자네가 그런가, 응? 남의 집에 와서 어쩌자고 그리 떠들어? 이웃집에서 들으면 뭐라고 하겠니? 참게! 젊은 사람이란 대처 원…… 그런데 송생원! 내가 오늘 저녁에 자네더러 꼭 좀 나오란 것은 다른 게 아닐세. 좋은 논이 한 자리 생겼는데 자네 생각이 어떨는지 물어볼라고 그랬네. 어떤가 마음에…… 논은 이 사람 구새들에서는 그만한 것이 없네 그려! 만약 마음에 있거든 한 오십 원만 구해오게. 어떤가?……"

하고, 손바닥으로써 또쭐이의 뺨을 거짓말같이 살푼 쳤다.

"오십 원은 뭐 하잔 돈입니까?"

또쭐이는 수상스럽게 물었다.

"오십 원? 응, 그건 지주 조고만히 드리고, 작인에게 조고만히 주는 것 아닌가! 그걸 어디 내가 먹을까 봐!?"

하고, 김주사는 새치미를 뚝 떼었다.

"논은 대관절 어떤 논입니까?"

"바로 자네 동리 앞에 있는 논일세그려 저— 그 춘삼이가 부치는."

"뭐? 춘삼이 부치는 논을!?"

"그래, 왜 그렇게 놀래?……"

하고 김주사는 재미없이 비쭉비쭉 하면서, 또쭐이의 눈치를 살폈다.

또쭐이는 말했다.

"그럴 수 있나! 춘삼이는 내 이웃 사람일 뿐 아니라, 친구요 또 나와 같이 가난한 사람인데……"

"그건 다 배부른 소리지!?"

"뭐? 배부른 소리?" 하고 또쭐이는 참다못해서 그예 다시 소리를 높여 부르짖었다. "배고프면 그래, 괜히 죄 없는 사람의 논을 떼어? 응? 이 늙은 도적놈아! 춘삼이가 그래 무엇이 나뻐? 오 원에 속았지만 오십 원에 안 속는다, 이 자식! 아나 오십 원! 못된 쥐새끼 같은 놈 같으니! 누구를 또 속이려고?"

"이런 망측한 놈이 있담? 늙은 사람을 대해서…… 애 태식아 어서 와. 이놈 잡아내."

말이 끝나기 전에 또쭐이는 머리 위에 어떤 무쭐한 것을 느끼고 그 자리에 쓰러졌다. 굵다란 방망이었다. 때린 것은 김주사의 큰아들—태식이었다.

다음에 작은아들이 번개같이 날아와서,

"이런 무, 무무, 무도한 놈이 있담그래!?"

하고 말을 더듬거리면서, 쓰러져 있는 또쫄이를 마루 끝에 끌고 나오더니 풋볼 차듯이 축 밑에 차내렸다.

그때 다행히, 담 너머서 구경을 하고 있던 이웃 사람들이 쫓아와서 겨우 싸움을 진정시켰다.

또쫄이는 이웃 사람들의 손에 끌려서, 김주사의 집을 떠났다.

혼자서 캄캄한 들길을 걸으면서, 또쫄이는 생각했다.

"어째도 내가 원수는 갚고야 말 것이다! 먼저 주재소에 가서…… 뭐? 주재소?……?"

그는 생각을 그치고 중얼거렸다.

사하촌 寺下村

1

타작마당 돌가루 바닥같이 딱딱하게 말라붙은 뜰 한가운데, 어디서 기어들었는지 난데없는 지렁이가 한 마리 만신에 흙고물 칠을 해가지고 바동바동 굴고 있다. 새까만 개미떼가 물어 뗄 때마다 지렁이는 한층 더 모질게 발버둥질을 한다. 또 어디선지 죽다 남은 듯한 쥐 한 마리가 튀어나오더니 종종걸음으로 마당 복판을 질러서 돌담 구멍으로 쏙 들어가 버린다.

군데군데 좀구멍이 나서 썩어가는 기둥이 비뚤어지고, 중풍 든 사람의 입처럼 문조차 돌아가서, 북쪽으로 사정없이 넘어가는 오막살이 앞에는, 다행히 키는 낮아도 해묵은 감나무가 한 주 서 있다. 그러나 그거라야 모를 낸 후 비 같은 비 한 방울 구경 못한 무서운 가뭄에 시달려 그렇지 않아도 쪼그라졌던 고목잎이 볼 모양없이 배배 틀려서 잘못하면 돌배나무로 알려질 판이다. 그래도 그것이 구십 도가 넘게 쩌 내리는 팔월의 태양을 가려, 누더기 같으나마 밑둥치에는 제법 넓은 그늘을 지웠다. 그걸 다행으로 깔아둔 낡은 삿자리 위에는 발가벗은 어린애가 파리똥 앉은 얼굴에 땟물을 조르르 흘리며 울어댄다. 언제부터 울었는지 벌써 기진맥진해서 울음소리조차 잘 아니 나왔다. 그 곁에 퍼뜨리고 앉은 치삼 노인은, 신경통으로 퉁퉁 부어오른 두 정강이 사이에 깨진 뚝배기를 끼우고 중얼거려댄다.

"요게 왜 이렇게 안 죽을까? 요리조리 매끈거리기만 하고……
예끼!"

그는 식칼 자루로 뚝배기 밑바닥을 탁 내리쩧었다. 뻑! 하고 미꾸라지는 또 가장자리로 튀어 내뺀다. 신경통에 찧어 바르면 좋다고 해서, 딸애 덕아가 아침 일찍부터 나가서 잡아온 미꾸라지다. 그것이 남의 정성도 모르고!

"요 망할 놈의 짐승!"

치삼 노인은 다시 식칼로 겨누었으나, 갑작스레 새우처럼 몸을 꼽치고는 기침만 연거푸 콩콩 한다. 그럴 때마다 부어오른 다리의 관절이 쥐어뜯는 듯이 아프며, 명줄이 한 치씩이나 줄어드는 것 같았다. 그예 그의 허연 수염 사이에서 커다란 핏덩어리가 하나 툭 튀어나왔다.

"에구 가슴이야…… 귀신도 왜 이다지 잡아가지 않을꼬?"

노인은 물에 분 콩껍질같이 쪼그라진 눈에 고인 눈물을 뼈다귀 손으로 썩 씻었다. 곁에 누운 손자 놈은 땀국에 쪽 젖어 있다. 노인은 손자 놈의 입이며 콧구멍에 벌떼처럼 모여드는 파리떼를 쫓아버리면서, 말라붙은 고추를 어루만진다.

"응, 그래, 울지 마라. 자장 우리 애기…… 네 에미는 왜 여태 오잖을까? 입 안이 이렇게 바싹 말랐구나. 그놈의 집에서는 무슨 일을 끼니때도 모르고 시킬꼬 온! 에헴, 에헴……"

노인은 억지힘을 내가지고, 어린 걸 움켜 안고는 게다리처럼 엉거주춤 뻗디디고 일어섰다. 그럴 때, 마침 아들이 볕살에 얼굴을 벌겋게 구워가지고 들어왔다. 들어서면서부터 퉁명스럽게,

"다들 어디 갔어요?"

"일 나갔지."

"무슨 일요?"

"진수네 무명밭 매러 간다고 했지, 아마."

들깨는 잠자코 웃통을 훨쩍 벗어서 감나무 가지에 걸쳐놓고는 늙은 아버지로부터 어린것을 받아 안았다. 치삼 노인은 뽕나무 잎이 반이나 넘게 섞인 담배를 장죽에 한 대 피워 물면서 아들을 위로하듯이 —그러나 대답은 두려워하며 물었다.

"논은 어떻게 돼가니?"

"어떻게라니요, 인젠 다 틀렸어요. 풀래야 풀 물도 없고, 병아리 오줌만 한 봇물도 중들이 죄다 가로막아 넣고, 제에기……"

"꼭 기사년 모양 나겠군그래."

"기사년은 그래도 냇물은 조금 안 있었나요."

"그랬지. 지금은 그놈의 수둣바람에……"

"그것도 원래는 약속을 할 때는 농사철에는 냇물은 아니 막아

가기로 했다는데, 제에기, 면장 녀석은 색주가 갈보 놀릴 줄이나 알았지, 어디 백성 죽는 건 알아야죠."

들깨는 열을 바짝 더 냈다.

"할 수 없이 이곳엔 인제 사람 못 살 거여."

"참 아니꼽지요. 더군다나 전과 달라 중놈들까지 덤비는 꼴을 보면……"

아들의 불퉁스러운 어조에는, 거칠 대로 거칠어진 농민의 성미가 뚜렷이 엿보였다. 가물은 그들의 신경을 더욱 날카롭게 하였던 것이다.

치삼 노인은 '중놈'이란 바람에 가슴이 선뜩하였다. 그것은 자기들이 부치고 있는 절논 중에서 제일 물길 좋은 두 마지기가, 자기가 젊었을 때, 자손 대대로 복 많이 받고 또 극락 가리라는 중의 꾐에 속아서 그만 불전에 아니 보광사(普光寺)에 시주한 것이기 때문이다. 멀쩡한 자기 논을 괜히 중에게 주어놓고 꿍꿍 소작을 하게 되고 보니, 싱겁기도 짝이 없거니와, 딱한 살림에 아들 보기에 여간 미안스러운 일이 아니었다.

"뭘 허구 인제 와? 소 같은 년!"

들깨는 화살을 방금 돌아오는 아내에게로 돌렸다. 그리고 이 꼴 보라는 듯이 물에서 막 건져낸 듯한, 그러나 울어 울어 입 안이 바싹 마른 어린것을 아내의 젖가슴에 쑥 내던지듯 했다. 아내는 잠자코 그것을 받아 안기가 바쁘게 부엌으로 들어가더니, 머리에 쓴 수건을 벗어 물에 축여가지고 어린것의 얼굴을 닦으면서 일변 젖을 물렸다.

"소 같은 년, 어서 밥 안 가져와?"

남편의 벼락같은 소리다. 아내는 부지중 눈물이 핑 돌았다. 들깨는 아내의 귀퉁이라도 한 번 올려붙일 듯이 더펄더펄 부엌으로 들어갔으나 한 팔로 아기를 부둥켜안고 허둥대는 아내의 울상에 그만 외면을 하고는 미처 다 차리지도 않은 밥상을 얼른 들고 나왔다. 그러나 다른 때 같으면 곧잘 넘어가는 보리밥도 그날은 첫 술부터 목에 탁 걸렸다.

2

우르르르, 쐐—

이글이글 달아 있는 폭양 아래 난데없는 홍수 소리다. 물벌레 고기새끼가 죄다 말라져 죽고, 땅거미가 줄을 치고, 개미떼가 장을 벌였던 봇도랑에, 둔덕이 넘게 벌건 황톳물이 우렁차게 쏟아져 내린다. 빨갛게 타서 죽은 곡식이야 인제 와서 물인들 알랴마는, 그래도 타다 남은 벼와 시든 두렁콩들은 물소리만 들어도 생기를 얻은 듯이 우줄우줄 춤을 추는 것 같다. 한길 양 옆을 흘러가는 봇도랑가에는 흰 옷, 누런 옷, 혹은 검정 치마가 미친 듯이 부산하게 떠들며 오르내린다.

수도 저수지(貯水池)의 물을 터놓은 것이다. 성동리 농민들이 밤낮없이 떼를 지어 몰려가서 애원에, 탄원에 두 손발이 닳도록 빌기도 하고, 불평도 하고, 나중에는 밤중에 수원지 울 안에까지 들어가서 물을 달리 돌려내려고 했기 때문에, T시 수도 출장소에서도 작년처럼 또 폭동이나 일어날까 두려워서, 저수지 소제도 할 겸 제2(第二) 저수지의 물을 터놓게 된 것이다.

그러나 고까짓 저수지의 물로써 넓은 들을 구한다는 건 되지도 않는 말이고, 물을 보게 된 것이 차라리 없을 때보다 더 한층 시끄럽고 싸움만 벌어질 판이다.

들깨는 논이 보꼬리에 달렸기 때문에 몇 번이나 저수지 물구멍까지 올라가지 않으면 아니 되었다. 그러나 그렇게 봇머리까지 가서 물을 조금 달아가지고 오면, 도중에서 이리저리 다 떼이고 자기 논까지는 잘 오지도 않았다.

이렇게 수삼 차 오르내리고 보니, 꾹 눌러오던 화가 그만 불끈 치밀었다.

"여보, 노장님!"

들깨는 오던 걸음을 되돌려서, 소리를 치며 비탈길을 더위잡았다.

"제에기, 논을 떼였으면 떼였지, 이젠 할 수 없다!"

그는 급기야 이를 악물었다. 어느 앞이라고, 만약 한 번이라도 점잖은 중에게 섣불리 반항을 했다가는 두말없이 절논이라고는 뚝딱 떼이고 마는 것이다.

노승은 들은 체 만 체, 들깨가 가까이 가도 양산을 받은 그대로 물을 가로막고 있었다.

"여보, 이게 무슨 짓이오. 밑엣사람은 굶어 죽어도 좋단 말이오?"

들깨는 커다란 샤벨[1]로써 노승의 장난감 같은 삽가래를 뗏장과 함께 찍어 당겼다. 물은 다시 쐐— 하고 밑으로 흘러내린다.

"이 사람이 버릇없이 왜 이럴까?"

노승은 짐짓 점잖은 체하고 나무라면서도, 눈에는 시뻐하는[2] 빛과 독기가 얼씬거린다.

"살고 봐야 버릇도 있겠지요."

"아하, 이 사람이 아주 환장을 했군. 아서라 그렇게 하는 법이 아니다."

노승은 다시 물을 막으려고 들었다.

"천만에요! 우리도 살아야겠어요. 물을 좀 가릅시다. 노장님까지 이래서야……"

들깨는 제 손으로 갈랐다. 그리고 몇 걸음 못 가서, 또 어떤 논 귀퉁이에서 조그마한 애새끼 한 놈이 쏙 나오더니 물을 가로막고는 언덕 밑으로 숨어버린다.

"예끼, 쥐새끼 같은 놈!"

들깨는 골 안이 울리도록 고함을 내지르며 쫓아가서, 그놈의 물꼬에다 아름이 넘는 돌을 하나 밀어다 붙였다.

길 저편에서도 싸움이 벌어졌다.—갈가리 낡아 미어진 헌 옷에, 허리짬만 남은—남방 토인들의 나무껍데기 치마 같은 몽당치마를 걸친 가동 할멈이 봇도랑 한복판에 펑퍼져 앉아서 목을 놓고 울어댄다.

"에구 날 죽여 놓고 물 다 가져가오."

"이 망할 놈의 늙은이, 남이 일껏 끌고 온 물만 대고 앉았네. 어디 아가리만 벌리고 앉았지 말구 너도 한 번 물이나 끌고 와 봐!"

경찰관 주재소의 고자쟁이로 알려져 있는 이시봉이란 젊은 놈의 괭이는 더펄머리를 풀어헤치고 악을 쓰는 늙은 과부 할멈의 허벅살에 시퍼런 멍울을 남겨놓고 갔다.

들깨는 보릿대모자를 부채삼아 내 흔들면서, 쥐꼬리만 한 물을 달고 내려가다가, 철한이란 놈하고 봉구란 놈이 아주 논 가운데서, 곰처럼 별로 말도 없이 이리 밀치락 저리 밀치락 싸움을 하고 있는 것을 보았으나, 말려 볼 생각도 않고 제 논으로만 갔다. 그의 논으로 뚫린 물꼬는 으레 또 꽉 봉해져 있었다.

"어느 놈이 이렇게 지독하게……"

막힌 물꼬를 냉큼 터놓고서, 막 논두렁 위에 올라서자니까, 자기 논 아래로 슬그머니 피해 가는 오촌 아저씨가 보인다. 아저씨도 환장이 되었구나 싶었다. 새벽부터 나돌며 날뛰어도 반 마지기도 채 적시지도 못한 것을 돌아보고는 들깨는 그만 낙심이 되어서 논두렁 위에 털썩 주저앉았으나, 그 쥐꼬리만 한 물줄기가 끊어지자 그는 다시금 그곳을 떠났다.

철한이와 봉구란 놈은 아직도 싸우고 있었다.

"이, 이, 이놈의 자식이 사람을 아주 낮보고서."

봉구란 놈이 벋니[3]를 내물고서 악을 쓴다.

"글쎄, 정말 이걸 못 놓겠니?"

철한이란 놈이 아무리 제비손[4]을 넣으려고 애를 써도, 워낙 떡심 센 놈이 돼서 봉구는 달싹도 않고, 되레 철한이란 놈의 턱밑을 쥐고 자꾸 밀기만 했다.

그러던 놈들이, 들깨가 한 번 소리를 치자, 서로 잡았던 손을 흐지부지 놓고서 논두덕⁵ 위로 올라왔다.

"예끼 싱거운 녀석들! 물도 없애놓고 무슨 물싸움들이야! 분풀이 할 곳이 그렇게도 없던가 온!"

들깨의 이 말에, 그들은 쥐꼬리만 한 봇물조차 끊어지고 만 빈 도랑만 내려다볼 뿐이었다.

이윽고 세 사람은 봇목⁶을 향해서 나란히 발을 떼어놓았다. 대사봉(大師峰) 위로 해가 뉘엿뉘엿 기울고, 네시를 아뢰는 보광사의 큰 종소리가 꽝꽝 울려왔다. 절에 있는 사람들은 제각기 저녁 밥쌀을 낼 때다. 그러나 그 절 밑 마을—성동리 앞 들판에 나도는 농민들은 해가 기울수록 마음이 더욱 달떴다. 게다가 모처럼 터놓은 저수지의 봇목에 논을 가지고서도, '유아독존' 식으로 날뛰는 절 사람들의 세도에 눌려 흘러오는 물조차 맘대로 못 댄 곰보 고서방은 마침내 딴은 큰맘을 먹고 자기 논 물꼬를 조금 더 터놓았다. 그러자 그걸 본 한 양반이 빽소리를 내지르며 달려왔다. 오더니 다짜고짜로,

"왜 또 손을 대요?"

"인제 물도 다 돼가고 하니 나두 좀 대야지요."

하다가 고서방은 자기 말이 너무 비겁한 것 같아 한 마디 더 보탰다.

"그리고 당신 논에는 물이 철철 넘고 있지 않소."

"뭐? 넘어? 어디 넘어? 이 양반이 눈이 있나 없나?"

하며 그는 곰보 논 물꼬를 봉하려고 들었다.

"안돼요!"

곰보는 물꼬를 아까보다 더 크게 열면서,

"위에 있는 논은 한 번 적시지도 못하게 하고 아랫논만 두렁이 넘게 물을 실으려는 건 너무 심하잖소?"

"무어?"

"그렇게 노려보면 어쩔 테요?"

"야, 이 친구가 밥줄이 제법 톡톡한 모양이로군!"

그는 비쭉 냉소를 했다.

"이 친구? 네 집에는 그래 애비도 삼촌도 없니? 누굴 보고 이 친구 저 친구 해?"

"뭐가 어째? 야, 이 녀석이 제법 꼴값을 하는군. 어디 상판대기에 빵꾸를 좀 내줄까?"

"이놈, 개 같은 놈! 아무리 세상이 뒤바뀌어졌기로서니……"

"야, 이 녀석 좀 봐. 세상이 뒤바뀌어졌다구? 하, 하, 하……"

그는 다른 사람도 다 들으라는 듯이 소리를 높이더니,

"예끼 건방진 녀석!"

그리고 제보다 몸피가 훨씬 큰 곰보의 뺨을 한 대 갈겼다.

"이게 뭘 믿고서……"

곰보가 하도 어처구니가 없어서, 그자의 멱살을 불끈 졸라 쥐니깐, 그 근방에 있던 같은 패들이 벌떼처럼 우— 몰려왔다. 그러자 아까 가동 늙은이를 상해 놓던 고자쟁이 이시봉이가 풋볼 차던 형식으로 곰보의 아랫배짬을 콱 질렀다. 곰보는 악! 하며 그

자리에 쓰러졌다. 쓰러진 놈을 여러 놈들이 밟고 차고…… 그러다가 나중에는 뻗어져 누운 놈을 끌고 주재소에까지 가자고 야단이다. 곰보는 그 말이 무엇보다도 무서워서, 잘못했다고 빌지 않을 수가 없었다.

들깨가 곁에 가도, 곰보는 넋 잃은 사람처럼 논두렁에 멍하니 앉아 있었다. 왼편 눈 밑이 퍼렇게 부어올랐다.

저수지의 물은 그예 끊어졌다. 물끊어진 수문을 우두커니 들여다보는 농민들은 하도 억울해서 말도 욕도 아니 나오고, 그만 그곳에 주저앉았다. 그와 동시에 온종일 수캐처럼 쫓아다닌 피로까지 엄습해서 일어날 생각이 없었다.

그러나 한편, 물을 흐뭇이 댄 보광리—최근에 생긴 중마을—사람들은 제 논물이 행여 아랫논으로 넘어 흐를세라 돋우어 둔 물꼬와, 논두렁 낮은 짬을 한층 더 단단히 단속하느라고 몹시 바빴다.

고서방은 분도 분이지만, 그보다 내년 봄엔 영락없이 그 절논 두 마지기가 떨어지고 말 것을 생각하면, 앞으로 살아나갈 일이 꿈같이 암담하였다. 아무런 흠이 없어도 물길 좋은 봇목 논은 살림하는 중들에게 모조리 떼이는 이즈음에, 아무리 독농가로 신임을 받아오던 고서방일지라도 오늘 저지른 일로 보아서, 논은 으레 빼앗긴 논이라고, 실망하지 않을 수가 없었다.

그는 문득 지난봄의 허서방이 생각났다.—부쳐오던 절논을 무고히 떼이고 살길이 막혀서, 동네 뒤 소나무 가지에 목을 매어, 시퍼런 혀를 한 자나 빼물고 늘어져 죽은 허서방이 별안간 눈에

선하였다. 곰보는 몸서리를 으쓱 쳤다. 이왕 못 살 판이면 제기 처자야 어떻게 되든지 자기도 그만 그렇게 죽어버릴까…… 자기가 앉은 논두렁이 몇천 길이나 땅속으로 콩 둘러 꺼졌으면 싶었다.

이튿날 아침 들깨와 철한이는 오랜만에 논에 물을 한 번 실어놓고는, 허출한 속에 식은 보리밥이나마 맘 놓고 퍼 넣었다. 그때까지도 저수지 밑 봇목 들녘과 내 건너 보광리에는, 빌어서 얻은 계집이라도 잃어버린 듯이, 중들의 아우성 소리가 끊이지 않았다. 그도 그럴 것이 지난 하룻밤 동안에 논두렁을 몇 토막이나 내이고 물도둑을 맞은 사람이 많았기 때문이다. 고서방은 중들의 발악 소리를 속 시원하게 들으면서, 군데군데 커다란 콩 낱[7]이 박힌 보리밥, 아니 보릿겨밥을 맛나게 먹었다.
"누가 간 크게 그랬을까요?"
아내는 숭늉을 떠오며 짜장 통쾌한 듯이 물었다.
"그야 알 놈이 있을라구 사람이 하두 많은데."
고서방은 궁둥이를 툭툭 털면서 일어나 섰다. 담배 한 대 재어 물 여가도 없이 고동 바[8]로 허리춤을 졸라매고 이주사댁 논을 매러 막 집을 나서려고 할 즈음에 뜻밖에도 주재소 순사 하나가 게딱지만 한 뜰 안에 썩 들어섰다.
"당신이 고서방이오?"
눈치가 수상하다.
"예, 그렇소."
"잠깐 주재소까지 좀 갑시다."

"무슨 일입니까?"

고서방은 금방 상이 노래졌다.

"가면 알 테지."

말이 차차 험해진다.

"난 주재소 불려 갈 일이 없습니다. 죄 지은 일은 없습니다."

고서방이 뒤로 물러서니깐,

"이놈이 무슨 잔소리냐? 가자면 암말 말고 갔지 그저."

순사는 고서방의 어깻죽지를 한 대 갈기더니, 어느새 포승을 꺼내가지고 묶는다.

"아이구 이게 무슨 일유? 나리 제발 그러지 마세요. 이분은 죄 지은 일 없습네다. 나구서 개구리 한 마리도 죽인 일 없다는데, 지난밤에는 새두룩 이 마당에서 같이 잤는데…… 아이구 이게 무슨 일유?"

학질에 시난고난'하면서도, 미친 듯이 매달리는 고서방네를 몰강스럽게[10] 떠밀어버리며 순사는 기어이 고서방을 끌고 갔다.

3

한 포기가 열에 벌여,
　　─에이여허 상사뒤야.
한 자국에 열 말씩만,
　　─에이여허 상사뒤야.

앞 노래에 응해가며 성동리 농군들은 보광리 앞들에서 쇠다리 주사댁 논을 매고 있다.

백 도가 넘게 끓는 폭양 밑! 암모니아 거름을 얼마나 많이 넣었는지 사람이 아니 보이게 자란 볏속! 논바닥에서는 불길 같은 더운 김이 확확 솟아오르고, 게다가 썩어가는 밑거름 냄새까지 물컥물컥 치미는 바람에는 두말없이 그저 질색이다. 그래도 숨이 아니 막힌다면 그놈은 항우"다. 몽둥이에 맞아 죽다 남은 개새끼처럼 혀를 빼물고 하— 하— 하는 놈, 벼 잎사귀에 찔려 한 쪽 눈을 못 쓰고 꽈악 감은 놈— 그들은 마치 기계와 같다. 다른 점이 있다면 앞잡이의 노래에 맞춰서 "에이여허 상사뒤야"를, 속이 시원해지는 듯이 가슴이 벌어지게 내뽑는 것쯤일까.

한 놈이 슬쩍 봉구의 머리에다 궁둥이를 돌려대더니, 아기 낳는 산모 모양으로 힘을 쭉 준다.

"예, 예끼, 추— 추한 자식!"

봉구는 그놈의 종아리를 썩 긁어버린다.

"아따, 이놈아, 약값이나 내놔!"

그놈이 되레 봉구를 놀리려고 드니까, 곁에 있던 철한이란 놈이 얼른 그 말을 받는다.

"약값? 야 이놈아 참 네가 약값을 내놔야겠다. 생 무 먹은 놈의 트림 냄새도 분수가 있지 온……"

"아닌 게 아니라, 냄새가 좀 이상한걸. 이 사람, 자네 똥구멍 썩잖았나?"

또 한 놈이 욱대긴다.[12]

"여— 역놈의 대밭에 마, 말다리 썩는 냄새도 부, 부, 부, 분수가 있지!"

봉구란 놈이 제법 큰소리를 친다. 그러면서도 자기는 입은 그대로 제 옷에 오줌을 질질 싸고 있다.

"하—하—, 끙— 끙……!"

"어이구 이놈 죽는다!"

철한이란 놈이 속이 답답해서 앞으로 몇 걸음 쑥 빠져나간다.

"쉬—ㅅ! 쇠다리 온다."

들깨란 놈이 주의를 시킨다.

쇠다리주사가 뒤에서 논두렁을 타고 왔다. 한 손에는 양산, 한 손으론 부채를 흔들면서. 쇠다리주사가 뭐냐고? 그렇다. 옳게 부르면 이주사다. 그러나 속에 똥만 든 그나 돈냥 있던 덕분으로 이조 말년에 그 고을 원님에게 쇠다리 하나 올리고서 얻은 '주사'란 것이 오늘날 와서는 세상이 달라진 만큼 그만 탄로가 나고 말았기 때문에, 모두들 그를 그렇게 불렀다. 물론 안 듣는 데서만이지만.

"모두들 욕보네. 허— 날이 자꾸 끓이기만 하니 온!"

어느새 쇠다리가 뒤에 와 선다.

"그런데 조금 늦더라도 이 논배미는 마저 매고 참을 먹어야겠군. 자, 바짝— 팔대에 힘을 넣어서. 저런, 봉구 뒤에는 벼가 더러 부러졌군, 아뿔싸!"

쇠다리주사는 혀를 쯧쯧 차며 부채를 방정맞게 흔들어댔다.

일꾼들은 잠자코 풀 죽은 팔에 억지힘을 모았다. 거친 볏줄기에 스친 팔뚝에는 금방 핏방울이 배어나올 듯했다. 그러나 그들은 눈을 질끈 감고, 대고동을 해 낀 갈퀴 같은 손으로, 어지러운 벼 포기 사이를 썩썩 긁어댔다.

호— 호—, 끙— 끙……!

얼굴마다 콩 낱 같은 땀방울이 뚝뚝 떨어지고, 놀란 메뚜기떼들이 파드닥파드닥 줄도망질을 친다. 노래는 간 곳 없고! 나머지 열 자국!— 그들은 아주 숨 쉴 새도 없이 서둘렀다.

"요놈의 짐승!"

제일 먼저 맨 철한이란 놈이, 뒤쫓겨 나온 뱀 한 마리를 냉큼 잡아 올려가지고는 핑핑 서너 번 내두르더니 훌쩍 저편으로 날려버린다.

고대하던 쉴 참이 왔다. 농부들은 어서 목을 좀 축여보겠다고 포플러나무 그늘에 갖다 둔 막걸리통 곁으로 모여 갔다.

우선 쇠다리주사부터 한 잔 했다.

"어—, 그 술맛 좋군!"

쇠다리주사는 잔을 일꾼들에게 돌려주고, 구레나룻을 휘휘 틀어 올리더니,

"그런데 참 술이 한 잔씩밖에 안 돌아갈는지 모르겠군. 그저 점심때 쌀밥(쌀이 사분의 일 될까?) 먹은 생각하구 좀 참지. 그놈의 건 잘못 먹으면 일 못하기보다 괜히 사람 축나거든. 더군다나 오늘같이 더운 날에는……"

그러나 농부들은 사발 바닥이 마르도록 빨아 넘기고는, 고추장

이 벌겋게 묻은 시래기 덩어리를 넙죽넙죽 집어넣는다. 목도 말랐거니와 배도 허출했다.

그럴 때 마침 뿡— 하고, 자동차 한 대가 그들이 쉬는 데까지 먼지를 집어 씌우고 달아나더니 보광리 앞에서 덜컥 머물렀다. 거기서 내린 것은—해수욕을 갔다 오는 보광리 젊은 사람들이었다. 일본으로, 서울로 유학을 하고 있는 팔자 좋은 젊은이들이었다. 물론 계집애들도 섞여 있었다. 성동리 농부들은 한참 동안 그들을 바라보았다. 그들 가운데 섞여 있던 고자쟁이 이시봉이 웬일인지 차에서 내리자 바른총으로[13] 주재소로 들어갔다.

술을 잘 못하기 때문에 식은 밥만 두어 술 뜨고 난 들깨는 눈이 주재소 문에 가 박혔다. 얼마 뒤에 시봉이가 나왔다.

"고서방은 어찌 됐을까?"

부지중 중얼거린 들깨. 묵묵히 이마에 석 삼자를 깊게 지우는 철한이.

―우리 때문에 무고한 고서방이……! 그들은 그대로 가만히 있는 자기들이 그지없이 부끄럽고 맘이 괴로웠다.

세상을 모르는 봉구란 놈은 제 발바닥의 상처만 풀어헤쳐 놓고, 그 속에 들어간 뻘[14]을 꺼내고 있다. 다른 농군들은 행려(行旅)의 시체처럼, 거무데데한 뱃가죽을 내놓고 길바닥 위로, 잔디 위로 그늘을 찾아서 여기저기 나자빠졌다. 어떤 친구는 어느새 코까지 쿨쿨 골고, 어떤 친구는 불개미한테 거기라도 물렸는지 지렁이처럼, 자던 몸을 꿈틀꿈틀한다.

매미란 놈들이, 잎사귀 하나 까딱 아니 하는 높다란 포플러나무

에서, 그 밑에 누워 있는 농군들을 비웃는 듯 구성지게 매암매암
매―한다.

모기 속에서 저녁을 치르고 나면 마을 사람들은 게딱지같은 집
을 떠나서 모두 냇가로 나온다. 아무런 가뭄이라도 바위틈에서
새어나오는 물이 군데군데 제법 웅덩이를 만들었다. 냇가의 달밤
은 시원하였다.

먼동이 트면 곧 죽고 싶은 마음
저녁밥 먹고 나니 천년이나 살고 싶네.

어느새 벌써 달려 나와서 반석 위에 번듯 누워 하늘을 쳐다보며
읊조리는 쇠다리주사댁 머슴 강도령의 노래다.
반달같이 생긴 다리 아래편 백사장에는 애새끼들이 송사리처럼
모여서, 노래로 장난으로 혹은 반딧불 쫓기로 부산하게 떠들고
뛴다. 비를 기다리는 하늘에서는 구름 한 점 없이 달만 밝고, 달
빛 속에 묻힌 성동리 집집에서는, 구름인 듯 다투어 모기 연기만
피워, 산으로 기어오르고 들로 내리깔려 연긴가 달빛인가 알 수
도 없다.
남자들의 뒤를 이어 여자들도 떼를 지어 다리를 건너왔다.
다리 위편이 남자들의 자리다. 그들은 나오는 대로 먹을 감고는
여기저기 반석을 찾아가기가 바쁘다. 가는 곳이 그들의 그날 밤
잠자리다. 그리도 못하는 놈은―행인지 불행인지 아직도 제 논

에 풀 물이 있어서 봇목으로 물 푸러가는 놈! 그러나 물푸개 석유
통을 옆에 둔 채 어느새 지쳐 한잠이 든 봉구는, 밤중이 넘어서
공동묘지 입구까지 물 푸러 갈 것인지 코만 쿨쿨 골아댄다.

그래도 남은 놈들은 이야기에 꽃이 핀다.

"들깨, 자네 누이동생은 어쩔 텐가?"

"어쩌긴 무얼 어째?"

"키 보니 넉넉히 시집 갈 때가 됐던걸."

"키는 그래도, 나인 인제 겨우 열일곱이다. 열일곱에 혼사 못
될 건 없지만 어디 알맞은 자리가 쉬 있어야지."

"아따 이 사람 염려 말라구. 그만한 인물이면야 정승의 집 며느
리라도 버젓하겠는데. 자리가 왜 없을라구?"

"이 사람이 왜 또…… 괜히 얼굴만 믿고 지나친 데 보냈다가 사
흘도 못 돼서 쫓겨 오게! 천한 사람은 그저 천한 사람끼리 맞춰야
지……"

"암 그렇구말구!"

가만히 듣고만 있던 철한이란 놈이 뜻밖에 한마디 보탰다.

그럴 때 마침 다리 아랫목에서 멱을 감고 있던 여자들이 킥킥거
리며, 또는 욕설을 하면서, 남자들이 노는 위편으로 자리를 옮겨
간다. 그걸 본 강도령,

"위로 가면 안 되오. 왜 밑에서 하잖구—?"

"보광리 새끼들 때문에 밑에선 못 하겠다우."

아낙네들의 대답이다. 남자들의 시선이 일제히 다리 아래편으
로 쏠렸다. 하늘 높게 백양목이 줄지어 선 곳—

사랑으로 여위었느니 어쨌느니 하는 레코드에 맞춰서 반벙어리 축문 읽는 듯한 노랫소리가 들려왔다.

"유성기는 또 누구를 홀리려고 가지고 다닐까. 저것들이 곧잘 여자들이 떡 감는 곳만 찾아다닌단 말야."

강도령이 남 먼저 욕지거리를 내놓는다.

"예—끼 더런 자식들! 듣기 싫다. 집어치우고 가거라, 가!"

동네 젊은 녀석들은 모두 바위에서 일어나서 욕을 한바탕씩 해 주고는 얼른 논두렁으로 올라가서 진흙을 가득가득 움켜 냇물 속에 핑핑 내던졌다.

보광리 만무방[15]들이 돌아간 뒤, 농부들은 머리에서 수건을 풀어 제각기 얼굴을 가리기가 바쁘게 너럭바위 위에 휘뚝휘뚝 쓰러졌다. 쓰러지자 곧 쿨쿨.

적막한 농촌의 밤이다. 다만 어디선지 놋그릇을 땅땅 두드리며 "남의 집 며느리 낮에는 잠자고 밤에는 일하네" 하고 학질 주문(呪文)을 외우고 다니는 소리만 그쳤다 이었다 할 뿐. 길쌈하는 아낙네들의 노란 등잔불도 꺼지기가 바쁘다.

4

가뭄은 오래오래 계속되었다. 아침저녁으로는 제법 거무스름한 구름장이 모여 들다가도, 해만 지면 그만 어디로 사라져버렸다. 꼭 거짓말같이…… 보광사 절골을 살며시 넘어다보는 그놈도 알고 보면 얄미운 가뭄구름. 뒷산성 용구렁에 안개가 자욱해도 헛일. 아침 놀, 물밑 갈바람은 더군다나 말도 안 되고. 어쨌든 농부들은 수백 년래 전해오고 믿어오던 골짜기 천기조차 온통 짐작을 못할 만큼 되었다. 날마다 불볕만 쨍쨍—그들의 속을 태웠다. 콧물만 한 물이라도 있는 곳에는 아직도 환장한 사람들이 와글거리고, 풀 물도 없어진 곳에는 강아지 새끼도 한 마리 안 보였다. 물 좋던 성동들도 삼 년 전 소위 수도 수원지(水源池)가 생기고는 해마다 이 모양—여기저기 탱고리[16] 수염 같은 벼포기가 벌써 발갛게 모깃불감이 되고, 마을 앞 정자나무 밑에는 떡심 풀린[17] 농부들의 보람 없는 걱정만이 늘어갈 뿐이었다.

걱정 끝에 하룻밤에는, 작년에도 속은 그놈의 기우제(祈雨祭)를 또다시 벌였다. 앞산 봉우리에다 장작불을 피워놓고 성동리 사람들은 목욕재계를 하고 어떤 위인은 낡은 두루마기, 또 어떤 위인은 제법 몽당 도포까지를 걸치고서 쭉 늘어섰다. 구장, 들깨, 갓이 비뚤어진 봉구…… 옛날 훈장 노릇을 하던 노인이 쥐꼬리보다 작은 상투를 숙이고서 제문을 읽자 농부들은 일제히 하늘을 우러러보고 절을 하며 비를 빌었다.

"만인간을 지켜주시는 천상의 옥황상제님이시여……!"

그들은 몇 번이나 코가 땅에 닿도록 절을 하였다. 이글이글 타오르는 불길을 따라 그들의 축원도 천상에 통하는 듯하였다.

기우제는 끝났다.

"깽무깽깽 쿵덕쿵덕, 깽무깽깽 쿵덕쿵덕……"

농부들은 풍물을 올리면서 산을 내려왔다.

동네 앞 타작마당에서 그들은 짐짓 태평성대를 맞이한 듯 소고를 내두르며 한바탕 멋지게 놀았다. 조그만 아이놈들도 호박꽃에 반딧불을 넣어 들고서 어른들을 따라 우쭐거렸다.

"구, 구, 구장 어른, 저, 저, 구름 좀 봐요!"

봉구란 놈이 무슨 엄청난 발견이라도 한 듯이 엉덩춤을 추면서 외쳤다. 아닌 게 아니라 거무스름한 구름장 하나가 달을 향해서 둥실둥실 떠왔다.

"얼씨구 좋다! 쿵덕쿵덕!"

농부들은 마치 벌써 비나 떨어진 듯이 껑충껑충 뛰어댔다. 그러나 그것도 모두 헛일―하루, 이틀, 비는커녕 안개도 내리지 않고, 되레 마음만 졸였다. 불안은 각각으로 커져만 갔다.

그러한 하룻날 보광사 농사조합에서 성동리의 유력자―쇠다리주사와 면서기며 농사조합 평의원인 진수를 청해갔다. 그래서 그들이 저쪽의 의논에 응하고 가져온 소식―그것은, 오는 백중날 보광사에서 기우불공을 아주 크게 올릴 예정이니까, 성동리에서는 한 집에 한 사람씩 참례를 하는 것이 좋겠다고. 기우불공이라니 고마운 일이다.

"허지만 우리 같은 것 그리 많이 모아서 뭘 헌담? 불공은 중들이 헐 텐데……"

농민들은 무슨 영문인지 잘 몰랐다. 그러나 안 갔으면 가만히 안 갔지, 보광사의 논을 부쳐 먹고 사는 그들이라 싫더라도 반대는 할 수 없는 처지였다. 이왕이면 괘불(掛佛)까지 내걸어 달라고 마을 사람 측에서도 한 가지 청했다. 괘불을 내달면 아무리 어려운 일이라도 소원성취 된다는 말을 어릴 때부터 종종 들어온 그들이었다. 하지만 절 측에서는 경비가 너무 많이 든다고 첨에는 뚝 잡아뗐다. 고까짓 일에 무슨 경비가 그리 날 겐가? 어디, 과연 영험이 있나 없나 보자!——마을 사람들은 꽤 큰 호기심을 품고서 간곡히 청했다. 구장이 두어 번 헛걸음을 한 뒤, 쇠다리주사가 나가서 겨우 승낙을 얻어 왔다. 그래서 칠월 백중날! 보광사에서는 새벽부터 큰 종이 꽝꽝 울렸다.

성동리 사람들은——농사조합 평의원인 진수와 구장과 그 다음 몇 사람 빼놓고는 대개 중년이 넘은 아낙네들과 쓸데없는 아이놈들뿐이었지만——장꾼같이 떼를 지어 절로 절로 올라갔다.

천여 년의 역사를 가지고 무려 백여 명의 노소승(老少僧)이 우글거리는 선찰 대본산 보광사에는 벌써 백중불공차 이곳저곳에서 모여든 여인들이 들끓었다.

오색단청이 찬란한 대웅전을 비롯하여, 풍경 소리 그윽한 명부전, 팔상전, 오백나한전…… 부처 모신 방마다 웬만한 따위는 발도 잘 못 들여놓을 만큼 사람들이 꽉꽉 들어찼다. 그들은 엉덩이 혹은 옆구리를 서로 맞대고 비비대기를 치며, 두 손을 높게 들어 머리 위에서부터 합장을 하고 나붓이 중절을 하였다. 아들딸 복 많이 달라는 둥, 허리 아픈 것 어서 낫게 해달라는 둥…… 제각기 소원들을 은근히 빌면서. 잠자리 날개보다 더 엷은 생노방주 옷에 모두 제가 잘난 체 부처님 무릎 앞에 놓인 커다란 희사함(喜捨函)에 아낌없이 돈들을 척척 넣고 가는 그들! 얼핏 보면 죄다 만석꾼의 부인, 알고 보면 태반은 빚내어 온 이들.

성동리 아낙네들은 명부전 뒤 으슥한 구석에서 잠깐 땀을 거두고서, 대웅전 앞으로 슬슬 나왔다. 자기들 딴에는 기껏 차려봤겠지만, 앉으려는 겐지 섰는 겐지 분간을 못할 만큼 풀이 뻣뻣한 삼베치마 따위로선 그런 자리에 어울릴 리가 만무하였다. 다른 분들과 엄청나게 차가 있는 자기들의 몸차림을 못내 부끄러워하는 듯, 어름어름 차례를 기다리고 섰다.

그러자, 며칠 전부터 와 있던 진수 어머니가 어디서 봤는지 쫓아왔다. 아주 반가운 듯한 얼굴을 하고,

"여태 어디들 처박혀 있었어? 아까부터 아무리 찾아두 온…… 다들 부처님 참배는 했나?"

자기는 벌써 보살님이나 된 셈 치는 어투였다.

"아직 못 봤수. 웬걸 돈이 있어야지!"

이 얼마나 천부당만부당한 대답일까?

"그럼, 시줏돈도 없이 절에는 뭘 하러들 왔수?"

진수 어머니는 입을 삐쭉하더니,

'이것들 곁에 있다가는 괜히 큰 망신하겠군!'

할 듯한 표정을 하고는 어디론지 핑 가버린다.

베치마패들은 잠깐 주저주저하다가,

"돈 적으면 복 적게 받지 뭐."

하고는, 남편이나 아들들이 끼니를 굶어가며 나뭇짐이나 팔아서 마련한 돈들을, 빚의 끝돈도 못 갚게 알뜰살뜰히도 부처님 앞에 바치고 나온다. 더러는 내고 보니 꽤 아까운 듯이 돌아다보기도 했다.

법당 뒤 조그마한 칠성각 안에는, 아기 배려고 백일기도 한다는 젊은 아낙네. 지루하지도 않은지 밤낮으로 바깥 난리는 본 체 만 체하고, 곁에 선 중의 목탁 소리에 맞춰 무릎이 닳도록 절만 하고 있다. 자기 말만 잘 들으면 틀림없다는 그 중의 말이 영험할진대 하마나[18] 아기도 뱄을 것이다.

콱! 뗑뗑, 둥둥둥, 똑똑, 촤르르!

종각의 큰 북소리를 따라 각전 각방의 종, 북, 바라며 목탁들이 한꺼번에 모조리 발광을 하자, 허주지의 지휘를 좇아 이 빠진 노화상(老和尙)의 독경 소리와 함께 엄숙하게 불문이 삑삑삑 열리고, 새빨간 가사의 서른두 젊은 중의 어깨에 고대하던 괘불이 메여 나와, 대웅전 앞 넓은 뜰 한가운데 의젓이 세워졌다. 삼십여 장의 비단에 그려진 커다란 석가불상!

장삼가사를 펄럭이는 중들은 말할 것도 없고, 모여든 구경꾼들까지 상감님 잔치에라도 참례한 듯이 놀라울 만큼 엄숙해졌다.

공양상이 나오자, 주지를 비롯하여 각방 노승들이 참배를 드리고, 다음으로 젊은 중, 강당 학인(學人), 그밖에 애기 중들, 그리고 중마누라와 보살계에 든 여인들, 맨 나중이 일반 손님들의 차례였다. 중들을 빼놓고는 모두 앞을 다투어 돈들을 내걸고 절을 하며 소원성취를 빌었다.

"어서 물러나와요, 다른 사람도 좀 보게."

진수 어머니는 다 같은 보살계원을 밀어내고 들어서더니, 자기는 돈을 얼마나 냈는지 절을 열 번도 더 했다. 주지 부인을 보고,

어머니 어머니 하고 섰던 진수도, 남 먼저 쫓아나가서 대가리를 땅에 처박았다.

성동리 아낙네들은 이미 주머니가 빈지라, 부러운 듯이 곁에서 남이 하는 구경만 하고 있었다.

이러한 거추장스런 일이 다 끝난 뒤에야 겨우 기우 불공이 시작되었다. 괘불 앞에는 큰 북이 나오고, 바라가 나오고, 목탁이 나오고…… 성동리 구장이 동네서 긁어온 돈을 내걸자 기도는 비로소 시작되었다.

"딱딱 딱딱, 나무아미타—불, 관세음보—살, 꽝, 둥, 촬, 딱다글!"

목탁 소리와 함께 독경 소리가 높아지고 경문의 구절마다 꽹과리, 북, 바라, 큰 목탁이 언제나 꼭 같은 장단을 짚는다.

성동리 사람들은 중들의 기도를 따라서 자기들도 절을 하였다. 중들의 궁둥이를 향해서. 어떤 중은 이리저리 돌아다니면서 무지막지한 촌뜨기들의 가지각색의 절들을 통일시키기 위하여, 불갓절을 모르는 위인들의 몸에 함부로 손을 대가며 합장절을 가르쳤다. 이번에는 물론 삼베치마들도 한몫 들었다. 그러나 그들의 절이란 어울리기는커녕 우습기가 한량없었다.

기도의 한 토막이 끝나려 할 즈음 잦은 고개를 넘는 경문, 신이 나서 어깨를 우쭐거리는 장단꾼, 청천백일 아래서 이마를 땅에 대고 제발 덕분에 비 오기를 비는 농부들과 그들의 어머니며 아내들……

기도가 쉴 참에 성동리 사람들은 어마어마한 강당 안을 버릇없이 들여다보았다. 아마 여든도 훨씬 넘었을 듯한, 수염까지 허연 법사(法師)가 높다란 법탑 위에 평좌를 하고 앉아서, 옹이가 툭툭 불거진 법장(法杖)을 울리면서 방 안이 빽빽하게 들어앉은, 한다한 보살계원들을 앞에 두고 방금 설법의 삼매경(三昧境)에 빠진 모양이었다.

"보광산하 십자로, 무설노고 호손귀."

라고, 맑은 목청으로 외더니, 가만히 눈을 감는다. 눈썹 하나 까딱 안 하는 모습이 마치 산 부처 같았다. 뒷벽에는 '합장의 생활'이라고 어마어마하게 쓴, 설교 제목이 걸려 있었다. 방 안은 죽은 듯이 조용하다.

"꽝!"

법사는 마침내 법장을 들어 법탑을 여무지게 울리면서 다시 눈을 번쩍 뜨더니, 청중을 한 번 휘둘러보고는 설법을 계속한다.

"……보광산 밑 네 갈래 길에서, 혀 없는 늙은 할머니가 손자를 부르며 돌아간다——는 말씀입니다. 혀 없는 할머니가 어떻게 손자를 부를까요? 얼핏 생각하면 말도 아닌 것 같지만, 여기에 정작 우리 불교의 깊은 진리가 숨어 있거든요. 알고 보면 무궁무진한 뜻이 있지요……"

청중은 무슨 소린지 알 바 없어 그저 장바닥에 갖다 둔 촌닭처럼 눈만 끔벅끔벅할 뿐이었다. 하기야 진수 어머니처럼 몰라도 아는 체하는 여걸이 없는 바는 아니지만, 그러나 그건 보통 사람이 못할 짓, 어떤 이는 벌써 방앗공이마냥 끄덕끄덕 졸고만 있다.

다시 바깥 기도가 시작되었다. 기도중들은 장삼가사가 담뿍 젖도록 땀을 흘려가며 경문을 외고, 목탁, 꽹과리를 때려치며, 북, 바라를 요란스럽게 울려댔다. 괘불과 불경 영험이 있어야 할 테니까. 그래서— 기도는 꽤 장시간, 경문이 늦은 고개 잦은 고개를 오르내린 다음에 마침내 엄숙한 긴장 속으로 들어갔다. '나무아미타불'의 느린 합창 소리에 대웅전 앞 넓은 뜰은, 모래알까지 소르르 떨리는 듯싶었다.

5

최후로 믿었던 괘불조차 영험이 없고 가뭄은 끝끝내 계속됐다. 들판에는 반 이상 모가 뽑히고 메밀 등속의 댓곡식[19]이 뿌려졌으나, 끓는 폭양 아래서는 싹도 잘 아니 날뿐더러, 설령 났더라도 말라지기 바쁠 지경이었다.

빨리 쌀밥 맛 좀 보자고 심었던 올벼도 말라져버리고, 남은 놈이래야 필 염도 안 먹고, 새벽마다 성동리 골목골목에는 보리 능기는[20] 절구질 소리만 힘없이 들렸다. 학교라고 갔던 놈들은 수업료를 못 내서 떼를 지어 쫓겨 왔다. 쫓겨 오지 않고 끌려오기로서니 없는 돈이 어디서 나오랴! 부모들의 짜증이 무서워서 오다가 되돌아서는 놈은, 만일 탄로만 나고 보면, 거짓말은 도둑놈 될 장본이라고, 여린 뺨이 터지도록 얻어맞곤 하였다.

"없는 놈의 자식이 먹는 것도 장하지 학교는 무슨 학교야?"

이 집에서도 퇴학, 저 집에서도 퇴학이다. 이런 처지에는 추석도 도리어 원수다. 해마다 보광리 새 장터에서 열리는 소위 면민 대운동회에 출장은커녕, 쇠다리주사댁이나 진수네 집 사람, 그 밖에는 간에 바람 든 계집애나 나팔에 미친 불강아지 같은 애새 끼들밖에는 성동리에서는 구경도 잘 아니 나갔다. 그러나, 그래 도 명절이라 해서, 사내들은 낡은 두루마기들을 꺼내 입고서, 이 집 저집 늙은이들을 뵈러 다니면서, 오래간만에 시큼텁텁한 밀주 (密酒)잔이나 얻어 마시고는 아무데나 툭툭 나자빠져 잤다.

쇠다리주사댁 안뜰에는 제법 널뛰기까지 벌어졌으나, 아낙네들 은 별로 보이지 않고 거의 다 마을의 젊은 처녀들이었다. 들깨의 누이동생 덕아도 저녁에는 한바탕 뛰었다. 그러나 그들도 마치 무슨 의논이나 한 듯이 죄다 곧 흐지부지 흩어졌다. 중추명월이 야 옛날과 조금도 다를 바 없고, 네 활개를 활짝 펴고 높이 솟아 보는 아찔한 재미야 잊었을 리 만무하되, 원수의 가난과 흉년은 이 동네로부터 청춘의 기쁨과 풍속의 아름다움마저 뺏어가고 말 았다.

싱거운 추석이 지난 뒤, 성동리 사람들은 모두 산으로 올라가기 시작했다. 남자는 지게를 지고, 여자들은 바구니를 들고서.

그러한 어느 날, 성동리 여자들은 보광사의 대사봉 중턱에서 버 섯을 따고 있었다. 가동 늙은이를 비롯하여 화젯댁, 곰보네, 들깨 마누라, 덕아…… 그중 제일 익숙한 것은 역시 가동댁이었다. 그 는 어릴 적부터 까투리처럼 그 산을 싸다닌 만큼, 어디는 어떻고, 어디는 무슨 버섯이 난다는 것을 환히 알기 때문에 언제든지 남 의 앞장을 서 다니면서 값나가는 송이라든가, 참나무버섯 따위부터 쏙쏙 곧잘 뽑아 담았다. 다른 여자들은 부러운 듯이 그의 뒤를 따라다니며, 한 광주리 가득 채워 이고 이십 리나 넘어 걸어야 겨우 한 이십 전 받을 둥 말 둥한, 소케버섯 사리 버섯 등속을 딸 뿐이었다.

하늘을 가린 소나무와 늙은 잡목 그늘은 음침하고도 축축하였다. 지나간 이백십일풍에 부러진 느티나무 가지는 위태롭게 머리 위에 달려 있고, 이따금 솔잎에서는 차디찬 물방울이 뚝뚝 떨어졌다. 억새랑 인동 덩굴이 우거진 짬은 발 한 번 잘못 들여놓다간 고놈의 독사 바람에 또 순남네처럼 억울하게 죽을 판. 하지만 가동 늙은이의 말이 옳지, 가뭄 탓으로 그해는 버섯조차 귀했다.

덕아 같은 젊은 계집애들은 악착스럽게 무서운 절벽 끝에 붙어 있었다. 아찔아찔 내둘려서 밑일랑 내려다보지도 못하고, 놀란 참새처럼 가슴만 볼록거렸다. 석양 받은 단풍잎에 비쳐 얼굴은 한층 더 붉어오나 밉도록 부지런히 썩어빠진 버섯만 보살피고 있는 것이었다. 재 너머 나무터에서는 초군들의 긴 노래가 구슬프게 들려왔다.

지리산천 가리 갈가마귀야,
이내 속 그 뉘 알꼬……!

낫을 들면 으레 나오는 노래다.

그러자 얼마 지나지 않아서, 여자들이 싸대던 비탈 위에서 갑자기 사람 소리가 나고 조그마한 애새끼 놈들이 까치집만큼씩한 삭정이를 해서 지고는, 선불 맞은 산돼지 새끼처럼 혼을 잃고 쫓겨 왔다. 맨 처음에 선 놈이 차돌이, 그 다음은 개똥이…… 제일 꽁무니에 처져서 밑 빠진 고무신을 벗어들고 허둥대는 놈은 그해 가을에 퇴학당한 상한이란 놈이다.

"예끼 요놈의 새끼들! 가면 몇 발이나 갈 줄 아니?"

악치듯한[21] 소리와 함께 보광사 산지기 수염쟁이가 뒤따라 나타 났다.

"아이구머니!"

여자들도 겁을 먹고 도망질이다. 잡히면 버섯을 빼앗기고 혼이 날 판. 그루터기에 걸려서 넘어지는 이, 솔가지에 치마폭을 찢기 는 이, 그러나 바구니만은 버리지 않고 내달린다.

화젯댁은 제 도망질보다 쫓겨 가는 아이들의 뒤를 따르느라고, 몇 번이나 바구니를 내던질 뻔하면서 곤두박질을 쳤다.

"아이구 차돌아, 그만 잡히려무나!"

그래도 아이들은 돌아보지도 않고 달아만 난다. 자갈 비탈에 서 지게를 진 채 자빠지는 놈, 엎어지는 놈, 그러다가 갑자기 움 츠리고 앉는 놈은 응당 날카로운 그루터기에 발바닥을 찔렸을 것이다.

산지기는 그애의 나뭇짐을 공차듯이 차서 굴려버리고는, 다시 벚나무 몽둥이를 내두르며 앞엣놈을 쫓는다. 그러자 의상대사의 공부터라는 바위 밑으로 쫓겨 가던 아이들은 갑자기 무춤하고[22] 발을 멈췄다. 동무 하나가 헛디뎌 헌 누더기 날리듯 낭떠러지 아 래로 떨어졌기 때문이다.

54

아이들이 놀라고 선 영문을 알게 된 산지기는 부릅떴던 눈을 별 안간 가늘게 웃기며,[23]

"예끼 이놈들, 왜 있으라니까 듣지 않고 자꾸만 달아나더니 결국 이런 변을 일으키지 않나?"

마치 그들이 동무를 밀어뜨리기나 한 듯이 나무랐다.

화젯댁이 미친 듯이 날아왔다. 다행히 차돌이가 있는 것을 보고는 다소 마음이 놓이는 모양이었다.

"어머니, 상한이가 떨어졌어요!"

화젯댁은 대답도 않고서, 번개같이 비탈 아래로 미끄러지듯이 내려갔다. 모두 그의 뒤를 따랐다.

상한이는 망태기를 진 양으로 험한 바위틈에 내리박혀 있었다. 화젯댁은 바구니를 내던지고서, 상한이를 안아냈다. 숨은—, 벌써 그쳐 있었다. 얼굴은 알아보지 못하게 부서져서 피투성이가 된 위에, 한쪽 광대뼈가 불쑥 튀어나와 있었다. 그리고 그가 죽은 자리에는, 이상하게도 그때까지 지니고 있었던 밑 빠진 고무신이 한 짝 엎어져 있었다.

화젯댁은 한동안 넋을 잃었다. 그러나 우두커니 서 있는 산지기의 얼굴을 노려본 그녀의 눈에는 점점 살기가 떠올랐다.

"당신은 자식이 없소?"

칼로 찌르듯 뼈물었다.[24]

"있든 없든 무슨 상관이야. 흐! 참! 없다면 하나 낳아줄 건가?"

산지기는 뻔뻔스럽게, 털에 싸인 입만 비쭉할 뿐이었다.

"뭐라구요? 액 여보, 절에 있다구 너무 하오. 아무리 산이 중하기로서니 남의 자식의 목숨을 그렇게 안단 말유?"

화젯댁은 그자의 거만스러운 상판대기에 똥이라도 집어 씌우고 싶었다.

"야, 이 여편네 좀 봐! 아아주 누굴 막 살인죄로 몰려구 드는군. 건방진 넌 같으니, 천지를 모르고서 괜히. 왜 이따위 새끼 도둑놈들을 빠뜨렸느냐 말야? 이년이 저부터 요런 도둑질을 함부로 하면서 뻔뻔스럽게."

산지기는 화젯댁의 버섯 바구니를 힘대로 걷어찼다. 그러고는 어디론지 핑 가버렸다. 초동들의 죄는, 결코 그 산지기의 핑계말과 같이, 돈 주고 사지 않은 구역에서 땔나무를 한 것이 아니었다. 그들은 그 까치집만큼씩한 삭정이 한 꾸러미를 목표로, 식은 밥 한 덩어리씩을 싸들고는 어른들을 따라 이십 리도 더 되는, 동네서 사 놓은 나무터까지 정말 갔던 것이다. 구태여 트집을 잡는다면, 돌아오던 길에 철부지한[25] 마음으로 떨어진 밤을 주우려고 길가 잡목 숲 속에 잠깐 발을 들여놓은 것뿐이었다.

얼마 뒤에 죽은 아이의 할머니가 파랗게 되어 달려왔다. 가동할머니다. 그녀는 곁엣사람은 본 체 만 체, 바보처럼 우두커니 서서, 늘어진 손자만을 눈이 빠지도록 노려보더니, 그만 "하하하!" 웃어댔다.

"정말 죽었구나! 너가 정말 죽었구나! 죽인 중놈은 어딜 갔니……?"

그녀는 넋두리를 하는 무녀(巫女)처럼 한바탕 떠들더니 또다시 "하하하!" 한다.

가동 늙은이는 완전히 실신을 하였다. 물 건너로 품팔이 간 아들은 죽었는지 살았는지 십 년이 가깝도록 이렇단 소식이 없고, 며느리조차 달아난 뒤로는, 그 손자 하나만을 천금같이 믿고 살아온 것이었다.

이윽고 산지기는 보광사 파출소에서 순사 한 사람을 데리고 왔다.

가동 할멈은 한참 동안 산지기를 노려보더니, "예끼 모진 놈!" 하고 이를 덜덜 갈며 발악을 시작했다.

"고라 고라! 안 대겠소. 나무 산에 도둣지리²⁶ 보낸 단신 자리 모냈소. 이 얀반 사라미 아니 주깃소!"

순사는 와락 덤벼드는 가동 할멈을 우악스럽게 물리쳤다. 그러나 밀리면서도,

"아이구 이 모진 놈아, 천벌을 맞을 놈아! 내 자식 살려내라, 살려내―"

"고론 마리 하문 안 대겠소!"

순사는 눈을 잔뜩 부릅뜨고 노파를 막아섰다.

"여보 나리까지도 그러시우?"

가동 할멈은 장승같이 눈을 흘기더니 갑자기 또 "하하하!" 미친 웃음을 친다.

"아이구 상한아! 상한아! 귀신도 모르게 죽은 내 새끼야―"

하고 할머니는 마치 노래나 하는 듯이,

"어허야 상사뒤여, 지리산 갈가마귀 그를 따라 너 갔느냐? 잘 죽었다. 내 손자야, 명산 대지에서 너 잘 죽었구나 ― 하하

하……!"

이렇게 가동 늙은이는 그만 영영 미쳐버리고 말았다.

6

은하수가 남북으로 돌아져도 성동들은 가을답지 않았다. 전 같으면 들이 차게 익어가는 누런 곡식에, 농부들의 입에서도 저절로 너털웃음이 흘러나오고, 아낙네들은 가끔 햅쌀 되나 마련해서 장 출입도 더러 할 것이로되, 그해는 거친 들을 싱겁게 지키는 허수아비처럼 모두들 맥없이 말라빠졌다.

보광사로부터 산 땔나무터에도 인제는 더 할 것이 없고, 또 기한이 지나자, 사내들은 별반 할 일이 없었다. 간혹 도둑나무를 하러 다니는 사람이 있지만 붙잡히면 혼이 나곤 했다.

첫여름에 무단히[27] 경찰서로 끌려간 고서방은, 남의 논두렁을 잘랐다는 얼토당토않은 죄에 몰려 괜히 몇 달간 헛고생을 하다가 추석 지난 뒤에 겨우 놓여나왔으나, 분풀이는커녕 타고난 천성이라 도둑나무도 못 해오고 꼬박꼬박 사방공사 품팔이나 다녔다. 길이 워낙 멀고 보니, 그나마 닭 울자 집을 나서야 되고, 삯이라곤 또 온종일 허둥대야 겨우 삼십 전 될락말락. 그러나 이렇게 다니는 것은 물론 고서방만이 아니었다.

아낙네들은 버섯철이 지나자 이젠 멧도라지나 캐고, 그렇지 않으면 콩잎 따기가 일이었다. 그것도 자기 산 없고, 자기 밭 적은 그들은 욕 얻어먹기가 일쑤였다.

마침내 군청에서 주사나리까지 출장을 나와서, 소위 가뭄으로 인한 피해 상태의 실지 조사를 하고 가더니, 달포가 지나도록 아무런 소식이 없고, 동네 안에는 다만 주림과 불안만이 떠돌 뿐이었다. 그래도 보광사에서는 갑자기 간평[28]을 나왔다. 고자쟁이 이시봉과 본사 법무원(法務院)에서 셋— 도합 네 사람이 나왔다.

간평! 소작료! 농민들에게는 이 말이 무엇보다도 무섭고 또 분했다. 그러나 그날 절논 소작인으로서는 물론 하나도 출타를 않고 기다렸다. 농사조합의 평의원이 되어 있는 진수도 그날은 면소 일을 제쳐놓고 중들을 맞이하였다.

그래서, 진수의 집 사랑에서는 일찍부터 술상이 벌어졌다. 미리 마련해두었던 밀주와 술안주가 이내 모자랐든지, 머슴 놈이 보광리 상점으로 종종걸음을 치고, 쇠고기 굽는 냄새가 흐뭇이 새어 나오는 통에, 대문 밖에 죄인처럼 쭈그러뜨리고 앉은 소작인들은, 괜히 헛침만 꿀떡꿀떡 삼켰다. 작인들은 간평원들의 미움이나 받을까 저어했음인지 차례로 안으로 들어가서는, 오시느라고 수고했다고 공손히 수인사를 하고 나왔다. 고서방은 지난여름 당한 일을 생각하면 이가 절로 갈렸지만 그래도 시봉의 앞에 무릎을 꿇지 않을 수가 없었다.

"에헴, 에헴, 에—헴!"

치삼 노인도, 듣는 사람의 가슴까지 걸릴 기침 소리를 연거푸 뽑으면서 기다란 지팡이를 끌고 대문 안으로 들어갔다. 그리고 자식 같은 사람들 앞에 절을 하고서는, 그러지 말라던 아들의 말을 듣지 않고서, 그예 자기 집 농사 사정을 여쭈어보려고 했다.

"여보 노인, 그런 소리는 할 필요 없소. 메밀을 갈았으면 메밀을 간 세만 내면 되지 않겠소?"

이시봉은 거만스런 반말로써 사정없이 쏘았다.

치삼 노인은 다시 말해 볼 여지가 없었다.

"여보, 그런 말은 이런 데서 하는 법이 아니오. 괜히 남 술맛 떨어지게!"

곁에 앉은 중 하나가 뒤를 따라 핀잔을 하는 바람에, 화가 더 치밀었으나 진수의 권하는 말에 치삼 노인은 다행히(!) 무사하게 밖으로 나왔다. 그러나 "허 참, 복 받겠다고 멀쩡한 자기 논 시주해놓고 저런 설움을 받다니 온!" 하는 젊은 사람들의 말도 들은 체 만 체, 뼈만 왈왈 떨리는 다리를 끌고 자기 집으로 돌아갔다.

다른 사람들은 그래도 진수네 집 대문 밖에, 노 우거지상을 하고 앉아서 어서 술이 끝나기를 기다렸다. 그러다가 더러는 투덜거리며 돌아가고, 잡담이나 하고 고누나 두던 눅은 친구들도 나중에는 역시 불평이 나왔다.

"제에기, 간평을 나온 겐가, 술을 먹으러 나온 겐가? 아무 작정을 모르겠군."

머리끝이 희끔희끔한 친구가 이렇게 불퉁[29]하니깐, 곁에 있던 까만딱지가,

"글쎄 말이야. 이것들이 또 논을랑 둘러보지도 않고 앉아서만 소작료를 정할 것 아닌가?"

"제에기, 우, 우리 논에는 또 안, 가겠군. 자, 작년에도 앉아서

세만 자, 자 잔뜩 매더니……"

봉구란 놈도 한 마디 보탰다.

"설마 자기들도 사람인 이상 금년만은 무슨 생각이 있을 테지!"

한 시절 보천교[30]에 미쳐서 정감록이 어떠니 하고 다니던 최서방의 말이다. 삼십을 겨우 지난 놈이 아직도 상투를 달고, 거짓말 싱거운 소리라면 '소진장의'[31]라도 못 따를 것이고, 한동안 보천교에 반했을 때는 '육조판서'가 곧 된다고 허풍을 치던 위인이다.

"이 사람 판서, 설마가 사람 죽이는 걸세. 생각은 무슨 생각! 자네 판서나 마찬가지지 뭐."

툭 쏘는 놈은, 일본서 탄광밥 먹다 온 까만딱지 또쭐이었다.

이윽고 술이 끝났다. 모가지짬까지 벌겋도록 취해서 나서는 간평원들! 금테 안경을 쓴 진수 아내가 사립 밖까지 나와서 배웅을 하자, 그들은 인도하는 진수의 뒤를 따라서 단장과 함께 비틀거렸다. 그러한 그들의 뒤에는, 얼굴이 노랗고 여윈 소작인들이 마치 유형수(流刑囚)처럼 묵묵히 따랐다.

술 취한 양반들에게 옳은 간평이 될 리 없었다. 그저 작인들의 말은 마이동풍 격으로, 논두렁에도 바특이[32] 들어서 보는 법도 없이 다만 진수하고만 알아듣지도 못할 왜말을 주절거리면서, 그야말로 처삼촌 산소 벌초하듯이 흐지부지 지나갈 뿐이었다. 그러면서도 짐짓 성실한 듯이 이따금 단장을 쳐들어 여기저기를 가리키기도 하고, 혹은 수첩에 무엇인가를 적어 넣으면서.

그렇게 허수아비처럼 흐느적거리며 들깨의 논 곁을 지날 때였다.

"왜 메밀을 갈았소?"

시봉은 들깨의 수인사 대답으로 이렇게 물었다.

"할 수 있어야죠. 마른 모포기 기다렸댔자 열음 않을 게 고……"

들깨는 한 손에는 콩대, 한 손에는 낫을 든 채 열적게[33] 대답 했다.

"메밀은 잘 됐구먼."

"뭘요, 이것도 늦게 뿌려서……"

들깨는 시봉의 다음 말을 두려워하는 태도였다.

다른 사람들은 슬금슬금 앞두렁으로 걸어갔다. 거기서는 아기 를 등에 업은 들깨의 아내와 누이동생이 바쁘게 두렁콩을 베고 있었다. 덕아는 열일곱의 처녀로서는 놀랄 만큼 어깻죽지가 벌어 지고, 돌아앉은 뒷모습이 한결 탐스러웠다. 자기 뒤에 가까이 낯 선 사내들이 와 선 것을 깨닫자, 푹 눌러 쓴 수건 밑으로 엿보이 는 두 볼이 적이 붉어진 듯은 하나, 낫을 든 손은 여전히 쉴 새가 없었다.

"오빠! 왜 암말도 못했소?"

간평꾼들이 물러가자, 덕아는 시무룩해가지고 돌아오는 들깨를 안타까운 듯이 쳐다보았다.

"말은 무슨 말을 해?"

"세 좀 매지 말라구……"

"그놈들 제멋대로 매는 걸 어떻게."

"그럼 오빠는 이까짓 메밀 간 세도 바치려네?"

덕아는 자못 서글퍼하는 말씨였다.

"글쎄, 먹고 남으면 바치지!"

들깨는 픽 웃었다. 그는 최근에 와서 갑자기 무던히.배짱이 커졌다.

덕아는 오빠의 말에 확실히 일종의 미더움을 느꼈다. 그러나 허리에 낫을 여전히 꽂은 채 담배만 빡빡 피우고 앉은 오빠의 마음속은 결코 그리 후련한 것은 아니었다. 그렇다고 해서 메밀밭 위를 바삐 나는 고추잠자리처럼 조급하지도 않았지만.

이튿날 저녁, 동네 사람들은 진수의 집 사랑에 불려가서, 진수의 입으로부터 제각기 소작료를 들어 알았다. 그리고 그 무서운 결정에 다들 놀랐다.

그러나 가장 현대적 마름인 소위 평의원 앞에서, 버릇없이 덤뻑 불평을 늘어놓다가는 어느 수작에 어떻게 될지 모르는 형편이라, 작인들은 내남없이,

"허 참! 톡톡 다 떨어봐두 그렇게 될 둥 말 둥 한데……?"
따위의 떡심 풀린 걱정말이나 중얼거릴 뿐 모두 맥없이 돌아갔다.

들깨와 철한이들——이 동네 교풍[34]회장인 쇠다리주사의 말을 빌리면 동네서 제일 콧등이 세고 어긋한[35] 놈들은, 벌써 버릇이 되어서, 미리 의논이라도 한 듯이, 그날 밤에도 진수의 집에서 나오자 슬슬 야학당으로 모여들었다. 어느새 왔는지 곰보 고서방도 작은 방 한쪽 구석에 다른 때보다 한풀 더 힘없이 쭈그리고 앉아 있었다. 이윽고 불강아지 새끼 같은 야학생들을 죄 돌려보내고

는, 까만딱지 또쭐이가 큰 방으로부터 돌아왔다. 더펄더펄 자란 머리털 위에 분필가루를 허옇게 쓰고―서른세 살로서는 엄청나게 늙어 보이는 얼굴이었다.

이렇게 소위 콧등이 센 놈들은 저녁마다 야학당에 모여서, 그날그날의 피로를 잊어가며 잡담도 하고 농담들도 하다가는, 또쭐이로부터 일본의 탄광 이야기도 듣고, 또 이곳저곳에서 일어나는 소작쟁의 얘기도 들었다. 더구나 소작쟁의에 관한 이야기는 마치 자기들의 일같이 눈을 끔벅거리며, 혹은 입을 다물고 들었다.

그날 밤에도 그들은 이슥토록 거기 모여서 놀았다. 그러다가 마침내, 나올 곳 없는 그해 소작료를 어떻게 할까 하는 말이 누구의 입에선지 나오게 되었다.

7

쇠다리주사댁 감나무에 알감이 주렁주렁 달리고, 여물어진 박들이 희뜩희뜩 드러난 잿빛 지붕들에 고추가 발갛게 널리자 가을은 깊을 대로 깊었다.

그러나 농민들 생활은 서리 맞은 나뭇잎같이 점점 오그라져서, 밤이면 야학당에 모여드는 친구가 부쩍 늘어갔다. 하룻밤에는 몇 사람이 쇠다리주사댁 감을 따왔다.

"빨리들 먹게!"

또쭐이는 뒷일이 떠름했지만, 다른 친구는 오히려 고소한 듯한 표정들을 하였다.

"아따, 개똥이 저놈, 나무재주는 아주 썩 잘해! 그저 이 가지 저 가지 휘뚝휘뚝 타고 다니는 것이 꼭 귀신 같데."

철한이는 먹기보다 감 따던 이야기를 더 재미있게 했다.

"먹고 싶어 먹었다. 체하지는 말아라!"

한 놈이 벌써부터 두 가슴을 두드린다. 그러면서도 또 한 개를 골라든다. 사실, 퍼런 콩잎이랑 고춧잎 따위에 물린 그들의 입에, 감은 확실히 일종의 별미였다.

"제에기, 또 연설 마디나 있겠지?"

또쭐이가 담배를 피워 물며 투덜대니간, 바로 곁에 있던 고서방이,

"연설 아니라, 무릎을 꿇고 빌어도 허는 수 없지!"

자칫하면 동네 집회소―이 야학당에다 사람들을 모아놓고, 소위 사상 선도의 연설이 있곤 하였다. 그러나, 연설만으로써 어떻게 될 리는 만무하였다. 더구나, 속이 빤히 들여다보이는 교풍회장 쇠다리주사나 진흥회장 진수 따위가 씨부렁대는 설교에는 인제 속을 사람이 없었다.

지금은 누가 뭐라고 하더라도, 농민들은 결국 자기들대로 하는 수밖에 없었다. 소작료도, 빚도 이젠 전과 같이는 두렵지가 않았다. 그저 제가 지은 곡식이면 모조리 떨어다 먹었다. 뿐만 아니라 가다가는 남의 것에도 손이 갔다. 그러할수록 동네의 소위 유산자인 쇠다리주사와 진수의 신경은 극도로 날카로워졌다.

이튿날 아침, 철한이는 안골 논에서 콧노래를 흥얼거리면서 바

쁘게 낫을 휘둘렀다. 찬물내기[36]가 되어서 거기만은 겨우 가뭄을 덜 타고, 제법 벼이삭이 고개를 숙였다. 그는 잇달아 흥타령을 부르면서, 지난밤 어머니에게서 처음으로 들은 자기의 혼삿말을 문득 생각하였다. 상대자는 성동리에서 제일 얌전하다는 덕아였다. 한동안 치삼 노인이 쇠다리주사의 꿀떡 같은 말에 꾀였을 때는, 쇠다리의 첩으로 가게 되느니 어쩌느니 하는 소문이 퍼져서 울고 불고 하던 덕아가 결국 자기에게 오련다는 것이었다. 물론 그 이면에는 오빠 들깨의 숨은 힘이 크리라는 것을 생각하면, 오빠가 한없이도 고마웠다. 철한이의 머릿속에는 자꾸만 덕아가 떠올랐다. 한동네에 살면서도 자기와 마주치면 곧잘 귀밑을 붉히며 지나가던 덕아! 또렷한 콧잔등에 무엇을 노 생각하는 듯한 두 눈! 그리고…… 그렇다. 지난봄 덕아가 바로 그 논에 모내기를 왔을 때 본 그 희고 건강한 팔다리!— 예까지 생각하다가 철한이는 혼자서 픽 웃으며 머리를 절절 흔들어 공상을 흩어버리고는, 베어둔 볏단을 주섬주섬 안아서 지게에 얹었다.

그걸 해 지고, 총총히 자기 집 돌담을 돌아올 때, 그는 갑자기 발을 무춤 멈추었다.

안에서 뜻밖에 아버지의 고함 소리가 새어나왔기 때문이다.

"미친 소리 말아! 이런 엉세판[37]에 뭐 자식 장가?"

철한이는 그 말에, 일껏 가졌던 희망이 덜컥 무너지는 것 같았다. 그리고 그 자리에 서 있는 것이 행여 누가 볼까 부끄럽기도 했지만, 잠깐 더 어름댔다.

"자식을 두었으면 으레 장가를 들여야지, 그럼 살기 딱하다고 언제까지나……"

어머니의 눈물겨운 대꾸가 들렸다.

"그래도 곧 잘했다는 게로군. 앙큼한 년 같으니!"

"어디 종년으로 아시우? 늙어가며 툭하면 이년 저년 하게."

"저런 죽일 년 좀 봐!"

"죽이려든 죽여줘요. 나도 임자에게 와서 스무 해가 넘도록 종 노릇도 무던히 해주고 자식도 장가들 나인데, 이젠 이년 저년 하는 소린 더 듣기 싫어요."

"저년이 누구 앞에서 곧장 대꾸를 종종거리는 거야! 예끼, 미친 년, 죽어라 죽어!"

아버지의 벼락같은 호통과 함께 질그릇 부서지는 소리가 나더니, 이내 어머니의 외마디소리까지 들렸다.

철한이는 부리나케 집으로 들어갔다. 아버지는 어느새 어머니의 머리채를 움켜쥐고 있었다.

"제발, 이것 좀 놔요. 잘못 했소, 내 잘못 했소."

어머니는 머리를 얼싸쥐고 빌었다.

"아버지! 이거 노세요. 아무리 짜증이 나시더라도 이게 무슨 꼴이여요. 이웃 사람 웃으리다."

아들이 뒤에서 안고 말리니까, 아버지는 못 이기는 듯이 떨어졌다. 하나 분을 못 참고서,

"이 죽일 년아, 나는 여태 누구 종노릇을 해왔기에? 너희들이 들어서 내 뼉다귀까지 깎아 먹지 않았나? 응, 이 소견머리 없는 년아!"

그러면서 부들부들 떨었다.

싸움바람에 식겁을 한 막내 아들놈은 아침밥도 얻어먹지 못하고서 눈물만 그렁그렁 해가지고 학교로 떠났다.

어머니는 한참 동안 넋 잃은 사람처럼 되어서 뒤꼍 치자나무 앞에 앉아 있었다. 외양간 앞으로 돌아가 혼자 울가망[38]하게 서서 홧담배만 피워대는 아버지의 손아귀에는, 바칠 기한이 지난 세금 고지서와 함께 농사조합에서 빌려 쓴 비료 대금 독촉장이 꾸겨져 들려 있었다. 그는 문득 외양간 안으로 쑥 들어가더니, 순순히 서 있는 쇠등을 슬쩍 쓰다듬어 본다. 그것이 마치 악착한 생활에 함께 부대낀 자기의 아내나 되는 듯이…… 긴 눈썹 사이로 움푹 들어간 그의 눈에는 어느새 웬 눈물까지 고여 있었다.

철한이의 결혼은, 그리고 약 한 달 뒤에 행례가 있었다.

8

"아이고, 어느 도둑놈이 그 벼를 베어갔을까? 생벼락을 맞아죽을 놈! 그 벼를 먹구 제가 살 줄 알아…… 창자가 터질 꺼여 터져!"

하며 봉구 어머니가 몽당치마 바람으로 이 골목 저 골목 외고 다니고, 호세 징수를 나온 면서기가 그녀를 찾아다니던 날, 성동리에서는 구장 이외 고서방, 들깨, 또쭐이들 사오 인이 대표가 되어 보광사 농사조합으로 나갔다. 그들의 하소연은, 자기들이 봄에 빌려 쓴 소위 저리 자금(低利資金)의 ─ 대부분은 비료 대금이지만 ─ 지불 기한을 조금 더 연기해 달라는 것이었다.

보광사 소작인들은 해마다 소작료와 또 소작료 매석에 대해서너 되씩이나 되는 조합비와 비료 대금과 그것에 따른 이자를 바쳐야만 되었다. 그리고 비료 대금은 갚는 기한이 해마다 호세와 같았다.

의젓하게 교의에 기댄 채 인사도 받는 양 마는 양 하는 이사(理事)님은 빌듯이 늘어놓는 구장의 말일랑 귀 밖으로, 한참 '씨끼시마' 껍데기에 낙서만 하고 있더니, 문득 정색을 하고는,

"그런 귀치 않은 논은 부치지 않는 게 어때요?"
해 던졌다.

"……"

"해마다 이게 무슨 짓들이오? 나두 이젠 그런 우는 소리는 듣기만이라도 귀찮소. 호세만 내고 버티겠거든 어디 한번 버티어들 보시구려!"

"누가 어디 조합돈을 안 내겠다는 겁니까. 조금만 연기를 해달라는 거지요."

이번에는 또쫄이가 말을 받았다.

"내든 안 내든 당신들 입맛대로 해보시오. 난 이 이상 더 당신들과는 이야기 않겠소."

이사님은 살결 좋은 얼굴에 적이 노기를 띠더니, 그들 틈에 끼여 있는 곰보를 힐끗 보고는,

"고서방 당신은 또 뭘 하러 왔소? 작년 것도 못다 내고서 또 무

슨 낯으로 여기 오우?"

매섭게 꼬집었다. 그리고 그는 다시 장부를 뒤적거리면서, 하던 일을 계속했다. 일행은 허탕을 치고 밖으로 나왔다.

그리고 며칠 뒤, 저수지 밑 고서방의 논을 비롯하여 여기저기에, 그예 입도차압(立稻差押)의 팻말이 붙기 시작했다.

농민들은 알아보지도 못하는 그 차압 팻말을 몇 번이나 들여다보고, 또 들여다보았다. 피땀을 흘려가면서 지은 곡식에 손도 못 대다니? 그들은 억울하고 분하기보다, 꼼짝없이 이젠 목숨을 빼앗긴다는 생각이 앞섰다.

고서방은 드디어 야간도주를 하고 말았다.

"이렇게 비가 오는데, 그 어린것들을 데리고 어디로 갔을까?"

이튿날 아침, 동네 사람들은 애 터지는 말로써 그들의 뒤를 염려했다.

무심한 가을비는 진종일 고서방이 지어두고 간 벼이삭과 차압 팻말을 휘두들겼다.

무슨 불길한 징조인지 새벽마다 당산등에서 여우가 울어대고, 외상술도 먹을 곳이 없어진 농민들은 저녁마다 야학당이 터지게 모여들었다.

그리하여 하루아침, 깨진 징소리와 함께, 성동리 농민들은 일제히 야학당 뜰로 모였다. 그들의 손에는, 열매 못한 빈 짚단이며 콩대, 메밀대가 잡혀 있었다.

이윽고 그들은 긴 줄을 지어가지고 차압 취소와 소작료 면제를 탄원해 보려고 묵묵히 마을을 떠났다. 아낙네들은 전장에나 보내는 듯이 돌담 너머로 고개를 내가지고 남정들을 보냈다. 만약 보광사에서 들어주지 않는다면…… 하고 뒷일을 염려했다.

그러나 또쭐이, 들깨, 철한이, 봉구——이들 장정을 선두로 빈 짚단을 든 무리들은 어느새 벌써 동네 뒤 산길을 더위잡았다. 철없는 아이들도 행렬의 꽁무니에 붙어서 절 태우러 간다고 부산히 떠들어댔다.

항진기 抗進記

쇄—, 쇄—

밖에서는 작달비[1]가 계속 내려붓는다. 게다가 때 아닌 샛바람까지 곁들여서 거센 빗발이 마룻바닥을 마구 엇때려 곰팡 슨 세살문을 사정없이 적신다. 여기저기 구멍이 난 문종이가 사나운 비바람에 부대껴서 풀기 없이 펄럭인다. 방 안은 멀미가 나게 우중충하다.

"제기, 아직 멀었나?"

두호는 기다리기가 지겨운 듯이 또 한 번 문을 쳐다보았다. 턱이 조금 빨고 갸름한 얼굴에 눈이 유난스레 뚜렷해 보였다. 어스름은 좀처럼 물러가지를 않았다.

두호는 눈자위를 찌푸린 채 다시 돌아누우며 기지개를 하느라고 다리를 내던졌다. 그러자 낡아빠진 방바닥에서 먼지가 풀썩 솟기라도 하는지 매캐한 냄새가 코에 몰렸다. 동시에 재채기가 엣켕 나왔다.

"예끼, 빌어먹을 놈의……!"

두호는 참다못해 마침내 이렇게 구두덜거리면서 거적으로 밖을 가린 들창을 쥐어박기라도 할 듯이 일어나 앉았다. 그러나 종아리쯤을 두어 번 쓱쓱 긁어대다가 바삐 문을 차고 나갔다.

바깥은 제법 훤했다. 그도 그럴 것이 여느 때 같음 벌써 아침 해가 솟을 무렵이었으니까.

두호는 장마에 씻겨 불어난 때가 마치 청돌에 낀 이끼처럼 매끄러운 마루 끝에 나섰다가 느닷없이 빗방울이 얼굴을 스치는 바람에 부리나케 몸을 돌려 경중경중 봉당을 뛰어 건너 잠실 안으로 들어갔다. 그는 곧 초롱에 불을 켜들고서 조용히 잠박²들을 들여다보았다.

주림에 지친 누에들이 어느새 인기척을 알아챈 듯이 일제히 대가리를 쳐들고 이리저리 내흔들었다. 오를 때가 며칠 남지 않은 누에들이 먹이를 찾는 가댁질³이었다. 사람 같음 꼬빡 두 끼를 못 먹은 셈이니까.

"제기, 요것들도 이렇게 살려고들 야단인가!"

두호는 혼자서 중얼거리며 이 잠박 저 잠박을 차례로 꺼내가며 살펴보았다.

"에험, 엣헴, 애 좀 어떠냐?"

아까부터 잠실 밖 의지간에서 콜록콜록 쇠기침을 해대다 들어오는 아버지의 소리였다. 그러나 두호는 돌아도 안 보고,

"아직은 괜찮은가 봐요. 하지만 이걸 다 어떻게 하지요?"

“왜?”

“먹일 게 있어야죠. 한두 잠박도 아니고 원!”

“글쎄……”

아버지 박첨지는 입맛만 죽 다신다.

“인제 곧 한밥⁴ 받을 땐데……”

아들도 떡심 풀린⁵ 듯 혀를 찼다.

“더러 죽지는 않았나?”

박첨지는 걱정스럽게 물었다.

“왜 죽은 게 없겠어요. 워낙 산 놈 수가 많으니까 잘 안 보이지요.”

“어디 좀 보자꾸나.”

하고 박첨지가 다가서더니,

“야, 이런 난리 좀 봐!”

“이대로 두면 나중엔 저희들끼리 서로 살이라도 뜯어먹겠지요?”

“글쎄……”

박첨지는 우두커니 누에들의 가댁질 광경만 바라볼 뿐이었다.

“어제보다 되레 가늘어졌죠?”

“그런가? 워낙 못 먹였으니 원……”

“잘 먹여도 이 장마철에 잘되기가 어려울 텐데…… 이키, 이것 봐요. 요렇게 죽은 놈이 있잖아요? 이건 틀림없이 굶어서 죽었을 거예요.”

두호는 죽은 놈 하나를 꺼내가지고 아버지에게 쑥 내밀었다.

박첨지는 죽은 누에를 받아들고 초롱불에 비춰 보더니,

"며칠만 더 견딜 것 아닌가!"

하며 못내 안타까운 듯이 얼른 내던지지를 못했다. 하긴 개구리 한 마리도 아직 죽여본 일이 없고, 무릇 목숨을 가진 것이라면 쥐 새끼라도 사랑하고 가긍히 여기는 그라 무리는 아니었다.

"날씨는 이렇게 연일 장마가 지는데 이 많은 걸 다 어떻 게……"

아버지의 누긋한 태도에 비하면 두호는 성질이 자못 팔팔한 편이어서 말 같은 것도 걱실걱실 거리낌 없이 잘할뿐더러, 어딘지 모르게 만만찮은 구석이 있어 보였다.

"낭패로구먼. 날씨나 든다면 산뽕이라도 따와서 구하는 대로나 구해보겠지만."

박첨지는 잠박가로 기어 나오는 누에들을 꼼꼼스레 안으로 주 워 넣으며 맥 빠진 대답을 했다.

"산뽕인들 어디 그렇게 있나요? 죄다 따냈는데."

두호의 말눈치는 짜증도 같고 핀잔도 같았다.

"애초부터 제가 조금만 치자고 하지 않았어요? 괜히 남의 떡 보 고 김칫국 마신 격이었죠 머. 고까짓 두어 뙈기 뽕을 가지고서 어 떻게 끝갈망을 하려고 원!"

'산뽕'이란 말에 두호는 한결 진저리가 났다. 그것도 그럴 것 이 이번 누에를 치느라고 그놈의 산뽕을 찾아서 근 보름 동안이 나 불피풍우(不避風雨)하고 개새끼처럼 이 산 저 산을 헤매었으 니까.

"나도 무리한 짓인 줄로 짐작은 했지만……"

젊은 아들이 불쑥 쏘는 바람에 어차피 한풀 꺾인 박첨지는 말끝을 채 맺지 못하고서 그만 적적한 웃음만 보일 뿐이었다. 어찌 보면 한숨 같기도 한 웃음을.

두호는 예전 같으면 나이 찬 아들에게도 매질을 했을 뿐 아니라, 자기가 옳다고 생각해서 한 일이면 누구 앞에도 허리를 굽히지 않던 아버지가 아직 그럴 나이도 아닐 텐데 그처럼 쉽사리 기가 죽어가는 걸 보고는 은근히 마음이 아팠다.

그는 이내 자기의 말이 지나친 것이나 아닐까 생각하고 아버지에 대한 불손을 속으로 뉘우쳤다. 그리고 응당 무리한 짓인 줄을 알면서도 그렇게 하지 않을 수 없었던 아버지의 심사를 촌탁[6]하면 더욱더 마음이 괴로웠다.

잠깐 서로 말이 끊어진 뒤 아버지는 허리춤에서 장죽을 빼어 물며 잠실을 나갔다.

"허허, 이런 날씨 좀 봐. 기어이 병자년 값을 하고야 말 겐가원!"

이윽고 아버지의 푸념 비슷한 소리가 들리자 두호는 문턱에 걸터앉으며,

"병자년, 아주 큰 흉년이 든 해운이라죠?"

말눈치가 아까보다 훨씬 부드러워졌다.

"흉년뿐인가! 병자호란이라고, 큰 난리가 난 해도 있었지. 내가 알기로는 큰 비가 와서 홍수가 지고 흉년이 들어서 사람이 여러 수백 명 죽었지만, 어쨌든 병자란 연호는 듣기만 해도 진절머리

가 난단 말야."

"그러실 테죠."

두호는 짐짓 아버지의 이야기에 귀를 기울였다.

"생각할수록 징글징글하지 머. 어떻게 비가 많이 왔던지 뒷강물이 벌⁷이 차게 넘고, 날마다 집채가 떠 내리고, 소가 떠 내리고, 뱀이 칭칭 감겨 붙은 시체가 떠 내리고…… 정말 목불인견이었지. 우린 그때 아직 철이 없었지만 어린 생각에도 참 하늘이 원망스럽더군."

박첨지는 부엌 앞에서 빗발을 피하고 서서 옛일을 회상하고는 다시금 말을 이었다.

"그런 난리판에도 부자들만은 흉년 덕을 톡톡히 보았거든."

"흉년 덕이라뇨?"

"땅값이 워낙 싸졌으니 그렇지. 당장 굶어 죽는 판에 논밭이 쓸데 있는가! 그저 지낼 만한 댁에 가서 흰죽 한두 그릇 얻어먹고는 두서너 마지기씩 척척 바쳤거든. 실은 네 칠촌댁 재산도 거의 그때 걸태질⁸해 들인 것이지만 말야. 우리도 논마지기 좋이 갖다 바쳤지……"

박첨지는 입가에 고스러져 붙은 수염을 들썩거리며, 억울한 표정을 지어 보였다.

'그러한 칠촌에게 빌붙어서 거지 공부를 하다니.'

두호는 생각이 딴 곳으로 빗나갔다.

—구리귀신이라고 불리는 칠촌의 발싸개 같은 돈에 군침을 흘리며 따르는, 형의 애도 곤도 없는⁹ 태도가 새삼스레 얄미워졌다.

아버지와 아들은 다시 말이 없다. 마치 서로 약속이라도 한 듯이.

비도 잠깐 그치고 썩은새[10]를 타 내리는 낙숫물 소리만이 들렸다. 바람만은 여전히 사나워서, 산울타리의 호박잎이랑 옥수숫대를 몰강스럽게 욱대겨댔다.

아버지는 문득 들일이 걱정스러웠던지 어느새 우장 삿갓을 차려가지고 사립문을 나서고 어머니는 조반을 짓느라고 물을 길어 온다, 추진[11] 삭정이에 불을 붙인다 해서 혼자서 바쁘다. 그러나 두호는 엉덩이가 천근이나 되는 듯이 내처 한자리에 걸터앉아 있었다.

'이놈의 누에들을 다 어쩌지……'

아무래도 살려낼 자신이 나지 않았다.

'그만 죄다 쓸어서……'

삥뽕삥뽕 하는 지지랑물[12] 소리가 천 리 밖에서나 들려오는 듯, 머리가 횡했다.

다행히 조반 후에는 날이 조금 드는 것 같았다. 작달비가 슬금슬금 는개[13]로 바뀌었다.

두호는 다시 아버지와 함께 대광주리를 둘러메고 집을 나섰다. 싫어도 할 도리가 없다. 산뽕이라도 따와야 했기 때문이다.

때마침 형 태호와 영애가 우산을 같이 받고 무엇인지 웃고 지껄이며 집을 향해 걸어오고 있었다.

두호는 별안간 속이 뭉클했다. 못 본 체 지나려다 영애를 향

해서,

"비도 오는데 미안하오."

영애란 이 처녀는 거의 날마다 자기 집에 들르는 양잠 순회지도원이다. 보통 누에 선생이라고 불리는 그녀는 해말쑥한 얼굴에 날씬한 키가 열아홉으로서는 성숙한 편이었다.

"뽕 따러 가세요?"

볼을 약간 붉히며 쏘아본다.

"네."

"산뽕?"

"그럼요. 밭뽕은 바닥이 났으니까요."

"저런! 날씨도 이런데……"

영애는 숫제 동정하는 표정을 지어 보였다. 형은 아무 말이 없었다. 괘씸했다. 그러나 두호는 아무런 내색도 않고 그저 아버지의 뒤만 따랐다. 그러면서도 머릿속에는 이상한 감정이 점점 자리 잡기 시작했다──암만 해도 형과 영애 사이가 수상스러워 보였다.

그러나 곧 부인했다.

'설마 그럴 리야 있을라고? 영애의 천성이 그럴 테지. 직업의 탓도 있겠지만 원래 어떤 남자를 대해서도 과히 내외를 하지 않을뿐더러 조금만 친해져도 숫기 좋게 잘 지껄이는 편이니까. 그리고 형으로 말하더라도 나와 영애 사이를 바히 모를 리 없고……'

두호는 일단 이렇게 제 맘대로 판단을 하려고 해보았지만, 그것으로 속이 시원할 리는 없었다. 이상한 생각은 연방 꼬리를 물고 일어났다. 그럴수록 그는 또 더욱 부정하려고 들었다.

"그럴 리 없지!"

두호는 부지중 이렇게 중얼거렸다.

"왜? 뭐가 어떻게 됐는데?"

아버지가 의아스럽게 돌아보자, 그는 비로소 정신을 가다듬었다.

"암것도 아녜요."

당황히 시치미는 떼었지만 얼굴이 절로 화끈해졌다.

박첨지는 무슨 영문인지 알 바 없었으나 굳이 물으려고도 안 했다.

아버지와 아들은 다시 잠자코 휘휘한¹⁴ 산길을 더위잡았다. 두호는 물론 부질없는 생각을 거듭하면서.

미친 날씨는 이따금 개 오줌 싸듯 산돌림¹⁵을 질끔거렸다. 그럴 때마다 그들은 흐느적거리는 삿갓을 더욱 내리 숙였다.

이렇게 해서 한 시간 남짓 터덕거린 다음 그들은 겨우 안산이란 데에 이르렀다. 그 안산 열두 골짜기는 신라 때부터 누에를 많이 치던 고장이라 전해오는 만큼, 지금도 산뽕이 비교적 흔했다. 거기서부터 그들은 바삐 일을 시작해야만 했다.

그러나 산뽕이란 놈은 그리 흔하게 있는 게 아니다. 기억을 더듬어 있을 만한 자리를 여남은 군데 찾아야만 그저 한두 포기 만날 둥 말 둥, 그러나 자칫하면 그마저 남이 먼저 훑어간 빈 가지이게 마련이다.

"이런, 여기도 벌써 다 따냈군!"

박첨지는 허방을 짚을 때마다 이렇게 중얼거리며 커다란 허우대를 웅크리고는 다시 가지 사이를 빠져나갔다.

"이런 제기랄!"

두호는 뽕나무도 제대로 찾지 못하고, 자칫하면 낯바닥에 거미줄만 뒤집어쓰게 마련이었다. 그러니까 자연 화도 더 났다. 자나 깨나 빈둥빈둥 자빠져 놀기만 하는 형이 새삼스럽게 얄미웠다. 아무리 어정뱅이[16]라 해도 병신 아닌 다음에야 요만 일쯤은 넉넉히 거들 수가 있을 텐데 백발이 다 된 아버지가 저렇게 허둥대는 양을 뻔히 짐작하면서도 모른 체 방바닥에만 엎쳐 있다니? 게다가 오늘은 영애까지 데리고 그 엄청난 사회니 인생이니 하며 까치 뱃바닥 같은 소리를 또 씨부렁거리지나 않을까 생각하면, 낯바닥에 침이라도 뱉어주고 싶었다.

그러나 화는 화요, 일은 일이다. 두호의 눈과 손과 발은 여전히 뽕만을 찾아 헤매었다.

이렇게 두 부자는 끈덕지게 산뽕을 찾아서 갈렸다가는 다시 만나고 마주쳤다간 다시 헤어져가며 억척같이 산을 더듬어 올랐다. 그러다가 마침내 그들은 한참 동안 서로 길이 엇갈렸다.

악치듯한 작달비가 또 한 줄기 지난 뒤 매지구름은 산꼭대기를 급히 감돌고 안개는 자꾸만 짙게 깔리기 시작했다. 한 발짝 앞이 아득해졌다.

이윽고 두호의 귀에는 이상한 소리가 어렴풋이 들렸다. 순간 그는 귀를 쫑그렸다. 동시에 불길한 생각이 번개같이 머릿속을 지났다. 그러나 두번째의 소리도 분명하지를 않았다.

세번째 만인가,

“두호야—”

하는 소리가 분명했다. 꽤 멀리서 들려오는 듯한 아버지의 목소리였다.

“네?”

두호는 부리나케 발돋움을 했다.

“어디 있니?”

“여깁니다. 너덜경 웁니다.”

그리고 얼마 뒤에 아버지가 머리 위께 나타났다.

“저런! 왜 그런 데까지 내려갔니?”

박첨지는 질린 표정을 지어 보였다. 아들이 아주 귀꿈스런[17] 낭떠러지 끝에 가 붙어 있었던 것이다. 하긴 그런 곳이니까 다행히 사람의 손이 가지 않은 산뽕도 있었으리라. 그러나 보기만 해도 아찔한 벼랑 끝이었다.

“어서 그만 올라오너라.”

박첨지는 차마 눈을 줄 수 없는 듯이 고개를 돌렸다.

“걱정 마세요.”

두호는 그래도 억척보두[18]같이 남은 가지를 마저 휘어잡았다.

“아서라 애, 그만 올라오라니까!”

박첨지는 이맛살을 잔뜩 찌푸리면서 아들을 나무랐다.

두호는 하는 수 없이, 그러나 안타까운 듯이 잡았던 가지를 도로 놓고서 곰처럼 엉금엉금 낭[19]을 기어올랐다.

박첨지는 뽕이 제법 치면한[20] 광주리를 진 채, 아랫배짬에 넓적한 칡잎을 서너 조각 눌러대고 있었다.

"배를 왜 그랬어요?"

두호는 별안간 가슴이 철렁했다.

"머, 아무렇지도 않아. 뽕나무 가지에 조금 긁혔지. 넌 참 많이 땄구나!"

박첨지는 되레 씩 웃으며, 아들의 광주리 속을 부러운 듯이 바라보았다.

"또 나무에서 떨어졌군요?"

두호는 칡 잎사귀에 묻은 핏자국을 노려보며 상을 연신 찌푸렸다.

두 부자의 광주리에는 뽕이 제법 그득했다.

"자, 인제 그만 가자고. 이만하면 한 이틀은 걱정 없겠지?"

박첨지는 자못 만족한 듯이 앞장을 섰다. 넓적한 얼굴에는 검버섯이 거뭇거뭇하고 젖은 뽕잎을 걸머진 잔등은 흡사 곱사등처럼 휘어들었다.

옷은 모두 속속들이 젖어 있었다. 산길은 내려오기가 힘들었다. 짐을 진 채 바위뿔이 쑥쑥 내민 안돌이 지돌이[21]를 조심조심 돌아야 하고 너덜[22]을 건너야만 했다. 황톳길도 미끄러워 만만치가 않았다.

두호는 터덜거리는 아버지의 손목을 빠듯이 꺼잡아주었지만 길이 워낙 미끄러워 몇 번이나 한꺼번에 궁둥떡을 쳤다. 삿갓도 몇 차례나 날렸다. 가뜩이나 젖어 있는 궁둥이짬엔 벌겋게 황토물이

들었다.

이렇게 허둥지둥 터득거리는 판에 얄미운 산돌림이 또 한 줄기 쏟아졌다. 그들은 짐을 진 채 고슴도치처럼 몸을 웅송그리고는 언덕 밑에 쪼그려 앉았다.

"쳇! 네 형은 언제나 사람이 될는지……?"

박첨지는 참다못해 한숨을 지었다.

"글쎄요."

두호는 열없게 받아 넘길 따름이었다.

"그동안 집안 사정을 제 눈으로도 보았으니까 인제 셈도 날[23] 텐데…… 그놈의 전문학교란 데는 도대체 뭘 가르치는 덴지 원!"

"형님 말로는 머 인텔리겐치아라든가 인충인가를 만들어낸다더군요."

두호의 머릿속에는 형 태호에 대한 불만이 다시 부글거리기 시작했다.

'가산을 망친 형!'

이런 생각을 하지 않을 수가 없었다. 아닌 게 아니라 태호는 중학을 마치느라고 원래 보드라운[24] 살림을 여지없이 탁방[25]을 냈던 것이다. 그리고 중학을 마치면 부모를 돕겠다던 것이, 마치는 그 날부터 아버지의 말에는 도무지 귀를 기울이지 않고 가린주머니고 엉큼대왕인 칠촌 아저씨한테 어떻게 애걸복걸 매달려서 소위 전문학교란 데를 나왔으나, 이번에는 부모의 말을 안 듣기만이 아니라 노박이로[26] 일만 해오고 부모에게 순종하는 두호까지를 봉건적이니 혹은 인식 부족이니 하며 곧잘 타박만 주었다. 물론 자기는—형의 말을 빌리면—적어도 전 인류의 행복을 위해 싸우는 주의자로 자처하면서.

'눈물나는 투사여!'

두호는 입으로만 사회주의를 씨부렁거리고 다니는 형을 속으로 비웃었다.

'오늘만은 어째도 형을 한바탕 해주리라!'

이렇게 그는 마음을 굳게 가다듬으며 일어섰다.

태호는 마침 집에 없었다.

"형은 어딜 갔어요?"

두호는 어머니를 보고 부루퉁했다. 마치 어머니가 그를 어디로 빼돌리기라도 한 듯이.

"누에 선생하고 같이 나갔는데 아마 칠촌댁 사랑에라도 가 있겠지. 내 곧 데리고 올게, 어서 옷이나 갈아입어. 에구, 저런! 입술이 아주 시퍼렇구나."

어머니는 숫제 무슨 잘못이라도 저지른 듯이 서성거린다.

박첨지와 두호가 겨우 옷을 갈아입고 나오자 어머니는 헛걸음을 하고서 돌아왔다.

"거기도 없더구만. 점심을 게서 먹었다는데……"

"없어?"

하고, 이번에는 아버지가 말을 받았다.

"그럼 또 건넛마을에 간 것 아닌가? 어서 가 불러와요. 에이, 소 같은 놈!"

"어이구, 그놈은 왜 그리 철이 안 나는지 온……!"

어머니는 다시 치맛자락을 걷어쥔다. 한국의 어머니들은 자식들의 잘못은 도통 자기의 잘못이나 '철부지'로만 돌리려 든다.

어머니가 사립을 나가자 뒤미처 영애가 들어왔다. 순회지도 시간이었던 것이다. 그녀는 곧장 두호가 있는 잠실로 들어갔다. 무명 등바대[27]를 넓적하게 댄 등을 이쪽으로 돌린 채 두호는 열심히 추진 뽕잎을 닦고 있었다.

"산뽕을 많이 따오셨다지요?"

하고, 영애가 가까이 가도,

"네, 조끔."

할 뿐, 그는 돌아도 안 보고 하던 일만 계속했다.

"왜, 화 나셨나요? 사람이 와도 못 본 체하고……"

영애는 흰 이빨을 가지런히 드러내며 쏘아보았다. 짐짓 시틋한[28] 표정이었다.

"아니, 고맙소, 누에 선생님!"

두호는 그제야 잠시 일손을 멈추고 이렇게 만만하게 응대를 하였다. 이미 그럴 정도로 두 사람은 서로 친숙해져 있었던 것이다.

"많이 따셨구먼요."

영애는 이내 일을 돕기 시작했다.

두호와 영애가 처음 안면을 익힌 것은 벌써 일 년 전 일이었다. 지난해 봄 영애가 이 구역의 양잠 지도원으로 왔을 때부터였다. 그러니까 이번으로 두번째가 되는 셈이다.

양잠 지도원이란 것은 뻐꾹새처럼 봄에만 왔다 가는 뜨내기다. 그것도 한 번 오면 그저 한 달 소수 머물렀다 갈 뿐이다.

두호는 지난해 봄 처음으로 그녀를 만났을 때부터 그녀의 명랑한 웃음과 쾌활한 성격에 마음이 끌렸다. 홀어머니의 무남독녀라고는 도저히 생각되지 않을 만큼 서글서글했다. 그래서 두호는 엉뚱스런 생각은 가지지 않으면서도 가까워졌다. 그러나 헤어지고 나서는 편지 한 장 내지 않은 그런 사이였다.

그러던 것이 금년 봄에 다시 만나게 되고부터는 한결 그녀에게 마음이 쏠렸다. 묻어두었던 화롯불이 되살아나는 격이랄까.

물론 영애도 지난해보다는 한층 더 친숙해졌다. 마치 의오빠라도 대하듯이. 그래서 두호가,

"왜 시집을 안 갔소?"

하면,

"왜 장가를 안 들었지요?"

하고 맞먹을 정도였다.

두호는 누에를 손질하다가 일부러 곁에 있는 영애의 목덜미에 그놈을 슬쩍 한 마리 갖다 붙여놓고는 "에그머니!" 하고 놀라는 양을 보곤 웃기도 했다. ──요컨대, 늙은 부모를 모시고 애면글면[29] 엉세판[30]을 헤어나가고 있는 두호의 모래를 깨무는 듯한 생활에 영애는 한줄기의 위안을 안겨주는 고마운 존재였던 것이다.

그러한 영애가 인제 얼마 안 가서 또 떠난다. 누에만 오르면 제비같이 휭 떠나고 마는 거다. 두호는 자기를 도와서 잠박들에 재빨리 뽕을 펴주고 있는 영애의 그 누에를 닮은 토실토실한 손가락에 문득 일종의 애달픔 같은 것을 느꼈다.

"영애씨!"

“네?”

영애는 무슨 낌새를 챘는지 돌아도 안 보고 대답만 했다.

“댁에는 언제쯤 가시겠소?”

“누에만 다 오르면 곧 가야지요.”

“누에만 오르면—?”

“왜요—?”

영애가 쌩그레 돌아보았다.

“아니, 며칠 쉬셨다 갔으면 싶어서. 이곳 산수도 구경하고……”

이번에는 두호가 외면을 했다.

“이렇게 장마에 찌들리고서 구경은 무슨 구경을 해요?”

“그럴수록 등산이라도 해서 울적한 마음을 풀어야죠. 미태암 절도 좋고, 냉정재란 데 올라가면 안골 열두 동네랑 앞강물이 한눈에 확 들어오지요. 그리고 뻐꾹새도 많이 울거든요. 더구나 이런 봄철에는—”

두호는 말에 정신이 팔려서 닦은 뽕을 광주리에 넣다가 도로 꺼내기도 했다.

“하지만……”

영애가 망설이자,

“왜요?”

하고, 두호는 정면으로 영애를 쏘아보았다.

“어디 그런 팔자들이 되나요?”

“그럼 없는 사람들은 산 구경도 못 하나요?”

팔자란 말에 두호는 뭉클했다.

"그래도…… 다음 기회로 미루지요."

영애는 또 하나의 잠박을 내렸다. 다른 잠박에서 모짝모짝 뽕을 먹어 들어가는 소리가 쏴— 하고 들리자, 미처 먹이를 못 받은 놈들이 고개를 쳐들고 환장을 했다.

"다음 기회라……?"

두호는 떡심 풀린 소리를 중얼대며 뽕을 다 준 잠박을 시렁 위에 도로 얹었다. 오를 때가 다 돼 가는 잠박은 제법 묵직했다.

"내년도 있고…… 왜 여름에는 안 치세요?"

영애는 한참 있다 말을 이었다. 사실은 조용한 잠실 안에서 젊은 남녀가 말없이 있다는 것은 거북스러웠으니까.

영애도 두호의 심정을 짐작 못하는 바가 아니었다. 두호가 자기를 생각하는 정도까지는 못 가더라도 자기도 두호의 그 씩씩하고 현실적인 태도에는 어딘지 모르게 사내다운 힘미더움[31]을 느꼈던 것이다. 그러나 쥐면 터질까, 불면 날까 하면서 자기를 길러온 어머니의 생각이 과연 어떨는지, 그리고 또, 아니 그보다 두호의 가정 형편을 생각할 때는 어떻게 태도를 결정해야 좋을지 몰랐다.

게다가 또 한 가지 마음에 걸리는 것은 두호의 형 태호였다. 그는 그즈음 서울서 돌아온 이후 거의 밤낮을 가리지 않고 영애가 기식하고 있는 자기의 칠촌 아저씨 댁을 드나들면서 기회가 있는 대로 영애와 가까워지려고 애를 쓰고 있다. 얼핏 생각하면 찰거머리같이 추근추근한 태도가 싫기도 했지만 그래도 사회에 대한 커다란 불만을 안은 채, 주위의 멸시와 몰이해 속에서도 꾸준히 자기를 지켜 나가려고 애쓰는 지조랄까, 아무튼 그런 세속적이 아닌 점에 동정이 가지 않을 수가 없었던 것이다.

두 사람 사이에는 잠시 말이 또 멎었다. 주렸던 누에들이 급히 뽕을 먹어대는 소리가 마치 소낙비 소리처럼 들릴 뿐이었다.

별안간 안방 지게문 열리는 소리가 덜거덕 하더니 박첨지의 헛기침 소리가 들렸다. 태호가 돌아온 모양이었다.

"너 또 건넛마을에 갔었지?"

첫말부터 심상찮게 나왔다.

"……"

태호는 여느 때와 같이 대답이 없었다.

"그놈의 건넛마을에는 밤낮 뭣 하러 다니니? 두삼이가 네 뭐나 되느냐?"

아버지의 언성은 점점 높아졌다. 그러나 태호는 역시 아무 말도 없이 그저 시무룩한 표정을 지은 채 잠실 안으로 들어왔다. 물론 두호를 보고 영애를 보고도 말이 없다. 오히려 영애가 거기에 있었기 때문에 더욱 창피를 느끼는 듯한 그런 표정이었다. 아버지의 성화는 계속되었다 —

"집안 형편을 뻔히 알면서…… 에이 소 같은 놈! 나이 스물다섯이나 되는 놈이 소견머리가 온 그뿐이란 말인가?"

아버지는 욱 하는 불뚱이를 참지 못하고 마루 끝에 나앉는 기색이다.

"일자리를 구해보라고 그렇게 입이 닳도록 타일러도 도무지 그럴 생각은 않지, 그렇다고 국으로 집안일이나 거드느냐 하면 그것도 싫다 하고 밤낮 펀둥펀둥 자빠져 놀면서, 그저 남보기가 부끄러우니 괜히 두삼이나 찾아다니며 무슨 주의니 뭐니 하고 시시덕거리니 그게 어디 될 말인가? 애닯지 애닯아. 괜히 두삼이 본을 받아가지고서…… 이놈아, 그래도 두삼이가 무슨 사회주의를 하더냐? 술이나 처먹고 한숨이나 쉬고, 네 말마따나 기생집에 누워서 축음기 소리에 눈물이나 흘리는 그게 사회주의인가? 개 오줌 같은 눈물이지! 그냥 놀고 지내려니 남부끄러워서 하는 부잣집 자식들의 그 엄청난 잠꼬대— 어느 놈이 그런 것을 사회주의라고 하더냐? 정말 사회주의자가 들으면 배를 안고 나자빠질 거다."

박첨지는 아니꼽다는 듯이 가래침을 탁 뱉는다. 태호는 침 먹은 지네처럼 아무 말이 없다.

박첨지의 불뚱이는 더 계속되었다—

"인제 다시는 두삼이에게 가지 말아라. 그리고 기어이 사회주의를 하고 싶거든 우리 집에서부터 해보자구나. 노는 놈은 먹지 말라는 그 좋은 말을 다른 데 가서만 하지 말고 우리 집에서도 더러 해 봐. 왜 하필 늙은 부모하고 네 동생만을 그렇게 부려먹으려드니? 너는 왜 그 좋은 걸 하지 않고 병든 놈처럼 밤낮 자빠져 놀기만 하느냐 말이다. 그게 소위 너희들의 사회주의란 거냐? 콜록콜록……"

박첨지는 잇달아 나오는 쇠기침 바람에 말이 뚝 끊겼다. 그 틈을 타서 어머니의 목소리가 들렸다.

"인제 그만 진정해요. 저도 이담부터는 무슨 셈이 안 들겠어요?"

속으로는 겁을 내면서도 하는 말눈치 같았다.

"뭐, 셈이 들어?"

박첨지는 마누라에게로 화살을 돌렸다.

"그래, 셈들 놈이 저러고 있겠소? 그놈이 지금 내가 하는 말을 한 마디나 귀담아듣고 있는 줄로 아요? 천만에! 허우대는 아주 씻은 배추 줄기 같지만 속은 딴판이라오. 아무리 내가 빌듯이 타일러도 쇠가죽 무릅쓴 놈같이 그저 똥구멍으로만 숨을 쉬었지, 듣긴 뭘 들어! 할멈이 들어서 저 자식을 저렇게 만들었잖소? 공연히 그놈의 복에 없는 전문학교는 보내가지고…… 글쎄, 저놈 공부시키느라고 즈 아저씨 댁을 찾아다니면서 갖은 눈총을 무릅쓰고 애걸복걸한 보람이 뭐란 말요? 어쨌든 자식의 말이라면 너무나 달게 듣거든!"

남편의 성깔을 알았음인지 어머니는 더 말이 없다.

박첨지는 다시 잠실 쪽을 향하여,

"너도 사람의 자식이거든 좀 생각을 해보려무나. 나도 같은 말을 몇 번이나 되풀이하려니 사람만 괜히 실없어질 뿐 아니라 이젠 그만 진저리가 난다. 줄곧 이러고서야 어떻게 부자의 윤긴들 남을 것이며 또 한 울타리 안에 살 수가 있겠니? 차라리 그만둘 일이지."

핀잔 겸 자탄 겸, 그는 이렇게 한심한 말을 남겨두고는 그만 어디로 핑 나가버렸다.

주먹 맞은 감투같이 쑥 들어가 끽소리도 못하고 지르퉁하고만[32] 서 있던 태호는 그제야 겨우 숨을 크게 내쉬며 입을 삐쭉했다.

"아이, 골 아파."

그러나 영애나 두호가 모두 누에 가리기에만 정신이 팔리고, 자긴 본 체 만 체하니까 새삼 굴욕을 느끼는 듯이,

"농민이란 건 원래 짬도 없이 고집통이만 세거든!"

하고 혼자서 투덜거렸다.

"그래도 태호씨는 아주 수양이 대단하신데요."

다행히 영애가 한 마디 받아주니까, 겨우 상을 펴면서,

"그럼, 그만 걸 못 참아가지고서야 어떡해요? 강철의 신경을 가져야죠!"

또 레닌의 말을 들먹이려 든다.

"왜 취직은 안 하세요?"

영애의 말이 떨어지기가 바쁘게,

"취직? 흥!"

태호는 콧방귀를 뀌면서,

"먹기 위해서 살아야 되나요, 일을 위해서 살아야 되나요?"

"그런 게야 우리가 압니까마는."

하고, 영애는 약간 샐쭉해지며,

"취직을 해가지고는 일을 못 하나요?"

"뭐 못 할 건 없지만, 사람이란 건 누구나 다 편한 생활에 취하기가 쉽고 헐한 상식에 빠지기가 쉬우니까요…… 그리고 또 적당

한 자리가 쉽게 있어야죠."

태호는 길게 처진 머리카락을 손으로 한 번 쓸어 올리고는 담배를 한 개비 꺼내 문다. 머리털을 거추장스럽게 기르는 것이 소위 '주의자'들의 틀거지[33]였다. 두호는 더 참을 수가 없는 듯이,

"안 찾으니까 없지요. 그리고 꼭 자기 맘에 드는 일자리만을 구하려는 게 벌써 무리지요."

하고 서슴없이 쏘아주었다.

"어째서 무리냐?"

태호도 불쑥하며,

"그럼 아무 직업이라도 상관이 없다는 말인가?"

"그렇지요. 형이 싫어하는 관공서 같은 데 말고 말예요."

"다시 말하면, 취직을 위한 취직, 즉 자기란 것은 죽여도 좋다는 말이겠지?"

태호는 같잖다는 듯이 입을 비쭉했다.

"그건 또 그렇잖죠. 속담에 호랑이한테 물려가도 제정신만 있으면 죽지 않는다고, 어떠한 일을 하더라도 제 마음만 단단하고 보면 반드시 자기를 살릴 수가 있지요. 만약 자기를 죽인다면 그것은 오로지 제 의지가 박약한 탓이겠지요. 반드시 그렇지요!"

두호는 암팡지게 꼬집어주었다.

"그게 억설이란 거여!"

태호는 연방 눈에 쌍심지를 올렸다.

"너는 꼭 아버지를 닮아서 고집통이 농민 근성을 그대로 가졌거든. 무슨 말이라도 끝에 가선 꼭 억보[34] 같은 소리를 한단 말야.

결국은 인식 부족과 사회적 훈련 부족의 탓이겠지만……"

"쳇, 형은 얼마나 인식이 풍부하며 사회적 훈련인가 뭔가는 얼마나 받았어요? 입만 떼면 그저 인식 부족, 사회적 훈련!"

두호도 지지 않았다. 그는 계속해서,

"글쎄, 이제 내가 무슨 억보 소릴 했어요? 의지만 굳세면 자기를 죽이지 않는다는, 그게 억보 소릴까요?"

"너 누굴 데리고 싸우려드니?"

태호는 마침내 눈을 흘겼다. 날카로운 콧날 위에는 가는 땀이 반지르르 솟았다.

"형제간에 괜히 왜들 이러시우?"

보다 못해 영애가 말렸다. 그러나 두호는 들은 체 만 체,

"누가 먼저 싸우려들었소?"

하고 형을 마주 노려보았다.

"애들아, 이게 무슨 꼴인가, 형제간에……?"

급기야 어머니까지 들어와서 둘을 따끔하게 나무래 붙이자, 그제야 겨우 형이 먼저 어성을 낮추며,

"너는 그 태도부터가 틀렸어! 토론을 하려면 좋게 할 일이지, 왜 그 쓸데없는 불뚝이는 내느냐 말야?"

하고 짐짓 형된 값을 하려 했다.

"하여튼 나는 버릇없는 만무방³⁵이오. 형처럼 배우지도 못했고요. 그러나 형도, 농민 근성이니 뭐니 하는 소리만은 함부로 하지 말아요. 형의 그 꿈만 꾸는 근성보다는 그래도 나은 편이니까요."

"꿈만 꾸는 근성?"

태호는 가소롭다는 듯이 그저 입만 비쭉했다.

"암, 그렇지요. 형은 매양 꿈만 꾸고 있지요. 그렇지 않거든 그렇지 않은 실례를 들어봐요. 뭘 한 가지 실행한 일이 있나요? 우린 그래도 형에게 기대를 걸어봤는데……"

"……"

태호는 신청부같이[36] 담배 연기만 후— 불어냈다.

"레닌인가 하는 사람의 조직론만 읽으면 만사가 해결되는 줄 아오? 조직 없이는 아무 일도 못한다고 노상 한탄만 했지, 이 고장을 위해서 무슨 조직체 하나 만들어나 봤어요?"

두호는 형과 성질이 아주 달라서 무슨 일이든 말이든 시작하기가 어렵지 시작하기만 하면 꼭 끝을 내고야 만다.

"그것도 무리한 억설이지! 시방 정세가 어떻다고 그런 소릴 해?"

태호는 내처 쓴웃음을 짓고 있었으나 확실히 궁지에 몰린 눈치였다.

"정세라고요?"

두호는 입을 비쭉하면서,

"보천교군들 만승천자 기다리는 것과 마찬가지로군요.[37] 그래서 우리 야학 후원회에도 책만 두어 권 던져주고 말았군요."

"마, 그만두세. 두고 보세. 모든 것은 장차 사실이 우리들에게 증명해보일 테니까."

태호는 더 이상 얘기하기가 귀찮은 듯이 말을 뚝 끊었다.

"좋습니다. 두고 봅시다. 부디……"

두호도 윳짝 가르듯 해 던졌다.

장마에 찌들리던 누에들도 어머니의 말마따나 사람과 더불어 고생고생하다가 겨우 올랐다. 그러나 누에만 오르면 떠나기가 바쁘던 누에 선생은 웬일인지 쉬 떠나지 않았다.

그래서 한때는 누에가 오른 뒤에도 영애가 좀더 남아 있어 주었으면 싶어하던, 또 그렇게 권해도 보던 두호는 이번에는 그녀가 쉬 떠나지 않는 것을 보자 도리어 마음이 뒤숭숭해졌다.

'어느 집 없이 누에들이 다 올랐는데 왜 돌아가지 않을까?'

하루 이틀 날이 갈수록 두호는 영애가 떠나지 않는 것을 더욱 수상쩍게 여기고, 동시에 그녀가 묵고 있는 칠촌 아저씨 댁에 형이 더욱 잦게 드나드는 것을 못마땅하게 생각했다.

한편 영애로서는 두호의 그러한 심정은 아예 헤아려주지 않고서 되레 얼굴만 해반들하게 다듬어가지곤 날마다 태호와 매팔자[38] 타고 난 그의 칠촌 아저씨를 따라 앞강에 나가 뱃놀이를 한다, 낚시질을 한다 해서 무던히 멋지게 흥청거렸다.

그 반면, 두호는 자고새면 늙은 아버지와 함께 장마통에 쓰러져 누운 보리를 거두어들이느라고 그야말로 혀를 빼물고 허둥댔다.

그러한 어느 날 오후였다. 두호가 아버지 어머니와 함께 벼랑 위 밭에서 일을 하고 있자니까, 공교롭게도 그들의 일행이 웬만한 야거리[39]를 하나 빌려 타고 바로 벼랑 밑으로 지나갔다. 그날은 어쩐 영문인지 건넛마을 두삼이까지 끼여 있었다. 그리고 모두 술들이 얼근히 된 셈인지 어슷비슷 뱃전에 기대고서 무언가를 시시덕거리고 있었다. 벼랑 위는 쳐다보지도 않고서.

이윽고 노랫소리가 들려왔다.

　부여성 거친 터 쓸쓸히 잠자니
　초목도 회포에 잠겼구나……

태호와 두삼이의 굵다란 바리톤에 영애의 청승맞은 소프라노가
섞여 떨린다.

　낙화암 낙화암 천 년 꿈을
　너는 아느냐, 꿈은 흘러……

후렴은 소리가 더욱 높아지고, 곡이 점점 애달파졌다. 두호의
칠촌 아저씨는 노래는 몰라도 흥을 못 이기는 듯, 망석중이[40]처럼
고개를 끄덕이며 뱃전을 두드려댔다. 그러고는 자기도, 적어도
농촌 지도원으로서 어느 연회석에는 충분히 참석할 자격이 있다
는 것을 마치 증명이라도 하듯이, 어디서 주워 왼 '오-롯고부시
(압록강 노래란 일본 노래)' 부스러기를 제법 두어 마디 웅얼거려
서 좌중을 흥겹게 했다.

"우마이, 우마잇!(잘한다, 잘해!)"

태호와 두삼이는 손뼉을 쳐주고서 다시 다른 노래로 돌아간다.

　단따란따라 다라단따라……

그들이 즐겨 부르는 ××가의 곡조다. 두 사람은 과연 젊은 혁명가인 듯이 두 팔을 힘차게 내저으며 의기양양했다.

"아니꼬워 못 보겠네!"

두호는 보다 못해 뭉클하고 일어섰다. 그러나 아버지는 만사가 귀찮은 듯이 새우등을 해가지고 낫질만 재촉하고, 어머니는 베어 둔 보릿단을 바쁘게 주워 모으느라고 형클어진 머리카락이 한결 흉하게 보였다.

하늘에는 검은 매지구름이 자꾸만 모여들고, 별안간 마파람까지 일어나서 날씨가 또 수상해졌다. 한 번만 더 비를 맞히는 날이면 보리는 영락없이 밭에서 싹이 날 판이다. 두호는 이것저것 생각할수록 화가 더욱 치밀었다.

"형—"

그는 마침내 벼랑 밑을 내려다보고 소리를 내질렀다.

그러나 흥결에 들리지 않았던지 배에서는 아무런 반응이 없었다.

"형—"

두호는 다시 소리를 쳤다. 그제야 부처님들은 겨우 벼랑 위를 쳐다보았다.

"형, 냉큼 좀 와줘요. 곧 빗방울이 떨어지려는데 왜 그러고만 있어요? 보릴 빨리 치워야 됩니다."

애원하듯한 두호의 말에 형은 대답이 없었다. 그저 배 위에서는 이쪽에서 무슨 쌩이질⁴¹이라도 한 듯이 잠깐 서로들 쳐다보기만 하더니, 이내 웃음소리만 딱따그르르 일어날 뿐이었다.

"에잇, 더러운 것들!"

두호는 당장 달려가서 그들이 타고 있는 배를 확 뒤엎어버렸으면 싶었다.

"애, 그만두어라. 오늘은 강 위에서 사회주의 하는가 보다."

등 뒤에서 아버지가 맥 풀린 소리를 했다. 박첨지는 저번날 그런 일이 있은 후로는 큰아들 태호에 대해선 도무지 입을 떼지 않았다. 참견하기가 싫었다.

두호는 불뚝이를 참고 다시 일을 시작했다. 그도 물론 형이 쉬 말을 들어주리라곤 생각지 않았지만 속이 연방 부글거렸다.

그러나 짐만은 힘대로, 아니 오히려 힘에 겨울 정도로 무덕지게 졌다. 박첨지도 나이를 생각지 않고 억척스럽게 졌다.

날씨는 우기가 짙어왔다. 먼 산기슭이 차츰 어둑어둑해졌다. 빨리 서둘러야지! 두호와 아버지 박첨지는 힘에 겨운 보릿짐을 지고 발을 빨리 떼놓았다. 장마에 흙이 씻긴 자갈길이라 걷기가 한결 힘들었다. 그들은 저름난42 소같이 기우뚱거리다간 주춤 서 가며 걸어야만 했다. 자칫하면 밤싯골 송생원처럼 지게 밑에 깔려 그 길로 나무아미타불이 되고 마는 거다!

두호는 앞서가는 아버지의 겨릅대43같이 마른 다리가 애처롭게 보였다. 혹시 저러다가 정강이가 뒤집히지나 않을까 가슴이 두근거리기까지 했다.

"아버지, 너무 많이 지신 모양인데 그러지 마시고 제게 몇 단 더 얹어주세요."

두호는 자기도 어깨가 사뭇 내려앉을 듯한 아픔을 잊어버리기나 한 듯이 말했다.

"괜찮다, 얘! 오십여 년을 줄곧 노동으로 다진 뼉다귄데 요까짓 보리 몇 단 더 얹었다고 간대로[44] 휘겠니?"

박첨지는 돌아보지도 않았다. 그러나 숨은 더욱 헐떡였다. 둘은 지겟다리를 잠시 논둑에 빗대어 세우고 숨을 돌렸다.

"제기, 날씨가 오늘만은 참아 줘얄 텐데……"

두호가 걱정스럽게 하늘을 쳐다보았다.

"오늘만?…… 등 너머 논보리는 어쩌게?"

박첨지는 목덜미의 땀을 손으로 훔치며 돌아보았다.

"그거야 나중 모낼 때 베지요. 지금 미리 치워놓음 그놈이 먼저 갈아버리게요?"

"그러려다가 논도 잃고 보리까지 버리게 되면 어쩌려고."

"버렸음 버렸지, 기왕 논이 떨어지려는 판에 그까짓 보리 몇 짐 챙겨서 뭘 하겠어요."

"그래도……"

박첨지는 갈피를 못 잡는다.

"괜찮아요. 논을 내놓으란다고 고스란히 내놓을 수야 있나요? 끝까지 해봐야지요. 결국 턱없이 논을 떼려는 놈이 틀렸다고 생각해요."

두호는 숫제 무슨 자신이라도 있는 듯이 뼈물었다.[45]

"하지만 이놈의 세상이 어디 그러냐? 약한 사람만 죽기 마련이지."

"그렇다고 도나캐나 세상만 따라갈 필욘 없다고 생각해요. 싸울 만한 일은 싸워 봐야지요."

두호는 말이 거칠어졌다.

"몰라, 잘될까……?"

박첨지는 다시 안간힘을 쓰고 일어선다.

"하여튼 해보겠어요."

두호도 따라 일어섰다. 밀삐[46]가 어깨를 파고드는 것 같았다.

문제의 등 너머 논이란 건, 읍내에 사는 어떤 부자의 토지로, 박첨지가 벌써 십여 년이나 까딱없이 지어오던 터인데, 뜻밖에 대밭골 손가란 사음[47] 녀석이 나서서 전부터 지주와 무슨 약속이 되어 있었느니 어쩌느니 하면서 금년부터는 자기가 짓겠다는 것이었다. 그래서 박첨지는 부랴부랴 지주를 찾아갔으나 잘 만나주지도 않고 사람을 시켜 하는 말이 그저 사음과 잘 의논하라는 투로 책임을 회피할 따름이었고, 소위 그런 일을 중재해준다는 군청이란 델 찾아가보아도 역시 그런 건 당자들끼리 해결하라는 식으로 아예 거들떠보지도 않았다. 그러니까 논은 지주와 주재소를 업고 사는 손가 녀석에게 곱다시[48] 뺏기게 될 판이었다.

두호는 이 일만 생각하면 불현듯 화가 치밀었다. 그리고 벌써부터 사음 놈이 보리를 빨리 치워달라고 조르는 것을 일부러 늦추고 있는 터였다.

"죽일 놈!"

두호는 둔탁한 소리가 나도록 지겟작대기로 땅을 쿡쿡 내질렀다. 벌써 그의 머릿속에는 영애에 대한 지질한[49] 생각이라든가 조금 전 벼랑 밑을 보고 침을 내뱉던 불쾌감 같은 것은 남아 있지 않았다. 오직 어떻게 해서 사음 놈을 이겨내느냐 하는 일념뿐이었다.

두호는 그날 밤에도 잠을 못 청해 끙끙거렸다. 저녁 늦도록 보리를 져 나르느라고 몸이 온통 파김치같이 되었지만, 그래도 잠이 좀처럼 청해지지 않았다.

전 같으면 저녁 밥술을 놓고 나면 으레 잠들기가 바빴고 한번 잠이 들면 날이 새야만 겨우 눈이 떨어지던 것이, 웬일인지 요즘은 아무리 낮일이 고달파도 잠을 부르기가 힘들었다. 용케 잠이 들어도 노루잠이 되어 곧 눈이 뜨이곤 하였다. 게다가 잘 안 꾸던 꿈까지 자주 꾸게 되었다. 꿈은 대개 영애와 관계되는 일들이었다.

더러는 꿈인지 생신지 분간을 못 할 때조차 있었다. 반 꿈, 반 망상이랄까. 아니 그보다 꿈과 현실의 비빔밥 같은 때가 많았다. ─때로는 영애가 방실방실 아양을 떨며 모든 것을 허락이라도 할 듯이 두 팔을 벌리고 다가오는가 하면, 어떤 때는 암말도 없이 샐쭉해가지고 그만 돌아서기도 했다. 그렇게 돌아설 때는 대개 멀찌막이 서 있는 형의 그림자가 희미하게 얼씬하기도 했다.

"에잇, 빌어먹을!"

그날 밤에도 두호는 비슷한 악몽을 뿌리치고 돌아누웠다. 그와 동시에 잠이 든 줄로만 알았던 태호도 저쪽으로 휙 돌아누웠다.

'형도 안 잤던 게로군⋯⋯?'

두호는 태호의 장구 대가리 같은 뒤통수를 물끄러미 바라보았
다. 형이 숨소리를 죽이고 있는 것을 눈치 채고는, 그도 무슨 이
유인가로 잠을 제대로 이루지 못하는가 보다 싶었다. 그러나 그
러한 형이 수상쩍다거나 얄밉다기보다 어쩐지 그날 밤은—낮에
앞강에서 그러저러한 일이 있었는데도 불구하고—갑자기 가엾
게 보였다. 더구나 형의 그 쥐면 꺼질 듯 가늘고도 앙상한 뒷목줄
기가 볼수록 애처롭게 느껴졌다.

두호는 어릴 때 할머니에게서 들은 방식을 떠올리곤 숨을 자주
쉬어도 보았다. 그러나 역시 잠은 안 왔다. 금방 비가 올 듯하던
날씨가 비는 오지 않고 그저 물쿠기만⁵⁰ 하는 바람에 더욱 그런 것
같았다. 게다가 그런 밤일수록 물것은 더 덤빈다. 두호는 자꾸만
스멀거리는 허리춤이며 사타구니께를 몇 번이나 썩썩 긁어댔다.

"요 망할 놈의 것!"

두호는 용케 한 놈을 잡아내 가지고는 희미한 남폿불에 비춰 보
았다.

"빈대지?"

갑작스레 형이 물었다. 역시 안 잤던 모양이다.

"그럼. 요놈의 게 들어서 사람을 자게 해야지 온!"

두호는 그놈을 이내 뜨거운 등피 안으로 떨어뜨렸다.

"나도 물것 때문에 도무지 못 자겠는걸."

형은 적당히 얼버무렸다. 그리고 둘은 동시에 기지개를 죽 켰
다. 마치 약속이라도 한 듯이.

이렇게 해서 자는 둥 마는 둥 하는 사이에 어느덧 밖이 희붐해

지고 어머니의 절구질 소리가 쿵쿵 들려왔다. 벌써 그날의 출발 신호다.

두호는 선하품을 깨물면서 자리에 일어나 앉았다.

'천하 못난이! 다시는 그런 생각은 않으리라!'

그는 악몽에 시달린 정신을 가다듬으며 새로운 결심을 하였다. 그리곤 바삐 옷을 갈아입었다.

그처럼 물쿠던 밤이었지만, 하늘은 거짓말같이 개어 있었다. 이웃집에서는 이미 타작 준비를 하는 모양이었다. 두호도 바삐 마당비를 찾아들었다. 그의 집에서도 밭보리는 그날 안으로 타작을 끝내야 할 형편이었다. 그러니까 조반 전에 우선 한 마당 해치워야만 했다.

마당을 깨끗이 쓸고 보릿단을 한 마당 펴 널고 나니, 태호도 그제야 부스스 일어나 밖으로 나왔다. 막무가내리라. 서툰 도리깨질로 두호와 마주 서서 진땀을 뺐다. 열보다 먼저 도리깨꼭지가 가끔 땅을 쿡쿡 찍는 것이 우스웠지만, 두호는 오히려 동정을 하였다. 미안스런 생각까지 들었다.

그렇게 일을 거들어주던 형이 아침을 먹고 나더니 간다 온다 말도 없이 그만 자취를 감추었다. 설마 싶었으나 두호는 다시 보릿단을 펴 널다 말고 칠촌 아저씨 댁으로 찾아갔다. 그러나 이미 때가 늦었다. 아저씨 댁 대문 앞에 웬 자동차가 한 대 멈춰 있고, 형은 벌써 그 안에 타고 있었다. 뿐 아니라 차도 이미 움직이기 시작했다.

태호는 동생이 오는 것을 응당 보았을 테지만 신청부같이 얼굴을 돌리고 있었고, 영애와 칠촌 아저씨는 더욱 본 체 만 체하였다.

철부지한[51] 동네 아이들만이 차를 처음 보기나 한 듯이 앞을 다투며 한참 따라갔다. 가다가 넘어져서 삐— 우는 고의 벗은 놈도 있었다. 아닌 게 아니라, 그 부락에 '가시끼리(대절차)'가 들어오는 일은 거의 없었으니까.

두호는 닭 쫓던 개상이 되어 형과 영애 그리고 칠촌 아저씨의 그 냉정한 태도에 새삼스런 굴욕을 느끼며 돌아섰다. 형의 매정스런 옆얼굴이 그의 뇌리에 깊이 새겨졌다.

그러한 형을 찾아갔던 것이 바보같이 생각되어, 두호는 집에 돌아와서도 형에 대한 말은 일절 입 밖에 내지 않았다.

나중에 가서야 알았지만, 그날 형과 영애는 칠촌 아저씨를 따라서(일설에는 그들이 꾀었다고도 했다) 거기서 자그마치 구십 리나 떨어져 있는 어느 그윽한 절간에까지 복분자를 먹으러 갔던 모양이었다. 그리고 그날은 모두 돌아오지도 않았다. 이튿날 저녁나절이 돼서야 칠촌 아저씨와 영애만이 돌아오고 태호는 나타나지 않았다.

아저씨 댁을 다녀온 어머니의 표정은 내처 을씨년스럽기만 했다.

"뭐라고 하던고—?"

박첨지는 신경질을 냈다. 그러나 그러한 신경질적인 언성에는 어딘지 모르게 어떤 불안한 예감 같은 게 내비치는 것도 같았다.

"머 읍내 볼일이 있어 간다더라나요."

어머니의 대답은 분명치가 않았다.

"읍내?"

박첨지는 할멈 쪽을 흘끗하고는,

"그럼 또 두삼이하고 같이 간 게로군……"

"두삼이는 바로 오고, 혼자 갔대요."

영감의 성깔을 알기 때문에 어머니는 미리 찌르퉁해 보였다. 박첨지는 더 말이 없이 그저 담배만 북북 빨아댔다.

결국 태호는 그 길로 돌아오지 않았다. 어디 가 있다는 소식도 없었다. 별로 갈 만한 데도, 짚이는 데도 없었다.

부엌으로 들어간 어머니는 밥도 인제 뜸이 들었을 텐데 좀처럼 밖으로 나오지 않았다. 두호가 푸석푸석 마른 보릿짚을 한 아름 안고 들어가자 '아직 땔 게 남아 있는데?' 하는 눈치로 잠깐 쳐다볼 뿐, 내처 아궁이 앞에 쭈그리고 앉아 있었다. 그녀의 힘 없이 늘어진 아랫눈가죽에는 눈석임[52] 같은 눈물이 배어 있었다. 두호는 보릿짚을 삭정이 옆에 꼭꼭 재어놓고 어머니 옆에 바투 앉았다.

"형의 일이 염려돼서 그렇지요?"

그는 어머니의 얼굴을 똑바로 쳐다보았다. 어머니는 고개만 끄덕해 보였다.

"곧 돌아올 건데 멀……"

"……"

어머니는 머리를 썰레썰레 저었다. 영 돌아오지 않을 것을 믿기나 하는 듯이.

“돌아올 거예요. 어디 있을 데가 있겠어요? 하루 이틀도 아니고 누가 좋아하겠어요.”

“왜 있을 데가 없어? 너도 그렇게 형을 업신여기니?”

어머니는 못마땅한 듯이 아들을 쏘아보았다. 두호는 어머니를 마주 볼 낯이 없었다. 그러자 별안간 마루 쪽에서 또 아버지의 푸념 소리가 들려왔다. 내내 자식을 원망하는 소리였다. 마루턱을 거칠게 두드리는 담뱃대 소리가 그의 불뚝거리는 감정을 알려주는 것 같았다. 어머니는 마루 쪽 널바라지[33]를(대개는 닫혀 있다) 흘끗하고는 말을 계속했다.

“네 아버지는 죄가 많을 거다. 자식을 어쩜 저렇게까지 원망을 한단 말고? 네 형이 집을 나간 건 바로 아버지 때문이지. 하고 싶어서 공부 좀더 한 것, 세상이 더러우니 딴생각도 내 보고, 왜놈들에게 의심도 받고…… 그래, 그게 무슨 큰 잘못이라고 자나 깨나 들볶아만 댔으니 전들 어찌…… 나무아미타불!”

어머니는 이렇게 웅얼웅얼 뇌다가 아궁이가를 쓸어 넣고 일어섰다.

두호는 별안간 송구스러운 생각이 들어서 어찌할 줄을 몰랐다. 어머니의 깊은 이해와 자식들에 대한 무한한 사랑에 새삼 고개가 숙여졌다. 그는 즉각 아버지나 자기는 어머니의 백 분의 일도 형의 입장을 촌탁해주지 못했다는 것을 뉘우쳤다. 도리깨질이 서툴러서 곧잘 도리깨 꼭대기로 땅을 쿡쿡 찍던 일, 자기를 찾아오는 줄을 응당 짐작하면서도 끝내 신청부같이 차창을 통해 먼 산만 바라보던 형의 그 옆얼굴…… 이런 것들이 차례차례 머리에 떠올랐다. 차 안에 비스듬히 기대서 먼 산만 바라보던 그 얄밉던 표정이, 실은 고향을 떠나야 하는 안타까움과 그러한 결심을 담은 것이었을는지도 모른다고 생각하면, 더욱 마음이 아파왔다.

저녁 밥상에 모여 앉았을 때도 아무도 형에 대한 말을 꺼내지 않았다. 다른 말들도 없었다. 그러곤 죽 그랬다.

두호는 언젠가 무심코 어머니의 농 서랍을 열었다가, 전에 안 보이던 새로운 수저 주머니 속에 형의 백통 수저가(어머니가 가난한 가운데서도 누에를 쳐서 자식들의 수저만은 백통으로 된 것을 마련했던 것이다) 말끔히 닦여 들어 있는 것을 보고서 별안간 눈시울이 뜨거워오는 것을 느꼈다. 그렇게 하신 어머니의 안타까움이라든가, 또 남몰래 그것을 내어 보실 때의(충분히 그러실 어머니라고 두호는 생각했다) 심정이 과연 어떠하실까? 두호는 얼른 서랍을 닫지 못했던 것이다.

태호는 내처 소식이 없고, 영애도 철새처럼 제 갈 길을 가고——두호는 허전하고 시원섭섭함을 동시에 느꼈다. 그러나 그러한 내색은 조금도 하지 않았다. 그것은 부모님을 위해서도 그랬고, 또 자기 자신의 성격으로서도 그랬다.

그동안 손가란 사음이 또 한 번 다녀갔다. 시무룩해 있는 박첨지에게 큰아들이 간데온데없이 된 것을 짐짓 위로하듯 얼버무리고(그는 어디서 그런 말을 들은 모양이었다), 빨리 보리를 치워 달라는 것이었다.

"형 떠난 게 당신에게 무슨 상관이란 말요?"

잠자코 있던 아버지 대신 두호는 그의 말눈치가 형이 떠난 것을 숫제 고소하게 여기고 있는 것 같아서 이렇게 쏘아붙였다.

"아니, 머 상관이 있어서 한 말은 아닐세."

사음도 괜히 남의 상처를 섣불리 건드렸다는 생각이 들었던지 약간 얼굴을 붉혔다.

두호는 형을 꿈만 꾸는 사람이라고 면박했던 기억이 문득 되살아나서 마음이 한결 빳빳해졌다.

드디어 망종철이 지나고 모내기의 막판인 하지에 접어들었다. 소를 가지지 못한 두호의 집은 언제나 모내기가 늦었다. 그저 품앗이 이외에 소 품앗이까지 해야만 되는 두호는 몸이 온통 파김치같이 되었다. 농군들의 우스갯말로 '떡'이 되었다. 원래 팔초한[54] 얼굴이 더욱 팔초하게 타들어갔다.

그렇게까지 해도 소작권을 뺏기느냐 마느냐 하는 박첨지의 등너머 논은 모내기가 마지막 판까지 늦어졌다. 아니 늦추어졌다. 마지막 판이 되어야 동네 일손도 나고, 또 여럿이 우 달라붙어야만 후닥닥 해치울 수가 있다. 두호는 그날을 위해서 만반의 준비를 갖추었다. 앗은 품[55] 이외에 물론 놉[56]도 넉넉하게 댔다.

드디어 그날이 다가왔다. 박첨지의 집에서는 무슨 큰 대사를 치르는 듯이 달구리[57]부터 서둘렀다. 잽싸게 새벽동자를 마친 어머니가 먼저 집을 나섰다. 박첨지 부자는 쟁기, 써레, 낫, 심지어 숫돌까지 챙겨 지고는 부랴부랴 등 너머 보리논으로 갔다. 다행히 날씨가 좋아서 골 안이 이내 환해졌다. 어머니는 어느새 모판에 가 엎쳤다. 뜸부기가 놀라 후닥닥 하고 날아갔다.

마을 사람들도 사발통문이라도 받은 듯이 모두 일찌감치 모여
들었다. 보통 때 같으면 한 이십 명 정도로 족할 일거린데 그럭저
럭 삼십 명 가까이 되었다. 그중에는 자진해서 나온 사람도 있었
다. 그런 사람들은 박첨지나 두호와 연분이 짙다든가, 그렇지 않
으면 손가란 마름의 농간질에 논을 떼였거나 혹은 그의 악착같은
말벗김[58]에 속이 틀린 사람들이었다. 말들은 잘 안 해도 모두 꽤
긴장한 얼굴들을 하였다.

모잡이 아낙네들은 오는 족족 모를 찌기 시작했다. 아직 이슬도
채 걷히기 전이었다. 사내들은 곧 보리를 거두기 시작했다. 성급
한 친구는 어느새 베어둔 보리를 치우고 갈기를 시작했다. 말하
자면 순식간에 온 논배미가 북새판같이 되었다. 그렇도록 모두가
서러운 사람들이었던 것이다. 아낙들의 모심기 노래는 어디서나
처량했다.

한강에 모를 부어
그 모 찌기도 난감하다.

이렇게 매기는 하면,

모야 모야 노랑 모야
너 언제 자라 열음할꼬?

라고, 받는 내림이 마치 대를 거듭해 가난에 시달려온 그들의 슬

픈 하소연 같기도 했다.

아침나절이 채 못 되어 벌써 한편에선 써레질이 끝나고 모내기가 시작되었다. 급히 물이 잡힌 논에는 여기저기 모춤[59]이 철썩철썩 던져지고, 줄을 따라 늘어선 삼십여 명의 모잡이의 손은 날쌔게 모를 꽂아나갔다. 철은 비록 늦었지만 모가 과히 자라지 않은 것이 일하기엔 오히려 수월했다. 이러한 기세에 쫓기듯 논일을 맡은 사람들은 마른갈이, 물갈이에, 써레질이 바쁘다. 써레채를 움켜잡은 두호는 얼굴에까지 흙탕물이 튀어서 사람의 꼴 같지 않았다. 사람의 꼴이 아니면서도, "이러 이러!" 하는 소 모는 소리만은 연발했다. 유월의 태양은 그들의 머리 위에 찬란히 빛났다.

쉴 참도 아껴가며 일은 잦추려졌다. 곁두리[60]를 막 끝내고 난 저녁나절이었다. 어디서 소문을 들었는지, 그제야 대밭골 손가란 마름이 흡사 말몰이꾼처럼 갓을 잔뜩 젖혀 쓰고는 헐레벌떡 뛰어왔다. 일꾼들은 오리떼처럼 다시 무논으로 들어갔다.

손가란 마름은 다짜고짜로 논두렁을 바르고[61] 있는 박첨지에게로 다가갔다.

"여보 박첨지, 어쩌자고 이러오? 그만큼 말해두었음 알 텐데 이게 무슨 짓이오? 억지로 이런다고 안 될 일이 될 줄 아오?"

음충맞은 표정과는 달리 말은 제법 조[62]를 빼었다. 박첨지는 아무런 대꾸도 않고 하던 일만 계속했다.

"내 말을 못 알아듣겠소?"

마름은 더욱 얼굴을 붉혔다. 박첨지는 끝내 벙어리처럼 입을 다물었다.

숨통이 터진 마름은 천둥에 개 뛰어들 듯 모내는 곳으로 달려갔다. 그러나 아무도 거들떠보는 사람이 없다. 잽싸게 모만 심을 따름이다. 그들을 보고 불호령을 해보았자 소용이 없을 것을 눈치 챈 그는 마침내 미치광이같이 아랫도리를 둥둥 걷어 올리고는 철버덕철버덕 무논을 가로질러 두호에게로 다가갔다.

"너, 기어이 이럴 텐가?"

마름은 써레질을 하고 있는 두호의 손목을 덜렁 잡았다.

"보시면서 왜 물어요?"

두호는 대담하게 상대방의 손을 뿌리치며 일을 계속했다.

"기어이 이러겠단 말이지?"

마름은 이번에는 써레채를 검잡았다.[63]

"글쎄, 보시면서 왜 이 야단입니까?"

"왜 이 야단이라? 너 세상이 어떤 세상인 줄은 알지?"

마름은 써레채를 쥐긴 했지만 질질 끌려가며 발악을 계속했다.

"알기 때문에 이러잖소?"

"이러다간 못 살지!"

못 산다!는 으름장에 두호도 더욱 골딱지가 터졌다.

"이래 못 사나, 저래 못 사나 못 살긴 일반 아뇨. 그런데 도대체 당신은 뭐건대 툭하면 남을 보고 사느니 못 사느니 하고 다니오?"

두호는 써레를 획 돌렸다. 그 바람에 써레채를 잡고 놓지 않던 마름이 기우뚱하고 넘어지다가 간신히 몸을 가누며,

"이놈, 너 정말 이랬겠다?"

마름은 도끼눈을 해가지고 두호를 쏘아보았다.

"네, 정말로! 확실히! 그러니까 그리 알고 그만 돌아가시오!"

"음, 가겠네, 가. 나중 후회나 말게."

마름은 이를 부드득부드득 갈며 돌아섰다.

"네, 알겠소이다. 그러나 갈 데나 똑똑히 알고 가시오!"

두호는 마름의 으름장이 아니꼬운 듯이 그의 등에 대고 이렇게 퍼부었다.

이윽고 남정들의 너털웃음 소리가 일어났다. 그러나 일손들은 한결 잽싸졌다.

추산당 秋山堂과 곁사람들

추산당이 애첩(愛妾) 묘련의 집에서 오랫동안 시난고난하다가 말판[1]에 가마에 실려가지고 절로 올라간 지가 벌써 두 달이 넘었으니까 그가 병으로 눕기 시작하고부터는 거의 반년이 다 되었다. 의사는 뭐라고 진단을 내렸는지 모르겠으나, 그를 보고 온 사람들은 혹은 위장병이라고도 하고 혹은 신경쇠약이라고도 하고 혹은 또 화병이라고도 하되, 아무튼 연로하니 살아나기는 어려울 것이라는 말이 많았다. 애초부터 기도 불공 등도 많이 해보고, 신장대[2]도 잡아보고, 또 약도 쓸 만큼은 다 써보았으나, 아마 신통한 효과가 없었던 모양이었다.

그래서 승속간 안면 많은 사람들은 누구나 다 그를 찾아보고 위로도 하고, 더욱이 속가의 일가친척들은 끊일 새 없이 문안을 드나들었으되, 오직 강첨지 부자만은 공연히 그러질 않았다. 그것이 유달리 표가 나고 소문이 떠돈 것은 비록 가진 것은 없더라도 문중에선 그래도 제일 고집이 셀 뿐만 아니라 또 경위를 따져 말마디나 한다는 강첨지의 지위 탓도 있긴 하지만, 그것보다도 강첨지의 아들 명호가 많았던 적었던 간에 추산당이 그렇게 아끼는 돈으로 몇 해 동안 소위 일본 유학을 했다는 데 더욱 깊은 유래가 관계되어 있었다. 그러나 남들이 그렁성저렁성[3] 꼬집는다든가 말썽을 부린다든가 하는 것이 두려워서 이러고저러고 할 강첨지도 명호도 아니었다.

물론 아비가 아들을 그렇게 시킨 것도 아니고, 아들이 아비에게 그렇게 하기를 권한 것도 아니고, 그렇다고 해서 또 부자간에 의논을 해서 한 일도 아니었다. 그저 결과가 공교롭게 그렇게 되었다는 것이지, 아버지 강첨지와 아들 명호의 사이가 결코 그렇듯 잘 어울리는 새가 못 되었다.

이렇게 부자의 사이가 벌룩하게[4] 된 것을, 강첨지는 오로지 추산당의 뒤넘스러운[5] 탓으로 돌리려 하였다. 그것도 그럴 성싶은 것은, 명호가 군청 고원으로 있었을 때는 아닌 게 아니라 자기의 말을 꽤 잘 듣던 것이 추산당의 원조로 그놈의 유학인가 뭔가를 시작하고부터는 아주 영 딴판이 되어서 자기의 뜻에는 필경 거역까지 하게끔 어긋났는데, 그나마 그길로 다행히 성공이나 했다면 혹 모르겠으되, 그것조차 추산당의 변덕으로 인해서 어중간히 중동[6]이 나서 죽도 밥도 되지 않고 공연히 속에 화만 남아서 되레 집안사람들에게 신세만 끼치게 되고 말았기 때문이다.

그러나 명호는 그렇게 간단히 생각하지를 않았다. 물론 그것도 한 가지 이유가 안 되는 것은 아니지만, 그보다도 그는 아버지와 자기 사이에는 근본적으로 서로 용납되지 않는 갭이 개재해 있다고 생각하였다. 그리고 그것이 불화의 가장 큰 꼬투리라고 명호는 일찍부터 믿어왔다.

그건 여하튼, 부자 사이로는 너무나 서로 의사가 맞질 못했다. 하는 수가 없어서 한집에 산다는 것이지 심지어 자리를 같이하는 것까지 서로 꺼리는 눈치였으며, 어쩌다가 마주치면 피차 으레 시무룩하기 아니면 아버지는 아버지대로 짜증을 내고, 아들은 아들대로 또 딴생각을 하는 그러한 처지였다.

그러니까 명호는, 설혹 추산당에게 대한 자기로서의 감정 문제는 고사하고라도 아버지가 어서 병문안을 가보라고 해보았댔자 얼른 쉽게 예 하지 않았을 터인데, 아버지 역시 추산당에게 대해서는 아들 명호를 그 모양으로 만들었다는 까닭만이 아니고 그밖에 자기네들은 또 자기네들끼리 서로 틀어진 곳이 있어서 이녁도 다른 조카들처럼 잘 들여다보질 않을뿐더러, 게다가 명호에게는 여태 한 번도 그런 수인사를 전해본 적이 없었기 때문에 병석에 누운 지가 석 달이 넘도록 명호는 재종조인 추산당의 병문안을 끝내 한 번도 가지를 않았다. 하기야 추산당이 팔정도(八正道)는 능히 못 닦았더라도 승가 오계 중 하불실[7] 단 한 가지나마 지켰다든가 그렇지 않다면 다행히 가난하기나 했더라면 그저 불쌍해서라도 조카 되는 강첨지거나 재종손 되는 명호거나 그렇듯 몰인정하지는 않았을는지도 모른다.

처음에는 넓은 문중이, 지내던 정이야 좋든 궂든 간에 불각시[8] 앞을 다투어가며 아침저녁으로 병문안을 드나들던 터이라, 하필 명호네 집에서만 안 가 보는 것도 미상불 너무 모가 나 보일 뿐 아니라 다소 이웃 체면에도 걸렸으나 실상은 누운 이의 덕망으로써가 아니고 오로지 그가 개미 금탑 모으듯이 요행히 땅마지기나 톡톡하게 장만한데다가 공교히 또 고스란히 물려줄 제 낳은 자식조차 없다는 것이 누가 보더라도 빤한 엉너릴[9] 텐데, 꿍심은 바로 그런데다 두면서 딴은 일가친척의 정분이란 겉탈[10]을 뒤집어쓰고서는 늘어진 지렁이에 불개미떼 모여들 듯이 장도감을 치게[11] 되니 그로 인해 더욱 거만스러워질 병인의 태도도 보기 싫겠거니와, 인제는 또 그를 에워싸고는 눈알맹이가 잔뜩 뒤집혀진 그런 축들 사이에 섞이기가 생각만 해도 진저리가 나도록 더럽다는 감정까지 더해진 것은 강첨지나 명호나 매일반이었다.

그러나 추산당의 병세가 아주 더 위독하다는 소문이 나돌고부터는 강첨지도 가끔 문안을 다니기 시작했다. 물론 명호에게는 자진해서 가자고도 안 했고, 명호 역시 아직 그럴 생각도 없었다.

"다들 문안을 가는데 자넨 왜 안 가나?"

혹 친구들이 이렇게 물으면 그는 으레,

"글쎄, 한 번 들여다봐얄 텐데……"

할 뿐이고,

"한 번이 뭐냐, 이 사람! 발이 닳도록 다녀야만 논마지기나 타잖나?"

하고 권하면,

"그것도 그럴 성싶네그려."

하고 픽 웃을 따름이었다.

병세가 극도로 악화되어 추산당도 결국 회복을 단념하고 재산 처분을 고려한다는 소문이 쫙 퍼지고, 친구들의 권유를 들은 날 저녁에는 아닌 게 아니라 명호도 다소간 어떤 야심이 바이[12] 나지 않는 바도 아니었다. 하지만 역시 또 그 밤만 자고 나면 식전부터 문안을 올라가는 아버지의 뒤꼴이 얄밉고도 가넌스러웠다.

병문안을 갔다 오는 사람들은 별별 얘기를 다 퍼뜨렸다―모르지 오늘 해나 넘길까라는 둥, 아니 정신이 말끔한 걸 보니 아직 열흘은 더 살겠더라는 둥…… 그러나 그런 건 으레 하는 소리겠고, 역시 재산처분 문제가 그들의 흥미의 중심이었다. 아무개 집에는 논을 몇 마지기 줄 것이라는 둥, 아무에겐 단 몇 마지기밖엔 안 줄 거라는 둥―그저 이따위 뒤넘스런 억측들이었다.

물론 명호에게 관계된 말을 퍼뜨리는 사람도 있었다―어떤 사람은 추산당이 명호의 공부를 중도에 파의시킨 것을 꽤 뉘우치는 듯한 말눈치를 보고는 적어도 논을 한 이십 마지기 정도는 물려줄 것 같더라고 말하고, 또 어떤 사람은 소문을 내기를 추산당이 아주 영 화를 내가지고 "명호 고놈, 고얀 놈! 내가 이 지경이 되어도 안 와 봐? 망할 놈 같으니!"라고 하더란 둥, 이건 아마 보탠 말일 테지만 "논? 논? 아아나 논!" 하더라는 둥 하는 따위였다.

앞의 말을 들을 때는 그럴 성싶어서 명호도 뒤퉁스럽게 맘이 조금 쏠렸고 뒷말을 들을 때는 그 역시 그럴 것이라고 생각되면서도 속은 잔뜩 뭉클하였다. 그러나 앞사람은 자기와 사이가 나쁘지 않은 분이고 뒷사람은 자기를 싫어하는 분이니까, 어느 것이 사실인지 명호도 알 수 없었으나 공교히 두 편의 말이 모두 논을 주고 안 주는 데 관한 것인 만큼 명호는 은연중 어떤 약점을 잡힌 것처럼 되어서 자못 마음이 불쾌하였다. 그럴수록 그는 연방 더 재종조 추산당의 존재를 자기의 마음속으로부터 송두리째 씻어버리려고 애를 썼다. 마치 죄악의 씨앗이나 되는 듯이.

곧 죽겠다는 소문만 자꾸 났지 추산당은 좀처럼 죽지를 않았다. 영락없이 곧 숨이 넘어갈 것 같은데 그것 참 이상한 일이더라고, 보고 오는 사람마다 말을 하게 되었다. '두고 봐라마는 그리 얼른 죽지 않을 것이다'라고 하던 명호 할머니의 말이 꼭 들어맞은 셈이었다.

"재물이 그리도 아깝고 맘에 걸려서…… 나무아미타불!"

할머니는 이렇게 안타까워했다. 할머니의 말마따나 확실히 그래서 추산당은 쉬 숨을 거두지 못하는지도 모르겠다고 명호는 생각하였다. 그러고 보니 명호는 재종조 추산당의 그렇게 지루한 죽음에 대하여 갑작스레 어떤 호기심을 가지게 되었다. 그리고 언젠가 읽은 조셉 글랜빌의 「불멸의 의지」란 것을 연상해보았다―사람은 그 의지만 굳셀 것 같으면 결단코 악마에게도, 죽음에도 굴복되지 않는다고 한 구절이 있었다.

명호는 물론 이 신학자의 말을 전적으로 믿지는 않았다. 그러나 반드시 아무 엉터리없는 소리는 아니라고 생각했다. 십칠 세기의 영국의 신학자와 오늘날의 할머니의 관념이 우연히 비슷한 것을 알고서 명호는 오히려 미소를 지었다.

"왜 웃니? 그럴 성싶지 않은가?"

백발마저 민숭민숭 모지라진[13] 할머니는 단지 한 개밖에 남지 않은 앞니를 들썩거리며, 짜장 동의를 구하려는 듯이 물었다.

"글쎄요……"

명호는 할머니의 무섭게 들어간 눈을 물끄러미 쳐다보았다. 목정강이에 힘줄이 앙상하게 딸려 드러난 것이며 깊다란 주름들이 얼굴을 덮은 모습들이 벌써 널감[14]이 늦어 보이기는 하나, 조금도 구지레한 빛이 없이 개자할[15] 뿐 아니라, 더구나 그녀의 구슬같이 맑고 파란 눈은 조촐하게 늙었음을 알리는 듯 빛났다.

"너도 논 얻고 싶으냐?"

"천만에요!"

"잘 생각했다. 그래야지!"

할머니는 자못 만족한 듯이 고개를 끄덕끄덕하였다.

"왜 그럴까요?"

명호는 여태껏 이처럼 깍듯이 할머니의 의견을 들으려 한 적이 없었다.

"논이면 그저 논인 줄 아니? 귀신이 붙었어, 귀신이."

"논에 무슨 귀신이 다 붙어요?"

"어디면 안 붙어?"

"무슨 귀신인데요?"

"추산당 귀신이지, 추산당의……"

할머니는 자칫하면 귀신을 잘 들먹거렸다.

"아무리 그렇다고 해도 온 논에 무슨 귀신이 붙겠어요."

"붙고말고! 두고 보지, 그 논 탄 사람이 어떻게 되는가."

명호는 그 이상 더 귀신 얘기는 듣고 싶지 않아서,

"죽으면 곧 극락 가실 텐데 뭐!"

하고 씩 웃었다.

"부처 팔아먹은 중이 어떻게 극락엘 가! 몸은 구렁이, 욕심은 귀신이 되는 거야."

할머니는 혀를 끌끌 찼다.

그러나 결국 추산당에게도 죽을 날이 닥쳐왔다. 그가 절로 실려 간 지 너덧 달이나 되었을 때였다.

그날은 아침부터 이슬비가 부슬부슬 내렸다. 명호는 그때까지도 병문안을 가지 않고서 버텨왔는데, 그날 아침부터 무슨 영문인지 뜻밖에 추산당의 양자이며 속가의 촌수로는 명호의 칠촌뻘인 구룡 아저씨가 약간 찌르퉁해가지고 일부러 찾아와서 추산당이 명호를 꼭 좀 보고 싶어한다는 말을 하고 갔다.

물론 명호는 구룡 아저씨를 보고는 가겠다고도 안 가겠다고도 하지 않았다. 하기가 싫었다. 그건 구룡 아저씨의 마음속을 미리부터 잘 알고 있었기 때문이다. 구룡이 역시 명호에 대해서는 다짐을 받을 권리도 또 필요도 없는 사람이기 때문에, 그저 그렇다는 말만을 전달하고 돌아서기가 바빴다.

그러나 명호는 구룡 아저씨를 보내놓고는 곧 생각했다——무슨 일로 재종조 추산당이 나를 꼭 보자는 걸까? 그리고 어째서 하필 또 구룡 아저씨가 왔을까? 그 두꺼비 같은 상판대기를 해가지고서.

운명을 목전에 둔 추산당이 갑자기 자기를 꼭 만나고 싶어하는 것과, 또 달리 사환도 많을 텐데 병부(病父)의 머리맡에 있어야 할 구룡 아저씨가 일부러 그렇게 심부름을 온 걸 보면 필연코 어떤 중대한 까닭이 있는 듯이 명호에겐 생각되었다. 그와 동시에 그는 자기가 여태껏 병문안을 가지 않은 것이 오히려 좋은 것 같기도 했고, 저쪽에서 머리를 굽힌 것이 내심으로는 통쾌하기까지 하였다. 그는 오랜만에 추산당의 파리해졌을 모습을 상상하여 보았다.

그럴 즈음에 방문이 다시 삐걱 열리고, 이번에는 아버지가,

"너도 오늘은 가보지?"

하였다. 명호는 울컥 나는 마음으로 망설일 것도 없이 모자를 쓰고는 아버지를 따라나섰다.

바깥에는 이슬 같은 빗방울이 철 늦은 샛바람에 바쁘게 흩날리고 있었다. 비는 비록 봄비나마, 가끔 얼굴을 부딪칠 때는 소름이 오싹 끼치도록 차가웠다. 강첨지와 명호는 다 같이 우산을 앞으로 푸욱 숙여 받고 좁은 돌담 사잇골목을 빠져나와서 산길을 더위잡았다.

이렇게 두 부자가 같이 길을 걷는 것도 퍽이나 오래고 또 드문 일이었지만, 앞에 선 강첨지나 뒤를 따르는 명호나 모두 애가 터지게도[16] 묵묵하였다. 강첨지는 추레한 바짓가랑이를 단출하게 말아 올리고는, 행여 어설피 돌멩이 하나라도 헛디디는 법이 없게 끔 날렵하게 발을 또박또박 옮겨놓았다. 명호는 아버지의 그 겨릅대[17]같이 여위면서도 민첩한 장딴지에서 눈을 떼지 않고, 제 딴은 숨이 가쁘게 따라붙었다. 그러나 강첨지는 돌아도 안 보고 자

꾸만 더 빨리 걸었다. 명호는 연방 더 발이 터덕거려지고 숨이 가빠졌다.

'무슨 턱으로 온 저렇게 바삐 날뛸까?'

명호는 참다못해 말경에는 짜증이 슬며시 났다. 그럴수록 더욱 돌이 밟히고 발이 헛놓였다. 이윽고 그들은 겨우 어떤 언덕 위에 올라섰다. 그제야 강첨지는 비로소 발을 멈추고선 혼잣말 삼아,

"아이구 되알지다,[18] 그놈의 길!"

한숨을 후유 내쉬면서 지나온 데를 우두커니 내려다보았다. 명호도 잠자코 따라 보았다. 물론 그들이 지나온 길은 또렷하지 않았다. 다만 보리가 파릇파릇한 언덕밭과 약간 길편한[19] 들판과 산기슭에 까마득한 마을들이 빗발 속에 희미하게 보일 따름이었다.

이 단순한 전망(展望)에 곧 싫증이 난 명호는 포옥포옥 다라지게[20] 고개를 숙인 할미꽃을 몇 떨기 툭툭 차 떨어뜨리고는 다시 아버지의 뒤를 따라갔다.

거기서부터야 바야흐로 정말 산길이었다. 좌우에 으쓱한 나무들이 에워서고 안개조차 자욱하게 끼었는데, 게다가 길바닥까지 오랜 풍우에 파이기만 해서 길이라고 하기보다는 어떤 데는 바로 물 끊어진 개골창 같았다. 그래도 강첨지는 곧잘 걸었다. 오히려 아까보다 더 빠른 듯싶었다.

'무슨 일이 온, 저리도 바쁠꼬!'

명호는 또 이런 생각을 가지게 되었다. 그러나 웬일인지 아까처럼 그리 짜증은 나지 않았다. 그는 허덕허덕 아버지의 뒤를 따르면서 한동안 야릇한 생각에 잠겼다. 그리고 아버지가 그렇게 바

쁘게 날뛰는 까닭은 물론 추산당이 숨을 거두기 전에 가야 되겠다는 생각 때문이겠지만, 그러면 그렇게 하는 꿍꿍이셈은? 명호는 그걸 추궁하고 싶었다.

물론 일가로서의 체면 관계도 있을 것이다. 그리고 또 그처럼 죽기를 싫어한다는 병인의 심상치 않은 운명(殞命)과, 그를 에워싸고 둘러앉았을 수많은 일가친족들이며 승가 측 상좌들의 단대목[21] 동정(動靜)에도 필연코 어떤 관심을 가졌을 것이다. 그러나 그보다도—오랫동안 수수께끼가 되어오던 소위 그 유산 처분에 관한 유언을 듣고 싶어하는 것이 가장 큰 이유에 어김이 없으리라고 명호는 생각하였다. 그러자 그는 별안간 아버지의 뒷모습이 애달프고도 가련하게 보였다.

'결국은 논에 대한 욕심인가……?'

명호는 별안간 멸시의 쓴웃음에 입이 절로 비죽해졌다. 그러나 일그러진 입가가 미처 어울리기 전에 그는 아주 뜻밖에 어떤 자조(自嘲)에 가까운 감정을 느꼈다.

'대관절 나는 뭘 보고 가는 건가? 뭘 생각하고 있는가……?'

명호는 이상한 표정을 하였다. 얼굴이 점점 더워졌다. 아버지에 대한 불쾌감이 그대로 제 자신에게도 돌아졌기 때문이다. 같은 때에 같은 길을 재촉하는 그들은 결국 마찬가지의 의도로 움직이고 있는 듯싶었다. 아니, 자기의 야심이 더욱 얼토당토않게 크지나 않았을까?

명호는 한동안, 아버지와 자기의 태도를 구별하기 위하여 자기 자신의 심산을, 죽어가는 추산당이 그날 일부러 구룡 아저씨를 보내가지고 꼭 좀 와달라고 한 그 부탁을 표면상의 좋은 핑계로 삼으려 했다.

그러나 그러한 것은 다 자기의 어스레한 야심을 되레 더 엄청나게 부추길 따름이지, 자기의 행동을 옹호할 아무런 의미도 가지지 않았다. 추산당이 그만한 재력이 있음에도 불구하고 구룡 아저씨와 짜고 자기의 공부를 중단시킨 것이며, 또 귀국의 여비도 보내주지 않았던 것이 꽤 마음에 걸린 모양이니 아마 남보다는 땅마지기나 더 물려주실 테지?—하는, 제 맘대로의 예감이 또렷이 마음 한구석을 차지하고 있었다. 말하자면 추산당이 만나고 싶어한다고서 간다는 것은, 결국 가장 영리한 자기기만(自己欺瞞)에 지나지 않는 속셈이다.

아버지도 그러한 낌새를 못 알아챌 리 없을 테지 생각하면, 명호는 더욱더 제 자신이 엉큼스러워 보이고, 말경에는 그러한 자기 자신이 그지없이 분하기도 하였다. 같은 비극이면서도, 자식들의 행복을 위하여 추산당 같은 이의 땅을 탐내는 아버지의 경우가 오히려 동정하고 싶었다.

수풀이 연방 짙어오고, 갈수록 길은 험해졌다.

"가기 전에 죽지나 않았는지?"

아버지는 혼잣말처럼 중얼거렸다. 물론 돌아도 안 보고.

'죽으면 어때!'

명호는 또 자기의 감정을 속이려 하였다.

"넌 가서 뭐라고 할 텐가?"

절이 가까워오니, 아버지는 짜장 궁금한 모양이었다.

"글쎄요……"

명호는 사실 그런 수인사에 대해서는 궁리해본 적이 없었다.

"다른 소릴랑 말고, 어이쿠!"

아버지는 징검다리를 헛디디고서 무릎까지 오는 냇물을 한 번 철썩 밟고 나더니,

"……오래도록 문안 못 드린 것 사과나 해."

"뭐랄까요?"

"그야 너가 알아서 할 일이지."

"글쎄요, 너무, 아니, 한 번도 못 가 봬서……"

"그런 변통성이 없으니까 너를 아직 덜됐다는 거야. 취직 운동을 다니노라고 집에 잘 안 붙어 있었다고라도 하려무나."

아버지는 핀잔을 준다기보다는 오히려 꼬이는 편이었다.

명호는 그러한 아버지의 태도가 한편은 다랍기도[22] 하고, 한편은 가련하기도 하였다. 물론 자기 자신에 대해서도 그러하였다.

아버지 강첨지와 아들 명호 사이에는 다시금 말이 끊어졌다. 우거진 수풀 밑이라 보슬비쯤은 오는 듯 마는 듯, 가끔 솔잎에서 떨어지는 물방울이 우산을 툭 때릴 따름, 지극히 우중충하고 휘휘하였다.[23]

그들은 마침내 제법 평평한 한길에 나섰으나 역시 잠자코 걸었다. 물론 그 길에도 사람 그림자는 보이지 않았다. 별안간 화닥닥 하고 짐승이라도 뛰어나올 듯이 길옆에는 왕대 숲까지 자욱하게 짜고 섰다. 이윽고 그들은 이름조차 그럴듯한 세진교(洗塵橋)란 돌다리를 넘어섰다.

이미 절의 어귀라 길가에는 이름자라도 남기고자 애타던 사람들의 수많은 이름들이 어슷비슷한 반석 면에 또록또록 빨갛게 새겨져 있고, 울창한 고목 사이로 이끼 긴 기와지붕들이 푸뜩푸뜩 엿보이기 시작했다. 그와 함께, 이상하게도 명호의 머릿속에는 어릴 적 할머니에게서 들은 재종조 추산당의 이야기가 오랜 고담(古譚)처럼 안개 풀리듯 떠올랐다.

"……집안이 가난하던 차에 농사일이 하기 싫고 하니까, 열두 살 때에 그만 절로 달아났겠지. 나무하러 갔다가 지게는 산에 벗어던지고…… 그러나 불도를 배우기는커녕, 부처 불자도 모르고서 그만 또 이내 바랑을 지고 동냥질을 나섰지 — '동냥 왔소. 나무아미타불 관세음보살'을 십여 년 해서 논도 사고 돈도 모았지 그래. 하기야 그동안 마을 사람들에게 고깔도 많이 부쉬고 배도 무척 곯았다더라만……"

하던 할머니의 구수한 이야기가 그대로 기억에 떠올랐다. 시대가 시대인 만큼, 인제는 중도 제 맘대로 취처를 해가지고 여염 살림을 할뿐더러, 어중이떠중이 모두 돈, 돈, 하고 날뛰는 세상이 되고 보니, 절 안에 들어서도 역시 사람 그림자를 잘 볼 수가 없었다. 물론 진심으로 불도를 닦는 분도 없진 않겠지만 그런 분들은 함부로 싸댈[24] 리 만무하고——절 안은 지극히 한적하였다.

그러자 강첨지는 걸음이 더욱 빨라지고, 명호는 마음이 한결 뒤설렜다.[25]

추산당이 몸져누운 백련암(白蓮庵)은 본당(本堂)에서 그리 멀지 않았으나 본당보다는 훨씬 깊숙하고 적적한 곳이었다. 앞에는 잔잔한 시내가 숲 속으로 흐르고 뒤에는 층암절벽이 회색 병풍을 두른 듯한데, 해묵은 이끼가 굳게 덮인 기와지붕! 그 아래 죽어 가는 추산당이 누워 있을 것은 사실이나, 너무나 조용한 데 명호 는 놀라지 않을 수가 없었다.

'벌써 탈이 난 게 아닐까? 하지만 그렇다면, 곡성이라도 들릴 텐데……'

명호는 대중을 잡을 수가 없었다. 아버지도 심상찮게 여기었던 지 부리나케 대문턱을 넘어섰다. 그러나 명호는 '백련암'이라고 파랗게 쓴 현판(懸板)을 일부러 물끄러미 쳐다본 다음 짐짓 천연 스럽게 아버지의 뒤를 따라 들어갔다.

과연 안에는 문병객이 수두룩하였다. 마루가 비좁도록 짜고 앉 아 있었다. 어떤 사람은 미처 자리를 잡지 못하여 한쪽 구석에 서 서 어름거리고 있었다. 그리고 그들은 눈을 일제히 명호 부자에 게로 돌렸다. 더구나 명호에게는 날카로운 눈총들이 쏠리는 듯싶 었다.

그 바람에 명호는 되레 더 야릇한 용기를 얻어가지고, 지질한[26] 그 일가친척들을 헤치고서 아버지와 함께 비좁은 방 안으로 비비 고 들어갔다.

방 안에도 추산당을 한쪽에 눕혀놓고서 울가망[27]한 얼굴에 파리 한 빛이 떠도는 애첩 묘련과 어느새 이미 돌아와 머리맡을 지키 는 양자 구룡이를 비롯하여 승속간의 수많은 친족들이 떼관음보 살[28]처럼 빽빽하게 둘러앉아 있었다. 그들의 얼굴은 확실히 밖에 있는 사람들보다 훨씬 더 긴장되어 있었다. 총중[29]에는 방금 눈물이 빙 돌 듯한 얼굴도 있고, 이미 눈물 흔적이 면상에 또렷이 남은 이도 있었다. 그러나 방 안은 지극히 조용하였다.

물론 추산당도 아주 영 죽은 듯이 늘어져 있었다. 그처럼 둥글고 기름기까지 번들거리던 얼굴이 광대뼈가 불쑥 드러나도록 시퍼러죽죽한 껍데기만 남아 있고 언제 봐도 찬김이 나게 꼬옥 다물고 지나던 그 야멸친 입술조차 이제는 하는 수 없이 헤벌어져 있었다. 물론 눈도 꽈악 봉해져 있었다.

명호는 이러한 방 안 공기에 그만 갑갑증이 나기 시작했다. 어쩐지 속이 자꾸만 뭉클뭉클해졌다. 무슨 까닭으로 자기가 거기 앉아 있는지 알 수가 없었다. 만약 끝내 추산당이 그러고만 있었더라면 그는 곧 거기를 나왔을 것이다. 그러나 다행히 추산당이 이상한 몸부림을 시작하였다.

"이놈들!"

그는 마침내 허공을 흘기며 고함을 질렀다.

"예끼, 도적놈들 같으니!"

병인으로서는 놀라울 만큼 빽 소리를 치며 전신을 부들부들 떨기 시작했다.

"스님, 왜 또 이러십니까?"

곁에 있는 수상좌(首上佐)가 부리나케 그의 두 손을 꽉 눌렀다. 그러자 추산당은 또 감쪽같이 발악을 그치고, 본래대로 늘어져버렸다.

"나무아미타불!"

수상좌는 겨우 마음을 놓은 듯이 웅얼거렸다. 그리고 스님의 좋은 열반(涅槃)을 축원하는 듯이 가만히 눈을 감았다.

명호는 추산당의 이러한 발악을 볼 때 하마터면 킥킥 웃음이 터질 뻔하였다. 그러나 그는 곧 그렇게 웃어버리고 말 희극이 아니라고 생각하였다. 그는 그 발악의 현상에서 어떤 깊은 의미를 찾으려 하였다.

'도적놈들이라니, 대관절 누굴 보고 하는 소릴까……?'

명호는 갑자기 일종의 흥미를 느꼈다.

'쳇, 저승차사가 눈에 보였던가?'

여태껏 적선 보시(布施)를 안 하고 지냈으니 최판관[30]이 무섭기도 할 것이다. 그러나 입으로만 관세음보살이니 대자대비(大慈大悲)니 하여 왔지, 그렇듯 재물만 알고 허욕에만 철저하던 그가 비록 파리 목숨이 되었을망정 새삼스레 그리 쉽게 저승의 단죄(斷罪)를 두려워하게 될 것 같지도 않았다. 그렇다면? 명호는 추산당의 넓적한 안장코를 물끄러미 바라보았다.

마침 그때였다. 그 콧구멍이 성난 말코처럼 한참 벌름벌름하더니,

"명호, 그놈은 아직 안 왔나?"

추산당은 불각시 또 눈을 번쩍 떴다.

"벌써부터 와 있어요!"

하는 묘련의 대답을 뒤이어,

"접니다."

명호는 무슨 좋은 소리나 들을 듯이 고개를 쳐들어 보였다.

추산당은 명호의 얼굴을 힐끗 보자마자,

"이놈, 고얀 놈!"

눈에서 그만 불이 떨어질 듯한 소리를 내질렀다. 명호는 추산당의 앙심이 사무친 눈을 외면하였으나 속은 극도로 뭉클거렸다.

"예끼, 도둑놈! 망측한 놈!"

추산당은 악치듯 후욕패설[31]을 늘어놓으면서 주먹까지 들먹들먹 냅다 떨었다.

"왜 갑자기 이러세요, 온!"

묘련이와 수상좌는 추산당을 진정시키기에 바빴고, 구룡이는 짜장 당황한 듯이,

"너가 밖으로 나가게!"

하며, 명호에게 눈짓을 하였다.

추산당의 뒤퉁스럽게[32] 아드득거리는 꼬락서니도 가관이었거니와, 그걸 마치 명호의 탓이나 되는 듯이 능글능글하게 구는 구룡이의 뒤넘스런 엄펑소니[33]에 눈꼴이 틀린 명호는, 아랫입술을 무겁게 비쭉할 뿐 간대로[34] 썩 물러서지는 않았다.

"이놈, 너 뭘 하러 왔어?"

추산당은 눈을 더욱 날카롭게 떴다.

"논 타런 안 왔어요!"

명호는 뱉듯이 해던졌다.

"논? 논? 아아나 논! 주제넘은 놈 같으니……!"

"글쎄요, 누가 어디 논 보고 왔답니까? 그까짓 논 반 두락 줘도 싫어요!"

명호도 더 참을 수가 없었다.

"뭐, 뭐? 예끼, 거지가 되어 죽을 놈!"

추산당은 분을 못 참고서 이를 아드득 갈아붙였다. 바깥사람들
도 무슨 구경거리나 되는 듯이 기웃기웃 방 안을 들여다보았다.

"명호 너, 썩 저리 나가거라!"

보다 못해 아버지 강첨지가 나섰다.

"……"

명호는 아무 말도 하지 않고, 퉁해 가지고 앉아 있었다.

"그래도 썩 못 물러가겠니?"

"……"

"예끼, 더러운 놈 같으니!"

강첨지는 불현듯 일어나서더니 아들의 뺨을 몰강스럽게 한 번
갈기고는 그만 자기가 먼저 밖으로 핑 나가버렸다.

"아아, 내가 이게 무슨 짓인가!"

추산당은 그제야 겨우 자기를 반성한 듯이 중얼거렸다.

"그 사람 어서 이리 들오라게. 냉큼 좀 불러오게!"

추산당은 수상좌를 보고 분부하였다.

갑자기 진지한 소리로, 마치 애원이라도 하는 듯이.

그러나 강첨지는 이미 백련암의 사립을 나섰을 뿐만 아니라, 되
돌아설 사람은 아니었다.

헛걸음만 하고 돌아온 수상좌는 할 말이 없었다.

"그 사람은 왜 안 와?"

추산당은 기다린 듯이 물었다.

“글쎄요, 그새 어딜 가셨는지 잘 안 보입니다.”

수상좌는 이렇게 얼버무리는 수밖에 도리가 없었다.

“그만 가버렸나 봐……”

추산당은 가는 한숨만 길게 뽑았다. 그는 확실히 실망을 한 모양이었다.

“명호야!”

이윽고 그는 명호를 멀뚱멀뚱 쳐다보더니 무슨 말을 할 듯 할 듯하다가 다시 눈을 감아버렸다. 방 안은 다시금 잠잠하여졌다. 적어도 반시간을 그러하였다. 그동안 추산당의 숨은 연방 깔딱깔딱 가빠졌다.

“이놈들!”

그는 다시금 눈을 번쩍 떴다.

그의 눈은 아까보다 훨씬 더 커보였다. 그리고 이상한 광채까지 떠돌았다. 그는 악을 한 번 바락 쓰더니 머리맡에 두었던 토지 대장(土地臺帳)을 덥석 꺼내 쥐고는 눈을 무섭게 희번덕거리며 경풍 든 사람처럼 별안간 전신을 덜덜 떨어댔다. 아무도, 그리고 어떠한 일도 이젠 그를 진정시킬 수는 없을 듯하였다. 모두 잠자코 보고만 있을 따름이었다. 묘련이는 눈물만 흘리고, 수상좌는 눈을 감은 채 가만히 염주만 헬 뿐이었다.

추산당은 토지 대장을 마치 누가 뺏어가려고나 하는 듯이 연방 더 꽈악 거머쥐었다. 그리고 방금 숨이 끊어질 듯이 깔딱거리면서도 발악은 더욱 심해졌다.

“이놈들! 이 도둑놈들!”

그는 누런 이뿌리까지 꺽 물고 떨어댔다.

명호는 이렇게 처절한 단말고(斷末苦)를 보는 것은 물론 이것
이 처음이었다. 그는 커다란 흥미를 가지고서 추산당의 일동일정
을 하나도 놓치지 않고 일일이 살폈다. 추산당의 안색은 볼 동안
에 자꾸 푸르러져 갔다. 극히 짧은 시간임에도 불구하고 그 변화
의 미묘한 경로라든가 정도까지를 또렷이 인지할 수가 있을 듯싶
었다.

"읽……! 읽……!"

추산당은 급기야 마지막 숨을 모으는 모양이었다.

"아이구 여보세요, 이게 웬일이세요?"

묘련이는 미칠 듯이 영감의 어깨를 잡아 흔들었다. 그러나 이젠
아무도 그걸 말리려고 하지 않았다.

"읽— 읽으르르……!"

하는, 소름끼치는 소리와 함께 추산당의 입에서는 누르께한 거품
이 무덕지게 불쑥 솟아 엉키고는 그만 사지가 좌악 뻗어지기 시
작했다. 눈이 허옇게 뒤집혔다.

명호는 드디어 그의 얼굴에서 외면을 하였다. 그러나 토지 대장
을 쥐고서 떨어대는 그의 뼈다귀 손만은 아주 영 동작이 그칠 때
까지 꼬옥 지켜보았다. 추산당은 숨이 끊어진 뒤에도 그 토지 대
장만은 결국 놓질 않았다.

마치 기다리기나 한 듯이 곡성이 한바탕 벌어졌다. 그러나 어쩐
일인지 명호만은 눈물이 나지를 않았다.

"나무아미타불!"

수상좌는 추산당의 손아귀에서 토지 대장을 빼내면서 비참한 표정을 하였다. 물론 구룡이는 호들갑스럽게 엉엉거렸다. 곡성이 그치자, 잇달아 상좌들의 청승스런 독경 소리가 일어났다. 스님은 비록 돌중이었으나 제자들은 그래도 불경 마디나 외우는 모양이었다.

"제행무상, 시생멸법, 생명멸기, 적멸위락, 일나무아미타불, 극락정토열반(諸行無常, 是生滅法, 生滅滅己, 寂滅爲樂, 一南無阿彌陀佛, 極樂淨土涅槃)……"

시체의 머리맡에 놓인 향로에서는 파르스름한 향연이 쌍(雙)으로 뽑혀 올라가고 독경 소리 처량하게 끊일 줄을 모르는데, 장단인 듯 처마 끝 풍경 소리조차 한가롭게 딩그렁—뎅 울려왔다. 이윽고 큰 절에서 우렁찬 종소리가 꽈앙—꽝 추산당의 열반을 아뢰자, 가사 장삼을 걸친 노소중들이 끊일 새 없이 문상들을 왔으나, 저녁 안개 깊숙이 싸인 백련암은 어딘지 무한한 적멸이 깃들고 있었다.

유산 처분에 관한 유서 개봉은 장례를 죄다 치른 뒤에 하라는 유언만 있었고 장례에 대해서는 아무런 분부도 없었기 때문에, 승속간의 관계자들은 대부분 장례를 빨리 치르고만 싶었던 겐지 한 이틀 더 두어도 괜찮을 텐데 죽은 지 사흘 만에 비조차 무릅쓰고 결국 장례를 시작했다. 수상좌와 강첨지는 못마땅하게 여겼지만, 결국 대세에 끌리고 말았다.

그리고 그 장례를 치르는 데 대해서 누구보다도 골머리를 앓은

것은 역시 양자인 구룡이었다. 절에서도 말이 그랬고, 친척들의
의사도 모두 망령(亡靈)의 명예를 위하여 장례만큼은 돈 가졌던
보람이 있게시리 그럴듯하게 하여 드리자는 터이었으므로, 만약
그렇게 하고 보면 장비가 수월찮게 들 모양이며, 그건 또 으레
체면상이라도 자기가 안아맡아야 될 형편이었기 때문이다. 그래
서 늘 그는 시무룩해가지고 옴두꺼비상을 하고서는 말도 잘 안
하였다.

결국 불은 장례날 아침부터 터지기 시작했다. 상옷〔喪服〕이 고
르지 못했기 때문이다. 누구는 광목으로 해주고 누구는 북포로
해주고 또 누군 왜삼베로 해주었다는 불평들이었다. 재종손들만
해도 어중이떠중이 모여든 게 삼십 명이 휘딱 넘는데 먹 진 놈 섬
진 놈³⁵ 모두 합쳐놓으면 승속간 남녀 친족이 근 백 명 되는 걸 그
걸 죄다 꼭 같이 해주려면 그것도 여간 일이 아니다. 물론 이런
때의 불평은 으레 여자들의 입에서부터 시작되는 법이다.

"왜 다 같은 손자뻘인데, 내 자식은 왜삼베로 해줘?"

이렇게 앙탈을 쓰면서 입고 있는 상옷을 확 벗어던지고는,

"옷도 남같이 못 얻어 입을 녀석이 오긴 뭘 하러 왔어!"

하며 뺨따구니³⁶까지 갈겨서 도로 집으로 돌려보내는 걸쌍스런³⁷
어미가 있는가 하면, 주는 치마를 입지도 않고서 내던지는 고집
쟁이도 있었다.

"도대체 그게 무슨 짓들이여?"

하고 강첨지가 만약 나서지 않았던들 가문 망신이 이만저만이 아
니었을 것이다. 이런 경우의 강첨지의 말은 특별히 위엄이 있었

다. 아무도 불평을 못한다. 물론 자질구레한 불평이야 많았겠지만—

　그래도 상여의 뒤를 따르는 속가의 친척들은 모두 엉엉 목을 놓아가며 울었다. 화장터에 당도했을 때는, 광목옷이고 왜삼베옷이고 모조리 행주처럼 비에 흠뻑 젖었다.

　절간의 불목하니들과 허드레꾼들은 어느새 화장 준비를 말끔히 해놓고 기다리고 있었다. 이윽고 시체를 담은 관(棺)이 화장대 위에 놓였다. 서까래만큼씩 한 소나무로 짠 화장틀 위에 관이 올려놓이자, 곡성은 산중이 터져 나가게 일어났다. 볼 동안에 관은 장작 속에 묻히고, 장작 위에는 푸석푸석 마른 솔가지가 무덕지게 덮이고 솔가지에는 석유가 흐믓하게 끼얹히었다.

　목탁과 바라를 두드리며 청승스럽게 경문을 외우던 젊은 수도승(修道僧)들을 선두로 승속간의 수많은 관계자들이 화장대를 에워싸고 줄을 지어 돌기 시작하였다.

　마침내 수상좌의 구슬픈 독경 소리와 함께 그의 떨리는 손에서 불이 옮겨졌다. 그와 동시에 속가 친족들의 입에서는 별안간 울음소리가 또 터졌다. 절 측에서는 그걸 매우 기(忌)하면서 곧 말렸다.

　"나무아미타불만 부르세요, 나무아미타불만."

　여기저기서 말이 많았다. 그러나 묘련이만은 좀처럼 울음이 들어가질 않는 모양이었다. 연승[38] 눈물을 흘리면서 힘없이 행렬의 뒤를 따랐다.

　"나무아미타불!"

　수많은 목청이 한꺼번에 뭉쳐서 얼마 동안 망령의 극락세계 발원을 읊조릴 때, 어느덧 벌써 관에까지 불김이 들어갔는지 갑자기 연기 빛이 달라졌다. 그러자 부슬비를 맞아가며 화장터를 돌던 행렬은 곧 헤어지고, 노장들을 비롯하여 승속간의 친족 친지들도 흐지부지 흩어졌다. 원원이 말하면, 수상좌와 구룡이는 좀 더 남아 있어야겠지만 웬일인지 그들까지 새어버리고, 결국 남은 건 명호와 인부 세 사람뿐이었다.

　명호만은 좀처럼 떠나지를 않았다. 그는 꽤 오래도록 현장에 남아서 인부들이 하는 일을 재미있는 듯이 보고만 있었다. 그는 화장 구경이 처음이었던 것이다.

　상제들이 떠나자마자 인부들은 곧 대창을 하나씩 찾아들고서 피—피 소리를 내며 타는 시체를 사정없이 쿠욱 쿡 들쑤셨다. 시체에서는 이따금 뼈가 튀는 듯한 소리가 탁 탁 하고, 시퍼런 불꽃이 확 확 내밀었다. 인부들은 상을 찌푸려가며 대창질을 더욱 빨리 하였다. 그러한 일에는 퍽이나 익숙한 모양들이었다. 물론 그들은 '나무아미타불'도 부르지 않았다.

　명호는, 이번에는 화장 그것보다도 그 인부들이 하는 일에 더욱 흥미를 느끼기 시작했다. 그래서 그는 더욱 그들의 곁에 가까이 가 보았다.

　"왜 안 가고 계시오?"

　인부 중에서 명호와 안면이 있는 노인이 수상스러운 듯이 물었다.

　"화장 구경을 좀 할까 해서……"

"구경? 이게 무슨 구경이 되오?"

"그래도 첨 보는 게 돼서……"

"글쎄요, 그만 돌아가시죠. 여간 비위 가지곤 못 봅니다."

하며, 그는 일부러 이걸 보라는 듯이 손에 든 대창으로써, 시퍼런 불덩이가 되어 있는 시체를 한 번 흔들어 보였다.

"그렇게 대창질을 안 하면 안 되나요?"

명호가 얼굴을 찌푸리니까,

"그냥 두면 언제까지 탈지 아나요, 더구나 비도 오는데—"

그러고는 싱긋 웃으며,

"어디 한 번 해보려우?"

하였다.

명호는 차마 그럴 용기까지는 나지 않았다. 미구에 명호는 그곳을 떠났다. 그러나 몇 발짝 안 가서 갑자기 이상한 웃음소리가 들려오기에 무슨 일일까 하고 그는 이내 돌아가서 슬그머니 화장터 안을 엿보았다.

"저런!"

명호는 놀라서 소리를 지를 뻔하였다. 인부들은 추산당의 두골을 대창으로 이리저리 굴리고 있지 않은가! 그러면서 허허야 하고 웃어댔다. 장난으로 보아 넘기기에는 너무나 몰강스런 그들의 태도에, 명호는 별안간 노기가 뭉클 치밀어서 우산을 덜컥 집어들었다. 만약 그들이 곧 그 두골을 에워싸고 조용히 머리를 맞대고 둘러앉지 않았더라면 틀림없이 명호는 그곳으로 뛰어갔을 것이다. 그러나 세 사람이 다 이젠 소리를 내서 웃지도 않고 가만히 그 두골에 손을 대는 것을 본 명호는 그만 머리끝부터 발끝까지 소름이 쭉 끼치는 것 같았다.

'말로만 들었더니, 정말 금니를 빼는구나!'

명호는 인간의 더러움에 갑자기 정신이 아찔하였다. 그는 보아서 아니 될 것을 보기나 한 듯이 두 번 돌아볼 생각도 않고 산을 내려쏘았다.[39]

절 어귀에서 명호는 뜻밖에 아버지와 마주쳤다.

"넌 어디 있다 인제 오니?"

아버지도 그런 장소에서 아들을 만난 것이 이상한 듯이 물었다.

"화장터에 있었어요."

명호는 그런 데서 홀로 돌아오는 아버지를 대하자 이상한 생각을 하였다.

"절엔 들어갈 필요 없어! 바로 집으로 가자."

아버지는 앞장을 서면서 명령하듯 말했다. 명호도 두말없이 발을 돌렸다.

"진작 왔으면 그 좋은 구경을 좀 했지그래."

아버지는 돌아도 안 보고 밑도 끝도 없는 말을 하였다.

"또 무슨 굿이 벌어졌던가요?"

명호는 오래간만에 아버지의 말에 흥미를 느꼈다.

"굿이면 이만저만한 굿이게? 백련암에서는 아주 큰 쌈이 벌어졌지."

"왜요?"

"유산 처분 문제로."

“유서 개봉을 했던가요?”

“개봉은커녕 그 유서란 것이 송두리째 간 곳이 없어졌잖아! 영감의 도장도 없어지고……”

강첨지는 잠깐 돌아보며 웃다가 이내 발을 빨리 떼어놓았다.

“원랜 누가 맡아 있었는데요?”

명호도 한결 호기심이 더 났다.

“둘 다 구룡이가 가졌던 모양이지.”

“그럼 구룡 아저씨의 수작일 테죠 뭐.”

“그런데 그 사람이 아주 딱 잡아떼거든. 자긴 모른다고…… 어제 저녁 때까지는 확실히 자기 호주머니 속에 들어 있었는데, 밤새 누가 주머니째 떼어갔다고 되레 제 쪽에서 떠들잖느냐 말야.”

“그따위 꾀에 누가 어디 속아 넘어가겠어요?”

“그러니까 제가 얻어맞았지. 아마 다리가 하나는 부러진 모양이야. 그만하면 만행이겠지만, 여러 사람들 성난 손길에 모르지 오늘밤이나 무사히 새울는지…… 에이, 억척같은 놈! 그렇게 복날 개 맞듯이 얻어맞고서도……”

“아주 환장이 되었구먼요!”

“환장도 되고, 술도 어디서 그렇게 처먹었는지 아주 인사불성이지!”

“일부러 인사불성이 되어 있는지도 모르잖아요?”

명호는 우중충한 절방 구석에 엎드려서 주리를 당코[40] 있을 구룡 아저씨가 어쩐지 갑자기 불쌍하게 생각되었다. 그리고 그가 부디 그날 밤을 무사히 새우고 돌아오기를 축원하고 싶었다. 왜

냐하면, 그렇게 되는 것이 무엇보다도 결국은 양부인 추산당의 뜻을 그대로 이어가는 것이겠고, 따라서 그것도 한 가지의 효도가 되기 때문에.

모래톱 이야기

　이십 년이 넘도록 내처 붓을 꺾어오던 내가 새삼 이런 글을 끼적거리게 된 건 별안간 무슨 기발한 생각이 떠올라서가 아니다. 오랫동안 교원 노릇을 해오던 탓으로 우연히 알게 된 한 소년과, 그의 젊은 홀어머니, 할아버지, 그리고 그들이 살아오던 낙동강 하류의 어떤 외진 모래톱——이들에 관한 그 기막힌 사연들조차, 마치 지나가는 남의 땅 이야기나, 아득한 옛날이야기처럼 세상에서 버려져 있는 데 대해서까지는 차마 묵묵할 도리가 없었기 때문이다.

　건우란 소년은 내가 직접 담임했던 제자다. 당시 나는 K라는 소위 일류 중학에서 교편을 잡고 있었다. 비가 억수로 내리던 날 첫 시간의 일이었다. 지각생이 많았다. 지각생이 많으면 교사는 짜증이 나게 마련이다. 그럴 때 유독 닦이는' 놈은 으레 그런 일이 잦은 놈들이다.

"넌 또 지각이로군? 도대체 어찌 된 일이냐?"

건우의 차례였다. 다른 애와 달리 그는 옷이 비에 흠뻑 젖어 있었다. 아래 윗도리 옷깃에서 물이 사뭇 교실 바닥에 뚝뚝 떨어지고 있지 않은가!

"나릿배 통학생임더."

낮고 가는 목소리가 그의 가냘픈 입술 사이에서 새어나오듯 했다. 그리고 이내 울상이 된 얼굴을 아래로 떨구었다. 차라리 무엇인가를 하소하는 듯이 느껴졌다.

"나릿배 통학생?"

이쪽으로선 처음 듣는 술어였다.

"명지면에서 나릿배로 댕기는 아압니더."

지각생 아닌 다른 애가 대신 대답했다. 명지면(鳴旨面)이라면 김해 땅이다. 낙동강 하류. 강을 건너야만 부산으로 나올 수 있는 곳이다.

"나룻배 통학생이라……"

나는 건우의 비에 젖은 옷을 바라보면서 자리로 들어가라고 했다.

이런 일이 있고부터 나는 건우란 소년에게 은근히 동정이 가게 되었다. 더더구나 아버지가 없다는 걸 알고부터는, 동무들끼리 어울려 놀 때 그를 곧잘 '거무(거미)'라고 놀려대던 이상한 별명의 유래도 곧 알게 되었다. 그의 고향 친구들의 말에 의하면 거미란 짐승은 물에 날쌘 놈이라 해서 즈 할아버지가 지어준 아명이

었다는 거다. 거무! 강가에 사는 사람들의 자식 아끼는 심정을 가
히 짐작할 수가 있었다. 호적에 올릴 때는 부득이 건우로 했으리
라. 그것도 아마 누구의 지혜를 빌려서.

　두번째로 내가 건우란 소년에 대해서 더욱 관심을 가지게 된 것
은 학기 초 가정 방문을 나가기 전에 그가 써 낸 작문을 읽고부터
였다(나는 가정 방문을 나가기 전 가끔 학생들에게 자기 자신에 관
한 글을 써오라고 하였다).

　「섬 애기」란 제목의 그의 글은 결코 미문은 아니었다. 그러나
내용은 끔찍한 것이라 생각했다. 자기가 사는 고장——복숭아꽃
도, 살구꽃도, 아기진달래도 피지 않는 조마이섬은, 몇백 년, 아
니 몇천 년 갖은 풍상과 홍수를 겪어오는 동안에 모래가 밀려서
된 나라 땅인데, 일제 때는 억울하게도 일본 사람의 소유가 되어
있다가 해방 후부터는 어떤 국회의원의 명의로 둔갑이 되었는가
하면, 그 뒤는 또 그 조마이섬 앞강의 매립 허가를 얻은 어떤 다
른 유력자의 앞으로 넘어가 있다든가 하는——말하자면 선조 때부
터 거기에 발을 붙이고 살아오던 사람들과는 무관하게 소유자가
도깨비처럼 뒤바뀌고 있다는, 섬의 내력을 적은 글이었다. 그저
그런 정도의 애기를 솔직히 적었을 따름인데, 어딘지 모르게 무
엇인가를 저주하는 듯한, 소년의 날카롭고 냉랭한 심사가 글 밑
바닥에 깔려 있었다. 나는 나 자신이 갑자기 무슨 고발이라도 당
한 심정으로 그 글발을 따로 제쳐서 책상 서랍 속에 넣어두었다.

　가정 방문이 있는 주간은 대개 오전 수업뿐이다. 점심시간이 시
작될 무렵 나는 건우를 교무실로 불렀다.

"오늘 명지로 갈까 하는데, 너 외에 몇이나 있지?"

"A반 학생은 저 하나뿐입니더."

건우의 노르께한 얼굴에는 순간적인 그늘이 얼씬 지나가는 것 같았다.

"그래? 그럼 한 시 반쯤 해서 현관 앞으로 다시 오게."

명지 같음 어둡기 전에 돌아오기가 힘들는지 모르겠다. 나는 부랴부랴 점심을 마치고서 교무실을 나섰다.

건우는 벌써 현관께로 와 있었다. 역시 약간 어둔 얼굴을 하고. 아마 미리 어머니에게 알리지 않고서 가는 것이 약간 켕겼던 모양이었다.

"가볼까!"

내가 앞장을 서듯 했다. 버스 요금도 제 것까지 내가 얼른 내는 걸 보고는 아주 송구스러운 듯한 표정을 지었다. 명지로 가는 하단 나루까지는 사오십 분이면 족했다. 그러나 한 척밖에 없다는 그 나룻배가 좀처럼 나타나지 않았다.

"집이 저쪽 나루터에서도 먼가?"

나는 갈대 그림자가 그림처럼 고요히 잠겨 있는 강물을 내려다보며 물었다.

"예, 제북〔제법〕 갑니더."

그는 민망스런 듯이 나를 잠깐 쳐다보더니 눈을 역시 물 위로 떨어뜨렸다.

"얼마나?"

"반시간 좀더 걸립니더."

"그럼 학교까지 오려면 시간이 꽤 걸리겠는걸?"

"나룻배만 진작 타지고 빠른 날은 두어 시간만 하면 됩니더."

"그래? 그래서 지각을 자주 하는군."

나는 환경 조사표의 카피를 펴 보았으나, 곁에 사람들이 있기에 더 묻지 않았다. 아니, 설사 곁에 다른 사람들이 없다 하더라도, 아직 열다섯 살밖에 안 되는 소년에게 물어도 좋을 만한 그런 가정 형편이 못 되었다.

        아버지는 없고,
        어머니   33세 농업
        할아버지   62세 어업
        삼촌   32세 선원
        재산 정도   하(下)

기우뚱거리는 나룻배 위에서도 건우의 행복하지 못한 가정 환경이 자꾸만 내 머릿속에 확대되어 갔다.

나룻배를 내려서자, 갈밭 속을 뚫고 나간 좁고 긴 길이 있었다. 우리는 반시간 남짓 그 길을 걸어가면서도 별반 얘기가 없었다.

"아버진 언제 돌아가셨지?"

해놓고도 오히려 후회할 정도였으니까.

"육이오 때라 캅디더만……"

건우의 말눈치가 확실치 않았다.

"어쩌다가?"

"군에 나갔다가 그랬다 캅디더."

"언제 어디서 돌아가셨는지도 잘 모른단 말인가?"

"야, 그래도 살아온 사람들 말이 암마 '워카 라인'인가 하는 데서 그랬을 끼라 카대요."

생각했던 바와는 달리, 건우의 이야기는 비교적 담담하였다.

"그래, 아버지의 얼굴은 기억하나?"

나는 속으로 그의 나이를 손꼽아 보았던 것이다.

"잘 모릅니더. 제가 두 살 때 군에 나갔다 카니…… 그라곤 통 안 돌아왔거든요."

나를 쳐다보는 동그스름한 얼굴, 더구나 그린 듯이 짙은 양 미간에는 미처 숨기지 못한 을씨년스러운 빛이 내비쳤다. 순간 나는 그의 노르께한 얼굴에서 문득 해바라기꽃을 환각했다.

삼사월 긴긴 해라더니, 보릿고개는 오후 세시가 훨씬 지나도 해가 아직 메끝²과는 멀었다.

길가 수렁과 축축한 둑에는 빈틈없이 갈대가 우거져 있었다. 쑥쑥 보기 좋게 순과 잎을 뽑아 올리는 갈대청은, 그곳을 오가는 사람들과는 판이하게 하늘과 땅과 계절의 혜택을 흐뭇이 받고 있는 듯, 한결 싱싱해 보였다.

"저 갈대들이 다 자라면 지나다니기가 무서울 테지? 사람의 길이 훨씬 넘을 테니까."

나는 무료에 지쳐 건우를 돌아보았다.

"괜찮심더, 산도 아인데요."

그는 간단히 대답할 뿐이었다. 아직도 짐승보다 인간이 더 무섭다는 것을 미처 모르는 모양이었다.

　길바닥까지 몰려나왔던 갈게들이, 둔탁한 사람들의 발소리에 놀라 이리저리 황급히 구멍을 찾아 흩어지는가 하면, 어느 하늘에선지 종달새가 재잘재잘 쉴 새 없이 재잘거리고 있었다. 잔등에 땀을 느낄 정도로 발을 재게 떼놓아, 건우가 사는 조마이섬에 닿았을 때는 해가 얼마만큼 기운 뒤였다.

　섬의 생김새가 길쭉한 주머니 같다 해서 조마이섬이라고 불려온다는 건우의 고장에는, 보리가 거의 자랄 대로 자라 있었다. 강바람이 불어올 때마다 푸른 물결이 제법 넘실거리곤 했다.

　낙동강 하류의 삼각주 일대가 대개 그러하듯이, 이 조마이섬이란 데도 사람들이 부락을 이루고 사는 것이 아니라 그저 한 집 두 집 띄엄띄엄 땅을 물고 있을 따름이었다.

　건우네 집은 조마이섬 위쪽에서 그리 멀지 않았다. 역시 외따로 떨어진 집이었다. 마침 뒤꼍 사래³ 긴 남새밭⁴에 가 있던 어머니가 무슨 낌새를 채었던지 우리가 당도하기 전에 어느새 사립께로 달려와 있었다.

　"인자 오나?"

　아들에게 먼저 말을 건네고 나서 내게도 수인사를 하였다.

　"우리 건우 선생인가베요?"

　상냥하게 웃었다. 가정 조사표에 적혀 있는 서른세 살의 나이보다는 훨씬 핼쑥해 보였으나, 외간 남자를 대하는 붉은빛이 연하게 감도는 볼에는 그래도 시골 색시다운 숫기가 내비쳤다.

“수고하십니더.”

하고 나는 사립을 들어섰다.

물론 집은 그저 그러했다. 체목[5]은 과히 오래 되지 않았지만, 바깥 일손이 모자라는 탓인지, 엮어 두른 울타리에는 몇 군데 개구멍이 나 있었다.

“좀 들어가입시더. 촌집이 돼서 누추합니더만……”

건우 어머니는 나를 곧 안으로 인도했다. 걸레질을 안 해도 청은 말끔했다. 굳이 방으로 모시겠다는 것을 나는 굳이 사양하고 마루 끝에 걸쳤다.

“어머니 혼자 힘으로 공부시키기가 여간 힘들지 않으실 텐데……”

건우가 잠깐 자리를 비키는 것을 보고 나는 으레 하는 식으로 가정 사정부터 물어보았다. 할아버지와 아저씨와 그리고 재산 따위에 대해서.

——할아버지는 개깃배를 타시고, 재산이랄 끼사 머 있십니꺼. 선조 때부터 물려받은 밭때기들은 나라 땅이라 캤다가, 국회의원 땅이라 캤다가…… 우리싸 머 압니꺼——이렇게 대략 건우군의 글에서 알았을 정도의 얘기였고, 건우의 삼촌에 대해서는 웬일인지 일체 말이 없었다. 대신, 길이 먼 데다 나룻배까지 타야 되기 때문에 건우가 지각이 많아서 죄송스럽다는 얘기와, 아버지가 없으니 그런 점을 생각해서 잘 돌봐달라는 부탁이 고작이었다.

생활은 어떻게 무사히 꾸려나가느냐고 했더니, 시아버님이 고깃배를 타기 때문에 가끔 어려운 돈을 기백 원씩 가져온다는 것

과, 먹고 입는 것은 보리농사와 채소로써 그럭저럭 치대어간다는
얘기였다.

"재첩은 더러 안 건지세요?"

강마을 일이라 이렇게 물었더니,

"그건 남자들이라야 안 됩니꺼. 또 배도 있어야 하고요."
할 뿐, 그러나 이쪽에서 덤덤하니까,

"물 빠질 땐 개발〔개펄〕이싸 늘 안 나가는기요. 조개 새끼도 파
고 재첩도 줏지만 그런기사 어데 돈이 댑니꺼."

이렇게 덧붙였다.

잠시 안 보이던 건우가 어디서 다섯 홉짜리 정종을 한 병 들고
왔다. 이마에 땀이 번질번질한 걸 보면 필시 뛰어온 게 틀림없다.
아마 어머니가 시킨 일이려니 싶었다.

나는 미안스런 생각으로 건우 어머니가 따라주는 술잔을 받았
다. 손이 유달리 작아 보였다. 유달리 자그마한 손이 상일[6]에 거칠
어 있는 양이 보기에 더욱 안타까울 정도였다.

기어이 저녁까지 대접하겠다고 부엌으로 가버린 뒤, 나는 건우
를 앞에 두고 잔을 들면서, 그녀의 칠칠한 인사범절에 새삼 생각
되는 바가 있었다.

나는 모든 것을 다시 보았다. 농삿집 치고는 유난히도 말끔한
마루청, 먼지를 뒤집어쓰고 있지 않는 장독대, 울타리 너머로 보
이는 길찬[7] 장다리꽃들…… 그 어느 것 하나에도 그녀의 손이 안
간 곳이 없으리라 싶었다. 이러한 집 안팎 광경들을 통해서 나는
건우 어머니가 꽤 부지런하고 칠칠한 여성이라는 것을 고대 짐작

할 수가 있었다. 젊음이 한창인 열아홉부터 악지[8] 세게 혼자서 살아왔다는 것과, 어려운 가운데서도 외아들 건우를 나룻배를 태워 가면서까지 먼 일류 중학에 보내고 있다는 사실, 그리고 농촌 아이라고는 믿어지지 않을 만큼 건우의 입성이 항시 깨끗했다는 사실들이 어련히 안 그러리 싶어지기도 했다. 얼핏 보아서는 어리무던한[9] 여인 같기도 하지만 유난히 볼가진 듯한 이마라든가, 역시 건우처럼 짙은 눈썹 같은 데선 그녀의 심상치 않을 의지랄까, 정열 같은 것을 읽을 수가 있었다.

나는 술상을 물리고서, 건우의 공부방을—어머니의 방일 테지만—잠깐 들여다보았다. 사과 궤짝 같은 것에 종이를 발라 쓰는 책상 위에 몇 권 안 되는 책들이 나란히 꽂혀 있었다. 그 가운데서 『섬 얘기』라고, 잉크로써 굵직하게 등마루에 씌어진 두툼한 책한 권이 특별히 눈에 띄었다.

"섬 얘기? 저건 무슨 책이지?"

나는 건우를 돌아보고 물었다.

"암것도 아입니더."

"어디 가져와 봐!"

건우는 싫어도 무가내라 뽑아오면서,

"일기랑 또 책 같은 거 보고 적은 김더."

부끄러운 내색을 하였다.

"일기는 남의 비밀이니까 읽을 수가 없고, 어디 책 읽은 소감이나 뵈주게."

나는 책을 도로 돌렸다. 건우는 마지못해 여기저길 뒤적거리다가 한 군데를 펴주었다. 또박또박 깨알같이 박아 쓴 글씨였다.

×××여사는 어머니처럼 혼자 사시는 분이라 그런지 그분의 글에는 한결 감동되는 바가 있었다. 「내가 본 국도」속의 한 구절.

'그래도 선거 때가 되면 소속 육지에서 똑딱선을 가지고 섬 백성을 모시러 오는 알뜰한 정당이 있어, 이들은 다만, 그 배로 실려 가서 실상 자기네 실생활과는 무연한[10] 정치를 위하여 지정해주는 기호 밑에 도장을 찍어주고 그 배에 실려 돌아온다는 것입니다.

현대 문명의 혜택이라곤 아직 받아보지 못한 그들의 생활 속에도 현대 문명인이 행사하는 선거란 상식이 깃들게 되고, 어느 정당이나 정치의 영향도 알뜰히 받아보지 못한 그네들에게도 투표하는 임무만은 지워져야 하고 조국의 사랑이라곤 받아본 일이 없이 헐벗고 배우지 못한 그들의 아들들이 먼저 조국을 수호해야 할 책임을 지고 훈련을 받고 총을 메고 군인이 되어갔다는 것……'

우리 아버지도 응당 이러한 군인 중의 한 사람이었으리라. 그래서 언제 어디서 쓰러졌는지도 모르고, 따라서 국군 묘지에도 묻히지 못하고, 우리에겐 연금도 없고……

내 눈이 미처 젖기 전에 건우는 부끄러운 듯이 그 노트를 내게서 뺏어갔다.

"건우야!"

나는 노트 대신 건우의 손을 꼭 쥐었다.

"이 땅이 이곳 사람들의 땅이 아니랬지? 멀쩡한 남의 농토까지 함께 매립 허가를 얻는 어떤 유력자의 것이라고 하잖았어? 그러나 두고 봐. 언젠가는 이 땅의 주인인 너희들의 것이 될 거야. 우선은 어떠한 괴로움이 있더라도, 억울하더라도 희망을 잃지 말고 꾹 참고 살아가야 해.”

어조가 어떻게 아까 그 노트를 읽을 때와 같은 것을 깨닫고 나는 잠깐 말을 끊었다. 건우는 내처 묵연해[1] 있었다.

“나라 땅, 남의 땅을 함부로 먹다니! 그건 땅을 먹는 게 아니라, 바로 ‘시한 폭한’을 먹는 거나 다름없다. 제 생전이 아니면 자손대에 가서라도 터지고 말거든! 그리고 제아무리 떵떵거려대도 어른들은 다 가는 거다. 죽고 마는 거야. 어디 땅을 떼 짊어지고 갈 수야 있나. 결국 다음 이 나라 주인인 너희들의 거란 말야. 알겠어?”

나는 말이 절로 격해지는 것을 깨달았다. 저녁상이 들어왔다.

부엌에서 바깥 동정을 죄다 엿들었는지 건우 어머니는 저녁상을 물리기가 바쁘게 손을 닦으며 청 끝에 와 걸치더니,

“선생님 이야기는 우리 건우한테서 잘 듣고 있심더. 그라고 이 섬 저 웃바지에 사는 윤샌도 선생님 말을 곧잘 하데요. 우리 건우가 존 담임선생님 만났다면서……”

해가 막 떨어진 뒤라 그런지 그녀의 웃음이 적이 붉게 보였다.

“윤샌이라뇨?”

윤생원이라는 말인 줄은 알았지만, 그가 누군지 미처 생각이 안 났다.

“성은 윤씨고, 이름은 머라 카더라……”

건우를 흘끔 돌아보며,

"수덕이 할배 이름이 멋고?"

"춘삼이 아잉기요."

건우의 말이 떨어지자,

"내 정신 보래. 그래 춘삼씨다."

그녀는 다시 나를 돌아보며,

"춘삼이란 어른인데 와 선생님을 잘 알데요. 부산에도 가끔 나 갑니더. 쬐깐 포도밭도 가주고 있고요……"

"윤춘삼……? 네, 이제 알겠습니다."

비로소 생각이 났다.

"그분하고는 어데서도 같이 지냈담서요?"

건우 어머니는 "세상은 넓고도 좁지요?" 하는 듯한 눈매로 웃어 보였다.

"네."

아닌 게 아니라, 나는 적이 놀랐다. 어디서든 나쁜 짓 하고는 못 배기리라는 생각이 문득 들기까지 했다. 그와 동시에, 지난날 어떤 어두컴컴한 곳에서 그 윤춘삼이란 사람을 처음으로 만났던 일, 그리고 다시 소위 큰집이란 데서 한때 같이 고생을 하던 갖가지 일들이 마치 구름처럼 피어오르듯 기억에 떠올랐다.

—'육이오' 때의 일이었다. 나는 어떤 혐의로 몇몇 사람의 당시 대학 교수들과 함께 육군 특무대란 데 갇혀 있었다. 거기서 윤 생원을 처음 만났다. 물론 그땐 그가 이곳 사람인 줄도 몰랐다. 무슨 혐의로 들어왔느냐고 물어도 그는 얼른 대답을 하지 않았

다. 곧 나갈 거라고만 했다. 곧 나갈 거라고 장담을 하던 사람이 얼마 뒤 역시 우리의 뒤를 따라 감옥으로 넘어왔다. 감옥에서는 그도 제법 사상범으로 통해 있었다. 누가 붙였는지도 모르되, '송아지 빨갱이'라는 별명이 붙어 있었다. 그의 말에 의하면 이유는 간단했다——한창 무슨 청년단인가 하는 패들이 마구 설칠 땐데, 남에게 배내를 주었던 그의 송아지를 그들이 잡아먹은 게 분해서, 배내[12] 먹이던 사람에게 송아지를 물어내라고 화풀이를 한 것이 동기의 하나였다고 한다. 그 바보 같은 사람이 뒤퉁스럽게[13] 그 청년단을 찾아가서 그런 고자질을 한 것이 꼬투리가 되어, "이 새끼 맛 좀 볼 테야?" 하는 식으로 잡혀왔다는 이야기였다. 그 밖에 또 하나 주목받을 이유가 될 만한 것은, 자기 고향인 조마이섬에 문둥이떼가 이주해왔을 때(물론 정부의 방침이었지만) 그들을 몰아내기 위해 싸우다가 결국 경찰 신세를 졌던 일이라 했다. 그러면서도 그 자신 무슨 영문인지를 확실히 모르고서 옥살이를 했다. 다만 '송아지 빨갱이'라는 별명으로서.

어쩌다가 세수터에서라도 마주칠 때, "송아지 빨갱이!" 할라치면, 텁수룩한 머리를 끄덕대며 사람 좋게 웃던 윤춘삼씨의 그때 얼굴이 눈에 선해왔다.

"좋은 사람이었지요."

"그라문니요! 지금도 우리 집에 가끔 옵니더."

건우 어머니도 맞장구를 쳤다.

이야기꾼들이 곧잘 쓰는 '우연성'이란 것을 아주 싫어하는 나지만, 그날 저녁 일만은 사실대로 적지 않을 수가 없다.

어둡기 전에 건우의 집을 나서서 하단 쪽 나루터로 되돌아오던 길목에서 뜻밖에도 이제 얘기하던 바로 그 윤춘삼이란 사람과 마주치게 되었으니 말이다.

"야, 이거 ×선생 아니오! 이런 섬에 우짠 일로?"

송아지 빨갱이, 아니 윤춘삼씨는 덥석 내 손을 잡으며 반가워했다.

"아이들 가정 방문을 왔다 가는 길이죠. 참 오랜만이군요."

"가정 방문?"

그는 수인사는 제쳐놓고,

"그럼 건우 집에도 들렀겠네요?"

"네, 이 섬에는 건우 한 애뿐입니다. 내가 맡아 있는 애로서는."

"마침 잘됐다. 허허 참, 세상에는 이런 수도 다 있다 카이! 인자막 선생 이바구를 하고 오던 참인데……"

윤춘삼씨는 뒤에 따라오던 웬 성큼한[14] 털보영감을 돌아보며,

"자, 인사드리시오. 당신 손자 '거무'란 놈 선생이오."

하며 내처 허허 하고 웃어댔다. 벌써 약간 주기가 있어 보였다. 두 사람이 인사를 채 나누기 전에 윤춘삼씨는,

"허허, 노상에서 이럴 수가 있나. 나도 여러 해 만이고……"

하며 털보영감더러 하단으로 되돌아가자는 것이었다. 아니 바로 떠밀듯 했다.

"암, 그래야지. 나도 언제 한분 꼭 찾아볼라 캤는데, 바래다드릴 겸 마침 잘됐구만."

멀쩡한 날에 고무장화를 신은 폼이 누가 보나 뱃사람이 완연한

건우 할아버지도 약간 약주가 된 데다 역시 같은 떼거리였다.

윤춘삼씨는 만나자마자 덥석 잡았던 내 손을 내처 아플 정도로 쥔 채 놓지 않았고, 건우 할아버지도 나란히 서게 되어 셋은 가뜩이나 좁은 들길을 좁으라 걸어댔다. 땅거미를 받아선지, 건우 할아버지의 갯바람에 그을린 얼굴이 거의 검둥이에 가까울 정도로 검어 보였다.

"갈밭새 영감 참 재수 좋네. 내가 술 샀지, 또 이런 훌륭한 선생님을 만났지…… 그러나 이분에는 영감이 사야 되오."

윤춘삼씨의 말이 떨어지기가 바쁘게,

"암, 내가 사야지. 이분에는 정종이다. 고놈의 따끈한!"

아마 '갈밭새'가 별명인 듯한 건우 할아버지는, 그 억세고 구부정한 어깨를 건들거리며 숫제 신을 내듯 했다.

하단 나루터의 술집은 모두가 그들의 단골인 모양이었다.

"어이, 또 왔쉬이!"

건우 할아버지가 구부정한 어깨를 먼저 어느 목로집으로 들이밀었다. 다시 술자리가 벌어졌다. 술자리랬자 술상 대신 쓰이는 네 발 달린 널빤지를 사이에 두고 역시 네 발 달린 널빤지 걸상에 마주 앉은 것이었지만.

"술은 정종! 따끈한 놈으로. 응이, 알겠소? 우리 거무 선생님이란 말이어!"

갈밭새 영감은 자기와 비슷하게 예순 고개를 넘어 보이는 주인 할머니더러 일렀다.

그가 소원인 듯 말하던 '따끈한 정종'은 그와 윤춘삼씨보다 나를 먼저 취하게 했다. 그러나 좀처럼 놓아줄 눈치들이 아니었다.

"한 잔만 더."

이번에는 건우 할아버지의 커다란 손이 연신 내 손을 덮쌌다.

"비록 개깃배를 타고 있지만 나도 과히 나쁜 놈은 아임데이. 내, 선생 이바구 다 듣고 있소. 이 송아지 빨갱이(섬에까지 그런 별명이 퍼졌던 모양이다)한테도 여러 분 들었고 우리 손자 놈한테도 듣고 있소. 정말 정말 훌륭한 선생님이라고. 그까짓 국회의원이 다 먼교? 돈만 있음 ×라도 다 되는 기고, 되문 나라 땅이나 훑이고 팔아묵고 그런 놈들이 안 많던기요? 왜, 내 말이 어데 틀렸십니꺼?"

갈밭새 영감은 말이 차츰 엇나가기 시작했다.

자기로선 취중 진담일지 모르나 듣기만 해도 섬뜩한 소리를 함부로 뇌까렸다.

그런 애길랑 그만두고 술이나 들라 해도 갈밭새 영감은 물론 이번엔 윤춘삼씨까지 되레 가세를 하고 나섰다.

"촌사람이라꼬 바본 줄 알지 마소. 여간 답답해서 그런 소릴 하겠소?"

전깃불이 들어왔다. 불빛에 비친 갈밭새 영감의 얼굴은 한층 더 인상적이었다. 우악스럽게 앞으로 굽어진 두 어깨 가운데 짤막한 목줄기로 박혀 있는 듯한 텁석부리 얼굴! 얼굴 전체는 키를 닮아 길쭉했으나, 무엇에 짓눌려 억지로 우그러뜨려진 듯이 납작해진 이마에는, 껍데기가 안으로 밀려들기나 한 듯한 깊은 주름이 두어 줄 뚜렷하게 그어져 있었다. 게다가 구레나룻에 둘러싸인 얼

굴 전면이 검붉은 구릿빛이 아닌가! 통틀어 원시인이라도 연상케
하는 조금 무서운 면상이었다.

"와 빤히 보능기요? 내 안주〔아직〕 술 안 취했음데이. 염려 마
이소."

갈밭새 영감은 기름에 전 수건을 꺼내더니 이마를 한 번 훔치
고서,

"인자 딴말은 안 하지요. 언제 또 만날지 모르이칸에 이왕 만낸
짐에 저 송아지 빨갱이나 이 갈밭새가 사는 조마이섬 이바구나
좀 하지요."

그러곤 정신을 가다듬기나 하듯이 앞에 놓인 술잔을 훌쩍 비
웠다.

건우 할아버지와 윤춘삼씨가 들려준 조마이섬 이야기는 언젠
가 건우가 써냈던 「섬 얘기」에 몇 가지 기막힌 일화가 붙은 것이
었다.

"우리 조마이섬 사람들은 지 땅이 없는 사람들이오. 와 처음부
터 없기사 없었겠소마는 죄다 뺏기고 말았지요. 옛적부터 이 고
장 사람들이 젖줄같이 믿어오는 낙동강물이 맨들어준 우리 조마
이섬은—"

건우 할아버지는 처음부터 개탄조로 나왔다. 선조로부터 물려
받은 땅, 자기들 것이라고 믿어오던 땅이 자기들이 겨우 철 들락
말락 할 무렵에 별안간 왜놈의 동척 명의로 둔갑을 했더란 것이
었다.

"이완용이란 놈이 '을사보호조약'이란 걸 맨들어낸 뒤라 카더만!"

윤춘삼씨의 퉁방울 같은 눈에도 증오의 빛이 이글거리기 시작했다.

1905년—을사년 겨울, 일본 군대의 포위 속에서 맺어진 '을사보호조약'이란 매국 조약을 계기로, 소위 '조선토지사업'이란 것이 전국적으로 실시되던 일, 그리고 이태 후인 정미년에 가서는 "한국 정부는 시정 개선에 관하여 통감의 지도를 수할 사"란 치욕적인 조목으로 시작된 '한일신협약'에 따라, 더욱 그 사업을 강행하고 역둔토(驛屯土)의 대부분과 삼림원야(森林原野)들을 모조리 국유로 편입시키는 등 교묘한 구실과 방법으로써 농민들로부터 빼앗은 뒤, 다시 불하하는 형식으로 동척과 일인의 수중에 옮겨놓던 그 해괴망측한 처사들이 문득 내 머릿속에서도 떠올랐다.

"쥑일 놈들."

건우 할아버지는 그렇게 해서 다시 국회의원, 다음은 하천 부지의 매립 허가를 얻은 유력자…… 이런 식으로 소유자가 둔갑되어 간 사연들을 죽 들먹거리더니,

"이 꼴이 되고 보니 선조 때부터 둑을 맨들고 물과 싸워가며 살아온 우리들은 대관절 우찌 되능기요?"

그의 꺽꺽한 목소리에는, 건우가 지각을 하고 꾸중을 듣던 날 "나릿배 통학생임더" 하던 때의, 그 무엇인가를 저주하는 듯한 감정이 꿈틀거리고 있는 것 같았다. 그들의 땅에 대한 원한이 얼마나 컸던가를 가히 짐작할 수가 있었다.

"섬사람들도 한번 뻗대 보시지요?"

이렇게 슬쩍 건드려봤더니, 이번엔 윤춘삼씨가 얼른 그 말을 받았다.

"선생님은 그런 걸 잘 알면서 그러네요. 우리 겉은 기 멀 알며, 무슨 힘이 있십니꺼. 하도 하는 짓들이 심해서 한 분 해보기는 해봤지요. 그 문딩이떼를 싣고 왔일 때 말임더……"

윤춘삼씨는 그때의 화가 아직도 사라지지 않는 듯이 남은 술을 꿀걱 들이켰다.

"쥑일 놈들!"

마치 그들의 입버릇인 듯 되어 있는 이 말을 안주처럼 되씹으며 윤춘삼씨는 문둥이들과 싸운 얘기를 꺼냈다.

──큰 도둑질은 언제나 정치하는 놈들이 도맡아놓고 한다는 게 서두였다. 그러면서도 겉으로는 동포애니 우리들의 현 실정이 어떠니를 앞세우겠다! 그때만 해도 불쌍한 문둥이들에게 살 곳과 일거리를 마련해준다면서 관청에서 뜻밖에 웬 문둥이들을 몇 배 해 싣고 그 조마이섬을 찾아왔더란 거다. 그야말로 섬사람들에게는 아닌 밤중에 홍두깨 내미는 격으로──옳아, 이건 어느 놈의 엉큼순[15]지는 몰라도 필연 이 섬을 송두리째 집어삼킬 꿍심으로 우릴 몰아내기 위해서 한때 문둥이를 이용하는 거라고…… 누군가의 입에서부터 이런 말이 퍼지기 시작하고, 그래서 그 섬사람들뿐 아니라 이웃 섬사람들까지 한 둥치가 되어 그 문둥이떼를 당장 내쫓기로 했더란 거다.

상대방은 자다가 호박을 주운 격인 병신들인데 오자마자 그

꼴을 당하고 보니 어리둥절은 하였지만, 그렇다고 호락호락 떠나갈 배짱들은 아니었다. 결국 나가라느니 못 나가겠느니 싸움이 벌어졌다.

"그때 바로 이 갈밭새 부자가 앞장을 안 섰능기요. 어데, 그때 문딩이한테 물린 자리 한 분 봅시더."

윤춘삼씨는 하던 말을 별안간 멈추고, 건우 할아버지 쪽을 쳐다보았다. 그러고는 골동품 같은 마도로스파이프를 뻑뻑 빨고만 있는 건우 할아버지의 왼쪽 팔을 억지로 걷어 올렸다. 나이에 관계없이 아직도 우악스러워 보이는 어깻죽지 바로 밑에 커다란 흉터가 하나 남아 있었다.

"한 놈이 영감 여길 어설피 물고 늘어지다가 그만 터졌거든!"

윤춘삼씨는 자랑삼아 이야기를 이었다.

──그렇게 악을 쓰는 문둥이들에 대해서, 몽둥이, 괭이, 쇠스랑 할 것 없이 마구 들이대고 싸웠노라고. 그래서 이쪽에서도 물론 부상자가 났지만, 괜히 문둥이들이 많이 상하고, 덕택에 자기와 건우 할아버지를 비롯해서 많은 섬사람들이 그야말로 문둥이떼처럼 줄줄이 경찰에 붙들려가고…… 그러나 뒷일이 더 켕겼던지 관청에서는 그 '기막힌 동포애'를 포기하고 그 문둥이들을 도루 싣고 갔다는 얘기였다.

"그 바람에 저 사람은 육이오 때 감옥살이 또 안 했능기요. 머 예비 검거라 카더나……"

건우 할아버지가 이렇게 한 마디 끼우니,

"그거는 송아지 때문이라 캐도……"

"누명을 써도 문딩이 빨갱이는 되기 싫은 모양이제? 송아지 빨갱이는 좋고."

건우 할아버지의 이런 농에는 탓하지 않고서,

"그런 짓들 하다가 결국 그것들이 안 망했나."

윤춘삼씨는 지금도 고소한 듯이 웃었다.

"다른 패들이 나와도 머 벨수 있더나?"

건우 할아버지는 내처 같은 표정을 하였다.

"그놈이 그놈이란 말이지? 입으로만 머니머니 해댔지, 밭 맨드라 카니 제우〔겨우〕 맨들어 논 강뚝이나 파헤치고, 나리〔나루〕 막는다 카면서 또 섬이나 둘러마실라카이……"

윤춘삼씨도 그리 밝은 표정은 아니었다.

"×선생님!"

건우 할아버지가 별안간 그 그로테스크한 얼굴을 내게로 돌렸다.

"우리 거무란 놈 말을 들으니 선생님은 글을 잘 씬다 카대요? 우리 섬에 대한 글 한분 써 보이소. 멋지기! 재밌실 낌데이. 지발 그 썩어빠진 글일랑 말고……"

"썩어빠진 글이라뇨?"

가끔 잡문 나부랭이를 써오던 나는 지레 찌릿해졌다.

"와 그 신문 같은 데도 그런 기 수타〔많이〕 난다 카대요. 남은 보릿고개를 못 넹기서 솔가지에 모가지들을 매다는 판인데, 낙동강 물이 파아랗니 푸르니 어쩌니…… 하는 것들 말임더."

갈밭새 영감이 이렇게 열을 내기 시작하자, 곁에 있던 윤춘삼

씨가,

"허허이, 우리 선생님이 오늘 잘못 걸렸네요. 이 영감이 보통이 아임데이. 그래도 선배[선비]의 씨라꼬……"

핀잔 비슷이 말했지만, 건우 할아버지는 벌인 춤이 되어버렸다.

"하기싸 시인들이니칸에 훌륭하겠지요. 머리도 좋고…… 선생도 시인 아입니꺼. 그런데 와 우리 농사꾼이나 뱃놈들의 이바구는 통 안 씨능기요? 추접다꼬? 글 베린다꼬 그라능기요?"

입이 말을 한다기보다 차라리 수염이 떨어댄다고 느껴질 정도로, 건우 할아버지는 열을 냈다.

"그만하소. 영감이 머 글이나 이르능기요. 밤낮 한다는 기 '곡구롱 우는 소리'지. 어데 그기나 한분 해보소."

윤춘삼씨가 또 참견을 했다.

"곡구롱 우는 소리라뇨?"

나도 윤춘삼씨의 그 말에 귀가 쏠렸다. 어떤 고시조가 문득 생각났기 때문이다.

"어데, 해보소. 모초럼 선생님을 모신 자리니."

하는 윤춘삼씨의 말에, 그는 괜한 소리를 했구나 하는 표정을 지으며, 그 껄껄한 목청에 느린 가락을 넣기 시작했다.

곡구롱 우는 소리에 낮잠 깨어 니러보니

작은아들 글 이르고 며늘아기 베 짜는데 어린 손자는 꽃놀이 한다.

마초아 지어미 술 거르며 맛보라 하더라.

건우 할아버지는 갑자기 침착해진 채 눈을 지그시 감고 불렀다. 땀에 번지르르한 관자놀이쯤에 가뜩이나 굵은 맥이 한 줄 불쑥 드러나 보이기까지 하였다. 가락은 육자배기에 가까웠으나, 내용은 역시 내가 생각했던 오(吳) 아무개의 고시조였다.

"이 노래 하나만은 정말 떨어지게 잘한다 카이!"

윤춘삼씨는 나 못지않게 감탄을 하면서 그가 그 노래를 즐겨 부르는 사연을 대강 이렇게 말했다——그러니까, 그의 증조부 되는 분이 옛날 서울에서 무슨 벼슬깨나 하다가 그놈의 당파 싸움에 휘말려서 억울하게 그곳 조마이섬으로 귀양인지 피신인지를 해와 살았는데, 그분이 살아계실 때 즐겨 읊던 시조란 것이었다.

사연을 듣고 보니, 새삼 생각되는 바가 있었다. 그 노래를 부를 때의 갈밭새 영감의 표정에, 은근히 누군가를 사모하는 듯한 빛이 엿보였을 뿐 아니라, 그 껄껄한 목청에도 무엇인가를 원망하는 듯, 혹은 하소하는 듯한 가락이 확실히 떨리고 있었기 때문이다. 착각이 아니리라! 동시에 나는 아까 본 건우군의 집 사립 밖에 해묵은 수양버들 몇 그루가 서 있던 광경이 새삼 기억에 떠오르고, 건우 어머니의 수인사 태도나 집안을 다스리는 범절이 어딘지 모르게 체통이 있는 선비 가문의 후예같이 짚어졌다.

"아드님은 육이오 때 잃으셨다지요?"

내가 술을 한 잔 더 권하여 위로삼아 물으니까,

"야…… 큰놈은 그래서 빼도 몬 찾기 되고 작은놈은 머 사모아 섬이라 카던기요, 그곳 바다 속에 여어버릿지요."

"사모아 섬?"

나는 그의 기구한 운명을 생각했다.

"야, 삼치잡이 배를 탔거던요……"

이러고 한숨을 쉬는 건우 할아버지의 뒤를 곁에 있던 윤춘삼씨가 또 받아 이었다.

"와 언젠가 신문에도 짜다라[많이] 안 났던기요. '허리켄'인가 먼가 하는 폭풍을 만내 시운찮은 우리 삼칫배들이 마구 결단이 난 일 말임더."

나도 건우 할아버지도 더 말이 없는데, 윤춘삼씨가 혼자 화를 내듯,

"낙동강 잉어가 띠이 정지[부엌] 바닥에 있던 부지깽이도 띤다 카듯이, 배도 남 씨다가 베린 걸 사가주고 제북[제법] 원양 어업인가 먼가 숭내[흉내]를 낼라 카다가 배만 카이는 사람들까지 떼 죽음을 안 시킸능기요. 거에다가[게다가] 머 시체도 몬 찾았거이와 회사가 워낙 시원찮아 노오니 위자료란 기나 어디 지데로 나왔능기요. 택도 앙이지 택도 앙이라!"

"없는 놈이 할 수 있나. 그저 이래 죽고 저래 죽는 기지 머!"

갈밭새 영감은 이렇게 내뱉듯이 해 던지고선, 아까부터 손 안에서 만지작거리고 있던 두 알의 가래[16] 열매를 별안간 세차게 달가닥대기 시작했다. 마치 그렇게라도 함으로써 세상의 모든 근심 걱정을 잊어버리기나 하려는 듯이. 어찌 들으면 남의 신경을 곤두서게 하는 그 딱딱한 소리가, 실은 어떤 깊은 분노의 분출을 억제하는 그의 마음의 울부짖음 같기도 했다.

그러나 나는 이내, 따그르르 따그르르 하는 그 소리가, 바로 나룻가 갈밭에서 요란스럽게 들려오는 진짜 갈밭새들의 약간 처량스런 울음소리와 흡사하다 느꼈다. 한편 또 조마이섬의 갈밭 속에서 나고 늙어간다는 데서 지어졌으리라 믿어왔던 갈밭새란 별명에, 어쩜 그가 즐겨 굴리는 그 가래 소리가 갈밭새의 울음소리와 비슷한 데 연유되지나 않았을까 하는 생각이 들기도 했다.

세 사람은 한참 동안 말이 없었다. 갓 나온 듯한 흰 부나비 두 마리가 갈팡질팡 희미한 전등에 부딪칠 뿐이었다. 파닥거리는 소리도 없이.

그리고 두어 달이 지났다.

낙동강 물이 몇 차례 불었다 줄었다 하는 동안에 그해 여름도 어느덧 막바지에 접어들었다. 갈대도 이젠 길길이 자라서, 가뜩이나 섬사람들의 눈에도 잘 띄지 않는 갈밭새들이, 더욱 깃들기 좋을 만큼 우거진 무렵이었다. 아침저녁 그 속에서 갈밭새들이 한결 신나게 따그르르 따그르르 지저귀어대면 머잖아 갈목[17]도 빠져 나온다 한다. 물론 학교도 방학이 끝날 무렵이다.

건우는 그동안 그 지긋지긋한 지각 걱정을 안 해도 좋았다. 한나절이면 그야말로 물거미처럼 물 위를 동동 떠다녀도 무방했다.

아닌 게 아니라 한여름 동안 얼마나 물과 볕에 그을었는지, 마지막 소집 날에 나타난 건우의 얼굴은, 사시장춘 바다에서 산다는 자기 할아버지 못잖게 검둥이가 되어 있었다.

"어지간히 그을었구나. 할아버지와 어머니도 잘 계시니?"

늦게까지 어름거리는 그를 보고 일부러 물어봤더니,

"예, 수박 자시러 오시라 캅디더."

어머니의 전갈일 테지, 딴소리까지 했다. 까만 딱지가 묻힐 정
도로 새까매진 얼굴이라 이빨이 유난히 희게 빛났다.

"집에서 수박을 심었던가?"

"예, 언제쯤 오실랍니꺼?"

숫제 다그쳐 묻는 것이었다.

"글쎄 언제 한번 가지."

"꼭 모시고 오라 카던데요?"

"그래, 오늘은 안 되고, 여가 봐서 한번 갈 테니까."

나는 그의 좁다란 어깨를 툭 쳐주며 돌려보냈다. 처서가 낼 모
레니까 수박도 한물 갈 때리라. 이왕이면 처서께쯤 한번 가볼까
싶었다.

그런데 공교히도 그 처서 날에 비가 내리기 시작했다. 처서에
비가 오면 독 안의 곡식도 준다는 하필 그날에 추적추적 비가 내
리기 시작했으니, 내가 건우네 집으로 가고 안 가고가 문제가 아
니라, 그러한 경험과 속담 속에 살아온 농촌 사람들의 찌푸려질
얼굴들이 먼저 눈에 떠올랐다.

게다가 이건 이른바 칠팔월 진장마[18]가 아니라, 하루 이틀, 그러
다가 사흘째부터는 바로 억수로 변해가더니 마침내 광풍까지 겹
쳐서 온통 폭풍우로 바뀌고 말았다. 육십 년 이래 처음이니 뭐니
하고 떠드는 라디오나 신문들의 신나는 듯한 표현들은 나중에 있
는 얘기고, 아무튼 그날 새벽에는 하늘이 내려앉고 땅이 뒤흔들
리기나 하듯이 우레 번개가 잦고 비바람이 사나웠다.

이렇게 되면 속담으로 '칠월 더부살이 주인마누라 속곳 걱정'[19] 정도의 장마 경황이 아니다. 더부살이도 우선 제 살 구멍 찾기가 급하다. 반면 제 한 몸이나 제 집구석에 별 탈만 없으면 남의 불행쯤은 오히려 구경삼아 보아 넘기는 게 도회지 사람들의 버릇이다.

한창 천지가 진동하던 몇 시간 동안은 옴짝달싹도 않던 사람들이, 비가 좀 뜸하니까 사립 밖으로 꾸역꾸역 기어 나오기가 바빴다. 늙은이나 어린애들은 하불실[20] 가까운 개울가쯤 나가면 족하지만, 어른들은 그 정도로서는 한에 차질 않는다.

"낙동강이 넘는다지?"

"구포다리가 우투룹단다!"

가납사니[21] 같은 도시 사람들은 제멋대로 그럴싸한 소문을 퍼뜨리며, 소위 물구경에 미쳐서 낙동강이 내려다보이는 언덕으로, 산으로 올라들 갔다.

내가 집을 나선 것은 반드시 그런 호기심에서만은 아니었다. 다행히 하단 방면으로 가는 버스가 통한다기에 얼른 그것을 잡아탔다. 군데군데 시뻘건 뻘물이 개울을 이루고 있는 길을, 차는 철버덕철버덕 기어가듯 했다.

대티 고개서부터 내 눈은 벌써 김해 들을 더듬었다.

'저런……!'

건우네 집이 있는 조마이섬 일대는 어느덧 벌건 홍수에 잠겨가고 있지 않은가! 수박이 문제가 아니다. 다시 흩날리기 시작하는 차창 밖의 빗속을 뚫고서, 내 시선은 잘 보이지도 않는 조마이섬

쪽으로 얼어붙었다. 동시에 "나릿배 통학생임더!" 하던 건우군의 가냘픈 목소리가 갑자기 귀에 쟁쟁 되살아나는 것 같았다.

고개 너머서부터 차는 더욱 기우뚱거렸다. 논두렁을 밀고 넘어오는 물살이 숫제 쏴 하는 소리까지 내면서 길을 사뭇 덮었다. 때로는 길과 논밭이 얼른 분간이 안 되어, 가로수를 어림해서 달리기도 했다. 그럴 때마다 차 안의 손님들은 한층 더 떠들어댔다. 대부분이 무슨 사연들이 있어서 가는 사람들이었겠지만, 그러한 사연들보다 우선 눈앞의 사정에 더욱 정신을 파는 것 같았다.

하단 나루께는 이미 발목물이 넘었다. '사라호'에 덴 경험이 있는 그곳 주민들은, 잽싸게 이불이랑 세간 부스러기를 산으로 말끔 옮겨놓았고, 부랴부랴 끌어올린 목선들이 여기저기 나둥그러져 있는 길 위에는 볼멘소리를 내지르는 아낙네와 넋 잃은 듯한 사내들이 경황없이 서성거릴 뿐이었다. 물론 나룻배가 있을 리없었다. 예측 안 한 바는 아니지만, 행여나 싶었던 마음에도 실망은 컸다.

배 없는 나루터를 비롯해서 가까운 강가에는, 경비를 나온 듯한 소방대원 같은 복장의 사람들과 순경 한 사람이 버티고 있었다. 아무리 가까이 오지 말라, 혹은 가지 말라 외워대도 사람들은 들은 체 만 체했다. 물이 점점 더 불고 있는 모양이었다.

나는 닭 쫓던 개 지붕 처다보듯이 밀려오는 강물만 맥없이 바라보았다. 어느 산이라도 뒤엎었는지 황토로 물든 물굽이가 강이 차게 밀려 내렸다. 웬만한 모래톱이고 갈밭이고 남겨 두지 않았다. 닥치는 대로 뭉개고 삼킬 따름이었다. 그러고도 모자라는

듯 우르르 하는 강울림 소리는 더욱 무엇을 노리는 것같이 으르
렁댔다.

둑이 넘을 정도로 그악스럽게 밀려 내리는 것은 벌건 물굽이만
이 아니었다. 얼마나 많은 들녘들을 휩쓸었는지, 보릿대랑 두엄
더미들이 무더기 무더기로 흘러내리는가 하면, 수박이랑 외, 호
박 따위까지 끼리끼리 줄을 지어 떠내려 왔다. 이상스런 것은 그
러한 것들이 마치 서로 약속이라도 한 듯이 모두 강 한가운데로
만 줄을 지어 지나가는 것이었다.

"쳇, 용케도 피해 간다!"

저만큼 떨어진 데서 장대 끝에 접낫²²을 해 단 억척보두²³들이
둥글둥글한 수박의 행렬을 향해 군침들을 삼켰다.

"그까짓 수박은 껀지서 머 할라꼬? 하불실 돼지 새끼라도 담아
내야지?"

이런 농지거리도 들렸다. 역시 접낫을 해 든 주제에. 이들은 그
저 물구경을 나온 것이 아니라, 그런 가운데서도 엄연히 생활을
계산하고 있는 것이었다.

나는 그들의 대담한 태도와 농담에 잠깐 정신을 팔다가, 다시
조마이섬이 있는 쪽으로 눈을 돌렸다. 부슬비가 계속 광풍에 흩
날리고 있었다. 얼핏 홍적기(洪積期)를 연상케 하는 몽롱한 안개
비 속이라, 어디가 어딘지 분별할 도리가 없었다.

'건우네 집은 벌써 홍수에 잠기지나 않았을까?'

불안한, 그리고 불길한 예감이 자꾸 들기 시작했다.

"물이 이 정도로 불어나면 건너편 조마이섬께는 어찌 되지요?"

생명 부지한 접낫패들에게 불쑥 묻기까지 하였다.

"조마이섬?"

돼지 새끼를 안아 내겠다던 키다리가 나를 흘끗 쳐다보더니,

"맹지면에서는 땅이 조금 높은 편이라 카지만, 물이 이래 불으면 마찬가지지요. 만약 어제 그런 소동이 안 일어났이문 밤새 무슨 탈이 났을지도 모를 끼요."

"어제 무슨 일이라도 있었던가요?"

나는 신경이 별안간 딴 곳으로 쏠렸다.

"있다뿐이라요? 문딩이 쫓아낼 때보다는 덜했겠지만 매립(埋立)인강 먼강 한답시고 밀가리만 잔뜩 띠이 처먹고 그저 눈가림으로 해놓은 둘[둑]을 섬사람들이 우 대들어서 막 파헤쳐버리고, 본대대로 물길을 티났다 카더만요. 그란 했이문……"

키다리는 혼자서 신을 내가며 떠들었다.

"쓸데없는 소리 말게. 괜히 혼날라꼬."

곁에 있던 약삭빠른 얼굴의 사내가 이렇게 불쑥 쏘아붙이듯 하더니, 마침 저만큼 떠내려오는 널빤지를 향해 잽싸게 접낫을 던졌다. 그러나 걸리진 않았다. 그렇게 허탕을 친 게 마치 이쪽의 잘못이나 되는 듯,

"조마이섬에 누가 있소?"

내뱉듯한 소리가 짐짓 퉁명스러웠다.

"건우란 학생이 있어서……"

나는 일부러 학생의 이름까지 대보았다. 약삭빠른 눈초리가 다시 물굽이만 쏘아보고 말이 없으니까, 또 키다리가,

"그 아이 아배가 누군교?"

하고 나를 새삼 쳐다보았다.

"아버진 없고, 즈 할아버지 별명이 갈밭새 영감이라더군요."

나는 건우 할아버지의 이름이 얼른 생각나지 않았다.

"아, 그렁기요? 좋은 노인임더."

키다리는 접낫대를 세워들더니,

"조마이섬의 인물 아잉기요. 어지[어제] 아침 이곳을 지내갔는데, 그 뒤 대강 알아봤거든…… 가고 난 뒤 얼마 안 돼서 그 일이 났단 말이여."

말머리가 어느덧 자기들끼리로 돌아갔다. 나는 굳이 파고 묻지 않았다.

그때 마침 판잣집 용마루 비슷한 기다란 나무가 잠겼다 떴다 하며 떠내려가자, 조금 떨어진 신신바위짬에서 별안간 조그만 쪽배 하나가 쏜살같이 나타나더니, 기어코 그놈에게 달라붙어서 한참 파도와 싸우며 흐르다가 마침내 저 아래쪽 기슭에 용케 밀어다 붙였다. 박수를 치기까지는 모두 숨을 죽이고 바라보기만 했다. 용감하다기보다 차라리 처참한 광경이었다. 나는 거기서 누구에게도 보장을 받아오지 못한 절박한 생활을 읽었다. 한 표의 값어치로서가 아니라, 다만 살기 위해서 스스로 죽을 모험을 무릅쓰는 그러한 행위는, 부질없이 그것을 경계하거나 방해하는 힘을 물리침으로써만 오히려 목숨 그 자체를 이어갈 수 있다는 산 증거 같기도 했다.

'갈밭새 영감이나 송아지 빨갱이도 그냥 있지는 않았으리라!'

나는 조마이섬의 일이 불현듯 더 궁금해져서 이내 구포 가는 버스를 잡아탔다. 다리만 건너면 조마이섬 가까이까지 갈 수 있으리라 믿었다.

구포 다릿목에서 차를 내렸으나 물은 이미 위험 수위를 훨씬 돌파해서, 다리는 통금이 돼 있었다. 비상경계의 붉은 깃발이 찢어질 듯 폭풍우에 펄럭이고, 다릿목을 건너지른 인줄 곁에는 한국인 순경과 미군이 버티고 있었다. 무거워 보이는 고무 비옷에 철모를 푹 눌러쓰고 방망이를 해 든 품이 여간 엄중해 뵈지 않았다.

그런데도 무슨 핑계들을 꾸며대고 용케 건너가는 사람들이 있었다. 더러는 다리 위에서 유유히 물구경을 하는 사람들도. 나도 간신히 그들 틈에 끼였다. 우르르르 하는 강울림은 다리 위에서 듣기가 한결 우람스러웠다.

통행금지의 팻말이 서 있어도, 수해 시찰을 나온 듯한 새까만 관용차만은 사뭇 물을 튀기며 지나갔다. 바람이 휘몰아칠 때는 거기에 날리기나 하듯이 더욱 빨리 지나갔다. 요컨대 일종의 모험이기도 했으리라. 안에 타고 있는 얼굴들은 알 길이 없었지만 어련히 심각한 표정들을 했으랴 싶었다.

내려다봄으로 해서 한결 사나운 물굽이가 숫제 강을 주름잡듯 둘둘 말려오다간, 거의 같은 지점에서 쏴아 하고 부서졌다. 그럴 때마다 구슬, 아니 퉁방울 같은 물거품이 강 위를 휘덮고 때로는 바람결을 따라서 다리 위까지 사뭇 튀었다. 그러한 강 한가운데를 잇달아 줄을 지어 떠내려 오는 수박이랑 두엄 더미들이, 하단에서 볼 때보다 훨씬 많았다. 말하자면 일종의 장관에 가까웠다.

"아까 그 송아지는 정말 아깝던데……"

이런 뚱딴지 같은 소리도 퍼뜩 귓가를 스쳐갔다.

조마이섬이 있는 먼 명지면쯤은 완전히 물바다로 보였다. 구름을 이고 한가하던 원두막들은 다시 찾아볼 길이 없고, 길찬[24] 포플러나무들도 겨우 대공이만은 남은 듯, 바람에 누웠다 일어났다 했다.

지루하게 긴 다리를 지루하게 건너, 물구경 나온 인파를 헤치고 강둑길을 얼마 못 갔을 때였다. 뜻밖에 거기서 윤춘삼씨와 마주쳤다. 헐레벌떡 빗속을 뛰어오던 송아지 빨갱이, 아니 윤춘삼씨는, 머리끝에서 발끝까지 온통 물에서 막 건져 올린 사람처럼 젖어 있었다. 하긴 내 꼴도 그랬을 테지만.

"우짠 일인기요?"

하고 덥석 내 손을 검잡는[25] 윤춘삼씨는, 그저 반갑다기보다 숫제 고마워하는 기색까지 보였다.

"조마이섬은 어찌 됐소?"

수인사란 게 이랬더니,

"말 마이소. 자, 저리 가서 이야기나 합시더……"

그는 나를 도로 다릿목 쪽으로 끌었다.

"아니, 섬 쪽으로 가보려 했는데요?"

"가야 아무것도 없소. 모두 피난소로 옮기고, 남은 건 물바다뿐임더. 우짤라꼬 이놈의 하늘까지!"

별안간 또 한 줄기 쏟아지는 비도 피할 겸 윤춘삼씨는 나를 다릿목 어떤 가겟집으로 안내했다. 언젠가 하단에서 같이 들렀던 집과 거의 비슷한 차림의 주막집이었다.

둘 사이에는 한참 동안 말이 없었다. 너무나 다급하고 또 수다한 말들이 두 사람의 입을 한꺼번에 봉해버렸다 할까?

"건우네 가족도 무사히 피난했겠지요?"

먼저 내 입에서 아까부터 미뤄오던 말이 나왔다.

"야……"

해놓고도 어쩐지 말끝이 석연치 않았다.

"집들은 물론 결단이 났겠지만, 사람은 더러 상하진 않았던가요?"

나는 이런 질문을 해놓고, 이내 후회했다. 으레 하는 빈 걱정 같아서.

"집이고 농사고 머 있능기요. 다행히 목숨들만은 건졌지만, 그 바람에 갈밭새 영감이 또 안 끌려갔능기요."

윤춘삼씨는 가슴이 내려앉는 듯한 무거운 한숨을 내쉬었다.

"건우 할아버지가?"

나는 하단서 그 접낫패에게 얼핏 들은 얘기를 상기했다.

"그래서 내가 지금 경찰서꺼정 갔다 오는 길인데, 마침 잘 만냈임더. 그란 해도……"

기진맥진한 탓인지, 그는 내가 권하는 술잔도 들지 않고 하던 이야기만 계속했다.

바로 어제 있은 일이었다. 하단서 들은 대로 소위 유력자의 배짱들이 만들어둔 엉터리 둑을 허물어버린 얘기였다.

— 비는 연 사흘 억수로 쏟아지지, 실하지도 않은 둑을 그대로 두었다가 물이 더 불었을 때 갑자기 터진다면 영락없이 온 섬이

떼죽음을 했을 텐데, 마침 배에서 돌아온 갈밭새 영감이 설두[26]를 해서 미리 무너뜨렸기 때문에 다행히 인명에는 피해가 없었다는 것이다.

"그런데 와 건우 할아버진 끌고 갔느냐고요?"

윤춘삼씨는 그제야 소주를 한 잔 훅 들이켜고 다음을 계속했다─섬사람들이 한창 둑을 파헤치고 있을 무렵이었다 한다. 좀 더 똑똑히 말한다면, 조마이섬 서쪽 강둑길에 검정 지프차가 한 대 와 닿은 뒤라 한다. 웬 깡패같이 생긴 청년 두 명이 불쑥 현장에 나타나더니, 둑을 허물어뜨리는 광경을 보자, 이내 노발대발 방해를 하기 시작하더라고. 엉터리 둑을 막아놓고 섬을 통째로 집어삼키려던 소위 유력자의 앞잡인지 뭔지는 모르되, 아무리 타일러도, "여보, 당신들도 보다시피 물이 안팎으로 이렇게 불어나는데 섬사람들은 어떻게 하란 말이오?" 해봐도, 들어주긴커녕 그중 힘깨나 있어 보이는, 눈이 약간 치째진 친구가 되레 갈밭새 영감의 괭이를 와락 뺏더니 물속으로 핑 집어던졌다는 거다.

그리곤 누굴 믿고 하는 수작일 테지만 후욕패설[27]을 함부로 뇌까리자, 순간 화가 머리끝까지 치밀었을 갈밭새 영감도,

"이 개 같은 놈아, 사람의 목숨이 중하냐, 네놈들의 욕심이 중하냐?"

말도 채 끝내기 전에 덜렁 그자를 들어 물속에 태질[28]을 해버렸다는 것이다. 상대방은 '아이고' 소리도 못 해보고 탁류에 휘말려 가고, 지레 달아난 녀석의 고자질에 의해선지 이내 경찰이 둘이나 달려왔더라고.

"내가 그랬소!"

갈밭새 영감은 서슴지 않고 두 손을 내밀었다는 거다. 다행히도 벌써 그때는 둑이 완전히 뭉거지고,[29] 섬을 치덮던 탁류도 빙 에워 돌며 뭉그적뭉그적 빠져나가고 있었다는 것이다.

"정말 우리 조마이섬을 지키다시피 해온 영감인데…… 살인죄라니 우짜문 좋겠능기요?"

게까지 말하고 나를 쳐다보는 윤춘삼씨의 벌건 눈에서는 어느덧 닭똥 같은 눈물이 뚝뚝 떨어지기 시작했다.

법과 유력자의 배짱과 선량한 다수의 목숨…… 나는 이방인(異邦人)처럼 윤춘삼씨의 캬캬한[30] 얼굴을 건너다보았다.

폭풍우는 끝났다. 육십 년 이래 처음이니 뭐니 하고 수다를 떨던 라디오와 신문들도 이젠 거기에 대해선 감쪽같이 말이 없었다. 그저 몇몇 일간신문의 수해 구제 의연란에 다소의 금액과 옷가지들이 늘어갈 뿐이었다.

섬사람들의 애절한 하소연에도 불구하고 육십이 넘는 갈밭새 영감은 결국 기약 없는 감옥살이로 넘어갔다.

그리고 9월 새 학기가 되어도 건우군은 학교에 나타나지 않았다. 끝내 돌아오지 않았다. 그의 일기장에는 어떠한 글이 적힐는지.

황폐한 모래톱—조마이섬을 군대가 정지[31]를 하고 있다는 소문이 들렸다.

제3병동 第三病棟

국립 ×대학 부속병원 제3병동——

　제3병동이라 하면, 새로 선 현대식 고층건물인 1, 2병동의 북쪽 뒷구석에 남아 있는 구식 건물로, 의사들뿐만 아니라 간호원들까지도 들어가기를 꺼리는 곳이다. 현재 헐려가고는 있지만 남쪽에 있는 역시 낡은 보일러실과 소독실을 겸한 2층 건물에 가려, 햇빛조차 제대로 들어오지 않는 아래층은 더욱 그러했다.

　아마 2층 세면소가 있는 짬이리라. 천장에서 무시로 물이 뚝뚝 새어 떨어지게 마련인, 어둠침침한 골마루부터가 그렇다. 게다가 밟으면 삐걱삐걱 소리가 나는, 시커먼 마룻바닥! 대체로, 축축한 그 청 밑에 미라같이 말라붙은 시체라도 누워 있어서, 날씨가 덜 좋은 밤중이면 도깨비라도 불쑥 튀어나와서 저편에서 어슬렁어슬렁 걸어올 듯한——그런, 묵고 퀴퀴한 집이다.

또 하나 질색인 것은 귀곡성 같은 인간의 울음소리가 들리게 마련인 시체 안치소가 가깝다는 거다. 그런데다 전등마저 밝은 걸 달아주지 않았다.

이러한 조건들만으로도, 의사나 간호원들이 들어가기를 꺼리는 것은 지극히 당연하다. 그러나 그보다 더 큰 이유는 이 제3병동이란 데가 바로 전염병 환자들만을 수용하는 곳이란 데 있다. 그래서 거기를 드나드는 의사나 간호원들은 언제나 커다란 마스크로 코와 입짬을 덮싸고 있다. 수간호원은 간호원실에 앉아 있을 때도 좀처럼 마스크를 떼지 않았다.

그 제3병동의 5호실에 새로운 환자가 한 사람 들어오고부터 인턴 코스를 갓 마친 젊은 의사 김종우씨는 갑자기 사람이 변하기라도 한 듯이 내처 침통한 표정을 짓게 마련이었다.

'늘밭골이라…… 오롱댁―본명은 심작은둘……?'

우선 환자의 주소나 택호나 본명이 모두 그의 경험이나 상식에는 생소한 것들이었다.

'묵은 폐결핵에, 장질부사? 체온이 41도 3부에다가 혈압이 58―88……?'

김의사는 새로 들어온 5호실 환자의 진료 일지에서 눈을 떼지 않은 채 연방 심각한 표정을 하였다. 때를 놓쳤기 때문에 복막염을 일으킬 가능성이 충분하고 결핵도 중증이거니와, 그보다 환자의 연령이 노령인데다가 혈압 기타의 건강 상태가 도저히 필요한 수술을 견디어 낼 형편이 못되었다. 요컨대 농촌에서 이리저리 그슬리다'가 마지막에 가서 '죽어도 한이나 없게!' 식으로 찾아오는 환자들에게 으레 있게 마련인 엉망진창의 상태였다.

'그러나 우선 수혈이라도 해서……?'

이렇게 뼈무리고[2] 있을 때 마침 전화가 걸려왔다.

"김선생님, 3병동입니다. 심노인의 따님이 또 이상하대요!"

"머, 따님이?"

김의사는 청진기를 찾아 들기가 바쁘게 의국을 뛰쳐나갔다.

처음 어머니를 부축해왔을 때 환자의 이름을 묻자 "오롱댁이라 쿱니더" 하던 그 숫된[3] 얼굴이 와락 닥쳐왔다. 그는 간호원실에는 들를 필요도 없이 바른총으로[4] 5호실의 문을 밀었다.

환자가 꽉꽉 차 있는 여섯 개의 침대의 왼편 줄 맨 꼴찌, 그러니까 들어가면 문턱 왼쪽 침대가 오롱댁 심작은둘 노파의 병상이다.

환자들은 의사만 들어가면 더욱 바르작거린다.

김의사는 그런 데는 눈을 줄 필요 없이 오롱댁 심작은둘 노파의 병상 곁 청바닥에 마치 무슨 짐덩어리처럼 낡은 군용 담요를 두르고 앉아 있는 그녀의 딸만을 보았다. 담요를 들치자 우선 입술이 새파란 것이 심상치가 않다. 조금 볼가진 듯한 이마가 불덩이 같다. 거기서는 어찌할 도리가 없다.

'처음부터 빈혈기가 있어 보이더니……'

김의사는 어떤 불길한 예감을 느끼면서 담요를 되덮어주고 잠깐 그의 어머니를 돌아보았다. 어머니는 인제 가르랑거릴 힘도 거의 다하기나 한 듯 눈을 꼭 감고 있었다. 눈두덩이 무섭게 꺼져 있었다.

순간, 김의사의 머리에는 어릴 때 읽은 어떤 외국소설의 한 장면이 얼핏 떠올랐다. 아마「수선화」란 제목이리라――넓고 아득한 눈들을 지나가던 모녀가 밀어닥치는 눈보라에 시달리다 시달리다가 누구의 구원도 받지 못하고서 꽉 껴안은 채 드디어 그 눈 속에 묻혀서 싸늘하게 식어가는 어느 북극의 이야기였다. 그때는 소년의 생각으로서, 그저 자연의 폭력 앞에 무참히 쓰러져 간 인간의 운명을 슬퍼했지만 과학자를 자처하는 지금의 김종우씨로서는 단순히 그렇게만 생각할 수가 없었다. 그러한 결과를 가져오게 된 근본 원인이 문제였다.

그러나 지금은 그런 것에 정신을 쓸 겨를이 없다. 부랴부랴 돌아오면서 간호원실의 문을 열고,

"오호실 처녀, 빨리 내과로 데리고 와요. 진찰을 해봐야겠으니……"

김의사는 그길로 본관 4층에 자리 잡고 있는 내과 과장실로 올라갔다.

김의사의 보고를 받고 난 과장은,

"Maybe Typhoid fever(아마 역시 장질부사일 테지)…… 환자와 같은 침대에서 잔다고 들었는데, 왜 그걸 진작부터 말리지 않았지요? 난 지금 곧 찾아올 손님도 있고, 또 조금 바쁘니까 적당히 보아 알아서 하시오!"

항상 하는 입버릇처럼 영어를 섞어가며 이렇게 지시를 하고는 담배를 쭉 그어 무는 것이었다.

김의사는 과장실을 물러나오면서 생각했다. 인턴 코스도 괴로

웠지만 레지던트 팔자도 그저 그런 거라고.

　─전염병 환잔데, 왜 가족을 한 침대에 그냥 재웠느냐고? 하긴 그렇다. 그러나 3등실에는 간호하는 가족들이 누울 침대라고는 없다. 차디찬 청바닥─모두 신을 신은 채 다니는 먼지투성이의 청바닥뿐이다. 물론 3등실에 입원하는 사람들은 3등 인간이란 건지 모른다. 그들의 가족들도 따라서 3등 인간이기 때문에 병상 곁 청바닥에서 노다지 자야 하고.

　오롱댁 심작은둘 노파의 딸에게도, 어머니가 중증 폐결핵에 장질부사까지 겹쳤으니, 같은 침대에 자서는 안 된다고 분명히 당부를 해두었던 것이다. 그것도 한두 번이 아니었다. 그런데도 불구하고 그녀는 기어코 어머니 곁에만 꼭 붙어서 잤다. 숫제 자기는 3등 인간이 아니라고 고집이라도 하듯이. 그런 것까지도 의사가 책임을 져야 하나!

　계단을 내려오면서, 김의사는 그러한 그녀를 나무라던 일을 생각했다.

　"어머님 곁에 가지 말랬는데, 왜 자꾸만 그러지요?"

　"……"

　그녀는 고개를 숙인 채 답이 없었다.

　"그렇게 말귀를 못 알아들어요?"

　역시 마찬가지다. 마치 귀머거리나 이방인 같다.

　"무식이란 것이 무섭다는 걸 알아야 해요!"

　의사 김종우씨는 거의 신경질적으로 뇌까렸다.

　그제야 겨우 고개를 들고 이쪽을 쳐다보는 그녀의 차디찬 눈초리에는 심상치 않은 의미가 새겨져 있는 것 같았다.

　—'그런 것쯤은 알아요! 그러나 우짜란 말입니꺼!' 이런 뜻으로도 해석되었다. 어머니와 같이 죽어도 좋다는 거라고.

　더구나 의사 김종우씨를 놀라게 한 것은, 그녀가 어머니에게 미음을 떠먹일 때 자기도 그 숟가락으로 먹어대는 태연한 광경이었다. 물론 그런 건 더욱 엄하게 주의를 시켜주었던 것이다. 그러나 그녀는 그런 명령까지도 아예 개의치 않았다. 그렇게 명령한, 바로 그 의사가 보는 데서 예사로 그것을 거역하고 있는 것이었다.

　'바보 같은 계집애!'

　뒈져라 싶었다.

　그러나 이상하게도 그 순간 이후, 의사 김종우씨는 엉뚱한 회의에 사로잡히기 시작했던 것이다—병을 겁내지 않는 애! 죽음까지도!

　그저 얌전하고 착실한 의사의 아들로서 이른바 일류의 중학, 고등학교를 마치고 대학까지 일류란 데를 나온 레지던트 코스의 젊은 의사 김종우씨는 단순한 생각으로서는 얼른 이해가 가지 않았다. 사람의 명과 생명을 대상으로 하는 의학…… 눈알까지 해 넣고 심장 이식까지 할 수 있게 된 놀라운 현대 의학이론으로도 그러한 인간 행위만은 진단할 길이 없었다—효도니 뭐니 하는 그런 너절한 것이 아니다! 훨씬 본질적인 것, 어쩜 과학 따위에 의해서, 혹은 현대인의 그 약삭빠른 비굴성이랄까, 거짓 이기주의…… 아무튼 눈에 보이지 않는 그런 것들에 의해서 말살되어 가고 있는, 그런 무엇이 아닐까?

요컨대 병과 세균과, 그런 것에서 오는 불행들만을 두려워해 오던 젊은 의사 김종우씨는 어떤 막연한 정신적인 회의 내지 불안감에 사로잡히기 시작했던 것이다. 여태까지 지녀오던 자기, 또는 자기의 일에 대한 보람이라든가 긍지 따위가 여지없이 무너져가는 듯했다. 말하자면 무식하다고만 여겼던 시골 계집애에게 별안간 한 대 얻어맞은 것 같았다.

그러한 계집애의 핼쑥한 얼굴을 머릿속에서 떨어버리지 못하면서 내처 계단을 밟아 내리던 김의사는 자기가 엉뚱스럽게 수납계의 문을 열었던 것을 뉘우쳤다. 그것도 수납계의 여직원이 "선생님, 여길 어떻게……" 해올 때였다.

아뿔싸! 하고 돌아서서 화장실로 들어갔다. 거기서도 실패를 했다. 여자용 화장실이었던 것이다. 공교롭게도 그것도 이제 그 수납계 여직원과 마주 밀다가 더 탄로가 났다. 수납계 여직원은 이번엔 암말도 안 했지만, 제기, 또 망신이로군 싶었다.

'하필 또 그녀와 마주쳤을까!'

김의사는 짜장 마음을 가다듬듯 점잖게 소피를 보면서 혼자서 킥킥거렸다. 틀림없이 수납계의 그 여직원도 쉬를 하면서 나를 웃고 있으리라 싶었다.

오롱댁 심작은둘 노파의 딸은 내과 진찰실 앞 대기 벤치에 앉아 있었다. 귀 뒤를 돌아 턱밑께로 흘러내린 두 가닥의 새앙머리채에 허름한 한복차림을 하고서 무릎이 쑥쑥 드러나는 미니스커트와 긴 치마 틈새기에 맥없이 끼여 앉아 있는 몰골이, 얼른 시골 처녀란 것을 짐작케 했다.

"많이 기다렸지요?"

김의사는 그녀에게 이렇게 말하고서, 답은 기다릴 필요가 없는 듯이 이내 안으로 들어가 버렸다.

미리 귀띔이 되어 있던 외래 담당 간호원으로부터 그녀의 임시 차트를 받아든 김의사는, 냉큼 그녀를 들어오게 하라 하고 우선 차트 내용부터 훑어보았다.

　　—강남옥, 19세, 우, 미혼…… 체온이 39도 9부……

김의사는 이내 차트를 던져놓고서, 그녀가 안내된 안쪽 진찰실로 들어갔다. 먼저 그의 눈에 뜨인 것은 바닥이 얄팍하게 닳은 분홍빛 고무신이었다.

침대 위에 누운 강남옥 처녀는, 간호원이 풀어둔 옷가슴을 되움켜 쥐고 있었다. 물론 얼굴은 새빨개져 있었다.

"이래선 안 됩니다."

김종우 의사는 조심스럽게 그녀의 손을 떼어놓고, 청진기를 가슴에 갖다댔다. 그녀는 곱다시⁵ 눈을 감았다.

쿵, 쿵, 쿵……

고동이 상당히 빠르다. 열의 원인을 알아야 한다. 청진기의 하얀 꼭지는 그녀의 흰 가슴패기를 여기저기 더듬는다. 아직 총각 의사인 김종우씨의 눈은 데되게⁶ 강남옥 처녀의 토실토실한 젖퉁이와 달무리 같은 젖꽃판과, 약간 거무스름한 젖꼭지에 자꾸만 머뭇거리게 마련이었다.

다행히 흉부에는 아무런 이상이 없는 것 같았다.

김의사는 그와 같은 처녀의 젖가슴에는 너무나 어울리지 않는 허름하고 낡고 늘어진 러닝셔츠의 앞가슴을 도로 내려주고, 이번에는 더욱 조심스럽게 손이 배 위로 갔다.

"아픈 데가 있거든 말해줘요."

여기저길 짚어 내린다.

"아무 데도 안 아픔더!"

귀찮고 부끄러운 듯이 눈을 꽉 감아 붙이는 강남옥 처녀의 얼굴은 더욱 붉어져갔다. 간호원이 예사스럽게 밀어내리는 속옷 허릿말쫌을 한사코 검잡아' 당기는 그녀의 야위디야윈 두 손가락은 소스라치듯 가볍게 떨리고 있었다.

영양실조 탓이겠지, 탄력이 모자라는 살갖이 조심스런 김의사의 손에 와 닿는다. 가슴의 고동이 분명히 아랫배쫌에서도 잡혔다. 비록 탄력과 윤기가 모자라는 뱃살이지만, 그래도 생리의 연륜은 찰 대로 찬 듯, 배꼽노리와 자궁이 들어앉은 부위에는 알맞게 지방이 모여 있는 것 같았다. 순간, 총각 의사 김종우씨는 야릇한 충격을 느꼈다.

그러나 어련히 일어날 만한 그러한 충격마저 바로 그의 눈이 강남옥 처녀의 야위디야윈 손가락들과, 그것에 꼭 잡혀져 있는 후줄근한 속옷 허릿말의 해진 구멍들에서 내비치는 검고 뻣뻣한 고무줄에 가 부딪치는 순간 여지없이 사라지고 말았다. 그래도 옛날의 허리띠에 비하면 고무줄은 근사하다는 걸까? 김종우 의사는 뜻하지 않고, 엉뚱스런 생각으로 건너뛰었다.

"좋습니다."

진찰을 마친 그는 데스크로 돌아와서, 강남옥 처녀의 임시 차트에 진찰 소견을 기입하여 자기의 서랍 속에 넣은 다음 우선 필요한 처방전과 몇 군데 체크를 한 검사 의뢰서를 외래 담당 간호원에게 넘겼다.

"다른 수속은 어쩌구요?"

담당 간호원은 잠깐 어리둥절하였다. 입원 수속을 하지 않으면 약이 나오지 않는다. 혈액이나 기타의 급한 검사도 되지 않는다. 그러나 어머니의 약값도 못 내어 말썽이 돼 있는데 그러한 여유가 있을 리 만무한 강남옥 처녀란 것을 그녀도 잘 알고 있다.

"그러니까 우리 나이팅게일 선생의 지혜를 빌리자는 거죠. 부탁합니다. 제가 뒷책임은 지겠어요!"

김의사는 자기보다 나이가 훨씬 위일 뿐만 아니라 또 고참이기도 한 그녀를 늘 누님처럼 만만하게 대해왔다. 사실 또 그는 그러한 부탁을 하고서 책임을 지지 않은 적이 없었다. 그렇게 나오는 데는 할 도리가 없는 듯이, 담당 간호원은 강남옥 처녀를 곧 주사실로 데리고 갔다.

수줍게 아미를 숙여 보이고서, 간호원을 따라 나가는 강남옥 처녀의 달랑한 수박색 통치맛자락과, 어딘지 모르게 순진한 티가 있어 보이는 버선 신은 발목이 한참 동안 김의사의 망막에 어른거렸다.

의사와 간호원의 호의로, 강남옥 처녀는 주사도 맞고 약도 이틀치를 받았다. 채혈도 무사히 마치고 소변도 받아서 넘겨주었다.

그러나 입원 수속을 할 형편이 못되는 강남옥 처녀는 병상만은 얻어 걸릴 도리가 없었다. 레지던트 코스의 김종우씨나 간호원의 힘은 그런 데까지는 미치지 못하는 모양이었다. 그들이 보여준 최대의 편의──물론 그것도 병원의 체면이나 규칙에 어긋나는 일이었지만──침대가 딸리지 않은 그저 매트만을 하나 구해다준 것이었다.

"조심해서 써야 해요!"

그때 김종우 의사가 이렇게 말한 뜻은, 나중 그곳 수간호원의 주의에 의하면, 병원 측 사무직원이나 나이 많은 고참 의사들이 보아서는 안 된다는 것이었다.

그러면서도 그들은 곧 펴고 누우라고 이르고 돌아갔다.

강남옥 처녀는 노란 비닐 커버가 씌워져 있는 매트를, 어머니의 병상 곁 마룻바닥에 바투 펴고 그 위에 누웠다. 우선 푹신한 것이 좋았다. 그녀는 그 대견스런 낡은 군용 담요를 턱밑까지 끌어 덮었다. 웅크리고 앉아 있기보다는 편했고 또 주사 덕인지 열도 훨씬 내리는 것 같았다.

오롱댁 심작은둘 노파는, 자기는 줄곧 가르랑거리면서도 그러한 딸을 더욱 을씨년스럽게 내려다보았다. 담요를 보면 군에 가서 죽은 아들 생각이 절로 치밀고, 그놈만 살았더라면 그것도 금년 가을쯤은 어떻게 짝을 지어주었을 텐데…… 싶었던지 잘 떠지지도 않는 쪼그라진 눈귀에 말간 이슬을 맺어 보였다. 처음에는 자기가 거기에 내려 눕겠다고 하였다. 그러나 강남옥 처녀도 그러한 어머니 못지않게 고집이 센 데가 있었다.

밤이 되어도 전염병 환자의 수용소인 제3병동, 더구나 3등 병실은 조용하지를 못했다. 반드시 어디선가 낑낑거리는 소리가 나는가 하면 나타나주지도 않는 의사를 찾아대기도 한다. 병상이 여섯 개나 되는 5호실은 더욱 그러했다.

그런데 한 가지 이상한 것은, 환자들이란 자기들 집에서 가령 곁에서 누가 떠든다든가 하는 그러한 남의 일에 곧잘 신경질을 내게 마련이지만, 그렇게 환자들만이 수용되어 있는—물론 간호하는 가족들이 있긴 해도—곳에서는 그런 티를 별반 보이지 않는다. 같은 처지의 환자들끼리 서로 동정한다는 그런 단순한 이유에서가 아니라, 어쩌면 그렇게 못 견디게 신음하는 사람들보다는 자기는 오래 살 수 있다는 얼토당토않은 망상 때문일지도 모를 일이었다. 바로 오롱댁 심작은둘 노파의 경우만 보더라도 그렇다. 자기는 줄곧 가르랑거리면서도 곁방에서 무슨 신음 소리가 들려오면,

"저 사람은 암매 안 대겠제……!"
하고 한숨을 쉬는 것이었다.

그러나 강남옥 처녀는 어머니의 그러한 한숨을 바로 어머니 자신의 것으로 듣게 마련이었다. 그럴 만한 이유의 하나로 어머니는 그러고서 눈을 힘없이 감았기 때문이다.

강남옥 처녀가 몸져누운 날 밤은 이상하게도 오래까지 그 몸서리나는 불도저 소리가 부르릉거렸다.

헐려가고 있던 남쪽 창가의 건물이 절반쯤 그날 낮에 넘어가더니 필연 그 흙더미들을 급히 치우느라고 그러는지도 모른다.

부르릉부르릉 하는 둔탁한 기계 소리가 가까워질 때마다, 창문이 다르르 하며 울렸다.

강남옥 처녀는 내리던 열이 다시 오르는 것 같았다. 담요 한 장으로는 견디기 힘들 것만 같았다. 벌써 추석을 지낸 지도 오래니까 무리가 아니었다. 가뜩이나 청바닥 위가 아닌가!

어머니도 잠을 이루지 못하고 있었다. 아마 고통이 더 심해오는지, 불도저도 멎고 자정이 넘어도 내처 그대로였다.

"물 디리끼요?"

강남옥 처녀는 누운 채 어머니의 병상을 쳐다보았다.

"괜찮다. 니는 좀 어떻노?"

어머니는 고개를 돌려 딸을 내려다보았다. 희미한 형광등 밑이라 얼굴만 보아서는 어떤지 알 도리가 없다.

"괜찮심더."

물론 거짓말이다.

"그래……? 날 좀 또 데리고 가야겠다. 묵은 것도 없는데 와 그런지……"

소화가 안 되는 모양이다. 자기 집에서 같으면 그런 기운으로는 으레 요강에서 일을 볼 것이지만 워낙 성미가 까다로운 편이 돼서 남의 앞에서는 도저히 그러질 못한다.

휘휘하고[8] 긴 마루를, 딸이 어머니를 부축한다기보다 어머니와 딸이 서로 부축해가면서 비쓱거리는 모습은, 어쩌면 인생의 형장으로 가는 듯한 느낌을 주는 것이었다.

"불 좀 찌고[쬐고] 가까?"

화장실을 나서자, 어머니는 딸더러 묻는다.

"야……"

강남옥 처녀도 미상불 그런 생각이 문득 났던 참이다.

두 모녀는 화장실 곁에 있는 부엌으로 들어갔다. 환자나 간호하는 가족들이 쓰는 공동 부엌(병원에서는 취사장이라고도 부른다)으로, 무연탄 화로가 둘이나 있다. 낮에는 역시 중증 결핵환자인 할아버지 한 분이 곧잘 그 앞에 서 있다가 남의 눈치를 사곤한다.

자정이 지난 뒤라, 다행히 아무도 불을 쓰고 있지 않았다. 나란히 놓인 화로를 향하여 두 모녀는 나란히 섰다. 손들이 절로 불위로 펴져 갔다.

"칩제?"

어머니가 말한다.

"응."

딸이 대답한다.

두 사람의 말소리가 모두 추워 보인다. 고스러진 머리털이 닮았고, 까진 이마가 닮았고, 갈쭉스름한 얼굴이 닮았고, 심지어는 손에 살이 빠진 것까지 꼭 닮았다. 그래서 그들은 다 같은 천더기고병까지 같이 하는지도 모른다.

"늑 아배[네 아버지]는 혼자서 우짜고 있는지 몰라……"

어머니는 그러한 가운데서도 성한 남편이 걱정이 되는 모양이었다.

딸은 말이 없다.

"팥밭골 밭깨나 치앗는가 몰라. 그양 두문 밭에서 다 떨어지고 말 긴데…… 아랫 잣나무골 미영[목화]도 그렇고……"

"그런 기싸 알아서 안 하겠능기요."

강남옥 처녀의 대답은 약간 퉁명스럽게 들렸다. 자나 깨나 집일 농사일을 노닥이는 게 얄밉기도 했으리라.

그러다가 어머니는 갑자기 또 마른기침을 콩콩거리기 시작한다.

강남옥 처녀는 어머니의 얼굴을 화롯께에서 와락 떼어냈다. 그녀는 추위를 지나치게 타는 성미로서 화롯가에만 오면 얼굴을 곧잘 불 가까이 갖다 대는 버릇이 있었다. 독한 연탄불이든 뭐든 상관할 바 없다. 그러다간 내처 또 콩콩거리는 것이었다.

"갑시더, 방으로."

강남옥 처녀는 어머니를 껴안듯 하고 돌아섰다.

"내가 어서 죽우야지……"

어머니는 가슴을 움켜쥔 채 딸의 부축을 받고 부엌을 나오면서 이렇게 중얼거렸다. 다리가 몹시 와들거리는지 발이 제대로 따라오지 못한다.

강남옥 처녀는 별안간 불쌍한 생각이 더해진다—편해도 무엇할 텐데, 오롱골이란 이 산 저 산 사이가 간짓대' 하나 겨우 가로걸쳐질 만하다고 일러오는 외지고 좁다란 두멧골에서 태어나, 육십 평생을 하루도 뜨음한 날이 없이 별똥지기 산밭에 끌엎드려서 고된 농사일로만, 그래서 씻은 듯한 가난과 고생 속에서만 살아 온 어머니의 마지막 소원이 고작 그런가 생각하면 그러한 어머니 를 위해서 하루빨리 같이 죽고 싶었다.

　두더지처럼 늘 흙에만 묻혀 살다가 처음으로 도회지란 데 나 와 본 강남옥 처녀는, 자기들은 완전히 딴 나라 사람들같이 느 껴졌다.
　실은 기적 소리도 들리지 않는 늘밭골에서 기차를 타러 나올 때 부터, 차츰차츰 그런 생각이 들기 시작했다. 우선 사람들의 옷차 림부터가 달라져 갔다. 정거장이 가까워질수록 무명이나 베로 지 은 옷이 줄어져 가는 것이었다.
　"흥, 귀한 양반들이 지나가는 곳이라고 저랬구마!"
　차 안에서도 누가 이렇게 내뱉었다.
　첫길이라 얼떨떨해 있던 강남옥 처녀도 창밖을 유심히 내다보 았다. 아닌 게 아니라 세상 물정을 모르는 그녀로서는 조금 이상 한 생각이 들었다——멀리 뵈는 들 끝 초가집들은 내처 게딱지처 럼 다닥다닥 땅에 붙어 있는데, 차에서 이내 내다보이는 가까운 철길가 집들은 거의 일률적으로, 그것도 부락 따라 시멘트 기와 혹은 슬레이트로 고쳐 이어졌고, 이쪽을 향한 벽들도 흰 횟가루 도배가 되어 있었다. 가끔 그녀에게도 미소를 자아내게 하는 것 은 어떤 집들은 차창에서 보이는 부분만이 기와나 슬레이트고 나 머지는 찌그러져 가는 초가 그대로 남겨 두었는가 하면 벽도 역 시 보이는 쪽만이 회칠이 되어 있는 광경들이었다.

이번에는 지붕들에 새파란 뻥끼칠이 시작되고 있다. 군데군데 순경나리가 팔에 무슨 베조각을 붙이고 서서 지도라도 하고 있는 듯한 모습이 눈에 띄었다. 강남옥 처녀의 생각에는 다른 건 몰라도, 오래된 기와집들은 차라리 그대로 두는 게 좋을 듯한데, 왜 저렇게 새파란 칠들을 하는가 싶었다. 어쩐지 천하고 안타까운 생각까지 들었다.

그러나 귀한 손님들, 우리들을 도와줄 수 있는 외국 손님들을 맞이하기 위해서 천한 꼴을 보이지 않으려고 그렇게 지붕들이며 벽돌을 고치고 닦고 하는 것이 나쁜 일은 아니라고 생각했다. 다만 강남옥 처녀가 바라고 싶은 것은 기차가 다니는 길 변두리들만 그러지 말고 자기네들이 사는 늘밭골 같은 농사곳[10]에도 그렇게 좀 해주었으면 하는 것이었다. 어서 그러할 날이 왔음 싶었다. 시골에도 큰 병원과 의사들이 있고 하는……

도회지에 와서 첫째 놀란 것은 4층이니 5층이니 하는 큰 집들을 보았을 때였다. 유리라고는 등잔에 진사[11]칠을 해놓은 조그만 색경〔거울〕밖에 모르던 그녀에게 고층 건물의 그 번쩍거리는 유리창들은 그야말로 눈이 부실 정도였다. 현재 그녀가 들어 있는 3병동의 앞집도, 자기의 외가곳[12]인 오롱골의 앞산처럼 바로 하늘을 반이나 가리고 있지 않은가! 3병동은 비록 낮고 허물어져 가는 데지만, 그래도 거기 오는 의사는 역시 다락같은[13] 앞 건물에도 드나드는 사람이다. 보기만 해도 훌륭하고 친절한 의사선생님이다.

"이런 좋은 병원에서 와 죽어요? 외삼촌이 돈 보내주신 보람도 없구로요?"

　강남옥 처녀는 쓰러질 듯 비쓱거리는 어머니를 바투 껴잡았다. 사실 그녀의 집에는, 어머니를 그런 데 데리고 올 돈이 있을 리 없었다.

　'누님 전 상서라…… 저승에 가더라도 한이나 없도록……' 하고 써 내린 편지와 함께, 일본에 가 있는 외삼촌이 보내준 그 정도 목돈이라도 없었더라면 꿈에도 엄두를 못 낼 일이었다.

　그래도 어머니는 그 돈이 쓰기가 아까워서 병원에는 가지 않겠다고 뼈물다가 결국 아버지의 호통에 못 이겨 오고야 말았던 것이다.

　'동생이 부쳐준 그러한 돈이니, 빙이나 어서 나와[나아]야지……'

　오룡댁 심작은둘 노파는 처음에는 제법 희망을 가져보았다. 그러나 병이란 놈은 그와 같은 인간의 정의라든가 소원을 알아주지 않았다.

　무엇에 빨려 들어가기라도 하듯이 5호실 문을 여는 두 모녀의 생각은 처음 올 때와는 아주 딴판이었다.

　잠이 오지 않는다. 어머니는 어쩌다가 잠이 들었는가 생각하면 이내 헛소리를 하며 깨곤 하였다.

　"깨, 깨, 다 떨어진다 카이."

　이러다간 또,

　"미영 땄능기요? 알, 알 아랫 잣나뭇골……"

　깨었을 때 하던 걱정을 꿈에서도 되풀이하는 모양이다.

강남옥 처녀는 깨우다 지쳐 그만둔다. 어머니도 반벙어리 소리로 잠꼬대를 하다간 다시 조용해지곤 했다.

강남옥 처녀는 그처럼 오던 잠이 그날 밤에는 도무지 오질 않았다. 자꾸만 앞머리가 빠개지는 것 같고, 입 안이 말라오고 마른기침까지 나기 시작했다. 이러다간 어머니처럼 피를 토할 것이 아닌가 싶어 손바닥에 침을 묻혀 보았다. 붉지는 않다. 몇 차례나 일어나서 물을 마셨다. 다시 몸이 불덩이가 되는 것 같았다. 담요를 머리 위까지 뒤집어썼다. 써도 소용이 없었다. 어서 날이나 새었으면 싶었다.

앞집에 살던 귀뚜라미까지 집이 무너짐으로 해서 한데 몰려들었는지 한결 사납게 귀뚜르르 울어댔다. 차라리 그러한 귀뚜라미들이 부럽기도 하였다.

강남옥 처녀의 진찰 결과가 나타났다. 역시 장질부사로 볼 수밖에 없었다. 열형(熱型) 기타의 증세로 미루어 보아도 그랬거니와 특히 현저한 백혈구 감소증이 그것을 뒷받침하기에 우선 충분하였다.

그녀는 내처 마룻바닥에 펴진, 시트도 없는 베드 위에 누워 있었다.

"아파요?"

그녀의 왼쪽 젖가슴 밑배짬을 눌러 보며 김종우 의사는 고개를 약간 돌렸다. 수줍어하는 얼굴을 차마 볼 수가 없었던 것이다.

혀를 내보라고 했을 때도 역시 그랬다. 혓바닥 위에는 백태가 어제보다 더 희게 나타나 있었다. 틀림없으리라 싶었다.

"좀 어땋기요?"

밤새 더 캉캉해진[14] 얼굴을 돌리며, 심작은둘 노파는 딸과 의사를 번갈아 보았다.

"괜찮아요, 걱정할 건 못 돼요."

그러면서도, 김종우씨는 강남옥 처녀의 팔에 주사를 찌르면서 물었다.

"댁에서 누가 와 줄 분이 없어요?"

"없심더, 아부지빡에 없이니깐에요."

강남옥 처녀는 이를 반만큼 희게 내보이며 을씨년스런 얼굴을 지어 보였다. 김종우씨는 무어라 할 말이 없었다. 사실 그녀는 남을 간호할 처지가 아니라, 도리어 간호를 받아야 할 처지였으니까.

"일어나면 안 돼요. 절대 안정이 필요하니까요."

그러고서 김종우씨는 어머니 쪽으로 갔다.

"난 괜찮소."

어머니는 비로소 고개를 바로 돌리며 말했다. 그러나 실은 조금도 괜찮지가 않다. 간호원이 보여준 혈압 결과가 거짓말이 아니었다.

아주 말이 아니게 떨어져 있지 않은가!

김종우 의사가 자못 당황한 빛을 하면서 병실을 나갔다.

이윽고 수간호원이 딸의 약만을 가져왔다.

"무슨 빙이라 쿱디꺼?"

강남옥 처녀는 못내 궁금한 듯이 물었다.

"어머니와 같대요."

수간호원은 언제 보아도 무표정한 얼굴이다.

"그럼, 나도 가심이……?"

"아니, 그저 장질부사란 거지요."

그러곤 역시 의사가 말하듯 절대 안정을 취해야 한다면서 돌아갔다.

그러나 강남옥 처녀는 소위 '절대 안정'을 취할 처지가 못 되었다. 어머니를 굶겨 둘 수는 없기 때문이다. 의사는 그러한 환자들에게는 반드시 미음이나 무른 죽을 먹여야 된다고 했지만(사실 환자들도 그럴 수밖에 도리가 없었다), 웬일인지 병원 측에서는 꼬박꼬박 흰밥만 갖다 주었다. 그래서 대개는 간호하는 가족들이 그걸 먹고 환자들에겐 미음이나 무른 죽을 쑤어주게 돼 있었다. 그러기 위해서 부엌도 꽤 널찍한 게 있는 것 같고.

강남옥 처녀는 악을 써서 일어났다. 쇠불알만한 냄비에 쌀을 조금 담아가지고 터덕터덕 부엌으로 갔다. 절대 안정도 필요했겠지만 절대로 죽은 쑤어야 되니까.

둘밖에 없는 무연탄 화로는 벌써 만원이 아니라, 몇 개의 냄비가 더 차례를 기다리고 있었다. 쌀을 씻으려니 찬물이 우선 몸에 딱 거슬렸다. 오싹 추워지는 것 같았다. 강남옥 처녀는 이를 악물었다.

"아가, 이리 도고. 니도 아푸면서 그래 가 대나!"

얼굴이 알금알금한 중늙은이가 강남옥 처녀로부터 냄비를 뺏듯이 받는다. 같은 병실에서 폐앓이 딸 구완을 하고 있는 시골 사람이다. 마침 차례를 기다리고 있던 참이었다.

"방에 가 누웃거라. 내 것하고 같이 해 가꾸마."

사양하는 강남옥 처녀를 억지로 돌려보낸다. 아직도 시골 사람들에게서는 볼 수 있는 호의요 고집이었다.

그 아주머니가 있는 동안은, 강남옥 처녀도 여러 가지 도움을 받았다. 거의 절망 상태에 빠져 있는 딸을 위하여 하루에도 몇십 차례 간호원실 문에 가 붙어 있던 아주머니였지만, 끼니때는 강남옥 처녀를 대신해서 곧잘 죽을 쑤어주곤 하였다.

그러한 아주머니가 드디어 병원을 떠났다. 그것도 여러 번 벼르던 뒤였다──원래, 그야말로 죽더라도 한이나 없도록 싶어 데리고 온 딸이었던 만큼 오는 그날부터 산소 호흡을 시켰으나 병보다 돈이 지탱할 수가 없는 형편이었다.

잠자코 있던 딸이 어머니가 짐을 챙기는 걸 보자 이내 울기 시작했다. 나가기가 싫다는 것이었다. 산소란 걸 넣어주니 우선 숨쉬기가 수월했을 게고, 또 병원을 나가면 곧 죽을 것을 미리 짐작했을 것이다. 죽기가 싫었으리라. 살고 싶었으리라.

짐을 챙겨두던 날 밤, 그녀는 내처 울었다. 어머니는 넋없이 울고만 있었다.

날이 새자 어머니는 꾸렸던 짐을 도로 끌렀다. 그러나 겨우 하루를 더 견디다 그들은 결국 퇴원을 하고 말았다. 더 견딜 돈이 없었던 것이다. 3등 인간이었으니까.

"잘 가이소이."

강남옥 처녀는 와들와들 떨리는 다리를 끌고 3병동의 입구까지 따라와서 그들 모녀를 보냈다.

"오냐, 우리 순이도 낫고, 니도 얼른 나아서 그때 서리 찾아보고 그래라이……!"

알금알금한, 마음씨 좋은 아주머니 눈에는 눈물이 그득히 고여 있었다. 강남옥 처녀는 별안간 목이 꽉 메어왔다.

그러나 강남옥 처녀 이외에 그들을 배웅하는 사람은 아무도 없었다. 몹시 찌푸렸던 하늘에서 이내 빗방울이 뚝뚝 떨어졌다.

"우짜겠노, 전찻길까지나 가겠나……?"

강남옥 처녀는 한동안 멍하니 서 있었다.

"여기서 뭘 하고 있소? 어머니가 위독하다잖아요?"

간호원의 연락을 받고 뛰어오던 김종우 의사는 제3병동 어귀에 우두커니 서 있는 강남옥 처녀를 스쳐보며 들어갔다. 또 '바보 같은 계집애, 뒈져라!' 싶었을지도 모른다. 키가 설멍한[15] 김종우 의사는 걸음이 빨랐다.

위독이란 처음으로 듣는 말이었지만, 강남옥 처녀도 대강 눈치를 채고 급히 따라갔다.

어머니는 내처 눈을 감고 있었다. 어머니의 맥을 짚어 보고 눈꺼풀을 뒤집어 본 김종우 의사는 담담한 표정을 하였다. 면도 자리가 파르스름한 그의 지적인 얼굴에도 드디어 올 것이 왔다는 기색이 감돌았다.

사실 모든 조건이 어쩔 도리가 없다고 생각해오던 터였으니까.

"복막이겠죠?"

곁에 있던 간호원도 어두운 표정을 지어 보였다.

"예스…… 그러나 우선 수혈이라도 해두고 봅시다. 좀 갔다 오세요."

김종우 의사의 손은 다시 환자의 손목으로 갔다. 환자는 내처 눈을 감고 있다. 말도 없다.

"어떤기요?"

강남옥 처녀의 새까만 눈동자는 의사의 얼굴만을 쳐다보았다.

"글쎄요…… 맥이 아주 약해졌구먼요."

"와 각중에〔갑자기〕 그런기요?"

"각중에라니? 벌써부터 그런 걸…… 왜 처녀는 누웠으람 가만히 누웠잖고, 자꾸 그리 일어나 움직이지요?"

김종우 의사는 귀찮은 듯이 말머리를 날카롭게 올렸다.

수간호원이 허탕을 치고 돌아왔다. 약값이 너무 밀려서 병원에선 피를 줄 수가 없다는 모양이었다.

"제가 책임을 진다고 그러시오! 내가 언제 떼먹었던가요?"

나이가 젊은 탓인지 그런 덴 성미가 급한 편이었다. 수간호원도 그런 걸 이해하는 모양인지 싱그레 웃으며 되돌아섰다. 김종우씨도 뒤미처 따라왔다.

"옴마!"

강남옥 처녀는 두 손으로 어머니의 손을 껴잡았다.

오롱댁 심작은들 노파는 입술을 따들싹하다 말고, 눈만 간신히 떴다. 희멀건 시선이 대중을 잡지 못한다.

"와 각중에 이라노?"

"개 갠찮다. 옥아이……!"

빨려 들어가는 듯한 목소리로 딸의 이름만 불러놓고 말이 없다. 두 손을 힘없이 들었다 놓았다. 어쩌면 그것이 말인 것도 같고, 시골 부인네들이 억울하고 답답할 때 곧잘 하는 탄식의 표현인 것도 같았다.

강남옥 처녀는 어머니의 입에 물을 조금씩 떠 넣었다. 그녀, 아니 시골 사람들에게는 그렇게 하는 것이 위독한 환자에 대한 유일한 예의요 방법인 것이다. 그런 짓밖에는 못 하는, 또 모르는 것이다.

김종우 의사는 그러는 그녀에게 이젠 더 말이 없다. 해도 소용 없다. 잠자코 환자의 팔에 수혈만 서둘렀다. 소매를 일부러 걷어 올릴 필요가 없었다. 그저 가볍게 밀어올리면 된다. 가볍게 밀어 올리기만 하면 드러나는 오롱댁 심작은둘 노파의 팔은 그야말로 마른 명태를 연상케 했다. 일에 찌들고 병에 시달린 자취가 역연 했다.

그 명태같이 마른 팔꿈치에 주사바늘을 꽂아놓고, 김종우 의사 는 환자의 반응을 살폈다. 주사를 놓을 때마다 그렇게 찡그리던 얼굴을 이젠 찡그리지도 않았다.

옷가슴을 헤쳐 보았다. 누르다 못해 거무스름한 껍데기가 엿가 락 같은 뼈들을 싸고 있었다. 골이 죽죽 진 가슴패기! 탄력을 잃 은 피부가 간신히 갈그랑거리는 호흡과 더불어 그녀의 비참한 최 후를 예고하는 것 같았다. 김종우 의사는 조심스럽게 꾀죄죄한 옷자락을 되덮어주었다.

강남옥 처녀는 아무런 낌새도 채지 못한 듯 그저 우두커니 지켜 보고만 있었다. 바보같이!

"처녀는 저리 가 누워 있어요! 일어나 움직이면 안 된다고 하잖 았어요?"

김종우 의사는 또 신경질을 내기 시작했다.

그러나 강남옥 처녀는 김종우 의사의 그러한 말일랑 귀 밖으로 흘리고 내처 물신선같이 어머니만 지켜보고 있을 따름이었다.

김종우 의사는 간호원만 남겨두고 그곳을 물러갔다. 굳이 시무 룩한 표정을 지어 보이지는 않았지만, 역시 '바보 같은 딸애!'란 기색이 내비치는 것 같았다.

수혈이 미처 끝나기 전이었다.

뜻밖에 수납계의 고참 직원 한 사람이 어디서 마스크를 얻어 쓰 곤 아무런 예고도 없이 바로 그 5호실에 불쑥 나타났다. 이런 일 은 좀처럼 없는 일이다. 환자에게 일이 있으면 간호원을 통할 일 이지, 아무리 고참이라 하더라도 의사도 아닌 사무실 직원이 그 렇게 함부로 입원실에 들어온다는 것은 실례다. 더구나 사리를 모를 리 없는 그가.

병실 문을 열고 두릿두릿하던 고참 직원은, 이내 수혈을 지켜보 고 있는 간호원 쪽으로 쪼작쪼작 걸어왔다.

"응, 여기 계셨구먼요."

여느 때처럼 무슨 뜻인지 잘 못 알아먹을 히죽 웃음을 눈가에 띤다. 히죽 웃음 위에는 언제나 변함없는 대머리였다.

“이거 너무 밀려서……”

그가 내민 것은 오롱댁 심작은둘 노파의 밀린 치료비 계산서였다.

수간호원은 그저 받아들일 따름이다. 할 말이 있으나 하지 않는 눈치다. 사무직원도 거기에 대해서는 더 할 말이 없다.

“응, 이분이 심작은둘씨로구먼요?”

이번엔 엉뚱한 참견이다. 그러면서도 그의 능청스런 눈초리는 노파 곁의 병상에 펴져 있는 매트를 놓치지 않았다.

“저건?”

역시 히죽거리는 얼굴이다.

“따님 겁니다. 별안간 열이 많이 나서……”

아뿔싸! 수간호원은 효과 없을 발명을 한다. 그렇게 된 건 물론 규칙 위반이고, 한편 그녀의 책임이기도 했다.

“네.”

하면서도, 그는 다음과 같은 말을 잊지 않았다.

“담당 의사가 어느 선생님이시죠?”

듣기에 따라서는 숫제 심문 비슷한 말눈치였다. 그것도 물론 알고서 하는 소리다. 피 때문에, 조금 전 김종우 의사가 직접 뛰어가서 말썽을 부리는 것을 곁에서 듣고 있었으니까.

“김종우 선생님입니다만……”

수간호원의 약간 퉁명스런 듯한 대답이 채 끝나기도 전에 바로 그 김종우 의사가 내과과장을 모시고 들어왔다.

제법 고참 티를 보이던 수납계 직원은, 막무가내란 듯 과장 앞에 대머리를 꾸뻑해 보이고는 싱겁게 물러갔다.

과장은 수혈을 받고 있는 오롱댁 심작은둘 노파의 눈꺼풀을 뒤집어 보았다. 맥도 짚어 보고, 가슴도 짚어 보았다. 그리고 김의사에게 영어로 무어라고 말했지만 강남옥 처녀는 알아챌 도리가 없다. 다만 눈치로 미루어서 심상치 않다는 것만을 느꼈다.

"처녀는 좀 어떻소?"

과장은 강남옥 처녀를 돌아보았다.

"누워 보시오."

김종우 의사는 강남옥 처녀를 매트 위에 눕게 했다.

시트도 없는 매트 위에 누운 강남옥 처녀는 얼굴이 더욱 달아올랐다. 간호원은 땀에 젖은 채 축축하고 허름한 그녀의 러닝셔츠를 걷어 올렸다.

"숨을 크게!"

과장의 마스크는 한결 높게 들썩했다. 청진기의 꼭지가 처녀의 가슴과 등을 휘뚜루[16] 더듬었다. 퉁퉁한 손이 그녀의 젖 아래위를 짚어 본다. 톡톡 두드릴 때는 젖퉁이가 따라서 흔들흔들 했다.

"누워 있어야 해요. 일어나 움직이면 안 돼요."

역시 이렇게 타일렀다. 의사는 마찬가지다. 왜 환자에게는 무슨 병이니, 어떤 약을 쓰라느니 하는 말은 도무지 하지 않을까? 강남옥 처녀는 박부득이[17] 또 후줄근한 군인 담요를 끌어 덮었다.

다행히 내과과장은 그녀가 누운 매트에 대해서는 수납계 직원처럼 그리 수상쩍게, 또 못마땅하게 여기진 않았다.

오히려 그런 사정이 있으려니 하는 눈짓으로 싱긋이 웃고만 돌아갔다.

내과과장이 떠나자 이내 서무과 급사가 들어오더니 수간호원을 보고서,

"수혈 끝나는 대로 서무과장이 좀 오시래요."

"왜?"

수간호원은 급사의 표정을 훑었다.

"글쎄요……"

급사는 그저 그럴 내기[18]다.

'쳇, 매트 얘길 테지! 그 여우 같은 늙정이가……'

일러바친 게로군 싶었다.

멀리서 하늘 울리는 소리가 들려오고, 극성스럽게 쏟아지는 폭우가, 허물어져 가는 제3병동의 유리창을 마구 때렸다. 헐렁한 창문 틈바구니마다 빗물이 새어들어 유리를 타 내리고, 강남옥 처녀가 누워 있는 쪽 천장 구석도 차츰 젖어들기 시작했다. 그러한 빗속에서도 불도저는 내처 부르릉거렸다. 운전사는 필시 물에 빠진 생쥐 꼴이 됐을 테지. 명령, 아니 인간의 강하고 약함이 한꺼번에 실감되는 그러한 경황이랄까?

그러나 이상하게도 그날만은 그 둔탁스런 불도저 소리도 환자들에게는 그다지 거슬리지 않는 모양이었다. 한결같이 희멀건 눈들이 쏟아지는 빗발을 심심치 않게 내다보는가 하면, 그 속에서 부르릉대는 불도저의 극성맞은 소리에도 내처 귀를 기울이고 있는 것 같았다.

요컨대 그들은 병원 생활이 무척 괴롭고 지루했던 것이다. 가뜩

이나 전염병 환자만이 늘어져 있는 허물어져 가는 3등 병실에서, 그저 치료비 독촉장이나 받을 뿐, 누구 하나 꽃이라도 들고 깍듯이 찾아주는 사람도 없는 3등 인간인 그들에게는!

그러니까 때로는 비도 반가웠고 불도저 소리도 거슬리지는 않았다. 뿐만 아니라 이따금 우르릉하는 먼 천둥 소리에, 숫제 살아 있는 하늘의 방향이라도 잡아보려는 듯, 눈을 번쩍 뜨는 환자도 있었다. 말하자면 누에가 잠을 잘 때 고개만은 치켜들고 있듯 빗소리에 한결 조용해진 병실 안 사람들도 신경은 내처 날카롭기만 했던 것이다.

다만, 넓적한 마스크를 한 간호원이 가끔 와서 보고 가는 오롱댁 심작은둘 노파만이, 또닥또닥 떨어져 들어가는 피를 받으면서 그러한 반응을 보이지 않을 뿐이었다.

강남옥 처녀는 시종일관 모든 것을 샅샅이 눈여겨보았다. 매트 위에 누웠을 때도, 천장을 향해 있는 그녀의 핏발 선 커다란 눈은 마치 병실 안 전체를 삼키고 있는 것 같았다. 그리고 꽉 다문 입은 헤아릴 수 없는 말들을!

……더구나 수납계의 고참 직원이 불쑥 나타났을 때의 일, 서무과 급사로부터 출두 연락을 받았을 때의 수간호원의 심상치 않은 표정…… 이러한 것들과, 그로 말미암아 덩달아 일어나는 여러 가지 추측이며 생각들이 한때 어머니에 대한 걱정까지도 밀어버리고 그녀의 망막과 머릿속을 점령했다. 천장에 맺혔던 물방울이 툭 하고 머리맡에 떨어질 때 그런 의식에서 일단 단절된다. 그러나 다시 덮친다. 다시 덮치다간, 결국 이것도 저것도 갈피를 잡

지 못한다. 머리가 몽롱해온다. 머리가 몽롱해오며 의식마저 허물어진다. 결국 그녀의 의식은 고열로 인해서 녹아진 것이다.

강남옥 처녀가 다시 의식을 되찾은 것은 그녀의 몸뚱이가 김종우 의사와 간호원들에 의해서 그녀의 어머니 곁으로 옮겨졌을 순간이었다. 날카로운 소리에 눈이 번쩍 뜨였다.

"그저 보고만 하고 말 것이 아니라……"

김종우 의사가 그녀가 누워 있던 빈 매트를 발로 냅다 밀어버리며 괜히 죄도 없는 간호생을 보고 투덜대고 있었다.

"인부 시켜, 수납계 그 늙다리한테 딱 갖다 보이고서 치워 두래! 알았어?"

아직 경험이 없는 실습 간호생은 어리둥절하고 있다.

"빨리 그러라니까!"

김종우씨의 말소리는 더욱 날카로워진다. 수간호원이 간호생더러 뭐라고 타일러 보낸다. 강남옥 처녀는 팔꿈치에 따끔한 것을 느낀다. 링거 방울이 눈물처럼 눈에 아른거린다. 김종우 의사는 그것을 조절하면서 또 씨부렸다.

"저희들은 턱도 아닌 것들을 데리고 와서 관비 치료니 뭐니 하면서……"

"그러기 말예요."

수간호원이 맞장구를 치듯 받는다.

"그 말을 듣고 화를 내는 원장님도 원장님이지 뭐예요."

좁은 병상 위에서 한쪽은 피주사를, 한쪽은 링거— 다행히 몸피가 여윈 3등 인간이라 좋았다.

그러나 그와 같은 구차스런 꼬락서니도 오래가지는 못했다. 이튿날 저녁 오롱댁 심작은둘 노파의 몸뚱이는 드디어 병상에서 내려졌다. 뻗어진 것이다.

오롱댁 심작은둘 노파의 시체는 사흘 동안이나 시체 안치소에 놓여 있었다.

병원에서는 사람이 죽더라도 입원비를 다 내지 않으면 시체를 간대로[19] 내주지 않는다. '누님 전 상서라……' 하고 보내준 외삼촌의 돈도 벌써 다 써버리고 밀린 약값만 해도 수월찮았거니와 설사 그런 걸 다 무사히 치른다 하더라도, 강남옥 처녀 혼자로서는 어찌할 도리가 없었다.

아니, 그보다 우선 자기의 처신이 문제였다. 첫째, 어머니의 명단이 5호실에서 지워진 이상 거처할 곳이 없어졌다. 그녀는 입원 수속이 되어 있는 환자가 아니다. 그러니까 이젠 매트 위는커녕 병원 마룻바닥에도 누울 자격이 없었다. 게다가 그녀 자신의 병세도 만만치가 않았다. 어머니의 무리한 구완으로 말미암아 전염까지 된 병이, 어머니의 죽음을 보자 갑자기 더 악화되었다. 그녀는 아무것도 먹지를 않았다. 말하자면 한때 식음을 전폐하였다. 하긴 제 손으로 죽이라도 끓이지 않으면 먹을 수도 없었다. 그러나 그럴 생각도 경황도 없었다.

물론 병원에서는 입원 수속이 돼 있지 않은 그녀에게 밥이고 죽이고 또 약이고를 내어줄 리 만무하였다. 그녀에게 던져진 것은 오직 어머니의 입원 치료비 계산서뿐이었다.

그녀는 울었다. 돈이 없어서가 아니다. 자기가 불쌍해서가 아니라 군에 가 죽은 오빠가 생각났다. 그리고 마지막엔 일만 죽도록 하다가 고생만 바가지로 하다가 하루도 편한 꼴을 보지 못하고 돌아간 어머니가 불쌍했다. 가엾었다. 분했다.

이젠 누구의 동정도 받기가 싫었다. 떳떳하게 치료를 받지 못할 바엔 김종우 의사나 간호원들의 친절도 거북스러웠다. 결국 3등 인간이란 자학밖에 남지 않았다.

"처녀는 계속 치료를 받아야 해요!"

김종우 의사는 무슨 요량으론지 수차 이런 말을 했지만, 강남옥 처녀는 결국 모든 걸 마다하고, 어머니를 따라 시체 안치소로 갔다.

시체 안치소란 데는 결국 사람이 아닌 시체만을 버려두는 곳이라 그런지, 사람이 거처할 곳은 못 되었다. 그저 먼지라기보다 흙발이 사뭇 밟아놓은, 흙이 풀썩거리는 마룻바닥이었다. 다행히 누가 쓰고서 버려둔 듯한 가마니뙈기가 두어 장 아무렇게나 널려 있을 뿐이었다.

"좀 잘 나아[놓아]주이소이……"

강남옥 처녀는 쇠로 된 구루마[20]에 실려 온 어머니의 시체를 인부들과 함께 내려놓으면서, 자칫하면 그 위에 쓰러질 뻔하였다. 벌써 그녀는 울음을 그치고 있었다. 다만 핏발이 벌겋게 선 눈망울만이 눈물에 둥둥 떠 있을 따름이었다.

시체를 조심스럽게 다루는 것은 시골 사람일수록 더했다. 인부들도 역시 시골 출신이라 그런지 그런 걸 이해해주었다.

"오라버님이 군에 가 죽었다 카지요? 오라범만 살아 있더라도."

어디서 듣고 알았는지, 인부 한 사람은 숫제 이런 목메는 소리까지 하였다. 물론 그들은 중환자의 운반이라든가 병원 허드렛일들을 맡아 하면서도, 마스크란 것을 온통 쓰지 않았다. 아니 그보다 돈만 낫게 준다면 호열자니 흑사병 환자와도 같이 잘 위인도 있었다. 무지막지한 3등 인간보다, 열병이니 호열자니 하는 것들보다 더 무서운 가난이란 병에 걸려 있는 사람들이었다. 그러니까 그들에게는 세상이 바로 병원과 같은 것이기도 했다. 거추장스럽게 마스크 따윈 필요 없었다.

인부들이 돌아간 뒤, 강남옥 처녀는 다시 어머니의 시체에 매달려서 흐느끼기 시작했다. 남의 사정도 헤아려야만 하는 병실에서와는 달리 본격적인 울음이 시작된 것이다. 그저 훌쩍거리고 어깨를 추스를 뿐이 아니다. 소리를 내 가며 울었다.

휘휘한 방 안을, 천장에 덩그러니 달린 빨간 전등 하나가 지켜보고 있었다. 바깥은 여전히 빗소리다. 불도저 소리도 여전히 멀리서 부르릉거렸다. 허물어져 가는 제3병동의 한 귀퉁이라도 무너뜨리려는지 우지끈 하는 소리가 한 번 들렸다. 다행히 시체 안치소의 유리창만은 흔들리지 않았다. 그러나 이럴 때 누가 문틈으로라도 엿보았더라면, 죽어 있는 시체보다 을씨년스럽게 울어대는 처녀의 모습에 더욱 질렸을 것이다.

이젠 간호원들도 그녀의 열을 재러 오지 않았다. 의사들도 나타나지 않았다. 아무도 그녀의 울음을 방해할 사람은 없었다.

이윽고, 널빤지로 된 문짝에서 인기척이 나더니 아까 그 인부

214

두 사람이 다시 나타났다. 약간 주기가 있는 듯한 얼굴들로서 손에 무언가 들고 있었다.

"처녀가 혼자서 울고 있는 걸 보니……"

위로차 온 모양이다.

"그냥 올 수도 없고, 암매〔아마〕 향불도 미처 못 구했지 싶어서……"

그들은 어머니의 시체에 매달려 있는 강남옥 처녀를 떼놓듯이 하고 향을 피워주었다. 한 사람은 축 늘어진 포켓 속에서 조그만 초까지 꺼내어 촛불까지 밝혀주었다. 손등에는 빗물들이 번질거리고 있었다. 그들에 대한 흔감[21]한 정까지 겹쳤음인지 강남옥 처녀의 울음소리는 더욱 구슬퍼졌다.

나이 늙수그레한 인부 한 사람은 병원 구내에 살았던 모양으로 아침 일찍 부인을 시켜 죽까지 한 그릇 치면하게[22] 갖다 주었다. 우격에 못 이겨 그걸 받아 마시는 강남옥 처녀의 눈에서는 눈물이 샘솟듯 했다. 죽 위에 사뭇 떨어졌다. 3등 인간도 끝내 외롭지는 않았던 것이다.

강남옥 처녀의 아버지(늘밭골에서는 그저 강노인이라고 부른다)가 겨우 연락을 받고 달려온 것은 사흘째 되는 날의 저녁나절이었다. 다행히 비가 개어 있었다. 언제 비가 왔냐는 듯이 하늘은 한결 짙푸르렀고 햇살은 그를 인도라도 하듯이 시체 안치소의 입구를 지그시 비치고 있었다.

시체 안치소에 들어선 강노인은 그저 어리벙벙할 뿐 그다지 당황하지는 않았다. 강남옥 처녀는 아버지의 얼굴을 보자 갑자기 설움이 더 북받쳐 오르는 듯 울어댔지만, 그는 그러한 딸처럼 호들갑스럽게 흐느끼지는 않았다. 입도 다문 거나 마찬가지였다. 이미 모든 걸 체념한 듯이, 다만 돌 같은 표정을 지었을 따름이다.

강노인은 누르퉁퉁한 베옷을 미리 상복처럼 입고 왔다. 두건만은 호주머니에서 꺼내 썼다.

그렇게 상복차림을 갖춘 다음, 그는 마누라 오롱댁 심작은둘 노파의 시체 앞에 나아가 공손히 무릎을 꿇었다. 역시 호주머니에서 향촉을 꺼내어 불을 붙였다. 술과 잔은 없으니 도리가 없었다. 송구스러웠다. 박부득이 있는 향촉만 밝혀놓고 다시 몸을 일으켜 정중히 절을 하였다. 두번째의 절을 하고는 그대로 조아린 채 일어나지를 못했다.

"오롱댁아……!"

목쉰 소리로 이렇게 한 번 울컥하더니, 강노인은 계속 어깨만 추슬렀다. 풀죽은 두건 끝이 사시나무처럼 떨어댔다.

수라도 修羅道

"저 애씨는 시집 몬 갈까 봐 불공드리러 왔나? 이 비좁은 방에 온!"

"와 그라노, 우리 부체 새끼를…… 그라지 마라, 내 손자다."

아직 불당답게 채 꾸며지지도 않은 방 안 벽받이에 안치된 커다란 돌부처 곁에 빠듯이 끼여 앉아 있는 소녀는, 겨우 여남은 살 될까말까 하는 아이다. 소복 차림의 보살 할머니들이 웅성대는 양을 눈여겨보고 있던 소녀는 별안간 자기를 놀려주는 핀잔 소리에 눈이 오끔해지다가 할머니 가야부인의 감싸주는 말이 떨어지자 모두들 딱다그르 하고 웃는 바람에, 못내 수줍어진다. 소녀의 얼굴보다 더 붉게 물들여진, 수박처럼 둥글둥글한 종이등들이 천장이며 뜰 안을 온통 메우고 있다. 관등절의 오후였다.

……분이는 이러한 어릴 때의 기억을 더듬으며, 할머니 가야부인의 장엄한(그녀는 장엄이란 형용사를 떠올리고 있었다) 임종

을 지켜보고 있다. 벌써 그녀는 소녀가 아니다. 낭자가 반듯한 색시다.

덩치가 큼직큼직한 아들들이 할머니의 곁을 떠나지 않고 있다. 참기 어려운 마지막 고통인 듯 가야부인의 넓은 이마에 잇달아 맺히는 땀방울을 차례로 닦아준다. 눈같이 희고 곱슬곱슬한 머리카락이 땀기로 인해 이맛살에 착 들러붙어 있다.

멀리서 적을 가상한 훈련 포성이 쿵, 쿵, 일정한 간격을 두고 울려왔다. 아주 정나미가 떨어지는 포성이다. 그 포성이 갑자기 커질 때마다 가야부인은 눈을 힘없이 떠보기도 한다. 그러나 시선은 내처 방향을 못 잡는다.

그러나 이상한 것은, 눈이라든가 이마에는 그렇게 열반의 고통이 뚜렷한데도 불구하고, 굳게 다물린 입 언저리만은 여느 때와 조금도 다름이 없다. 금방 미소라도 떠오를 듯한 부드러운 모습 그대로다.

"관자재 보살 행심반야바라밀다시……"

그녀의 머리맡에서 반야심경을 읽고 있는 안면 있는 스님의 나지막한 목청은, 분이의 생각을 줄곧 아기소녀 시절로 이끌어갔다. 할머니의 얼굴에 미륵불의 얼굴이 자꾸만 겹쳐져 보였다. 할머니가 미륵불로도 보이고 미륵불이 할머니로도 보이고……

할머니가 아직 젊었을 때의 일이었다. 강 건너 고암산이 이쪽 미륵당 아래의 강 구부렁이로 그 웅장한 그림자를 쑥 내밀고 있었다. 벌써 해가 뉘엿뉘엿 넘어가고 있다. 물빛이 한결 시퍼런 강 구부렁이 쪽으로 사타구니처럼 벌어져 간 골짜기의 오목한 부분에 미륵당이란 절이 납작하게 앉아 있다. 그래서 모신 미륵불은 어지간히 크기는 해도 절 이름을 미륵암이라 부르지 않고 보살 할머니들은 그저 미륵당이라고만 불렀다. 그마저 선 지가 얼마 되지 않았기 때문에 둘레에 아직 커다란 수목들도 없고 해서 절 같은 맛이 나지 않고, 웬만한 집 재실만도 못한 당집인데, 그것을 에워싼 청룡이니 백호니 하는 산등성이에 철따라 핀 진달래꽃들 이 어쩜 석가여래의 탄생일을 축하하는, 사월 초파일 같은 기분 을 느끼게도 했다.

분이는 좁은 길섶에까지 피어 있는 진달래꽃을 조가비 같은 손 에 꺾어 들고 할머니 가야부인을 따라갔던 것이다.

"저 새가 암매 서천 서역국에서 오는 샌지도 모르지. 꼭 이때가 되면 와서 저렇게 울어쌓거든!"

할머니는 혼잣말처럼 중얼거렸다. 분이는 무슨 뜻인지 잘 못 알 아채고 그저 뻐꾹뻐꾹 하는 소리만 들었다. 이쪽 산에서도 울고, 강 건너 고암산 쪽에서도 울어댔다. 어떤 소리는 아주 더 먼데서 들려오는 것 같기도 했다. 그건 아마 할머니가 가끔 말씀하시던 고암산 저쪽 백운암인가 하는 절이 있는 무척산에서 들려오는 건 지도 모른다고 분이는 생각했다. 가뜩이나 큰 키에 언덕길을 올 라오는 할머니를 돌아보았을 때, 분이는 우리 할머니가 제일이다 싶었다. 다른 집 할머니들보다 얼굴도 희고 키도 훤칠할뿐더러, 남들이 잘 안 쓰는 처네'까지 꼬박꼬박 쓰고 다녔다. 자줏빛 천에 이마를 반듯하게 가로지른 새하얀 처네 동정이 한결 의젓하고 깨 끗해 보였다.

그러한 할머니가 미륵당 문간을 들어서자, 안에 있던 할머니들과 스님이 모두 일어서며 반겼다.

"가야마님 오십니꺼!"

"설판제자 오싰네요."

그녀들은 할머니의 친가가 김해라 해서 가야마님이라고 불렀다.

"아이고, 모두 일찍 오싰네요!"

할머니는 분이의 손을 놓고 그녀들의 손을 두 손으로 쥐었다. 아는 사람을 대할 때 그러는 것이 할머니의 버릇이었던 것이다. 할머니는 처네를 벗기가 바쁘게 미륵불 앞으로 나아갔다. 물론 분이의 손을 다시 잡고.

"알제, 부처님 앞에서는 절을 세 분 한데잇!"

이렇게 시켜가며 예배를 마친 뒤, 여럿이 있는 곳으로 돌아와 앉자, 좌중은 다시 웃음과 이야기판이 되었다. 그래서 사월 초파일은 석가여래의 탄생을 축하하는 날이라기보다 시골 할머니들의 환담의 날인 것 같기도 했다. 그런 할머니들의 이야기며 웃음들이 시종 자기 할머니를 중심으로 진행되는 것 같아 분이는 한결 흐뭇한 생각이 들었다.

할머니 가야부인이 남들로부터 그러한 추킴을 받게 될 만한 원내력을 알게 된 것은 분이가 훨씬 더 자라서의 일이었다. 분이는 제법 처녀티가 날 때까지도 곧잘 공양미를 머리에 이고 할머니를 따라서 미륵당을 찾아갔던 것이다. 할머니는 원래부터 불교에 대한 신심이 대단하였다. 실은 그 미륵석불만 해도 수백 년 동안 땅속에 깊이 묻혀 있던 것이 그와 같은 신심의 공덕으로 가야부인의 눈에 처음으로 뜨인 것이라고 사람들은 말했고, 그 미륵당이란 암자도 실은 할머니의 설두[2]로 세워진 절이었다. 분이가 알기에도 할머니는 꼬박 십 년을 불교식 일종이란 걸 마쳤던 것이다. 할머니는 분이에게 여러 가지 이야기를 들려주었다. 불교에 관한 것 이외에도 할머니는 구수한 이야기들을 곧잘 하였다. 그러나 분이가 할머니를 특별히 따르고 좋아하게 된 것은 흔히 보살 할머니들이 추켜세우는 그러한 이유에서만이 아니었다. 물론 그런 것도 중대한 이유의 하나임에는 틀림없겠지만 분이에게는 그보다 할머니가 하시는 모든 일들, 즉 할머니의 전 생애가 대견스럽고 우러러보였던 것이다.

사실 분이는 할머니의 얘기라면 어디서부터 시작해야 좋을지 모를 판이었다. 그만큼 할머니는 다른 집 할머니들과는 달리 생애의 폭이 넓고 깊었던 것이다. 괴로운 과거와 의젓한 처신들이 많았다. 할머니가 시집을 온 것은 한일합방이 있은 다음해라고 한다.

"시집올 때는 꼬박 사흘이나 안 걸렸디이나!"

할머니는 이 이야기를 아마 열 번도 더 하였을 것이다. 이녁 동서끼리는 물론 장가를 들어서 애까지 둔 아들들도, 모여 앉으면 그런 얘기를 묻고 또 묻곤 하였다. 몇 번 들어도 싫지 않은 얘기라고 분이도 오는 잠을 참아가면서 귀를 기울였던 것이다.

"철이 애비(큰아들)는 그때 배에다 꽉 뎅이〔동여〕매고 배를 안

탔디이나……"

할머니의 얼굴에는 그 당시의 결심 비슷한 빛이 퍼뜩 지나갔다—옛날 '가야국'의 자리인 김해가 안태본[3]이라 해서 가야부인이라고 불리게 되었다지만, 할머니의 친정곳[4]은 김해 고을에서도 저 남쪽 끝에 가 붙은 명호란 소금곳[5]이었다.

할머니의 친가에서도 소금을 구웠다고 한다.

"신도란 섬에 가면 우리 염전이 제일 컸지!"

할머니는 고향 얘기를 할 때는 염전 얘기를 빼놓지 않았다. 그러니까 미륵당 골목인 태고란 나루터에 그곳 소금배가 와 닿아 있는 걸 보면, 할머니는 곧잘 달려가서 아무개 무쇠 가마에 불 들었던가, 띠밭등 아무개 잘 있던가 하고 친정 소식을 깍듯이 묻곤 하였다. 그럴 때마다 "그러이더, 그러이더" 하고 대답하던 뱃사람들의 우스꽝스런 사투리를 분이는 재밌다고 생각했다.

아무튼 그런 먼 곳에서 차도 발동선도 없던 옛날에 바다 같은 강까지 건너가며 시집을 오자니 사흘이 걸렸다는 것도 거짓말은 아니었다. 할머니의 말로는 하늘이 안 보일 정도로 길길이 자란 갈밭 속을 십 리도 더 빠져나와야 되는데, 그 갈밭 속 길이란 게 또 예사로 미끄럽지가 않은데다 돌이 지난 첫아이까지 달고서 가마를 탔으니까, 네 사람이 메는 가마라 하지만 교군꾼들이 땀을 팥죽같이 흘렸더란 거다. 게다가 강기슭에 나와서도, 하필 시위가 내린 위에 바람까지 어떻게 사나웠던지, 배끌기(배에 줄을 매어 어깨로 끄는 사람들)의 어깨가 뭉개질 정도가 되어도 어찌할 도리가 없어서, 두 차례나 팟자를 놓았다[6]고 한다. 이러다간 아무 일도 되지 않으리란 공론이 돌아서 결국 시위나불[7]을 무릅쓰고 강을 건너는 판인데, 만약에 파선이 되거나 한다면 아기와 함께 죽을 작정으로 신부(할머니)는 젖먹이를 자기의 앞배에다 칭칭 동여매었더란 거다. 그때만 해도 할머니의 집안은 명호에서도 울리던 집안이라, 배도 예사 크지 않은 고물대 이물대[8]가 다 갖춰진 큰 배였지만, 덩그런 사인교에다 상객, 몸종, 하인, 교군꾼 들까지 합쳐서 자그마치 일행이 열다섯도 넘는데, 오라범이 타신 청노새를 비롯해서 말까지 세 필이나 실어놓았으니, 그런 난리가 어디 있었겠느냐는 할머니의 이야기였다.

"나불[9]이 딜이닥칠 때마다 하님[10]들은 상이 새파래가지고 떨어대지, 마른하늘을 치다보고 홍호야 하고 울어대지——"

할머니는 이렇게 이야기에 짐을 내다가,[11]

"제우〔겨우〕 황산 앞벌에 배가 밀쳐 닿자, 인자는 살았다 싶으더구먼!"

하고 숫제 그때의 기쁨을 얼굴에 되살리는 것 같았다.

"할매는 그때 안 무섭던기요?"

듣고 있던 분이가 한 마디 끼우면,

"와 안 무섭아! 간이 콩낱[12] 같았지. 큰머리를 해노니 고개는 아프고…… 그러자 황산 장터로부터 시갓댁 마중꾼들이 달려오는데——"

할머니는 어제 일같이 눈에 선한 모양이었다.

"양편 종년들이 우리 애씨 내 모시겠다 하고 싸움들이 벌어지고……"

이 대문에 가서는 언제나 감개무량한 표정을 지었다.

비록 서울로 빠지는 국도라고는 해도 그 당시의 '황산 베리끝' 하면 좁기로 이름난 벼룻길[13]로서, 시가 측에서 마중 나온 사람만 보태도 서른 명이 넘었을 텐데, 구경꾼까지 합치면 줄잡아도 오륙십 명 가까운 사람들이 외줄로 사뭇 늘어섰다고 하니 과연 얼마나 볼 만했을까, 분이는 늘 자랑스럽게 생각했고 또 못내 부럽기도 했다.

그러나 그와 같이 거추장스럽고 호들갑스럽던 우귀[14] 행렬이었건만, 정작 가야부인이 실려간 허진사댁은 그때만 해도 여간 까다로운 유교 가문이 아니었다. 게다가 한때 요부하던[15] 가산마저 거의 탁방이 난 무렵이었다. 물론 이런 정도의 사정은 친정 오라범으로부터 미리 듣고는 있었다.

칠보화관의 구슬잠이 떨리는 대례를 마친 뒤에도 고풍을 따라 삼 년을 친정에서 묵는 동안 한 해 두어 번씩은 으레 찾아와주시던 시아버지의 얼굴은 익혀 알았지만, 우귓날 그 앞에서 새삼 큰절을 드릴 때는 어련히 내리뜨며 보실 눈이 더욱 두렵게 느껴졌다.

"오냐, 수로에 고생이 많았겠구나. 시할아범이 못 오셨으니 절은 내가 먼저 받게 됐다마는……"

시아버지 오봉 선생(오봉산 밑으로 오고부터 부른 호라 한다)은 점잖게 닦인 말씨에 약간 울적한 표정을 짓다 말았다. 역시 고풍 따라 시집온 사흘째 되는 아침부터 가야댁은 부엌으로 들어갔다. 우선 훤칠한 키가 사람들의 눈에 띄었다. 데리고 온 몸종 이외에도 삼월이니 구월이니 하는 부엌 식구들이 있긴 했지만, 가야댁은 부엌일을 그녀들에게만 맡기지는 않았다. 어른들의 식성을 알고부터는 더욱 그러했다.

"시어머님은 내가 간을 본 국맛을 용키도 알디이라."

할머니는 이런 말을 자랑삼아 하였다. 고을에서 알려져 있는 명문이라고는 해도 시할아버님이 왜놈들의 등쌀에 못 이겨 늘그막에 서간돈가 북간돈가로 떠나고 시아버님이 북정이란 데서 그곳으로 이사를 온 뒤는 집도 그저 그렇고 해서 돌담을 사이로 한 이웃과 별반 다를 바가 없었다. 생각했던 것과는 달리 중문 대문이 없는 그런 집이었지만 가야댁은 요만치도 꺼림칙하게 여기지는 않았다.

"그러이칸에 우리 분이의 고조할배나 징조할배는 참 훌륭했지. 더구나 고조할배는 진사급제꺼정 해서도 베실일랑 하시지 않고서……"

오히려 그렇게 된 것을 자랑인 양 이야기한 적도 있었다.

"고조할배는 머 한다고 간도란 데로 갔있덩강요?"

"그건 니가 좀더 커야 안다."

해놓고서도, 이내 덧붙였다.

"왜놈들이 우리나라를 뺏고서 미안새김 겸 입이라도 틀어막아 보겠다고 베실아치나 이름 있는 양반네들에게 '합방 은사금'이란 걸 내주었는데 그 고조할배는 그 돈을 더럽다고 그 자리에서 되돌려주었더란다. 그러니 그놈들이 좋아캤겠나. 그길로 밋비이다가 할 수 없이 그만 조선 땅을 떠나싰다고 안 하나!"

아직 철이 안 든 분이는 간도란 데가 어딘지, 또 무슨 뜻인지 자세히는 몰랐지만, 아무튼 고조할아버지는 조금 무서운 어른이었나 보다 생각하였다.

시아버지 오봉 선생은 그러한 아버지를 찾기 위해 몇 번이나 만주 땅을 헤맸다지만 찾은 뒤에도 결국 모셔오지는 못하고 돈만 작살을 냈다고 한다. 요컨대 이것이 일본의 식민지가 됨으로 해서 허진사 집이 겪은 첫번째 수난이었다.

"하지만 그란다고 누구 하나 감히 참견할 사람도 없었지!"

할머니의 말을 들으면, 할머니의 시아버지──그러니까 분이의 증조할아버지 오봉 선생도 고조할아버지 못지않게 무서운 어른이라고 느껴졌다. 아닌 게 아니라 분이의 아득한 어릴 적 기억 속에도 증조할아버지의 파르스름한 눈빛이 유달리 얼어붙어 있었다.

그러한 오봉 선생이고 보니, 왜놈들이나 그들의 앞잡이들의 비위에 맞을 리 없었다. 게다가 소위 합방 이후 낙동강 연안 일대의 그 질펀한 갈밭들이 모조리 동척의 손아귀에 들어가고, 이내 그들의 논밭이 되어가는 꼴을 보고는, 당신은 당신대로 더욱 참을 수가 없는 듯이, 툭하면 구두덜거리며 어디론지 핑 떠나기가 일쑤였다. 그러자니 사실 살림이라고는 깍듯이 돌아볼 경황도 생각도 없었던 것이다. 따라서 세상을 등진 듯 새침하게 세월을 보내는 그의 비위나 거스를까 조마조마할 따름이었다.

"우짜다가 화를 내실 때는 꼭 벼락이라도 떨어지는 것 같디이라. 목소리나 비미이〔예사로〕 콧나! '못난 것들!' 하고 호통을 치실 때는 그저 온 집이 쩌렁쩌렁 울리디이라."

할머니는 이런 표현을 하였다.

그러나 그렇게 두려운 반면 자기에게는 이를 수 없이 고마운 시아버님이었다는 말도 잊지는 않았다.

"애야, 춥다. 어서 방에 들어가거라. 와 부엌 사람들한테 일을 맡기지 않고서……"

저녁 일이 늦을 때는 이렇게 나무람 겸 위로를 해주시더란 것이다. 그러면서 때로는 가벼운 한숨을 쉬곤 하였다고 한다.

그러나 그렇다고 며느리 가야댁이 일을 덜하지는 않았다. 그 당시만 해도 웬만한 가문의 부녀자들은 비록 굶는 한이 있더라도 손끝 하나 꼼짝하지 않는 것을 무슨 자랑처럼 여겼지만, 그녀는 타고난 천성이 그러질 못했다. 집안 형편에 따라서 진일 마른일 할 것 없이 닥치는 대로 해냈다. 일을 하는 것을 조금도 부끄럽게 여긴다거나 꺼리지는 않았다. 그래서 일찍 배우지 못한 일이라도 이내 손에 익숙해졌다. 머슴이나 부엌 식구들이 도리어 송구스럽게 여길 정도로 부지런했다. 벌써 그녀는 한다한 양반집 며느리가 아니라 흔해빠진 농사꾼의 마누라처럼 되어갔다.

남편인 명호 양반은 그저 미안스런 눈치만 보였다. 그는 소위 양반집 맏아들로서 층층시하에 눌려 살아온 처지라 대소사를 막론하고 어른들의 눈치나 살필 일이지 이러쿵저러쿵 하지는 않았다. 게다가 사실 그는 부인 가야댁보다 나이도 두어 살 아래였을 뿐 아니라 이녁 할아버지나 아버지 오봉 선생에 비하면, 위인이 그저 순하기만 했지 아직은 무슨 일을 이래라저래라 할 처지가 못 되었다.

시아버지 오봉 선생이 멀리 출타를 할 때는 마누라보다 자부인

가야부인을 꼭 불렀다.

"야야, 내 옷 좀 챙겨오너라. 여분이 한 불쯤 더 있었음 좋겠다."

애당초 어디로 간다는 말을 하지 않았다. 언제 오겠다는 말도. 누가 따르기는커녕 배웅도 멀리 못 나오게 했다.

"아부이, 잘 다녀오이소."

대문 밖에서 그저 이럴라치면,

"오냐, 집 잘 지켜라."

하고는 돌아도 안 보고 휭 떠나는 것이었다.

그렇게 해서 시아버지가 안 계시면 가야부인이 실제 주인 구실을 하였다. 그럴 수밖에 없는 것이, 명호 양반은 아직 글만 읽는 서생인데다 시할머니는 일찍 돌아가셨고 시어머니는 워낙 눌려서만 살아오던 분이 돼서 매사에 자기의 의견이라고는 내세우는 일이 거의 없었기 때문이다. 그래도 시어머니라고 의향을 물으면,

"내가 머 아나, 니가 알아서 해라."

고작 이런 투였다.

이러한 환경 속에서 가야부인은 온갖 집안 살림살이를 도맡듯이 되어버렸다.

그러면서도 그녀는 데리고 온 몸종을 이녁 딸처럼 아꼈다. 삼월이도 빨리 제 갈 길을 가야 된다고 하였다. 그녀는 종이라 해서 그녀들을 맘대로 부르거나 하시하지는 않았다. 원래 마음이 너그러운데다 신심의 탓도 있었으리라. 길쌈철이 되면 그녀들과 한자리에 어울려서 일을 거들었다. 무릎 위까지 살을 드러내놓고 모

시나 삼을 흠빨아 가며 뱌비쳐[16] 이을 때는, 시어머니의 눈이 둥그레지기도 했지만, 가야부인은 샌님들이 타고 다닐 마필이 없어진 처지에 상일이면 어떠며, 종이 무슨 소용이 있겠느냐는 말눈치를 일부러 비치기도 했다.

"나무——아미타불!"

시어머니의 입에서 이런 탄성이 자주 새어나왔다.

그러나 허진사댁의 불행은 이것으로 끝나지는 않았다. 가야부인이 시집온 지 만 구 년째 되는 해였다. 만주 땅에 가 계시다던 시할아버지가 거기서 무슨 강습소를 꾸몄다던가 독립운동을 했다던가 하는 소문이 들리더니 결국 일 년 전에 서간도에서 유골이 되어 돌아오고, 시아버지 오봉 선생이 그 유골을 안고 온 다음 해에는 삼일만세사건이 일어났다. 이 만세사건에 오봉 선생은 둘째아들——그러니까 가야부인에게는 바로 손아래 시숙인 밀양 양반을 잃었다. 왜놈들의 총질에 생죽음을 당한 것이었다.

이태를 연거푸 이런 참변을 당하고 나자 허진사댁은 문자 그대로 쑥밭같이 되었다. 온 가족이 죽은 상이 되었다기보다, 분노를 머금은 슬픔이 얼굴마다 사무쳤던 것이다. 그리고 그것은 허씨 일문만의 슬픔이 아니라 보다 많은 사람들의 슬픔이기도 했다. 적어도 오봉 선생의 예와 다른 태도에는 그런 티가 뚜렷이 엿보였다.

그래서, 만주 눈벌에서 시할아버지의 유골을 찾아왔을 때나 읍내 장터에서 피투성이가 된 시숙의 시체를 모셔왔을 땐 일제의 날카로운 감시 속에서 내용만은 고을이 떠들썩하게 소위 사회장이란 게 치러지긴 했지만, 그런 정도로 유족들의 원한이 풀릴 리는 없었다.

"왜놈들의 총질과 미쳐 날뛰는 칼날에 무참하게 터지고 찢긴 아드님의 시체를 보시자마자 시어머님은 그대로 넋을 잃었디이라. 이놈들아 나라를 뺏음 좋기 뺏지, 와 금덩어리 같은 내 자식을 이렇게 쥑있노? 하고 그만 그 자리에서 안 자물시(까무러쳐) 버리나!"

가야부인은 그때 일을 이야기할 때는 언제나 목메는 소리로 눈물까지 글썽거렸다. 분이도 나이 들어서 그 이야기를 들을 때는 자기도 모르게 할머니를 따라 눈물을 지우곤 하였던 것이다. 그러고부터 시어머니는 식음을 전폐하다가 결국 종신 속병을 얻게 되고, 시아버지 오봉 선생은 돌부처처럼 입을 다물었다. 가야부인은 서른도 채 못 되는 나이에 그러한 시부모를 모시고 연방 기울어져가는 집안을 거의 혼자서 다스려 나가야만 했던 것이다.

이미 기울어진 가세에 권속만 웅성거릴 필요가 없었다. 어려운 가운데서도 삼월이는 곧 짝을 지어 내보내고 구월이는——육순이 넘도록 부려 온 종이라 아쉬운 대로 평생 입을 옷가지까지 지어서 제 아들에게로 돌려보냈다. 많찮은 농사에 머슴도 여럿을 둘 필요가 없었다. 가야부인은 직접 안 내던 모도 내고 길쌈도 하였다. 길쌈은 집안 식구들의 입성을 마련하는 데만 그치지 않고, 그것으로써 아이들의 학비에까지 보탰다. 이렇게 손아 날 살려라 하고 애면글면[17] 엉세판[18]을 허둥거리는 동안에 다시금 십여 년의 세월이 흘러갔다. 그녀는 '가야댁'에서 '가야부인'으로 칭호가 바뀌고, 어느덧 육남매의 어머니일 뿐 아니라, 자부도 몇이나 거느린 버젓한 시어머니가 되었다. 손자녀도 분이를 비롯해서 여럿이 났다.

"여자 한평생은 그저 그런 기란다. 지내고 보문 잠깐이지만……"

결국 허씨 가문에서의 이십 년 남짓한 세월은 그녀의 이마에 세 개의 긴 주름을 파놓고 갔다. 희번드르하던 살결은 누르퉁퉁하게 탄력을 잃게 되고, 귀밑에는 서릿발이 희끗희끗 드러났다.

허구한 풍상과 세월은 시아버지 오봉 선생께도 놀랄 만한 변화를 가져오게 했다. 우선 옛날처럼 집이 쩌렁쩌렁하게 울리도록 호통을 치는 일은 거의 없어졌다. 소위 양반 티도 줄어지고, 다만 옛날보다 더 잦게 출타를 할 뿐이었다.

한번은 이런 일이 있었다──표연히 집을 나선 뒤 근 두 달이나 지나서 돌아오던 참인데, 때가 공교히 한밤중인데도 불구하고 대문이 활짝 열려 있는 자기 집 뜰 안 광경에 깜짝 놀라 발을 멈추었다.

'어찌 된 셈일까……?'

달이 찢어지게 밝은 밤이었다. 그렇게 달이 밝은 안마당에 웬 사람들이 멍석을 펴놓고 버릇없이 줄느런히[19] 누워 자고 있지들 않은가! 모깃불까지 희부연 연기를 모락거리고. 옛날엔 없던 상스런 풍경이었다.

"어험!"

하는 오봉 선생의 기침 소리에 맨 먼저 뛰어나온 사람은 며느리 가야부인이었다. 마당에 누워 있는 사람들은 여전히 움직이지 않았다. 옛날 같으면 불호령이 떨어질 일이다. 양반의 집 뜰에 이게 무슨 꼴이냐고!

그러나,

"웬 사람들이지?"

오봉 선생의 말은 생각 밖으로 부드럽게 나왔다.

"저 윗녘에 삼 받으러 갔다가 오는 아랫데 부인네들입니더. 잘 데가 없다 캐서……"

가야부인은 가슴이 철렁한 채 이렇게 일러바치다가, 상대편에서 얼른 무슨 말이 없자 저녁 진지 걱정으로 수인사를 돌렸다.

"저녁은 묵고 왔으니, 술이나 한잔 들까? 있는강?"

"농주뿐이옵니더."

시아버님이 좋아하시는 약주나 구기자술을 유념해두지 못한 것이 죄송스러웠다.

"농가에 농주면 족하지. 어디 조금만 가져오게."

그러고는 곧장 사랑으로 들어갔다.

마나님을 비롯해서 늘어섰던 가족들은 약간 싱거워졌다. 어디를 다녀왔는지 궁금하기도 했다.

그러나 당신이 사랑에 있을 때는 이녁이 부르기 전에는 아무도 맘대로 들어가지를 못한다. 그것이 당신의 체통이고 또 가풍이기도 했다.

며느리 가야부인이 술상을 보아 갔을 때 그는 며느리를 일부러

들어오라 했다. 이러한 일은 그녀가 시집온 뒤 처음 있는 일이었다. 가뜩이나 조마조마하던 차에 가야부인은 약간 섬뜩해졌다. 그러나 나들이 갓을 관으로 바꿔 쓰고 정좌한 시아버지의 말은 역시 예상외로 부드러웠다.

"게 앉게."

가야부인이 술을 따라 올리자 첫말이,

"윗녘에 삼 받으러 갔다 오는 부인네들이라고?"

"네, 그렇습니더."

"응 그래, 어렵게 사는 사람들이구면. 잘했소. 황혼 축객[20]이 인사의 도리가 아니거든!"

시아버지 오봉 선생은 잔을 한숨에 죽 비우고 나더니,

"이왕이면 저녁 대접까지 해드리지 그래?"

"그렇게 했습니더. 어머니께서도 그러라 하시고 해서……"

"착한 일들을 했구면!"

오봉 선생은 모든 걸 너그럽게 촌탁[21]해주면서,

"그새 별일은 없었는지?"

집안 사정일랑 맨 나중에 물었다.

"네."

웬만한 일쯤은 있어도 있다 할 며느리가 아니었다. 고등계 형사들이 몇 번인가 다녀간 일은 있었지만, 그런 건 전부터 내쳐 있어온 일이고 해서 새삼 아뢸 필요를 느끼지 않았다. 오봉 선생은 더 말이 없었다. 그가 물러가라 할 때 그의 장죽에 성냥을 그어 대주던 가야부인은, 그때야 비로소 시아버지의 얼굴이 한결 초췌해져 있음을 발견하고 갑자기 송구스런 생각이 들었다. 단순히 노독의 탓만이 아니라는 생각이 들자, 무언지 모르게 처절한 것이 느껴졌다.

오봉 선생은 외로웠다. 가다가 무엇이 마뜩찮거나 몹시 울적해 보이는 날은 곧잘 아버지와 아들의 무덤이 있는 산으로 올라갔다. 그밖에는 대개 문을 굳게 닫고 사랑방에 접치고[22] 있었다. 그러고는 때 묻은 고서들을 뒤적거리거나 혼자서 골패[23]를 달그락거리는 것이 거의 일과처럼 되어 있었다. 원래 말이 적은데다 웃어본 적이 별로 없는 그는 더욱 말이 없었고 웃음이란 건 아주 잊어버린 듯했다. 아직 철부지인 분이는, 찬 기운이 사무친 듯한 파르스름한 눈을 하고 집안 식구들에게까지 말을 잘 안 하던 그를, 증조할아버지라기보다 냉담한 사랑손님처럼 두렵고 서먹하게 여겼다. 그래서 그 사랑 앞에 모란이니 영산홍이니 하는 꽃들이 아무리 탐스럽게 피어 있어도 그가 방에 있을 때는 좀처럼 가까이 가지 않았다.

이렇게 스스로 세상을 멀리하고 또 가정에서까지 외돌토리가 된 듯한 오봉 선생은 그저 친구와 술로 시름을 잊는 것 같기도 했다. 그래서인지 멀리서 친한 선비들이 찾아오는 것을 무척 반가워했다. 옛날 같은 펄펄한 기상은 찾으려 해도 찾아볼 수 없었지만 그래도 용기를 내어 술이야 밥이야 하고 서슴지 않고 분부를 내렸다. 여유가 있고 없고는 알 바 아니다. 그러한 유생들일수록 또 오래 머물기가 일쑤였다. 하루 이틀에 뜨지 않는 경우가 많았다. 사흘도 좋고 닷새도 좋고, 때로는 달포 가까이 치대는 유생도 없지 않았다. 그렇게 되면 먹는 것만이 아니라 빨래까지 해당해야 한다. 경우에 따라서는 새 입성도 해드려야 하고 또 그런 분일수록 떠날 때는 노잣돈도 쥐어주어야 한다.

다행히 가야부인은 일찍이 그러한 가정에서 자라났기 때문에 아무런 불평이 없이 이리 공대를 해갔다. 옛날처럼 나라에서 빌려주는 환자(還子)도 없어진 세월이라 쌀이 떨어지면 여기저기서 꾸어와야 했고, 닭도 돈도 그렇게 해서 구해와야만 했다.

"말 말아라, 그렇다고 궁한 표를 보일 수도 없고…… 한번은 할 수 없이 어른들 몰래 친정 오라범에게까지 사람을 안 보냈디이나."

할머니는 그 무렵의 고충을 이렇게 회고하기도 했다.

이러한 일들로 해서 가야부인은, 나이 많은 시어머니가 있어도 동서나 시숙들로부터 자연 가모[24]의 대접을 받게 되었다.

"인물이나 키만 보아서가 아니라, 제반 범절이 방가위 의관의 집 맏며느리감이지."

남의 말을 잘 안 하는 오봉 선생이었지만 며느리 가야부인에 대해서는 언젠가 친척들이 모인 자리에서 이런 칭찬을 하였다고 한다.

한편 시어머니는 둘째아들 밀양아이를 잃은 뒤로 정신 나간 사람처럼 되어버렸다. 이녁 말마따나 모진 목숨이 죽어지진 않고서 시나브로 말라만 들어갔다. 남자들 같으면 다른 일에 머리를 쓴다거나 술로 한때의 시름을 잊기도 하겠지만, 가뜩이나 얌전하기만 한 시어머니라 그저 한숨과 '나무아미타불'로만 세월을 보냈다.

그러던 시어머니가 어느덧 천수를 치기 시작했다. 물론 바깥어른들이 안 듣는 데서만이었다. 어디서 얻어왔는지 가야부인도 모르는 얄팍한 불경책의 노란 책가위[25]가 말려 들어갈 정도로 손때가 묻었다. 아주 열심이었다. '정구업 진언 수리수리 마하수리 수수리 사바하'를 처음 따듬작거릴 때는 저 책을 언제 다 외우리 싶었지만, 시어머니는 실로 놀라울 정도로 빨리 나아갔다. 그리고 다행히도 그렇게 불도에 낙을 붙이게 된 것을 가야부인은 고맙게 생각하였다. 다만 그렇게 불경을 열심히 외우면서도 가보고 싶은 절에 남들처럼 마음 놓고 가보지 못하는 시어머니의 심정이 못내 안타까웠다. 그녀들의 시가는 워낙 완고한 유교의 집안이었던 것이다. 그러던 어느 날—바람이 몹시 불던 밤이었다. 집 뒤를 에워싼 참대숲이 워썩워썩 울어댔다. 그렇게 대숲이 워썩거리는 밤이면 가야부인은 곧잘 고향인 명호 앞바다가 생각나고, 처녀 때 읽은 『사씨남정기』란 고대소설의 한 대목이 잇달아 머리에 떠오르는 것이었다— '하늬바람에 대숲은 일렁이는데, 창창한 바다는 만 리나 펼쳤도다'라고 하는 관세음보살의 화상을 칭송한 부분이었다. 그날 밤에는 이상하게도 죽은 딸까지 생각나서(가야부인은 시집까지 간 고명딸을 달포 전에 잃었던 것이다) 더욱 잠을 이루지 못하고 늦게까지 분이의 버선을 꺼내놓고 뜨개질을 하던 참인데, 뜻밖에 시어머니의 방에서 염불 외는 소리가 나지막하게 들려왔다.

"……옴 아라남 아라다. 천수 천안 관자재보살—"

또 시작이구나 싶었다.

나무대비 관세음

원아 속지 일체법

나무대비 관세음

원아 조득 지혜선

나무대비 관세음

원아 속도 일체중

나무대비 관세음

원아 조득 선방편

나무대비 관세음

원아 속승 반야선

나무대비 관세음

원아 조득 원고해……

빨리 대자대비하신 관세음보살의 불법을 익혀 이 사바의 고해를 건너고 싶다는 절절한 하소연이었다. 나직나직한 목청이 언제까지나 낭랑히 계속될 것만 같았다.

가야부인은 뜨개질을 하던 손을 멈춘 채 가만히 귀를 기울이고 있다가, 자기도 모르는 사이에 눈시울이 뜨거워졌다. 틀림없이 시어머니는 또 죽은 밀양 양반을 생각하고 있으리라 싶었던 것이다.

가야부인은 곧 시어머니에게로 건너갔다. 그냥 있을 수가 없었던 것이다. 그러나 그때 무슨 말을 여쭈었는지는 기억에 확실치 않았다. 다만—어머님 내일이라도 어느 절에 좀 다녀오이소! 통도사도 좋고, 밀양 표충사도 안 좋겠능기요. 밀양 같음 밀양 동시를 데리고…… 밀양 동시도 저래 외롭게 지내이칸에!…… 아마 이러한 내용이 아니었던가 짐작되었다. 또렷이 생각나는 것은 그때 시어머니께서 눈이 오끔해가지고서 자기를 뚫어지게 건너다보았다는 사실이다. 그러고 하신 말씀이다.

"오냐, 늬가 내 눈엔 꼭 관세음보살 같구나!"

느꺼웠던 탓인지 말소리조차 약간 떨렸다. 그렇게 말하는 입가에는 난데없이 미소까지 떠올라 있었다. 이튿날 아침 가야부인은 서둘러서, 시어머니에게 시줏돈을 쥐어주었다.

"오냐, 곧 돌아오꾸마!"

홀로 사는 며느리의 손을 잡고 처음으로 집안이 알게 절구경을 나서는 시어머니의 눈에는 이슬 같은 것이 맺혀 있었다. 마치 그것이, 오래도록 그녀의 넋을 억누르고 있던 두터운 안개가 가시어지는 듯한 해방감의 표시인 듯이.

다행히 오봉 선생이 출타를 하고 없을 때의 일이었다.

천연스런 얼굴로 시어머니를 배웅하던 가야부인은 이미 마음속에 어떤 각오가 되어 있었다기보다, 밤마다 혼자서 천수경을 소곤거리는 시어머니를 위해서는 그 길밖에 도리가 없다고 믿었던 것이다. 그리고 그것을 결행했을 뿐이었다. 물론 시아버지 오봉 선생이 안다면 그저 벼락 정도가 아니리라는 것을 모르는 바 아니었다. 그러나 그것은 그때의 일이라고 생각했다.

나중에 가서는 결국 드러나고야 말았지만, 사실은 가야부인 자

신이 불교에 대한 신심이 여간한 분이 아니었다. 뿐만 아니라 그
것이 또 여간 뿌리 깊게 박힌 것이 아니었다. 결국 그로 인해 시
아버지의 격분을 샀지만, 그것은 신라 때의 유풍으로 그저 여염
집 부인네들이 절나들이를 한다든가 수박 겉핥기식으로 불교에
미치는 그런 것과는 달리 자기 나름의 깊은 이유가 있었던 것이
다. 게다가 가야부인의 그러한 정체가 드러나게 된 동기가 또한
심상치 않았던 것이다.

"나는 그때 그만 머리를 깎고 영 이 가문을 떠날라꼬꺼정 안 했
더나."

시아버지 오봉 선생의 삼년상을 치른 파젯날,[26] 가야부인은 그
당시의 각오를 이렇게 이야기했다.

서간도에서 돌아간 시할아버지 허진사의 입젯날[27]의 일이었다
고 한다. 그날은 어떻게 강추위였던지, 낙동강 물이 꽉 잡혀서 강
건너 상동 방면 사람들은 이쪽 황산장까지 등빙을 했을 정도였
다. 제삿장을 보아서 머리에 이고 그놈의 베리[28] 끝을 돌아오자니,
언덕 위에 쌓였던 눈까지 휘몰아치는 바람결에 인제 곱다시 얼어
서 쓰러질 것만 같아서 우선 폭풍이나 잠깐 피할까 싶어 지금 미
륵당이 서 있는 바람의지[29]로 들어간 것이 꼬투리라고 했다.

"장작개비같이 언 팔에 힘을 주어서 머리에 였던[이었던] 장바
굼지를 겨우 내려놓고 막 웅크리고 앉일라 카니 발끝에 수상한
기 안 비이나! 거기만은 이상스럽게도 눈이 녹아 땅이 푸석푸석
한데 반들반들한 돌부리가 하나 쑥 볼가져 있더라 카이. 그래서
조금 긁적거리 보았디이……"

　가야부인은 그때의 신비감을 만면에 되살렸다——그것이 바로 한쪽 귀퉁머리가 이지러진 돌부처——지금 미륵당에 모셔져 있는 돌부처의 정수리였다는 것이다.

　마침 산에 눈이 무덕지게[30] 덮여 있던 때라, 그녀의 머리에는 석가여래가 눈을 맞아가며 수도를 했다는 설산 생각이 문득 떠오르고, 그때까지 오장육부가 다 어는 듯싶던 추위가 금세 가시어지는 것 같더라고 했다. 그래서 다시 흙으로 덮어두고 돌아왔지만, 가야부인의 머리에는 그것이 떠날 날이 없게 되었다——틀림없이 불교를 배척할 당시의 가혹한 손들에 의해서 절이 불태워지고, 내동댕이쳐진 불상이라 싶었다. 그렇게 큰 것이 물결에 밀릴 리는 만무했지만 가야부인의 생각에는 아주 먼 데서 물결에 밀려온 것같이 느껴졌다. 그리고 그걸 안 보았다면 모르되, 직접 눈으로 보고 난 이상 차마 그냥 내버려 둘 수는 없었다.

　가야부인은 여러 날 여러 밤을 그것만을 생각하다 생각하다 결국 시어머니에게 자기의 마음먹은 바를 아뢰었다——그곳에 조그만 절을 짓고 모셔주자는 것이었다. 불교라면 펄펄 뛰는 완고한 오봉 선생 밑에서 눌려 살아온 얌전하기만 한 시어머니의 처지로는 얼른 대답이 나올 리가 만무했다. 시어머니도 여러 날을 두고 생각하고 또 생각했다. 그러나 아버지의 성 하나 타가지고 남의 가문에 와서 '삼종지례'니 '칠거지악'이니 하는 무쇠 같은 유교의 계율에만 억눌려 사는 멀쩡한 노예인 그녀들에게는 뚫고 나갈 구멍이라고는 까마득했다.

　결국 가야부인은 그 일로 말미암아 마음에 병이 생겼다—— 하필 그 부처님이 자기의 눈에 뜨인 것은 정녕 무슨 심상치 않은 인연의 탓이리라, 그냥 모른 척하고 내버려둔다는 것은 그야말로 억겁의 죄를 짓는 것만 같았다. 그녀는 잠을 제대로 이루지 못하게끔 되었다. 어쩌다 어렴풋이 잠이 들었다가도 꿈에 그 돌부처의 머리가 불쑥 나타나서 소스라쳐 일어나곤 하였다. 물론 음식도 잘 먹히질 않았다. 먹어도 삭여 내질 못했다. 시름시름 자꾸만 말라 들어갔다. 까닭을 아는 시어머니는 벙어리 냉가슴 앓듯 밤마다 그녀를 위해 천수를 쳤다. 얼었던 강이 풀리고 기러기 떠나가는 봄이 와도 마찬가지였다. 분이가 대여섯 살쯤 되었을 무렵의 일이다. 밭두덩 같은 데 파릇파릇 새싹이 돋으면 곧잘 이웃 조무래기들과 어울려서 쑥이랑 그 밖에 이름도 모르는 풀잎들을 나물이라 해서 조그만 노리개 같은 바구니에 캐어오곤 했다. 어머니는 어서 갖다 버리라고 야단을 했고 그럼 할머니는 "와 그걸 베리! 그 조갑지 같은 손으로 캐온 것을…… 아가, 이리 가져오너라" 하며 감싸주었던 것이다. 그러시던 할머니가 인제는 그럴 낙조차 없을 만큼 구겨져 있는 것을 보고 분이는 슬퍼졌다.

"할매, 어데가 아푸요?"

하면,

"오냐 괜찮다, 내 새끼야! 우째 니는 요렇게도 꼭 부체 새끼 겉노?"

하고 가야부인은 분이의 곱슬곱슬한 머리를 쓰다듬어 줄 따름이었다.

옛날 같음 저녁 늦게까지 곧잘 모여 앉아서 일도 하고 정담들도

하고 가던 아이들이랑 며느리들이 늦게까지 모여 앉아서 걱정들
만 하였다.

가야부인은 기회만 있으면 형제간에 우애 있게 지내야 된다고
가르쳤고, 그래서 자기가 주장해서 지차[31] 아들들의 살림집들도
큰댁 곁 텃밭에 줄느런히 짓게 했던 것이다. 그러고서도 부족한
듯이 한 집같이 죽 사잇담을 틔워서 서로 마음대로 나들게 했는
데, 아이들이 안 보일 때는 이녁이 직접 이 집 저 집 돌아보는 것
이 또한 낙이기도 했다.

"어무이, 지가 제일 손해봅니데이."

다섯 동서 중 막내며느리가 이런 우스운 소릴 잘했다. 집이 맨
끝에 붙어 있으니까 "아지부이 편히 쉬이소, 성님 잘 가시오" 하
는 수인사를 죄다 해야 되니 그렇다는 거였다.

"그럼 니가 시집을 먼저 올 거 앙이가."

가야부인은 이렇게 웃음으로 받아 넘겼던 것이다. 그렇게 서글
서글하던 가야부인이 이제는 그러할 기력과 웃음조차 점점 잃어
가게 되었다.

천수만 치던 분이의 노할머니—가야부인의 시어머님도 드디
어 어떤 결심을 하였더라고—워낙 얌전하기만 한 그녀는 죽을
셈치고(?) 사랑방으로 남편 오봉 선생을 찾아갔다. 그녀가 사랑
방으로 찾아간 것은 칠십 평생을 통해서 그것이 처음이요 마지막
이었다. 물론 며느리 가야부인에 대한 사연을 자초지종 사뢨다.
그리고 이렇게 말끝을 맺었다.

"영감님도 아시리다. 가야메누리야말로 지가 할 일을 다했십니

더. 형제며 일가 친척간에 우애 있고, 그 몬 배운 상일꺼정 해가
며 이 집을 남불케〔남부럽게〕 안 해놨능기요. 사람 하나 살리는
심〔셈〕 치고……"

소원을 들어줍시사는 것이었다. 오봉 선생을 쳐다보는 노부인
의 얼굴에는 눈물이 비 오듯 쏟아져 내렸다.

"나가요!"

오봉 선생의 무서운 호통 소리와 함께 벼락 치듯 열리는 장지문
밖으로 마나님은 사정없이 쫓겨나왔다. 그길로 윗방으로 돌아와
서 입을 봉했다. 식음을 전폐하려고 들었다. 가야부인이 중이 되
려고 결심한 것은 바로 그날 밤의 일이었다.

밤중에 온 집안이 발칵 뒤집혔다. 가뜩이나 시름시름 앓던 가야
부인이 별안간 간데온데가 없어졌기 때문이었다. 안방에 늘 데리
고 자던 손녀 분이와 어미 여읜 어린 외손자만이 콜콜 잠이 들었
을 뿐이었다. 그들을 깨워본들 알 턱이 없었다. 분이는 눈만 썩썩
비비더니,

"아까 할매 울었데이."

하면서 도리어 울상을 지어 보일 뿐이었다.

불이 없던 사랑방 문이 별안간 덜커덕 열리더니,

"또 거기 간 거 앙이가?"

어둠을 찢듯한 오봉 선생의 날카로운 말소리가 튀어나왔다.

가족들은 쥐 죽은 듯이 말이 없었다. 서로 얼굴만 쳐다볼 뿐이
었다. 그러고도 비로소 모두 냉거랑 건너 대밭각단 쪽으로 시선
을 보냈다. 아니나 다를까, 그 대밭각단이란 부락 아래쪽 솔밭 속

에 희미한 불빛이 가물거리고 있었다.

"또 저게 갔는갑다!"

누군가가 이렇게 말했다.

"바보 같은 것들! 냉큼 가봐라!"

오봉 선생은 다시 꽥 소리를 치고는 문을 덜컥 닫았다.

대밭각단 아래쪽 솔밭 속에는 가야부인의 죽은 고명딸의 체봉〔假葬〕이 있었다. 마마에 죽은 어린것들의 시체를 오쟁이[32]에 넣어서 나뭇가지에 주렁주렁 달아두듯이, 그녀의 딸도 괴질에 죽었다 해서 괜스레 악령의 소멸을 빈다는 버릇으로 그렇게 솔밭 속에 빈소를 얽어놓고 이른바 물이 빠지기를 기다렸던 것이다. 악질에 비명으로 죽은 것도 원통한데, 시체마저 흙 속에 곧 묻히지 못하고 있는 것이 더욱 원통하여, 가야부인은 생각만 나면 밤중이라도 그 먼 데까지 우르르 달려가서 흐느끼는 것이었다. 그즈음은 몸도 불편하고 해서 한동안 뜨음했던 것인데……

이윽고 가야부인은 가족들에게 부축을 받으며 돌아왔다. 징검다리를 헛디뎠는지 아니면 사뭇 물을 밟고 갔는지, 아랫도리가 온통 물에 젖어 있었다. 물론 오봉 선생은 그녀가 돌아오는 줄을 알면서도 일부러 내다보지도 않았다.

가야부인은 내처 입을 열지 않았다. 분이는 그러한 할머니를 보고 울기만 했던 것이다.

이튿날 아침 가야부인은 사랑으로 불려 나갔다. 바깥양반 명호가 먼저 부옇게 부대끼고 나온 직후였다.

“무당과 중을 멀리하는 것이 선비 집안의 체통인 줄 알 터인
데.”

오봉 선생의 그 푸른빛이 감도는 날카로운 눈이, 곱게 앉은 며
느리 가야부인의 정수리를 매섭게 쏘아보았다. 필연코 마나님으
로부터 그녀에 대한 최근의 일들을 샅샅이 들어 안 모양이었다.

“어째서 자네는 그 요사스런 불교를 버리지 못하겠다는 건고?”

말소리는 한결 떨리고 높아졌다. 가야부인은 이미 각오한 바는
있었지만, 감당해내기 어려운 위엄에 질려 얼른 무어라고 대답이
나오질 않았다.

“기어코 생각을 고치지 못하겠는가?”

흰 수염이 부들부들 떨기 시작했다.

“……”

가야부인은 내처 말이 없었다.

“기어이 불도를 버리지 못하겠다면 —”

시아버지는 담배에 성냥을 쫘르륵 그어대며,

“그 까닭을 말해보라!”

“죄송하옵니더……”

모기만 한 소리와 함께 가야부인은 더욱 정수리를 숙였다. 신앙
중인데도 불구하고 칼날같이 가지런하게 다듬어진 가르마는, 벌
써 참을 수 없는 결심을 의미하는 듯이 보였다. 어느 앞이라고 감
히 거들떠보지는 못했지만 소신대로 실토를 하지 않을 도리가 없
었다.

“저희 집도 유교 가문이기는 했지만 친정할무니는 지가 애릴

때부터 불법을 소중히 여겼사옵니다.”

　이렇게 꺼낸 가야부인의 이야기는 대충 다음과 같은 것이었
다—그러한 할머니 밑에서 자랐기 때문에 자연 불법을 대견스
럽게 알게 되었고, 또 할머니의 가르침으로 공자의 인(仁)이나 석
가모니의 자비심이 근본에 있어서 다를 바 없다고 믿어왔으며,
그보다 더욱 불도를 업신여기지 못하게 된 것은, 임란 당시 왜병
이 쳐들어왔을 때 소위 관군이란 것들은 지레 겁을 먹고 죄다 도
망질을 했지만, 사명대사가 지휘한 승병들이 끝까지 싸워서 자기
들의 고향땅을 지켜주었다는 이야기를 어른들로부터 들어왔기 때
문이라 하였다. 그러고서는 불교에서 말하는 ‘인과응보’란 걸 억
지로라도 믿지 않고서는 어떻게 요즘 세상인들 살아가겠느냐는
현재의 심경까지 당돌하게 덧붙였다.

　이러한 며느리의 말 가운데서, 공자님과 석가를 함부로 겨누는
소행이라든가, 승병이 어쩌고저쩌고 했다는 따위는 듣기에 심히
거슬리기도 했지만 점잖은 시아버지의 입장에서 그런 걸 가지고
이러쿵저러쿵 힐난을 할 수도 없을뿐더러, 이미 중년 나이를 훨
씬 넘어선 며느리의 그렇게까지 굳어진 신심을 어떻게 할 도리가
없을 것 같았다.

　“승병이 거기도 왔다던가?”

　오봉 선생의 입김은 예상외로 빨리 누그러졌다.

　“예, 어른들의 이야기로는……”

　가야부인은 그제야 비로소 얼굴을 한 번 들었다가 이내 시선을
되깔았다. 오봉 선생은 문득 여러 가지 생각되는 바도 있고 해서,

막무가내란 표정으로 고개를 끄덕였지만, 다행히 가야부인의 눈에는 뜨이지 않았다.

"물러가 있거라."

한 말만 들렸다.

"머라쿠대?"

가야부인이 사랑에서 돌아오자, 시어머니는 못내 궁금한 듯이 물었다.

"우짠 일인지 별로 다른 말씀은 안 하시데요. 와 불도를 못 버리겠느냐고만 하시고."

가야부인은 한시름 놓은 듯이 시어머니와 마주 앉았다. 우거지 상을 하고서 청 끝에서 담배만 태우고 있던 바깥양반이, 고부가 마주 앉은 방 안을 한 번 힐끗 돌아보았다.

시어머니도 얼굴을 펴며,

"그래 말이다. 그 성질에 또 불벼락이 떨어질 줄 알았는데, 뜻밖에 목소리가 낮아지기 그런가 했지."

이제 무얼 보나 피차 그럴 나이가 아닌가 하는 이녁의 생각도 곁들인 말눈치였다.

가야부인이 덤덤하고 있자,

"그래 절에 대한 말은 안 하던강?"

"야."

가야부인은 고개를 저어 보였다. 시어머니는 혀를 쯧쯧 찼다.

그러는 동안에 오봉 선생은 어느새 입던 의관을 정제하고 무슨 급한 일이나 생긴 듯이 바삐 대문을 나갔다. 미처 누가 배웅을 나갈 새도 없었다.

"저런!"

시어머니는, 무슨 결말도 내지 않고서 그냥 핑 나가버리는 남편을 닭 쫓던 개처럼 어이없이 내다볼 뿐이었다. 가야부인 역시 같은 심사였다.

고부는 서로 얼굴만 쳐다보았다. "물러가 있거라" 한 말은 틀림없이 무슨 하달이 있으리란 뜻이었다. 그런데 아무런 말이 없이 오봉 선생은 나가버렸다. 야속했다. 가야부인은 생각해보았다. 응당 무슨 말이 있어야 할 터인데, 또 그것을 기다리고 있었는데 아무런 말이 없다는 것은 두 가지 이유로밖에 추측되지 않았다. 즉 하나는 이쪽 말이 타당성이 없다는 경우와, 또 하나는 충분히 타당성이 있다고 생각되더라도 일부러 묵살하겠다는 경우다. 가야부인은 이 두번째의 이유로써 시아버지 오봉 선생의 태도를 판단했다.

"나무——아미타불……"

시어머니는 떡심 풀린[33] 한숨만 내쉬었다.

"우짜겠는기요. 워낙 꼿꼿한 아부님이 되고 보니!"

가야부인은 막무가내란 표정을 지으면서 자리를 털고 일어섰다. 잠깐 자기 방으로 건너가더니, 이내 외손자의 손을 이끌고 나왔다. 같이 놀던 분이가 따라나서자,

"분이 너는 여기 있거라!"

하고, 외손자만 데리고 청을 내려선다.

"와, 어데 갈라꼬?"

시어머니가 눈이 동그래가지고 쳐다보았다.

"즈그 집에 데려다 조오야죠."

"와 하필 오늘이싸?"

청 끝에 걸터앉아 있던 남편이 수상해 하자,

"제 갈 데로 가야지요!"

가야부인은 어느새 축대로 내려섰다.

"할매, 나도 윤이 집에 같이 갈래."

분이가 또 따르려니까,

"너는 집에 있거라, 내 곧 오꾸마."

말리려 해도 듣지 않을 눈치였거니와, 그럴 새도 없이 가야부인은 외손자를 이끌고 대문 밖으로 나섰다. 속도 시끌시끌하고 할 테니, 딸 없는 딸네 집에라도 다녀오려나 보다 하고 더 이상 아무도 개의치 않았다.

해가 져도 돌아오지 않았다. 그럭저럭 밤이 되었다. 행여나 싶어 예의 대밭각단 아랫녘을 바라보아도 딸의 빈소가 있는 짬에는 불빛이 보이지 않았다. 그래서 기다리고 있던 식구들은, 아마 오랜만에 사위하고 이런저런 얘기를 하다가 거기서 자는가 보다 생각했다. 그런 일이 과거에도 더러 있었으니까.

이튿날도 가야부인은 쉬 돌아오지 않았다. 오후가 되자 뜻밖에 딸의 체봉이 있던 곳에서 시커먼 연기가 뭉게뭉게 피어올랐다. 이내 벌건 불꽃이 치솟았다. 심상치 않은 일이었다.

마침 집에 있던 명호 양반은 부리나케 뛰어갔다. 그저 난 불이 아니라, 바로 이녁 딸의 시체를 화장하고 있었다. 친정이 지척인데, 알리지도 않고 그러는 것이 괘씸했다. 게다가 선산을 버젓이 두고도 화장이라니! 괘씸하기가 이만저만이 아니었다. 그러나 이상한 일은 어련히 있어야 할 사돈어른이 현장에 없었다. 사위만이 가까이 와서 수인사를 했다.

"와 이런 짓을 하는고?"
하고 물었으나, 사위는 고개만 푹 숙이고 대답은 마누라 가야부인이 했다.

"죄송합니더. 아직 물도 덜 빠진 것을 내가 그러라고 시킸심더."

불가의 방식이란 말은 구태여 덧붙이지 않았다. 구태여 덧붙이지 않더라도 능히 짐작하리라고 생각했기 때문이다.

눈물과 그을음이 함께 짓이겨져 있는 아내의 얼굴을 보자, 명호 양반은 더 말이 나오지 않았다. 오히려 그렇게 서두르는 아내의 배포가 무언지 두려웠다. 멍청하면서도 어딘지 모르게 맺힌 데가 있어 보이는 얼굴이었다. 그러한 아내의 얼굴을 물끄러미 들여다보다가 비스듬한 바윗돌 위에 돌아앉아서 담배만 태우고 있는 명호 양반의 심정은 별안간 무엇에 꽉 눌린 듯한 기분이었다.

화장이 끝나고 습골³⁴까지 마치자, 가야부인은 바깥양반을 집으로 따돌려 보내고 자기는 사위와 단둘이서 그 유골 가루를 보자기에 싸들고 강가로 나갔다. 강물에 뿌리자는 것이었다.

그러나 철둑 하나만 넘으면 곧 강기슭인 데까지 와서, 가야부인은 뜻밖에 왼편 언덕 쪽을 더위잡았다.

"와 그리 갑니꺼?"

뒤따르던 사위가 수상해 하니까,

"그저 따라와 보게."

할 뿐이었다. 그녀가 사위를 데리고 간 곳은 바로 저번날 돌부처의 머리가 보인 곳이었다.

"엊지녁에 말한 것이 바로—"

가야부인은 역시 푸석푸석한 흙바닥을 긁적거리더니, 흙칠갑이 되어 있는 돌부처의 얼굴을 드러내고, 그 앞에 딸의 유골을 잠깐 놓았다. 그러고는 합장을 하였다.

　　나무 상주 시방불
　　나무 상주 시방법
　　나무 상주 시방승

이런 소리를 한참 중얼대고는 머리를 드는 것이었다.

"이 사람아, 자네 처는 인자 부처님한테 영 매껬데잇!"

말은 수월했지만 한숨을 길었다.

가야부인은 딸의 유해 꾸러미를 다시 사위에게 안겨가지고 강 기슭으로 데리고 갔다. 유해는 이내 어머니의 손에 의해서 세 번 강물 위에 날려 흩어졌다. 마침 그 혼령을 받기나 하려는 듯이 이상하게도 난데없는 성에 한 장이 강심에서 둥실둥실 기슭 쪽으로 향해왔다.

미륵당의 터가 닦이기 시작한 것은 바로 그 이틀날의 일이었다.

가야부인은 딸의 시체를 화장하던 날 밤에도 집에는 돌아가지 않았다. 내처 사위집에 눌러 있었다. 며느리들이 모시러 왔지만 허탕이었다. "가거라" 한마디에 모든 것이 끝났다.

며느리들은 울었다. 울어도 소용이 없었다. 며느리들은 놀랐다—그렇게 어질던 시어머니의 어디에 그런 굳센 곳이 있었을까! 자기들은 흉내도 못 낼 어려운 일, 어려운 고비들을 겪어는 왔다지마는 이번 일에 대해서는 그렇게까지 대담하고 꿋꿋이 나올 줄은 미처 생각지 못했던 것이다. 그야말로 태산부동이었다. 그녀는 벌써 어떤 각오가 되어 있었던 것이다.

가야부인은 집을 나올 때 정말 머리를 깎으려고 했다. 늘그막까지의 시집살이가 고되어서가 아니었다. 그런 건 오히려 아무렇지도 않았다. 오직 신심의 탓이었다. 허씨 가문을 위해서는 자기로선 할 만큼은 했다고 생각했다. 그런데도 불구하고 그녀의 마지막 조그만 소원—땅에 묻혀 있는 부처 하나 꺼내는 일까지 허락하지 않는다는 것은 억울한 일이었다. 여태껏 애써 살아온 보람, 그리고 자신의 존재가 고작 그것뿐인가 생각하면 어떤 의미로는 분하기까지 하였다. 게다가 그 이상 더 자기의 신념을 묵살한다든가 하는 것은 정말 스스로 억겁의 죄를 범하는 것이라고 느꼈다.

장모로부터 비로소 이와 같은 심정의 술회를 듣고 난 사위는, 퍼뜩 어떤 생각이 떠올랐다.

"그렇게꺼정 염려하실 건 없을 것 같은데요?"

그는 아주 수월스럽게 말했다.

“어째서?”

“절은 어데 꼭 장모님이 지어야 하능기요. 누라도 절만 지어서 부체만 모시문 안 대겠능기요. 지가 짓겠심더. 죽은 처를 위해서 라도……”

사위는 불각시[35] 떠오른 자기의 생각에 숫제 자부라도 하듯이 벙긋거렸다.

“그래? 자네 처를…… 불쌍한 내 딸을 위해서 말이지?”

가야부인은 별안간 깊은 감동에까지 젖으며 새삼 사위를 건너 다보았다. 풍모만이 헌헌장부가 아니라 생각마저 과연 내 사위 로구나 하는 표정이었다. 왜 자기는 미처 그런 생각을 못 했을까 앵하기도[36] 했다. 오랫동안 수심으로 그늘져 있던 그녀의 얼굴에 는 거짓말같이 흐뭇한 웃음이 떠올랐다. 그녀는 급히 화제를 바 꾸었다.

“이 사람아, 자네도 인자 삼 년 거상이니 머니 하는 거 다 그만 두고 어서 새 사람을 맞도록 하게.”

“그기싸 안주 바뿌잖심더. 절이나 지아놓고 천천히 생각해보겠 심더.”

“와 바뿌잖아? 우선 밥 묵으러 댕기는 것만 해도 안 귀찮나.”

윤이 아버지는 상처 후 밥일랑 줄곧 큰댁에 가서 먹고 잠만 자 기 집에서 자는 군색한 살림을 하고 있었던 것이다.

“그런 건 지한테 매끼 놓이소.”

말이 이럴 수 없이 서글서글했다.

“그래……?”

장모도 더 권하지는 않았다. 사위 사랑은 장모라고, 홀로 있는 사위가 애처롭기도 하고 그날 밤에는 더욱 고맙기도 해서 도리어 잠이 얼른 오지 않았다.

"꼬꾜——"

어느새 홰를 치는 첫닭 소리가 어쩌면 그렇게도 맑게 들릴꼬! 가야부인에게는 여느 때와 다른 새로운 날이 밝아오는 것 같았다. 아니 정말 그날부터 그녀에게는 새로운 일이 시작되었다. 홀로 있는 사위를 위해서 밥을 지어주기로 했던 것이다. 사위는 물론 매일같이 절 세우는 일에 매달렸다. 손수 터를 닦고 이것저것 어려운 주선도 하고……

일은 빨리 나아갔다. 굳이 절 일에 경험이 있는 목수를 부를 필요가 없었다. 비용도 비용이거니와, 우선 부처 하나 아쉽잖게 모실 만한 당집이면 족하니, 가야부인의 친정에서 부리던 텁석부리로서 무방했다. 그것이 되레 만만하기도 하고, 그녀는 곧 친정으로 사람을 보냈다.

"허허이, 애씨께서(그는 옛날 주인댁 따님에 대해서 하던 말공대를 그때도 했다) 땅속에 묻힌 부체를 찾아냈다고요? 인자 절꺼정 지우문 극락도 상극락을 가시리더!"

텁석부리는 언제나 변함이 없는 털털한 사람이었다.

"욕 좀 보겠구먼! 부대[부디] 잘 좀 해주시게, 부체님 모실 곳이니깐에……"

가야부인도 그를 외간 남자같이 생각지 않았다.

"그러믄요! 부체님 모실 집인데 여부가 있능기요. 다른 시주는 못해도 정성 시주는 힘껏 해야 나도 극락에 가겠지요……"

하면서 허허야고 웃어댔다. 그는 가야부인의 사위 박서방네 집에서 같이 묵으면서 새벽부터 연장을 갈고, 날이 어두울 때까지 일을 서둘렀다. 절이 거의 다 서 갈 무렵이었다. 오봉 선생이 집을 비운 지 그럭저럭 달포가 가까웠을 땐데, 뜻밖에 형사들이 또 가택 수색을 나왔다. 허둥지둥 달려온 막내며느리의 말을 들으면 온 가족들을 옴짝달싹 못하게 하고는 사랑방이랑 책이 있는 안방을 마구 뒤졌다고 한다. 무슨 일이냐고 물어도 그저 나쁜 짓을 했으니 이러지 않느냐고 으르기만 하고 돌아갔다는 것이다.

가야부인은 가슴이 철렁 내려앉은 채, 막내며느리를 따라 집으로 돌아왔다. 온 집안이 흡사 초상당한 듯한 기색이었다.

'밖에만 안 나갔으문 이런 일은 없었을는지……?'

가야부인은 지레 질려서 아무 말도 나오지 않았다. 시어머니며 바깥양반의 얼굴을 쳐다보기가 송구스러웠다.

"'애비는 간도에 가 죽더니 영감도 옳은 죽음하기는 어려울걸!' 하고 안 가나……"

이러면서 시어머니는 눈물을 닦았다. 가야부인도 어느새 눈알이 벌겋게 되어 있었다. 백지장 같은 얼굴들이었다. 속수무책인 듯 마주 앉아 있는 그녀들의 겉늙은 모습──더구나 나이 아직 오십 미만인데도 벌써 귀밑이 허연 가야부인의 울먹거리는 표정에는 그러한 가문에서 남 안 겪는 일들을 줄곧 겪어온 빛이 완연히 드러나 보였다.

뒤미처 집을 나선 명호 양반을 비롯한 아들들의 수소문에 의해서, 오봉 선생의 거취가 겨우 알려졌다. 도 경찰국에 붙들려 가 있다는 것이었다. 물론 왜놈들의 눈에 난 소위 '후데이 센진(不逞鮮人)'들에게 맘대로 죄를 꾸며 뒤집어씌우는, 예의 고등계란 데였다.

거기는 오봉 선생만이 아니라, 육십이 훨씬 넘은 늙은 유생들이 수두룩하게 갇혀 있었다. 역시 왜경과 그 앞잡이들이, 충성심이 한도를 넘은 나머지 제 맘대로 조작해낸 소위 '한산도 사건'이란 데 관련된 노인네들이었다. 사건이라고 일부러 어마어마한 이름을 뒤집어씌워 그렇지 실은 사건이 될 턱이 없는 어쭙잖은 일이었다. 그 당시만 해도 오봉 선생 같은 유생들은 한 해 한두 번쯤은 향교라든가 산수가 좋은 곳에 모여서 고풍 따라 시회(詩會)를 열고 하루를 즐기던 것인데, 마침 이순신 장군의 유적지인 한산도에서 그런 놀이가 있자, 어디 보자 하는 식으로 현장을 덮쳐서 압수한 글들을 조사한 결과 내용이 불온했다는 것이었다. 대부분이 그들의 내림을 따라 '산천은 예와 같으나 인물은 간 곳이 없구나' 식으로 인생의 허무함을 읊었을 뿐인데, 장소가 장소였던 만큼 개중에는 자연 이순신 장군을 추모하게 되고, 나라를 잃은 원한이 나오고 왜적이니 해적 무리니 하는 구절이 없을 리 없다. 물론 오봉 선생의 글은 그런 점에 있어서 남 뒤떨어지지 않았다. 요컨대 왜경과 그 앞잡이들은 늙은 선비들의 그와 같은 어쭙잖은 일들까지 마치 무슨 비밀 결사라도 만든 것처럼 서둘러서 일부러 '중대시'했던 것이다. 게다가 공교롭게도 시기가 또 불리했던 것이다.

2차대전이 끝나기 이태 전이었다. 한창 중국 대륙을 밀고 내려 갔던 왜군이 연합군의 반격에 되밀리자, 중국 국내에서 맹렬한 항일 투쟁이 벌어지고 덩달아 우리 독립군까지 거기에 가담했다 는 소문이 쫙 퍼졌을 무렵이었다. 그러니 우리들의 동태를 살피 는 왜경과 앞잡이들의 눈깔이 한창 피를 물고 있을 때였다. 말하 자면 잘못 걸린 셈이었다.

그러니까 물론 면회도 들어주지 않았다. 가까이 오지도 못하게 했다. 아버지가 만주서 그렇게 되고, 또 아들이 만세사건으로 그 렇게 되고 한 오봉 선생의 경우는 더욱 그러했다.

'죽는 한이 있어도 잘못했다고 굽히지는 않으실 성민데……'

가족과 가까운 일가친척들은 밤이 되면 으레 한자리에 모여 앉 아서 오봉 선생의 안위(安危)를 걱정했다. 그러나 결국 속수무책 이었다. 가야부인은 혼자서 생각한 나머지, 마지막 한 가지 방법 을 궁리했다. 만약 시아버지 오봉 선생이 알게 된다면 그야말로 벼락이 떨어지고도 남을 일이었지만, 지금과 같은 처지로서는 막 무가내라고 생각했다. 그것은 눈 질끈 감고 이와모도 참봉네(원 래는 이참봉이었지만 창씨를 하고부터 그렇게 불렀다) 집을 찾아가 는 길이었다.

'오히려 이런 경우인 만큼 쉬 들어줄는지도 모르지……!'

가야부인은 옷을 갈아입으면서 한 가닥이 아니라 두 가닥 세 가 닥의 희망을 걸어보는 것이었다. 물론 누구하고 상의한 것도 아 니었다. 그녀의 독단이었다.

너무 앞을 서두르느라고 미처 얘길 못 했지만, 오봉 선생에게
는 먼 데서 찾아오는 유생들 이외에, 인근동에는 글이나 나이로
보아서 벗될 만한 사람이 바이 없는 것은 아니었다. 양접장만 하
더라도 그랬다. 그는 '냉거랑'이라고 불리는 시내 저쪽 대밭각단
이란 마을의 글방 접장으로서, 그곳 주산인 오봉산 발치의 질펀
한 들녘을 에워싼 열두 부락에서는 오봉 선생의 유일한 글친구
요, 또 바둑 친구였다. 오봉 선생은 속이 울적할 때는 곧잘 그를
찾아갔다.

이 양접장 이외에 웬만큼 알 뿐 아니라 나이로 보아 벗뻘이 될
만한 사람으로 그 일대에서 가장 살림도 넉넉하고 거드름깨나 빼
는 이가 바로 가야부인이 찾아가려는 이와모도 참봉이었다. 오봉
선생은 머잖은 이웃에 있으면서도 거기만은 잘 가질 않았다. 자
기만 그러는 것이 아니라, 자녀들까지도 가는 것을 원치 않았다.

"거기 가면 할배, 이놈— 한데잇!"

분이가 철들기 시작할 무렵부터 할머니 가야부인으로부터 이런
당부를 받은 것도 이 때문이었다. 집도 덩그렇고, 그보다 분이에
겐 같은 나이의 숙이란 애가 있고 해서 자꾸만 가 놀고 싶었던 것
이다.

"돈 주고 산 참봉이라 카이……"

가야부인도 그 가문을 대견스럽게 여기지는 않았다. 그러한 할
머니의 이야기로써는 이녁 시아버지 오봉 선생이 그 집 앞을 지
날 때는 괜히 침을 퉤퉤 뱉기도 했다는 것이다. 그 엄청난 참봉을
지내면서 그렇게 치부를 했다는 것도 심히 수상스런 일이었지만

그보다 오봉 선생에게는 그가 합방을 계기로 해서 왜왕이 내주는 소위 그 '합방 은사금'이란 걸 받고서도 숫제 양반인 체하는 꼴이 못내 아니꼬웠다는 것이다. 그 당시만 해도 지금과는 아주 딴판으로 그 댁에 무슨 대사나 모꼬지[37] 같은 게 있으면 그 무시무시한 순사나 면서기들이 언제나 상손님이었고, 그 다음에는 그저 물덤벙술덤벙[38] 하는 치들이나 그의 소작인과 동네 머슴들이 판을 쳤다. 오봉 선생이나 양접장 같은 분은 그저 이웃 이목이 무엇해서 잠시 다녀갈 정도였다. 분이가 이웃 조무래기들과 어울려서 떡부스러기 같은 것을 얻어오면, 가야부인은 언제나 떠름하게 웃었던 것이다.

그렇게 사이가 서먹한 집을 가야부인이 새삼 뼈물고[39] 찾아가야겠다는 데는 그럴 만한 이유가 있었다──바로 그 이와모도 참봉의 큰아들이(지금은 국회의원이란 보다 훌륭한 감투를 쓰고 있지만) 그때 시아버지 오봉 선생이 갇혀 있는 도경 고등계에 경부보로 있었기 때문이었다.

가야부인은 먼저 이와모도 참봉의 며느리를 뵙고, 다음 마누라를 뵙고, 그러고는 이와모도 참봉이 있는 방으로 안내되었다.

귀밑이 허연 가야부인이 공손스럽게 수인사를 마친 뒤, 시아버님이 그렇게 되었다는 얘기로부터 어떻게 해서 아드님의 덕분으로 쉬 풀려나올 수 있겠는가, 또 우선 면회라도 할 수 없겠는가, 나이도 나이고 입고 가신 옷도 다 헐었을 텐데…… 하고, 그야말로 있는 정성을 다해서 사정을 드렸다.

이와모도 참봉은 첫말에 그래 보마고 수월스럽게 승낙을 했다.

"다른 건 몰라도 면회쯤은 안 시켜 주겠소?"

짜장 가야부인의 효성심에 감동이라도 한 듯이 미소를 지으며, 어서 떠날 채비를 해오라고 하였다. 고맙게도 같이 가자는 것이었다. 물에 빠진 놈이 썩은 새끼가 아니라 바로 실직한[40] 밧줄이라도 얻은 듯한 기분으로 가야부인은 집으로 돌아왔다. 마침 바깥양반은 집에 없고 해서 지쳐 누워 있는 시어머니에게만 통사정을 하고서 가야부인은 부랴부랴 나들이옷을 갈아입었다. 아직 신양이 덜 풀리긴 했지만 그렇게 길 떠날 채비를 하고 나서니 훤칠한 키에 옛날의 인물이 되살아나는 듯 엄전해보였다.

그러한 가야부인이 뜻밖에도 외간 남자인 이와모도 참봉을 따라 동구 앞을 떠나는 걸 보고 사람들은 이상하게 여겼다. 기차간에 나란히 앉았을 때는, 누구라도 시아버지와 며느리로 곧이 먹겠지[41] 싶어, 가야부인은 겉으로는 조금도 어색한 내색을 하지 않았다. 기차에서 내려 곧장 전차를 갈아탔을 때도 그랬고, 도청이란 벌건 벽돌집으로 들어갈 때도 마찬가지였다. 그녀는 오히려 그런 일에 익숙하고 대담한 이와모도 참봉의 태도에 은근히 놀랄 뿐이었다. 고등계란 데는 역시 무시무시한 곳인가, 벽돌집의 이층 가운데서도 저 뒤쪽 구석에 자리 잡고 있었다.

이와모도 참봉은 가야부인을 골마루에 세워놓고, 자기 아들이 있다는 방으로 들어갔다. 제발 일이 뜻대로 되었으면 하고, 가야부인은 이와모도 참봉이 들어간 방 창께로 신경을 곤두세웠다.

그러나 일은 간단히, 아주 간단히 끝났다. 이와모도 참봉이 들어가고 채 오 분도 안 지나서다. 안에서 느닷없이 불손한(적어도 가야부인은 그렇게 생각했다) 소리가 복도에까지 울려나왔다.

"실데없는 짓 하고 댕기지 마소! 어서 돌아가소!"

가야부인도 잘 기억하고 있는 이와모도 참봉 아들의 껑꺽한 목소리였다. 쫓겨나오듯 혼자 나오는 이와모도 참봉은 그야말로 뿔 빠진 쇠꼴이 되어 있었다.

"그만 갑시더."

이와모도 참봉은 이 말밖에 하지 않았다. 가야부인은 남의 일에까지 속이 뭉클해졌다.[42] 소위 '합방 은사금'까지 받은 두툼한 목덜미가 저렇게 초라할 수 있을까 보냐 생각하면서 그녀는 이와모도 참봉을 따라 충계를 밟고 내렸다.

"애비의 친구를 애비가 만나보고 싶다고 해도 안 들으니 온!"

돌아오는 기차 안에서도 이와모도 참봉은 이렇게 한 마디만 하고서 이내 창밖으로 눈을 보냈다. 그렇다고 해서 뭐 특별히 아지랑이 낀 먼 산들을 보는 것 같지도 않고, 들을 덮기 시작하는 봄을 유심히 보는 것 같지도 않았다. 창문 유리에 어슴푸레하게 비쳐 있는 그의 표정은 올 때와는 달리 꽤 복잡한 데가 있어 보였다. 가야부인도 멍청하게 앉아 있을 뿐이었다. 더욱 실의에 찬 얼굴이었다. 차라리 안 온 것만 같지 못하다고 생각했다.

—바보같이! 행여나 하고, 그러한 아들을 가진 이와모도 참봉한테 섣불리 빌붙기까지 한 것이 도리어 후회막심이었다. 창피스러워서 누구 앞에 얼굴도 들지 못할 것만 같았다. 이러한 기분을 실은 채, 낙동강을 가까이 끼고 달리는 거친 차바퀴 소리는 자꾸만 그녀를 어느 어두운 구렁 속으로만 끌고 가는 것 같았다. 우악

스런 차 소리에 놀란 물오리들이 푸득푸득 떼를 지어 날아가도 이미 가야부인에게는 아무런 느낌도, 흥미도 없는 일이었다.

창밖에는 봄이 한결 다가서고 있었다. 군데군데 벌써 평지꽃이 노랗게 피어 있고, 풀빛이 짙어가는 강둑 비탈에는 새까만 염소들이 여기저기 악착스럽게 붙어 있는가 하면, 어스럭송아지[43]들은 길 위에서 숫제 춤이라도 추는 듯 껑충껑충 뛰놀기도 했다. 역시 인간은 부지런해야 사는 것인지, 사래[44] 긴 보리밭들에 엎치고 있는 아낙네들은 차가 지나가도 고개도 들려고 하지 않았다.

어느새 차 안을 어슬렁거리던 이동 형사가 가야부인이 타고 있는 앞줄에서 학생풍의 청년 한 사람을 데리고 나간다. 청년은 영양실조인 탓인지 얼굴에 노란 꽃이 피어 있었다. 가야부인은 독립만세를 부르다 죽은 시숙 생각이 문득 머리에 떠올랐다.

오봉 선생은 피검된 지 한 달이 되어도 풀려나오질 못했다. 또 한 달을 썩었다. 석 달째 접어들어서 겨우 송청이 되었다. 소위 치안유지법 위반이란 거였다. 감옥 앞뜰에 있는 벚나무들은 꽃이 핀 지가 오랜 지 잎만 시퍼렇게 무성해 있었다. 새벽마다 뻐꾹새 소리가 들려왔다. 그는 무릎을 곤두세우고 버릇없는 마룻바닥에 누운 채 가끔 「자규(子規)」란 옛 시구를 읊조렸다.

나라 잃은 한은 천 년이 지나도 남는 것인가?
철쭉은 피를 뿜는 자규의 울음인 듯……
(蜀魂千年尙怨誰 聲聲啼血染花枝)

천 년이 지나도 변치 않는다고 한 작자의 그 기백이 좋았던 것이다.

송청이 된 뒤에도 공판까지는 상당한 시일을 끌었다. 딴은 생사람 잡는 국사(國事)들에, 그 비단 같은 말처럼 다망했으리라! 그래서 석 달이 꽉 찼을 때에 겨우 공판에 회부되었다.

소위 이 같은 '한산도 사건'이란 것의 공판 날에는 재판소를 찾아드는 진객[45]들이 많았다. 이와모도 참봉의 아들이 고등계의 일을 보고 있는 바로 그 도청과 나란히 선 재판소 앞뜰에는 아침 일찍부터 피고들의 가족들이, 어떤 시인의 표현을 빌리면 '구더기처럼!' 꾸역꾸역 모여들었다. 절일일랑 사위에게 맡겨두고 시아버지의 옥바라지에 매달려 있던 가야부인을 비롯해서 오봉 선생의 가족들도 물론 와 있었다.

가야부인의 훤칠한 키가 그들을 쉬 눈에 뜨이게 했다. 방청석은 이내 초만원을 이루었다. 피고들이 입장할 때는 조용히 앉아 있으란 간수들의 명령이 있었음에도 불구하고, 방청객들은 와 일어섰다. 오래 못 보았던 자기들의 할아버지, 아버지 혹은 남편들의 얼굴이라도 빨리 보자는 것이었다.

용케도 모두 백발을 떠 인 피고들이 청어처럼 줄느런히 포승에 묶여 들어왔다. 언제 배웠는지 젊은 죄수처럼 제법 방청석을 흘깃거릴 줄을 안다. 모두 껍데기만 남은 듯한 핏기 없는 얼굴에 퀭한 눈들을 박고 있었다.

"아구메!"

하면서, 가야부인이 별안간 앞으로 비비대기를 치고[46] 나갔다. 그녀는 날쌔게, 포승에 묶인 시아버지의 두 손을 꽉 쥐며 마구 울었다. 오봉 선생의 이마에 시퍼런 멍이 커다랗게 들어 있었던 것이다.

"고라고라(야 이것아)!"

앞문 쪽에 서 있던 간수가 꽥 소리를 치며 달려왔다.

가야부인은 내처 시아버지의 손을 쥔 채 설움과 분함에 사무쳐 흐느끼기만 했다.

"요놈의 요보가 요(요 조선년이)!"

간수는 우격으로 가야부인을 떼내고는 뒷자리로 우악스럽게 밀어버린다.

"간수는 부모도 없소?"

가야부인이 넘어질 듯하다 돌아보며, 무슨 더러운 것이라도 몸에 닿은 듯이 악을 쓰자,

"니기미 시바라다!"

이런 욕지거리와 함께 숫제 걷어차기라도 할 듯이 다리를 움쭐하며 간수는 퉁방울 같은 눈알을 굴렸다.

일을 맡은 재판관들이 앞벽 쪽에 달린 육중한 흑단빛 널빤지 문을 밀고 들어와 앉자, 소란하던 장내는 물을 뿌린 듯이 조용해졌다. 모두 신경이 그리로 쏠렸던 것이다.

곧 재판장의 인정심문이 시작되었다. 일인 재판장은 서류를 받아들더니,

"허—?"

하다 말고 잠깐 머뭇거렸다. 그리곤 이내 입술을 날카롭게 모았다. 아마 여태 일본으로 창씨개명을 안 한 것이 몹시 비위에 거슬렸던 모양이었다.

"웅 — 허웅, 나왓!"

오봉 선생이 두목 격인지 맨 먼저 이름을 불렀다. 그는 수갑을 찬 채 앞으로 한 걸음 나섰다.

"성명은?"

경어를 쓰지 않았다. 상대가 '조센진(朝鮮人)'이니까!

"인자 막 부른 대로요."

오봉 선생은 반말을 썼다. 그것이 괘씸한 듯이 재판장은 처음부터 눈에 쌍심지를 올렸다.

"이쪽에서 묻는 대로 대답해! 나이는?"

"무진생이오."

"무진생? 무슨 소리고? 나이가 몇이냐 말이다?"

육갑을 모르는 모양이다. 딱할 노릇이다.

"글씨 무진생이라고 하지 않았소."

상대방의 하는 태도가 얄미워서 오봉 선생은 일부러 이렇게 버텼다. 가뜩이나 푸른, 재판장의 면도 자리가 더욱 푸르러졌다. 말소리도 높아졌다.

"이루미〔이름〕 따라 곰이 한 가지로구나!⁴⁷ 한 살이 두 살이 하는 그것도 몰랏? 메이지(明治) 몇 년에 났어?"

"명치가 아니오. 고종 오 년이오."

오봉 선생은 내처 침착한 표정으로 우리 연호를 쓰며 고개를 들고 맞서듯 했다.

"고론 말이 하니, 나뿐 짓이 하지!"

재판장은 서슬이 시퍼래지며 테이블을 탁탁 쳤다.

"여쉰여덟이오."

누군가가 뒤에서 나이를 대주었다.

"누가 니보고 말이 하라 캤나? 오놀이 재판이 고마니 한다!"

약이 오를 대로 올랐는지, 재판장은 펴놓았던 서류를 확 뒤덮고
서 일어섰다. 그리곤 휴정에 들어갔다.

오봉 선생은 동지들이나 가족들에게 미안한 듯이 뒤를 잠깐 돌
아보았다. 놈들의 하는 짓이 그저 이렇고 이렇다는 것을 알리기
라도 하듯이. 정말 싱겁고도 분한 일이었다.

이런 식으로 질질 끈 재판이 거의 한 달이나 걸린 뒤 오봉 선생
은 집행유예 삼 년이란 억울한 판결을 언도받고, 동지 유생들과
함께 그 지긋지긋한 감옥에서 풀려나왔다. 그러나 칠십이 가까운
노령으로서 겪은 억울한 고문과 옥고는 오봉 선생에게 치명적인
타격을 주었다—그는 출옥하던 그날부터 누운 채 결국 일어나지
를 못했다. 가야부인은 마치 그것이 자기의 책임이나 되는 듯이
갖은 간호를 다했으나 결국 백약이 무효였다.

쇠약할 대로 쇠약해진 오봉 선생은 마지막 숨을 거두기 직전,
모여 앉은 가족들에게 다음과 같은 말을 했다.

"다들 들거라, 명호 메누리가 이 집안에서는 제일 큰 어른이데
잇! 그 어른의 말을 잘 들어야 한다."

그러고는 점점 멀어져가는 의식을 억지로 잡아매기라도 하듯

눈꺼풀에 힘을 주어 가야부인 쪽을 쏘아보면서,

"공자의 인(仁)이나 석가의 자비심이…… 근본에 있어서 같다고 했—제?"

겨우 이렇게 더듬거리고 눈을 감은 것이 결국 최후가 되고 말았다. 그만큼 그는 유교 사상에 무서운 집념을 가졌던 것이다. 감옥에서 받은 앞이마의 푸렁덩이가 이내 시커멓게 되어갔다.

가야부인은 오봉 선생이 마지막 눈을 감았을 때 비로소 합장 기도를 올렸다. 그녀의 곱게 감은 눈 속에는 사랑 앞 모란꽃이 소리 없이 뚝뚝 떨어지기 시작했다. 그렇게 떨어지는 꽃잎들이 흡사 시아버지 오봉 선생의 이승에서 이루지 못한 소원들같이 느껴질 때, 그녀의 눈귀에 이슬 같은 눈물이 불쑥 솟아올랐다. 그것이 가야부인이 시집온 이후 허씨 가문에 생긴 세번째의 비극이었다.

오봉 선생의 장례가 집행된 것은 칠월 초순경이었다. 당신의 아버지와 아들의 뒤를 이어 모두 비명이라 할 수 있는 세번째의 비극이었지만, 장례식만은 시골치고는 좀처럼 볼 수 없는 성대한 장례식이었다.

오봉 선생의 장지는 그의 호가 유래된 바로 그 오봉산의 주봉이 흘러내리는 중턱 '싸릿등'이라고 불리는 등성이였다. 벌써 거기는 비명으로 객사한 이녁 아버님과 독립만세를 부르다 참살된 아들이 앞서 묻힌 자리니까, 새로 마련된 선영이라 할 수 있다.

칠월 초순이라면 첫더위가 만만찮을 무렵이다. 그렇게 만만찮은 더윈데도 불구하고, 오봉 선생의 장례에는 제법 '인산인해'란 말을 써도 무방할 만큼 조객들이 많이 모여들었다. 게다가 유별

나게 눈에 뜨이는 것은 비록 '유림장'은 아니었지만, 고인과 교분
이 있는 각처의 유생들이 만만찮게 모여든 사실이었다. 더위를
무릅쓰고 천익(天翼)에 장죽을 든 모습이라든가, 유복(儒服)을
정제한 풍도며, 전이 흐들갑스럽게 큰 갓에 중치막을 입고 태극
선을 흔드는 광경들은 아마 그 지방으로서는 처음인 듯, 어린애
들뿐 아니라 어른들까지도 숫제 무슨 구경삼아 쳐다들 보았다.
또 그들이 마련해온 큼직큼직한 만장들!

    堂堂大義生前業 烈烈精神死後明

    千秋冤恨憑誰問 寂寞荒陵白日明

    (살아 하시던 일은 당당한 대의였고,

    열렬한 정신은 사후 더욱 빛나리.

    천추의 원한일랑 뉘더러 풀어볼까.

    적막한 무덤 위엔 햇빛만 밝구나!)

침통한 분위기 속에서 발인제가 끝나자, 운아(雲亞)와 명정, 그
리고 공포(功布)를 앞세우고, 이러한 내용들의 만장이 하늘을 뒤
덮듯 했다.

동신(洞神)을 모신 '거릿대'가 있는 곳을 피해서, 견전(遣奠)이
하필 동구 오른편 늙은 느티나무가 서 있는, 이와모도 참봉의 문
전 가까이서 베풀어졌다. 송죽을 그대로 찍어 붙인 듯한 커다란
병풍이 둘러진 제상 위에서, 서리 같은 눈씨를 한 오봉 선생의 사
진이, 그의 유택의 자리인 오봉산 중턱을 건너다보듯 놓여졌다.

“오호통재(嗚呼痛哉)로다!”

하고 시작한 양접장의 추도문 낭독이 동민들의 흐느낌 속에서 끝
나자, 읍에서 달려온 청년 단체의 한 대표가 숫제 울면서 또 조사
를 읽었다. 그러곤 모인 유생들의 정중한 분향이 시작되었다. 그
들은 울지는 않았다. 그저 침통스런 표정들만 지녔다. 오봉 선생
처럼 눈동자가 파르스름한 할아버지들이 많았다. 그러한 유생들
이 분향을 하고 절을 올릴 때는, 구경하던 개구쟁이들까지 고개
를 수그렸다. 가야부인은 그러한 유생들 가운데, 전번날 고인과
함께 재판을 받던 얼굴들이 섞여 있음을 보자, 설움에 어깨가 더
욱 흔들렸다.

물론 이와모도 참봉도 분향을 하였다. 유생들처럼 제법 점잖게
자리에 나아갔으나, 동네 사람들은 대개 그로부터 얼굴을 돌렸
다. 하필 거기서 노전을 차린 것이 눈꼴틀리기나 한 듯이 그는 자
기 집 대문 쪽을 흘끗거리기도 했다.

구슬픈 만가와 더불어 장렬은 이내 산길을 더위잡았다. 분홍색
메꽃이 군데군데 두렁을 수놓고 있는 천수답 비탈을 지나자, 길
은 드디어 거친 풀과 오금드리[48] 잡목으로 덮이고 말았다. 그처럼
곱게 피던 진달래도 꽃 지고 나니 엉성한 덤불, 인동(忍冬), 왕머
루 덩굴쯤은 그래도 나은 편, 가시 돋친 찔레나무나 청미래덩굴
은 옷자락을 사뭇 찢거나 이치게[49] 하게 마련이었다. 남자들은 걸
타고 넘기도 하였지만 안상주들은 그리도 못 하고 피해 가자니
더욱 힘이 들었다.

“그렇기 봐라, 오지 마라 카이.”

가야부인은, 계집아이로서는 그래도 장손이라고 요질(腰絰)을 두르고 따라오는 분이의 손목을 끌고 가느라고 안 해도 될 수고 까지 했다.

길이 그러고 보니 상두꾼과 상주 이외의 조객들은 자연 이리저리 흩어져 올라갔다. 거기서도 이색진 것은 역시 유생들이었다. 아무리 더워도 복장을 헐지 않고 줄느런히 줄을 지어 올라갔다. 상여가 도중에서 머물러 쉴 때에도 그들은 장지를 향해서 곧장 나아갔다. 장지인 '싸릿등'까지 가서도 허진사와 그의 손자의 무덤을 돌아본 뒤에야 비로소 옷가슴을 헤치고 땀을 가셨다. 이와모도 참봉도 양접장의 뒤를 따라서 유생들과 행동을 같이했다. 그는 수월찮은 나이에 몸이 워낙 육중했기 때문에 내처 비지땀을 흘렸다.

유생들 가운데서 풍수깨나 아는 선비가 있었던지 자연 그런 얘기가 오갔다──과연 명당이 그럴듯하다든가, 바로 '와우형(臥牛刑)'이 아니냐느니, 혹은 주산에서 흘러내린 소위 '용래(龍來)'란 걸 훑어보고는 '혈(穴)'을 잘 맞췄다느니, 더러는 먼 산만 보고는 '조산(朝山)'이 되었다느니 해서, '좌청룡 우백호'하는 정도를 훨씬 넘어선 얘기들을 하였다.

태연스럽게 그러한 얘기들을 나누던 유생들도, 오봉 선생의 관이 땅속으로 들어가자, 상가 가족들 못지않게 비통한 표정들을 하였다. 오봉 선생의 옥중 동지였던 한 선비는 일부러 가야부인을 찾아와서 흐느끼는 부인의 어깨를 두드리며 위로까지 하였다(그는 재판정에서 그녀의 얼굴을 기억했던 것이다).

“오, 효부였더군! 내 까막소에서 오봉으로부터 잘 들었소. 친정이 김해라 했지요? 나는 창원이오. 창원 김진사라면 다 아요.”

이러고는 다시,

“억울하지! 만약 우리 오봉과 가야부인 같은 이들만 이 땅에 살았더람……”

이렇게 혼잣말처럼 중얼거리면서 선비들이 모여 앉은 잔디밭께로 돌아갔다. 위엄이 있는 말씨라든가, 자가 넘게 자란 흰 수염을 바람에 날리며 돌아가는 모습이 과연 기백이 대단한 어른같이 보였다. 결국 이 창원 김진사란 선비가 그냥 있지를 않았다. 평토제가 끝나고 해반과 아울러 으레 있는 식사와 주찬이 나돌 무렵이었다. 술도 얼마 돌지 않았을 텐데, 별안간 선비들이 모여 앉은 자리에서 호통 소리가 일어났다.

“이놈—, 개 같은 놈!”

소리의 주인공은 아까 그 창원 김진사란 늙은 선비였다. 그는 계속 수염을 부들부들 떨며,

“오봉은 바로 네 자식이 쥑있단 말여! 알겠나, 이 개 같은 놈아? 알았음 썩 물러가거라! 뻔뻔스럽게……”

“이놈이 무슨 소릴 대에놓고〔함부로〕하노?”

상대방은 역시 이와모도 참봉이었다. 이와모도도 같이 수염을 떨어댔다. 얼굴이 넓적해 그런지 꼭 삽살개가 으르렁대는 것 같았다. 아무래도 그는 처음부터 자릴 잘못 잡았던 것이다. 애당초 그런 데 온 것부터가 그렇고……

그러나 그도 지기는 싫었다. 지다니!

"이놈아, 안 가라 캐도 갈 끼닷! 버릇없는 니놈과 자리를 같이 하다니……"

이와모도 참봉은 벌써 자리에서 일어서 있었다. 상주들이 달려가 말렸으나, 이와모도 참봉은 들을 리 만무했다. 그는 화를 머리 끝까지 올려가지고 어기적어기적 산을 내려갔다.

"저런!"

상가 측에서 백관 한 사람이 급히 그를 뒤따라갔다.

'쥑일 놈들……!'

이와모도 참봉은 집에 돌아와서도 화를 냈다. 생각할수록 분해서 치가 떨렸다.

웃옷을 훌쩍 벗어 사랑방 앞 청 기둥에 걸기가 무섭게 안뜰을 향해 소리를 쳤다.

"어서 세숫물 내오너라!"

푸더덕푸더덕 세수를 하고, 뒤미처 마누라가 등까지 닦아주어도 속이 시원치를 않았다. 꿀냉수를 두 그릇이나 연거푸 들이켜도 그저 그랬다. 사실 그래서 풀릴 일이 아니었다. 그렇다고 속이라도 시원하게 누구에게 말할 수도 없는 일이고. 생각할수록 속이 달아올랐다. 그는 헛가래를 몇 번이나 내리 뱉었다.

"머어 한다고 산에꺼정 따라갔덩기요. 그만 노전에나 얼굴을 내고 말 일이지."

마누라는 자세한 영문도 모르고 이런다.

"글씨……"

영감 역시 이럴 내기[50]다. 속으로만 '죽일 놈들!'을 되씹었지, 어 떻단 내색을 할 수도 없었다.

"안으로 들어가게!"

이와모도 참봉은 등 뒤에서 부채질을 해주는 마누라의 손에서 부채를 뺏듯 받아들었다. 혼자 있고 싶었다. 마누라까지 귀찮았 던 것이다.

마누라는 수상타 생각하면서도 그의 비위를 거스르기 싫어서 안으로 들어가 버렸다.

홀로 앉은 이와모도 참봉의 눈은 싫으면서도 '싸릿등'께로 가지 않을 수가 없었다. 역시 그렇다! 아직도 오봉의 장지에는 사람이 허옇게 모여 있었다.

'빌어먹을 놈들, 하필 장지를 저게다 정할 끼 멋고!'

그는 가라앉던 불뚱이가 다시 치솟았다. 맘대로 할 수만 있다면 당장 사람을 보내서 싹 쓸어버리고 싶었다.

그는 불룩한 배에다 대고 부치던 부채마저 던져버리고 방으로 기어 들어갔다. 빳빳한 등등거리도 빼내고 땀받이 하나 바람으로 서늘한 장판 바닥에 등을 붙였다. 역시 그 편이 시원했다. 머리도 조금 식어가는 것 같았다.

그러나 똑바로 쳐다보이는 천장지의 무늬가 또 마음에 거슬렸 다—그놈의 포도 이파리들이 꼭 그 창원 김진사란 놈의 수염 달 린 상판대기 같았다.

"엑, 이놈—"

괜히 그는 잠꼬대 같은 소리를 치면서 천장을 쳐다보고 눈을 부릅떴다. 중의[51] 벗고 환도 차는 격이랄까. 천장에다 대고 가래라도 탁 뱉어 붙이고 싶었다. 그러나 순간, 여기저기 엉겨 붙은 동글동글한 포도알들이 마치 그러한 자기를 비웃는 눈깔들 같기도 했다.

이와모도 참봉이 그러한 자신을 냉정히 비판하게 될 때까지는 그다지 많은 시간이 필요치가 않았다. 이십 분도 채 지나지 않았을 거다. 그리고 그것이 모두 경부보로 있는 큰아들 천석이의 죄라고 생각했다.

물론 창원 김진사란 놈도 사람이 덜돼 먹었다. 하필 만인 중시리[52]에 그렇게까지 할 게 뭐냐 말이다! 그러나 그것도 따지고 보면, 놈이 어쩜 천석이한테 호되게 당했을는지도 모를 일이었다. 하긴 자식 놈이 조금 우락부락하니까. 아무리 고등계 밥을 먹고 있기로서니, 아비가 일부러 찾아갔는데도 불구하고, 왜놈들이 그래도 무엇할 텐데 되레 제가 나서서 아비 친구의 면회까지 안 시켜줄 정도니까…… 아무튼 좀 지나친 놈이라, 자기까지 그런 봉변을 당한 거라고 풀 수밖에 없었다. 그러나 역시 그날 당한 것만은 분했다. 놈들이 아직 자기에 대한 말들을 하고 있으리라 생각하면 느닷없이 또 불뚱이가 치솟았다.

"쥑일 놈들!"

그는 다시 천장에다 대고 구두덜거렸다. 반응 없는 발악이었다. 아무리 고쳐보아도 천장지에 그려진 포도잎 무늬가, 그 창원 김가란 놈의 광대뼈가 쑥 불거지고 구레나룻이 곧게 빠진 상판대기를 닮아 보였다. 당장 확 걷어내고 다른 것으로 갈아 발랐으면 싶었다. 그러나 도배를 한 지가 얼마 되지 않는 것을 다시 그리기도 우스꽝스럽고 해서 괜히 짜증만 더 났다.

그러나 일은 짜증 정도로 끝이 나질 않았다. 그날 저녁은 우선 분한 나머지 그랬다 하더라도, 그 이튿날도 사흘날도 잠을 달게 잘 수가 없게 되었으니 탈이었다. 그리고 그런 증세가 내처 계속되었다. 불면증에 걸린 것이었다. 물론 모기장을 치고 잤지만 어쩌다가 한 군데쯤 물린 자리가 더욱 잠을 앗아갔다. 미칠 지경이었다. 아니 정말 때로는 미친 사람처럼 날뛰었다.

이제 그 창원 김진사란 사람을 생각지 않더라도 신경이 곤두섰다. 천장만 쳐다보면 이내 속이 뭉클거렸다. 포도 무늬만 봐도 이가 갈렸다. 캄캄한 밤중에 천장이 있다고만 생각해도 참을 수가 없었다. 결국 밤중에 일어나 장죽을 더듬어 들고 천장을 아무 데나 콱 뚫어버리기도 했다. 자다가 “이놈들!” 하는 잠꼬대가 곁방에 자는 사람들에게까지 들릴 정도로 증세가 악화되었다.

물론 입맛도 떨어졌다. 아무리 먹음직한 진미가 상에 놓여 와도 젓가락이 잘 가질 않았다. 별 먹는 것이 없는데도 변비가 잦았다. 그것도 미칠 지경이었다. 한번 뒷간에 가면 수식 경씩 앉아 있어야 되고, 어쩌다가 나오는 거란 꼭 염소의 그것처럼 새까맣게 탄 것이었다. 그러다간 말경엔 치질까지 심해져서 피가 사뭇 쏟아지고 미주알이 빠졌다. 마누라가 그놈을 밀어 넣느라고 땀을 뺐다. 약도 무던히 썼으나 소용이 없었다. 걷잡을 수 없이 말라만 들어갔다. 그래서 마누라는 생각한 나머지 그게 그저 병이 아니라 죽은 오봉의 혼신이 덮친 것이라고 믿었다. 그렇게 약을 써도 안 나으니 틀림없다는 것이었다.

"바아라, 내 말이 옳을 끼데잇!"

마누라는 아이들에게 이런 장담을 하고서, 태고 나루께로 내려 갔다. 명도[53]를 부리는 천금새란 무당을 찾아간 것이었다.

천금새는 그 무렵 절 때문에 애살[54]과 앙심이 가슴에 차 있었다. 몇 해나 데리고 살던 서방까지 구기박질러 가면서, 매일같이 술을 마시지 않으면 부글거리는 불뚱이를 참을 도리가 없었다.

이유는 단순했다. 자기의 신주를 모신 곳에서 엎어지면 코라도 닿을 자리에 그놈의 미륵당인가 쥐뿔인가 하는 조그만 절이 섰기 때문이었다. 그러고부터는 자기에게 '삼신풀이'라도 능히 청해올 만한 사람들이 생남불공이니 뭐니 해서 자연 그 길로 빠져 나가 게 마련이었으니 말이다.

으레 그렇게 될 것을 미리 짐작했던 터이라, 천금새 부부는 절 터를 닦을 때부터 오고 가는 사람들을 붙들고는 넌지시 반대 의 사를 표시했다.

"땅에서 부체가 나왔으문 나왔지, 그기 머 대단한 거라고!"

천금새는 이렇게 빈정거렸고,

"절을 지을라면 널찍한 데 가 지을 일이지, 와 해필 남의 신주 모신 곁에다 지을라 카노?"

남편 박수는 이렇게 투덜거렸다. 말하자면 일종의 텃세와 같은 것이었다.

그러나 결국 드러내놓고 크게 못 나오고 또 막지 못한 것은, 그

일을 원체 설두한 분이 바로 가야부인이었기 때문이다. 가야부인은 보리 날 철, 나락 날 철이 되면 으레 계면을 도는[55] 천금새에게 꼬박꼬박 곡식 몇 말씩은 순순히 내어주던 은인일뿐더러, 또 그 일을 맡아서 하던 그분의 사위인, 홀로 있는 박서방이란 젊은이가 워낙 대가 찬 사람이기 때문이다.

"죽은 내 마누라를 위해서 내가 절을 짓는데 누가 무슨 말을 할낀고?"

박서방은 처음부터 이런 조로 나왔다. 그렇게 죽은 처를 들고 나오는 데는 아무도 섣불리 건드릴 사람이 없었다. 사실 완고한 유교 내림의 집안인 처가에서도 그것을 묵인하고 있는 터였으니까.

천금새는 벙어리 냉가슴 앓듯 자기 집 방 안에 차려둔 '신주상' 앞에서 '비손'[56]이나 '푸념'을 하는 것이 고작이었다.

강남서 나온 무학이 걸렁쇠 띄워 놓고
팔도강산을 역력히 살펴보니
경산도 태백산은 낙동강이 둘러 있고
그 강 하나 건너뛰면
남북 해동 조선국의
영산 대산 오봉이라
수국 용왕 노는 곳에
터를 받은 신씨 내외분……

이렇게 서두를 꺼내놓고는, 사시나무처럼 전신을 떨어대며, 엎어놓은 징을 더욱 잦게 두들겼다.

대월은 서른 날이요, 소월은 이십구 일이오.
금년은 열두 달, 좌우 삼백예순 날이 내내 돌아갈지라도.
안과 태평하게 치성이올시다……

그러나 이렇게 축원으로만 끝나는 것이 아니었다. 별안간 눈이 상스럽게 빛나며, 푸념의 곡절이 갈팡질팡해졌다.

미륵이면 미륵이지
무슨 죄를 지었건대
도솔천 내원궁에
들지를 못하고서
수로 만리 떠돌다가
흑간지옥 진흙 속에
생매장이 되었다가……

이러고는 미친 듯이 일어나서, 소반 위에 있던 물그릇을 덜렁 들어, 미륵당이 서고 있는 쪽을 향해 그 물을 확 뿌리며,
"엇쉬, 썩 물러가거라! 미련한 미륵신아!"
그러고는 대개 집을 핑 나가 버리는 것이었다.
그래도 절은 제 설 대로 서 갔다. 겉일이 거의 끝나고 안수장[57]

에 들어갈 무렵이었다. 그럴 때 마침 오봉 선생이 객지에서 구속이 되었다는 소문이 퍼졌다.

한창 구겨져 있던 천금새에게는 그 소식이 은근히 반가웠다. 속으로 '잘코사니!'를 외쳤다. 그날부터 그녀는, 한동안 잘 나타나지 않던 안동네에도 곧잘 나타났다. 열두 부락을 팔랑개비처럼 돌아다녔다.

"진사영감이 갇힛다 카지요?"

가는 곳마다 능청을 떨며 이런 질문을 하였다. 물론 '이상하지요?' 하는 표정을 지으면서.

그러고는 뒤미처, 가야부인이 설두를 해서 미륵당이란 절을 세우더니 웬일인지 멀쩡하던 그녀의 시아버지가 갑작스레 그런 날벼락을 당하게 되었다는 소문이 떠돌았다. '이상한 일이제' 하는 표정은, 벌써 엉덩이를 출싹거리는 천금새에게만 한한 것이 아니었다. '냉거랑' 빨래터에는 한동안 그런 얘기가 판을 쳤다. 촉새 같은 부리들은 천금새가 모시는 용신님의 동티라고까지 오도방정을 떨기도 했다.

그런 말들이 가야부인의 귀에 들어가자, 가야부인은 같잖다는 듯이 웃으면서,

"미친 것들! 만주 가 돌아가신 시할아버님도 절을 지어서 그렇고, 만세 부르다 생죽음을 당한 우리 밀양 시숙도 절 때문에 그랬던강?"

애당초 상대도 하지 않았다. 천금새는 그러고부터 지레 질렸음인지 그처럼 만만하게 드나들던 가야부인의 집에는 발을 뚝 끊었

다. 가야부인은 도리어 자기가 뭘 섭섭하게 한 일이나 없었던가 궁금했다. 그녀는 그런 경우 대개 자기가 덕이 없는 탓이라고 느끼는 성미였다.

일부러 찾아온 이와모도 마나님의 말을 듣자, 천금새는 금세 반색을 하며,

"옳고말고요! 그 말이 적실합니데잇!"

영락없이 이와모도 참봉에게 죽은 오봉의 혼신이 덮였으리란 것이었다. 그리고 그런 귀신은 보통으로는 떨어지지 않는다는 것이었다. 천금새는 그것을 미리부터 알기라도 하는 듯이, 용수같이 생긴 상판을 일부러 절레절레 흔들어 보였다.

"어이구, 우선 살았을 때의 그 고집 보지, 어떤 고집이라고요!"

이와모도 참봉의 집에 기도굿이 벌어진 것은 그러고 며칠 뒤의 일이었다.

이왕이면 복덕일(福德日)이 좋았다.

이틀 전부터 마을 어귀에 있는 '거릿대'와 해묵은 느티나무에는 금줄이 둘리고, 그 언저리에는 붉은 황토흙이 뿌려져 있었다. 이와모도 참봉집 솟을대문 주추께로 부정을 막기 위한 황토가 놓여 있었다. 부잣집에서 하는 굿이니 볼 만한 거라고, 열두 부락 아낙네들이 아침 일찍부터, 오색 깃발이 늘어져 있는 이와모도 참봉집 안뜰로 모여들었다.

안채의 처마에 잇대어서 마당 한가운데까지 높이 쳐진 신주마다의 진설상(陣設床)들이 죽 늘어 놓이고, 쾌자 위에 노랑 목도리를 걸친 원무당 천금새를 중심으로 얼굴에 분칠을 한 화랑이[58]

들과, 풍악을 맡은 기무(技巫)와 악수(樂手)와 전악(典樂)들이 자리를 잡고 둘러앉은 품이 아닌 게 아니라 부잣집 굿 같은 기분이 났다.

우선 부정을 물리치는 굿의 첫마당부터 천금새의 눈은 숫제 이상한 광채를 나타냈다. 소위 강신을 위한 '가망'으로부터 신탁(神託)과 무악(舞樂)으로 진행되는 '산마누라'에 접어들면서 굿은 점점 무르익어 갔다. 닐니리 덩더꿍의 풍악에 맞춰 쾌자 자락을 흩날리며 무녀들의 춤은 멋들어지게 덩실거렸다.

덩 더꿍, 덩더꿍!

제 장구 소리에 흥이 나서 갓이 젖혀진 기무들도 어깨가 절로 우쭐우쭐했다.

백의 승복(白衣僧服)을 바꿔 입고 제석(帝釋)을 청배(請拜)하는 장면이 나오자 구경을 하고 있던 보살 할머니들까지 갑자기 덩실거리기 시작했다.

이와모도 참봉의 병세가 심상치 않은지라 바삐 한다고 해도 '열두 거리'의 전반이 끝났을 때는 해가 이미 낙동강 저편 고암산 위에 뉘엿뉘엿, 이상스런 까마귀떼의 나래를 물들이고 있었다.

굿의 후반에 들어가기 전에 몸져누운 이와모도 참봉이 마당 가운데로 들려 나왔다. 곧 '오귀'[59]가 시작되는 것이다. 땀을 팥죽같이 흘리는 무배들과는 정반대로, 팔월 염천인데도 한기가 들이치는 판이라, 이와모도 참봉은 앉은 채 목 위만 빼꼼 내놓고는 온통 홑이불에 둘러싸였다.

"남북조선 해동국에, 갑술생 전주 이씨……"

사연 풀이를 시작하는 천금새의 목청은 한결 청승스럽게 떨렸다. 그리고 쾌자 소매를 나붓거리며 사뿐사뿐 춤을 추는 발짓도 가벼워졌다.

"어이, 이와모도야잇!"

되풀이되는 천금새의 아양에,

"워우 워우 워우, 구웃이야!"

오동 장구를 부둥켜안은 기무는 이런 후렴을 먹이면서 덩더꿍거리는 두 어깨를 흡사 용수철처럼 떨었다.

"어이, 이와모도야잇!"

하고 이름을 불릴 때마다, 병자가 눈을 번쩍 떠본다든가, 자라처럼 움츠렸던 목을 쑥 빼고 두리번거리는 꼴이 또 가관이었다. 거기에 용기를 얻은 듯이 천금새는 더욱 고개를 히뜩거리며,

"그래 그래, 그 넋인가?"

덩 더꿍, 덩더꿍!

"난데없이 떠들온 몸이 ―"

덩 더꿍 덩더꿍!

"저언생에 무슨 일이 ―"

"워우 워우 워우, 구웃이야!"

"지독히도 맺혔던가베?"

덩 더꿍, 덩더꿍!

이렇게 해서 푸념의 화살이 별안간, 죽은 오봉 선생에게 넌지시 돌아가자, 그것을 눈치 챈 구경꾼들은 서로 얼굴을 쳐다보며 긴장된 표정들을 하였다.

　한결 숨이 가빠진 천금새는 과연 신령님의 위력에 억눌리기라도 하는 듯이 얼굴빛이 점점 파르족족해갔다. 눈의 흰자위도 요란스럽게 희번덕거리고.

　"아이고, 저 늙은이들 보래! 키가 크이 뒤에 서 있어도 구경하기가 얼매나 좋겠노?"

　남들이 이렇게 부러워하던 가야부인이 곁에 있는 밀양 동서의 옆구리를 쿡 찔러서 나란히 자리를 뜬 것은 바로 그때였다. 워낙 두 분이 훤칠한 키라 그것이 또 남의 눈에 유달리 띄었다. 물론 천금새도 그것을 보았다. 그러나 그녀의 악지[60] 센 목소리는 잡귀 귀신을 대접하는 뒤풀이로 들어갔다.

　상청은 서른여덜 수비
　중청은 스물여덜 수비
　하청은 열여덜 수비
　우중간 남수비, 좌중간 여수비
　베루 잡던 수비, 책 잡던 수비
　많이 묵고 가거라.
　군웅왕신 수비 왔거든 많이 묵고 가거라.
　손실 병상 수비 왔거든 많이 묵고 네 가거라.
　해산영산에 간 수비 오거든 많이 묵고 네 가거라.
　수살영산 간 수비 왔거든 많이 묵고 네 가거라.
　먼 길 객사 간 수비 왔거든 많이 묵고 네 가거라.
　언덕 아래 낙상 수비 많이 묵고 네 가거라.

염병 질병 돌아간 수비 많이 묵고 네 가거라.

여러 각항 수비들아 많이 묵고 네 가거라.

덩 더꿍 덩더꿍, 덩 더꿍 덩더꿍!…… 뒤풀이의 장단이 잦은 고비를 한참 넘고는 마침내 화랑이가 들고 있던 넋대[61]가 덜덜덜 떨며 이와모도 참봉집 대문을 나섰다. 중추명월이 벌써 하늘에 떠 있었다.

달이 밝아서 좋았다. 돌담을 끼고 도는 좁은 골목길로 넋대는 스륵스륵 소리를 내면서 나아갔다. 넋대를 잡은 화랑이 뒤에는 천금새, 그리고 그 뒤엔 동네 애들이 우 따랐다.

물론 이와모도 참봉은 이불에 싸인 채 방 안으로 들려 들어가고, 마당에는 굿잔치가 벌어졌다. 굿떡은 복이 많다 해서 앞을 다투듯 손들을 내밀었다.

넋대는 가야부인의 집 앞까지 가더니 담벼락을 두어 번 툭툭 치고는 이내 돌아섰다. 동네 어귀에 있는 해묵은 느티나무의 밑동을 한 바퀴 돌고선 계속 널찍한 들길로 빠졌다.

빨랐다. 들길에 나서자 거의 달리듯 나아갔다. 흔히 그러듯 용왕님이 계신다고 태고 앞 시퍼런 강굽이께로 가는가 했더니 도중에서 느닷없이 산길을 더위잡았다. 산길가 산밭들에는 메밀꽃이 한창이었다. 바람 한 점 없는 밤에 눈처럼 얼어붙은 것같이 메밀밭들은 그 숱한 풀벌레 소리도 멎고 그저 그림같이 고요하기만 했다.

그러한 메밀밭들이 있는 언덕을 넘어서자, 넋대는 곧장 불이 빤

한 미륵당 쪽을 향해 갔다. 이윽고 넋대는 미륵당 문전에 다다랐다. 서성거렸다. 더 나아가지를 못했다. 그날따라 절문이 굳게 닫혀 있었다.

넋대는 이와모도 참봉을 덮친 악귀의 꼬투리가 바로 그 안에 있기나 하듯이, 미륵당(마침 죽은 오봉 선생의 망령을 위한 재[62]가 거기에 붙여져 있었다) 대문 귀퉁이쯤 땅바닥만 툭툭툭 쳐댔다. 천금새는 무슨 주문을 중얼중얼하고는 거기에다 '물밥'[63]을 철썩 엎질러버렸다.

그리고 돌아선 지 얼마 되지 않았을 때였다. 삽 같은 데 뜨인 물밥과 흙더미가 느닷없이 천금새를 비롯한 일행의 머리 위에 마구 덮씌워졌다.

"아이구메!"

도리어 물밥과 흙더미를 뒤집어쓴 일행은 마치 범불[64]이라도 만난 듯 사산분주[65]를 해버렸다. 굿으로서는 엉망이었다. 가장 긴요한 뒤풀이가 그 모양이 됐으니까!

천금새는 질겁해서 간이 콩낱[66]같이 움츠러들었으나 원무당으로서 어쩔 수 없이 이와모도 참봉의 집까지 돌아가지 않을 도리가 없었다. 이와모도네 가족들과 구경꾼들은 말이 없는 천금새와, 넋대조차 내던지고 돌아온 화랑이의 새파랗게 질린 표정보다 우선 물밥과 흙을 뒤집어쓴 그녀들의 쾌자 꼴을 보고서 심상치 않은 일이 있었던 것을 짐작했다.

천금새는 새전(賽錢)[67]을 챙길 정나미도 없이 싱겁게 이와모도 참봉의 집을 물러나왔다. 오동 장구를 울러 멘 그녀의 남편이랑

다른 굿패들도 얼떨떨한, 더러는 불만스런 얼굴들을 하고 그녀의
뒤를 따라나섰다.

누가 물어도 미륵당 중은 모른다고 하였다. 결국 동네 사람들은
제멋대로의 억측들을 하였다——그날 저녁에 가야부인의 사위 박
서방이 절에 가 있는 걸 누가 보았다느니, 혹은 오봉 선생의 혼신
이 화를 내서 그랬으리라느니, "아니 산신령님이 그랬대!" 하는
식으로, 그저 구구한 억측과 소문들만 나돌았다. 아무튼 용왕님
을 모시고 있는 천금새가 말을 하지 않았으니까 사실 마을 사람
들은 확실한 것을 알 길이 없었다. 한 가지 확실한 것은 천금새가
그처럼 많이 들춘 신들이며, 심지어 '물밥'에 술까지 대접한 오봉
선생의 혼신조차 그녀의 소원을 들어주지 않았다는 사실이다. 그
증거로는, 굿을 하면 나을 줄을 알고, "어이 이와모도야잇!" 할
때마다 눈을 끔벅끔벅하던 그 이와모도 참봉이 웬일인지 그날 저
녁부터 더욱 병세가 악화되어 단 사흘도 채 못 넘기고, "이놈들
아" 하며 뒤집었던 눈을 결국 감지 못했다는 것이다. 거짓말같이
가고 말았다. 그가 마지막 숨을 거둔 안방 천장지에는 다행히 그
창원 김진사란 사람의 얼굴을 닮은 포도잎 무늬가 없었다. 또 한
가지는 여태까지 영검이 대단하다고 믿어왔던 천금새에게 비손이
나 푸닥거리를 청해오는 사람들이 거의 없을 정도로 줄어진 사실
이다.

"물밥을 되덮어썼다문서!"

태고 나루를 지나가는 소금배의 조군들까지 이렇게들 빈정거
렸다.

그래도 천금새는 악지 세게, 허물어져 가는 자기 집 방구석에 모셔둔 신주상 앞에서 새벽마다 징을 두들겨댔다. 푸념은 사시장춘 하는 것이지만 용왕님과 조왕님을 달래는 이외에 '혹간 지옥에 묻혔던 미륵……' 운운하는 것은 틀림없이 미륵당을 저주하는 것이라는 이웃 사람들의 얘기였다.

그러나 아무리 미친 듯이 징을 두드리고 빌고 해도 '물밥'을 뒤덮어쓴 창피는 씻을 길이 없고 미륵당을 찾아가는 할머니, 어머니들이랑 젊은 아낙네들의 수효는 날이 갈수록 늘어만 갔다. 결국 천금새의 그 따위 처방으로는 어찌 할 도리가 없는 일들이 줄곧 일어났기 때문이었다.

죽은 이와모도 참봉의 아들 이와모도 경부보 같은 위인들이 목에 핏대를 올려가며 그들의 '제국'이 단박 이길 듯 떠들어대던 소위 대동아전쟁이 얼른 끝장이 나긴커녕, 해가 갈수록 무슨 공출이다, 보국대다, 징용이다 해서 온갖 영장들만 내려, 식민지 백성들을 도리어 들볶기만 했다. 그리고 그것은 '제국'의 빛나는 승리를 위해서 불가피한 일이라고들 했다.

몰강스런[68] 식량 공출을 위시하여 유기 제기의 강제 공출, 송탄유와 조선(造船) 목재 헌납을 위한 각종 부역과 근로 징용은 그래도 좋았다. 조상 때부터 길러오던 안산 바깥산들의 소나무들까지 마구 찍혀 쓰러진 다음엔 사람 공출이 시작되었다. '전력 증강'이란 이유로 영장 받은 남정들은 탄광과 전장으로, 처녀들은 공장과 위안부로 사정없이 끌려 나갔다. 그러한 오봉산 발치 열두 부락의 가난한 집 처녀 총각과 젊은 사내들도 곧잘 이마를 '히노마루'에 동여 매인 채 울고불고 하는 가족들의 손에서 떨어져, 태고 나루에서 짐덩이처럼 떼를 지어 짐배에 실렸다(물금까지 나가면 기차 편도 있었지만 차는 위에서 오는 그러한 사람들로 항상 만원이었다). 손자녀를, 자식을, 남편을, 딸을 그렇게 빼앗긴 할머니, 어머니, 아버지, 아내 들은 태고 나루에서 눈물을 짓다 가까운 미륵당을 찾기가 일쑤였다. "명천 하느님요!" 하고 땅을 치던 그들은 말없는 미륵불 앞에 엎드려 떠난 아들딸들이 무사히 살아 돌아오기를 빌고 또 비는 것이었다.

"시줏돈일랑 그만두이소! 내가 대신 다 내놓았임데잇……"

돌아간 시할아버지와 시아버지, 그리고 만세통에 총 맞아 죽은 시숙과 딸의 영가[69]를 거기에 모셔둔 가야부인은 오며가며 그러한 분들을 위로하기에 바빴다.

"억울한 말이싸 우째 다 하겠능기요. 나도 이렇게 안 살아 있능기요."

흐느끼는 아낙네들의 손을 잡아주며 조용히 '관세음보살'을 염하는 것이었다. 먼 데서 온 분은 기어이 재워 보내기도 했다. 그것은 가야부인 자신에게도 필요한 공덕이었다. 선심이라고는 생각하지 않았다.

가야부인은 결코 남들에게 절에 와 달라고 권하지는 않았다. 절을 맡아주는 스님에게도 그렇게 시켰다. 시주는 더욱 권하지를 않았다.

"촌사람들이 무슨 여유가 있다고! 오다가다 찾아주는 것만 해도 고맙지."

288

늘 이런 투로 말했다. 엽전을 하는 친정오라범이 막내동생인 그녀와 그 절을 위해서 강 건너 대동면에 사준 논 열두 마지기의 수입으로 미륵당의 유지는 가능했기 때문이다. 절을 세울 때부터 그런 생각을 했거니와 그야말로 가야부인 자신을 위한 절이요, 불행한 아낙네들을 위한 사랑 같은 곳이었다. 무슨 기도를 드려 소원 성취를 한다기보다 아들, 딸, 남편, 손자녀 들을 억울하게 빼앗긴 그녀들은 거기서 어떤 마음의 위안을 얻곤 하였던 것이다. 그래서 특별한 불사가 없는 날에도 할머니들은 곧잘 모여들었다. 대밭각단 양접장의 할머니도 손자가 학병에 끌려가 죽은 뒤부터는 역시 미륵당에 나왔다.

어떤 일이 있어도 유독 나오지 않는 것은, 죽은 이와모도 참봉의 가족들뿐이었다. 그러나 이와모도 참봉의 가족들이 미륵당에 얼굴을 내놓지 않는다고 해서 아무도 서운하게 여기지는 않았다.

"잘 안 나오지. 그럴 낯짝도 없겠지만, 나와 덕 될 끼 멋고!"

오히려 나오지 않는 것을 다행한 일인 것같이 말하는 사람도 있었다. 이와모도 참봉의 아들이 고등계의 경부보로 있었기 때문이리라. 그녀들은 속에 있는 말을 마음대로 지껄이고 싶었던 것이다.

"왜놈들이 얼른 망해야 살지, 이래 가주고싸……"

"그 독한 놈들이 얼른 망하겠나."

이건 '보르네오'댁이란 부인의 말이다. 그녀의 남편은 '보르네오'란 섬에 징용을 나가 있었다. 남자들이 징용 간 곳을 따라 '보르네오'댁이니 '뉴기니야'댁이니 하는 새로운 택호들이 유행되고 있었던 것이다.

"벌써 죽었는지 살아 있는지 누가 아나?"

이미 송금(送金)이 끊어진 사람도 없지 않았다. '보르네오'도 소식이 끊어진 지가 꽤 오래였다.

"그래도……"

양접장네 손자처럼 '명예의 전사' 통지가 오기 전에는 역시 희망을 가지는 그녀들이었다.

"나무아미타불!"

가야부인은 내처 이런 한숨만 내쉬었다. 그녀도 하도 억울한 일들만 겪어온 탓인지, 남의 이야기에만 귀를 기울일 뿐 자기 이야기는 잘 하지 않았다. 그렇다고 새로운 걱정이 없는 것은 아니었다. 학병에 나가기가 싫어서 도망질을 떠난 막내아들의 일만 해도 그렇다.

"무슨 소식이나 있능기요?"

하고 누가 물으면,

"소식은 무슨 소식! 오는 편지 가는 편지 낱낱이 조사하는 판인데, 그런 어리석은 짓이싸 하겠나."

그러곤, "산 놈이싸 어델 몬 댕기겠노. 고생이 말할 수 없겠지!" 할 따름이었다. 그러한 막내아들의 일보다 가야부인에게는 우선 더 다급한 걱정거리가 있었다.

"이번에는 할 수 없임데잇! 그래 아이소."

애국반장이란 사람이 하고 간 말.

"너무 그래 버투지[버티지] 마소. 그란이라도 의심을 받고 있는 집에서……"

이건 이와모도 참봉의 조카뻘인 구장이 와서 하고 간, 반 협박조의 소리다. 그 옴두꺼비 같은 구장이 언제 옥이의 징용 영장을 들고 올는지 모를 일이었다. 속칭 '처녀 공출'이란 것으로써, 마치 물건처럼 지방별로 할당이 되어 있다. 저희들 말로는 전력 증강을 위한 '여자정신대원(女子挺身隊員)'이란 것인데, 일본 '시즈오카'라든가 어딘가에 있는 비행기 낙하산 만드는 공장과 또 무슨 군수 공장에 취직을 시킨다고 했지만 막상 간 사람들로부터 새어 나온 소식에 의하면 모조리 일본 병정들의 위안부로 중국 남쪽 지방으로 끌려갔다는 것이었다. 말하자면 기만과 강제에 의한 그들의 전쟁 희생물이었다. 어리석고 가난하고 힘없는 식민지 농민들의 딸들은 그렇게 끌려가게 마련이었다.

옥이도 바로 그러한 운명의 직전에 있었다. 더구나 그녀는 미천한 종의 딸이었다. 가야부인이 애초 시집올 때 데리고 왔던 몸종은 이미 커서 짝을 지어 내보내고 역시 친정에서 부리던 종의 딸을 대신 데리고 왔던 것인데 가야부인은 그 옥이를 식모라기보다 차라리 양딸처럼 귀하게 길러왔다.

그러한 옥이가 벌써 나이 열아홉 살이다. 게다가 인품도 얼굴도 반반했지만 워낙 근본이 그런지라 얼른 적당한 자리가 나지 않아서 미처 작배[70]를 시켜주지 못하고 있는 형편이었다. 그래서 벌써 애국반장으로부터 몇 번인가 해당자가 되었다는 말을 들었거니와, 그럴 때마다 혼처가 이미 작정되어 행례날을 기다리고 있는 형편이니 제발 덕분 빼달라고 애원을 하듯 해서 미뤄온 참이었다. 그러니 사실 이제 더 버티기도 어려운 꼴이 됐다.

물론 옥이 자신도 그걸 눈치 챘다. 그녀는 반장이나 구장이 무슨 일로 찾아오면 으레 부엌 문틈으로 바깥 동정을 살폈고, 밤에는 곧잘 가야부인의 발치에서 소리 없는 울음을 울었다.

"옥아, 바로 눕거라. 와 요새는 늘 발치에 그래 있노?"

가야부인이 이렇게 타일러도 옥이는 발치가 좋았다. 종의 딸이라기보다 울기에 편리했다.

가야부인도 벌써 며칠째 잠을 잘 자지 못했다. 딸과 같은 옥이를 놈들에게 빼앗길 수도 없거니와 그보다 또 한 가지 다른 걱정이 있었다. 그것은 홀로 있는 사위 박서방의 일이었다.

"빙모님, 옥인 지가 데리고 가겠심더. 누구보담도 우리 윤이를 잘 키아줄 끼고……"

박서방은 옥이의 다급한 사정 얘기를 듣자, 대뜸 이런 소리를 했던 것이다.

"머? 그기 무슨 소리고?"

가야부인은 벌어진 입이 닫히질 않았다. 아무리 무엇하기로서니 종의 딸과…… 싶었다.

"신분이 그럼 어때요? 마음씨나 일솜씨나 얼굴 생김이 어데 한군데 나무랠 데가 있던기요. 그보다 또 당돌한 소릴는지는 몰라도 빙모님이 꼭 이녁 딸같이 키운 아이가 아잉기요! 그러이칸에……"

누구보다도 믿고 처를 삼을 수 있다는 것이었다.

'옳지!'

가야부인은 선뜻 짚이는 데가 있었다. 이제 보니, 누가 무슨 혼사 말이라도 하면 "그까짓 요새 양반인 체하는 것들의 딸" 하던 그의 말이 실은 실속이 있었던 게로구나 싶었다.

가야부인은 생각했다——아마 미륵당을 세울 무렵에 정이 들었으리라고. 그녀의 친정곳에서 온 텁석부리란 목수가 사위 박서방네 집에서 같이 묵고 있을 때, 그들의 조석동자를 시키기 위해서 한동안 옥일 데리고 갔던 것인데 그게 바로 꼬투리가 됐구나 싶었다.

"아이구, 옥이가 벌써 시집갈 나가 됐구나!"

옥이를 잘 아는 텁석부리가 일부러 이렇게 반가워하자, 유달리 얼굴을 붉히던 그때의 옥이를 가야부인은 새삼 머리에 떠올려 보았다. 아닌 게 아니라 사위의 말마따나, 인물이며 마음씨며 어디 하나 버릴 데가 있어! 그런 게 내처 조석 수종을 들어주고 또 그 먼 미륵당 자리까지 참이며 점심을 해 날랐으니 젊은 나이에 혼자 있는 사위로서 응당 정이 들 만도 했으리라 촌탁되었다. 사실 어느 쪽도 나무랄 수 없을 것 같았다. 요컨대 서로의 신분만 떼놓는다면 그야말로 좋은 배필이 될 수도 있었다. 문제는 그 신분이었다. 박서방이 그래도 시골 양반의 후옌 데 비해서 옥이는 기껏 종의 딸이 아닌가! 그러나 사위 박서방이 정말 그렇게까지 절실히 원한다면……? 가야부인으로서는 얼른 판단을 내리기가 어려워졌다. 시어머니에게 물어봐도 내내 그랬다.

"씨가 그래서…… 그러나 알아서 하게."

모든 걸 자기에게만 맡기는 성미였다. 바깥양반 역시 마뜩찮게 여겼다.

"인품이싸 그만함 됐지. 그렇지만 내림이 온천[워낙]……"

정상은 가련하나 어떻게 그렇게까지야 할 수 있겠느냐는 말눈치였다.

"그렇기요. 그래서 사돈어른들도 그 소릴 듣고는 펄쩍 띠더라 캅니더만……"

가야부인은 인정에만 끌려 사실 어째야 할지를 몰랐다.

그러고만 어름거릴 때, 결국 옥이에게 붉은 딱지가 나오고야 말았다. 역시 그놈이었다. 여자정신대원! 일본 병정의 위안부!

"내일 아침 아홉시꺼정 꼭 동사[7]에 내보내 주소!"

그 옴두꺼비 같은 구장은 그저 이 말만 하고 돌아갔다. 옥이가 마침 냉거랑에 빨래를 가고 없는 새라 대신 쪽지를 받은 가야부인은 정말 가슴이 철렁 내려앉는 것 같았다. 왜놈들에 대한, 눌러오던 증오감이 다시금 불붙기 시작했다.

옥이가 담뱃진을 먹고 죽기를 작정한 것은 바로 그날 밤이었다.

추위에 얼굴을 빨갛게 해가지고 돌아온 그녀는 빨래통을 내려놓기가 바쁘게 가야부인에게 불려 들어가서 '정신대'의 영장이 나왔다는 소리를 들었다. 물론 가야부인은 그녀의 눈치를 유심히 살폈다. 옥이는 그 자리에선 아무 말도 하지 않고 부엌으로 물러나왔다. 별안간 얼굴에 핏기가 하나도 없었다. 공포와 저주에 굳어지기나 한 듯이.

그녀는 여느 때와 같이 저녁 준비를 하였다. 파를 가늘게 저며

장도 제대로 끓이고 상도 제대로 날랐다. 다만 얼굴에 핏기가 없고 말이 없을 따름이었다.

"와 니 밥은 안 가주 왔노?"

안식구들도 언제나 방에서 같이 먹는 버릇이었는데 그날은 그녀의 밥그릇이 나와 있지 않았다.

"정지(부엌)에서 묵을람더."

그저 이러고만 돌아갔다. 식사가 끝날 때까지 옥이는 부엌에서 나타나지 않았다. 부엌에서도 밥을 먹는 것 같지는 않았다. 그런 기색이 통 없었다.

가야부인은 밥이 잘 넘어가질 않았다. 물도 목에 메이는 것 같았다.

"내 저 건너 좀 갔다오꾸마!"

가야부인은 밥술을 놓기가 바쁘게, 옥이에게도 들릴 정도로 이런 말을 해놓고서 집을 나갔다. 저 건너란 건 언제나 사위의 집을 말하는 것이었다. 그러나 나간 가야부인이 웬일인지 이슥토록 돌아오지를 않았다.

옥이는 저녁 설거지를 마친 뒤에도 한참 동안 우두커니 아궁이 앞에 앉아 있었다. 부엌 안은 바깥보다 어둠이 한결 빨랐다. 어둠 침침한 부엌에서 불도 켜지 않고 옥이는 또 생각했다. 그리고 울었다. 그러나 아무리 생각해보아도 피할 길이 없고, 울어봐도 한이 없었다. 그녀는 가슴 밑 허리춤에 쑤셔 넣었던 '정신대'의 징용 영장을 꺼내어 아궁이 속에 던져버리고 자리를 털고 일어섰다. 영장 쪽지는 빨간 혓바닥을 날름거리며 사라졌다.

뒷문으로 빠져나온 옥이는 냉거랑 건너 박서방의 집이 있는 곳을 넋없이 바라보았다. 다닥다닥 붙은 초가지붕들이 어스름에 싸여 분명치가 않다. 옥이는 별안간 머리가 아찔해졌다. 그녀는 쓰러지듯 차디찬 툇마루에 걸터앉았다. 꼭뒤[72]를 기둥에 들이댔다. 어수선한 생각과 기억들이 가뜩이나 멍청한 그녀의 머릿속을 휘저었다.

'정말 윤이 아버지가 그런 생각을 가졌을까?'

박서방을 두고서다. 그녀는 달포 남짓 그의 집에서 그와 텁석부리의 조석 시중을 들었다. 빨래도 해주었다. 그러나 자기에게 이상한 내색 한번 해본 적이 없는 박서방이었다. 그러한 그가 이쪽이 '여자정신대'에 나가게 된다는 말을 듣고는 별안간 그런 소리를 했다고 하지 않는가? 물론 그로부터 직접 들은 것은 아니다. 자매처럼 사귀어오던 분이가 일부러 그런 귀띔을 해주었기에 비로소 알았고, 또 요 며칠 사이 집안 어른들끼리 오고가는 말눈치라든가 그 밖의 태도들이 어림짐작의 탓인지 역시 그렇게 보였다.

'정말 그런 생각을 조금이라도 가졌다면……'

옥이는 윤이 아버지가 갑작스레 그리워졌다. 당장 달려가서 그의 커다란 손에 매달려 보고 싶었다. 울고 싶었다.

'아니!'

옥이는 하던 생각을 뚝 끊었다. 이제 막 그런 생각이 떠오른 것이 아니라는 걸 깨달았다. 실은 벌써부터, 미륵당의 터를 닦을 무렵—그녀가 가야부인을 따라 그의 집에 가 수종을 들 때 벌써 그에게 대해서, 어떤 존경심과 더불어 야릇한 감정을 느꼈던 것이다. 장모인 가야마님이 항상 자랑삼아 말하던 그 헌헌장부의 풍모와 대찬 성미! 그러나 내려오는 풍속과 예절은 그녀에게 존경심만 남게 하고 그 밖의 모든 감정은 모조리 거세시켜 버렸던 것이다. 그러니까 속으로 사랑했다는 말도 되지 않는다.

그러나 지금은 다르다. 저쪽에서 먼저 그런 말을 꺼냈다지 않는가…… 옥이는 버텨보았다. 하지만…… 역시 마찬가지였다. 그녀는 결국 종의 딸이었다. 이젠 눈물도 나오지 않았다. 도리어 정신이 말끔하게 돌아오는 것 같았다.

옥이는 불현듯이 일어나, 낮에 주워다 두었던 헌 담배설대[73]를 그 뒷마루 밑에서 꺼냈다. 다시 부엌으로 들어갔다. 잠시 호롱불을 켜놓고 설대를 칼로 짜갰다. 독한 담뱃진 내가 코를 쿡 찔렀다. 됐다! 그녀는 바삐 담뱃진을 긁어내어 환약처럼 만들었다. 넘기기 좋을 만한 게 열 개도 더 되었다. 어머니에게서 들은 방법이었다. 그녀는 그것을 대견스럽게 종이에 싸서 옷가슴에 쑥 밀어 넣었다.

가야부인은 늦게야 돌아왔다.

"우짠 일인지 박서방이 오늘도 늦게 안 돌아오네. 갑자기 머가 급한지 온……"

가야부인은 이러면서 곧장 방으로 들어갔다. 꽤 추워 보였다.

한밤중이었다. "웩 웩" 하는 이상스런 소리에 온 가족이 놀라 깼다. 소리는 뒤안에서 났다. 가야부인은 불을 켤 새도 없이 뒷문을 드르륵 열었다. 등불이 켜졌다. 툇마루 앞 땅바닥에 누군가가 쓰러져 있었다.

"아이고, 옥이 앙이가?"

가야부인은 번개같이 뛰어내렸다. 그러고 덜렁 안았다, 상반
신을.

"아이고, 우리 옥이다!"

가야부인은 불빛에 옥이의 얼굴을 돌려댔다. 입가에 누런 침이
엉겨 있다.

"야들아, 어서 소금물 해 오너라. 이기 멀 묵웃구나!"

옥이는 눈알을 희멀거니 해가지고 잇달아 딸꾹질을 해댔다.

"어서 이 입 좀 벌기라!"

가야부인은 옥이의 입에다 소금물을 주룩주룩 부었다. 다행으
로 물이 꼴깍꼴깍 넘어갔다.

"아이고, 진내야! 많이도 넘겼구나."

가야부인은 손가락을 옥이의 입에다 쑥쑥 집어넣었다. 어서 토
하란 것이다. 옥이가 다시 "웩 웩" 하기 시작한 것은 오 분도 채
안 지나서였다.

옥이의 몸뚱이가 방으로 옮겨지고, 주인을 쳐다보는 그녀의 입
에서 "어머니!⋯⋯"란 말이 송구스런 목청으로 떨려나왔을 때 가
야부인은 비로소 마음을 놓았다.

옥이는 그러고서도 이튿날은 일찍 일어났다. 분이가 그만두라
고 해도 그녀는 곧장 부엌으로 들어갔다.

지난밤 그런 일이 있은 때문인지 옥이의 얼굴에는 더욱 핏기가

없었다. 뿐만 아니라 하룻밤 사이에 십 년은 더 늙은 듯 두 눈이 아주 퀭해져 있었다. 아랫도리가 휘둘리는 모양인지 부엌에서 재 소쿠리를 들고 잿간으로 가는 걸음걸이가 몹시 어설퍼 보였다.

'저런……'

가야부인은 그러는 옥이의 뒷모습을 바라보며, 가슴을 에는 듯한 슬픔과 더불어 한편 이상한 감동 같은 것을 느꼈다. 하필이면 '정신대'에 끌려가는 날 아침에 아궁이의 재를 치다니! 이 집에 대한 마지막 봉사를 하겠다는 걸까……? 가야부인의 입에서는 '나무아미타불!'보다 한숨이 먼저 나왔다. 건넌방에서는 새벽녘부터 나직나직 천수를 치는 시어머니의 경 외는 소리가 그저 멎지 않고 있었다.

아침 식사가 여느 때보다 빨리 끝나자마자 별안간 검둥이가 컹컹 사납게 짖어댔다. 구장 이와모도가 건들건들 찾아온 것이었다. 다른 사람들을 보고는 잘 짖지도 않는 검둥이가 웬일인지 이 이와모도만 보면 죽자하고 짖어댄다. 개눈에도 뭐가 좀 달라 보이는지?

"이놈의 개가 와 내만 보문 이 지랄이고?"

말은 안 해도 시무룩하다. 아마 동정을 살피러 온 모양이었다. 그는 전투모를 숙게[74] 쓴 채, 군대식으로 각반까지 다부지게 차고, 팔에는 검정 바탕에 '국민총력연맹'이란 여섯 글자가 하얗게 새겨진 완장을 두르고 있었다.

가야부인은 청 끝에 나와 앉으면서 개만 불러들였다. 검둥이는 약간 물러서긴 했지만, 짖는 것만은 그치지 않았다.

"미안합니다" 하는 그의 입에 발린 수인사에, "수고합니더"란 말 한마디조차 시원스럽게 해주지 않는 가야부인이 딴은 언짢았던지, 이와모도는 부엌과 안청 쪽만 한 번 흘끗하고는 이내 돌아섰다. 물론 "꼭 부탁합니데잇!"이란 말은 잊지 않았다. 말하자면 그의 '제국'에 대한 '봉공 정신'이 아주 투철했던 것이다.

옥이는 아침도 제대로 먹지 않았다. 두어 술 뜨다 말고 물만 후룩후룩 들이마셨다. 그것조차 잘 안 넘어가는 것 같았다. 그러나 머리만은 새벽동자를 하기 전에 벌써 말끔하게 빗고 있었다. 죽어도 머리만은 마물러야[75] 한다는 여자의 마음가짐이랄까.

이와모도가 돌아간 뒤 십 분도 채 안 지나서였다. 마을 어귀에 있는 동사의 종소리가 요란스럽게 울려왔다. 집합 신호다.

그렇게 징용 소집이 있는 날, 더구나 처녀 징용이 있는 날은, 자식을 빼앗기는 집안은 흡사 초상 만난 집과 같았다. 아무리 싫더라도 안 갈 수 없고 또 안 뺏길 수 없기 때문이다. 옥이는 비록 이녁 딸이 아니었지만 가야부인은 이녁 딸을 빼앗기는 것과 꼭 같은 기분이었다. 가족들 역시 그러했다. 그래서 조그마한 보퉁이를 들고 나서는 옥이는 가는 설움도 설움이었거니와, 그러한 가족들과의 작별이 슬퍼 더욱 흐느꼈다. 그러나 그녀는 결국 새침해졌다.

"갔다 오겠심더."

갔다 오겠다는 그 말이 듣는 사람에겐 더욱 뼈아프게 느껴졌다. 대문간에서 눈물을 씻는 사람은 가야부인의 가족들만이 아니었다. 이웃 사람들도 다 옥이를 보내며 슬퍼했다. 가야부인은 일단 방으로 들어갔다가 이내 옥이를 뒤쫓아 나섰다.

‘히노마루’가 높다랗게 강바람을 맞아 펄럭이는 동사 앞뜰에는 옥이 말고도 여섯 명의 처녀가 나와 있었다. 배를 타야 할 테고 나루에서 가장 가까운 곳이라, 오봉산 밑 열두 부락의 해당자들이 모두 거기에 모였던 것이다. 그들 도합 일곱 명을 위한 전송꾼과 구경꾼이 줄잡아도 사오십 명은 되어 보였다. 그 열두 부락의 대표이기나 한 듯이 이와모도 구장이 시종 앞장을 서서 서둘렀다. 숫제 학교 선생님처럼, 고작 일곱 사람을 앞에 두고 줄을 지어 서라느니, 면서기가 나누어준 ‘히노마루’가 박힌 수건을 어서 이마에 동이라느니, 혼자서 야단을 빼듯 했다. 그것을 지극히 만족스럽게 바라보고 있던, 긴 칼을 허리에 찬 순사부장이 드디어 출발에 즈음한 인사말을 했다.

“여러분은 오늘부터 우리 제국을 위해 일하게 되는 것입니다. 그것은 비단 여러분만의 명예가 아니라, 한편 이 지방의 자랑입니다……!”

그러고는 이와모도 구장을 선두로 일곱 처녀와 그녀들의 가족, 거기에 모였던 대부분의 사람들은 강가를 향해 나아갔다.

무당 천금새의 집 앞인 나루터에는, 벌써 소금배 비슷한 수송선 한 척이 준비되어 있었다. 거기서는 꾸무럭거릴 필요가 없다. 짐덩어리처럼 태우기만 하면 그만이다. 그리고 배편이 좋은 것은 도중에서 도망칠 우려가 전연 없다. 처녀들이 연방 실리고 있을 무렵이었다. 별안간 철둑 위를 달려오던 사내가 이쪽을 향해 손을 흔들면서 소리를 내질렀다.

"어어잇, 잠깐만 기다리소. 이것 가주가욧!"

모두 소리 나는 쪽을 돌아보았다. 쏜살같이 뛰어오는 사나이는 바로 가야부인의 사위였다. 지난 밤새 돌아오지 않던 박서방이었다. 가야부인은 옥이의 손을 꽉 붙들었다. 그녀가 배에 오를 차례였다.

헐레벌떡 뛰어온 박서방은 옥이의 팔을 덜렁 잡았다.

"가지 마라!"

그러곤 쓰러지듯 주저앉았다. 옥이의 팔을 잡은 채 숨소리가 흡사 기관차의 피스톤 소리처럼 거칠었다.

"와 이라노, 이 사람이? 각중에〔갑자기〕미쳤나?"

이와모도가 옥이를 배에 밀어 올리려 했다.

"머? 내가 미쳐?"

박서방은 연방 숨을 헐떡거리며 일어나더니,

"그 손 띠이라〔떼라〕, 내 처다!"

"머? 이 사람이 정말 돌았는가베."

이와모도가 어이없는 듯이 웃다 말고 눈을 흘긴다.

"미쳤다문 니가 미친 길세. 징거를 비이〔보여〕조야 알겠나?"

박서방도 마주 눈을 흘겼다. 가야부인은 어리둥절했다. 옥이도.

"고라 고라(이 자식)! 니가 무신 소리 하노?"

칼을 찬 순사부장이 두 사람 사이를 막아섰다.

"무신 소리? 내 처라 캤소!"

박서방이 분명히 말했다.

"네 처라?"

“그렇소! 처녀가 아닌데 와 데리고 갈라 카요? 징명을 비이줄까요?”

박서방은 가슴에서 두툼한 봉투 하나를 꺼내 보였다. 호적 등본이었다. 분명히 옥이가 그의 호적에 처로 올려 있지 않는가! 면장의 도장도 찍혀 있다.

“오카시이네(이상찮나)!”

순사부장도 그런 데는 할 도리가 없었다.

“오카시이네가 아니오. 똑똑히 보고 말하시오!”

박서방은 이렇게 말하고서 이와모도 쪽을 쳐다보았다.

“인자 알겠나? 괜히 똑똑히 알지도 몬하고 댐비지 마라 말이여!”

그러곤 옥이의 팔을 잡고 있던 이와모도의 손을 사정없이 퉁겨 버렸다.

“보소.”

옥이는 그제야 박서방의 가슴에 얼굴을 묻으며 흐느꼈다. 그것은 물론 넘쳐흐르는 감격의 흐느낌이었다.

“어서 가자!”

가야부인은 뭔가 속에 짚이는 게 있었다. 그녀는 옥이의 덜덜거리는 손을 끌었다.

저만치서 면서기가 빙긋이 웃고 있었다.

관중들은 마치 도깨비에게 홀리기라도 한 듯이 어리둥절한 표정들을 하고서, 총총히 떠나가는 세 사람의 뒷모습을 바라보았다.

나루터를 떠난 그들은 어느덧 미륵당이 있는 쪽 언덕을 더위잡고 있었다.

박서방과 옥이가 가야부인의 인도로 미륵불과, 거기에 모신 가야부인의 시할아버지와 시아버지 오봉 선생, 삼일운동 때 희생된 밀양 시숙, 그리고 박서방의 전처인 딸의 영전에서 백년가약을 맺은 것은 바로 그날이었다.

또 하나 그날의 일로써 그곳 사람들의 기억 속에서 영원히 사라지지 않는 것은 처녀 여섯 명을 제물처럼 데려다주고 그날 밤으로 돌아오던 이와모도 구장이 카키색 전투모에 각반을 다부지게 차고, '국민총력연맹'이란 완장을 두른 채 이튿날 아침 그 아찔아찔한 '베리끝' 낭떠러지 밑 강물에 시체가 되어 떠 있었다는 것이다. 그리고 이른바 그의 '제국' 경찰은 웬일인지 그 어처구니없는 일을 그다지 중요시하지 않는 듯, 그저 술에 취해서 실족을 했을 것이라고만 소문을 퍼뜨렸다. 그래서 그의 죽음은 천금새도 못 알아맞힐 영원의 수수께끼가 되고 말았다.

고생한 보람 없이 원통하게도 오봉 선생이 마지막 숨을 거둔 또 다른 의미로는 절통하게도 이와모도 참봉과 그의 조카 이와모도 구장이 세상을 지레 떠난 다음해에, 식민지 조국은 이와모도의 이른바 '제국'으로부터 해방이 되었다.

"인자 가야마님은 큰소리하기 안 됐능기요. 자손들도 다 베실할 끼고……"

이웃, 아니 인근동 사람들은 모두 이렇게들 말했다. 부러워들 했다. 곧 서울 아니면 적어도 읍내로라도 이사를 갈 거라고들 믿었다. 그러나 해방 일 년이 지나고 이 년, 아니 삼 년이 지나 독립 정부가 수립되어도 내처 그곳에 머물러 있었을 뿐 아니라, 별수가 없었다. 해방의 덕을 못 본 셈이었다. 물론 일본까지 가서 대학을 다니다가 학병을 피해 도망질을 하고 다닌다던 막내아들도 집에 돌아왔다. 그러나 그는 벼슬이라도 할 궁리는 않고 농민조합인가 뭔가를 만든다고, 자식 징용 보냈던 사람의 집을 찾아다니기나 하고, 아버지 명호 양반은 나라가 통일되지 못한 것만 한탄하고 있었다.

이런 꼴로 가야부인의 시댁뿐 아니라 부락 자체들도 아직 신통한 해방덕을 못 보았다. 첫째 징용에 끌려간 사람들이 제대로 돌아오질 않았다. 어쩌다가 돌아오는 사람은 거지가 되어 오거나 병신이 되어 왔다. 더구나 '여자정신대'에 나간 처녀들은 한 사람도 돌아오질 않았다. '설마?' 하고 기다리는 판이었다. 그래서 부락들은 역시 걱정에 싸여 있는 셈이었다. 그러나 한편 불행하리라 믿었던 이와모도 참봉의 집은 반대로 활짝 꽃이 피어갔다. 고등계 경부보로 있었던 맏아들은 해방 직후엔 코끝도 안 보이고 어디에 숨어 있느니 어쩌느니 하는 소문만 떠돌더니, 뜻밖에 다시 경찰 간부가 되었다고 했다. 그러고 몇 해 뒤엔 어마어마하게도 국회의원으로 뽑혔다.

명호 양반은 아버지 오봉 선생을 닮아서 다시 두문불출을 하다시피 구겨지고, 아들 가운데서 제일 똑똑하다고 하던 막내도 결국 반거충이[76]가 되어 어딜 돌아다니기만 했다.

"애닯기도 하제, 즈그 할배나 징조할배가 그렇기 훌륭하고 독립 운동도 많이 했다는데……"

마을 사람들은 이렇게들 안타까워했다. 양접장이 살아 있었더
람 뭐라고 할는지, 사람들은 이렇게 궁금하게도 여겼다. 가야부
인의 머리에 흰 털이 부쩍 늘어난 것도 이 막내 때문이라고들 했
다. 그러나 가야부인은 아무런 내색도 하지 않고, 집에 있을 땐
돌아가신 시어머님처럼 천수나 치고 미륵당에 나가면 미륵불 앞
에 앉아서 가만히 눈을 감았다. 그럴 때마다 그녀의 머릿속에는
곧잘 자줏빛 모란꽃잎이 뚝뚝 떨어지곤 하였다.

"석이 안 왔나?"

가야부인은 겨우 눈을 또 뜨곤 막내아들의 이름을 불렀다. 벌써
몇 번째인지 모른다.

멀리서 또 포성이 쿵! 울려왔다──왜 사람들은 싸우지 않음
안될까? 가야부인은 무슨 말이라도 할 듯이 입을 약간 우물하다
만다.

이마에서 잇달아 솟는 땀이 드디어 그녀의 열반을 알리는 것 같
았다.

인간단지 人間團地

비록 음성이라고 하지만, 눈이 뒤틀리고, 입이 비뚤어지고, 손가락 발가락이 문드러져 나간 나환자들이 들어갈 감방은 없었다. 현대식 위용을 자랑하는 새 청사 안은 물론, 그 뒤쪽에 있는 특수 용의자들의 취조장처럼 돼 있는, 헐다 남은 구청사의 일부에도 그들이 들어갈 곳은 없었다. 가뜩이나 세밑 경계가 엄한 때라 늘어난 통금 위반자를 비롯해서 사기꾼, 절도, 강도, 공금 횡령, 졸때기[1] 밀수, 매음…… 이런 따위들이 벌써 다 차지하고 있었다.

그래서 아닌 밤중에 갑자기 끌려간 이십여 명의 음성 나환자들과, 그날 밤 편싸움을 벌인 역시 이십여 명의 부랑 청소년들은 새 청사 뒷마당에 웅크리고 앉아 있었다. 물론 두 패는 따로 떨어져서.

아까부터 청사 안으로 불려 들어간 쌍방 대표자들은 오랫동안 나오질 않았다.

나환자 측 대표의 한 사람인 우중신 노인은 주소 성명을 묻는 첫말부터 거의 반말을 쓰는 듯한 젊은 수사관의 태도에 몹시 비위가 상했다.

'아직 왜놈들이 쓰던 말버릇 그대론가베?'

그래서 이름만을 대고, 주소는 아는 것 아니냐고 일부러 빗나갔다.

"직업은?"

"문딩이요."

우중신 노인은 내뱉듯 말했다.

"자유원에 들어온 건 언제부터요?"

자유원이란 건 우노인이 들어 있는 음성 나환자 수용소의 이름이다. 그는 원장이 구속된 뒤, 재소자들이 자기들 마음대로 추대한 새 원장(법률이 인정하지 않는)——말하자면 대표자였지만, 그것만은 다행히 고자질이 되어 있지 않았던지, 따지려고 하지 않았다. 우중신 노인은 되도록 침착한 태도로 대답했다.

"지금의 수용소가 될 무렵부터……"

"그럼, 박원장님하고는 처음부터 알았겠구먼요?"

젊은 수사관은 왼손으로 턱을 괴며 눈을 가늘게 뜨고 쏘아보았다. 정나미가 떨어지는 뱁새눈이었다.

"네."

"십여 년이나 신세를 진터인데 어떻게 이해를 못 하고서 진정서를 내고, 또 편쌈까지 하고…… 그래서 되겠어요?"

손자 나이밖에 안 돼 뵈는 녀석이 숫제 훈시조다.

"여보 젊은 나리! 대관절 취조를 하는 기요, 멀 하는 기요? 진정서를 낼 만하면 내는 기고, 싸움은 저쪽에서 떼를 지어왔으니 할 수 없이 막은 긴데…… 우선 이쪽에서는 병원에 실려 간 사람이 몇[몇]이나 안 있소? 잘밤²에 별안간 들이닥치는데 사지가 옳찮은 사람들이 그래 우짜[어쩌]겠소? 밤중에 몽둥이랑 삽을 들고 쳐들어와서 사람을—인간을 말입니다—개 패듯이 마구 팬 놈들은 잡아 가두지도 않고 와 우리만 이라는 기요? 예, 나리? 이라는 기[게] 이 나라 법이오? 법을 지킨다는 사람들이 이라기요?"

우중신 노인의 엉성한 수염이 그예 그의 흥분을 나타내듯 덜덜거렸다.

제까짓 늙다리가 떠들어본들! 싶었겠지만, 우선 침방울을 튀기는 게 정나미가 떨어지는 듯, 젊은 수사관은 상반신을 뒤로 더욱더 젖히더니,

"그러니까 좋게들 하라고 타이르는 게 아닙니까? 먼저 싸움을 걸어온 쪽이 물론 나쁘지만, 그렇다고 같이 때리고 치고 한 쪽도 잘했다고는 할 수 없거든요. 원장님도 관대히 봐달라고 일부러 말씀하시고 해서……!"

"머, 원장이?"

우노인은 저승꽃이 핀 얼굴에 깜짝 놀란 듯한 표정을 지었다. 크게 실망한 얼굴이었다. 동시에 그의 도톰한 입술은 굳게 다물렸다.

"네, 조금 전 석방된 박원장님께서 그러구 돌아가셨어요."

젊은 수사관은 나이 깜냥엔 아주 능글능글해 보였다.

우중신 노인은 더 할 말이 없었다. 십 년 전 기백의 반만 남아 있었더라도 앞에 있는 책상이든 뭐든 마구 뒤엎었을 테지만, 그저 외롭고 슬퍼지기만 했다. 그는 벌써 나이가 칠순에 가까웠다.

"그러니까요."

수사관은 그제야 약간 누그러지면서,

"이젠 진정서 같은 것도 더 낼 생각은 마시고…… 사람은 누구나 다 다소의 실수는 있는 거 아닙니까! 좋게 돌려보내 드릴 테니 서로 의좋게들 지내도록 하시오. 네, 아시겠어요?"

제법 명수사관답게 아량을 베푸는 듯한 소릴 얼버무렸다.

'한통속이다!'

우노인은 끝내 입을 열지 않았다. 일어서라기에 일어섰고, 밖으로 나가라기에 따라 나갔을 따름이다.

그들을 습격했던 희망원——같은 박성일 원장이 경영하는 부랑아 수양원——의 젊은 애들은, 벌써 먼저 훈계 방면이 되어 떠나고 없었다. 물론 그런 행패를 부리고도 한 사람의 희생자도 내지 않고……

문둥이들도 일장의 훈시를 듣고 몇 사람의 순경에게 보호되어 경찰서를 떠났다.

그들이 자유 없는 자유원에 돌아온 것은 밤 두시가 지난 뒤였다. 수용소에 남아 있던 이백여 명의 문둥이들도 거의 자지 않고 있었다. 가벼운 상처를 입은 사람들은 내처 끙끙거리고, 바른총으로[3] 대학병원으로 실려 간 네 사람의 중상자는 아직 돌아오지 않았다. 머리가 깨진 둘은 벌써 어떻게 됐을는지도 모른다.

맞은편 산등성이에 자리 잡고 있는 희망원에도 방마다 불이 발갛게 켜져 있었다. 놈들도 이제쯤은 돌아갔으리라 짐작되었다.

우중신 노인은 나이 덕에 그의 자리처럼 돼 있는 아랫목에 가 누웠으나 잠이 올 리 만무했다. 말이 아랫목이지 더운 기라곤 없다. 게다가 지대가 높아선지 창틈으로 스며드는 황소바람이 또 차가웠다. 가뜩이나 얼어서 돌아온 몸이 얼른 풀리지 않았다. 다리를 뻗어보자, 아까 불량배들에게 차인 허구리쯤이 새삼 뜨끔뜨끔 마쳐오기[4] 시작했다. 생각할수록 싱겁고도 분하고 슬픈 일이었다.

솔직히 말한다면, 다 같이 불우한 처지에 놓여 있는 부랑아들이 음성 나환자들을 밤중에 습격해야 할 자기들대로의 하등의 이유가 없었다. 그렇게까지 해서 많은 사람들이 박이 터지고 다리가 꺾어지고 한 이면에는, 실은 그들 자신의 이익과는 아무런 관계도 없는 전연 엉뚱스런 이유가 도사리고 있었다.

—습격을 당한 음성 나환자 수용소인 자유원과 습격을 해온 부랑 청소년 수용원인 희망원을 함께 경영하는(그래서 애국 사업가로서 자타가 공인하는) 박성일 원장이, 모종의 부정 혐의로 약 십여 일째 경찰에 구속되어 있었다.

마침 그런 틈을 타서 그날 저녁 중상을 입은 몇 사람과 우중신 노인을 비롯한 자유원 나환자 이백여 명이 박원장의 부정 사실과 비행을 어마어마하게 폭로한 진정서를 만들어가지고 하필 원장이 갇혀 있는 경찰서로 몰려가서 원장의 처벌을 호소한 일이 있었

다. '원장이 구호 물자 횡령'이니 '나환자 데모'니 하는 굵직한 제
호를 달고 보도된 당시의 신문 기사들을 보면,

① 박원장이 이백여 나환자들에게 지급될 나협 회비 수십만 원
  을 가로챘고,
② 60년부터 그해 봄까지 '세계 기독교 봉사회'에서 보내온 밀
  가루 등 구호 양곡 육천여 포대를 가로챘으며,
③ 68년 '가톨릭 구제회'에서 나온 구제 양곡 오 백 포대를 빼돌
  려 착복하고,
④ 외국의 구호 단체에서 보내온 DDS 등 나환자 치료 약품 등
  삼천여 병을 빼돌려서 시중에 팔아먹었다.

고 되어 있다.

경찰은 곧 이들의 폭로에 따라 자유원의 관계 장부를 임의 제시
받아 수사에 나섰다. 말하자면 박원장의 애국 사업에 똥칠을 한
셈이었다.

문제의 꼬투리는 바로 여기에 있었다. 물론 습격 당일의 쌍방의
이유는 다르다. 나환자 측의 말은, 원장 측근자의 부추김을 받은
부랑 청년들이, 박원장의 내막을 잘 알고 있는 환자들을 납치하
기 위해서(재차 진정서를 꾸민다는 말을 듣고서) 습격을 해온 거라
하고, 희망원 측의 핑계는 박원장의 비행을 말하지 않는다고 협
박을 받은 몇 사람으로부터 구원 요청이 있었기 때문에 간 거라
고 한다.

그러니까 이유야 어찌 됐든 박성일 원장을 규탄하는 나환자들과, 그를 두둔하는 희망원 청년들 사이의 싸움인 것만은 틀림없었다. 그리고 끝장은 벌써 난 셈이었다——박원장은, 그들이 싸우던 바로 그날 저녁에 석방되어 나왔고 그 통에 불행히도 중상을 입은 사람들은 죽거나 살거나 하면 되는 것이다. 모두 그날의 일덕⁵이요 운수다!

그러나 잠을 이루지 못하고 있는 우중신 노인의 머리는 훨씬 더 복잡한 생각으로 뒤설렜다.⁶ 단순히 나환자들이 불쌍하다든가 희망원의 젊은 애들이 발칙하다든가 그러한 나환자나 근 오백여 명의 부랑아들을 무슨 이권처럼 알고 뜯어먹고 혹사하는 박성일 원장 개인이 얄밉다든가 하기보단, 도대체 그와 같은 일들이 예사로 있게끔 되어 있는 사회 자체가 못마땅했다.

물론 처음부터 짐작은 하고 있었다. 박원장의 친척이 서울의 어느 누구란 것도 듣고 있었다. 식량이랑 기타 구호 물자의 배급 사무를 맡아보던 시청 사회과 어떤 직원이 섣불리 이곳 자유원과 희망원의 인원수 조사를 철저히 하려고 덤볐다가 혼이 났다는 얘기도 있다. 그래서 박성일 원장이 처음 구속됐을 때도, 며칠이나 갈 건데…… 곧 좋게 돼 나오리라고 우노인은 생각했다. 그게 또 용케도 희망원 부랑패들이 자유원을 습격해서 난동을 부리던 바로 그날 저녁에 석방되었다니 더욱 아리송한 일이었다.

'그런 재주가 있으니까 외국의 경우 같으면 웬만한 자선가들도 엄두조차 못 낼 나환자 수용소니, 부랑아 수양원이니 하는 거창한 사업을 맨손으로 시작해서 지금은 아들딸 외국 유학까지 척척

시키고, 숨은 돈도 만들고……!'

"박원장 재산이 모두 얼마라더라……"

우중신 노인은 별안간 이렇게 중얼거렸다.

"한 삼 억은 넘을 거라더만요."

곁에 누운 애꾸눈이 역시 자지 않고 대답을 했다.

"너울께 매축지만 해도 지금 시가로 얼만데요?"

몇 사람 건너 누워 있던 코머거리의 목소리다. 역시 깨어 있었던 모양이다.

"참, 그렇지……"

우노인은 그러고 돌아눕다가 또 "아야야" 소리를 쳤다. 허리가 내처 뜨끔거렸다.

구석 쪽에서 어느 놈이 썩썩 어디를 자꾸 긁어댔다. 손가락이 있는 모양이다.

"이 자식 낮에 이 안 잡았나? 와 이 지랄고!"

바로 곁에 있는 놈인지, 질그릇 깨지는 듯한 소리를 내지른다.

"나도라, 지 몸땡이 근지는〔긁는〕 자유쯤은 있어야 안 되겠나!"

왜정 때 전문학교까지 다녔다는 치구란 놈의 억지다.

놈은 고향에 돌아가면 고생 덜하고 살 수도 있다지만, 내처 그런 생활을 계속해왔다. 처자도 있다던가? 가끔 용돈도 조금씩은 부쳐오는 모양이었다. 이백 명이 훨씬 넘는 재소자 중에서 제 돈 내고 가끔 담배라도 사 피우는 놈은 이치구뿐이었다. 게다가 그곳 최고령자인 우중신 노인을 빼고는 학교 교육도 제일 많이 받고, 사실 또 아는 것이 많아서 약의 설명서니 사용법 같은 것도 원장인 박성일씨보다 더 잘 알았을 뿐 아니라, 그러한 소위 자선 사업을 한다는 일부 인사들이 관청이라든가 기타 구호 단체들의 직원들과 짜고 저지르는 여러 가지 흑막 같은 것도 곧잘 눈치 챘다. 그래서 툭하면 "썩어빠진 놈들!"이란 소릴 잘했다(대개 어떤 기관에라도 이런 놈들이 한두 놈은 섞여 있어서 운영자들의 미움을 받고 있지만, 자기들의 내막을 알고 있기 때문에 간대로[7] 처치도 못하고 있는 거다).

사실은 경찰에 낸 진정서도 이치구가 썼다. 부리부리한 눈망울부터가 그렇게 보였지만, 성질이 아주 괄괄하고 윷짝 가르듯 올바른 데가 있었다. 그래서 말하자면, 불의를 보고 못 참는—소위 지도자란 분들이 말하는, 수양이 모자라는 축에 든다. 하지만 이 자유원에서는 우중신 노인이 가장 존경을 받는 연장자라면 이치구는 제일 강한 성격의 소유자였다.

"치구 자네도 안 잤던가?"

우노인이 말을 건넨다.

"잠이 올 수 있능기요!"

치구는 벌떡 일어나는 기색이더니,

"담배나 한 대씩 태웁시더."

하며, 우중신 노인의 곁으로 기어왔다.

지새는 달이 봉황을 희붐하게 해주었다.

곁에 있는 애꾸눈도 일어나 앉았다.

그도 치구가 붙여주는 궐련을 한 마디씩밖에 안 남은 손가락 사이에 끼웠다.

우두머리랄 수 있는 사람들이 이래서 그런지, 별안간 널따란 방 안이 두런두런 울리기 시작했다. 마치 절방처럼 큰 방이었다(자유원에는 음성 나환자들의 손바닥으로 이겨 붙여진, 교실만큼 한 토담방이 여섯이나 있었다). 그러한 넓은 방에 쥐 죽은 듯 오그라져 있던 수십 명이 마치 한밥[8] 본 누에처럼 일시에 속삭이기 시작했다. 아마 모두들 역시 잠이 잘 오질 않았던 모양이다.

별안간 저쪽 구석께서 웃음소리가 와그르르 일어났다. 뭐냐는 물음에, 그쪽 켠 대답이 걸작이었다.

"다들 깨어 있는데, 혼자서 잠꼬대로 '각설이'를 하고 있잖아요. '돈 한 푼에 팔려서……'라고."

경기까투리 혹은 그저 까투리라고 불리는 애의 대답이다.

그러자 웃음소리는 더 크게 번졌다.

"조용들 해라!"

아랫목에서 우영감님(자유원 식구들은 우중신 노인을 그렇게 불렀다)의 꾸지람 소리가 들렸다.

"얼매나 답답한 처지였길래 그런 소리를 꿈에서까지 하겠노?"

방 안은 다시 잠잠해졌다. 지난봄이던가, 한 놈이 남의 집 소를 건드렸을 때도 그랬다(그놈은 그 때문에 소신랑이란 별명을 얻었다)——마침 지나오다 보니 살팍진 암소 한 마리가 어떤 외진 무덤 옆에 나부죽이 누워 있었는데, 그자의 말을 들으면 여자로 치면 바로 그 짬이 발갛고 헤벌쭉하게 약간 벌어져 있더라나.

그래서 불같이 일어나는 욕정에 그만 솔가지를 하나 꺾어가지고 가서 그놈의 등줄기를 쓸쓸 긁어주면서 암소의 거기다 자기의 그것을 들이밀고 껍적거리다가 재수 없게 주인에게 들켰는데, 그 소주인이 찾아와서 자유원 식구들을 보고 욕지거리를 했을 때도 우영감은 "얼매나 답답한 처지였길래"란 말을 해서 타일러 보냈고, 그 뒤 한 식구들이 그놈을 놀렸을 때도 역시 그런 투로 나무랐다. 요컨대 우영감은 "얼매나 답답한 처지였길래"란 말을 잘 썼고, 그렇게 나오면 남의 잘못을 들어 싸우던 식구들도 그만 조용해지곤 했다.

억지 침묵이 지루했던지 한 놈이 별안간,

"영감님!"

하고 불렀다.

"와?"

"내일 우짤랍니꺼? 어데 분해서 살겠능가요? 이번에는 우리가 먼저 쳐들어갑시더, 야?"

"내일이 아니라 날이 새 가니 오늘 앙이가. 그래 자고 나서 보자꼬."

우영감도 이렇게 대답을 하고서 다시 자리에 누웠다. 병원에 실려 간 사람들이 무사함 몰라도…… 추측에 아마 무슨 사고가 꼭 일어날 것만 같았다. "우짤랑기요?" 하던 구석 쪽에선 내처 곤지랑거리는 소리가 들려왔다.

고원 지대는 아침이 한결 빨랐다.

오른편 자락이 강구[9]를 물고 있는 자유원 언덕은 동살[10]이 들기 바쁘게 해가 비쳤다. 햇살은 언제 보아도 고마운 것이다. 쌀쌀한

날에는 더욱 기다려진다.

경비실을 지키던 사람들이 지난밤 싸움에 다쳐 병원에 실려 갔기 때문에 그날은 치구가 대신 기상 종을 울렸다. 식전 일을 해야 하는, 맞은편 산등성이의 부랑아 수양원과는 달리 자유원에는 항상 기상이 조금 늦었다.

석유 양철로 된 둔탁한 종소리를 따라 여섯 개로 된 토담방에서 수많은 나환자들이 벌레처럼 꾸역꾸역 기어 나왔다. 공동생활을 해오는 그들은, 자연 어떤 공동 규율을 갖게 되었다. 누가 시키지 않더라도 우물이 있는 곳으로 나아갔다. 취사 당번은 남 먼저 세수를 마치고 부엌 쪽으로 어기적거린다.

"여보게, 오늘은 웁쌀[1] 좀 많이 놓게! 그리구 돼지죽처럼 짓지 말고 좀 꼬들꼬들하게 지어 보란 말야."

'코뺑사'란 별명을 가진 늙정이가 코 먹은 소리를 질러댔다. 신체 조건들이 완전치 못한 그들은 아침 일만은 면제돼 있었다. 그런데 얼마나 더 살 거라고 어떤 놈들은 숫제 산정까지 산보를 간다.

경비실을 돌아나간 텃밭 끄트머리께서 우중신 노인은 뜨끔거리는 허리에 손을 댄 채, 오른편 강어귀쯤을 물끄러미 내려다보았다. 삼만 평 가까운 새 매축지가 긴 둑으로 막혀 있다. 오 년이란 세월이 걸려서 거기 있는 자유원의 이백여 음성 나환자들의 손바닥과 건너편 희망원에 수용돼 있는 사백여 명의 부랑아들의 노력에 의해 메워진 개펄 — 지금은 일등 옥토다. 남들이 알기는 그곳 자유원과 희망원의 공동 농장 같지만, 사실은 두 곳의 원장을 겸

하고 있는 박성일씨의 사유 재산이 돼 있다.

—문둥이들과 걸뱅이[12]들이 메운 땅!

우중신 노인은 별안간 서글픈 생각이 들었다. 더구나 어려운 매축으로 말미암아, 박성일 원장이 국토개발상인가 뭔가를 탔다는 사실을 회상하면, 이것이 과연 누구를 위한 조국인가 하는 한심한 생각마저 들었다. 협잡꾼들을 위한 조국이라면 심한 말이 되겠고, 적어도 그러한 협잡배들이 득세를 하고 있는 것만은 틀림없다 싶었다. 미처 철도 안 든 고아들과 손바닥만 남은 문둥이들이 무거운 돌과 흙덩이를 져 나르고 이겨 붙이고 하던 일을 생각하면, 아니 그보다 거기서 나오는 곡식일랑, 딴 곳으로 말끔 빼돌리고서 시청에서 주는 썩은(변질미가 나올 때가 많았다) 좁쌀이나 보리쌀만을 원생들에게 주는 원장의 소행을 생각하면 언젠가 치구가 말했듯이 당장 우 몰려가서 그놈의 둑들을 모두 헐어버리고도 싶었다.

응달이 돼서 아직 햇살도 들지 않은 건너편 언덕에선 밭을 일구느라고 여기저기 수많은 고아들이 개미떼처럼 붙어 있다. 예정 평수와 그룹을 짜 놓고서 경쟁을 붙인다던가? 그곳—희망원 쪽에 있는 박원장의 사무실에는 내처 커튼이 내려져 있는 걸 보면 아직 박원장이 나타나지 않은 모양이다. 아마 며칠간의 구류 생활에서 얻은 피로를 댁에서 푸시는 모양인가 싶었다.

'영리한 놈이다!'

우중신 노인은 엷은 햇살을 한 아름 안은 채 토담방으로 되돌아왔다.

식사 시간에는 모두 다 제 배 채우기만 바빴다. 절간 중들이 하듯, 모두 제각기 식기들을 내밀었다. 다행히 손가락들이 완전한 사람들은 수월스럽게 식사들을 했지만, 그렇지 못한 사람은 한 마디씩 남은 손가락 사이에 술총[13]을 끼워가지고 뒤적거린다든가, 혹은 뭉뚝한 손바닥만으로 밀어 넣는다든가, 그래도 먹는 데는 빨랐다.

“오늘은 모두 단단히 먹어 두세요!”

경기까투리가 경기까투리답게 지레 출랑거렸다. 젊은 치들은 무슨 수작들이 돼 있는 모양이다.

“어쩌자는 것고?”

우중신 노인은 엉성한 수염을 훔치면서 치구 쪽을 건너다보았다. 자기가 새로운 원장으로 추대돼 있긴 했지만 사실은 모든 일을 치구에게 맡기고 있었다.

“희망원으로 간다는구면요……”

치구의 대답도 작정이 명확하지가 않았다.

“택도 아닌 소리! 그놈들이 무슨 죄가 있다고 그리로 갈라꼬…… 그라다가는 아무 일도 안 된다.”

우노인은 이러고서 일어섰다. 그는 식사 후엔 언제나 가는 너럭바위가 있다. 거기서 식후 일미로, 산뽕잎을 섞어서 말은 담배를 한 대 피우는 것이 버릇이요 낙이다. 치구나 애꾸눈이나 코머거리도 곧잘 그 너럭바위를 찾아왔다.

“꼭 갈라면 바로 시청으로 가는 기 졸[좋을] 끼다!”

우중신 노인은 치구를 보고 이렇게 타일렀다.

무슨 사발통문이라도 돼 있었던지, 이 방 저 방에서 어기적거리고 나오는 젊은 놈들이 어느새 뜰을 메웠다. 곧 어디로 떠날 모양들이다.

너럭바위에 있던 치구가 뛰어갔다. 젊은 치들과의 사이에 한참 논란이 벌어졌다. 우노인도 갔다. 참견을 안 할 도리가 없었다.

"보래 이 사람들아! 우리가 떠드는 목적이 멋고? 희망원 아아들하고 싸우자는 기 앙이지를? 아무 말 말고 치구의 말대로 하는 기 옳을 끼다. 안 그렇나?"

우중신 노인의 말에는 아무도 섣불리 대꾸를 못 했다.

그리고 약 두 시간 후 자유원 나환자들은 시청 정문 앞에 버티고 앉았다. '악질 원장 물러가라'니, '××은 왜 원장만 감싸주노?' 따위 플래카드까지 어느새 준비돼 있었다.

그러나 대표로서 시장을 만나러 들어간 이들은 좀처럼 나타나지 않고, 사람들은 이 병신들의 데모를 신기한 눈으로 보기만 했다.

우중신 노인은 더 참을 수가 없었다―세상에 이런 법이 어디 있단 말고! 분했다. 치가 떨렸다. 허구리가 뜨끔거리는 것마저 잊어버리고 마룻바닥에 털썩 주저앉았다. 그리고는 한숨이 아닌 숨을 크게 내쉬었다. 그의 헐근거리는¹⁴ 숨결은 마치 오장이 무슨 발작이라도 일으키는 듯이 느껴졌다.

"노인, 어찌 된 일이오?"

낯선 환자가 어리둥절해 하며 물었다. 우중신 노인은 아무 대답도 없었다. 같이 온 치구도 입을 다문 채 말이 없었다.

"제기랄, 무슨 말들을 해야제······"

고참인 그 환자는 비뚤어진 입을 더욱 일그러뜨리며 짜증을 냈다. 다른 환자들도 그저 신기한 듯이 기웃거리기만 했다. 눈썹이 없는 부석부석한 얼굴들이 모두 닮아 보였다.

우중신 노인과 치구가 안내된 곳은 바로 국립 나환자 수용소였다. 그들은 그날 시장실 앞 복도에서 시장님도 만나보지 못한 채 갑자기 어떤 사복에게 인도되어 시청 뒷문을 빠져나왔다. 이유를 물어봐도 답이 없었다(문둥이에게는 답을 할 필요가 없다는 거지!).

그들은 곧 자동차에 실렸다. 문둥이에게는 아주 흔감한 차였다.

"대관절 어디로 가는 깁니꺼?"

치구는 감정을 누르면서 문둥이란 입장에서 다시 물어보았다.

"가면 알아요. 자유원보다 몇 배 나은 데니까요."

사복은 이렇게 얼버무리면서 담배만 벅벅 빨아댔다.

차가 어떤 산고개를 더위잡을 때, 우노인과 치구는 문득 마주 쳐다보았다. 비로소 깨달았던 것이다. 국립 나환자 요양소——사회에서 말하는 소위 '문둥이막'의 허름한 집들이 이내 그들의 시야에 들어왔다. 그들은 바로 그곳 출신이었던 것이다. 얼핏 모교라도 찾아가는 듯한 이상한 감회가 잠깐 들다가 말았다.

두 사람은 아무런 이유 설명도 없이 그곳에 인계되었다. 키가 땅딸막한 젊은 사무원은 벌써 어떤 사전 연락이라도 받은 듯이 이쪽 사복의 말에 그저 "네, 네" 하며 받아들일 뿐이었다.

우노인과 치구는 어리둥절했지만, 그들의 얼굴에는 이미 어떤 판단과 각오가 깃들어 있었다. 사복이 있는 앞에서는 사무원과도 아무 말을 하기가 싫었다. 물론 그 사무원과는 초면이었다. 그곳을 나온 지 벌써 십 년이 넘었으니까. 아니, 우중신 노인의 경우는 벌써 이십 년이 가까웠다.

아무도 가르쳐주지는 않았지만 그들이 그곳으로 되끌려간 이유는 그들 자신이 곧 깨달았다—일종의 격리다. 병—육체의—그것도 남에게의 전염을 방지하기 위한, 격리 본래의 목적에 의한 격리가 아니다. 정신 문제다. 정신상의 병—불의와 부정을 싫어한다, 미워한다, 협잡배와 위선자를 고발한다, 규탄한다, 이것이 병이란 거다. 남이 동조한다. 그것은 선동에 의한 결과다. 말하자면 전염이다. 데모는 그와 같은 정신병의 완전한 전염이란 거다. 그러니까 부정을 규탄하는 정신병자는 대중으로부터 냉큼, 그리고 완전히 격리시켜야 한다—이런 투다.

그렇다면—가령, 박성일 원장이나 그를 두둔하고 감싸주는 사람들의 입장에서 볼 때는 우중신 노인이나 치구 같은 사람은 확실히 무서운 보균자임이 틀림없다. 전염의 우려성이 지극히 많은…… 그러니까 불평분자를 증오하는 그들로서는 오히려 당연한 처사다.

하지만 당한 쪽으로서 억울한 것은, 단순히 자유원으로부터 갑자기 격리되었다는 그 사실만이 아니다. 십여 년의 세월을 무서운 병마와 싸워 이겨낸 그들을 다시금 그 진저리나는 양성 나환자들 속에, 격리 아닌 복귀를 시켰다는 놀라운 처사다. 물론 박성일 원장이 이와 같은 방법을 쓴 것은 이번이 처음이 아니다. 자유원의 식구들이 늘 전전긍긍하는 것이 바로 그의 이러한 악랄한 수법이다. 사십 남짓한 나이로서는 정말 비상한 머리를 가진 사람이다.

일단 되돌려 보내진 사람들은 쉬 나가지지를 않았다. '레프로민' 검사를 비롯한, 재검사란 까다로운 절차를 밟아야 한다. 여러 가지 반응을 세밀히 조사해야 한다. 적어도 3주일 이상의 시일이 걸린다. 끓려주려면 또 얼마든지 끓려줄 수도 있는 것이다.

"재검사가 필요하다 카는 기지요? 우리는 이곳에서 오래 치료를 받고 완전히 낫아서 나간 사람입니데잇?"

사복이 돌아간 뒤, 치구는 사무원을 보고 이렇게 물었다. 그의 괄괄한 어조나 부리부리한 눈에는 일종의 위협 비슷한 것이 내비쳤다.

"네? 그러나 지금 소장님이 마침 서울 출장중이 돼서……"

혼자서 사무실을 지키고 있던 땅딸막한 사무원은 그저 마네킹처럼 아무런 내색도 없이 이럴 뿐이었다.

"다른 의사는 없어요?"

"네, 있어도 진찰, 더구나 재검사는 소장님이 계셔야 됩니다."

뭐든지 "네, 네" 대답해놓고는 결말이 시원찮은 대답만 했다.

치구는 뭉클하며[15] 우노인을 돌아보았다.

"할 수 없심더. 오늘은 여기서 자기로 합시더……"

그렇다고 내일이면 어떻게 하리란 뚜렷한 계획이 서 있는 것도 아니었다.

그들은 이내 어떤 방으로 안내되었다. 물론 양성 환자들이 들어 있는 방이었다. 다행히 눈썹만 빠지고 얼굴이 약간 부석부석했지, 곪아터졌다거나 진물이 질질 흐르는 그런 엉망들은 아니었다.

점심은 식사 시간이 지났다 해서 주지 않았다. 속은 약간 출출했지만 그저 먹고 싶은 정도 없었다. 그곳 고참들이 묻는 말에는 아무런 대답도 않고, 잠시 허탈 상태에 빠져 있던 두 사람은 다시 밖으로 나왔다. 구내의 바깥편은 두터운 철조망으로 완전히 사회와 단절돼 있었다. 때는 달라도 둘 다 지내던 곳이라, 역시 철조망이 굳게 쳐져 있는 바닷가로 나아갔다. 철조망 밖에 있는 시커먼 용바위란 놈이 옛날과 같이 갯물을 머금었다 뿜었다 하고 있었다. 석양빛도 옛날처럼 아름다웠다. 그들은 자연이 부러웠다. 변치도 않고 거짓도 없는 자연이. 우중신 노인은 거기만 가면, 옛날이—남같지 않은 복잡한 과거가 그립고도 안타깝게 머리에 떠올랐다. 그는 조용히 입을 뗐다.

치구도 전문학교를 다녔지만, 우중신씨는 젊었을 때 일본까지 가서 공부를 했다. 그의 집은 옛날엔 땅마지기 좋이 가지고 누리던 세도가였으나, 할아버지대에 가서 갑자기 살림이 기울기 시작했다. 아버지는 책상물림이었지만 농사를 손수 짓지 않을 수 없게 되었다.

중신씨가 결혼을 한 것은 아직 스무 살도 채 되기 전이었다. 그무렵 5년제 중학의 4학년 때라고 기억하고 있다. 당시 본인은 결혼 같은 건 꿈에도 생각하지 않았다. 물론 반대했다. 그러나 아버지가 촌에서 일부러 대구까지(그는 중학을 대구서 마쳤다) 찾아와서—할아버지께서 그렇고 어머니가 또 오래 신양중에 있으니 집안일이 말이 아니라면서, 아무래도 며느리를 빨리 보아야 되겠다고 거의 사정을 하듯 조르기에 마지못해 승낙을 했던 것이다(어떤 편이냐면 그는 인정에 여린 로맨티스트였으니까).

물론 오늘날처럼 맞선 같은 것도 보지 않을 때다. 부모들이 맘대로 고른 신부는 학교도 안 나온 구식 처녀였지만 다행히 얼굴이 반반했다. 그러나 소위 대례만 올렸을 따름이지 부부로서의 정이 들기는커녕, 일생을 통해서 한 번도 부부 생활 같은 생활을 못 해봤다. 그는 객지에서 중학을 마치자 이내 일본으로 떠났고 아버지가 반대하는 문과를 택한 죄밑[16]도 있고 해서 공부를 하는 동안에는 한 번도 고향에 돌아오질 않았다.

그러나 사실은 공부에 전념한 게 아니고, 그는 학생 시대부터 여러 가지 문화 '서클'이라든가 어떤 정치적인 '그룹'에도 관계하고 있었다. 조국을 잃은 식민지 청년으로서는 그것이 오히려 당연한 일이라고까지 생각했다. 그래서 결국 학업도 중동무이[17]가 되고, 그러고도 끝내 그길로 나아가서 경찰 출입을 사랑방 나들이하듯 하는 동안에 조국을 잃은 것처럼 고향마저 잊은 청년이 되어서 십 년 가까운 세월을 줄곧 객지에서만 흘려보냈다.

그가 고향에 돌아왔을 때는 벌써 그의 아내는 집에 있지 않았다. 그저 도망을 한 것도 아니었다.

그의 아내(복둘이란 이름이었다)는 일언이폐지하면 시가를—

그러니까 결국은 중신 자기를 위해서 청춘과 인생을 희생한 것이었다. 말하자면 십 년 공부가 나무아미타불이 된 격이었다.

복둘이는 구식 유교 가문에서 자라났기 때문에 교육이라고 받은 것이, 여자는 출가 후는 시부모에게 효도를 다하고 남편에게 복종하고, 어떠한 역경에 처하더라도 뼈가 빠지게 일을 해서 그댁 선산에 떳떳이 묻혀야 된다는 것뿐이었다. 물론 그녀는 그것을 직심으로 실천했다.

그녀의 시가는 농가였다. 그것도 대농가에 가까웠다. 머슴만 해도 장골이 둘이나 있었다. 그녀는 배우지 못한 상일을 부리나케 익히지 않을 수 없었다. 체면이고 부끄러움이고 다 버려야만 했다. 다리를 무릎 위까지 걷어 올리고 마구 무논에 들어가서 징그러운 거머리에 물려가며 모내기도 해야 되고 그 많은 농사 빨래도 혼자서 다 해내야만 했다. 먼 냇가까지 무거운 빨래통을 하루에도 몇 통씩 이고 나가려면 그야말로 목줄기가 사뭇 가슴속으로 말려 들어가는 것 같았다. 정말 못 견디게 아팠다. 눈물이 나왔다. 서방이라도 같이 있어주었으면 저녁으로라도 위로를 받았을 텐데 그렇지도 못했다. 그걸 생각하면 더욱 눈물이 나왔다. 복둘이는 그러한 고생들을 우선은 겪어야 할 자기의 운명같이 생각했다—남편이 공부를 마치고 돌아오면…… 하고 은근히 기대를 가지고 이겨 나갔다.

그러나 나이 어린 신부 복둘이의 고생살이와 고민의 꼬투리는 단순히 이러한 육체적인 것만이 아니었다. 그녀의 정신을 좀먹는 보다 큰 것이 있었다. 남편이 그리운 것쯤은 문제가 아니었다. 자

칫하면 머리에 수건을 동여매고 드러누워 옹알거리는, 변덕스럽
고도 인정사정 모르는 시어머니는 시어머니라 그렇다 치자. 주야
장천 사랑방에만 잡치고[18] 앉아서 고래고래 고함을 내지르는 시할
아버지가 골치였다. 성한 사람 같음 또 몰라…… 그는 불치의 고
질을 앓고 있었다. 바로 문둥병 환자였다. 그 바람에 많은 재물도
없앴지만, 요만치도 효력은 없고, 게다가 식구까지 들볶아댔다.

아들도 며느리도 다 있었지만 어느 누가 손 하나 보아줘? 조석
시중, 약 시중에, 하다못해 세숫물 시중까지 복둘이가 죄다 해야
만 했다. 게다가 사흘들이 벗어 내놓는 진물이 불그레한 빨래! 시
어머니는 노상 빨랫비누를 숨겨놓고 혼자서만 쓰기 때문에, 아무
리 바쁘더라도 복둘이는 잿물을 받쳐서 빨아야만 했다. 그런 날
은 속이 메스꺼워 밥도 잘 먹히지 않았다. 그러나 그 시중만 해도
어느덧 십 년이 가까웠다. 그래도 남편은 돌아오지 않고 드디어
자기마저 문둥병이 오르고 말았다. 그 푼더분하던 얼굴이 고역에
마를 대로 마르다가 마침내 부석부석 붓기 시작하고 별안간 눈알
이 흐늘흐늘 눈물에 떴다.

"집구식[집안]이 망할라 카이 벨일을 다 보겠네!"

이것이 기겁을 한 시어머니의 수인사였다. 시아버지도 한다는
말이 돌아오지 않은 아들에 대한 불평뿐이었다.

"지까짓 기 독립운동이 다 멋고? 부모 말 안 듣는 놈이 어데 복
받을 줄 알았던가……"

속으로야 여간 불쌍한 생각이 들었으랴마는 겉으로는 자연 그
녀를 두고 짜증들을 내게 마련이었다.

이렇게 해서, 복둘이의 눈물겨운 고생살이도 수포로 돌아가고 그것을 참고 견디어 나가게 하던 꿈마저 산산이 부서졌다. 이내 그녀는 시할아버지의 약을 달이던 질오가리 하나와 밥그릇 하나, 그리고 숟가락 하나를 물려받은 채 동구 앞 움집으로 쫓겨났다.

만약 운명이란 말을 쓸 수 있다면, 이것이 그녀를 그처럼 지루하게 기다리게 하던 운명이었다.

얼떨한[19] 우중신씨는 아내의 반짇고리(그녀는 그것을 굳게 잠긴 자기의 의롱 속에 깊이 넣어두었다) 속에서, 소위 내방가사란 것들이 적힌 두루마리들에 섞여 있는 얄팍한 공책 한 권을 발견했다. 연필에 침을 묻혀가며 서투르게 그어댄 글씨만 보아도 자기의 소회를 적었을 것이란 것이 직감되었다. 물론 맞춤법 같은 것도 엉망이었다.

어화우리친척분늬 소회드러보소이쳔지열닌후의일월셩신발가잇고명슌딕쳔마련후의만물이틱여날지유인이최기한딕고금슈을싱각하니강기하기그지업닌숭고적시졀의난상강오륜나려오며이식을마련하여인셩을구휼하고요슌우탕문무공밍틱손곤악놉흔도덕셩경현젼지어닌여우리흥셩교훈하니쳔츄만세나려오며인의여지쌘을바다상강오륜발근법되우리조션졔이리라백의왕토소난백셩우리동포아니널가……

읽기가 여간 힘들지 않았으나 그는 기어코 끝까지 뜯어 읽어갔다.

……하눌가튼우리낭군(우중순씨는 여기서부터 흐느꼈다고 한
다)

가고어이못오신고세상이별남녀중의날가튼이쏘잇는가오호명월
발근재와초산운우성길적의설진심중무한사도황연한꿈이로다무진
장회강잉하야문을열고바라보니무심한뜬구름은쯘쳤다다시잇느우
리님계신곳은저구름아래엇만답답해라둘사이에무삼약수막혓관더양
쳐가막막하야소식조차끈탄말가슬푸도다이내심사어대다가지접할
쇠황산들건너올재복숭가튼청춘홍안호박꼿치피어나고섬섬옥슈다
진토록애면글면사랏건만이니몸죄가만하부모봉양다못하고낭군시중
못해보고몬실느무병이들어쩌 납닉다쩌 납닉다禹씨가문쩌나가면

이것이 끝을 맺지 못한 복둘이의 수기였다.

우중신 노인은 이러한 사연을 세세한 데까지는 이야기 안 했으
나, 별안간 감은 그의 움푹한 눈자위는 지금도 당시의 일을 속으
로 울고 있는 것같이 치구에겐 느껴졌다.

"그런 일이 있었던기요?"

치구는 목이 멨다. 왜 그런 얘기를 지금까지 묻어두었을까, 안
타깝기도 했다.

"그래……"

우노인은 기억을 더듬는 듯 잠깐 먼 물마루쯤을 바라보더니,

"그러나 내가 집에 돌아왔을 때는 벌써 그 움집에도 안 없나!"

그는 그 당시의 심정을 연상케 하는 긴 한숨을 내쉬었다.

치구는 마침 생각난 듯이 담배를 꺼내 붙여 올리며, 다음 말을 기다렸다.

"할 수 있나, 찾을 결심을 했지!"

우노인은 약간 말소리가 높아졌다.

"여기저기서 수소문을 했더니, 한 일 년 가까이 그 움집에서 살았대. 그러다가 결국 집에서 양식도 잘 안 대 줏는지—소문들은 그랬으나, 차마 그렇게까지야 했겠으랴마는—쥐도 새도 모르게 사라졌다는데, 죽지 못해 찾아간 곳이 바로 이곳 요양소였던 모양이라……"

"우째 용케 알아냈던가베요?"

"말도 말게, 이 사람!"

우노인은 파란 생연기를 나불거리고 있는 담배를 아까운 듯이 손가락 끝으로 꼭 쥐어 꺼서, 너덜너덜한 미군 점퍼 포켓에 감추고는 이야기를 계속했다.

—십 년 만에 돌아온 아들이 취직은커녕 집안일일랑 돌보려 하지 않고 병들어 나간 계집만 찾으련다고, 아버지의 호통과 어머니의 앙탈이 여간 아니었다고. 그러나 그는 끝내 어른들의 말을 거역하고 집을 나섰다.

우선 아내의 친정곳[20]부터 가보았다. 처가에서도 딸의 간 곳을 아는 이가 없었다. 한편 괘씸도 했겠지만, 그래도 사위는 '백 년 대객'이라고, 장모는 술을 거르고 밥을 지었다(이것이 우리 한국의 아낙네들이다!). 그러나 그러한 음식이 목에 잘 넘어갈 리 없었다. 그는 하룻밤도 쉬지 않고, 날이 저문데도 부득부득 그곳을 떠났다.

설마……? 싶었지만(그때만 해도 나환자들은 요양소—이름조차 문둥이막이라 했다—에 들어가는 것을 죽기보다 싫어했으니까) 그는 결국 요양소들을 누비기로 결심했다. 그러나 그것이 예사 어려운 일이 아니었다.

더구나 그 당시는 탈주 환자들이 많았기 때문에 규율이 아주 엄해서 일반인의 출입은 물론 접근까지 금지되어 있었다.

그는 우선 이 바닷가 수용소 가까운 한 부락에 요양을 핑계해서 잠시 머물기로 했다(사실 또 그는 건강이 좋지 못했다).

그는 일부러 환자 물색을 내느라 지팡이까지 해 끌고 매일같이 이곳 수용소 부근의 바닷가를 거닐었다(사실은 헤맨 거지만). 그러다가 하루는 용케도 철조망 안쪽에서 풀들을 매고 있는 한 떼의 여자 수용원들을 발견했다. 그는 반색을 한 나머지 가슴을 두근거리며 슬금슬금 가까이 가보았다. 모두 천형(天刑)의 용수인 듯 수건을 눈이 가릴 정도로 폭 숙게 썼을 뿐 아니라, 도무지 얼굴들을 들지 않았기 때문에, 저쪽에서 아는 체하기 전에는 좀처럼 알아보기가 힘들었다.

그는 바다를 향해서 일부러 물수제비를 뜨기도 하고 헛기침을 하면서 은근히 그녀들 쪽을 흘겨보았다.

어쩌다가 드는 얼굴들 속에서 동그래하게 생긴 한 턱모습!

순간 중신씨는 그것을 뚫어지게 쏘아보았다. 저쪽에서도 얼른 고개를 숙이지 않았다.

"황산때기〔황산댁〕 아니오?"

주책없이 부르짖어진 우씨의 물음에 그녀도 주책없이 철조망 곁으로 뛰어왔다.

"우째 여길 왔능기요? 일본서는 언제 왔능기요?"

복둘이의 눈은 눈물에 둥둥 떴다.

"미안하오……"

우중신씨는 목이 메어 말이 잘 안 나왔다. 물론 철조망이 가려 있다. 그는 철조망 사이로 손을 내라 해서, 복둘이의 다행히 손가락이 남은 핏기 없는 손을 꽉 쥐어 잡았다. 그러고는 연신 "미안하오"를 되풀이했다.

복둘이의 흐늘흐늘한 눈에서는 눈물만이 흘러내렸다. 그것이 십 년 동안 쌓이고 쌓인 그녀의 그리움이요 하소연이었는지도 모른다. 그러나 복둘이는 곧 이렇게 말했다.

"가이소…… 누가 보문……"

그녀는 자기 발로 걸어 들어간 모범 나환자였던 것이다. 그렇게 자기 발로 걸어 들어갔듯이, 그녀는 우씨를 떼어놓고 저쪽으로 되돌아 가버렸다.

우중신씨는 바로 이곳—지금 그들이 앉아 있는 이 용바위 앞 언덕에서 그날 밤을 울고 새웠다는 것이다.

그러나 한 달 후, 그는 한사코 마다하는 복둘이를 기어이 따 내어서 기차 소리도 안 들리는 후미진 산골에서 새살림을 시작했다.

이야기가 조금 달라지지만 우씨의 재혼을 추진해오던 부모는 그러한 아들을 저주했다. 저놈이 미쳤나, 턱도 없는 소리 말라 했다. 그러나 이미 구들더께[21]가 다 된 그의 할아버지는 손자의 간청을 흔연히 받아들였다.

"오냐, 너가 정말 사람이로고나! 암, 인간을 애껴야지, 애낄 줄 알아야지……"

그러고는 얼른 도장을 꺼내주며 아무 데 논을 팔아서 손자며느리의 치료에 쓰라 하였다.

그러나 세상엔 팔자소관이란 말이 안 없어질 만큼 선의의 노력이 반드시 승리하는 것은 아니다. 대풍자유(大楓子油)를 비롯해서 나병에 좋다는 온갖 약들을 백방으로 구해서 쓴 우중신씨의 눈물겨운 노력에도 불구하고 복둘이는 병이 낫기 전에 뜻밖에 또 딴 병을 들었어서 그만 세상을 떠났다. 그리고 멀쩡하던 우씨가 대신 문둥이가 되고 말았다. 그는 자기도 복둘이처럼 제 발로 그 수용소에 들어갔노라는 말 이외에 다른 이야기는 일절 하지 않았다.

"그때는 진짜 환자니까 내 발로 걸어 들어왔지만 지금은 이기 무슨 일고 말이다. 멀쩡한 사람들을 이렇게…… 이기 자칭 애국사업을 한다는 그 박가란 놈…… 따위들의……"

우중신 노인은 가슴을 풀어헤치며 분통을 터뜨렸다. 어둠이 점점 물빛을 검게 해갔다.

우중신 노인과 치구는 밤이 이슥해도 잠을 이룰 수가 없었다. 물론 애써 자려고도 하지 않았다. 납작코 반장이 새로 빤 담요라곤 했지만 기분이 나빠 덮기도 싫었다. 피부의 지각이 마비되지 않은 두 사람은 추워서도 잘 수가 없었다. 그러나 잠이 안 온 것은 단순히 춥다든가 담요 때문이라곤 할 수 없었다.

역시 처음에는 그들을 그곳으로 내몬 박성일 원장이나 그의 일당과 같은 놈들의 소행이 얄미웠다. 분했다. 그러나 그저 분해하고 낙담할 수만은 없었다. 분할수록 보복을 해야겠다는 마음이 불같이 일어났다. 몸은 비록 완전한 편은 아니었지만 마음은 결코 병들어 있지 않았다. 정신은 오히려 성한 사람들보다 더 건전하다고 자부를 했다. 살아 있었다. 그러기에 그들은 불의에 굴복하거나 방관하지 않았던 것이다.

내해(內海)——잘록한 바다 건너 ××공장에서는 밤새 기계 돌아가는 소리와 쇠붙이 두들겨대는 소리가 악착스럽게도 들려왔다. 거기도 잠을 못 자는 사람이 있다고 생각하면 다소 위안도 되었다. 밤새 쇠붙이를 두드리는 사람들도 그 쇠붙이처럼 정신이 벌겋게 달아오를 때가 있을 것이다!

뜬눈으로 밤을 새운 우중신 노인은 해가 돋기도 전에 사무실로 갔다. 마침 난로에 무연탄을 갈아 넣고 있던 어제 그 땅딸막한 사무원이 그를 수상쩍게 돌아보았다.

"전화 좀 빌려야겠소!"

우노인은 정중하게 말했다.

환자들에겐 전화사용이 금지돼 있었지만, 젊은 사무원은 마지못하는 듯한 표정으로 승낙을 했다.

우중신 노인은 벽에 걸려 있는 전화번호부를 끌러 와서 뒤적거리다가 그만두고 114를 돌렸다(그는 심한 노안인 것을 그제야 깨달았다).

그리고서 어디와 간단히 통화를 하더니 곧 수화기를 놓았다. 무슨 일인지는 몰라도 희색이 만면해 보였다.

바로 그날—막 조반이 끝났을 무렵이었다. 우노인이 수용되어 있는 ××동 국립 나환자 수용소에는 웬 고급 승용차 한 대가 미끄러져 들어왔다.

땅딸막한 키에 후줄근한 감색 양복을 입은 예의 젊은 사무원이 직접 우노인을 데리러 왔다.

"나이 몇 살이나 대 비던가요[돼 보이던가요]?"

우노인은 후줄근한 감색 양복을 따라가면서 이렇게 물었다.

"한 마흔 남짓 될까요……?"

감색 양복은 돌아도 안 보고 대답만 했다.

'틀림없구마.'

우중신 노인은 혼자서 고개를 끄덕거렸다.

사무실에서 자기를 기다리고 있다는 사람은, 역시 그가 아침에 전화 연락을 한 최군—아니, 최국장이었다.

"죄송합니다. 이렇게 뵙기가—"

최국장은 공손스럽게 고개를 숙였다. 곁에 섰던 사무원은 그러한 신사보다 우중신 노인의 얼굴을 유심히 쳐다보았다.

"미안하네, 아침에 전화를 걸어서……"

우중신 노인은 검버섯이 핀 얼굴에 겸연쩍은 빛을 띠었다.

"천만에요!"

최국장은 오히려 당연한 일인 듯이 송구스러워했다.

우중신 노인은 자기가 거기에 오게 된 이유와 전화를 낸 의도를 간단히 설명했다.

"그렇습니꺼, 지도 신문에서 그런 싸움이 있다는 건 보았습니더만, 이름이 나와 있지 않았기 때문에……"

미처 몰랐다는, 역시 죄송스런 표정을 지어 보였다.

최군이 돌아간 뒤 그리 오랜 시간이 지나지 않아서, 우중신 노인과 치구는 지프차에 실려서 수용소를 빠져나갔다.

"역시 은혜를 잊지 않는 사람도 있구먼요……"

치구는 아까 우노인이 사무실에서 돌아와서 얼핏 말하던 것을 생각하곤, 이렇게 말했다.

우중신 노인은 아무 말이 없었다. 그저 살아 있는 보람이라도 느낀 듯한 표정을 하였을 뿐이다.

최군은 우노인과는 아주 남이었다. 억지로 갈래를 말하자면, 우노인의 외조부의 첩의 딸의 딸의 아들이었다. 그리고 마침 우노인의 동네에 시집을 와 살던 최군의 어머니가 살기가 딱해서 늘 어린 그를 데리고 우씨의 집에 와서 일을 거들며 밥을 얻어먹이곤 했다. 최군이 국민학교에 다닐 무렵에도 내처 그런 일이 많았다. 그럴 때마다 우노인의 할머니는 그를 퍽 귀여워하고 가엾어해서 이녁 손자들이 입던 옷가지 같은 것도 내주곤 하던 것을 우노인은 기억하고 있다. 그러니까 뭐 별로 적선을 한 것도 없지만, 최군의 어머니는 그 뒤에도 그것을 큰 은혜처럼 생각하고 있었던 것이다. 지금은 최군의 어머니도 돌아가시고 없었다. 그런데 최국장은 지금도 자기가 국민학교를 마친 것은 우씨 가문의 덕이라

고 생각하고, 또 그가 일본으로 건너가 고학을 할 때도 그런 내용
이 적힌 편지를 자주 보내왔다. 요컨대 그는 어머니를 닮아서 인
정이 많은 사람이었다. 지금은 시내 신설 지구에 꽤 넓은 땅을 가
지고 있을 뿐 아니라 그곳 조그만 우체국장을 하면서 오붓하게
살아가고 있었다. 말하자면 자수성가를 한 사람이었다.

박원장이란 사람의 비인도적인 처사가 분한 나머지, 그리고 또
문득 떠오르는 어떤 계획이 있어서, 덜컥 전화를 냈던 것이지만
우중신 노인은 차에 실려 오면서도 내처 미안스런 생각을 금할
수 없었다. 괜히 오래 살아서 남에게 신세만 끼친다고 슬퍼지기
도 했다.

지프차가 닿은 곳은 어떤 신개지 가운데 선, 자그만 우체국 앞
이었다. 통용문으로 들어갔다 나온 운전사는 그들을 어떤 중국
음식점의 조용한 방으로 안내했다. 뒤미처 따라온 최국장은 우노
인 앞에 다시 무릎을 꿇었다. 그리고 떠날 땐 안 포켓에서 불룩한
종이 뭉치 하나를 꺼내놓고 자리를 떴다.

'약소하옵니다. 딱하실 땐 언제든지 또 연락해주십시오. 최
순조.'

이런 내용이 적혀 있는 쪽지와 함께 현금 십만 원이 들어 있었다.

"오만 원밖에 말을 안 했는데……!"

우노인의 감개무량한 얼굴엔 이내 흐뭇한 웃음이 떠올랐다.

"이만하면 됐지?"

그들은 지난밤부터 실은 어떤 끔찍한 궁리를 하고 있었던 것
이다.

중국집을 나온 그들은 곧장 자유원을 향해 갔다. 자유원에는 일부러 밤늦게 들어갔다.

모두들 반가워했다. 국립 수용소에 끌려갔다 나왔다는 얘기를 듣고는 더욱 다행스럽게들 생각했다. 반면 박원장에 대한 증오감은 한결 높아졌다. 박원장은 그날 낮 그들을 한군데 모아놓고 장시간 훈시를 했다는 것이다. 그러고서 대우도 현재보다 좀 개선해 보겠다고 떠벌였던 모양이다. 음성 나환자는 그에게는 소중한 존재들이었으니까!

이튿날 아침 우중신 노인과 치구는 경기까투리란 청년을 데리고 그곳을 떠났다.

세 사람은 우선 시내로 들어가 자유시장이란 곳의 고물전들부터 뒤졌다. 괴나리봇짐도 하나 못 가진 그들은 대뜸 배낭과 담요부터 하나씩 샀다. 그리곤 조그만 천막과 삽과 냄비, 반합(飯盒), 마른 찬거리, 식량…… 천막은 무거우니 젊은 까투리가 지기로 하고 나머지는 대부분 치구의 배낭 속에 넣었다.

까투리는 치구가 돈을 꺼내 치르는 걸 보고(우중신 노인은 최국장에게서 받은 돈을 몽땅 치구에게 맡겼던 것이다) 어머나 싶었지만 이유도 묻지 않고 그저 싱그레 웃기만 했다. 물건을 파는 사람들도 그랬다. 문둥이들도 어디 캠핑이라도 가는가 하는 당치도 않은 생각들을 했는지도 모른다.

세 사람은 전이 처진 중절모자들을 없는 눈썹 밑까지 푹 눌러쓰고 있었지만, 속은 숫제 무슨 개척단이라도 따라가는 기분이었

다. 긴 막대기를 지팡이처럼 짚고 다니는 우중신 노인이 길잡이
처럼 앞장을 섰다. 그들은 이내 버스를 타고 또 성엣장이 둥둥 떠
내리는 바다 같은 강을 나룻배로 건너고, 그러고도 장시간을 걸
었다. 강가는 진펄에 이어 널따란 들이었지만 길은 곧 독메[22]를 감
돌았다. 그러다가 또 들이 나오고 두메가 되곤 하였다. 들의 가장
자리며 후미진 골짜기에는 작고 큰 촌락들이 꽁꽁 얼어붙은 듯
잡치고 있었다. 어딜 가도 산이 있고 들이 있고, 그리고 인간은
살았다. 인간이 사는 곳에는 으레 나뭇개비가 있고, 그 곁에는 닭
이 있고, 또 코흘리개들이 놀곤 하였다.

　세 사람은 외롭지가 않았다. 비록 당장은 설 땅이 없다 하더라
도 깊이 들어갈수록 조국이란 것이 점점 가슴에 느껴졌다.

　우중신 노인 일행이 당도한 곳은 일찍이 우씨가 아내 복둘이와
단둘이서 살던 외진 골짜기였다. 인가에서 그다지 멀리 떨어져
있진 않아도 들어가면 아주 으슥한 곳이었다. 샘물이 조그만 도
랑을 만들고 있는 골짜기에는 오후의 태양이 조용히 깃을 내리고
있었다.

　우노인이 살았다는 움집은 이미 지붕은 팍 사그라지고, 주토로
만든 토담만이 겨우 헐리다 남아 있었다.

　"어떻노, 지리가?"

　우노인은 감개가 무량한 듯이 두 팔을 쩍 벌려서 지형을 그리며
물었다.

　"명산 복집니더!"

　치구가 감탄을 마지않았다.

"저 서쪽 등성이가 됐구먼요. 쉬 밭도 일굴 수 있겠고요……"

경기까투리도 석양을 얼굴에 가득히 받으며 덩달았다.

세 사람은 우선 짐을 풀었다. 그리곤 이내 까투리가 지고 온 헌 천막을 주토로 된 토담 위에 펼쳤다. 낙엽으로 침실을 만들었다. 그 위를 경기까투리란 놈이 정말 까투리처럼 한바탕 뒹굴었다.

치구는 배낭 속에서 그날 시중에서 산 식량이랑 반합 등속을 꺼냈다.

세 사람은 무슨 의논이라도 한 듯이 동시에 웃었다.

'이렇게 해서 사는 거다……'

이런 표정들이랄까.

경기까투리는 곧 반합을 놓을 구덩이를 만들었다.

이윽고 조국의 한 골짜기에는 문둥이들이 태우는 삭정이에서 가느다란 연기가 하늘을 향해 높이 올랐다.

산골은 어둠이 한결 빨랐다. 그들은 가볍잖은 짐들을 지고 종일을 나부댄 셈이지만, 꽤 늦게까지 모닥불을 에워싸고 앉아 있었다.

우노인은 그때야 비로소 이군(까투리의 성이 이가였다)도 알아두라는 듯이 자기를 도와준 최국장이란 사람의 이야기를 대충하였다. 그리고 그의, 의리를 잊지 않고 인간을 아끼는 고마운 뜻을 자기 혼자서만 받을 수 없었다는 자기의 심정도 아울러 털어놓았다.

"내사 곧 죽을 사람이고—"

우노인은 한결 심각한 목소리로,

"가끔 우시개삼아 이야기는 했지만 죽기 전에 인간단지를 꼭 한번 맨들어보고 싶었다. 자네들은 내 뜻을 누구보다 잘 알아주고 또 친부모처럼 돌봐준 것을 고맙게 생각하지만, 오늘부터 나는 자네들을 동지로서 믿는대잇……"

치구와 이군은 새삼 긴장된 표정을 지었다. 우노인은 말을 계속했다.

"인간단지! 그 말이 덜 좋거든 '문딩이 공화국'이라 캐라! 문딩이도 인간이니까 말이다. 대통령도 문딩이는 인간이 아니라고는 몬 할 기 앙이가? 도처에 무슨 단지 무슨 단지들을 맨들어싸니 우리도 한번 맨들어보자 말이다. 알겠지?"

모닥불 빛에 비친 그의 눈은 노인의 눈 같지 않았다. 이상한 광채가 도는 것같이 느껴졌다.

"만약 몸만 성하다면 더럽은 놈의 세상을 한번 싸악…… 나이도 나이고 몸도 이러고 보니, 이왕 죽을 바엔, 또 어떤 놈들의 무슨 단지가 댈지도 모르는 땅이니, 인간단지라도 맨들어보고 죽을라네. 안 대면 내 목숨하고 바꿔서라도……"

굉장한 기백이었다. 그러면서도 그것이 무슨 유언 같기도 했다.

"그기싸 안 대겠습니꺼. 돈 있고 권력 있는 놈들은 나라 땅에 돼지단지도 맨드는데 아무리 문딩이라도 문딩이단지 맨드는데 차마 쥑이겠능기요."

치구도 자신 있게 말을 했다.

우중신 노인을 가운데로 하고 세 사람은 나란히 누웠다.

이군부터 코고는 소리가 들렸지만, 우중신 노인은 좀처럼 잠이 들지 않았다. 처음에는 그 자리에서 죽은 아내의 생각이 끈덕지게 되살아났으나 생각을 다시 현실로 내몰았다.

그래도 자꾸만 과거가 잊혀지지 않았다. 남들은 비웃을는지 모르나 자기 딴에 제법 욕심을 가지고 부모의 뜻을 거역하고 아내까지 버려가며 선배 동지들을 따라 독립운동에 가담해 보았지만 그도 저도 안 되고 해방 후는 병신 몸이라 친일파 모리배들이 득실거려도…… 생각할수록 분하고 자기의 일생이 한스러웠다. 베갯잇도 아닌 낙엽 위에 지는 눈물이 부질없이 그의 목을 차게 했다.

'죽은 아내에 대한 속죄로서라도……!'

기어코 거기에 '인간단지'를 만들어보리란 결심을 굳혔던 것이다.

"와 통 안 주무시네요?"

치구도 잠이 안 왔던지 이렇게 물었다.

우노인은 그저 "글쎄"라고만 했다.

이튿날 우중신 노인은 치구와 이군을 다시 자유원으로 내보냈다. 많은 환자들이 박성일 원장의 처사에 불만을 품고 있을 때가 좋았고, 한편은 몇 사람만 우선 왔을 때 부근 부락민들이 들이닥치면 세 부족으로 곱다시 쫓겨나고 말겠기 때문이었다.

"빨리 서둘도록 해야 한다……"

우중신 노인은 자기 키보다 긴 지팡이를 짚고 서서, 저만큼 내려가는 두 사람을 보고 한 번 더 다짐을 했다.

우중신 노인은 그들을 보낸 뒤 곧장 서쪽 버덩[23]으로 올라갔다. 옛날 복둘이와 밭을 일구고, 조랑 고구마랑 무를 심던 곳이다. 지금은 물론 다시 가시덤불과 마른 풀들로 덮여서 옛날의 모습은 찾을 길이 없었지만 그의 머릿속에는 그때의 일들이 역력히 떠올랐다. 그는 무심코 지팡이 끝으로 땅을 푹푹 찔러 보다가 약간 노글노글해 보이는 흙을 한 줌 쥐어 보았다. 양지바른 곳이라 촉촉하긴 해도 그리 차지는 않았다. 아니 도리어 훈기 같은 게 느껴졌다. 동시에 그는 이상한 충격을 받았다.

갑자기 죽은 아내의 손이 또 생각났던 것이다. 그녀는 손이 작은 편이었다. 조그만 손이 토실토실하고 예뻤다. 오랫동안 거친 농사일에 시달렸음에도 불구하고 타고난 모습과 보드라움은 좀처럼 가셔지지 않고 있었다. 그 자그만 손으로 그녀는 열심히 그 흙을 파고 곡식과 채소를 가꾸곤 했던 것이다. 사실은 그녀의 손이 제대로의 아름다움을 지녔을 때는 그 손에 애무를 받아보지도 못했고, 또 애무를 해주지도 못했지만 이상하게도 그때의 기분은 그녀가 죽을 때까지 자기가 미처 몰랐던 그 손의 아름답고 의젓했음을 불같이 일어나는 상상력에 의해서 새삼 실감케 했다.

그러나 그렇다고 해서 한갓 그립다든가, 슬프다든가, 감개가 무량하다든가 하는 그런 축축한 감정에만 젖어 있지는 않았다. 느닷없이 기억 속에서 떠오른 조그만 손은 마치 하얗게 박제라도 된 것처럼 이내 그의 넋을 내리눌렀다. 그는 잠깐 전신에 소름이 돋는 듯한 기분이었다. 곧 정신을 가다듬었다. 그러나 그 하얀 손의 환상을 떨어버리려고는 하지 않았다. 아니 도리어 꽉 붙들고 싶었다. 남들은 거기서 죽은 아내와, 지금 거기 서 있는 자기의 오늘의 운명을 기박하다든가 기구하다든가 할는지도 모르나 당자인 본인은 새삼 운명 따윈 믿지도 생각하고 싶지도 않았다. 모든 것이 자기의 잘못, 인간의 잘못이라고만 새겼다. 요컨대 인간의 용기 부족과 노력의 부족이 가져온 결과일 따름이었다.

'그러나 이번만은……'

그는 한결 마음을 가다듬으면서 주위를 둘러보았다. 너울께를 메우던 힘의 십 분의 일만 들여도 그 질펀한 버덩이 훌륭한 밭이 될 것만 같았다. 문둥이의 공화국이!

오후에도 그는 낯익은 버덩으로 올라갔다. 버덩에서 다시 산꼭대기까지 올라갔다. 하늬바람에 억새꽃처럼 흰 수염을 휘날리며 그는 발아래 멀리 굽어보이는 행길²⁴과 여기저기 산재해 있는 촌락들을 바라보았다. 행길은 가끔 구름이나 숲에 가려지면서도 산기슭과 들녘을 끈덕지게 누비어 나갔다. 자동차가 지날 때는 먼지를 뿌옇게 올리기도 했다. 그러한 차량들이나 또 사람들이 마치 개미같이 보이기도 했다. 초라했다. 물론 촌락들도 개미둑처럼 어설프고 초라했다. 산이라든가 들녘이 주는 만고불변의 굳건한 인상에 비하면, 그 위를 기어 다니는 차량이라든가 사람, 혹은 납작하게 땅에 붙어 있는 촌락…… 이런 따위 인간의 수작들은 마치 무슨 장난감 같은 인상밖에 주지 못했다.

"기껏해야 육, 칠십 살다 죽는 인간……"

그걸 어떻게 하자고 권력을 가지겠다, 돈을 뭉텅 벌어 보겠다, 사리사욕을 위해서 생떼를 쓰고, 남을 모함하고, 사기와 협잡을

밥 먹듯 하고, 큰놈에겐 빌붙기를 일삼으면서도 겉으로는 뭐니뭐니 해서 뻔지르르한 명분을 내세우고 있는 유상무상들이 덧없다든가, 구역질이 난다기보다 그날의 우중신 노인에게는 도리어 어떤 엉뚱스런 생각을 갖게 했다. 결국 가짓부리에 지나지 않는 명분을 개가죽 무릅쓰듯 코에 걸고, 한평생 우쭐거려 본댔자 결국은 개뼈다귀 같은 인생! 자기는 이미 다 산 목숨이다. 그 칠십 평생의 비겁하고 너절하고 더러움을 하루아침에 확 씻어버릴 도리는 없을까……?

자기는 이미 올 데까지 온 것 같았다. 그리고 지금 버티고 선 그 자리가 문득 자기 생애의 마지막 고비 같은 예감이 자꾸만 들었다.

"어―잇!"

우중신 노인은 먼 아래쪽을 향해서 있는 힘을 다해 소리를 내질렀다. 그 산 발치의 개미허리 같은 고개를, 이삼십 명가량의 문둥이들이 떼를 지어 넘어오고 있었다. 그는 별안간 '모세'라도 된 듯, 다시 소리를 내질렀다.

흩진 세 식구가 불과 하루 사이에 자그마치 이십여 명으로 늘어났다. 천막도 두 개가 더 붙었다. 며칠 뒤엔 다시 식구가 붙었다. 식구가 도통 오십 명 선을 넘어섰다.

이 급조 천막 지대의 입구에는 어느덧 흰 널빤지에 빨간 글씨로 '인간단지'라고 쓴 팻말이 세워졌다.

치구는 원래 그들의 거주지 시청으로 가서 오십여 명의 퇴거증을 한꺼번에 받아와서, 새로 정착한 곳의 군청에 내놓았다.

군청 사회계 직원들은 눈이 둥그레지면서 어쩔 줄을 몰랐다.

"××시에 배정되던 양곡을 이리로 돌리면 안 되오!"

여러 소리 늘어놓을 것 없이 이러고서만 돌아섰다. 그날도 자유원에서 몇 사람이 더 와 있었다. 그들의 말에 의하면 박성일 원장이 아주 노발대발하고 있다는 것이었다. 심지어 배은망덕한 놈들이라면서,

"제 놈들이 이곳을 빠져나간다고 해서 어디 가 발을 붙일 수 있나 보자. 미구에 오도 가도 못하고 거리에서 굶어 죽을 것이 뻔한데……"

이것은 떠난 사람들에 대한 악담인 동시에, 한편 남아 있는 사람들에 대한 위협이기도 했다.

결국—바로 그 이튿날 아침나절이었다. 면사무소 직원 두 사람과 파출소 순경 한 사람이 함께 그 괴상한 간판 — '인간단지'를 찾아왔다.

"이곳 반장이 누구요?"

제일 나이 들어 보이는 한 친구가 자기들의 신분을 밝히면서 막사의 흙담을 쌓고 있는 한 패를 보고 물었다. 아무 데라도 애국반이란 게 있는 듯이 말하는 걸 보아서 역시 면직원이 틀림없었다.

"반장은 없소만 저 언덕 위로 가보시오."

일행은 두말 않고 그들이 가리키는 언덕 위—버덩 쪽으로 갔다.

거기서는 수십 명의 음성 나환자들이 패를 나누어 밭을 일구고

있었다. 역시 같은 사람이 같은 소리를 했다.

"반장이란 건 없소만 무슨 일로 왔소?"

우중신 노인이 일동을 대표하듯 말했다.

찾아온 이유는 간단했다. 뻔한 것이었다──왜 허가도 받지 않고 함부로 여기 들어왔느냐, 그것도 그렇거니와 이 아래 부락들이 발칵 뒤집혀져서 면이랑 파출소로 몰려와 그냥 두지 않겠다고 야단들이니 빨리 본래 있던 자유원으로 되돌아가도록 하라는 것이었다.

우중신 노인은 잠깐 생각했다. 할 말이 없어서가 아니라, 가장 효과 있는 대답을 가려내기 위해서였다. 게다가 암만 해도 박성일 원장의 부추김을 받은 것 같은──말하자면 박원장과 꼭 같은 부류의 사람들이란 생각이 들어서 노여움이 한결 더했던 것이다.

"허가라니 누구의 허가를 받아야 합니까?"

우중신 노인은 결국 이렇게 되물었다.

"그야 관청의 허가지요."

면서기의 대답도 퉁명스러워졌다.

"글씨요, 관청이라 하지만 관청도 하도 많으니 어느 관청인지? 면입니까, 파출솝니까, 아니면 군청? 도청? 어느 쪽입니까?"

"이 영감이 누굴 보고 따지는 거요?"

면서기는 결국 화를 버럭 냈다.

"따지는 기 아니라, 몰라서 묻는 거 아니오."

"좋게 타이를 때 알아서 하시오. 괜히……"

파출소가 한마디 거든다.

"글씨요, 누가 덮어놓고 반대를 합니까. 순서를 아리키 달라는 거 아입니꺼. 면이면 면이다, 군이면 군이라고."

어쩌자는 건지 세 사람의 방문객은 서로 얼굴만 잠깐 쳐다보았다.

"이 늙은 것도 법률을 전연 모르는 건 아니오만, 소위 헌법에 규정된 '거주의 자유'란 거 말임더. 집 없는 국민이 건축 허가가 필요치 않은 깊은 산중에 있는, 노는 나라 땅에 움집을 짓거나 거기서 살 때도 허가를 꼭 맡아야만 대는 건지 어떤지? 내 생각 같애서는 애기의 경우처럼 출생에는 허가가 필요치 않고, 낳은 후 신고만 하면 되듯이, 거주의 경우도 필요하다면 신고만 하면 되지 않을까 싶은데……?"

"그렇지만 당신네들의 경우는 다르지 않소?"

역시 나이든 면직원의 말이다.

"문딩이니까? 그러나 여기 온 사람들은 모두 음성입니다. 나라에서 성한 사람과 아무 차별 대우도 하지 않는 그런 국민입니다."

우중신 노인은 시종 침착한 태도를 보였다.

"아무튼 우리는 여러분들을 위해서 그러는 겁니다. 상부의 명령도 그렇고, 또 부근 주민들이 어떤 짓을 할는지도 모르니까요……"

경찰은 경찰다운 소리를 했다. 면서기들보다 솔직한 데가 있었다.

이렇게 해서 그날은, 결국 서로 어떻게 하겠다는 약속도 타협도 없이 헤어졌다.

그리고 이틀 뒤.

간신히 자리 잡은 '인간단지'의 천막들은, 벌떼같이 몰려든 인근 주민들에 의해서 순식간에 여지없이 헐리고 말았다.

반항을 하던 환자들은 모조리 떡이 되어 쓰러졌다. 몸도 성치 못한 사람들이 많은데 그렇게 불시에 습격을 받고 보니 어찌할 도리가 없었다. 그저 울음만 나올 따름이었다.

수라장이 된 뒤에야 관청에서 현장 조사가 나오고 조사를 해간 뒤는 그저 그뿐이었다. 그것으로 끝난 셈이었다.

문둥이가 아닌 '문둥이'들은 울음을 그쳤다. 울어보았자 소용이 없음을 깨달았기 때문이다. 아무리 악을 저지르고 부정을 하더라도 상대가 강한 자일 때는 입도 달싹 못하는 주제에, 약한 자에 대해서는 병이 다 나았더라도 내처 문둥이 취급을 하는, 그러한 사회의 방관과 천대 속에서 결국 '인간단지'의 식구들은 법의 혜택조차 입지 못하는 이방인이란 것을 뼈저리게 느낀 셈이었다.

국회의원 선거 때 무슨 투표를 해줬느니 어쩌느니 하는 소리도, 하는 놈이 바보다.

'인간단지'의 식구들은 부상자들을 가운데 두고 모두 침통한 표정들을 하였다. 결국 억울함을 호소할 길조차 없는 문둥이 아닌 '문둥이'들의 대회 같은 것이 되었다.

"모두 어짤레?"

우중신 노인은 비장한 어조로 이렇게 물었다. 누가 발론을 한 것도 아니지만 그는 벌써 '인간단지'의 지도자처럼 돼 있었던 것이다.

모두 뭉클해서만 있는 걸 보자, 우노인은 예의 앙칼진 목소리로,

"이곳을 쬐겨나면 우리는 지는 거다. 다시는 갈 데가 없데잇! 그러니까 자유원으로 도로 돌아가고 싶은 사람은 일찌감치 돌아가도록 해라."

아무도 되돌아가려고는 하지 않았다.

이내 모두 흩어져서 일부는 허물어진 천막을 고쳐 치고, 일부는 일구던 밭을 계속 일구었다.

터진 머리를 붕대로 싸맨 치구는, 부락민들이 빼 던진 '인간단지'란 팻말을 다시 찾아 세웠다. 그리고 그는 우노인 곁으로 와서 장시간 이야기를 하였다.

다음날 치구는 경기까투리를 데리고 읍으로 나갔다. 저물기 전에 돌아온 그들의 배낭 속에는 소금 따위 극히 필요한 물건들과 함께 이십여 개의 낫이 들어 있었다.

가까운 부락들에는 안 갔지만 먼 데 동냥을 나갔던 사람들은 계속 수상한 소문들을 듣고 왔다. 그만큼 했음 떠날 줄 알았던 문둥이들이 내처 버티고 있으니까 이번에는 아주 밖으로 내쫓는다, 정 안 들으면 모조리 강에다 밀어넣어 버리겠다고까지 벼른다는 것이었다.

"미친 놈들! 즈그만 살라는 땅인가? 어데 해보라지……?"

우중신 노인은 모두 들으란 듯이 일부러 큰 소리로 구두덜거렸다. 밤에는 늦게까지 모닥불을 피워놓고 놀았다. 그러면서 습격

을 당한 이야기와, 또 그런 일이 있으면 어쩌겠느냐는 이야기들
이 으레 나왔다. 속담에 문둥이가 풍은 대풍이라고, 모두 큰소리
들을 쳤다.

맞서 싸우자는 정도가 아니었다. 정말 또 내쫓으러 온다면 놈
들하고만 싸울 게 아니라 놈들이 사는 동네까지 마구 덮치자는
놈도 있었다. 나라가, 법이 국민을 못 지켜 줄 바에는 자기들의
힘으로 그러한 불법을 막는 수밖에 도리가 있겠느냐는 주장들이
었다.

그들은 의논한 결과 향토예비군처럼 반을 나누고, 밤에는 제법
보초까지 다 세웠다.

그와 동시에 부근 주민들의 동정을 살피는 정보 활동까지 개시
했다.

하루는 동냥을 나갔던 한 패가 지레 돌아왔다. 온다는 것이었다.

"한 집에서 한 사람씩 꼭 나오게 대(돼) 있담더!"

"응……"

우중신 노인은 무슨 계책이라도 서 있는 듯이 심각한 표정을 지
어 보였다.

곧 '인간단지'에 비상소집이 내렸다. 모두 보통 때와 같이 일을
하다가 부락민들이 또 몽둥이를 들고 올 때는 곧 한곳에 모이기
로 했다.

"먼저 손을 대서는 안 댄데잇! 저쪽에서 기어이 덤빌 때는, 그
때는 한번 해보자 말이다. 알겠나? 이기고 지고는 이번이 마지막
이다."

우중신 노인은 이렇게 당부를 하고 치구를 시켜 몇 사람의, 손가락 없는 불구자만을 천막 안으로 불러들였다. 힘으로는 못 당할 테니 악으로써 대결을 하자는 것이었다. 그는 손가락이 없는 팔뚝들에 낫을 한 자루씩 동여매었다. 그러니까 한 사람이 두 자루씩 가진 셈이었다. 이것이 그날의 소위 특공대와 같은 것이었다.

"놈들이 간대로 때리쥑이지는 몬할 끼다. 이래서 우리들의 결심을 비이자[보이자] 말이다."

"멋하면 한 놈 쥑이고 나도 죽을라요!"

이마가 몹시 까진 '소신랑'이 역시 표독스런 소릴 했다.

결국 올 것은 왔다.

이백여 명의 장정들이 백주에 괭이며, 삽, 몽둥이 들을 들고 몰이꾼처럼 몰려왔다. 어느 얼굴을 보나 인간 백정이다.

오십 명 남짓한 '인간단지'의 식구들은 우선 손에 쥔 것 없이 그들의 천막 앞에 앉아 있었다.

부락민들은 천막들을 죽 에워쌌다.

구장인지 뭔지 얼굴이 넓적하고 입이 메기처럼 커다란 사람이 겁에 질려 있는 듯한 단지의 사람들을 보고 명령을 하듯 했다.

"여러 말 할 것도 들을 것도 없으니 곧 이곳을 떠나시오!"

목소리도 입따라 우렁찼다.

경기까투리가 일동을 대표해서 따지려들었다. 그러나 그는 두 마디도 못 하고 구장인 듯한 사내의 발길에 차여 넘어졌다.

단지민들은 우꾼하려다[25] 말고 천막 안을 돌아보았다.

흰 수염을 덜덜 떨며 우중신 노인이 예의 긴 지팡이를 짚고 경기까투리가 섰던 자리에 나타났다.

"자네 말마따나 여러 말 할 것 없네. 우릴 쥑이라. 우선 나부터!"

우중신 노인은 누더기 같은 윗도리를 확 찢어 젖히며 뼈만 남은 가슴을 쑥 내밀었다.

그러나 구장깨나 해먹을 만한 사람같이 보이는 메기아가리에겐 그까짓 거러지들의 불평이나 위협 따윈 왼눈도 깜짝할 필요가 없었다.

"자네? 이 자식이 머 이런 기 있노!"

메기아가리의 넓적한 손바닥이 우노인의 얼굴을 몰강스럽게 냅다 갈겼다.

쓰러질 듯하다가 일어나는 우노인의 수염으로 피가 벌겋게 흘러내렸다. 우노인의 지팡이가 상대방의 아랫배짬을 지르자, 미처 닿기도 전에 또 한 부락민의 괭이가 느닷없이 우노인의 정수리를 내리쳤다. 퍽! 하는 둔탁한 음향과 함께 쓰러진 우노인의 눈은 금방 하얗게 뒤집혀졌다. 거의 순간적인 일이었다.

떼를 지어 앉아 있던 '인간단지'의 식구들은 우꾼하고 일어서고, 천막 안에서는 두 팔에 낫을 동여맨 십여 명의 젊은이들이 튀어나왔다.

한참 난투극이 벌어졌다. 천막은 헐리고 '인간단지'의 식구들은 여기저기 쓰러졌다. 부락민도 더러 낫에 상했다. 이건 그저 싸움이 아니라, 바로 죽이고 살리고 하는 전쟁이었다. 세 부족으로 달

아나던 경기까투리를 비롯한 젊은 환자들은 드디어 몇 갈래로 나
뉘더니 비호같이 산길을 내리쏘았다. 이젠 그들의 머릿속에도 조
국이니 동포니 하는 생각은 요만큼도 남아 있지 않았다.

위치 位置

"경찰서에서 좀 나오라 캅니더."

눈이 동그랗게 생긴 상고머리 소년 직공이 나를 보자마자 수인 사(修人事) 겸 이렇게 말했다.

"와?"

내가 다그쳐 묻자, 소년이 미처 대답을 하기 전에 구둣방 주인 인 친구 장군(張君)이 깜빡 잊었다는 듯이 얼른 받아서,

"참, 그런 일이 있었다 캤제? 이유사 뻔한 거 앙이겠나. 가보게. 그러나 어설푸게 굴어서는 안 댄다잇!"

좁은 구둣방 안이 저렁저렁 울릴 정도로 그는 허우대 따라 목소 리가 굵었다.

내가 동아일보 동래지국을 인수한 지 꼭 사흘째 되는 날이었다. 소위 일장기 말소 사건(日章旗抹消事件)으로 무기 정간을 당했다 가 근 일 년이 되어 겨우 복간이 된 뒤에도, 내처 고분고분 말을

잘 안 듣고 일제의 식민지 정책을 비판해오던 동아일보는 당시 총독부로부터 자진 폐간을 강요받고 있었다. 오라는 곳은 물론 한국인의 사상 관계를 다루는 고등계란 데였다. 이름만 들어도 정나미가 떨어지는 곳이다.

물론 나는 그들이 부르는 이유를 십분 짐작하면서 갔다.

배코머리를 한 계장이란 사람은 내가 간 뜻을 말하자, 그 배코머리를 더욱 인상 깊게 새겨주기라도 하려는 듯이 두어 번 끄덕끄덕해 보이더니,

"당신이 새로 온 지국장이오? 거기 좀 걸치시오, 지국장님!"

이렇게 능청을 부렸다. 직업에서 얻은 버릇일 테지만 잠깐 흘겨보는 듯한 그의 눈초리에는 식민지 백성을 대하는 소위 본토인의 티가 완연히 나타나 있었다.

명함을 미처 준비하지 못한 나는 그저 그렇다고 했다.

"지국을 맡았음 한번쯤 들러주셔야죠. 물론 바빠서 못 오셨을 테지만……"

배코머리는 내처 능글맞게 이런 투의 자문자답을 하면서 담배를 꺼내 물더니, 내게도 권했다. 나는 아니꼬워서 내 걸 피워 물었다.

"교원을 했다지요? 교원보다 신문 장사가 나을까요, 돈벌이가……"

그는 드디어 이상한 미소를 지으며 넌지시 이쪽 눈치를 살피기 시작했다.

"글쎄요, 해봐야겠죠."

내 과거와 또 신문을 인수한 동기 같은 걸 미주알고주알 다 알고 하는 소리라고 짐작되었기 때문에 그저 이런 식으로 얼버무려 넘겼다.

"신문도 물론 장사에 속하겠지만 정확한 걸 써줘야 되겠더군요."

그는 일부러인 듯 커다랗게 벌린 입에서 담배 연기를 한 번 무덕지게 내뿜고는 말을 계속했다.

"가령 독자가 갑자기 줄어든다든가, 수송 도중에 일부 분실이 된다든가, 또는 배달원이 누구에게 얻어맞는다든가 할 경우 말입니다. 그런 걸 마치 관이나 그런 데서 방관하고 있다든가, 더 심한 예로는 일부러 시켜서 그러리라는 듯한 느낌을 주는 논조로 비뚤어지게 보도하는 따위 말입니다!"

그래서야 되겠느냐는 일종의 으름장 비슷한 말을 했다. 그러고는 은근히 내 대답을 기다리는 눈치였다.

나는 어설피 굴어서는 안 된다는 장군의 말이 문득 생각나기도 해서 적당히 말했다.

"정확한 보도——그렇지요. 사실을 사실대로 정확하게 보도하는 것이 신문의 사명일 테니까요."

이럴 때 나는 방 안의 모든 눈초리가 나를 노려보는 듯한 느낌이 들었다.

일종의 탐색전이었던지 상대방에서는 그 이상 더 묻지도 않았고 이쪽에서도 더 말할 필요가 없었기 때문에 나는 곧 그곳을 물러나왔다.

'하필 배코머리가……'

기분이 아주 언짢았다. 어릴 때부터 일본인들의 배코머리를 싫어해온 탓이리라. 군인 출신의 일본인들에게 그런 게 많았고, 또 내가 만난 배코머리의 일인들 가운데는 유달리 표독한 성깔을 지닌 사람들이 많았기 때문이다.

그러나 더럽게 걸렸다는 생각과 아울러 적개심도 한결 치밀었다. 능글맞게 사람을 쏘아보는 놈의 눈초리도 얼른 잊혀지지 않았다.

지국——이라기보다 지국 간판이 한쪽에 걸려 있는 장군의 구둣방에 돌아오자, 장군은 오래 기다렸다는 듯이 나를 쳐다보았다.

"행내기'가 앙이제? 일본군 특무대 냄새가 안 나더나? 그래 머라 카더노? 내 말도 하제?"

장군은 여러 가지 질문을 한꺼번에 쏟아놓았다. 그의 부리부리한 눈에는 이상한 미소가 담겨 있었다.

"자네 얘긴 안 하데."

나는 우선 그를 안심시키듯 해놓고, 특무대 출신이란 그 배코머리가 하던 말을 그대로 옮겼다.

"달〔닭〕 잡아묵고 오리발 내놓는 격이지. 즈그가〔저희들이〕 신문 방해를 안 했다꼬? 쳇! 사무실 얻는 데까지 온갖 심청을 다 부리 놓고서도……"

장군은 코웃음을 쳤다. 코웃음을 치는 장군의 말을 듣지 않더라도 그가 부하들을 들볶아서 동아일보 독자 명단을 만들어서 우선 말랑한 사람들부터 찾아가 신문을 끊도록 들쑤신다든가, 심지어

술도가(都家) 같은 데서 신년 축하 광고 내는 것까지 방해를 했다는 것은 이미 동래 사회가 다 아는 일이었다.

사무실 문제만 하더라도 바로 내게 빌려주겠다고 약속했던 친구가 갑자기 찾아와서 다른 델 구해 달라고 되레 사정을 하지 않았던가? 놈들의 압력 때문에 사업에 지장이 많다는 것이었다.

"사무실 빌려주는데 자네 사업에 무슨 지장이 있노?"

나는 알면서도 헛말삼아 이렇게 빈정거렸더니,

"말 말게, 이 사람. 경제 경찰을 보내서 장부 압수를 해가지, 세무서를 통해서 온갖 지랄을 다 하지…… 말 못 하네, 말 못 해."

이밖에도 얼마든지 음성적인 박해 방법들이 있다는 것이었다. 제국주의나 독재 정권들의 언론에 대한 음성·양성의 탄압은 어딜 가나 마찬가지라고 생각했다.

더구나 내가 동아일보의 지국을 맡은 1940년은, 우리 민족을 완전히 말살시키려던 소위 내선일체(內鮮一體)에서 한걸음 더 나아가, 동아공영권(東亞共榮圈)의 자유와 번영을 위한다는 얼토당토않은 구실을 내걸고서 중국 본토까지 마구 짓밟던 무렵이다. 일제는 자유와 번영이란 말을 무슨 보도처럼 내두르면서도 우리가 자유 언론이란 말만 해도 마구 잡아다가 족치던 판이다.

사실 동아일보의 자진 폐간 강요만 하더라도 저들이야 무슨 핑계를 하든 우리 민족의 완전 말살과 소위 대동아전쟁의 총알받이로 우리 청년들을 내몰기 위한 수작의 하나였다.

그러니까 비록 사무용 책상 하나 만만히 들여놓을 수 없는 구둣방에나마 동아일보의 간판을 걸어놓게 된 것만 해도 군 특무 출신의 배코머리로서는 안달이 나서 담배 연기를 확확 내뿜을 만큼 아직은 다행한 일일는지도 모른다.

"가세!"

나는 선걸음에 장군의 손을 끌었다. 배코머리의 얄미운 태도가 자꾸만 머리에 떠올라서만이 아니라, 그런 세월인데도 불구하고 가뜩이나 '조선사상범 보호관찰령'이란 일제의 올가미에 묶여서 줄곧 감시를 받고 있는 장군이 관에서 그렇게 싫어하는 동아일보의 간판까지 자기의 구둣방에 걸게 해준 것이 한없이 고맙고 어엿하기도[2] 해서 별안간 한잔 하고 싶은 생각이 났던 것이다.

"벌써?"

그는 다소 망설였다. 아직 이르지 않느냐는 표정이었다. 그러나 하는 수 없이 육척 거구를 조그만 나무의자에서 일으켰다. '가세!'라면 벌써 서로 통하게 돼 있었다.

장군의 구둣방이 마침 시장 입구쯤에 자리 잡고 있었기 때문에 부근에는 허름한 목로집들이 많았다. 양산집이란 순댓국집이 장군의, 아니 우리들의 단골집이었다.

"오늘은 좀 일찍이네요?"

서른 남짓한 나이의 양산댁은 나와도 벌써 친숙해져 있었다.

"이지국장님이 아마 양산댁한테 쫄딱 반한 모양이지. 이렇게 일찍부터 사람을 끌고 오는 걸 보면……"

장군은 이런 농담을 하며 먼저 털썩 걸쳤다. 의자가 약간 휘청했다.

"오늘은 좋은 일이 있어서…… 자, 우선 한 되."

나는 술부터 청했다.

"또 무슨……?"

우리가 좋은 일이라면, 양산댁은 벌써 그 반대로 곧이들을 만큼
돼 있었다. 그것은 장군이 들인 버릇이라고 생각되었다. 식민지
의 옳은 천더기[3]들은 술로써 그날그날의 억눌림과 불평을 새기게
마련이었으니까.

"신문 맡은 거 후회 안 되나? 십 년 공부 나무아미타불이라더니
구 년 근무한 퇴직금까지 몽땅 털어 넣고서……"

장군은 또 이런 식으로 나왔다. 벌써 몇 번째 그로부터 듣는 소
리다. 그는 일찍부터 청년동맹에 가담하는 등 그런 의미의 사회
적 활동에 있어서는 나보다 훨씬 선배의 입장에 있었던 것이다.

"후회는! 이 길밖에 내게는 없잖았나?"

사실 우리말, 우리 역사 못 가르치게 될 바에야 교육계에 더 남
아 있을 필요도 정도 없었던 것이다.

장군과 나는 이내 술이 거나하게 되었다. 꽤 시간이 흘렀다.

"인자 그만 돌아가세. 처가살이하는 사람이 밥이나 지때[제때]
묵우 주야지."

장군은 또 이런 농담을 했다.

"이왕 늦었으니 저녁은 여기서 순댓국으로 때우고 말란다. 장
모 눈칫밥보다는 그 편이 나을 끼니까."

처가살이란 말이 약간 귀에 거슬렸던 것이다.

"천벌 맞을 소리 말아라. 자네 장모님이 어떤 분이라고 함부로
그런 소릴 하노? 내 같은 젠장 사우란 놈이 땡전 한 푼도 없이 자

식 새끼만 넷이나 줄느런히[4] 데리고 와 봐. 미쳤다고 그걸 에우고 싸고 해주겠나? 당장 모두 내쫓아버리지!"

장군은 내가 취중에 한 소리를 진정인 줄로 들었는지 이렇게 버럭 화를 냈다.

그날 밤 나는 잠을 잘 이루지 못했다.

양산집을 나와서 옛날 나무전 골목을 돌아 처가댁 대문 가까이 왔을 때 나는 수채를 향해 웅크리고 앉았다. 손가락을 목구멍 깊숙이 집어넣었다. 술을 조금만 과히 해도 곧 게우는 버릇이 있었던 것이다.

몇 번 웩웩 하고 막 손수건을 꺼내 손과 입을 닦고 있자니까, 별안간 등 뒤에서 웬 발소리가 자박자박 들렸다. 순간, 나는 일어서는 것을 잠깐 멈추고 그대로 고개를 숙인 채 있었다. 다행히 골목 안이 어둠침침했다. 지나가던 발소리가 웬일인지 가만가만 되돌아오는 것 같더니,

"아이고마, 우리 김서방 앙이가? 와 여게서 이라고 있노. 어서 집에 들어가자."

장모의 놀란 목소리였다. 하필 그날에야 어딜 갔다 늦게 돌아오던 길인 모양이었다. 나는 어쩔 줄을 몰랐다. 장모는 부리나케 나를 껴안듯 해서 일으켜 세웠다.

"죄송합니더."

"죄송할 게 멋고, 이 사람아! 집에 가서 토하지, 와 여게서 이라고 있노, 응?"

제 집이 아니라서 만만찮아 그럼을 촌탁[5]했던지 나무란다기보다 오히려 위로하는 듯한 말눈치였다.

"죄송합니다."

"또 그런 소릴 하제?"

장모는 내 손을 꼭 쥐고 따라왔다.

대문을 들어서자 나는 바른총으로[6] 우물가로 갔다. 손만 씻고 막 일어서려니까 뒤에서 누가 윗도리에 손을 댔다. 아내였다. 그녀는 내 허구리를 한 번 가볍게 찌를 뿐 말이 없다. 어두우니까 표정은 보이지 않았다. 틀림없이 조금은 화를 냈거나 아니면 찡그린 상이리라 싶었다. 내 집 같음 그냥은 안 있을 텐데……! 쳇, 이게 다 처가살이의 덕이려니 생각하고 양복 윗도리를 벗어주고 다시 세수를 했다.

내 식구가 거처하는 방은 안채의 곁방이었다. 네 아이 중 위의 두 놈은 아직 채 잠이 안 들고 있었다. 두 눈이 말똥말똥해가지고 나를 흘끗 쳐다보았다. 아마 제 어미가 또 내 얘기를 하고 있지 않았나 싶었다.

장모가 잠시 건너와서 내 저녁 걱정을 하고 돌아갔다.

"채리[차려]오끼요?"

아내는 별 내색도 않고 그저 쳐다보기만 했다.

"괜찮아, 묵고 왔다 캐도."

나는 윗목으로 가서 드러눕기가 바빴다. 자고 싶어서가 아니다. 그럴 때는 그저 그러는 수밖에 도리가 없었던 것이다.

그러고 한 십오 분쯤 지났을까, 모두들 잠이 든 것 같아서, 나는 다시 일어났다. 속이 별안간 답답해졌다. 자리끼를 거의 한 사발이나 들이켠 다음 담배를 꺼내 물었다.

아내는 수잠7을 자고 있었던지 이내 저쪽으로 돌아눕는다.

"조국이 없는 백성들!"

나는 부지중 이렇게 중얼거려 버렸다. 내일의 운명을 모른 채 나비처럼 조용히 잠이 든 네 어린것들의 천진난만한 얼굴과 곱게 빗겨진 아내의 꼭뒤짬을 무심히 번갈아보고 있던 내 눈두덩은 느닷없이 뜨거워오기 시작했다.

'내가 학교만 그만두지 않았더라도……'

술 기분인지 나는 점점 슬퍼졌다——학교만 그만두지 않았더라면, 아쉬운 대로 남처럼 그럭저럭 우리끼리 살아갈 수는 있었을 텐데. 이렇게 다섯 식구나 데리고 처가살이를 하게 됐으니…… 아내 보기에 미안하다기보다, 자연히 기가 죽어갈 아내와, 아이들의 처지가 자꾸만 가엾게 생각되었다. 나이든 부모는 고사하고라도 젊은 올케 대하기도 창피할 아내의 심정이라든가, 벌써부터 어딘지 모르게 기가 죽어가는 듯한 위 두 딸애의 심중이 생각지 않으려 해도 자꾸만 헤아려져 가슴속이 답답해졌다. 아내가 자존심을 송두리째 잃게 된 것도, 아이들이 어딘지 모르게 기가 죽어가는 것도 모두 다 내 죄라고 생각하자 주기(酒氣)마저 사라지는 듯했다.

아이들의 잠든 모습에 또다시 눈이 갔다——어쩜 조렇게도 머리카락이랑 이마랑 눈언저리들이 어미를 닮았을꼬? '두 귀가 얼룩져 엄마 닮았네'라고, 고것들이 곧잘 부르던 「송아지」란 노래가 문득 머리에 떠올랐다. 그것만으로 끝나지를 않았다. 이상하게도 맑아져가던 내 기억 속에는, '우리 새끼들도 모색(毛色)이 다른 어미한테 맡길 것을 나는 울었다'고 흐느낀 정지용의 「백록담」의 한 구절까지가 잇달아 떠오르지 않았던가.

'그렇다, 내가 택한 이 길도 결국은 조것들을 위한 길이 아니던가?'

나는 이렇게 자위를 하면서 다시 자리에 누웠다. 그러나 잠은 내처 청해지지 않았다. 지나온 일들이 파노라마처럼 계속 머리에 떠올랐다.

삼일운동 이후 한동안 누그러지듯 하던 일제의 무단 정치가 '미나미(南)' 총독의 부임을 계기로 다시 고개를 쳐들 무렵이었다. 일본 안에서도 군국주의 거물로 손꼽히던 그는 부임 즉시 '조선사상범 보호관찰령'이란 걸 선포해서 반일 사상을 가진 사람들을 옴짝달싹 못하게시리 감시와 단속을 강화하는가 하면, 한편 내선일체란 구호 하에 우리 민족 말살 작업에 한결 박차를 가했다──저들의 소위 신사 참배, 조선어 교육 폐지, 일본식 창씨개명 따위를 우격다짐으로 밀고 나갔다. 한편 그런 일들을 추진하기 위한 온갖 단체와 제도와 행사들이, 그야말로 극소수의 친일파 민족 반역자들에 의하여, 저들의 말을 빌리면──전국적으로 활발히 일어나고 있었다.

당시 소학교 교원으로 있던 나에게 가장 큰 충격을 준 것은 역시 조선어 교육 폐지에 관한 일이었다.

당국의 계획이야 저희들이 멋대로 짜는 거니까 어쩔 수 없다 하더라도 당시의 우리들의 유지인사란 사람들의 소행은 한마디로 배족적(背族的)이라 아니 할 수 없었다. 당시 '미나미'가 자진해서 민의를 들어보겠다고 마련한 소위 명사(名士) 면회일이란 것이 있었는데, 거기에 초대받은 우리 명사란 사람들의 조선어 교육에 관한 의견이란 정말 끔찍스러운 것들이었다.

일제가 패망한 뒤에도 우리 정부의 요인으로 활약하는 사람도 끼여 있기 때문에 아직은 이름을 밝히기가 곤란하지만, "내선일체는 신(神)의 의사요 동양 정신의 핵심"이라느니, 혹은 세계를 통일하는 것이 일본 제국의 이상이라고 전제해놓고는, "이러한 세계적인 이상을 생각할 때 내선일체 따위는 간단한 일입니다. 조선인이 완전한 제국 신민이 되게끔 하기 위해선 우선 조선말 사용부터 전폐하는 것이 좋을 줄 아뢰오" 등등 듣기만 해도 소름이 끼치는 말들을 서슴없이 뇌까려댔다. '미나미'가 흡족한 미소를 지었을 것은 상상하고도 남을 만하다.

그러나 당시 신문을 통해서 안 이러한 일들보다 더욱 충격적인 것은, 내가 직접 몸담고 있던 교육계에서 저질렀던 일이다. '일부 극소수'가 소위 '절대 다수'로 둔갑했던 해괴망측한 사실이다.

——학무 당국이 조선어 수업 폐지의 구실을 만들기 위해서 전국 소학교에 지시를 내려, 조선어 교육에 대한 학부형들의 찬반 의사를 학생들을 통해 조사 보고케 한 일이 있었다. 결과가 걸작이었다. 누가 묻더라도 조선 사람이 자기 아이들에게 조선말 가르치기를 싫어하는 사람은 없었을 텐데, 설사 있었다 하더라도 구우일모[8]에 불과한 '일부 극소수'의 친일파 민족 반역자들뿐이었

을 텐데, 사실은 그와는 정반대로 '절대 다수'의 학부형들이 조선
어 수업을 원하지 않는 것으로 나타났다는 것이다.

여당지인 매일신보 같은 데서는 보아란 듯이 크게 다루었지만
좀처럼 믿어지지 않았다—조작이다! 거짓이다! 그러나 확실한
증거를 들어 말할 수는 없는 일이었다. 비록 조작이라 하더라도
그것은 우리 자신이 만든 조작이 아니었을까? 우선 내가 근무하
던 학교만 해도 그렇지 않다고 단언하기가 어려웠다.

"내선일체를 위한 중대한 일이니까 그렇게들 알아서 일을 해주
시오."

얼굴이 럭비공처럼 생긴 교장이 임시 직원 회의를 열고서 이렇
게 부탁하였다. 이럴 때의 부탁은 대개 명령과 같은 효과를 가져
오게 마련이다. 뿐만 아니라, 몇몇 교사는 따로 불러서 타이르기
까지 했다.

일본인 교사들은 더 말할 것도 없었거니와 그럴 경우 대부분이
꼭두각시 구실밖에 못하는 우리 교사들도, 방과 후 늦게까지 학
생들을 교실에 잡아두고서 소위 '교육'이란 걸 실시했다.

"요게〔여기에〕 찍으라 캐래잇, 요 동그래미 있는 데 말이다. 알
겠나?"

하급 학년 교실들에서는 이런 날카로운 목소리가 밖에까지 들
리기도 했다. 그러니까 결과는 짐작할 수도 있는 일이었다.

'조선 놈부터 다 죽어야 한다!'

당국만을 저주할 것이 못 된다 생각했다. 물론 나도 공범임을
면치 못하리라. 나는 더 이상 교사랍시고 어린 학생들 앞에 얼굴

을 쳐들고 나설 용기가 점점 사라져갔다.

나는 그날, 동아일보 지국을 내놓고 있던 중학 선배에게 지국을 인수하겠다는 편지를 띄우고 학교에는 사표를 냈다.

당시 동아일보는 폐간 종용을 받은 지 벌써 넉 달째에 접어들었다. 그러니까 강제 폐간의 아슬아슬한 고비에 처해 있었다 해도 과언이 아니었다.

아내는 그러한 신문을 맡기로 했다는 내 말을 듣고는 그저 어리둥절해 할 뿐 아무 말이 없었다.

"당분간 고생은 되겠지만—"

위로 겸 이런 말을 하면서 은근히 동의를 구했다. 당분간이란 건 물론 내가 꾸며댄 거짓말이다.

"……"

아내는 내처 말이 없었다.

수삼 분 지난 뒤 그녀는 겨우 입을 떼었다.

"거처는 어데서 할라꼬?"

이사할 집이나 있겠느냐는 뜻이리라.

"할 수 있나, 당분간 처가 신세를 지는 수밖에……"

나는 별 자신도 없으면서 또 당분간이란 말을 썼다.

순간, 아내의 얼굴에는 수심기가 얼씬 감도는 것 같았다. 여자는 출가외인이란 교육을 받아온 그녀로서는 사십 넘은 친정살이가 딴은 몹시 언짢았을 것이다. 그러나 역시 그 이상은 말이 없었다.

이튿날 아이들은 외가곳에 간다고 철없이 부산했지만, 아내는
여기저기 꾸어 쓴 빚 갚기에 바빴다.

내키지 않았던 친정살이가 아내에게는 첫날부터 고달팠다. 구
년 동안이나 교편생활을 해오던 섬을 떠나오던 날에 하필 궂은비
가 질금거렸기 때문이다. 얼마 되지 않는 이삿짐이라 객선 갑판
에 실었는데 오는 도중에 풍우가 갑자기 심해져서 온통 물에 적
셨다 꺼낸 것처럼 속속들이 젖었던 것이다. 그릇 조각들이야 젖
으나마나지만 책과 옷가지, 그리고 이불이 탈이었다. 당장 입고
덮을 것이 없었으니 말이다.

물에 팅팅 불은 짐덩이들을 처가댁 식구까지 달라붙어서 안팎
청 위에 올려놓았을 때는 떡심이 풀려서[9] 한동안 손도 대기가 싫
었다. 그러다가 대강 풀어만 주고 나는 이내 밖으로 나와 버렸다.
비는 계속 질금거렸다.

저녁에 돌아와 본즉 청, 방 할 것 없이 구지레한 옷가지들이 마
치 세탁소의 헛간처럼 줄줄이 널려 있지 않은가. 물론 이 방에도
이리저리 줄을 쳐놓고…… 나는 아내의 입장에 비로소 동정이
갔다.

'제기랄, 이럴 줄 알았음 짐일랑 차라리 선창가에 맡겨 두고 올
걸……!'

그러나 이미 지난 일이었다.

설상가상으로 그해는 웬 봄장마까지 길어서 비가 여러 날을 추
적거렸다. 따라서 옷가지 말리는 것도 그랬고, 더더구나 이불솜
은 더 오래 걸렸다. 아내는 그때의 일을 이렇게 구두덜거렸다.

“말도 마소. 당신은 신문에 미쳐서 날만 새면 어데로 돌아다녔지…… 메칠을 두고 그놈의 빨래를 치댈라 카이—”

어지간히 진저리가 났던 모양이다.

안청에 걸려 있는 벽시계가 새벽 세시를 알렸다. 젖먹이가 또 칭얼거린다. 아내는 억지로 젖꼭지를 물린다. 젖먹이의 울음소리가 건넌방에 들리지 않게 하기 위해서다.

나는 또 제물에 짜증이 나서 후닥닥 일어나 앉았다.

“와, 애기가 잠을 잘 안 자는가베?”

장모가 또 건너왔다.

“이 사람도 안 잤는가베?”

이번에는 내 걱정이었다.

“저녁도 안 자시고 우짤라 카노?”

사위는 백 년 대객이란 구습에 의해서가 아니라 원래 인정이 많은 할머니였다.

“저녁은 먹었심더.”

“그래? 나는 또 한밥 채리라기 미안해서 그런 줄 알았지. 있는 밥 채리기싸 머 어렵노. 늦더라도 꼭꼭 자시도록 하게.”

역시 저녁을 혹 거르지나 않았나 걱정인 모양이었다.

“어서 좀 자도록 하게.”

장모는 이내 또 큰방으로 건너갔다.

나는 이불을 뒤집어쓰고 말았다.

장군으로부터 급히 좀 나오라는 연락이 왔다. 나는 조반을 드는

둥 마는 둥 하고 지국—아니 장군의 구둣방으로 나갔다. 장군은
거기에 없었다.

"배달 나갔던 아아[아이]가 또 맞았답니더. 신문도 다 뺏기
고."

열심히 구두칼을 갈고 있던 상고머리 소년공이 이렇게 말했다.

"그래? 주인은?"

"그 아아하고 옆에 갔심더."

옆이란 양산집을 가리키는 말이다.

"많이 상했더나?"

나는 먼저 지국장 때 역에서 신문 뭉치를 찾아오던 애가 깡패
같은 놈들에게 걸려서 신문도 뺏기고 머리에 상처가 나도록 얻어
맞은 일이 있었다는 얘기를 연상하고 가슴이 섬뜩했다.

"머 그런 포[표]는 없데요. 옷만 쫄딱 젖어 있입디더."

나는 곧 양산집으로 갔다.

"또 터졌네!"

장군은 내 얼굴을 보자 이렇게 해 던졌다.

순댓국을 훌훌 마시고 있던 소년이 나를 돌아보자마자 미안한
듯이 고개를 꾸벅해 보였다. 소년은 학생복 겉저고리까지 수챗물
에 흠뻑 젖어 있었다. 신문 배달을 해서 학비에 보태 쓰고 있는
고학생이었다.

"세상에 더러분 종자들도 있지요. 돈을 얼마나 받아 처먹었기
에 이런 아아들을 이렇구로 해가며 신문을 몬 돌리게 하는공!"

양산댁은 소년에게 더운 국물을 한 국자 더 떠 부어주며 중얼거

렸다.

"암매, 왜놈들이 발가락으로 맨든 개새끼 같은 놈들이겠지."

장군은 이런 욕지거리를 뇌까리며, 벌써 석 잔째란 식전 소주를 훌쩍했다.

"어데서 그랬노?"

나는 장군으로부터 빈 잔을 받으면서 눈은 소년에게서 떼지 않았다.

"경방단(警防團) 옆 골목에서 그랬심더."

경방단이란 건 일제의 경찰 보조 기관이다. 검정빛 제복이 수시로 들락날락하는 경방단 사무소 옆 다리목에서 당했던 것이다. 그러니까 대강 짚이는 곳은 있었다. 배달 시간은 아직 어둑어둑한 이른 아침이다.

"그놈의 얼굴을 기억할 수 있겠나?"

소년은 고개를 가로저었다. 뒤에서 갑자기 신문을 낚아채고 냇고랑으로 밀어버렸기 때문에 미처 돌아볼 새가 없었다고 했다.

"경방단 옆 골목뿐인가, 조선 천지가 인자 온통 감옥같이 돼가는 판인데 머!"

장군은 내가 꼬치꼬치 묻는 걸 도리어 부질없는 일이라고 나무라기라도 하듯이 뭉클했다.[10]

소년을 돌려보낸 뒤에도 장군과 나는 얼마 동안 더 거기에 남아 있었다.

"한 분 두 분도 아니고…… 놈들이 그렇게 나오는 바에야 우리도 무슨 대책이 있어야 안 대겠나? 우짤래."

장군은 약간 충혈이 된 부리부리한 눈으로 나를 돌아보았다.

나는 얼른 무슨 생각이 나질 않았다.

"내일부터 우리가 그만 배달을 안 해볼래?"

그는 불쑥 이런 제의를 했다. 그와 나 사이에는 어느덧 '공동 경영'이란 생각이 굳어져 있었다. 이해관계가 아니다. 일종의 사명 같은 것으로서였던 것이다.

게다가 농담으로 들어 넘기기에는 장군의 태도가 너무나 무뚝뚝했다.

"한분 그래 볼까? 시위도 댈는지 모르니깐."

"그래 그래, 내 월급은 물론 소주에 순댓국이대잇!"

그는 남아 있는 소주잔을 훌쩍 비우면서,

"수염 난 놈들이 신문 배달할라문 좀 창피는 할는지 모르지만 대신 역사에 남을 일이지. 신문이 탄압받는 걸 보고서 그저 불평만 하는 거는 신문을 뺏기고 울고 돌아오는 아이들보다 더 못난 바보들이 아니겠나?"

속이 틀리면 당장 확 하는 성미였다.

남이 들으면 우스개처럼 들릴 장군의 말이 이튿날부터 곧 실천에 옮겨졌다.

물론 배달하는 소년들을 돕는다는 뜻일 테지만 장군은 기어코 자기가 신문을 챙겨 들고 소년들을 앞세우고 나섰다. 그 장대한 허우대에 어울리지 않는 조그만 신문 뭉치를 끼고 걸어가는 품이 암만 보아도 만화감이다.

그러나 나는 그의 그러한 뒷모습을 카메라에 넣다가 그만 눈시

울이 뜨거워졌다 ── 얼마나 분하고 답답했음 저렇게까지 할
까……?

지나가던 사람들도 이상하게 돌아는 보았을망정 감히 웃지는
못했다.

나는 그날의 일을 기사로 적어 보냈다. 다음다음날 '40대 배달
원 등장'이란 제하에, 접종되는 동아일보 배달 방해에 관한 기사
와 함께 신문을 끼고 나서는 장군의 거대한 뒷모습이 신문에 꽤
크게 보도되었다.

좁은 지방 도시의 일이니 그것이 곧 화젯거리가 되었다. 알 만
한 사람들은 곧 지국, 아니 장군의 구둣방을 찾아왔다. 동시에 구
독자 수도 차츰 늘어갔다. 장군은 그것이 자기의 사진이 신문에
소개된 덕택이라고 너털웃음을 웃어댔다. 지국을 찾아오는 놈팡
이 친구들도 동아일보라 하지 않고 숫제 구둣방 신문이라고 익살
을 부리기도 했다.

그러나 또 한 가지 기쁜 것은, 나의 모교인 동래고보 그해 신
입생들이 무더기로 몰려와서 구둣방에서 신을 맞추게 된 것이었
다. 언론 탄압에 대한 학생들의 반발이기도 했다. 물론 직접 동
기는 장군의 사진이 곁들여진 그날의 기사에서 받은 자극에 있
었다 하겠지만, 이심전심으로 번지는 민족 감정의 발로라고 생
각할 때 여간 흐뭇하지 않았다. 나는 처음으로 신문을 맡은 보람
을 느꼈다.

장군은 갑자기 바빠졌다. 파리를 날리듯 하던 구둣방이 별안간
동래고보의 지정 양화점처럼 되어, 급히 원피(原皮)를 사들인다,

직공을 구한다 해서 하루 몇 차례 부산으로 내려가기도 했다. 좁은 가게에 조그만 이불까지 하나 들여놓았다.

"인자는 자네가 한택 근사하기 사야지? 신문 덕으로 한몫 잡게 됐으니 말이다."

나도 흐뭇해서 이렇게 부추겼다.

"그래, 사자고. 공동으로 말이대잇!"

신문도 늘어나고 구두 주문도 늘어났다는 뜻이리라. 우리는 곧 양산집으로 갔다. 구둣방에도 술과 안주를 보냈다.

"이 기사는 누가 썼소?"

배코머리가 신문을 내게로 밀어대며 표정을 굳혔다. 장군의 뒷모습이 사진으로 나와 있는 '40대 배달원 등장'이란 타이틀의 바로 그 기사가 실린 신문이었다. 빨간 줄이 기사에 둘러져 있었다. 예의 고등계 방이었다.

"내가 썼소. 왜 머 잘못된 데가 있나요?"

기사는 새삼 읽어볼 필요가 없었다. 도대체 무엇을 트집 잡으려는 건지? 나는 배코머리의 얼굴만 쳐다보았다.

"신문 배달은 누가 방해했는데요?"

이쪽에서 마주 쳐다보는 게 못마땅했던지 말하는 티가 한결 딱딱해졌다.

"누가 했다고는 쓰지 않았지요?"

나는 되도록 침착한 태도를 보이며 반문을 했다.

"쓰지도 않았지만(그것이 당신들의 수법이 아니오?) 풍기는 인상이……"

불쾌하다는 눈치다.

"그건 당신 같은 이가 그렇게 받아들이니까 그럴 테죠."

"그리고 또 경방단 바로 옆 골목이라고 했는데, 그 부분도 마치 경방단원이 그런 짓을 한 듯한 인상을 주기 쉽거든. 안 그래요?"

그는 계속 능글맞은 눈초리로 이쪽을 쏘아보듯 했다.

"그것도 지나친 생각일 테죠. 속단이랄까? 억측이랄까? 아무튼 견해의 차라고밖에 볼 수 없지요."

나는 어이가 없어서 선웃음을 지으려다 말았다.

"억측이라고?"

배코머리는 별안간 눈에 독기를 번득여 보이더니,

"무슨 실례의 말을…… 우린 결코 억측으로 일을 하고 있지 않소. 오해해선 곤란합니다. 언중유골이란 말이 있지 않소? 그런 저의쯤도 모르고 일을 하고 있겠소?"

"계장님은 어떻게 생각하셨는지 모르지만 나는 경방단원이 그랬으리라는 저의를 가지고 쓴 것도 아니고, 또 그렇게 생각하고 있지도 않습니다. 이 점만은 명백히 해둡니다."

나는 맺고 끊듯이 말해주었다. 사실 그 기사로는 하등 책잡힐 데가 없었다.

"그래요? 그런데 신문을 털치기"당했다면서도 왜 경찰에 신고는 안 했지요? 그런 것쯤은 아실 텐데……"

배코머리는 의문스런 눈으로 이쪽을 노려보았다.

그 물음에는 얼른 답이 안 나왔다. 신고를 해도 소용이 없기 때문에 그랬노라고 할 수도 없고, 그들의 입장에서 볼 때는 확실히 이쪽의 실수이긴 하다.

"거보시오. 당신들은 우선 경찰부터 의심하고 있다는 증거가 아니오. 안 그래요?"

"……"

나는 끝내 입을 다물었다. 그러는 것은 구차스런 변명을 하는 것보다 오히려 효과가 있으리라고 생각했기 때문이다.

"아무튼 경방단에서 항의 연락이 오고 해서 이렇게 오시게 한 게니까 그 점을 이해해서 뒤탈이 없도록 해주시오."

배코머리는 이런 위협 비슷한 소리를 했다. 마치 미리 준비했던 말인 듯이.

"뒤탈이라뇨? 경방단에서 누가 그럽디까?"

나도 약간 언성을 높였다.

"그건 말할 수 없소. 그저 그렇게만 알면 되잖소."

"알겠소."

나도 뱉듯이 말하고 일어섰다.

경방단이란 단체는 거의 한국인으로 조직되어 있었다. 일본 사람들로 재향군인회란 것처럼 정부나 경찰의 앞잡이 노릇을 하고 있던 만큼, 개중에는 일반 한국인에게는 배급을 주지 않던 설탕 부스러기 따위 조금 얻어 처먹는 재미로 왜놈들의 부추김을 받아서 고자질이나 행패를 일삼고 다니는 놈도 없지 않았다. 게다가 제복이 검고 모임도 대개 밤에 갖고 있었기 때문에 뽈쥐떼〔박쥐 떼〕란 별명까지 붙어 있었다.

"개 같은 놈들!"

경방단 앞을 지나올 때 내가 이렇게 뭉클거린 것은 비단 배코머리 같은 일본인들만을 두고 한 것이 아니었다. 나대로 짚이는 데가 있었기 때문이었다.

동아일보 지국 간판이 없어진 것은 바로 그날 밤의 일이었다. 아차! 싶었다. 배코머리란 놈이 뒤탈이란 말을 했더랬는데……

상고머리의 구둣방 소년 직공을 보내서 경찰에 신고를 하였다.

"자기 집 기둥에 걸려 있는 간판 없어진 것까지 우리에게 어쩌라는 거야."

도리어 퇴박을 맞고 돌아왔다. 예상한 대로의 반응이었다. 나는 또 지방 소식으로서 그것을 사실대로 적어 보냈다. 동아일보에 대한 그런저런 박해는 비단 동래지방에만 한한 것이 아니었다. 매일같이 그런 유의 방해나 박해 사실이 사회면에 한두 건씩은 으레 보도되었다. 소위 항다반사란 것이었다.

간판이 없어진 데 대해서는 장군은 나 이상으로 화를 냈다. 그는 툴툴거리며 나가더니 금방 새 간판을 하나 만들어가지고 왔다. 그리고 낮에는 내걸고 밤에는 꼭꼭 떼어서 구둣방 안에 세워두기로 했다. 그것도 곧 또 소문이 퍼졌다.

"어떤 놈들이 간판꺼정 띠이〔떼어〕간담서? 뽈쥐 같은 놈들!"

이러고 찾아오는 사람들이 있었고, 그러한 소문은 한편으로는 당국의 입장을 도리어 덜 좋게 만드는 쪽으로 기울어졌다. 하필 신문사 간판만을 떼어갔으니 그럴 수밖에 없었다. 나중에는 시장 안 고기장수나 떡장수 할머니들까지,

"와 간판 안 띠어 딜놓는기요?"

일부러 이런 큰 소리를 쳐서, 지나가는 사람들이 놀라 돌아보게 끔 하였다.

총독 각하께서 점잖게 사장을 불러서 자진 폐간을 해달라고 부탁을 해도 끝내 듣지 않고, 드디어 구독 방해와, 신문 기업에 있어서 가히 치명적이라 할 수 있는 광고 탄압 등 갖은 술법을 다 써보아도 악착같이 신문을 계속해 나가니까, 이번에는 본사의 경리 기타 장부를 모조리 압수해가는 사태가 벌어졌다. 말하자면 목을 조를 대로 졸라보다가 그래도 안 들으면 각하께서 무슨 구실을 만들어가지고서라도 어떤 영단(?)을 내릴 배짱인 모양이었다.

그와 때를 같이하여 경영난에 허덕이던 본사에서는 각 지사에 밀린 지대의 납부를 호소했다. 내가 맡은 동래지국에도 전 지국장 때부터 밀린 지대가 수월치 않았다. 만약의 경우를 생각해서 나도 들인 밑천의 반이라도 건져야 되겠다는 생각이 들었다.

그러나 내게는 본사의 경우보다 끝장이 더 빨랐다. 읍내를 제외하고는 가장 독자수도 많고 따라서 밀린 지대도 많은 기장면이란 데 갔던 날 밤이었다.

그곳 분국장이란 친구의 호의와 노력으로 장기 미납 독자들을 어느 술집에 모아놓고(겨우 십수 명밖에 안 나왔지만), 내 딴은 비장한 어조로 독자들의 협조를 요청했다——일제의 민족 말살 정책을 대충 이야기하고는, 비록 억울하게 창씨개명은 했을망정 민족의 대변지인 동아일보와 조선일보만은 어떤 일이 있더라도 지켜야 됩니다, 지금 당국이 취하고 있는 온갖 악랄한 박해를 이겨 나가야 합니다, 하는 식으로 동아일보의 수난 현황을 설명하고는 오래 밀린 지대의 조속한 납부를 간청했던 것이다.

그러나 미처 얘기들도 끝나기 전에 방문이 와락 열리고, 그곳 주재소 수석과 본서의 형사 두 사람이 나타났다.

"다른 사람들은 꼼짝 말고 지국장하고 분국장만 이리 나왓!"

분국장과 내 손목에는 느닷없이 쇠고랑이 찰깍 차였다.

그날 밤 마지막 기차 편으로 우리는 동읍으로 끌려와서, 아무 심문도 받지 않은 채 곧 수감되었다. 물론 따로따로다.

이튿날도, 그 이튿날도 그대로 처박혀 있었다.

체포된 지 나흘째 되는 날이었다. 먼저 분국장이 불려 나가는 모양이었다. 그는 상해에 망명중인 ×씨의 처남뻘 되는 사람이라, 나는 별안간 불길한 예감이 들었다──놈들의 취조 방향이 이상한 데로 나아가지 않을까 싶었던 것이다.

분국장이 불려 나간 지 네다섯 시간 지난 뒤에 드디어 내 차례가 왔다. 우리가 끌려간 곳은 배코머리가 도사리고 있는 고등계 방이 아니었다. 본관과는 좀 떨어져 있는, 무덕관(武德館)이라 해서 경찰관들이 유도나 검도 연습을 하는 널찍한 창고 같은 데였다. 그 널찍한 창고 같은 방 한쪽 구석에 팬츠 바람의 분국장이 벽을 향해 앉아 있었다. 그는 잠깐 나를 돌아보다가 한 계원의 호통 소리에 질려 다시 벽 쪽으로 고개를 돌렸다.

방 한가운데쯤에 임시로 갖다놓은 듯한 취조 테이블 곁에는 굵직한 밧줄과 몽둥이와 양동이 따위가 지저분하게 놓여 있었다. 고문용 도구들이다. 일종의 위협 전술이리라. 그리고 경우에 따라서는…… 학창 시대의 홈으로 미루어 나는 그렇게 생각하고 마음을 다졌다.

"며칠간 잘 생각해보았지?"

배코머리는 나를 세워 둔 채 이렇게 물었다. 말씨부터가 전과는 달랐다.

나는 대답을 안 했다.

"기장에는 머 하로 가소까?"

그는 급해선지 일본말과 우리말을 마구 섞었다.

"신문 대금 받으러 갔소."

나는 되도록 태연한 태도를 취하려고 애썼다.

"신문 대금 받으러 갔음 개인 집으로 찾아갈 일이지 머 한다고 사람들을 술집에 모아놓고 말을 했지?"

나는 또 대답을 안 했다.

"거기서 무슨 말을 했어?"

"밀린 신문 대금 내달라고 했소."

"거짓말 말아! 창씨개명 욕했지?"

배코머리는 테이블을 탁 쳤다. 굳이 테이블을 칠 필요도 없었다.

"그런 말도 했소."

나는 이미 어떤 각오를 하고 있었기 때문에 비겁하게 숨길 필요가 없었다.

배코머리는 좀 싱거워진 모양이었다. 곁에 섰던 졸개 고문단(拷

問團)들도 멍청히 있을 따름이었다.

"허가 없이 사람들 모으면 어떻게 되는지 알지? 그리고 나쁜 말이 하면……"

"치안유지법 위반일 테죠."

"음, 지국장쯤 되니 법은 알구먼!"

배코머리는 연방 맥이 빠지는 모양이었다.

취조는 싱겁게 끝났다.

"데리구 가 처넣어 둬!"

배코머리는 졸개들에게 이렇게 뱉고 일어섰다. 그대로 나가려다 나를 돌아보더니,

"끝장났어! 동아일보나 조선일보는 사장 이하 간부 사원들이 모두 도둑질이 해서 회사 문닫게 됐으니까…… 원통하지?"

이렇게 놀리듯이 빈정거리고는 까불까불 사라졌다.

결국 무슨 구실을 만드는구나 싶었다.

분국장과 나는 다시 구류간으로 끌려갔다. 저만큼 뒤떨어져서 끌려오는 분국장은 그새 볼이 퉁퉁 붓고 한쪽 이마쯤에 혹이 불쑥 솟아 있었다. 아마 상당히 당한 모양이었다.

"쥑일 놈들!"

나는 분국장에 대한 미안스런 생각보다 그를 그렇게 만든 휘겡이[12] 같은 놈들의 소행에 이가 갈렸다.

그러고도 꽤 오랫동안 우리는 동래서에서 썩다가 놈들이 꾸민 소위 일건 서류와 함께 결국 검사국으로 넘어갔다. 친구 생일 술 얻어먹던 놈들도 자기들의 비위에 거슬리기만 하면 마구 덮칠 수

있는 예의 치안유지법 위반 혐의리라.

장군으로부터 무슨 연락을 받았던지 우리가 포승에 묶인 채 밀려 올라가는 전차에 뜻밖에 장군과 함께 아내가 뒤따라 올랐다.

(장군은 우리가 서에 갇혀 있는 동안 늘 우리에게 신경을 쓰고, 더러는 용케 바깥소식을 전하기도 하고 또 물어가기도 했다. 그는 감방 경험이 많은 친구였다.)

우리가 압송 경관에게 끌려 전차 맨 앞 구석자리에 가자, 장군과 아내는 서 있는 승객들을 비집고 따라왔다.

"보소!"

아내는 묶여 있는 내 손을 덥석 잡았다. 나를 쳐다보는 얼굴빛이 백지장보다 희게 보였다. 질려 있었다.

압송 순경은 대개 순해 보여서 그런 정도는 과히 탓하지 않았다. 그저 포승 한 끝만 꼭 쥐고 차 밖을 멍청하니 내다볼 따름이다.

"걱정시켜 미안하오."

나는 아내를 보고 비로소 입을 뗐다.

아내는 수척했을 내 얼굴만 쳐다볼 뿐 말이 없었다.

"아이들은 다 별일 없소? 집에도?"

"야."

내 손을 잡은 조그만 손에만 힘을 주는 것 같았다.

"너무 걱정 마오. 곧 나가기 델 끼니……"

나는 무슨 자신이라도 있는 듯이 이렇게 속삭이고 장군을 돌아보았다.

"걱정시켜 미안해. 신문이나 잘 부탁하네."

"너무 걱정들 말게. 곧 풀려 나올 끼다. 사장꺼정 들어갔다
카이."

장군은 분국장과 나를 보고 이렇게 꺼내다가 말을 뚝 끊었다.
그러고는 여느 때와는 달리 장군답지 않은 심각한 표정을 지었
다―사장까지 처넣었으니 신문은 영락없이 폐간을 당하고 말
거란 뜻일까? 나도 이상한 예감이 들었다.

물어볼 용기가 없었다. 아니 두려웠다. 별안간 정신이 휭 나가
는 것 같았다.

법원 앞에서 우리는 전차를 내렸다. 장군과 아내도 따라 내렸
다. 그러나 그들은 검사국 정문에서 제지를 당하고, 나와 분국장
만이 안으로 끌려 들어갔다.

압송 경관은 갑자기 엄격해졌다. 그는 내게 창 너머 아내의 얼
굴을 마지막 돌아보는 여유조차 주지 않았다.

끝장―세번째 검사 심문을 받던 날이었다. 그날은 분국장과
내가 한꺼번에 심문을 받았다. 진술서에 무인(拇印)을 눌렀다. 그
것만으로 치안유지법 위반죄는 충분히 성립되는 것이다.

고랑을 찬 채 '병아리통(대기실)'으로 끌려가는 도중, 바로 담
너머 한 거리에서 요령 소리가 요란스럽게 들려왔다. 신문 호외
다! 뜰에서 서성거리던 사람들이 동아, 조선 양대 신문에 결국 강
제 폐간령이 내렸다고들 숙덕거렸다.

나는 별안간 눈앞이 캄캄해지는 것 같았다. 나를 흘끗 쳐다보는
분국장의 눈에는 이미 눈물이 맺혀 있었다. 우리가 웬만한 희생

쯤은 달게 받을 각오를 하고 지켜오던 것이 일시에 수포로 돌아
간 셈이었다. 분했다.

마침 토요일이었기 때문에 판검사들도 오후부터는 쉬어야 한
다. 그래서 조사나 재판을 받던 피의자들도 감옥으로 되끌려 가
는 시간이 빨랐다. 마치 외국에 수출이라도 되어가는 곰이나 원
숭이들처럼 무거운 쇠고랑들을 찬 채, "빨랑빨랑 올라!"라고 외
치는 형무관들의 불호령에 쫓겨 호송차에 오르기가 바빴다.

호송차의 그물 창을 통해서 내다본 거리의 광경은 여느 때와 다
름없었다. 양대(兩大) 민족지가 강제 폐간을 당한 날이라면, 항의
데모는 없을망정 무언가 다른 기색쯤은 있음직한데, 거리를 지나
가는 동포들의 걸음걸이나 표정들에서 그런 빛은 전연 느껴지지
않았다. 개중에는 무슨 제복이나 공무원 타입들은 제쳐놓고서라
도, 그렇잖을 만한 모습의 사람들도 있었는데…… 저러고서도 행
여 해방이라도 되는 날엔 "내가 애국자다!" 하고 뻔뻔스럽게 얼
굴을 쳐들고 대중 앞에 나서는 놈들도 있을 테지? 틀림없다. 반드
시 그럴 것이다.

"제기랄……!"

나와 분국장은 창에서 동시에 눈을 돌렸다. 차라리 호송차 안
분위기가 좋았다.

"신문이 없어졌다 카제?"

"그렇다네."

"영영 적막강산이로군."

이런 숙덕임들이 오고 갔다.

십 분도 채 못 되어서 차는 까막소〔감옥〕 철문 앞에서 덜커덕 멈추었다. 끼익! 하고 철문이 서서히 열렸다. 감옥 안뜰이 시야에 활짝 펼쳐진다. 팔월의 태양이 눈이 부실 정도로 찬란히 흘러내리고 있다.

나는 갑자기 현기증을 느꼈다──그다지 넓지도 않은 감옥 안뜰이 별안간 허허한 사막으로 변했다. 그 허허한 사막 한가운데 분국장과 나의 그림자가 조그만 점처럼 꽂힌다. 이상한 착각이다.

그러나 그것은 극히 순간적인 착각에 지나지 않았다──결국 올 데로 온 것이 아닌가? 아무것도 잘못된 것은 없다.

'동아일보와 우리는 당분간 감옥살이를 하는 수밖에 도리가 없으리라……'

나는 가벼운 기분으로 내 보금자리가 있는 삼사(三舍) 쪽을 향해 천천히(물론 내 기분만이었지만) 발을 떼어놓았다.

오끼나와에서 온 편지

　어떤 문예평론가가 나를 평하기를 체험하지 않은 일은 잘 쓰지 못하는 사람이라고 했거니와, 사실 나는 그물을 가지고 구름 잡는 듯한 이야기는 자신이 없다. 역사를 공부하는 사람들이 먼 옛날의 인류 생활의 실태를 파악하기 위하여 도처에서 열심히 고분을 파헤치듯이, 나는 오늘날의 우리들의 진실의 한 부분을 알아보기 위해, 지난여름 강원도의 탄광 지대를 몇 군데 돌아다닌 일이 있다.

　그때 다행히 어떤 광부의 집(주인은 이미 죽고 없었지만)에서, 오끼나와란 일본 섬에 계절노동자로 가 있다는 그의 딸이 보내온 편지 뭉치를 얻어 볼 수가 있었다. 나는 나를 그 댁에 소개해준 친구의 조언도 참고하고 또 빠진 연대라든가 숫자 따위를 아는 대로 보충해서 여기에 발표하기로 했다.

1월 16일

어머니, 편지 늦었다고 나무라지 마세요. 가거든 곧 편지 내라고 하셨지만 여기까지 오는 데 얼마나 시일이 걸린 줄 아세요? 꼬박 한 주일이 넘게 걸렸답니다. 서울서 부산까지는 기차로 왔지만 부산서는 계속 배만 탔어요.

그것도 어디 사람만 싣고 다니는 뱁니까. 일본 고베란 데서는 화물선을 탔답니다. 그러니까 한국에서 수출되는 우리 계절노동자들은 무슨 짐덩어리처럼 다른 거추장스런 짐짝들과 함께 마구 배에 실렸지요. 홍콩으로 수출되는 돼지— 아니 그 얘기는 집에 돌아가서 하겠어요.

"이게 무슨 짓이야?"

남자 노무자들은 이런 불평도 하였지만 여자—스물 안팎의 우리 처녀 노무자들은 그런 말도 못 했습니다. 다만 광산 지대의 근로자의 가족들을 돕는다는 명목은 좋았지만 그러한 식으로 우리들을 수만 리 타국의 외딴 섬으로 끌고 가는 우리나라 재단법인인 무슨 '기능개발협회' 사람들을 속으로 원망했을 뿐입니다. 서울 일원에서 모집했다는 가난한 집 청년 333명과 강원도와 전라도의 탄광촌 출신 처녀 311명, 도합 644명은 이렇게 해서 일본 오끼나와란 먼 섬으로 오게 되었답니다. 여자들은 열여덟 살부터 스물다섯 살까지의 모두 저와 같은 처녀들이었지요. 왜 하필 처녀들만 모집하느냐고 하시잖았어요?

어머니께선 그때 대동아전쟁 당시에 여자정신대(女子挺身隊)라 해서 우리나라 처녀들을 강제로 끌고 가던 얘길 하시면서 몹시 걱정을 하셨지만, 이번은 절대로 그렇지 않으니까 안심하세요. 사탕수수를 베는 게 일이랍니다.

오끼나와 본섬에 닿자마자 우리는 곧 이곳 분밀당공업협회란 데 인계되어, 본섬 이외의 여러 외딴 섬들의 농가로 분산 입주하게 되었습니다. 저와 같은 강원도 출신 처녀들은 모두 미나미 다이도오지마란 섬으로 옮겨졌습니다. 오끼나와 본섬에서 배로 꼭 여섯 시간이나 걸리는 곳이랍니다. 전라도 처녀들도 물론 이 섬에 많이 왔습니다.

기껏 한 8백여 가구의 농가가 있는 섬이지만 사탕수수와 파인애플로 꽤 재미를 보는 곳이래요. 우리는 이곳 한 농가에 한두 명 내지 대여섯 명씩 분산해서 입주하게 되었지요. 말하자면 여자 머슴이 된 셈이지요.

우리 황지(黃池)에서 온 애들 중에서 막순이와 두리는 나와 함께 '하야시'란 사람의 집에 들어가게 되었습니다.

우리 세 사람은 입주한 후 사흘 동안은 그들의 생활 방식이라든가 작업에 대한 예비 훈련을 받았어요. 우선 다급한 대로 쓰이는 말도 몇 마디씩. "오하요우 고자이마쓰"란 건 아침 일어나서 하는 인사말이랍니다. 되게 길지요? 막순이는 "오하요우 고자이마쓰"의 '고'자를 자꾸만 '꼬'라고 발음해서 그 집 식구들의 웃음을 샀지요. 계집앤 왜 그렇게 혀가 잘 안 돌아가는지.

주인 영감은 나이가 돌아가신 아버지 정도로, 사람이 퍽 어질어 보입니다. 대동아전쟁 때는 라바울이란 섬에까지 가서 죽다가 살아왔다나요. 흔히 보는 일본 사람들처럼 수염 자국도 그다지 퍼렇지 않고 역시 노동일을 많이 해본 듯 마디가 툭툭 튀어나온 손짓으로 이것저것 깍듯이 가르쳐주면서 늘 얼굴에 미소를 띠우곤 합니다.

"꼬자이마쓰, 알아듣겠나?"

그는 어느새 막순이를 '꼬자이마쓰'라고 불렀습니다.

"하이(네), 꼬자이마스."

막순이년은 꼬자이마쓰란 말을 아무데나 붙여대지요. 어디 가도 털털한 애니까요.

하야시 노인의 집은 세운 지가 얼마 안 되어 보이지만 우리 한국 농가처럼 그리 크지는 않습니다. 우리가 자는 방은 헛간이 거의 차지하고 있는 아래채에 붙어 있지만 식사는 주인집 식구들과 함께 안채에서 합니다. 그러니까 좋게 말하자면 같은 식구가 된 셈이지요.

떠나올 때 어머니께선 학질모기 걱정을 하셨지만 모기장도 있고 하니까 걱정 마세요.

1월 25일

어머니, 집에는 별일 없겠지요. 여긴 사탕수수 거두기가 한창입니다. 정월부터 4월까지가 고비랍니다. 꼭 우리나라 모내기 때처럼 온 식구가 들에 가 사는 듯합니다.

수수는 어른들의 키가 넘도록 자랐는데 밑둥치가 늙은 죽순 둥 치처럼 굵고 질겨서 그놈을 휘어잡고 베자니 금방 부르트더군요. 그러나 곧 굳어져서 이젠 별로 아프진 않아요. 낫이 한국 낫보다 커서 손을 다칠까 염려가 되었지요. 그러나 그것도 이젠 익숙해 져서 괜찮습니다. 하야시 노인도 할머니도 다 같이 낫질을 하지 요. 고등학교를 나왔다는 아들도 곧잘 베어요. 아들도 아버지를 닮아 부지런하고, 우리에게도 친절을 보이려고 애쓰는 것 같아 요. 이름이 '다케오'라나요. 나이 스물일곱이나 되지만 아직 장가 도 들지 않고 있어요.

어머니, 참 이 댁 수수밭이 얼마나 되는지 짐작하시겠어요? 어 머니가 들으시면 깜짝 놀라실 겝니다. 우리 식으로 따지면 꼭 백 사십 마지기가 넘습니다. 그게 다 수수밭이랍니다. 물론 우리가 머슴살이를 하고 있는 하야시 씨네 댁만이 아닙니다. 이곳 남북 다이도오지마의 농가들은 대개가 그런 정도의 수수 농사를 짓고 있답니다. 그래서 일손이 제일 바쁜 요즘 철에는 옛날부터 외지 에서 계절노동자들을 많이 데리고 왔답니다.

옛날이라 해도 그리 오래 된 일은 아닌 것 같습니다. 머 처음에 는 자유 중국의 땅인 대만에서만 데리고 왔다나요. 그러던 것이 자기 나라 정부가 중공(中共)과 국교를 트고부터는 대만 사람들 을 못 쓰게 됐대요. 그래서 대신 한국에서 노무자들을 모집해오 게 된 거래요.

"모든 것이 다 전쟁의 탓이지. 지긋지긋한 그놈의 전쟁……"

하야시 노인은 언젠가 저녁상을 물리고 나서 자기들이 살던 본섬 쪽 하늘을 바라보면서 이렇게 구두덜거리더군요.

"너희들의 나라에서 해방의 해라고 말하는 바로 그해 봄이었지. 그해 4월 초하룻날 이래, 무서운 화력을 자랑하던 미군 부대가 노도처럼 쳐들어와서 육십여 곳이나 되는 이곳 섬들을 모조리 잿더미로 만들어버렸대. 나는 그 당시 라바울이란 먼 남방 섬에 출정해 있었지만, 오끼나와 본섬에 살고 있던 가족들과 집은 아주 결단이 났지 머. 자식이라고는 단둘 있던 오뉘는 그때 없어지고 저 늙은이만 어째 용케 살아남아 거지가 되어 있더군…… 어떻게 찾았느냐고? 행여 내가 살아 돌아와서 옛날 살던 곳을 찾을까 싶어, 미국 군사 기지가 되어 있던 옛 집터 언저리를 넋 잃은 사람처럼 매일같이 헤맸지. 그러다가 길에서 우연히 만나잖았겠어. 인연이 있었던 모양이지. 자식과 집을 송두리째 빼앗긴 두 거지가 부둥켜안고 울다가 코 큰 파수병이 '깟땜(꺼져)' 하는 바람에 쫓겨났지 머. 그래서 죽지는 못하고 떠돌다가 겨우 이 섬으로 와서 이런 고생살이를 시작했단다. 어느덧 삼십 년이 가까워오는군그래."

이렇게 말을 마친 하야시 노인의 입가가 별안간 실룩실룩하잖겠어요. 아마 어떤 저주와 분노의 발작인 듯싶었습니다.

"그럼 다케오 씨는 여기서 태어났겠네요?"

제가 이렇게 뒤퉁스런[1] 소리를 하니까, 곁에 있던 아들이 얼른 말꼬리를 낚아채어,

"그래. 난 이 섬의 하야시가의 중시조[2]야."

하고 웃더군요. 그러나 그의 웃음도 결코 유쾌한 것은 아니었어요.

진절머리 나는 부모들의 과거가 듣기 거북했던 게죠.

물론 그는 전쟁을 직접 겪지는 않은 청년입니다. 하지만 그 또래의 일본 청년들은 2차대전——그들은 소위 대동아전쟁 때 그들의 부모나 가족들이 입은 피해와 고통을 언제까지나 뼈저리게 느끼고 있는 것 같아요. 전쟁이란 말만 들어도 진절머리를 낼 뿐 아니라, 얼굴에 핏대를 올리거든요. 그런 점이 성도 이름도 뺏기고, 가족이랑 이웃 사람들이 수십만 명이나 징용으로, 정신대로 끌려가 죽고 병들고 했어도 언제 그런 일들이 있었느냐는 듯이 시시덕거리게 마련인 우리나라 일부 젊은이들과는 다른 것 같은데, 그건 저의 잘못된 생각일까요?

하야시 노인이나 다케오 씨는 또 저희들과 잘 모르고 있던 우리들의 과거——식민지 시대의 일까지 알려주면서 때로는 동정도 해주어요. 창피해서 듣기 싫은 일도 많더군요.

그보다 오늘은 어머니께서 궁금하게 여기실 이곳 사정이나 생활 모습 같은 걸 알려드릴게요.

우리나라에서 수만 리 떨어져 있다는 얘긴 저번에 했지요. 이곳 농가들은 우리나라의 시골집들과 비슷합니다. 대개 초가로 태풍이 잦은 곳이라 우리나라 제주도 지방의 집들처럼 모두가 높은 돌담에 에워싸여 있어요. 뜰과 울안은 훨씬 넓고요. 우리들과 다른 점은 방과 방 사이가 토벽 대신 널빤지로 칸막이가 되어 있는 겝니다.

우리가 들어 있는 집은 비교적 큰 농가인데, '우후야(母屋)'란——우리말로 하면 안채는 붉은 기와를 이었고 우리가 거처하는 아래채는 갈대 이엉을 덮었지만 널따란 헛간과 머슴들을 위한 방이 둘, 그리고 '후루'라고 부르는 변소가 붙어 있어요. 그리고 참, 이곳 변소는 꼭 우리나라 제주도 농가처럼 돼지우리를 겸하고 있어요. 그래서 처음에는 변소에 들어가기가 겁나데요. 그놈이 밑에서 쳐다보며 꿀꿀대거든요. 막순이년은 질겁하고 튀어나온 일까지 있었지요.

식사는 '우후야'에서 하는데, 밥은 안남미 비슷한 오끼나와 쌀과 보리 그리고 조로 지어요. 때로는 고구마로 끼니를 때우기도 합니다. 물론 온 가족이 다 그렇지요. 가끔 돼지고기와 염소고기도 얻어먹지만 좀 싱거운 게 덜 좋아요.

옛날에는 독사와 학질모기가 들끓었다지만, 폭격을 많이 받은 탓인지 지금은 많이 퇴치되어 그것으로 사람이 죽거나 하는 일은 드물답니다. '하부'라고 불리는 이곳의 무서운 독사는 능글맞게 밤에만 나타나서 사람이나 가축을 해친다고 하나 우리는 아직 한 번도 그놈을 보지 못했습니다. 밤에는 모기장을 꼭꼭 치고 잡니다(여기는 일 년 내내 그런다나요). 같이 온 두리년이 학질을 한 번 치르고부터 하야시 노인은 자주 주의를 시킵니다.

"모기장 밖으로 다리 내밀지 말아!"

머슴이 병나면 주인이 손해를 보기 때문일 테지요.

그리고 일 년에 농사를 두 번 짓는 곳이니까 햇볕이 몹시 따갑습니다. 한국처럼 춘하추동이 있는 게 아니고 봄과 여름 두 철뿐인데, 소나기가 잦은 것과 여기 말로서 '가-치베-(남풍)'니 '미-니시(신북풍)'니 하는 계절풍의 덕으로 그럭저럭 무더위를 이겨나가고 있답니다.

그럼 너무 걱정 마세요, 어머니.

2월 4일

보내신 편지 잘 받았습니다. 오빠가 또 고깃배를 타시련다고 요? 작년 태풍 때 그렇게 혼이 나고 다시는 안 타시려더니…… 없는 사람은 할 수 없는가 보지요. 이번에는 좀 실한 배나 타셔얄 텐데. 선주도 남의 목숨 귀한 줄 아는 분을 골라서.

어머니께선 아직도 껌정 빨래 못 하게 된 것이 그렇게 서운하고 답답하신 모양이지요? 매일같이 탄광에서 더렵혀 오시던 아버지의 그 흙과 땀과 무연탄 가루에 짓이겨진 작업복! 매일같이 그걸 씻는 일을 숫제 낙으로 삼으시듯 하시던 어머니의 모습이 눈에 선해옵니다. 그래서 편지를 읽다가 또 울었지요. 지난해 가을, 갱목도 낡고 썩은 지하 수천 척의 굴속에서 낙반사고로 생목숨을 버린 아버지의 무참한 모습과, 어머니의 실신하시던 일이 문득 머리에 떠올라서요.

그러다가 우연히 툇마루께로 돌아오던 하야시 노인에게 들켰더 랬는데, 그 일로 말미암아 아버지의 지난날의 고생살이를 더욱 잘 알게 되고 가난한 사람들은 어딜 가도 살기가 어렵다는 것을 더욱더 절실히 깨닫게 되었답니다.

막순이란 년이 괜스레 돌아가신 아버지의 애길 꺼내자,

"머, 광산 사고로 돌아가셨다고? 산일은 언제부터 했는데?"

하야시 노인은 갑자기 눈을 커다랗게 뜨시더군요. 그리고 내 얼굴을 뚫어지듯 내려다보는 것 같았습니다.

나는 솔직히 말을 해주었지요.

"어릴 때부터랍디다. 열여섯 살 때라던가요. 징용으로 북해도에 끌려가서 북탄(北炭)이라든가 어딘가 하는 탄광에서 처음으로 버럭[3]통도 지고, 막장[4]일도 배웠답니다. 그때 일본 사람들은 한국 노동자들을 머 '다꼬(문어 새끼)'라고 불렀다지요? 한국인 합숙소를 '다꼬베야(문어 수용소)'라 하고요."

들은풍월로 이렇게 대답했더니,

"머, 북해도? 다꼬베야?"

하야시 노인은 눈이 더욱 휘둥그레지면서 느닷없이 내 거칠어진 손을 덥석 쥐다가 말고, 자기 방으로 횡 돌아가더군요. 그리고 한참 동안 방에서 나오지 않았어요.

나와 막순이와 두리는 서로 얼굴을 쳐다보며 놀랐습니다. 하야시 노인이 무슨 까닭으로 그러는지 얼른 짐작이 안 갔기 때문이었습니다. 나도 속으로 걱정이 되었습니다. 그 집 식구들의 얼굴을 바로 보기조차 서먹거려지더군요.

그러나 바로 그 이튿날 하야시 노인이 그렇게 진절머리를 내던 까닭을 알게 되었어요. 사탕수수를 한참 베고 나서 쉬던 참이었습니다. 우리는 저녁 해가 한결 붉게 비치고 있는 산호초를 내려다보고 있었지요. 여러 가지 모양과 무늬를 가진 고기 새끼들이 불그레한 산호초의 가장자리를 바쁘게 맴돌고 있었어요.

그때 마침 내처 기가 죽어 있는 내 표정을 눈치 챈 다케오 씨가
가까이 오더니,

"봇진상(복진이), 걱정 필요 없어."

하고 모든 걸 털어놓습디다. 그의 아버지 하야시 노인 역시 젊었
을 때 북해도의 탄광에서 막장일을 했다나요. 그런 기억이 되살
아났기 때문에 아버지 얘기에 별안간 어떤 충격을 받아서 그랬을
거라고요. 듣고 보니 그런 것 같기도 하죠.

아닌 게 아니라, 그런 일이 있고부터 하야시 노인은 광부들의
딸인 우리들에게 한결 친절한 태도를 보였습니다.

"제국(일제) 말년에 국민징용령이 발표되고부터 십육 세 이상
오십삼 세까지의 한국인 노무자가 칠십여만 명이나 일본에 끌려
왔다지만, 적어도 그중 이십만 명가량은 아마 북해도 탄광들이나
땅굴 파는 일에 동원됐을 거야. 봇진상 아버지도 틀림없이 그중
의 한 사람이었을 거야. 어쩜 나와도 만났을는지도……"

하야시 노인은 이틀 전과는 아주 달리 담담한 어조로 당시의 일
을 이야기해 주었습니다.

"다꼬, 빨랑빨랑 움직여!"

총칼을 든 감독들은 이렇게 호통을 치며 한국인 노동자들을 개
패듯 팼고, 만약 부상이라도 당해서 치료에 시일이 걸릴 만하면,

"그놈은 수렁이나 버럭탕에 갖다 던져버렷! 반도(조선)에 가서
다시 끌고 오면 되잖아."

하는 식으로 한국인 막장꾼들을 짐승보다 못하게 다루었다고 하
더군요. 어찌 같은 사람으로서 사람을 그렇게 다루었을까요?

그런 모욕과 고생을 당하다가 해방이 되어 조국에 돌아온 아버지는 무슨 팔자기에 또 막장일을 하다가 결국 수천 길 갱 속에서 이승을 버리고 말았을까요.

"진짜 해방이 되었는지 어쨌는지 모르지만……"
하던 하야시 노인의 며칠 전의 말 서두가 문득 생각나기도 했습니다. 아들 다케오 씨는 또 다음과 같은 말을 하더군요.

"그때에 비하면 그래도 너희들의 나라는 많이 발전을 한 셈이지. 열두 살부터 마흔 살까지의 처녀 미혼녀들을 무려 이십만 명이나 여자정신대란 이름으로 끌고 와서 군수 공장 노무자로 일본 군인 아저씨들의 오물받이로 상납했더랬는데, 지금은 처녀들이 이렇게 달러를 벌기 위한 인력 수출에 동원되고 있으니까 말야, 안 그래?"
하며 입을 약간 비쭉하더군요. 그러나 그의 말눈치는 우릴 업신여긴다기보다 차라리 어떤 의미로 동정하는 듯한 편이었어요.

하지만 "한국 처녀 한 사람이 하루에 일본 군인 몇 사람을 상대해야 됐는지 알아? 자그마치 삼백 명꼴이래, 삼백 명!" 하는 데는 분하고 창피해서 차마 낯을 들 수가 없었습니다.

"할 수 없었지. 식민지 백성들이었으니까."
다케오 씨는 우리를 위로하듯 이렇게 보태더군요.

어머니, 그게 정말일까요? 대동아전쟁 때 그렇게 많은 한국 사람들이 정말 일본으로 끌려갔을까요? 다케오 씨는 자기 나라 국회 기록에도 또 공안청 자료 중에도 그렇게 되어 있다고 우겨댔지만 도무지 믿어지지 않는군요. 하긴 우리 고향에는 정신대 딸

이라든가 함백댁 딸처럼 여자정신대에 끌려가서 아직도 못 돌아
온 처녀들이(이젠 거의 할머니들이 됐을걸요) 있긴 했지만……

다케오 씨는 저희 나라 사람들이 저지른 일이 미안스러웠던지,
아니면 어디서 들은 말이 있었던지 그렇게 많은 한국인 노무자로
또 위안부로 끌고 오는 데는 응당 한국인 자신들의 협조도 컸으
리라고 말했습니다. 아마 아버지께서 늘 점잖게 말하시던 민족
반역자라든가 뭔가 하는 사람들을 두고 하는 말일 테죠.

"가령 학도 지원병의 경우를 말하더라도 당시 한국 사회의 소
위 일부 지도자란 위인들이(정말 지도자가 될 만한 사람들은 억울
한 죄명으로 감옥살이를 하거나 아니면 무서운 감시를 받고 있었다
죠?) 버젓이 일본에까지 찾아가서 한국인 유학생들을 모아놓고
지원을 권장했는가 하면, 그것을 거부하고 피해 다니다가 망명한
어른들을 찾아 만주로 건너가서 독립군에 가담한 청년들이 있는
반면에, 할 수 없다는 듯이 지원병이 되어 그들의 뒤통수를 쏘아
댄 사람들도 많다잖아? 오히려 그 편이 훨씬 더 많았지?"

다케오 씨는 약간 언성을 높이기까지 하였습니다. 남의 일에 숫
제 어떤 의분까지 느꼈던 모양이지요. 오끼나와 본토에 있는 미
군 기지의 반환 투쟁에 가담했다가 터졌다는 오른쪽 눈 밑 흉터
가 그날따라 유심히 쳐다보이더군요.

"그러니 개판이지 뭐야!"

다케오 씨는 이런 말을 내뱉으며 자리를 털고 일어서더군요. 산
호초에는 '구로우시오(黑湖)'가 점점 밀려들고 있었어요. 우리도
따라 일어섰습니다.

우리는 다케오 씨의 말을 그대로 믿으려고도 하지 않았습니다. 우리들이 놓인 처지도 처지였지만 반박할 용기도 나지 않았습니다. 우리도 이미 들은 말이 있었거든요. 안 그래요, 어머니?

뿐만 아니라, 우리는 며칠 전 그들의 고구마밭 끄트머리 바닷가 낭떠러지 위에 서 있는 두 개의 석탑을 본 기억이 떠올랐던 것입니다.

"이건 미군이 쳐들어왔을 때 군인들과 함께 나서서 싸우다가 죽거나 자결한 남녀 학생들의 거룩한 희생을 기념하기 위해 세운 석탑이야."

다케오 씨는 석탑을 가리키며 자랑삼아 그렇게 말했거든요.

거기 서 있는 '건아(健兒)의 탑'은 남학생들을 위한 것이고 '백합(百合)의 탑'은 여학생들을 위한 것이래요.

어머니, 정말 독종들이지요? 그러니까 그들은 잿더미가 된 황무지를 냉큼 일구어 지금과 같은 거대한 농장들을 차릴 수 있었고, 그러지 못했기에 우리들은 이렇게 또 그들의 머슴살이를 하고 있는 게 아닐까요. 우리에겐 무언가 잘못된 게 있는 것 같아요. 죄 없는 백성들까지 고통과 비웃음을 받아야 하는……

2월 20일

너무나 오랫동안 편지 못 올려 죄송합니다. 어머니, 오빠는 자주 들르십니까? 옛날과는 달라 나라마다 경제 수역 이백 해리니 뭐니 하고는 야단인 모양이니 고기잡이 일도 까다로워졌겠지요. 게다가 보나마나 낡아빠진 우리 어선들이 돼서……

참 먼젓번 어머니 편지에 동생이 공부 잘 안 하고 저희반 대표 선수가 되어 배구 연습만 한다고 했지요? 저도 처음 들었을 때는 걱정이 되었지만 가만히 생각해보니 뭐 그럴 것도 없을 것 같아요. 없는 집 딸애가 공부를 잘하면 대학을 가겠어요 뭘 하겠어요. 무슨 올림픽에 나가서 입상을 하니까 국위를 선양했느니 대한의 딸이니 뭐니 하고 야단들이더군요. 신문에도 크게 나고 라디오, 텔레비전에도 나오고 그러더구먼요. 그러니까 대한의 딸이 되려거든 저 좋아하는 배구라도 실컷 해보라세요.

참, 그건 그렇고 어머니, 우리나라 국회의원이나 높은 양반들은 이곳 오끼나와에는 왜 잘 오지 않는답니까? 올 들어 이달(2월) 말까지 불과 두 달 사이에 각종 명목으로 외국 나들이를 하는 국회의원이 자그마치 백이십여 명이나 된다잖아요.

지방 출장보다 쉬운 외유(外遊)
5대양 6대주에 한국 국회의원

이런 대문짝 같은 기사 제목이 신문에 덩그렇게 나와 있더군요. 5대양 6대주를 줄지어 누비듯 한다면서, 더더구나 일본은 이웃집 들르듯 하면서 천여 명의 광산촌 딸들이 수출되어 마소처럼 고달픈 노동을 하고 있는 오끼나와의 섬들에는 왜 얼씬도 않는지 모르겠군요. 하긴 만국해양박람회라든가 뭔가 해서 구경거리가 있었을 때는 더러 다녀갔다고 합디다만……

어머니, 제가 이런 편지를 쓰게 된 동기는 며칠 전 오끼나와 본섬에 있는 '고자'시란 데 갔다가 우연히 우리나라 노무자들과 고아들이 겪고 있는 너무나 끔찍스런 모습을 보았기 때문입니다. '고자'란 곳은 미군 상대의 유흥가로 발달한 순전한 군사 기지 도시라는데, 미군 병사(兵舍)와 미군 주택 그리고 그들과 군 관계 노무자들이 많이 드나드는 상점이랑 술집 또는 매음굴이 많은 곳이랍니다.

얼바람[5] 맞은 비가 찔끔거려 며칠 밭일도 잘 안되던 차에 마침 월급이라 해서 처음으로 얼마씩 받은 돈이(사실 그것도 우리들을 모집해온 개발협회 측 말과는 달랐지만) 있어서 헐찍한 옷이나 한 벌씩 살까 싶어 막순이와 저와 두리 세 사람은 다케오 씨를 졸라 구경 겸 '고자'시로 처음 나들이를 했습니다.

아닌 게 아니라, 거리에는 안개가 질금거리는데도 불구하고 미군이랑 또 대뜸 보기부터 군 관계 일을 하는 듯한 노무자들, 그리고 우리나라에서 말하는 양공주 차림의 아가씨들의 반지빠른[6] 모습이 꽤 많이 보이더군요.

우리는 어떤 으리으리한 상점에 들렀으나 옷가지 같은 건 비싸서 못 사고 우선 필요한 것들을 조금씩 사가지고선 다케오 씨가 안내하는 길 모서리 어느 음식점으로 들어갔습니다.

입구 역 바람벽에 '강장제 고려인삼 달여 먹고 기생 파티 즐겨 보지 않으시렵니까?' 하는 선전말에 우리나라 고전 무용을 추는 한국 기생 사진까지 곁들인 널따란 광고지가 붙어 있는 것이 여간 불쾌하지 않았지만 어쩔 도리가 없더군요.

"오늘은 내 한턱 내지."

다케오 씨는 우리들을 안심시키려는 듯이 잠깐 돌아보며 싱긋 웃었습니다.

"아이구 다케오상, 오랜만이구려. 왜 그렇게 안 보이세요?"

그와 숙면인 듯한, 광대뼈가 좀 불거진 오십대의 여인이 반갑게 맞아주더군요. 우리는 곧 눈치를 챘지만 그분이 바로 그 가게의 주인이었습니다.

"수수밭을 다 치워야 오죠."

그리고 다케오 씨는 우리가 잘 못 알아듣는 말로 무엇을 시키는 것 같더니, 안주인이 잠시 부엌으로 물러가자,

"너희들의 고국 사람이야. 예의 위안부 출신인데 이곳에서 술가게와 비밀로 히로뽕 장사를 하고 있으니까 말조심해야 돼, 알겠어?"

다케오 씨는 이렇게 미리 다짐을 받더군요. 그가 언젠가 우리에게 들려주던 여자정신대란 이름의 한국 처녀 위안부의 얘기—처녀 한 사람이 하루에 삼백 명의 일본군에게 몸을 바쳐야 했다는 그 끔찍스런 이야기도 필연 이 집 안주인에게서 들은 게로구나 싶었습니다. 우리는 목이 자라목처럼 약간 들어간 듯한 주인 아주머니의 뒷모습에서 눈을 돌렸습니다. 위안부 퇴물이라니까 어쩐지 이상한 생각이 들더군요. 고향에도 못 가고 그런 데서 그런 짓을 하고 살아가는 그녀에 대한 가엾은 생각과 그녀를 그렇게 만든 사람들에 대한 울분이 한꺼번에 끓어올랐었겠지요. 그녀

들을 그러한 운명의 구렁텅이로 처넣은 것은 다케오 씨의 말을 전적으로 믿지 않는다 하더라도 한국에 와 있던 일본 관리들과 일본 군인들만의 죄는 아닐 겝니다. 울고불고 숨고 하던 처녀들을 억지로 끌어내는 데 갖은 방법으로 협조한 우리 사람들의 죄도 결코 작지는 않을 거란 생각이 자꾸만 들더군요. 어쩜 그런 사람들 가운데서도 우리 사회에서 내처 유력자로서 지도자로서 눌러앉아 국민 무엇을 부르짖으며 외유를 하고 돈을 벌고 세력을 누리는 사람이 있을는지도 모르지요. 돌아가신 아버지께서는 생전에 술을 들면 가끔 그런 뜻의 말을 했다고 기억합니다만……

아까 제가 말한 우리 국회의원들의 외유 붐에 관한 신문 기사도 바로 이 가게에서 보았지요. 뜻밖에 한국 신문이 한 장 반쯤 찢어진 채 옆 테이블 위에 놓여 있었거든요.

두리가 집어주기에 잠깐 들여다보았더니, 맞은편에 앉아 있던 다케오 씨가 고개를 쭉 빼고 흘끗하고는,

"응, 고국 신문인가? 이 집에선 꼭 한 부 받는 모양이더군. 한국 노무자들이 가끔 들르기도 하니까……"

그는 기사 내용에 대해서는 굳이 알려고도 하지 않았습니다.

김이 무럭무럭 나는 달걀덮밥과 맥주를 가져온 안주인은 비로소 우리들의 얼굴을 유심히 보더니 다소 서툰 한국말로,

"돈 벌러 왔구먼. 딸라……"

하며 다케오 씨의 곁에 바투 앉더군요. 그렇다고 수긍을 했더니,

"온 지가 오래되나요?"

하고 예사스럽게[7] 묻잖겠어요.

"네."

해줬지요. 그러고 우린 밥만 먹었죠.

"다행이구먼! 요 며칠 전에 온 처녀들은 억울하게 된 사람이 많았지."

그녀는 다케오 씨에게 맥주를 따르며 이렇게 말하더군요.

"왜, 무슨 일이 있었나요?"

다케오 씨가 돌아보자,

"그 무슨 기능개발협횐지 쇠발협횐지 하는 사람들의 말을 믿고서 칠백여 명이나 되는 광산촌 처녀들이 실려 왔다지만 그게 다 약속대로 파인애플 공장이나 사탕수수 농가에 계절노무자로 들어가지 못하고 반이 넘는 사백여 명이 하수도 공사라든가 무슨무슨 건축 공사장으로 배치되어서, 사내들도 하기 힘든 중노동을 하고 있잖아요. 이따 갈 때 한번 돌아보세요. 땀을 뻘뻘 흘리며 땅을 파고 블록을 쌓고 있는 광경은 정말 불쌍해서 못 봅니다. 게다가 품삯이나 어디 제대로 받고 있나요."

이름 대신 상해댁으로 통해 있다는 안주인은 약간 체머리까지 흔들어가며 이렇게 제 일처럼 구두덜거리더니, 다케오 씨로부터 맥주잔을 확 뺏어들데요. 술도 곧잘 마십디다. 이내 광대뼈쫌이 벌게지더군요. 광대뼈쫌이 붉어지자 그녀는 더욱 야단스럽게 지껄이잖겠어요. 일본말을 쓸 때는 무슨 소린지 잘 알아들을 수 없었지만 무언가를 따지려 드는 눈치 같았습니다. 그러니까 다케오 씨는 순순히 술을 더 가져오게 하더군요.

상해댁은 그렇게 술을 권하거니 들거니 하다가, 무슨 생각으론지 저를 흘끗 쳐다보며,

"일본 놈들은 입이 열이라도 내게는 할 말이 없어. 누가 나를 이랬다고!"

여간 기백이 아니었습니다.

그러다가 별안간 노랭[8]을 드리운 문간 쪽을 내다보며 한국말로,

"또 왔어? 날마다 오면 난 어쩌지?"

우린 놀라서 뒤를 돌아보았습니다. 대여섯 살 돼 보이는 거지애 하나가 발문[9] 밖에 오똑하니 서 있더군요. 머리도 제대로 깎지 않은 계집애였습니다. 거지애는 벙어리처럼 아무런 대답도 없었습니다.

"어서 들어와!"

상해댁은 그애를 부엌 쪽으로 데리고 가더니 고구마 삶은 건지 뭔지를 종이에 싸서 쥐어주더군요.

그것을 받아든 애기거지는 고맙다는 뜻일 테지, 상해댁의 얼굴을 잠깐 쳐다보더니(저는 그것을 고국이나 어머니가 그리워서 그랬으리라고 생각했습니다) 고개만 꾸벅해 보이고 아장아장 밖으로 나가지 않겠습니까. 그애의 얼굴에는 벌써 웃음이라고는 찾아보려야 찾아볼 수 없었습니다.

그게 누구냐고, 다케오 씨가 물은 모양인데, 상해댁은 웬일인지 우리 쪽을 보고 대답을 하더군요.

"한국에서 실려 온 고아야. 왜 처녀들도 그런 소문을 들었을 텐데? 무슨 개발공사라든가──한국에는 웬 놈의 '개발'이란 이름이

붙은 단체가 그렇게 많아?—아무튼 그런 장사 단체가 한국에서 고아 백여 명을 싣고 와서 이곳에 주둔하고 있는 미군들에게 돈을 많이 받고 불법 입양을 시켰더랬는데, 그 미군 아저씨들이 귀국할 때 같이 데리고 갈 수속이 미처 안 되어 그냥 길가에 버려두고 갔다나. 여긴 그런 애기거지들이 우글우글하다니까. 언젠가 신문에서, 한국 보사부란 데서 그런 짓들을 한 회사 책임자를 수사 당국에 고발하겠다고 한 기사를 읽은 적이 있지만 저렇게 돌아다니다가 굶어 죽고, 병들어 죽고, 물에 빠져도 죽고…… 그저 그런 거지애들이지 뭐. 귀여운 '우리의 애기들'이 말야. 요 며칠 전만 해도 기지 앞 산호초에 걸려 있는 그런 애의 시체를 본 사람이 있었다던가……"

상해댁은 '우리의 애기들'이란 말에 특별히 악센트를 넣는 것 같더니 느닷없이 '응응' 하고 울음을 터뜨리지 않겠습니까. 말과 웃음을 잃은 애기거지를 돌려보내자, 쌓이고 쌓인 어떤 설움의 둥[10]이 술김에 갑자기 무너지기라도 한 듯이 불그레해진 광대뼈쯤에 이내 눈물 얼룩이 지더군요.

다케오 씨도 어리둥절해 하며 아주머니가 술에 취했느니 술버릇이 어떻느니 했지만, 술을 입에 대지도 않은 우리도 그만 울고 말았습니다.

그길로 밖으로 나왔다가 선창가를 향해 얼마 걷지 않아서, 공교롭게도 우리는 부슬비 속에서 일을 하고 있는 한 떼의 한국 처녀들을 보게 되었더랍니다.

어떤 건축 공사장이었습니다. 자갈 궤짝을 무겁게 해 지고 기우뚱거리는 모습들! 얼굴은 이미 그을어서 검둥이가 다되었고, 땀과 비에 젖은 입성은 만판 거지꼴이었어요. 되도록이면 보지 않으려고 했지만 자꾸 눈이 가는 걸 어떡합니까? 가슴이 미어지는 것 같더군요.

이제 막 들은 상해댁의 말이 거짓말이 아니었지요. 우리는 또 눈물을 참을 수가 없었습니다.

"운다고 해결이 되나? 쓸개 빠진 타협과 눈물이 문제를 해결해 주지는 못해!"

우리들의 심중을 짚었을 테죠. 다케오 씨는 갑자기 신경질을 내면서 이런 말을 내뱉더군요. 그러고서 그는 돌아도 안 보고 뚜벅뚜벅 앞으로 걸어갔지요. 처음에는 야속하다는 생각도 들었지만, 그로서는 그럴 만한 까닭이 있었으리라고 곧 이해가 가는 것 같더군요.

저는 그의 얄미운 뒷모습을 바라보면서, 그가 우리에게 보여주던 '건아의 탑'과 '백합의 탑' 얘기를 문득 기억에 떠올렸습니다. 그리고 언젠가 "한국 사람을 왜 다꼬라고 부르는지 알아? 뼈다귀가 없다는 거야, 뼈다귀가⋯⋯!" 하면서 빈정거리던 일도.

그날 밤 우리들은 오래도록 잠을 이루지 못했습니다. 그의 말마따나 쓸개 빠진 타협과 눈물이 우리들을 오늘과 같은, 아니 갈수록 더 어둔 불행 속으로 밀어 넣지나 않을까 해서⋯⋯

어머니, 하도 억울해서 두고두고 써 보탠 편지가 너무 길어진 것 같습니다. 읽기에 힘드셨겠지요.

슬픈 해후_{邂逅}

"엄마, 어데 가노?"

덕기는 또 어머니를 돌아보고 물었다. 벌써 몇 번짼지 모른다.

"고모아부지만 따라가문 댄다."

수정댁의 대답은 퉁명스러웠다.

집을 나선 지가 거의 한 시간 정도 되어가니까 십 리쯤 걸은 셈일까. 국민학교 일학년밖에 안 되는 꼬마로선 이미 지칠 대로 지쳤는지도 모른다. 얼마나 볕에 나돌았는지 까맣게 그을린 이마에는 땀이 번지르르 배어 있었다.

겨우 낙동강 하구쯤이 보이기 시작했다. 강 건너 을숙도와 갈숲이 여름 땡볕을 받아 한결 푸르게 보였다. 김해로 가는 나루터의 깃발이 바람에 펄럭이고 있었다.

나루터께로 가는가 했더니 고모아버지는 대뜸 강 언덕 윗길로 방향을 바꾸었다.

"엄마, 어데꺼정 가노?"

덕기는 연방 짜증이 났다.

"암말 말고 가자."

어머니의 대답은 내처 같았다. 실은 그녀도 첫길일 뿐 아니라 어디까지 가는지도 몰랐다. 그저 앞서가는 박서방(시누이의 남편)만 따라갈 뿐이었다. 쌀자루를 인 그녀의 흰 이마에도 송알송알 땀방울이 맺혔다. 벌써 몇 번이나 땀을 훔쳤는지 모른다.

키가 큰 박서방은 잠자코 뚜벅뚜벅 걷기만 했다.

여중 2학년인 유나는 입을 다문 채 고모아버지의 뒤만 따랐다. 물론 그녀도 어디로 가는지도 모르고 따를 뿐이다.

"좀 쉬었다 갑시더. 안주[아직] 훨씬 더 가야 댑니더."

박서방은 강 쪽 길가 미루나무 그늘쯤에서 걸음을 멈추었다. 그도 목덜미의 땀을 훔쳤다. 검정 구두코가 폭삭거리는 길먼지에 뿌옇게 되어 있었다.

수정댁은 거의 한 말이나 든 쌀자루를 길가에 내려놓고서 숨을 크게 내쉬었다. 덕기와 유나도 어머니 곁에 앉았다. 둘 다 등짬이 땀에 흠뻑 젖어 있었다.

더위에 시달리는 이들과는 반대로 미루나무 위에서 울어대는 매미 소리는 한결 한가롭기만 했다. 그때만 해도 시내와는 달라서 지나가는 사람이 별로 없었다.

"가볼까요."

십 분도 채 안 되어서 박서방은 다시 걷기 시작했다.

"엄마, 인자 가기 싫다."

덕기는 일어서기를 싫어했다.

"어서 가자. 인자 쪼금만 가문 댄단다."

수정댁은 덕기를 일으켜 세우곤 쌀자루를 다시 이었다. 아까보다 갑자기 더 무거워진 것 같았다.

"덕기야, 저기 집들이 비이제? 저꺼정 가문 댄다."

산모롱이를 돌아섰을 때 고모아버지는 덕기를 돌아보았다. 저만치 집들이 더러 보였다.

"이리 가도 댈랑가 몰라……"

얼마쯤 가다가 박서방은 밭둑으로 난 길에 올라섰다. 유나는 덕기의 손을 잡고 어머니 앞에서 아장거렸다. 콩대가 덕기의 엉덩이쯤에 스칠 만큼 자라 있었다.

일행은 곧 부락 골목쟁이에 들어섰다. 골목쟁이에는 군데군데 재첩 껍질이 쌓여 있어서, 강가 마을이란 것을 곧 알려주었다. 낡은 한옥이 삼십여 호 모여 있는 듯한 이 엄궁이란 부락은 비스듬한 산 발치에서 낙동강을 향해 자리 잡고 있었다.

박서방은 비스듬한 골목길 맨 위까지 올라갔다. 그는 부락 맨 위 어떤 집 사립을 들어섰다.

"어험!"

하는 박서방의 기침 소리에 마침 뒤꼍 대평상 위에 누워 있다가 달려 나온 사람이 바로 덕기의 아버지였다. 집주인은 모두 외출을 하고 없었다.

"아빠!"

하고 그의 손을 잡은 것은 덕기뿐이었다. 다른 사람들은 모두 놀란 듯 멍청히 그의 얼굴만 쳐다보았다. 실로 오랜만의 해후였다.

일행은 곧 성수가 거처하는 방으로 들어갔다.

"고생이 많았지요?"

매부인 박서방은 성수의 손을 꽉 쥐었다. 손이 갑자기 야위어진 것 같았다.

"내싸 머 사서 하는 고생이지만 내 때문에 걱정들이 많았제?"

성수는 해쓱한 얼굴에 그래도 미소를 담아 보였다.

수정댁은 그간 집에서 당한 곤욕 같은 건 일절 입 밖에 내지도 않았다.

삼십 분도 채 지체 못하고 그녀는 박서방을 따라서 자리를 떴다.

"덕기야, 방학 끝나기 전에 데불러 오께. 아부지하고 같이 있거래이."

수정댁은 아들의 머리를 쓸어주고 일어섰다. 그녀는 꼬부랑꼬부랑 한 골목길을 내려오면서 몇 번이나 그 집 쪽을 올려다보았다. 그러나 울짱'이 넘게 자란 옥수숫대들만 보일 뿐 남편의 모습은 끝내 보이지 않았다.

백범 김구 선생이 피살당한 지 꼭 일 년 뒤, 소위 6·25 동란이 일어난 그 여름의 일이었다. 성수는 어떤 정치적 보복을 피해서 거기에 숨어 있는 중이었다.

성수는 김구 선생의 주장에 동조하여 민족 분열을 막고자 5·10 선거—남한만의 단독 선거를 반대하다가 호되게 경을 친 뒤 반정부 분자란 딱지가 붙어서, 뭐가 잘못되어 민심이 시끌시끌해지기만 하면 곧잘 예비 검속을 당했다.

그놈의 예비 검속이란 게 또 요술 방망이가 돼서, 걸려들기만 하면 으레 무슨 죄를 뒤집어씌우게 마련이다. 그러니까 섣불리 걸려들어서는 안 된다. 더구나 전시가 아닌가! 그 대신 집에 남은 가족들은 죽을 곤욕을 치르게 되지만.

"임시정부만 쉬 들오게 했더라문 오늘 같은 꼴은 안 댔일 낀데!"

성수는 술자리에서나 어디서나 지금도 이런 아쉬움을 잘 털어놓는다.

그는 임정 지지파였다. 해방 전부터 임정에 기대를 걸어왔다. 2차대전이 시작되자 임정은 지체 없이 대일 선전 포고를 하고, 중국군과 함께 항일 전선을 폈으며, 우리 광복군은 연합군 사령부의 요청을 받아 멀리 버마 전선까지 진출하여 빛나는 전과를 거두었고, 김구 주석은 서안(西安)에서 미국의 도너반 장군과 한·미 군사 협정까지 체결했으니 국제적으로도 당당히 인정을 받은 우리 임시정부다.

그런 임정이 해방 후 곧 환국만 했더라면 남북 인민이 누가 감히 반대했으랴! 임정은 인정하지 않는다, 오고 싶거든 임정 요인들은 개인 자격으로만 들어오라고 우긴 것은 누구던고?

결국 임정은 주한 미군의 인정을 받지 못하고, 남한만의 단독정부 수립이 획책될 때 김구 주석은 이를 완강히 반대하지 않을 도리가 없었다——남한만의 단독정부를 세운다면, 신탁통치 5년의 기간 정도가 아니라 민족의 영구 분열을 초래할지 모른다. 우리는 기어코 자주독립의 통일정부를 세워야 한다. 그러기 위해서는 먼저 남북 정치범을 동시 석방하여 미·소 양군을 조속히 철퇴시키고, 남북 협상을 개최해야 한다. 나는 통일 조국을 세우려다 38선을 베고 쓰러지는 한이 있더라도 단독정부 수립에는 협력하지 못하겠다고 버텼다.

1948년 4월 19일 김구 선생이 남북 협상을 위해 평양으로 떠나던 다음날 드디어 5·10 단독선거는 강행되고 단선을 반대하던 사람들은 모조리 경을 쳐야만 했다. 그리고 그 다음해 김구 선생은 백주에 현역 군인에 의해 참혹한 죽음을 당했다.

눈 덮인 들을 가도다
함부로 걷지 말라
오늘 나의 이 행적은
반드시 뒷사람의 이정표가 되리라
(踏雪野中去 不須胡亂行 今日我行跡　遂作後人程)

김구 선생이 남북 협상을 위해 평양으로 떠날 때 남겼다는 이 글귀를, 성수가 은둔처의 대평상 위에서 외면서, 만약 그 어른의 생각대로 되었다면 오늘과 같은 민족상잔의 불행은 없었을 텐데…… 하고 있을 때 그를 찾아온 가족들이 불쑥 나타났던 것이다.

"덕기야, 아빠 보고 싶더나?"
"응!"

덕기는 그 또록또록한 눈으로 아버지를 쳐다보았다.

"내 없어지고 난 뒤에 형사들이 많이 찾아오제?"

이번에는 유나를 돌아보고 물었다.

"야."

"그래 와서 머라 카더노?"

"아버지 어데 갔느냐고 묻데요. 그래서 모른다 캤지요. 정말 아무도 몰랐거든요. 엄마도 몰라서 늘 울고 있었는데요……"

"그래서?"

"그 다음부터는 두 사람이나 세 사람이 한꺼번에 와서 엄마 목에다 막 총을 디리대고 사내 간 데를 모를 리 있나, 안 가르쳐주면 쏘아 죽일 끼다, 어서 바른대로 대라고 고함을 지르데요. 뒷방 사람들에게도 막 그라고요……"

유나는 이러면서 눈에 이슬을 담아 보였다. 원래 눈물이 많은 애였다.

성수는 갑자기 가슴이 탁 막히는 것 같았다.

"그래 돈이 없어서 우째 살았노? 학교서는 아무 연락도 없더나?"

말끝을 돌려 보았다. 그는 교직에 있다가 어떤 정보를 듣고 갑자기 자취를 감추었던 것이다.

"없십디더. 아무도 찾아오지도 않고…… 그래서 성기는 남산(고향) 할매 있는 데로 가고, 언니하고 내하고 유미는 동래 외갓집에 안가 있었는기요."

"그럼 집에는 엄마하고 덕기하고 숙이만 있었겠네?"

"야. 숙이는 너무 애리고, 덕기는 엄마 곁을 통 안 떨어질라 캐서…… 그래도 엄마는 아아들 갖다 맺기놓은 남산으로 동래로 내 안 돌아댕깃는기요."

그러고 유나는 고개를 폭 숙였다. 아비 어미 떨어져 있던 일들이 새삼 생각났던 모양이다.

"작은아부지들은 더러 안 와 보시더나?"

"야. 집에 형사들이 찾아온단 말 들으시곤 통 안 오시데요."

겁쟁이들이구나 싶었다.

"엄마 없는 날은 덕기 니가 집을 봤구나. 숙이 데리고?"

덕기는 그저 웃기만 했다. 유나가 대신,

"숙이는 유지 엄마(뒷방에 세든 사람)에게 맺기놓고 유지하고 토끼풀 뜯으러 안 댕깃는기요."

성기와 덕기는 토끼를 즐겨 길렀다.

그렇게들 살기 위해 뿔뿔이 흩어져 있는 애들의 일이 가엾게 생각되었다.

성수가 엄궁이란 곳에 피신처를 구하게 된 것은 거기가 안태고향이었던 이교수의 도움에 의해서였다. 그는 성수의 중학 후배일 뿐 아니라 뜻이 통하기도 했다.

당시 성수는 부산 시내에서는 더 몸 붙일 곳이 없었다. 낯을 아는 사람이 너무 많았다.

엄궁은 낯선 곳일 뿐 아니라 다행히 집주인 신기료장수가 해방 후 일본서 귀국했던 사람이라 같은 피난민으로 인정받기가 쉬웠다.

　주인 신씨는 아침만 먹으면 시내로 나가 저녁 늦게 돌아오고, 부인도 재첩국 장수였기 때문에 새벽부터 집을 나갔다가 저녁 나절이 되어야만 돌아오곤 하였다. 그러니까 성수는 꼭 집지기 비슷한 꼴이 되어 있었다.

　그러나 성수도 노상 집에만 박혀 있을 수가 없어서 낮에는 곧잘 부락 뒤켠에 있는 못가에 가서 시간을 보냈다. 못가에는 해묵은 느티나무랑 물푸레, 굴참나무들이 우거져 있어서 하루 몇 번이나 못물에 머리를 감고 더위를 식히는 데는 안성맞춤이었다. 그는 숲 속 조그만 너럭바위 위에 앉아서, 소리도 없이 이 가지 저 가지로 옮겨 다니는 깨새, 멧새, 굴뚝새 같은 것들을 바라보며 명상에 잠길 때가 많았다.

　명상이라 해도 뭐 인생이니 철학이니 하는 그야말로 명상가들이 하는 그런 고상한 또 감상적인 것이 아니다. 가족들이 어떻게 살고 있으며 동지들이 얼마나 고통을 받고 있는지 하는 절박한 사정들이었다.

　그러나 만판 그러고만 있으면 어쩌다가 못가를 지나가는 사람들이 자기를 어떻게 볼는지 모르리란 생각도 들었다. 무슨 방도를 강구해야지……

　그래서 엄두를 낸 것이, 아이들이라도 불러와야 되겠다는 것이었다. 그래야만 피신을 해 있는 사람이 아니란 인상을 줄 것 같았다. 매부 박서방에게 연락을 취해서 유나를 오게 한 것이 바로 그런 이유에서였다.

성수가 점심을 챙기려고 막 부엌에 들어갔을 때 주인아주머니가 돌아왔다.

(성수는 주인아주머니가 담아 놓고 가는 점심밥을 늘 손수 찾아서 먹었다.)

"오늘은 일찍 팔릿던가베요?"

"재첩이 모지래서 쪼꼼만 안 가져갔던기요."

주인아주머니는 빈 동이를 부엌문 밖에 내려놓고 재빨리 부엌으로 들어왔다.

상 위에 수저가 세 벌 놓인 걸 보더니 그녀는 성수를 흘끗 쳐다보았다.

"손님이 왔는가베요?"

"손님이 아니라 내 새끼들이 왔심더. 마침 방학이 대서 애비 밥이나 좀 지어 달라고 안 불렀는기요. 아주머니에게 너무 신세만 져서…… 유나야, 이리 나오너라."

성수는 방에 잡치고² 있는 애들을 불렀다.

유나는 부엌에 들어서서 주인아주머니에게 수인사를 했다. 덕기는 부엌문 밖에 오뚝 서 있고.

"아이고, 딸도 이뿌제. 어서 청으로 가자. 그런데 밥이 적아서 우짜지?"

외는 장수가 돼 그런지 목소리가 걸걸하였다.

"겐찮심더. 저녁을 일찍 해먹지요."

성수는 아주머니가 들려는 상을 얼른 받아들었다.

아주머니도 자기의 밥을 들고 왔다. 성수의 밥에는 움쌀³이 놓여 있었지만 그녀의 밥은 시꺼먼 꽁보리밥이었다.

"반찬이 없어서 우짜지? 가만 있이소이……"

하고 그녀는 울타리 밖 고추밭에 나가더니 시퍼런 풋고추를 한 움큼 따왔다.

"여름 반찬은 이 우에 덮을 끼 있는기요."

성수는 재첩국일랑 애들에게 주고 풋고추를 막장에 쿡 찍어 먹었다. 원래 촌에서 자랐기 때문에 그는 풋고추를 즐겨 먹었다.

애들도 시장했던지 점심을 맛있게 들었다.

"밥이 모지래제? 내 저녁 일찍 지어주께이."

주인아주머니는 상을 치운 뒤 청에 걸레질을 하면서 애들을 보고 말했다.

오십대인 이 귀환동포 아주머니는 슬하에 애들이 없었던 탓인지 유나와 덕기를 무척 귀여워했다.

"너 멫 살이제?"

그녀는 잠자코 있는 덕기를 보고 물었다.

"아홉 살입니더."

"그래? 아이고, 조놈 눈 보래. 우째 저래 또록또록하노?"

주인아주머니는 넙적한 얼굴에 웃음을 그득 담아 보였다. 나이 답잖게 정수리짬의 머리가 경성드뭇했다.

"아주머니, 일본서는 무슨 일을 했던기요?"

성수는 벌써부터 묻고 싶던 말을 했다.

"이 짱고리[정수리]로 묵고 살았지요. 요새처럼……"

"일본서도 재첩국 장수를 했던가요?"

“그럼 차라리 좋구로요. 험한 공사장에 나가서 보루꼬 같은 거 이는 기 고작이었지요.”

“오나가나 마찬가지군요.”

그런 일을 오래 해서 정수리의 머리털이 저렇게 벗어졌구나 싶었다.

“오늘도 재첩 사러 가야지요?”

그녀는 재첩국을 팔고 와선 또 생재첩을 사와서 밤에 삶아 두곤 했다.

“그럼요. 오늘은 좀 일찌감치 갈람더. 늦게 가문 좋은 건 다 팔리고 없거든요.”

아주머니는 갯가로 나갈 채비를 했다.

성수는 유나를 황아전까지 딸려 보내서 냄비랑 간단한 식사 도구 따위를 사오게 했다. 찬거리도 좀 사고.

성수는 그날 저녁 유나더러 주인집 솥에 주인 내외의 밥까지 함께 짓게 했다. 물론 아내가 이고 온 쌀로.

재첩을 사온 아주머니는 대뜸 솥뚜껑을 열어 보고는 깜짝 놀랐다.

“엄마가 쌀을 가져왔다 카딩이 와 우리 밥꺼정 쌀로 했노?”

유나는 그저 웃기만 했다. 성수가 대신 말을 했다.

“내가 그렇게 시킸심더. 쌀이사 돈 주문 얼마든지 살 수가 안 있는기요.”

그날은 마침 신기료장수 신노인도 일찍 돌아왔다. 일본서 공사장 막일을 하다가 다리를 다쳤다던가, 약간 절뚝거렸다.

유나와 덕기는 신노인에게 수인사를 한 뒤 방에서 저녁을 먹게 하고, 성수는 여느 때나 같이 주인 내외분과 함께 청에서 먹기로 했다.

"선생 덕에 이런 이밥을…… 자, 우선 술이나 한잔 합시더."

주인 신노인은 성수에게 소주잔을 권했다. 그는 신기료장수를 하면서도 저녁 반주만은 꼭 하려고 하였다. 다른 날은 그저 한 잔 정도 하던 것이 그날은 서너 잔이나 훌쩍 했다. 이밥을 대접해주는 성수의 호의가 무척 고마웠던 모양 같았다.

"고향이 산청이라 캤지요?"

상을 물린 뒤에도 성수는 신노인과 이야기를 나누기 시작했다. 이 말은 벌써 몇 번 되씹었는지 모른다. 성수는 그와 이야기를 나누면서 늘 쫓기는 듯한 마음의 고통을 잊곤 했다.

"산청 시천면 심마니 골짜기라 안 캅디꺼. 지리산 밑……"

"고향 생각이 안 납니꺼?"

"와 안 날 리가 있겠소. 그러나 일본 가서 돈도 몬 벌고 다리만 뿌슨 놈이 무슨 낯으로 고향 가겠소. 해방이 댔이니 고국에 돌아가문 무슨 수라도 있일 줄 알고 친구 따라 이곳에 와봤디이 부둣가에서 김밥 두어 개 주고는 어디든지 가라 카더만요."

"해방 덕을 몬 본 셈이네요?"

성수는 담배를 한 대 붙여주며 다음 이야기를 듣고 싶어했다.

"해방 덕도 보는 놈들이 따로 있지, 우리 같은 빈털터리에게 그런 복이 오나요. 그래서 할 수 없이 천마산 꼭대기 거지촌 하꼬방[4] 집에 방 한 칸을 얻고서, 에라 싶어 일본서 하던 신쟁이 일을 또 시작했지요. 할마이는 누구 말을 들었는지 재첩국 장사를 해보겠다고 나서데요."

하면서 담배 연기를 후 내뿜었다.

"그러면서 이 집은 어떻게……"

"저 할마이 덕이지요."

마침 그때 아주머니가 재첩을 씻어가지고 사립에 들어섰다. 그걸 새벽녘에 삶아서 내다 파는 것이었다.

"할마이 덕이라니오?"

성수는 무슨 그럴 만한 기적이라도 있었던가 싶어 궁금했다.

"이곳 재첩이 좀 헐다고〔싸다고〕 천마산 꼭대기서 여기까지 사러 댕기디이 마침 그 생재첩 장수의 소개로 이 집을 얻게 안 댔는기요. 물론 사글세집이지만, 암매 집이 너무 동네 꼭대기에 있으니칸에 얼른 찾는 사람이 없었던 모양이지요."

"잘댔구만요."

성수는 다행이라고 생각했다.

"하늘이 무너져도 솟아날 구멍이 있다 카디이 꼭 우릴 두고 한 말 같더구면요."

'하늘이 무너져도 솟아날 구멍이 있다……'

성수는 그날 밤 아이들 곁에 누웠을 때 이 말이 내처 머리에 남아 있었다. 자기에게도 그런 일이 몇 번인가 있었던 것이다.

이튿날부터 성수의 식구는 따로 밥을 지었다. 유나는 여중 2학년이니까 세 식구의 간단한 동자〔부엌일〕 정도는 능히 할 수가 있었다. 찬 만드는 솜씨는 어미에게 배워서 제법이었다.

조반을 먹고 나면 성수는 집에서 가까운 못가로 가는 것이 거의 일과처럼 되어 있었다. 늘 쫓기는 기분이니까 느긋이 방구석에 잡치고 있을 경황이 못 되었다.

유나도 덕기도 따분한 눈치였다.

"아버지 노는 데 가볼까? 못이 대기 크대이, 나무도 많고……"

성수는 밀짚 벙거지를 찾아 썼다. 여느 때처럼 대사립을 닫아 놓고 두 아이를 데리고 못가로 갔다.

"이런 못은 처음 봤제? 한가운데는 한 질이 넘는대이."

동네 조무래기들은 강가에만 나가 놀았지 못가에는 잘 오지 않았다. 성수에게는 그것이 좋았다. 될 수 있는 대로 많은 사람들에게 얼굴을 알리기가 싫었기 때문이다.

"아, 저게 다람쥐 올라간다!"

덕기는 곧 돌멩이를 하나 집어 들었다. 팔매질을 할 모양이었다.

"안 돼. 떤지지 마라. 여기가 즈그 사는 곳이다. 가만히 봐바라. 또 나올 끼다. 이 나무 저 나무 타고 댕기는 기 재밌대이."

덕기는 쥐었던 돌을 도로 놓았다.

"덕기야, 내캉 반대질〔물수제비뜨기〕 한분 쳐 볼래?"

성수는 덕기의 마음을 느긋하게 만들기 위해 얄팍하고 동그란 조각돌 하나를 찾아서 물 위를 가로 쳤다. 돌은 담방담방 뛰듯이 못물 위를 가로질러 갔다.

덕기도 곧 흉내를 냈다. 처음에는 실패를 하더니 나중엔 제법 잘했다. 그는 재미있는 듯이 그런 장난을 몇 번이나 했다.

유나도 두어 번 그런 장난을 했다.

오후에 성수는 애들을 강가로 데리고 나갔다. 조마이(주머니) 꼴로 된 강줄기 하나가 흡사 호수처럼 가로누워 있었다. 물이 둑을 잘 넘어가지 않아서 발치에는 너겁⁵이 엉켜 있었다. 여간 큰 비가 오기 전에는 없어지지 않을 너겁 같았다. 물가에는, 아니 가운데도 길쭉한 갈대가 드문드문 서 있었다.

그들은 군데군데 염소떼가 매어져 있는 강둑길을 한참 걸었다. 강 원줄기가에는 갈숲이 제법 우거진 데가 있었다.

"꽥—꽥!"

강숲 속에서 이상한 새소리가 들렸다. 개개비란 새다. 그곳 사람들은 갈밭새라고들 불렀다.

"덕기야, 저 새소리 나는 짬에 돌 한번 던져봐. 새가 날아갈지 모른대잇."

성수는 덕기를 부추겼다.

덕기는 돌을 던졌다. 아무리 던져도 우는 소리만 잠깐 그칠 뿐 새는 한 마리도 날지 않았다. 곧 다시 꽥꽥꽥 울어대기만 했다.

"우습제? 저 새는 조매〔좀처럼〕 날지 않는대이. 그래서 어짜다가 나는 걸 본 사람 이외는 우째 생긴 샌지 모르는 사람이 많았다."

성수는 괴물처럼 강가에 우뚝 서 있는 감투바위께까지 애들을 데리고 갔다. 아마 바위 꼭대기가 감투처럼 생겼다 해서 붙여진 이름 같았다.

"저 방구〔바위〕 우습제? 우가 와 하얀지 알겠나?"

아이들은 신기한 듯이 바위 위를 쳐다보기만 했다.

"저런 방구는 새똥바위라고 하는 긴데 우가 허연 것은 물새들
이 저 우에 와서 놀다가 똥을 싸대기 때문이란다."

유나는 비로소 이해가 가는지 빙그레 웃어 보였다.

그러나 덕기는 그 바위 아래쪽에 펼쳐져 있는 개펄 쪽에만 눈이
가 있었다. 마침 자기 또래의 애들이 물가에 옹기종기 모여 있었
던 것이다. 뭔가를 잡고 있는 모양이다.

"우리도 가볼래?"

됐다 싶어 성구는 개펄로 내려섰다.

마침 모래펄에 나와 놀던 갈게떼들이 솰솰솰 제 구멍을 찾기가
바빴다.

덕기는 얼른 한 마리를 덮쳤다. 그리곤 욕심을 내어 게구멍을
파기 시작했다. 여간 파서 잡힐 리가 없었다.

"하지 마라. 그래가주고 그놈들이 잽힐 줄 아나. 헷일이다. 그
리지 말고 저어기 저 아이들처럼 재첩이나 잡아 봐라."

그러면서 성수는 앞장을 서듯 얼른 신을 벗어들고 저벅저벅 물
가로 가까이 갔다.

"여게서 해보까……"

성수는 본보기를 하듯이 모래 속에 발을 푹 밀어 넣고서 설렁설
렁 발싸심*을 하기 시작했다.

"이거 봐라, 한 개 잡았지?"

성수는 조그만 재첩 하나를 꺼내 보였다.

"있다!"

덕기도 갑자기 소리를 치며 허리를 굽혔다. 징거미처럼 허리를

굽히더니 발밑에서 제법 큰 놈을 하나 쑥 꺼내 보였다. 제 딴에 어지간히 기쁜지 얼굴을 활짝 웃겼다.

유나도 몇 마리 찾았다. 뜻밖에 갯가재도 걸려들었다.

애들이 기뻐할 때마다 성수는 내처 흐뭇한 미소를 띠었다. 그렇게 애들과 함께 웃어 본 지가 실로 얼마만의 일이었던가!

아마 한 시간 남짓 그랬을까? 멀리 건너다보이는 김해 명지면 들 끝에 기울어져 있는 햇빛이 어느새 불그레해 보였다. 이곳 해거름은 늘 그랬다.

새끼들을 부르느라 그런지 갈숲 속에서 개개비 소리가 한결 시끄러워지고, 물가에 있던 해오라기들도 갑자기 떼를 지어 남으로 남으로 날아갔다. 갈숲이 무덕지게[7] 우거져 있는 을숙도에 그들의 둥지가 있다던가.

"인자 우리도 돌아가자. 이만하문 저녁 반찬은 대겠제?"

성수는 애들을 데리고 개펄을 나왔다. 그의 밀짚 벙거지 속에 치면한[8] 수확물을 수건에 싸서 들고, 벙거지를 죄수들이 쓰는 용수처럼 푹 눌러썼다.

사립문이 활짝 열려 있었다. 아직 좀도둑 같은 게 설치지 않는 시골이었지만 성수는 그래도 약간 섬쩍하였다. 그러나 주인아주머니가 벌써 돌아와 있었다.

"어데 놀러 갔던가베요?"

성수가 수건을 끌러 보이자,

"아이고, 많이 잡았네요?"

하고 아주머니는 넙죽한 얼굴에 미소를 담아 보였다.

밤이 되자 아이들은 역시 어미 곁이 그리운 모양이었다. 방장(房帳)을 통해서 희미하게 비치는 전등 아래서 성수는 여느 때와 같이 신노인을 시켜 사오는 그날의 신문을 골똘히 들여다보고 있지만, 유나와 덕기는 이내 베개를 베고 누웠다. 그러나 잠은 좀처럼 들지 않는 것 같았다. 유나는 천연스럽게 눈을 감고 있었지만 덕기는 멍청히 뜨고 있었다. 송아지도 어미를 닮는다더니 두 애가 다 어미를 닮아서 머리가 약간 곱슬하고 살결이 희었다.

"엄마 보고 싶나?"

아비가 신문을 보다 말고 이렇게 물으면 대답은 않고 그만 돌아눕는다.

"그만 자자."

성수는 전등을 꺼버리고 자기도 베개를 찾아 벴다. 그러나 그도 좀처럼 잠이 청해지지 않았다. 비록 뿔뿔이 흩어져 있었지만 가족들은 그래도 살아 있으니 뒷전이고, 무더기로 혹은 따로따로 수사 기관에 끌려간 사람들이 이렇다 할 재판도 받아보지 못하고 어떻게 되어가고 있다는 소문이 머리를 떠나지 않아 도무지 잠을 이룰 수가 없었다. 지금은 다행히 이렇게 잡치고 있지만 자기도 언제 그런 운명에 처하게 될는지 모르리라고 생각하면 꼭 미칠 것만 같았다──내게 무슨 죄가 있단 말인가? 만약 죄 될 일이 있다면, 내가 그렇게 고대하던 상해 임시정부의 주석 김구 선생의 포원을 따라 민족 통일을 위한 남북 협상을 지지하고, 사회민주화를 주장하고, 그러한 논지의 신문 논설들을 쓴 것뿐이다. 그것이 어찌 죄가 된단 말인가!

하불실[10] 식민지 지식인으로서 과히 부끄럽지 않을 일을 한다고 허덕이다가 몇 차례 놈들에게 구속을 당하기도 했지만 그때는 그래도 재판 없는 처분은 받지 않았다. 그런데 지금은 뭐냐 말이다. 이것이 해방의 덕이란 건가?

그렇게 고대하던 해방이 되었는데도 따지고 보면 내내 한통속인 듯한 패거리들의 마수에 짐승처럼 끌려가 어떻게 될는지도 모른다는 일을 생각하면 치가 떨려 견딜 수가 없었다.

곁에서 잠이 든 애들의 숨소리가 쌕쌕 가냘프게 들렸다.

'망했다 망했어. 망한다 망한다……'

성수는 달구리[11]가 돼서야 겨우 노루잠[12]이 들었다.

이러한 나날이 두어 주일 지났다. 어느덧 8월 15일. 누구를 위한 해방인지도 모르는 해방의 날이 또 닥쳤다.

그날도 유나는 덕기를 데리고 강가로 나가 개발을 해왔다. 재첩이랑 고막조개 따위가 양재기에 제법 치면했다.

"선생, 한잔 안 할랍니꺼? 해방의 날이라 카는데……"

저녁을 먹고 수식경이 지났는데 신기료장수 신노인이 방에 잡치고 있는 성수를 불렀다.

"오늘 내 큰 놈 한 병 사왔심더. 선생하고 한잔 할라꼬……"

(그는 그 무렵 성수의 일을 어느 정도 눈치 채고 있었다.)

신노인은 청에 벌써 술상을 차려 놓고 있었다. 8월 15일이 음력도 보름께 가까웠던지 달빛이 이미 뜰을 환히 비추고 있었다. 벌써 가을철을 알았는지 귀뚜라미의 단조로운 울음소리가 끼르르끼르르 들려왔다.

신기료장수와 소주를 한 서너너덧 잔 하고 있을 때 뜻밖에 웬 군복을 입은 젊은이 두 사람이 사립을 불쑥 들어섰다. 한 사람은 키가 멀쑥했다.

'끝장이구나!'

성수는 이내 가슴이 철렁했다. 그러나 곧 마음을 가다듬었다.

군복은 바른총으로[13] 청가에 다가섰다. 키가 멀쑥한 사람이 성수의 가슴에 피스톨을 들이댔다.

"이름이 뭐요?"

다행히 말만은 경어를 썼다.

대답이 끝나기 전에 성수의 두 손에는 묵직한 수갑이 철컥 채워졌다.

신기료장수는 놀라서 떨고만 있었다.

방에서 나온 유나와 덕기는 아비의 등 뒤에서 얼굴이 그만 눈물 투성이가 되었다.

"유나야, 어서 짐 챙기라. 인자 느그는 엄마한테 갈 수 있다. 엄마 말 잘 들어래잇."

그리고 성수는 애원이라도 하듯이 군복 사나이를 쳐다보았다.

"미안하지만 이 수갑 좀 늦춰 주시오. 아이들에게 내 유물을 주어야겠소. 이 시계 말이오……"

그 말이 성수의 유언같이 들렸던지 키가 멀쑥한 군복이 들고 있던 피스톨을 도로 허리께에 꽂고 시계가 있는 쪽의 수갑을 늦춰 주었다.

"애비 유품이다. 받아라."

성수는 차고 있던 팔뚝시계를 끌러 유나에게 넘겨주었다. 시계를 받는 유나의 손은 사시나무처럼 사뭇 떨어댔다.

짐이래야 홑이불 하나와 모기장, 그리고 한 줌밖에 안 되는 식사 도구뿐이었다.

성수는 이미 각오가 서 있는 만큼 마음을 느긋이 먹고 주인 내외에게도 깍듯이 수인사를 하고 군복을 따라나섰다.

유나는 짐보자기를 뭉쳐 들고 덕기와 함께 아비의 뒤를 따랐다.

부락 어귀, 지프 하나가 세워져 있는 곳에서 군복은 성수 일행을 세웠다.

"저 사람이 누군지 알겠소?"

키다리는 성수를 돌아보았다.

지프차 앞 길바닥에 웬 여인 하나가 실신을 한 듯이 누워 있었다.

퍼뜩 머리에 짚이는 게 있어서 성수는 한 발짝 가까이 다가가 보았다. 희미한 달빛 밑이지만 고대[14] 아내란 것을 알 수가 있었다.

"여보!"

성수는 쓰러지듯 그 곁에 몸을 웅크렸다.

"아이고……"

수정댁은 겨우 모기만 한 소릴 내며 성수를 쳐다보았다.

"엄마!"

유나와 덕기는 어미의 손을 쥐고 흐느끼기 시작했다.

얼마나 당했는지 얼굴은 몰라볼 만큼 부어 있고 쪽이 풀린 곱슬

머리는 모양없이 뒤헝클어져서 볼의 절반을 덮고 있었다.

"너무 심하지 않소……?"

성수는 허리를 다시 펴고 두 젊은이를 노려보았다. 죽어도 할 말은 하고 마는 성미다.

"다 선생 죄요. 얼른 타기나 하시오."

그들은 재촉이 성화같았다.

수정댁은 수갑을 찬 성수에게 매달리듯 해서 겨우 지프에 올랐다. 유나와 덕기는 어미를 부축하듯이 딱 붙어 앉았다. 보퉁일랑 발밑에 두고.

지프는 시내를 향해 내달리기 시작했다.

"아이들은 다 우찌 댔소?"

성수는 수갑 찬 손으로 아내의 자그만 손을 꼭 쥔 채 물었다. 고향과 처가에 흩어져 있다는 애들이 걱정되었다.

"모도 한군데 다 갇혀 있심더……"

겨우 들릴 만한 목소리였다.

"갇혀 있다니?"

성수는 가슴이 섬뜩했다.

"지금 가면 만날 수 있을 거요."

키다리가 대신 대답했다.

그 말을 듣자 성수는 그들이 어디에 있으리란 것을 퍼뜩 짐작했다. 틀림없이 그것들도 호되게 경을 쳤으리라. 성수는 가슴이 더욱 미어지는 것 같았다.

지프가 강가 험한 벼랑 위를 조심스럽게 지날 때 키 큰 군복이

힐끔 성수를 돌아보았다.

'여기서 어떻게 할 작정인가……'

성수는 그를 똑바로 쏘아보았다. 그의 눈치를 살피려는 듯이.

"참 운수가 좋았소. 사흘 전에만 붙들렸어도……"

성수는 무슨 뜻인지 알아들을 수가 없었다.

고대 아스팔트길로 나서자 차는 더욱 속도를 냈다. 일반인의 통행이 금지되어 있는 동광동 쪽으로 들어가더니 어떤 으리으리한 건물 앞에 덜컥 섰다.

"내려요!"

성수의 가족은 거기서 내렸다. 길옆에는 커튼을 내린 대형 버스가 한 대 대기하고 있었다.

성수의 가족들은 그 건물 안으로 끌려 들어갔다. 이층으로 올라갔다.

"당신은 저리 가시오."

키다리는 수정댁과 애들일랑 다른 방으로 보내고 성수만을 딴 방으로 끌고 갔다.

"여기서 기다리시오."

키다리는 문을 꽉 닫고 돌아갔다.

일부러 촉광을 낮췄는지 방 안이 아주 침침했다. 그리 넓지도 않은 방인데 거의 반죽음을 당한 듯한 사람들이 여남은 줄느런히[15] 뻗어져 있었다. 모두 낯선 사람들이었다.

성수는 빈자리를 찾아 웅크리고 앉았다.

"도장 찍었소?"

곁에 있던 사람이 물었다.

"안 찍었소."

성수는 조사를 받았느냐는 뜻으로 알고 그렇게 대답했다.

"다행이구먼."

다른 친구가 이렇게 말했다.

"와 그렇소?"

"도장 찍으면 끝장이오. 밖에 있는 큰 차 안 봤소. 도장 찍고 그 놈만 타문 괴기밥이 댄다 카이……"

성수는 그 무렵 나도는 소문으로, 없앨 놈은 세 사람씩 철사로 묶어서 어느 바다에 갖다 던져버린다는 말을 기억에 떠올렸다.

도장 찍었느냐고 묻던 친구가 어느 방에 있다 왔느냐고 다시 묻기에 오늘 막 붙들렸다고 했더니, 운수 좋았다고 하면서 다음과 같은 말을 했다.

"사흘 전에 연합군 사령부란 데서 정식 재판 없이 처형하는 건 중지하라는 명령이 내렸답니더."

'갇혀 있는 사람들이 어떻게 그런 소식을 빨리 알꼬……'

성수는 아까 지프 안에서 키다리 군복이 얼핏 비치던 말을 기억에 떠올렸다. 그러나 무작한[16] 사람잡이들이 과연 그 말을 들을지 믿어지지 않았다.

뻗어져 있는 사람들 속에서 성수는 그 밤을 곧추세웠다. 자기가 당해야 할 일보다 다른 으슥진 방에 갇혀 있는 가족들의 일이 더 걱정되었다. 얼마나 심하게 당했기에 아내의 얼굴이 그토록 부어 있었을꼬? 시집갈 나이가 된 큰딸은……? 겨우 중학 일학년인 장

남은…… 성수는 전신이 오싹오싹 웅크려드는 것만 같았다.

이튿날 낮 열한시쯤 돼서, 성수는 어제 그 키다리 군복을 따라 취조실이 있는 아래층으로 내려갔다. 푸줏간에 끌려가는 소 같은 심정이었으리라.

그러자 뜻밖에 그 건물 문간에 웅크리고 서 있는 가족들과 마주쳤다. 마치 자기를 기다리고 있는 눈치들 같았다.

순간, 성수는 '앗!' 소리를 칠 뻔했다. 고향에 맡겨 두었다던 성기(장남)도, 외가에 가 있다던 큰딸도 모두 거지떼처럼 한데 엉겨 있었다. 마치 잿더미 속에서 기어 나온 듯한 얼굴들을 하고서. 호되게 시달린 자취가 역력했다.

그러나 보퉁이를 챙겨든 아내의 모습을 보면 아마 모두 풀려나가는 모양 같았다. 정말 기적적인 해후였다.

"아이들 데리고 부대〔부디〕 잘 사이소!"

성수는 겨우 들릴 듯 말 듯한 목멘 소리로 유언이라도 하듯이 이렇게 말했다.

그러곤 눈물을 글썽거리고 있는 가족들과 결별의 목례를 나누고 취조실 안으로 들어갔다. 그것이 아마 가족들과의 마지막 해후리라 싶었다.

그물

*『민족문학사 연구』3호, 창작과비평사, 1993. 4.

1 탈리다 몹시 시달리고 지치다.

2 석새 성글고 굵은 베.

3 사음 마름.

4 구루마 달구지, 수레.

5 의제 다른 물건을 본떠서 만듦, 또는 그 물건.

6 살푼 살포시.

7 먹어댄 어떤 마음이나 감정을 품은.

8 번경 간 논을 다시 갈아 뒤집는 일.

9 한어머니 큰어머니.

10 호양질 화냥질, 서방질.

11 무쭐하게 어지간히 묵직하게.

12 잽이손 '제비손'의 오기로 보인다. 제비처럼 뾰족하고 날렵한 손.

13 거게 걸게. 말씨나 솜씨가 거리낌이 없고 푸지다.

14 개아춤 고이춤. 속옷.

15 일주 한 그루.

사하촌

*『김정한 소설선집』(증보판), 창작과비평사, 1983.

1 샤벨shovel 삽, 부삽.

2 시뻐하다 못마땅하게 생각하다.

3 벋니 뻐드렁니.

4 제비손 제비처럼 뾰족하고 날렵한 손.

5 두덕 '언덕'의 방언.

6 봇목 보(洑)의 물목.

7 낱 셀 수 있는 물건의 하나하나. 낱개.

8 고동 희망이나 이상이 가득 차 마음이 약동하다.

9 시난고난 병이 오래 끌면서 점점 악화되는 모양.

10 몰강스럽다 보기에 모지락스럽고 악착하다.

11 항우(項羽) 항우장사. 힘이 아주 센 사람을 비유적으로 이르는 말.

12 욱대기다 우락부락하게 우겨대다.

13 바른총으로 곧장.

14 뻘 개흙. 갯바닥이나 늪바닥에 있는 거무스름하고 미끈미끈한 흙.

15 만무방 예의와 염치가 도무지 없는 사람.

16 탱고리 '올챙이'의 방언.

17 떡심 풀리다 맥이 풀리다. 몹시 낙망하다.

18 하마나 '이제나저제나'의 방언.

19 댓곡식 구황 작물. 흉년 따위로 기근이 심할 때 대신 먹을 수 있는 농작물.

20 능기는 '늠그는'의 오기로 보인다. 곡식의 껍질을 벗기는.

21 악치듯한 악을 치듯한, 악한 행동을 하는 듯한.

22 무춤하다 갑자기 움직임을 멈추고 뒤로 물러서려는 자세를 취하다.

23 웃기다 어떤 일이나 모습 따위가 한심하고 기가 막히다.

24 뼈물다 무슨 일을 하려고 단단히 벼르다.

25 철부지한 철없는.

26 도둑지리 도둑질.

27 무단히 사유를 말함이 없이.

28 간평(看坪) 지주가 추수 전에 농작물의 잘되고 못 됨을 실지로 살펴보던 일.

29 불퉁 무뚝뚝하고 퉁명스러운.

30 보천교 증산교 계통의 종교.

31 소진장의(蘇秦張儀) 소진(蘇秦)과 장의(張儀)가 중국 전국 시대의 변설가로, 구
변이 썩 좋은 사람을 이르는 말.

32 바특이 바싹.

33 열적게 멋쩍게.

34 교풍 옳지 못한 풍속이나 습관을 고쳐 바로잡음.

35 어긋한 서로 마음에 틈이 생긴.

36 찬물내기 당치 않은 방법으로 목적을 이루려고 어리석게 행동하는 사람.

37 엉세판 살아가기 어렵도록 가난한 형세.

38 울가망 근심스럽거나 답답하며 마음이 편하지 않음.

항진기

*『낙동강』 1, 시와사회사, 1994.

1 작달비 굵고 거세게 퍼붓는 비.

2 잠박 누에를 치는 데 쓰는, 싸리나 대오리 등으로 결은 채반.

3 가댁질 아이들이 서로 잡으려고 쫓고, 쫓기어 달아나고 하며 뛰노는 놀이.

4 한밥 누에의 마지막 잡힌 밥.

5 떡심 풀리다 몹시 낙망하다.

6 촌탁 남의 마음을 미루어서 헤아림.

7 벌 넓고 평평하게 생긴 땅.

8 걸태질 탐욕스럽게 마구 재물을 긁어모으는 짓.

9 애도 곤도 없는 간도 쓸개도 없는.

10 썩은새 썩은 이엉.

11 추진 물기가 배어서 몹시 눅눅한.

12 지지랑물 비가 온 뒤 지붕이 썩은 초가집 처마에서 떨어지는 검붉은 낙수.

13 는개 안개처럼 보이면서 이슬비보다 가늘게 내리는 비.

14 휘휘하다 무서우리만큼 쓸쓸하고 적막하다.

15 산돌림 여기저기 돌아다니며 한 줄기씩 내리는 소나기.

16 어정뱅이 반거들충이가 되어 빈둥빈둥 놀고 지내는 사람.

17 귀꿈스런 궁벽하여 흔하지 않은.

18 억척보두 성질이 끈질기고 단단한 사람.

19 낭 벼랑.

20 치면한 그릇 속에 물건이 거의 다 찬.

21 안돌이 지돌이 험한 벼랑길에서 바위 같은 것을 안거나 등에 대고 겨우 돌아가게 된 곳.

22 너덜 돌이 많이 깔린 비탈.

23 셈들다 사물을 잘 분별하는 슬기가 있게 되다.

24 보드라운 억세지 않고 따뜻한.

25 탁방 일의 결말을 냄.

26 노박이로 줄곧 계속하여.

27 등바대 홑옷의 안쪽 등덜미에 넓게 댄 헝겊.

28 시틋한 싫증이 난.

29 애면글면 힘에 겨운 일을 이루려고 온 힘을 다하는 모양.

30 엄세판 살아가기 어렵도록 가난한 형세.

31 힘미더움 힘을 믿을 만함.

32 지르퉁하다 잔뜩 성이 나서 말없이 있다.

33 틀거지 튼실하고 위엄이 있는 겉모양.

34 억보 억지가 아주 센 사람.

35 만무방 예의와 염치가 도무지 없는 사람.

36 신청부같이 근심 걱정이 많아 사소한 일은 좀처럼 돌아볼 겨를이 없이.

37 보천교(普天敎) 증산교 계통의 종교. 만승천자는 '천자(天子)'를 높이는 말. 보천교도가 천자를 기다린다는 말로, 가능성이 없는 일을 비유해서 이르는 말.

38 매팔자 하는 일 없이 놀기만 하면서도 살림살이 걱정이 없는 팔자.

39 야거리 돛대가 하나뿐인 작은 배.

40 망석중이 나무로 만든 꼭두각시의 한 가지.

41 생이질 한창 바쁠 때 쓸데없는 일로 남을 귀찮게 하는 짓.

42 저름난 말이나 소가 다리를 절게 된.

43 겨릅대 껍질을 벗긴 삼대.

44 간대로 그리 쉽사리.

45 뼈물다 무슨 일을 하려고 단단히 벼르다.

46 밀삐 지게에 매어 걸머지는 끈.

47 사음 마름.

48 곱다시 그대로 고스란히.

49 지질한 변변치 못한.

50 물쿠다 날씨가 찌는 듯이 더워지다.

51 철부지한 철없는.

52 눈석임 쌓인 눈이 녹아 스러짐.

53 널바라지 널빤지로 된 작은 창.

54 팔초하다 얼굴이 좁고 턱이 뾰족하다.

55 앗은 품 자기가 받은 품.

56 놉 식사를 제공하고 날삯으로 일을 시키는 일꾼.

57 달구리 새벽에 닭이 울 무렵.

58 말벗김 지난날, 마름이 소작인에게서 벼를 받을 때에는 말을 후하게 되어서 받고, 지주에게 줄 때에는 박하게 마질을 하여 남은 것을 가로채던 일.

59 모춤 볏모나 모종을 묶은 단.

60 곁두리 (농사일 등 힘든 일을 하는 사람이) 끼니 외에 참참이 먹는 음식.

61 바르고 차지게 이긴 흙 따위를 다른 물체의 표면에 고르게 덧붙이고.

62 조(調) 품격 높고 깨끗하게 가려지는 행동.

63 검잡다 거머잡다.

추산당과 곁사람들

*『낙동강』 1, 시와사회사, 1994.

1 말판〔末一〕 끝판.

2 신장대 무당이 신장을 내릴 때 쓰는 막대기나 나뭇가지.

3 그렁성저렁성 그런 듯도 하고 저런 듯도 하여 아무 대중 없이.

4 벌룩하게 틈이 조금 크게 벌어져 있게.

5 뒤넘스럽다 어리석은 것이 주제넘다.

6 중동 어떤 일의 중간이 되는 부분.

7 하불실 아무리 적어도 적은 대로의 희망은 있음.

8 불각시 불시(不時).

9 엉너리 남의 환심을 사려고 어벌쩡하게 서두르는 것.

10 겉탈 겉모양.

11 장도감을 치다 함부로 야단을 치며 크게 풍파를 일으키다.

12 바이 전연, 도무지.

13 모지라지다 끝이 닳거나 잘려서 없어지다.

14 널감 '죽을 날이 가까워진 늙은이'를 농조로 이르는 말.

15 개자할 하는 짓이 똑똑하지 못할.

16 애가 터지게도 초조한 마음속이 터지도록.

17 겨릅대 껍질을 벗긴 삼대.

18 되알지다 힘에 겨워 벅차다.

19 길편한 평탄한.

20 다라지게 야무지게.

21 단대목 가장 중요한 고비나 자리.

22 다랍기도 아니꼬울 만큼 잘고 인색하기도.

23 휘휘하다 무서우리만큼 쓸쓸하고 적막하다.

24 싸대다 싸다니다.

25 뒤설레다 몹시 설레다.

26 지질한 보잘것없고 변변하지 못한.

27 울가망 근심스럽거나 답답하여 마음이 편하지 않음.

28 떼관음보살 '떼 지어 행동하는 사람들'을 비유하여 이르는 말.

29 총중 많은 사람 가운데.

30 최판관(崔判官) 죽은 사람의 생전의 선악을 판단한다는 저승의 벼슬아치.

31 후욕패설 이치에 맞지 않는 말로 꾸짖고 욕설을 함.

32 뒤퉁스럽게 하는 짓이 찬찬하지 못하게.

33 엄펑소니 엉큼하게 남을 속이거나 골탕 먹게 하는 짓.

34 간대로 그리 쉽사리.

35 멱 진 놈 섬 진 놈 멱을 진 사람 섬을 진 사람이란 뜻으로 여러 가지 짐을 진 사람을 뜻하는 말.

36 뺨따구니 '뺨따귀'의 잘못.

37 걸쌍스럽다 성미가 별나고 억척스럽다.

38 연승 연신. 잇따라 자꾸.

39 내려쏘다 위에서 아래로 급히 내달리다.

40 당코 당하고.

모래톱 이야기

*『낙동강』 2, 시와사회사, 1994.

1 닦이다 휘몰아서 나무람을 당하다.

2 메끝 산 끝.

3 사래 이랑.

4 남새밭 채소밭.

5 체목 집 짓는 데 중요한 기둥과 도리 같은 재목을 이르는 말.

6 상일 막일.

7 길차다 아주 훤칠하게 길다.

8 악지 잘 되지 않을 일을 무리하게 해내려는 고집.

9 어련무던하다 별로 흠잡을 데 없이 무던하다.

10 무연한 인연이 없는.

11 묵연하다 잠잠히 말이 없다.

12 배내 남의 가축을 길러서, 다 자라거나 새끼를 친 뒤에 주인과 나누어 가지는 일.

13 뒤퉁스럽다 하는 짓이 찬찬하지 못하다.

14 성큼하다 윗도리에 비하여 아랫도리가 좀 어울리지 않게 길쭉하다.

15 엉큼수 교활한 술수.

16 가래 가래나무의 열매.

17 갈목 갈대의 이삭.

18 칠월 더부살이 주인마누라 속곳 걱정 아무 관계 없는 일에 주제 넘게 걱정한다.

19 하불실 아무리 적어도 적은대로의 희망은 있음.

20 가납사니 된 소리 안 된 소리로 쓸데없이 말수가 많은 사람.

21 접낫 (날이 동그랗게 휘어진) 자그마한 낫.

22 억척보두 성질이 끈질기고 단단한 사람을 이르는 말.

23 길차다 아주 훤칠하게 길다.

24 검잡다 거머잡다.

25 설두 앞장을 서서 일을 주선함.

26 후욕패설 이치에 맞지 않는 말로 꾸짖고 욕설을 함.

27 태질치다 세게 메어치거나 내던지다.

28 컁컁하다 얼굴이 몹시 야위어 파리하다.

29 정지 땅을 반반하고 고르게 만듦.

제3병동

*『낙동강』 2. 시와사회사, 1994.

1 그슬리다 그을리다.

2 뼈물다 무슨 일을 하려고 단단히 벼르다.

3 숫되다 순진하고 어수룩하다.

4 바른총으로 곧장.

5 곱다시 축나거나 변하지 않고 그대로 온전하게.

6 데되다 됨됨이가 제대로 이루어지지 못하다.

7 검잡다 거머잡다.

8 휘휘하다 무서우리만큼 쓸쓸하고 적막하다.

9 간짓대 긴 대로 만든 장대.

10 농사곳 농사 짓는 곳.

11 진사(辰砂) 육방 정계(六方晶系)에 딸린 진홍색의 광석.

12 외가곳 외가 마을.

13 다락같다 덩치가 당당하게 크다.

14 걍걍하다 얼굴이 몹시 야위어 파리하다.

15 설명하다 아랫도리가 가늘고 길어 어울리지 않다.

16 휘뚜루 닥치는 대로 맞게 쓰일 만하게.

17 박부득이 일이 매우 급하여 어찌할 수가 없이.

18 내기 작정. 판국.

19 간대로 그리 쉽사리.

20 구루마 수레.

21 흔감 기쁘게 느껴 감동함.

22 치면하다 그릇 속에 물건이 거의 다 차 있다.

수라도

*『낙동강』 2, 시와사회사, 1994.

1 처네 지난날, 시골 여자가 나들이할 때 장옷처럼 머리에 쓰던 물건.

2 설두 앞장서서 일을 추진함.

3 안태본 선조 때부터의 고향.

4 친정곳 친정 마을.

5 소금곳 소금 마을.

6 팟자를 놓다 일을 그만두다.

7 시위나다 강에 큰물이 나다.

8 고물대 이물대 고물 쪽의 돛대와 이물 쪽의 돛대.

9 나불 '노을'의 방언.

10 하님 여자 종.

11 집을 내다가 잠시 중단하다가.

12 콩낱 콩알.

13 벼룻길 강가나 바닷가의 낭떠러지로 통하는 비탈길.

14 우귀 혼인한 신부가 처음으로 시집에 들어감.

15 요부하다 살림이 넉넉하다.

16 바비쳐 두 물건을 맞대고 문지르며.

17 애면글면 힘에 겨운 일을 이루려고 온 힘을 다하는 모양.

18 엉세판 살아가기 어렵도록 가난한 형세.

19 줄느런히 줄을 짓듯 나란히.

20 황혼 축객 해가 지고 어둑어둑할 때 손님을 쫓음.

21 촌탁 남의 마음을 미루어서 헤아림.

22 접치다 접다. 자기 의견이나 주장 따위를 미루다.

23 골패 노름 기구의 한 가지.

24 가모(家母) 한 집안의 주부.

25 책가위 책싸개.

26 파젯날 제사를 마친 날.

27 입젯날 제사를 지내기 하루 전날.

28 베리 벼루. 강이나 바닷가에 있는 벼랑.

29 바람의지 바람을 피할 수 있는 곳.

30 무덕지다 두두룩이 많이 쌓여 있다.

31 지차 맏이 이외의 자식들.

32 오쟁이 짚으로 만든 작은 섬.

33 떡심 풀리다 맥이 풀리다.

34 습골 시신을 화장한 후 뼈를 모으는 일.

35 불각시 불시(不時).

36 앵하기도 분하고 아깝기도.

37 모꼬지 여러 사람이 놀이나 잔치 따위의 일로 모이는 일.

38 물덤벙술덤벙 아무 일에나 대중없이 손대거나 날뛰는 모양.

39 뼈물다 무슨 일을 하려고 단단히 벼르다.

40 실직한 듬직한.

41 먹겠지 여기겠지, 믿겠지.

42 뭉클하다 슬픔이나 노여움 따위의 감정이 북받쳐 가슴이 갑자기 꽉 차는 듯
하다.

43 어스럭송아지 거의 중송아지만 한 큰 송아지.

44 사래 지난날, 마름이나 묘지기가 보수로 소작료 없이 부쳐 먹던 논밭.

45 진객 귀한 손님.

46 비비대기치다 좁은 곳에서 여러 사람이 서로 몸을 비비대듯이 하며 움직이다.

47 곰이 한 가지로구나 곰과 같구나. '미련하다'는 뜻.

48 오금드리 오금까지 이를 만큼 자란 풀이나 나무.

49 이치게 이지러뜨리게.

50 내기 작정. 판국.

51 중의 남자의 여름 홑바지.

52 중시리 중요시(重要視).

53 명도 마마를 앓다가 죽은 어린 계집아이의 귀신.

54 애살 샘. 남의 처지나 물건을 탐내거나 미워하는 마음.

55 계면돌다 무당이 돈이나 쌀을 얻으려고 집집이 돌아다니다.

56 비손 신에게 소원을 이루게 해 달라고 비는 일.

57 안수장 집이나 가구의 내부를 꾸미는 일.

58 화랑이 광대와 비슷한 놀이꾼의 패.

59 오귀 오구굿. 죽은 이의 넋을 극락세계로 인도하는 굿.

60 악지 잘 되지 않을 일을 무리하게 해내려는 고집.

61 넋대 무당이 물에 빠져 죽은 사람의 넋을 건지는 데 쓰는 장대.

62 재 명복을 비는 불공.

63 물밥 (판수나 무당이 굿을 하거나 물릴 때) 귀신에게 준다고 물에 말아 던지
는 밥.

64 범불 호랑이불.

65 사산분주 사방으로 뿔뿔이 흩어져 달아남.

66 콩낱 콩알.

67 새전 신불(神佛) 앞에 돈을 바침, 또는 그 돈.

68 몰강스럽다 보기에 모지락스럽고 악착하다.

69 영가 영혼.

70 작배 부부로 짝을 지음. 배필을 정함.

71 동사 마을 공동으로 섬기는 동신(洞神)을 모시기 위해 지은 사당.

72 꼭뒤 뒤통수의 한복판.

73 담배설대 담배통과 물부리 사이에 맞추는 가느다란 대통.

74 숙게 앞으로나 한쪽으로 기울어지게.

75 마무르다 가지런하게 손질하다.

76 반거충이 무엇을 배우다가 그만두어 다 이루지 못한 사람.

인간단지

*『낙동강』 2, 시와사회사, 1994.

1 졸때기 보잘것없이 규모가 작은 일.

2 잘밤 잠을 자는 밤.

3 바른총으로 곧장.

4 마쳐오다 걸려오다.

5 일덕 순수한 덕.

6 뒤설레다 몹시 설레다.

7 간대로 그리 쉽사리.

8 한밥 누에의 마지막 잡힌 밥.

9 강구 강의 어귀.

10 동살 새벽에 동이 트면서 환히 비치는 햇살.

11 웁쌀 잡곡으로 밥을 지을 때 위에 조금 얹어 안치는 쌀.

12 걸뱅이 거지.

13 술총 숟가락.

14 헐근거리다 (숨이 차서) 헐떡이며 글그렁거리다.

15 뭉클하다 슬픔이나 노여움 따위의 감정이 북받쳐 가슴이 갑자기 꽉 차는 듯
하다.

16 죄밑 잘못이나 지은 죄로 말미암은 속마음의 불안.

17 중동무이 (하던 일이나 말을) 끝마치지 못하고 중간에서 흐지부지 그만둠.

18 잡치다 꼽치다.

19 얼떨하다 뜻밖의 일을 당하거나 일이 너무 복잡하여 정신을 차리지 못하다.

20 친정곳 친정 마을.

21 구들더깨 '늙고 병들어서 나다니지 못하고 늘 방 안에만 붙어 있는 사람'을 농조
로 이르는 말.

22 독메 외딴 산.

23 버덩 나무는 없고 잡풀만 우거진, 좀 높고 평평한 거친 들.

24 행길 한길.

25 우꾼하다 여러 사람이 한꺼번에 소리치며 기세를 올리다.

위치

*『낙동강』 2, 시와사회사, 1994.

1 행내기 보통내기.

2 어엿하다 번듯하고 당당하다.

3 천더기 천대만 받는 사람이나 물건.

4 줄느런히 줄을 짓듯 나란히.

5 촌탁 남의 마음을 미루어서 헤아림.

6 바른총으로 곧장.

7 수잠 깊이 들지 아니한(못하는) 잠.

8 구우일모(九牛一毛) (아홉 마리의 소 가운데 박힌 하나의 털이란 뜻으로) '썩 많
은 가운데 섞인 아주 작은 것'을 비유하여 이르는 말.

9 떡심이 풀리다 맥이 풀리다, 몹시 낙망하다.

10 뭉클하다 슬픔이나 노여움 따위의 감정이 북받쳐 가슴이 갑자기 꽉 차는 듯
하다.

11 털치기 남이 가진 재물을 빼앗는 행위.

12 휘겡이 회자수.

오끼나와에서 온 편지

＊『낙동강』 2, 시와사회사, 1994.

1 뒤퉁스럽다 하는 짓이 찬찬하지 못하다.

2 중시조 쇠퇴한 가문을 다시 일으켜 세운 조상.

3 버럭 버력. 광석이나 석탄을 캘 때 나오는, 광물이 섞이지 않은 잡돌.

4 막장 갱도 끝에서 석탄이나 광물 따위를 파내는 일.

5 얼바람 어중간하게 맞는 바람.

6 반지빠르다 말이나 하는 짓이 얄밉게 반드럽다.

7 예사스럽게 평범하여 대수롭지 아니하게.

8 노랭 발.

9 발문 문짝의 테두리를 짜고 거기에 발을 대어 통풍이 될 수 있게 만든 문.

10 동(垌) 크게 쌓은 둑.

슬픈 해후

＊『낙동강』 2, 시와사회사, 1994.

1 울짱 울타리.

2 잡치다 꼽치다.

3 웁쌀 잡곡으로 밥을 지을 때 위에 조금 얹어 안치는 쌀.

4 하꼬방 상자처럼 작은 방.

5 너겁 갇힌 물 위에 떠서 몰려 있거나 물가에 밀려 나온 검불.

6 발싸심 팔다리와 몸을 비틀면서 부스대는 짓.

7 무덕지다 두두룩이 많이 쌓여 있다.

8 치면하다 그릇 속에 물건이 거의 다 차 있다.

9 방장 방 안에 치는 휘장.

10 하불실 아무리 적어도 적은 대로의 희망은 있음.

11 달구리 새벽에 닭이 울 무렵.

12 노루잠 깊이 들지 못하고 자주 깨는 잠.

13 바른총으로 곧장.

14 고대 금방.

15 줄느런히 줄을 짓듯 나란히.

16 무작한 무지하고 난폭한.

부조리한 현실과 증언의 서사

강진호

1. 김정한의 삶과 문학

문학사에서 김정한은 리얼리즘과 민족문학을 대표하는 작가로 평가된다. 식민치하에서 태어나 암흑기를 거쳤고, 해방과 전쟁, 그리고 분단 시대를 헤쳐오면서 한 개인의 실존적 삶을 고스란히 예술로 승화시킨 보기 드문 사례를 보여주었기 때문이다. 일례로 무수한 곡절을 겪었지만 한번도 양심적 지식인이자 소설가로서의 자세를 잊은 적이 없는 작가의 정신은 "인간답게 살아가라. 비록 고통스러울지라도 불의에 타협한다든가 굴복해서는 안 된다. 그것은 사람이 갈 길이 아니다"라는 「산거족」의 한 구절에 상징적으로 압축되어 있다. 독자들은 이를 통해 역사의 대하와 함께 현실에서 이탈하지 않고 그것을 고통스럽게 껴안고 헤쳐온 시대 정신의 높은 경지를 만날 수 있다. 그런 연유로 고은(高銀)은, 김정한을 일러 "민족문학의 살아 있는 이정표"(「요산 김정한 선생을 추모하며」, 한겨레신문, 1996. 11. 30)와도 같다고 평한 바 있다.

일제치하의 일본 유학 시기를 제외하고는 한 번도 부산을 떠난 적이 없는 요산(樂山)은 고통과 시련으로 점철된 현대사를 대쪽 같은 자세로 살아왔다. 1923년 서울 중앙고보에 입학했다가 다음 해 동래고보로 전학한 뒤에는 매년 스트라이크에 가담하여 이른바 불령선인(不逞鮮人)의 리스트에 올랐고, 양산 대현공립보통학교에 근무하면서는 조선인 교사들에 대한 차별 대우에 항의하여 교원연맹을 결성하다가 발각되어 학교에서 쫓겨나기도 하였다. 또, 1929년 일본으로 유학을 떠났다가 1932년에 귀국한 다음에는 농촌 순회강연을 다녔는데, 당시 양산에서는 일제에 토지를 빼앗기고 소작인으로 전락한 농민들이 봉기하여 치열한 싸움을 벌이고 있었다. 김정한 일행은 이들을 상대로 농조(農組) 사건에 대한 계몽과 수감자 구호 운동에 가담했다가 구속되어 모진 고문을 당한다. 1939년 남명공립보통학교에 근무하던 시절에는 조선어가 수의 과목으로 변경되고 황민화 교육이 강화되자 돌연 사표를 내고 동아일보 동래 지국을 맡지만 그 또한 여의치 않아 치안유지법 위반으로 피검된다. 김정한은 이러한 사회 활동을 통해서 특유의 반골 기질을 갖게 되고 자연스럽게 사회 비판적인 문학관을 내면화해 갔던 것이다.

김정한은 어떤 이념이나 조직에 소속되어 활동하지 않았고 또 조직이 제시한 논리를 작품 창작의 기준으로 삼지도 않았다. 카프(KAPF) 활동이 본격화된 1928년부터 시를 발표하면서 문단에 발을 들여놓았으나 카프에는 가입하지 않았고, 그렇다고 사회주의 이념을 바탕으로 작품을 창작하지도 않았다. 동경 유학 시절, 후에 카프 맹원으로 활약한 이찬·안막·이원조 등과 교류하면서 『학지광』 편집에도 관여했지만 귀국 후 이들과 함께 활동하지 않았고 대신 교원 생활을 하면서 농민운동을 몸소 실천하였다. 당시 김정한이 단체에 가입하지 않았던 것은, 「항진기(抗進記)」에서 암시되듯, '얼치기' 사회주의자들에게 상당한 반감을 갖고 있었기 때문으로 보인다. 일선 현장을 찾아다니면서 사회운동을 몸소 실천했던 김정한에게 탁상공론만을 앞세우고 실천이 결여된 사회주의자들은 경멸스러운 존재로밖에 보이지 않았던 것이다.

그렇다고 김정한이 사회주의를 부정했던 것은 아니다. 당시 민족주의를 표방했던 지식인들의 상당수가 친일 행위를 서슴지 않았지만, 급진적 사상을 지닌 젊은이들은 그와는 달리 독립운동에 매우 적극적이라는 사실을 목격한 김정한은 사회주의에 대해 상당한 호감을 가졌던 것으로 보인다. 해방 후 조선문학가동맹 경남 책임자로 일했던 것은 그런 사실과 관계될 것이다. 하지만 당시 중앙에서 "사상과 계급성이 약하다"는 비판을 했다고 하는데, 이는 김정한이 사회주의자라기보다는 오히려 진보적 민족주의자에 가까웠다는 것을 말해준다. 김정한에게 중요했던 것은 이념이나 조직이 아니라 민족의 현실이고, 또 그것을 정직하게 수용하고 극복하려는 의지였다. 그런 현실 감각을 소중하게 여겼던 까닭에 그의 소설은 체제의 급진적 변혁을 꾀하거나 과장된 전망을 제시하기보다는 농민들의 비참한 생활을 증언하고 고발하는 방향을 취하게 된다. 같은 시기에 작품 활동을 시작한 김동리·최명익·현덕 등은 프로문학을 부정하거나 거리를 두면서 문학적 입지를 굳혀간 반면, 김정한은 프로문학과 깊은 친연성을 보이면서도 이념적 경직성이라는 그것의 부정성을 경계하는 이른바 양심적 민족문학의 길을 개척해간 것이다.

2. 식민 현실의 왜곡상과 저항 정신

창작 활동의 전반기라 할 수 있는 식민지 시대의 작품을 일별할 때 김정한 소설은 매우 다양한 모습으로 나타난다. 어느 포구에서 해녀와 벌어지는 로맨스를 다룬 「월광한(月光恨)」이나 어머니의 사랑과 증조부에 대한 반감을 유년기의 체험을 통해서 서술한 「묵은 자장가」, 중노동과 착취에 시달리는 노동자를 다룬 「기로」, 나환자를 남편으로 둔 불행한 여인의 삶을 그린 「옥심이」, 일인 교사의 횡포와 거기에 무력할 수밖에 없는 성실한 교사의 일화를 다룬 「낙일홍」 등이 그러한 예가 된다. 체험에 바탕을 둔 이 다양한 소재를 통해서 민중들의 삶을 증언하고 고발한 게 식민치하의 소설이다.

이 시기 작품은 대체로 두 가지 경향으로 나누어 볼 수 있다. 하나는 「사하촌」을 비롯한 「항진기」와 「낙일홍」 등의 경우처럼 식민 현실을 사실적으로 고발하고 민중들의 저항 정신에 주목한 경우이고, 다른 하나는 「추산당과 곁사람들」과 「옥심이」처럼 인간의 본능과 윤리의 문제를 다룬 작품들이다. 김정한은 정상적인 삶을 가로막는 왜곡된 현실 못지않게 인간의 본원적 욕망과 윤리 또한 삶의 중요한 요소로 이해하였고, 그것을 중요한 탐구의 대상으로 생각하였다.

식민지 시대에 창작된 작품 중 김정한을 대표하는 작품으로 널리 알려진 것은 「사하촌」이다. 「사하촌」은 김정한이 유학 중이던 1932년에 일시 귀향하여 목격한 양산 농민봉기를 소재로 한 것으로, 작가의 문학적 관심과 지향이 집약되어 있다. 작품에서 작가의 시선이 집중된 곳은 권력에 빌붙어 탐욕스럽게 살아가는 사이비 중과 그로 인해서 고통 받는 성동리 주민들의 애환이다. 이 두 부류의 인물군을 중심으로 작품이 전개되는데, 여기서 특히 작가의 애정이 모아진 곳은 또쭐이, 들깨, 철한이, 봉구 등 순박하고 착실한 농민들이다. 이들은 법 없이도 살 수 있는 사람들이지만 지주의 오랜 횡포와 가뭄에 시달리면서 점차 '불퉁스러운 어조'와 '거칠 대로 거칠어진' 성미를 갖게 된 인물들이다.

길 저편에서도 싸움이 벌어졌다.──갈가리 낡아 미어진 헌 옷에, 허리짬만 남은──남방 토인들의 나무껍데기 치마 같은 몽당치마를 걸친 가동 할멈이 봇도랑 한복판에 펑퍼져 앉아서 목을 놓고 울어댄다.

"에구 날 죽여 놓고 물 다 가져가오."

"이 망할 놈의 늙은이, 남이 일껏 끌고 온 물만 대고 앉았네. 어디 아가리만 벌리고 앉았지 말구 너도 한 번 물이나 끌고 와 봐!"

경찰관 주재소의 고자쟁이로 알려져 있는 이시봉이란 젊은 놈의 괭이는 더펄머리를 풀어헤치고 악을 쓰는 늙은 과부 할멈의 허벅살에 시퍼런 멍울을 남겨놓고 갔다. (「사하촌」에서)

농수 공급을 둘러싸고 벌어지는 참혹한 싸움에서 이들의 각박해진 세태와 궁핍한 생활상이 사실적으로 제시되거니와, 서두의 "돌가루 바닥같이 딱딱하게 말라붙은 뜰에서 새까만 개미떼에 물려 버둥대는 지렁이의 형상"은 이런 농민의 처지를 단적으로 상징한다. 하지만 이들은 천재에는 속수무책일 수밖에 없는 처지이고, 여기에다 보광사에서 올린 성대한(?) 기우제마저 전혀 효험을 보지 못하고 오히려 그것을 축재의 수단으로 이용하는 중들에게 기만까지 당하는 상황이 된다. 암울하고 절망적인 생존의 극한으로 내몰린 것이다. 반면에 이들 농민의 처지를 보살펴야 할 지주를 비롯한 중들은 농민들에게 전혀 관심을 보이지 않으며 대신 자신들의 욕심만을 채우기에 급급하다. 소작지로 흘러가야 할 농수를 가로채서 독차지하는 것은 물론이고 자신들의 과오마저 농민에게 떠넘기는 파렴치한 행위를 서슴지 않는다. 이를테면, 어린이들이 절 소유의 산에 들어왔다는 이유로 낭떠러지로 몰아붙여 한 명을 즉사시키고도 오히려 그를 도둑으로 몰아세워 책임을 회피하고, 게다가 사건의 시비를 가려주어야 할 파출소 순사마저 산지기 편을 들어서 잘못을 아이 부모에게 덮어씌운다.

이 두 부류의 대립을 통해서 작품은 진행된다. 농민 위에 군림해서 착취와 비행을 일삼는 일본 순사, 군청 주사, 진흥회 이사,

보광사 중 등이 부정적 인물이고, 그들에게 맞서는 선량한 소작인이 긍정적 인물로 등장하여 지주-소작이라는 이원대립적 형태를 드러내는 것이다. 그런 점에서 이 작품은 마치 프로소설과도 흡사한 모습을 보여주며, 그런 이유로 김정한은 당시 '신경향파 작가' 같다는 평가를 듣게 된 것이다. 하지만 프로문학을 대표하는 「서화」(이기영)처럼, 농민들을 계도하고 조직하는 '정광조' 같은 매개적 인물이 등장하지 않고 또 농민들의 행동이 쟁의를 예비하는 식으로 의도되고 조작된 것이 아니라는 점에서 프로문학과는 일정한 차이가 있다. 작품 속에서 문제의 인물로 등장하는 '들깨'는 순박한 농민의 모습에서 조금도 벗어나지 않으며, 야학을 지도하면서 일본의 탄광 이야기를 전해주고 또 여러 곳에서 일어나는 소작쟁의 소식을 알려주는 '또쭐이' 또한 문제의 인물이긴 하지만 작중의 역할은 미미한 수준에 그칠 뿐이다. 그래서 농민들의 쟁의는 문제의 인물에 의해 추동되는 것이 아니라 농민들 스스로의 자발성에 의해 일어나는 집단적 행동이 되고, 그런 점에서 작품은 이념을 중시했던 프로소설과는 일정하게 거리를 둔다.

「항진기」에서도 이러한 특성은 그대로 유지되는데, 여기서는 앞의 들깨나 봉구, 철한이처럼 순박하고 성실한 인물인 '두호'가 등장하여 작품을 이끈다. 그를 통해서 '항진'이라는 제목처럼, 현실의 제반 부조리에 맞서 투쟁하는 민중들의 생활상이 그려지는데, 작가가 주목하는 것은 사이비 사회주의자들의 위선적인 행동과 마름의 횡포에 맞선 두호의 비판이다. 양잠을 하는 박첨지네는 무리하게 누에를 친 까닭에 뽕잎을 제대로 대지 못해서 온 산을 헤매야 하는 처지에 있다. 뽕잎을 조금이라도 더 따기 위해서 깊은 산속을 더위잡지만 산뽕마저 이미 동이 난 상태고, 게다가 장마에 쓰러진 보리를 거둬들여야 하는 상황이다. 그런데 태호는 두호와는 달리 집안일에는 전혀 관심을 보이지 않는다. 사회주의 자를 자처하는 태호지만 농민들의 생활을 이해하기보다는 오히려 그들의 "인식 부족과 사회적 훈련 부족"을 탓하며 현실과는 동떨어진 '이상'만을 토로한다. 이런 상황에서 설상가상으로 두호네 집은 십 년 넘게 지어오던 논을 마름에게 빼앗길 위기에 처한다.

여기서 작가의 의도는 두호를 통해 구체화되는데, 두호는 아버지를 모시고 착실하게 살아가는 실농군일 뿐만 아니라 한편으론 "말 같은 것도 걱실걱실 거리낌 없이 잘 하는, 어딘지 모르게 만만찮은 구석"을 지닌 인물이다. 말만을 앞세우는 형과는 달리 몸소 농민으로서의 삶을 실천하는 인물이고 그런 점에서 위선적 사회주의자인 형과는 뚜렷하게 대조된다. 두호가 생각하기에 사회주의자들은 입으로는 "주의니 뭐니" 하고 떠들지만 실제로는 "술이나 처먹고, 한숨이나 쉬고" "기생집에 누워서 축음기 소리에 눈물이나 흘리"는 감상주의자로밖에 생각되지 않는다. 그런 행동은 두호처럼 건실하게 살아가는 사람들에게 거짓 위안과 절망을 제공할 뿐이라고 보는 것이다. 김정한이 조직에 가입하지 않고 대신 자신의 양심에 의거하여 부조리한 현실에 맞섰던 사실에 비추자면 레닌을 들먹거리면서 절박한 현실의 문제를 외면하는 태호 같은 '얼치기 사회주의자'는 불만스러울 수밖에 없었고, 그래서 그와 대비되는 건강한 성격의 두호를 맞세운 것이다. 두호가 마름의 농간에 맞서 마을 사람들과 함께 과감히 모내기를 강행하는 것은 그런 이유이고, 그것을 통해서 작가는 왜곡된 현실을 바로잡으려 한 것이다.

두번째 부류에 해당하는 「추산당과 곁사람들」에서는 경제 현실과는 달리 인간의 추악한 욕망이 다루어진다. 김정한은 정상적인 삶을 가로막는 왜곡된 현실 못지않게 인간의 본원적 욕망과 윤리에도 관심을 기울였고, 그것 또한 인간다운 삶을 위한 중요한 요소로 이해했다. 「옥심이」에서 보이는 낡은 도덕관념에 대한 비판이나, 「추산당과 곁사람들」에서 보이는 탐욕스런 인간들에 대한 냉소적 시선은 모두 그런 문제의식에서 나온 것들이다.

「추산당과 곁사람들」에서 작가는 명호를 통해서 탐욕에 물든 대처승 추산당과 그 주변 사람들을 비판하고 인간의 참된 가치에 대해서 질문한다. '추산당'의 죽음과 유산 상속을 둘러싼 '곁사람들'의 아귀다툼을 그린 이 작품에서 작가의 의도는 명호를 통해서 구체화되고 있다. 죽음을 눈앞에 둔 추산당은 신분상으로는 '주지'이지만, 실상은 막대한 전답을 소유한 자산가이다. 죽음에 임박해서 재산 다툼이 벌어지는 것은 그가 자손이 없고 단지 양아들과 애첩 하나만을 두었기 때문이다. 추산당은 화자인 '명호'에게는 재종조가 되며, 명호는 그의 도움으로 일본 유학까지 다녀왔으나, 유학 막바지에 양아들 구룡 아저씨의 농간으로 학비를 받지 못해 학업을 중단하고 귀국한 상태였다. 명호는 추산당이 이 점을 미안해하고 있으리라 생각하고 얼마만큼의 논이라도 떼어주지 않을까 기대하지만, 실상은 그것을 간절히 바라는 상태는 아니었다. 친인척들이 추산당의 죽음을 기다리며 절간에 웅성거리 때 명호가 병문안을 가지 않았던 것은 그런 심리에서였다. 재물을 탐내서 추산당 곁에 얼씬거린다는 오해를 받기가 싫었고, 아버지 강첨지 역시 그런 생각에서 명호에게 문병을 강권하지 않은 것이다. 그렇지만 명호는 자기의 마음 한 구석에 탐욕이 꿈틀거리고 있음을 부정하지 않는다.

명호는 한동안, 아버지와 자기의 태도를 구별하기 위하여 자기 자신의 심산을, 죽어가는 추산당이 그날 일부러 구룡 아저씨를 보내가지고 꼭 좀 와달라고 한 그 부탁을 표면상의 좋은 핑계로 삼으려 했다.

그러나 그러한 것은 다 자기의 어스레한 야심을 되레 더 엄청나게 부추길 따름이지, 자기의 행동을 옹호할 아무런 의미도 가지지 않았다. 추산당이 그만한 재력이 있음에도 불구하고 구룡 아저씨와 짜고 자기의 공부를 중단시킨 것이며, 또 귀국의 여비도 보내주지 않았던 것이 꽤 마음에 걸린 모양이니 아마 남보다는 땅마지기나 더 물려주실 테지?—하는, 제 맘대로의 예감이 또렷이 마음 한 구석을 차지하고 있었다. 말하자면 추산당이 만나고 싶어한다고서 간다는 것은, 결국 가장 영리한 자기기만(自己欺瞞)에 지나지 않는 속셈이다. (「추산당과 곁사람들」에서)

자신의 마음속에 꿈틀대는 탐욕을 의식하면서도 그것을 표현하지 않는 것은 자기기만이라는 사실을 깨달으면서 명호는 "자신이 엉큼스러워 보이고, 말경에는 그러한 자기 자신이 그지없이 분하기도" 했던 것이다. 이러한 명호의 심리 묘사에서 인간이 지닌 이중성이 적나라하게 드러나거니와, 이를테면 겉으로는 태연한 척하면서도 실상은 이기적 욕심에 사로잡힌 인간의 상반된 심리란 어쩌면 인간의 보편적 모습이라 할 수 있다. 문제는 그 속된 욕망을 가장 멀리해야 할 수도승이 오히려 한층 더 추악한 모습을 보인다는 데 있다. 임종을 앞둔 상황에서 "머리맡에 두었던 토지 대장을 덥석 꺼내 쥐고는 눈을 무섭게 희번덕거리며 경풍 든 사람처럼 별안간 전신을 덜덜 떨어"대는 추산당의 모습은 물질과는 거리를 두어야 하는 스님이 역설적으로 그 화신으로 전락한 현실의 전도된 가치관을 단적으로 상징하는 것이다.

김정한이 중들에게 이렇듯 비판적 태도를 취했던 것은 자신의 오랜 체험에서 비롯된 것으로 보인다. 김정한에게 권위라든가 인간의 탐욕에 대한 불신, 불만, 저주가 싹튼 것은 유년 시절부터라고 한다. 서로를 시기하고 미워하며, 심지어 살인 행위까지 서슴지 않는 것은 모두 탐욕 때문이고, 특히 유년 시절에 목격한 중들의 탐욕스러움은 그에게 깊은 상처를 주었다고 한다(『낙동강의 파숫군』에서). 「사하촌」이나 「추산당과 곁사람들」 등에서 보이는 중에 대한 비판은 모두 그런 부정적 체험에서 연원한 것이다. 그래서 작품 말미에서 탐욕의 종말을 죽음으로 설정한 것은 그것을 경계하고 도덕성을 회복해야 한다는 강한 메시지인 것이다. 이를테면 추산당의 장례를 마친 직후 일가붙이인 '곁사람들'과 유서를 몰래 감춘 양아들 구룡이 사이에서 또 한 차례 상속을 둘러싼 소동이 벌어지는데, 구룡이는 엊저녁까지 자기 주머니에 들어 있었던 유서와 도장이 밤사이에 없어졌다고 잡아떼고, 이를 믿지 않는 여러 사람들의 성난 손길이 그를 여지없이 구타한다. 구룡이는 다리가 부러지고 인사불성이 되어서도 유서를 감춘 사실을 완강히 부인하는데, 이를 지켜본 강첨지는 그가 어쩌면 오늘밤을 무사히 넘기지 못할 것이라고 암시한다. 말하자면 탐욕에 눈이 멀어 인간의 존엄성은 여지없이 허물어지고 끝내는 파멸에 직면하리라는 것. 이런 내용을 통해서 작가는 인간의 탐욕스러움이 모든 죄악의 근원이고 끝내 파멸을 자초한다는 사실을 환기한다. 김남천이 이 작품을 두고 '사진 사실주의' 같다고 했던 것은 이렇듯 인간의 추악한 욕망을 집요하고 사실적으로 파헤친 데 있다.

식민지 시대 김정한의 창작을 규율한 중심은 이렇듯 인간의 정상적인 삶을 가로막는 현실과 낡은 도덕관념, 탐욕 등에 대한 단호한 비판과 저항 정신에 있었다. 더구나 그는 조직 활동을 하지 않았다는 점에서 조직의 논리나 추상적인 이념을 앞세우지도 않았고 대신 체험과 양심을 바탕으로 암울한 현실을 문제 삼았다. 그런 점에서 김정한은 식민치하 민족의 삶을 구체적으로 증언하고 고발한 작가라고 할 수 있을 것이다.

3. 근대화의 부정성과 인간 본연의 삶

일제 말기에 붓을 꺾고 잠시 칩거했던 김정한이 작품 활동을 재개한 것은 해방 직후였다. 그런데 김정한은 당시 작품 활동을 활발하게 하지는 않았다. 「설날」과 「옥중회갑」 그리고 1956년의 「액년」을 발표할 때까지 단편과 콩트 몇 가지를 발표했을 뿐 식민지 시대와 같은 성과작을 내지는 못했는데, 그것은 대학에서 교수직을 맡으면서 교육에 전념하는 한편 그와 관련된 다양한 사회 활동에 참가했기 때문으로 보인다.

1966년에 발표한 「모래톱 이야기」는 김정한이 오랜 침묵을 깨고 중앙 문단에 복귀한 작품일 뿐만 아니라 한층 예각화된 문제의식을 담고 있다는 점에서 주목할 수 있다. "남의 땅 이야기나, 아득한 옛날이야기처럼 세상에서 버려져 있는 데 대해서까지는 차마 묵묵할 도리가 없었기 때문"에 다시 붓을 들게 되었다는 프롤로그에서 알 수 있듯, 이 작품은 근대화의 모순과 그로 인해 희생당한 주변 서민들의 고통과 애환을 소재로 한다. 낙동강 하구의 '모래톱'을 휩쓴 홍수와 그 와중에서 섬사람들을 구하기 위해 유력자가 만든 둑을 허물고, 이를 저지하려는 유력자의 앞잡이를 살해한 갈밭새 영감의 행위는 부당하게 수탈당하고 억울하게 짓눌린 민중들의 현실에 대한 고발이자 강렬한 저항을 의미한다. 김정한 소설이 당시 다른 작가들과 구별되는 것은 이렇듯 식민지 시대 이래의 문제의식을 한층 심화하고 예각화해서 작품 활동을 재개한 데 있다. 전쟁을 겪고 그 후유증에서 미처 벗어나지 못했던 전쟁과 분단으로 이어진 현실은 그때까지 우리 근대문학이 걸어온 도정, 특히 진보적 민족문학이 걸어온 도정을 거의 무화시켜 놓았는데, 이러한 상황에서 김정한은 과거 프로문학의 긍정적 전통을 부활시켜 리얼리즘의 새로운 가능성을 열어 놓은 것이다.

문단 복귀 이후 김정한 소설은 크게 두 경향으로 나누어 볼 수 있다. 하나는 박정희 정권 이후 본격화된 근대화 정책에 대한 비판이고, 다른 하나는 식민지 이래 계속된 왜곡된 역사 문제이다. 이를 통해서 김정한은 가난한 민중의 고통 받는 삶을 감동적으로 형상화해 낸다.

먼저, 박정희 정권 이래 본격화된 근대화에 대한 비판은 당대의 어느 작가보다도 예리하고 정확한 모습이다. 김정한이 보기에 근대화는 민중들의 실제 생활을 외면했을 뿐만 아니라 일부 잘사는 사람들만을 위한 것이었다. 그래서 작품 속의 현실은 매우 부정적으로 나타난다. 가령, 「제3병동」의 강남옥 처녀의 시선을 통해서 묘사된 근대화 정책은 단적으로 "천하고 안타까운" 것이다. 멀리 보이는 들 끝의 초가집들은 "게딱지처럼 다닥다닥 땅에 붙어" 있지만 철길가의 집들은 번듯하게 기와나 슬레이트로 정비되어 있다. 또 철길 쪽의 벽들은 흰 횟가루로 깨끗하게 도배되었으나, 그 뒷면에는 찌그러진 초가가 그대로 방치되어 있다. 모두 "우리들을 도와줄 수 있는 외국 손님들을 맞이하기" 위한 과시용이었던 까닭이다. 이렇듯 외형 위주로 부실하게 진행된 근대화였던 까닭에 정부의 정책은 민중들의 실제적 요구와 어긋나게 되고 심한 경우 민중들을 기만하는 식으로 나타난다. 서민들에게 집터를 마련해 주겠다는 당국의 발표는 집 없는 서민들을 속이기 위한 기만책에 지나지 않는 것으로 드러나고(「지옥변」), 나환자 수용소를 운영하는 사회사업가는 환자들에게 나눠줘야 할 구호 물품을 빼돌려 사욕을 채우기에 급급하다(「인간단지」). 또 하천 부지를 매립한다는 명분으로 애매한 남의 농토를 마구잡이로 몰수하는 파렴치한 정책이 자행되며(「모래톱 이야기」), '개발'이라는 명분을 앞세워 고아를 미군들에게 팔아넘기는 이기적 행동이 버젓이 행해진다(「오끼나와에서 온 편지」). 돈과 성과만을 중시했던 까닭에 근대화는 민중들의 실제적인 삶을 외면하고 단지 통계적 수치와 외형만을 부풀리는 식으로 전개된 것이다. 이런 현실을 두고 김정한은, 「유채」의 허생원의 입을 빌려서, "근대화 두 번만 했으면 집까지 뺏아갈 거 앙이가!"라고 탄식을 토로한다. 이렇듯 당시의 근대화는 민중들의 동의를 배제한 채 무리하게 진행되었고 종국에는 민중들의 삶을 왜곡하는 식이었다.

이 왜곡된 근대화로 파괴된 인간성과 그것을 바로잡으려는 바람을 담고 있는 작품이 「제3병동」이다. 작품의 무대는 '제3병동'이라는 이름이 상징하듯, 3류 인생들만이 모이는 공간이다. 만신창이가 되어 죽기 직전에 "죽어도 한이나 없게" 병원을 찾은 '심작은둘' 노파 역시 그런 3류 인생을 살아온 인물이다. 병원비가 없을 뿐만 아니라 제대로 된 교육을 받지도 못했던 까닭에 이들에게 병에 대한 공포라든가 위생 관념이란 애당초 존재하지 않는다. 동물처럼 그저 고통을 호소하고 죽음을 기다릴 뿐이다. 그런데 작가의 눈은 바로 이들에게서 다른 어디에서도 찾을 수 없는 인간애와 사랑을 발견해낸다. 「제3병동」에서 김정한이 문제 삼은 것은 바로 이 점으로, 그것은 심노파를 간병하는 딸에게서 받은 충격을 통해 제시된다. 심작은둘 노파는 전염병(장질부사)에 감

염된 상태여서 격리 치료를 받아야만 했고 그래서 김종우 의사는
딸한테 어머니에게서 떨어져 있으라고 엄중하게 경고를 했다. 하
지만 딸은 의사의 경고를 무시하고 늘 어머니 곁에 붙어서 잠을
잤고, 심지어 자신이 사용하던 숟가락으로 어머니에게 미음까지
떠먹였다. 이를 지켜보면서 김종우 의사는 심한 충격에 사로잡히
는데, 그것은 그녀의 무지 때문이 아니라 죽음까지도 두려워하지
않는 그녀의 깊은 사랑을 목격한 때문이었다. 그녀의 모습에는
약삭빠르고 계산적인 현실에서는 도저히 찾을 수 없는 인간 본연
의 모습이 깃들어 있었던 것이다.

  ─병을 겁내지 않는 애! 죽음까지도! (중략) 사람의 명과 생명
을 대상으로 하는 의학…… 눈알까지 해 넣고 심장 이식까지 할
수 있게 된 놀라운 현대 의학이론으로도 그러한 인간 행위만은 진
단할 길이 없었다─효도니 뭐니 하는 그런 너절한 것이 아니다!
훨씬 본질적인 것, 어쩜 과학 따위에 의해서, 혹은 현대인의 그 약
삭빠른 비굴성이랄까, 거짓 이기주의……아무튼 눈에 보이지 않
는 그런 것들에 의해서 말살되어 가고 있는, 그런 무엇이 아닐까?
(「제3병동」에서)

  병을 겁내지 않고 죽음까지도 겁내지 않는 '그 무엇'이란 김종
우의 표현대로 "효도니 뭐니 하는 그런 너절한 것"이 아닌, 훨씬
본질적인 '그 무엇'이다. 그것이 구체적으로 무엇인지는 언급되지
않지만 이를테면, 그것은 시속에 물들지 않는 인간 본연의 모습

으로 볼 수 있을 것이다. 인간에 대한 진정한 사랑에서 우러난, 합리성과 도구적 가치를 앞세우는 근대화된 현실에서는 도저히 찾을 수 없는 인간의 근원적 모습, 벤야민 식으로 말하면 기술복제 시대에는 찾을 수 없는 '태고의 향기'와도 같은 모습을 그녀는 갖고 있었던 것이다. 병원의 규율을 어기고 문책까지 감수하면서 김종우 의사가 그녀를 치료해 주었던 것은 그녀에게서 그것을 발견한 때문이다. 김종우 의사가 말하는 '그 무엇'이란 도구적 이성에 사로잡힌 불구적 인간들에게서 찾을 수 없는 인간 본연의 모습으로, 이는 근대화의 과정에서 찾을 수 없는 것이었다. 무릇 근대화의 진전은 인간 본연의 모습을 희생시킬 수밖에 없다. 치열한 경쟁과 개인의 이익만을 앞세우는 근대화는 필연적으로 관습·정서·도덕을 비롯한 절대적 가치의 희생을 요구하고, 따라서 인간을 왜소화시키고 물화시킨다. 사회 곳곳에서 목격되는 물신주의와 천박한 개인주의, 소외 등은 그런 근대화의 부정적 단면이자 인간의 불구화된 심성의 단적인 표현이다.

　김정한 소설이 고통 받는 인물들을 그려내고 있음에도 불구하고 밝고 건강하게 다가오는 것은 이와 같은 인간 본연의 모습에 대한 지향과 믿음을 작품 곳곳에 내장하고 있기 때문이다. 오늘날 주변에서 목격되는 허위 의식과 이기심에 사로잡힌 사람들과는 달리 김정한의 인물들은 마치 옛날 시골사람과도 같은 무구함과 맑은 심성의 소유자들이다. 이런 인물들을 통해서 작가는 근대화의 궁극적 목표가 어떠해야 하는지를 암시하는 것이다.

　김정한이 근대화 정책을 부정적으로 본 또 다른 이유는 현대사에 대해서 매우 비판적인 시각을 갖고 있었기 때문이다. "어머니의 젖가슴에 안겨 겨우 의식이 싹틀 무렵부터 일제 순경의 칼에 먼저 겁을 먹었고, '순사 온데잇!' 하면 울던 울음도 그쳐야만 했던 것이 사회에 대한 첫 몸짓"(『인간단지』의 「자서」에서)이었다던 회고에서 알 수 있듯이, 김정한은 식민과 분단으로 이어지는 현대사의 비극을 온몸으로 감당해온 인물이다. 그렇기에 「수라도」와 「인간단지」 「슬픈 해후」 등에서 목격되는 역사 현실에 대한 비판에는 체험에 기반을 둔 절실함이 배어 있다. 더구나 김정한은 역사가 과거로 종결되는 것이라면 새삼스럽게 아픈 기억을 더듬을 필요가 없겠지만, 그와는 달리 과거의 역사는 오늘에도 여전히 살아 있다고 생각한다. "과거를 묻지 말 것이 아니라, 성실하게 반성하고, 회개할 건 회개해야 된다고 생각한다. 그렇게 함으로써만 과거를 현재에 살릴 수 있다"(「창작 노트」, 『월간문학』, 1970. 8)고 보는 것이다. 김정한이 근대화 정책을 비판하면서도 끊임없이 그 원천이 되는 식민치하와 해방 직후를 회상하고 반추하는 역사주의적 시각을 견지하는 것은 그런 이유라 하겠다.

중편 「수라도」는 '가야부인'의 일대기를 회상 형식으로 그리고 있는데, 작가는 파란의 현대사를 걸어온 가야부인의 당찬 삶에 시선을 집중하면서도 한편으로는 그녀의 삶을 근본에서 규율하는 역사 현실에 대해 깊은 관심을 보여준다. 민족의식과 지조를 지키면서 일제치하를 고통스럽게 보냈던 오봉 선생은 해방의 감격을 맛보지도 못한 채 눈을 감았고, 일본에서 대학을 마치고 학병을 피해 도망갔던 가야부인의 막내아들은 벼슬할 궁리는 않고 농

민조합을 만든다고 동분서주한다. 또 징용에 끌려간 사람들 중에
는 아직도 돌아오지 않는 사람들이 많고 어쩌다가 돌아온 사람들
은 거지가 되거나 불구자가 되었다. 더구나 여자정신대에 나간
처녀들은 한 사람도 돌아오지 않았다. 그런데 친일 인사의 집안
은 해방이 되었는데도 날로 번성하기만 한다. 이런 현실을 목격
하면서 작가는 주와 객이 전도되고 민족정기가 왜곡된 현대사에
강한 불만을 토로하는 것이다.

「슬픈 해후」에서는 전쟁을 전후한 시기에 남한 사회를 휩쓸었
던 냉전적 반공 체제의 전율할 실상이 고발된다. 주인공 성수가
예비 검속을 피해 깊은 산골로 처소를 옮겼던 것은, 자칫 잡혀 들
어갔다가는 재판도 없이 바로 즉결처분에 붙여져 처형될 상황이
었기 때문이다. 그가 법을 어겼다면 당연히 벌을 받아야 하지만
사실은 전혀 그런 일이 없었다. 그의 잘못이란 단지 김구 노선을
따라 남북의 통일을 주장했다는 것, 즉 "그렇게 고대하던 상해 임
시정부의 주석 김구 선생의 포원을 따라 민족 통일을 위한 남북
협상을 지지하고, 사회민주화를 주장하고, 그러한 논지의 신문
논설들을 쓴 것뿐"이었다. 그럼에도 그가 산골로 피신하지 않을
수 없었던 것은 해방기와 전쟁기를 휩쓴 반공주의 때문이었다.
주지하듯이, 해방 직후 미소공동위원회가 결렬된 이후 좌우의 대
립은 한층 격화되었고 6·25를 전후해서는 더욱 격렬한 모습을 보
였는데, 특히 이승만 정권은 반공주의를 정치적으로 악용해서 정
치적 반대파를 제압하는 탄압의 도구로 이용하였다. 체제의 위약
한 정통성을 유지하기 위해서는 어떤 식으로든 반대파를 제압해

야 했고, 그래서 조금이라도 비판적인 입장을 취하면 바로 '빨갱이'로 몰아 탄압을 가했던 것이다. 주인공 성수가 아무 잘못이 없는데도 처소를 옮겼던 것은 그런 시대 상황 때문이었다. 작품 말미에서 주인공이 가족을 곁에 두고 돌아올 수 없는 길을 떠나듯 쓸쓸하게 끌려가는 장면은 그 참혹했던 시대를 살아온 우리 모두의 비극적 초상인 것이다.

「오끼나와에서 온 편지」는 과거사의 불행이 오늘날의 삶에 어떠한 영향을 미치고 있는지를 오끼나와 사탕수수밭에서 일하는 여성 노동자의 일화를 통해서 보여준다. 계절노동자로 오끼나와에 가 있는 한 여성의 편지를 통해서 고발되는 이러한 현실은 한편으로 사회 지도층의 잘못이 얼마나 많은 민중들을 고통으로 몰아넣었는지를 보여준다. 주인공 복진이 전해들은 바로는 일제 말기에 무려 20만 명이나 되는 여성들이 '정신대'라는 이름으로 끌려가서 군수공장 노무자나 일본 군인들의 위안부로 이용되었다. 해방이 된 지금에도 이들 중 일부는 귀국하지 못하고 일본에 남아 밑바닥 생활을 전전하고 있다. 이런 사실을 소개하면서 작가가 문제 삼는 것은 이들을 정신대나 징용으로 몰아간 것은 단지 일제만의 잘못은 아니라는 사실, 즉 이들이 징집된 중요한 이유 중의 하나는 이들을 모으기 위해서 동분서주한 한국인들의 책임도 크다는 점이다. 특히 학도지원병을 모집하는 과정에서 조선의 일부 지도자들은 일본에까지 찾아가서 한국인 유학생들을 모아놓고 지원을 권장하는 등의 행태를 서슴지 않았다는 것을 피력한다. 민족을 이끌어야 할 지도층 인사들이 민족을 팔아먹는 반민족적인 행위를 주도한 것이다. 그런데 더욱 문제인 것은 이러한 지도층의 무책임하고 반민족적인 행위가 지금의 상황에서도 공공연히 자행된다는 데 있다. 가령, 국회의원들은 매년 여러 명분을 만들어 외국 나들이를 밥 먹듯이 하지만 정작 둘러보아야 할 한국 근로자들에게는 전혀 관심이 없다. 또 일부 인사들은 무슨 '개발공사'인가를 만들어서 고아 장사까지 서슴지 않는다. 말하자면 식민치하에서 자신의 지위를 유지하기 위해서 젊은 여자들을 정신대로 몰아넣었듯이, 최근에는 민중들을 외면한 채 개인적인 관광이나 이익만을 위해서 그런 행위를 여전히 반복하고 있는 것이다. 이 충격적인 사실들을 접하면서 복진은 작품 말미에서, "쓸개 빠진 타협과 눈물이 우리들을 오늘과 같은, 아니 갈수록 더 어둔 불행 속으로 밀어 넣지나 않을까" 하는 우려를 표한다. 말하자면 한국 사회가 오늘날 과거 식민치하의 모습을 반복하는 것은 역사에 대한 타협과 체념 때문이라는 점, 그로 인해 과거의 불행한 역사가 지금도 중단되지 않고 반복되고 있다는 사실을 고발하는 것이다.

이렇듯 문단 복귀 이후 김정한의 소설은 거의 모두가 왜곡된 역사와 그 연장에서 진행되는 관 주도의 근대화 정책에 대한 비판에 모아져 있다.

그런데 김정한 소설이 의미를 갖는 것은 이런 현실을 단지 고발하는 데 그치지 않고 인물들의 행위를 통해서 거기에 과감히 맞서는 저항을 감행한다는 데 있다. 「모래톱 이야기」의 갈밭새 영감이나 「인간단지」의 우중신 노인, 「수라도」의 오봉 선생과 가야부인, 「슬픈 해후」의 성수 등은 하나같이 현실을 체념하거나 맹목적으로 순응하는 인물들이 아니다. 가야부인은 기울어져 가는 양반 집안의 맏며느리로서 가문과 시부모·남편 그리고 자식들을 위해 끊임없이 봉사하고 희생하는 삶을 사는, 한국 여성의 온갖 미덕을 갖춘 전형적인 여인이지만, 그렇다고 유교적 인종의 규범에 얽매여 있지는 않다. 그녀의 전통적 부덕(婦德)은 일본의 식민주의·제국주의에 반대하는 투쟁에 연결되어 있고(백낙청, 「문화연구의 자세와 민족문학」에서), 또 가부장적 권위에 맞서 자신의 곧은 신념을 굽히지 않는 여성으로서의 자존 의식을 갖추고 있다. 가야부인의 막내아들은 해방이 되자 농민조합을 만든다고 주변 사람들을 찾아다니고, 그 아버지 명호 양반은 나라가 통일되지 못한 것을 한탄한다. 「인간단지」의 우중신 노인은 이들보다 한층 적극적이다. 외부에서 받은 원조와 지원을 나환자들의 복지를 위해서 사용하지 않고 대신 자신의 치부를 위해 사용하는 원장의 비리에 맞서 투쟁하는 과정에서 우중신 노인은 그의 비리가 원장한 사람만의 문제가 아니라 사회구조적으로 제도화된 것임을 깨닫는다. 관공서에 호소하고 집단적으로 항의를 표시했지만 어느 누구도 그들의 말을 들어주지 않았고, 그런 일련의 과정을 겪으면서 우노인은 급기야 '인간단지'라는, 마치 홍길동의 '율도국'과도 같은 이상향을 건설하고자 한다. 우노인이 장렬하게 목숨을 던지면서 인간단지의 꿈을 포기하지 않았던 것은 왜곡된 현실을 근본에서 부정하고 인간답게 살겠다는 단호한 의지가 있었기 때문이다.

이렇듯 김정한 소설의 인물은 모두 상황을 수동적으로 받아들이는 것이 아니라 적극적으로 맞서면서 변화시키는 진취적인 성격의 소유자들이다. 만약 이들이 주어진 환경을 운명적인 것으로 받아들인다면 결코 현실에 맞설 수 없었을 것이다. 하지만 이들은 자신의 삶을 회상하면서 자신이 저주받은 생활을 했던 것은 다름 아닌 인간의 탐욕과 부정 때문이라는, 즉 왜곡된 역사에서 비롯된 것이라는 사실을 깨닫는다. 그래서 김정한의 인물들은 하나같이 인간적인 희망도 없이, 외부에서 강요된 숙명의 여신에게 굽실거리기만 하고, 순종이야말로 현명한 미덕이라고 생각하는 약자의 자기비하를 단호하게 거부한다.

김정한 소설이 당시 문단을 주도했던 여타 작가들과 구별되는 것은 바로 이 점이다. 1960년대부터 1970년대 초반의 작가들은 대체로 현실을 무비판적으로 수용하는 경우가 많았는데 이를테면, 이호철이나 하근찬 등의 경우처럼 인물들은 상황의 압력을 부정적으로 인식하고 비판하지만 그것을 변화시킬 만한 어떤 적극적인 행동을 보여주지는 못했다. 심한 경우는 김승옥의 인물처럼 분열된 자의식을 무절제하게 노출하거나 무기력하게 몰락하는 경우가 대부분이었는데, 그것은 작가들의 시각이 주체와 객체를 변증법적으로 인식하지 못하고 자아 중심적인 사고에서 벗어나지 못했기 때문이다. 대상을 객관화할 수 없기에 주체의 상황만이 절대시되고 결국 자폐적인 행동만을 반복한 것이다. 하지만 김정한은 인간에 대한 사랑과 휴머니즘의 정신을 갖고 있었고, 그것을 이렇듯 적극적인 방식으로 표현하여 리얼리즘 문학의 새로운 영토를 개척한 것이다.

4. 체험적 서사의 성과와 한계

리얼리즘을 몸소 실천했다는 점은 김정한의 삶과 문학을 평가하는 과정에서 빠뜨릴 수 없는 요소다. 김정한이 작품 활동을 시작한 1930년대 후반이나, 절필 후 활동을 재개한 1960년대는 리얼리즘이 상대적으로 위축된 시기였으나, 김정한은 그런 시류에 흔들리지 않고 시종일관 리얼리즘의 정신과 방법을 견지해왔다. 전향과 세말주의가 지배했던 1930년대 후반기 문단에서 '신경향파 작가' 같다는 비판을 감수하면서까지 민족 현실에 정직하려 했고, 1960년대에는 근대화의 문제점을 본격적으로 파헤쳐 전쟁을 경과하면서 거의 사라지다시피 했던 리얼리즘 전통을 부활시켰다. 박정희 정권의 경제개발 정책이 본격화되고 그에 따른 사회적 모순이 가시화되던 시점에서 김정한은 작가들의 관심을 당대 현실로 돌리고 문학의 사회적 역할을 다시금 환기하는 리얼리즘의 견인차가 된 것이다. 그는 현실을 선험적인 수용의 대상이 아니라 적극적으로 맞서 변혁해야 할 대상으로 생각했고, 그것을 여러 인물들을 통해서 보여주었다. 갈밭새 영감이나 우중신 노인 등은 모두 왜곡된 현실을 변혁시켜야 할 대상으로 인식하는 인물이고, 그런 점에서 김정한은 당시 대부분 작가들의 수동적이고 체념적인 자세와 구별되는 리얼리즘의 기본 전제를 몸소 실천한 작가였다. 김정한의 복귀와 활동이, 1970년대 초반 이후 본격화된 리얼리즘 논의의 중요한 단서가 되었다는 지적은 결코 과장이 아닌 것이다.

또한 그는 당대의 가장 큰 현안이자 지금도 해결의 실마리를 찾지 못하고 있는 '근대화의 문제'를 누구보다도 예리하게 포착한 작가였다. 근대화 정책이 본격화되면서 특히 문제가 되었던 것은 외형상의 근대화와 실질적인 근대화가 분리되면서 민중들의 삶이 향상되지 못하고 왜곡되거나 훼손된 점이라 할 수 있다. 더구나 근대화란 도구적 이성(혹은 합리성)을 중심으로 사회 전반을 재편하는 것이라는 점에서 그와 대척적인 가치적 이성은 상대적으로 위축될 수밖에 없다. 김정한은 이 도구적 이성을 중심으로 재편되는 현실의 황량하고 비인간적인 측면을 날카롭게 포착하고, 총체적 인간성의 회복을 통해 진정한 근대화를 꿈꾸었던 것이다. 김정한의 비판은 오늘의 시점에서도 능히 수용할 수 있을 만큼 정확하고 본질적이다. 더구나 김정한은 그런 문제를 리얼리즘의 기법을 통해서 천착해냈다는 점에서 이후 황석영과 조세희로 이어지는 산업화에 대한 문학적 대응의 중요한 거점을 마련해준 것으로 평가할 수 있다.

물론 김정한 소설에 문제가 없다는 것은 아니다. 작가의 체험적이고 과학적인 서술 태도는 한편으론 작품의 서사와 감동을 제한하는 요인이 되는 것을 부인할 수 없다. 문학이 체험에 바탕을 두는 것은 사실이지만 그것이 전부일 수는 없고, 대신 작가의 독창적 구성력과 과감한 상상력이 현실과 폭넓은 관계를 맺어야 작품은 한층 풍성하고 깊은 감동을 주지만, 김정한 소설은 현실의 다양한 연관 관계를 부분적으로밖에 보여주지 못한다. 비유하면 르포와도 같은 핍진성과 그로 인한 고발성은 어떤 특정 분야에 대한 비판적 성찰을 제공할 수는 있어도 현실의 총체성을 환기하기에는 역부족이다. 김정한 소설의 주인공이 한결같이 고립된 개인으로만 제시되는 것도 체험에 바탕을 둔 이러한 창작 태도에서 유래한 것이다. 갈밭새 영감이나 우중신 노인 등은 주어진 상황에서 양심을 지키고 살아가는 성실한 개인이지만, 이 미약한 개인이 거대한 사회 구조와 맞선다는 것은 계란으로 바위를 치는 것처럼 무력할 수밖에 없다. 이들의 행위는 기껏 단발적이고 감정적인 항의에 지나지 않는다. 그래서 이들의 운명은 대부분 비극적이다. 살인이라는 극한의 방법으로 섬사람들을 보호하려는 갈밭새 영감이나 목숨을 던져 문둥이들의 생존권을 수호하려는 우중신 노인의 행동은 거대한 관료주의와 구조적 폭력에 맞서는 미약한 단독자의 결단이라는 점에서 실패할 수밖에 없다. 물론 여기에는 관과 법에 대한 민중의 오래된 피해 의식이 잠재되어 있고 또 투쟁 외에는 다른 대안이 없다는 작가의 신념이 내재되어 있지만, 그것이 반복될 때 작품이 주는 효과는 감소할 수밖에 없다. 그런 점에서 김정한 소설은 선명하고 강인한 인상을 주는 대신 단조롭고 도식적이라는 평가를 받기도 한다.

김정한이 다룬 소작의 문제라든가 정신대, 반공주의, 나환자, 사탕수수밭의 노동자 등등의 문제는 오늘날에는 이미 낡은 과거의 문제가 되었다. 시대는 달라졌고 객관적인 상황도 엄청나게 변했다. 우리는 분명 새로운 시대에 살고 있다. 그러나 세상의 어느 한 부분은 전적으로 새롭지만 또 다른 한 부분은 여전히 과거의 모습을 유지하고 있는 것도 사실이다. 김정한론을 마무리하면서 새삼 이런 말을 하는 것은 현실의 근본을 규율하는 자본과 노동, 부정과 비리, 분단의 문제는 완강한 구조를 해체하지 않고 여전히 작동한다는 점을 말하고 싶어서다. 오늘의 시점에서 김정한이 다시 음미될 수 있는 것은 이 근원적인 문제를 선구적이고 본질적으로 제기했다는 데 있다. 아직도 미해결의 숙제로 남아 있는 이러한 문제는 현실이 화려하게 변했지만 여전히 우리의 삶을 질곡하는 요인들이다. 리얼리즘에 대한 문제의식이나 현실에 대한 비판적 성찰이 적요하기만 한 오늘날에도 김정한이 다시 음미되어야 하는 것은 그런 이유에서다.

1908(1세) 음력 9월 26일, 경남 동래군 북면 남산리(南山里)에서 김기
수(金基壽)씨의 장남으로 출생. 아호(雅號)는 요산(樂山).

1913(6세) 향리에서 한학을 배우기 시작함.

1919(12세) 사립 명정(明正)학교 입학. 3·1 운동이 일어남.

1923(16세) 중앙고보(中央高普) 입학.

1924(17세) 9월, 동래(東萊)고보로 전학.

1927(20세) 3월, 조분금(趙分今)씨와 결혼.

1928(21세) 동래고보 졸업. 9월 양산 대현공립보통학교 교원 취임. 동
아일보에 시를 투고함. 11월 일본의 민족적 차별 대우에 불
만을 품고 조선인교원연맹 조직을 계획하였으나 일경의 가
택 수색을 받고 피검. 울산서에서 동래서로 이관되어 심문을
받음.

1929(22세) 2월, 도일(渡日). 동경제일외국어학원에 일 년간 수학. 일

본 문학, 서양 문학을 탐독함.

1930(23세) 동경 조도전대학 부속 제일고등학원 문과 입학.

1931(24세) 조선인 유학생회에서 발간하던 『학지광(學之光)』 편집에 참가. 『조선시단』 『신계단』 등에 시와 단편 발표(이때 발표된 단편이 「구제사업」).

1932(25세) 일본에서 귀향. 양산 농민봉기사건에 관련되어 피검. 9월 학업 중단.

1933(26세) 10월, 남해공립보통학교 교원 취임. 이때부터 농민문학에 뜻을 둠.

1936(29세) 1월 단편 「사하촌」이 조선일보 신춘문예에 당선.

1939(32세) 남해군 남명(南明)공립보통학교로 전임.

1940(33세) 3월 교직을 사직하고 동아일보 동래 지국을 인수하여 동래로 이사함. 지국 일에 전념하던 중 치안유지법 위반으로 피검. 8월 동아일보 폐간. 이 시기부터 붓을 꺾고, 경남도청 상공과 산하 면포조합 서기로 취직하여 해방될 때까지 근무함.

1945(38세) 8월 12일 불령선인으로 지목된 사람들에 대한 위해가 있다는 소식을 전해 듣고 일시 구포 지인댁으로 피신. 8·15 해방과 더불어 건국준비위원회 경남지부 문화부 책임자로 활동하면서 신고송과 함께 '희망자'라는 연극단을 만들어 공연하는 한편 부산 동래 희생자 위령탑을 건립. 9월 민주신보 논설위원.

1946(39세) 문학가동맹 및 부산예련위원회 회장 및 문화단체총연합

회 경남지부 부지부장(지부장 엄문현)을 맡았으나 사상성이 약하다는 이유로 중앙의 비판을 받음.

1947(40세) 부산중학교 교사 취임.

1949(42세) 부산대학교 출강. 경남 중등교사 자격 심사위원으로 위촉됨.

1950(43세) 부산대학교 조교수로 발령. 6·25 발발. 가족들 분산.

1951(44세) 청탁에 의하여 이시영옹의 약전 「성제소전(省齊小傳)」을 집필함.

1954(47세) 교육공무원법 개정에 의하여 부산대학교 강사로 전락함.

1955(48세) 3월, 교수자격심사위원회에서 부교수 자격을 인정받음. 7월 부교수로 승진.

1956(49세) 창작집 『낙일홍』 출간.

1959(52세) 부산시 문화상 수상. 부산일보 논설 집필. 칼럼·수필 등 다수 발표.

1960(53세) 4·19 혁명 발발. 5월부터 부산대 문리과대학 문학부장으로 학장직을 맡음.

1961(54세) 5·16으로 6월 학교에서 물러남. 부산일보 상임논설위원이 됨.

1965(58세) 부산대학교 전임강사로 복직. 11월 조교수 승진.

1966(59세) 10월 「모래톱 이야기」로 문단 복귀. 「한국의 센티멘털리티」와 「고시조에 반영된 농민」을 『인생론 전집』(박영사)과 부산대 문리대학보에 각각 발표함.

1967(60세) 한국문인협회 및 예총 부산지부장으로 취임. 이후 1971년

까지 왕성한 작품 발표.

1969(62세) 부산대 부교수로 환원. 중편 「수라도」로 제6회 한국문학
상 수상.

1971(64세) 제2창작집 『인간단지』(한얼문고) 간행. 11월 제3회 문화
예술상 수상.

1972(65세) 전국 지방국립대학 교수협의회연합회 회장.

1973(66세) 문고판 『수라도 · 인간단지』(삼성출판사) 간행.

1974(67세) 부산대학교 정년퇴직. 만해문학상 심사위원. 자유실천문
인협의회 고문. 민주회복국민회의 대표위원. 『김정한 소설선
집』(창작과비평사) 간행.

1975(68세) 문고판 『수라도』(삼중당) 간행.

1976(69세) 한국 앰네스트(국제사면위원회) 위원. 문고판 선집 『모래
톱 이야기』(범우사) 간행. 『김정한 소설선집』 재판이 『제3병
동』으로 개제되어 나옴. 10월 문화훈장 은관(銀冠) 수상.

1977(70세) 한국 앰네스트 고문. 문고판 『사밧재』와 『인간단지』(동서
출판사) 간행. 장편소설 『삼별초』(민족문학대계, 동화출판사)
발표.

1978(71세) 수필집 『낙동강의 파숫군』(한길사) 간행.

1983(76세) 『제3병동』 5판이 『김정한 소설선집』으로 개제 · 증보되어
간행됨.

1985(78세) 부산 5·7문학회 고문.

1987(80세) 민족문학작가회의 초대회장.

1992(85세) 폐기종으로 부산대 부속병원 입원. 낙상하여 대퇴부 골절

로 석 달 반 동안 입원. 입원 중 가톨릭 영세(영세명 요셉).

1994(87세) '심산상' 수상.

1996(89세) 11월 28일 오후 3시 30분, 부산 남천 성당에서 타계. 신불
산 공원묘지 영면.

1. 단편소설

작품명	발표지	발표 연월일
「구제사업」	『신계단』	1931. 11.
「그물」	『문학건설』, 『민족문학사연구』 3호	1932. 12.
「사하촌」	조선일보	1936. 1.
「옥심이」	〃	1936. 6. 18~7. 1
「항진기」	〃	1937. 1. 27~2. 11
「기로」	〃	1938. 6. 2~6. 23
「당대풍(當代風)」(콩트)	『조광』	1938. 12.
「그러한 남편」	〃	1939. 6.
「월광한(月光恨)」	『문장』	1940. 1.
「낙일홍」	『조광』	1940. 4~5
「추산당과 곁사람들」	『문장』	1940. 10.
「묵은 자장가」	『춘추』	1941. 12.
「인가지(隣家誌)」(희곡)	〃	1943. 9.

작품명	발표지	발표 연월일
「옥중회갑(獄中回甲)」	『전선』 창간호(3월), 『민족문학사연구』 3호	1946.
「설날」	『문학비평』 창간호	1947. 6.
「하느님」(콩트)	부산신문	1949. 8.
「오뉘」(콩트)	발표지 미상	1950.
「병원에서는」	부산일보	1951. 2. 23~3. 4
「도구」(콩트)	한일신문	1951. 12. 15
「처시하」(콩트)	『경남공론』	1953. 2. 1
「누가 너를 애국자라더냐」	『경남공론』 19호	1954. 3. 28일 탈고
「농촌 세시기」	『경남공론』 26~32호	1954
「남편 저당」(콩트)	?	1955. 2. 11
「액년」	『신생공론』	1956. 8.
「개와 소년」(콩트)	자유민보	1956. 9. 2.
「모래톱 이야기」	『문학』 6호	1966. 10.
「과정」	『문학』 9호	1967. 1.
「입대」	『문학시대』 7집	1967. 12.
「유채」 동서문고에 「평지」로 개제(1977)	『창작과비평』 10호	1968. 5.
「곰」	『현대문학』	1968. 6.
「축생도」	『세대』 63호	1968. 10.
「제3병동」	『신동아』	1969. 1.
「수라도」	『월간문학』 8호	1969. 6.
「굴살이」	『현대문학』	1969. 9.
「뒷기미 나루」	『창작과비평』 15호	1969. 12.
「지옥변」	『세대』	1970. 1.
「독메」	『월간문학』	1970. 3.
「인간단지」	『월간중앙』	1970. 4.
「실조」	『신동아』	1970. 7.
「어둠 속에서」	『창작과비평』 19호	1970. 12.
「산거족」	『월간중앙』	1971. 1.
「사밧재」	『현대문학』	1971. 4.
「상황경미」(콩트)	『여성동아』 부록	1971. 6.
「산서동 뒷이야기」	『창조』 창간호	1971. 9.
「회나뭇골 사람들」	『창작과비평』 29호	1973. 9.

작품명	발표지	발표 연월일
「어떤 유서」	『월간중앙』	1975. 2.
「위치」	『신동아』	1975. 6.
「교수와 모래무지」	『뿌리깊은 나무』	1976. 8.
「오끼나와에서 온 편지」	『문예중앙』 창간호	1977. 11.
『삼별초』(장편)	『민족문화대계』 9	1977. 12.
「거적대기」	『소설 열네마당』	1983. 6.
「슬픈 해후」	『12인 신작소설집』	1985. 6.

2. 단행본

작품명	출판사	발표 연월일
『낙일홍』	세기문화사	1956. 11.
『인간단지』	한얼문고	1971. 12.
『김정한 소설선집』	창작과비평사	1974. 10.
(이후 1976년 3월에 『제3병동』으로, 다시 1983년에 『김정한 소설선집』으로 개제 · 증보 출판)		
『수라도 · 인간단지』(문고판)	삼성출판사	1973.
『수라도』(문고판)	삼중당	1975.
『모래톱 이야기』(문고판)	범우사	1976.
『사밧재』『인간단지』(문고판)	동서출판사	1977.
『낙동강의 파숫군』(수필집)	한길사	1978.
『낙동강』 1, 2	시와사회사	1994.
『삼별초』	〃	1994.

김우철의 「낭만적 정신과 재능—김정한의 「사하촌」」(『동아일보』,
1936. 2. 26)은 「사하촌」을 대상으로 김정한의 독특한 창작 태도, 명석
한 직관력, 재능 등을 논하며, 특히 작품에 일관되게 드러나는 낭만적
열정으로 도식적이지 않은 리얼리즘이 되었다고 평가한다.

김남천의 「추수기의 작단」(『문장』, 1940. 11)은 「추산당과 곁사람
들」을 읽은 느낌을 정리한 글로, 대상을 '무자비하게 가면 박탈'하려
는 정신을 지닌 '무서운 작가'로 김정한을 평가하고, 작품을 '사진 사
실주의'와 같다고 하여 이후 김정한을 보는 중요한 근거를 제공한다.

김병걸의 「김정한 문학과 리얼리즘」(『창작과비평』, 1972. 봄)은 김정
한 문학의 리얼리즘적 특성을 종합적으로 분석 · 정리한 글로 리얼리
즘의 측면에서 김정한을 이해하는 데 많은 시사를 제공한다. 농촌과
농민문학, 행동과 연대 의식, 리얼리즘 문학의 산맥이라는 측면에서
김정한 소설을 분석한다.

백낙청의 「문화연구의 자세와 민족문학」(『월간중앙』, 1973. 9)은 김정한의 유일한 중편소설 「수라도」를 분석한 글로, 작중의 여장부 '가야부인'의 성격을 이해하는 데 도움을 준다. 가야부인은 한국 여성의 온갖 미덕을 갖춘 여인이지만, 유교적 인종의 규범에 얽매이지 않는, 일본의 식민주의와 제국주의에 반대하는 투쟁 정신까지 소유한 인물로 설명된다.

『요산 문학과 인간』(오늘의 문학사, 1978)은 '요산 선생 고희 기념 논문집'으로, 김정한에 대한 상세한 연보와 인상기, 논문들을 수록한 책이다. '요산의 문학' '인간 요산'의 2부로 구성되어 있고, 그 당시까지 발표된 중요한 성과물을 수록하여 김정한을 연구하는 데 많은 도움을 준다.

김종철의 「저항과 인간해방의 리얼리즘」(『한국문학의 현단계』 3, 창작과비평사, 1984)은 식민지 시대 김정한 문학의 의미, 세계관, 정확한 어휘와 치밀한 문장의 구사, 계층 이데올로기적 갈등과 화해라는 측면에서 김정한 문학을 분석한다.

조갑상의 「김정한 소설연구」(동아대 박사논문, 1991)는 김정한의 생애를 사실적으로 재구성하고 작품 전체를 상세하게 분석한 최초의 박사학위 논문이다.

김중하의 「인간 김정한론」(『창작과비평』, 1997. 봄)은 김정한을 가까이서 지켜본 사람으로서 느낀 김정한의 인품과 일화를 소개한 글로, 김정한의 인간적·문학적 면모를 이해하는 데 도움을 준다.

최원식의 「'90년대에 다시 읽는 요산」(『작가연구』, 새미, 1997)은 김정한을 카프 문학의 연장선상에서 분석한 글이다. 단절된 카프 전통의 복원, 해방 직후 좌파의 부활 등의 항목으로 카프 문학을 계승하고 1970년대 민족문학의 부활에 기여한 작가로 김정한을 평가한다.

조정래의 「현실을 보는 눈과 역사를 보는 눈」(『작가연구』, 새미, 1997)은 「사하촌」을 비롯한 김정한 초기 소설의 특성을 분석하여 초기작을 이해하는 데 많은 도움을 준다. 서술 언어의 감응력과 관찰력, 현실 문제의 포착력과 과감성, 일탈된 세계와 의지의 소멸 등의 측면에서 1930년대 후반기 현실과 결부지어 분석한다.

이기인의 「김정한 소설의 심미성과 작가의식」(『작가연구』, 새미, 1997)은 김정한 소설의 문제점을 심미성의 측면에서 고찰한 논문이다. 김정한에 대한 존경과 신뢰가 작품에 대해 솔직하게 접근하는 것을 방해하고 있다는 전제하에, 김정한 소설은 문제의식은 분명하지만 그것이 충분한 형상화의 과정을 거치지 못하고 있다고 지적한다.

이상경의 「한국문학에서 제국주의와 여성」(『여성문학연구』, 한국여성문학회, 2002)은 민족과 여성 계급의 문제를 통합적으로 이해한 작가로 김정한을 규정한다. 「수라도」와 「오끼나와에서 온 편지」를 중심으로, 제국주의와 그에 저항하는 과정에서 여성 주체가 형성되는 경험과 작가의 민족의식이 정신대의 역사와 현재성의 탐구로 확대되는 과정을 논한, 페미니즘의 관점에서 김정한 소설을 분석한 최초의 글이다.

강진호의 『김정한』(작가론총서, 새미, 2002)은 김정한의 삶과 문학, 김정한 문학의 특징과 의미, 김정한 작품의 심층, 참고 자료 및 연보

등 4부로 구성된 김정한 연구물을 정리한 책이다. 김정한 연구의 다양
한 관점들을 집성하여 기존 연구의 방향과 시각을 확인하는 데 많은
도움을 준다.

한국문학전집을 펴내며

오늘의 한국 문학은 다양한 경험과 자산에서 비롯된 것이지만, 그중에서도 우리 앞선 세대의 문학 작품에서 가장 큰 유산을 물려받고 있다. 그럼에도 우리는 가끔 우리의 문학 유산을 잊거나 도외시한다. 마치 그것 없이는 살아갈 수 없는 소중한 물을 쉽게 잊고 사는 것처럼 그동안 우리는 우리가 이루어놓은 자산들을 너무 쉽게 잊어버리고 있었는지도 모르겠다. 인기 있는 외국 작품들이 거의 동시에 번역 출판되고, 새로운 기획과 번역으로 전 세계의 문학 작품들이 짜임새 있게 출판되고 있는 요즈음, 정작 한국 문학 작품들을 체계적으로 정리하지 못하고 있었다는 점을 최근에 우리는 깊이 반성하게 되었다. 그리고 이러한 때늦은 반성을 곧바로 '한국문학전집'을 기획하는 힘으로 전환하였다.

오늘의 시점에서 '한국문학전집'을 기획한다는 것은, 우선 그동안 양적으로나 질적으로 괄목할 만한 수준에 이른 한국 문학 연구 수준을 반영하는 새로운 시각이 전제되어야 할 것이다. 그리고 '우리 것을 지키자'는 순진한 의도에서가 아니라, 한국 문학이 바로 세계 문학이 되는 질적 확장을 위해, 세계 문학 속에서의 한국 문학의 정체성을 찾는 일을 간과해서는 안 될 것이다.

이번 기획에서 우리가 가장 크게 신경 썼던 점은 크게 두 가지이다. 하나는, 그동안 거의 관습적으로 굳어져왔던 작품에 대한 천편일률적인 평가를 피하고 그동안의 평가에 대한 비판적 평가와 더불어 새로운 평가로 인한 숨은 작품의 발굴이었다. 그리하여 한국 문학사를 시기별로 구분하여 축적된 연구 성과들 위에서 나름대로 중요한 작품들을 선별하는 목록 작업에 가장 큰 공을 들였다. 나머지 하나는, 그동안 여러 상이한 판본의 난립으로 인해 원전 텍스트가 침해되고 있는 심각한 상황을 고려하여 각각의 작가에게 가장 뛰어난 연구자들을 초빙하여 혼신을 다해 원전 텍스트를 확정하였다는 점이다.

장구한 우리 문학사의 주옥같은 작품들을 한자리에 모아, 세대를 넘고 시대를 넘어 그 이름과 위상에 값할 수 있는 대표적인 한국문학전집을 내놓는다. 이번에 출간되는 한국문학전집은 변화된 상황과 가치를 반영하는 내실 있고 권위를 갖춘 내용으로 꾸며질 것이며, 우리 문학의 정본 전집으로서 자리매김해 한국 문학의 전통을 계승하고 발전시키는 데 기여하고자 한다. 이 기획이 한국 문학의 자산들을 온전하게 되살려, 끊임없이 현재성을 가지는 살아 있는 작품들로, 항상 독자들의 옆에 있게 되기를 기대한다.

㈜문학과지성사

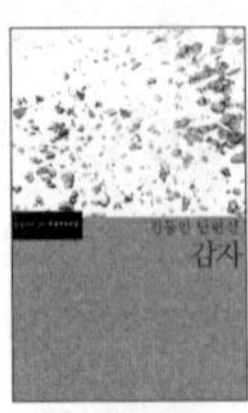

01 감자 김동인 단편선

최시한(숙명여대) 책임 편집

수록 작품 약한 자의 슬픔 / 배따라기 / 태형 / 눈을 겨우 뜰 때 / 감자 / 광염 소나타 / 배회 / 발가락이 닮았다 / 붉은 산 / 광화사 / 김연실전 / 곰네

극단적인 상황과 비극적 운명에 빠진 인물 군상들을 냉정하게 서술해낸 한국 근대 단편 문학의 선구자 김동인의 대표 단편 12편 수록. 인간과 환경에 대한 근대적 인식을 빼어난 문체와 서술로 형상화한 김동인의 주옥같은 작품들을 만날 수 있다.

02 탈출기 최서해 단편선

곽근(동국대) 책임 편집

수록 작품 고국 / 탈출기 / 박돌의 죽음 / 기아와 살육 / 큰물 진 뒤 / 백금 / 해돋이 / 그믐밤 / 전아사 / 홍염 / 갈등 / 먼동이 틀 때 / 무명초

식민 치하 빈궁 문학을 대표하는 최서해의 단편 13편 수록. 식민 치하의 참담한 사회적 현실을 사실적으로 전해주는 작품들. 우리 민족의 궁핍한 현실에 맞선 인물들의 저항 정신과 민족 감정의 감동과 울림을 전한다.

03 삼대 염상섭 장편소설

정호웅(홍익대) 책임 편집

우리 소설 가운데 서울말을 가장 풍부하게 살려 쓴 작품이자, 복합성·중층성의 세계를 구축하여 한국 근대 장편소설의 대표작으로 꼽히는 염상섭의 『삼대』. 1930년대 서울의 중산층 가족사를 통해 들여다본 우리 근대의 자화상이다.

04 레디메이드 인생 채만식 단편선

한형구(서울시립대) 책임 편집

수록 작품 논 이야기 / 레디메이드 인생 / 미스터 방 / 민족의 죄인 / 치숙 / 낙조 / 쑥국새 / 당랑의 전설

역설과 반어의 작가 채만식의 대표 단편 8편 수록. 1920~30년대의 자본주의적 현실 원리와 민중의 삶을 풍자적으로 포착하는 데 탁월했던 채만식. 사실주의와 풍자의 절묘한 조합으로 완성한 단편 문학의 묘미를 즐길 수 있다.

05 비 오는 길 최명익 단편선

신형기(연세대) 책임 편집

수록 작품 폐어인 / 비 오는 길 / 무성격자 / 역설 / 봄과 신작로 / 심문 / 장삼이사 / 맥령

시대를 앞섰던 모더니스트 최명익의 대표 단편 8편 수록. 병과 죽음으로 고통받는 인물 군상들을 통해 자신이 예감한 황폐한 현대의 징후를 소설화한 작가 최명익. 너무나 현대적이어서, 당시에는 제대로 평가받을 수 없었던 탁월한 단편소설들을 만난다.

06 사하촌 김정한 단편선

강진호(성신여대) 책임 편집

수록 작품 그물 / 사하촌 / 항진기 / 추산당과 곁사람들 / 모래톱 이야기 / 제3병동 / 수라도 / 인간단지 / 위치 / 오끼나와에서 온 편지 / 슬픈 해후

리얼리즘 문학과 민족 문학을 대표하는 김정한의 대표 단편 11편 수록. 민중들의 삶을 통해 누구보다 먼저 '근대화의 문제'를 문학적으로 제기하고 예리하게 포착한 작가 김정한의 진면목을 본다.

07 무녀도 김동리 단편선

이동하(서울시립대) 책임 편집

수록 작품 화랑의 후예 / 산화 / 바위 / 무녀도 / 황토기 / 찔레꽃 / 동구 앞길 / 혼구 / 혈거부족 / 달 / 역마 / 광풍 속에서

한국적이고 토착적인 전통 세계의 소설화에 앞장선 김동리의 초기 대표작 12편 수록. 민중의 삶 속에 뿌리 내린 토착적 전통의 세계를 정확한 묘사와 풍부한 서정으로 형상화했던 김동리 문학 세계를 엿본다.

08 독 짓는 늙은이 황순원 단편선

박혜경(인하대) 책임 편집

수록 작품 소나기 / 별 / 겨울 개나리 / 산골 아이 / 목넘이마을의 개 / 황소들 / 집 / 사마귀 / 소리 / 닭제 / 학 / 필묵장수 / 뿌리 / 내 고향 사람들 / 원색오뚝이 / 곡예사 / 독 짓는 늙은이 / 황노인 / 늪 / 허수아비

한국 산문 문체의 모범으로 평가되는 황순원의 대표 단편 20편 수록. 엄격한 지적 절제와 미학적 균형으로 함축적인 소설 미학을 완성시킨 작가 황순원. 극적인 사건 전개 대신 정적이고 서정적인 울림의 미학으로 깊은 감동을 전한다.

09 만세전 염상섭 중편선

김경수(서강대) 책임 편집

수록 작품 만세전 / 해바라기 / 미해결 / 두 출발

한국 근대 소설의 기념비적 작품인 「만세전」, 조선 최초의 여류화가인 나혜석의 삶을 소설화한 「해바라기」, 그리고 식민지 조선의 현실을 담아내고 나름의 저항의식을 형상화하기 위한 소설적 수련의 과정을 단적으로 보여주는 「미해결」과 「두 출발」 수록. 장편소설의 작가로만 알려진 염상섭의 독특한 소설 미학의 세계를 감상한다.

10 천변풍경 박태원 장편소설

장수익(한남대) 책임 편집

모더니스트 박태원이 펼쳐 보이는 1930년대 서울의 파노라마식 풍경화. 근대 자본주의 사회의 이데올로기와 일상성에 대한 비판에 몰두하던 박태원 초기 작품의 모더니즘 경향과 리얼리즘 미학의 경계를 넘나드는 역작. 식민지라는 파행적 상황에서 기형적으로 실현되던 근대화의 양상을 기층 민중의 생활에 초점을 맞춰 본격화한 작품이다.

11 태평천하 채만식 장편소설

이주형(경북대) 책임 편집

부정적인 상황들이 난무하는 시대 현실을 독자적인 문학적 기법과 비판의식으로 그려냄으로써 '문학적 미'를 추구했던 채만식의 대표작. 판소리 사설의 반어, 자기 폭로, 비유, 과장, 희화화 등의 표현법에 사투리까지 섞은 요설로, 창을 듣는 듯한 느낌과 재미를 선사하는 작품. 세태풍자소설의 장을 열었던 채만식이 쓴 가족사소설의 전형에 해당한다.

12 비 오는 날 손창섭 단편선

조현일(홍익대) 책임 편집

수록 작품 공휴일/사연기/비 오는 날/생활적/혈서/피해자/미해결의 장/인간동물원초/유실몽/설중행/광야/희생/잉여인간/신의 희작

가장 문제적인 전후 소설가 손창섭의 대표 단편 14작품 수록. 병적이고 불구적인 인간 군상들을 통해 전후 사회 현실에서의 '절망'의 표현에 주력했던 손창섭. 전쟁 그리고 전쟁 이후의 비일상적 사태를 가장 근원적인 차원에서 표현한 빼어난 작품들을 선별했다.

13 등신불 김동리 단편선

이동하(서울시립대) 책임 편집

수록 작품 인간동의/흥남철수/밀다원시대/용/목공 요셉/등신불/송추에서/까치 소리/저승새

「무녀도」의 작가 김동리가 1950년대 이후에 내놓은 단편 9편 수록. 전기 작품에 이어서 탁월한 문체의 매력, 빈틈없는 구성의 묘미, 인상적인 인물상의 창조, 인간에 대한 깊이 있는 통찰이라는 김동리 단편의 미학을 다시 한 번 경험할 수 있는 기회이다.

14 동백꽃 김유정 단편선

유인순(강원대) 책임 편집

수록 작품 심청/산골 나그네/총각과 맹꽁이/소낙비/솥/만무방/노다지/금/금 따는 콩밭/떡/산골/봄·봄/안해/봄과 따라지/따라지/가을/두꺼비/동백꽃/야앵/옥토끼/정조/땡볕/형

고단한 삶을 살아가는 순박한 촌부에서 사기꾼에 이르기까지 다양한 삶의 모습을 문학 속에 그대로 재현한 김유정의 주옥같은 단편 23편 수록. 인물의 토속성과 해학성, 생생한 삶의 언어와 우리 소리, 그 속에 충만한 생명감을 불어넣은 김유정 문학의 정수를 맛본다.

15 소설가 구보씨의 일일 박태원 단편선

천정환(성균관대) 책임 편집

수록 작품 수염/낙조/소설가 구보씨의 일일/애욕/길은 어둡고/거리/방란장 주인/비량/진통/성탄제/골목 안/음우/재운

한국 소설사상 가장 두드러진 모더니즘 작품으로 인정받는 「소설가 구보씨의 일일」을 비롯한 박태원의 대표 단편 13편 수록. 한글로 씌어진 가장 파격적이고 실험적인 작품으로 주목 받은 박태원. 서울 주변부 중산층의 삶이라는 자기만의 튼실한 현실 공간을 구축하여 새로운 소설 기법과 예술가소설로서의 보편성을 획득한 작품들이다.

16 날개 이상 단편선

김주현(경북대) 책임 편집

수록 작품 12월 12일 / 지도의 암실 / 지팡이 역사 / 황소와 도깨비 / 공포의 기록 / 지주회시 / 동해 / 날개 / 봉별기 / 실화 / 종생기

근대와 맞닥뜨린 당대 식민지 조선의 기념비요 자화상 역할을 하는 이상의 대표 단편 11편 수록. '천재'와 '광인'이라는 꼬리표와 함께 전위적이고 해체적인 글쓰기로 한국의 모더니즘 문학사를 개척한 작가 이상. 자유연상, 내적 독백 등의 실험적 구성과 문체로 식민지 근대와 그것에 촉발된 당대인의 내면을 예리하게 포착해낸 이상의 문제작들을 한데 모았다.

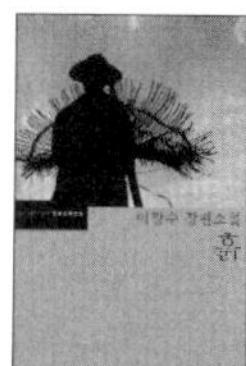

17 흙 이광수 장편소설

이경훈(연세대) 책임 편집

한국 최초의 근대 장편소설 『무정』을 발표하면서 한국 소설 문학의 역사를 새롭게 쓴 이광수. 『흙』은 이광수의 계몽 사상이 가장 짙게 깔린 작품으로 심훈의 『상록수』와 함께 한국 농촌계몽소설의 전위에 속한다. 한국 근대 문학사상 가장 많이 연구되고 있는 작가의 대표작답게 『흙』은 민족주의, 계몽주의, 농민문학, 친일문학, 등장인물론, 작가론, 문학사 등의 학문적·비평적 논의의 중심에 있는 작품이다.

18 상록수 심훈 장편소설

박헌호(성균관대) 책임 편집

이광수의 장편 『흙』과 더불어 한국 농촌계몽소설의 쌍벽을 이루는 『상록수』. 심훈의 문명(文名)을 크게 떨치게 한 대표작이다. 1930년대 당시 지식인의 관념적 농촌 운동과 일제의 경제 침탈사를 고발·비판함으로써, 문학이 취할 수 있는 현실 정세에 대한 직접적인 대응 그리고 극복의 상상력이란 두 가지 요소를 나름의 한계 속에서 실천해냈고, 대중적으로도 큰 호응을 불러일으킨 작품이다.

19 무정 이광수 장편소설

김철(연세대) 책임 편집

20세기 이래 한국인이 가장 많이 읽고 가장 자주 출간돼온 작품, 그리고 근현대 문학 가운데 가장 많이 연구의 대상이 된 작가 이광수의 대표작 『무정』. 씌어진 지 한 세기가 가까워오도록 여전히 읽히고 있고 또 학문적 논쟁의 중심에 서 있는 『무정』을 책임 편집자의 교정을 충실하게 반영한 최고의 선본(善本)으로 만난다.

20 고향 이기영 장편소설

이상경(KAIST) 책임 편집

'프로문학의 정점'이자 우리 근대 문학사의 리얼리즘의 확립을 결정적으로 보여주는 이기영의 『고향』. 이기영은 1920년대 중반 원터라는 충청도의 한 농촌 마을을 배경으로 봉건 사회의 잔재를 지닌 채 식민지 자본주의화가 진행되어가는 우리 근대 초기를 뛰어난 관찰로 묘파한다. 일제 식민 치하 근대화에 대한 문학적·비판적 성찰과 지식인의 고뇌를 반영한 수작이다.

21 까마귀 이태준 단편선

김윤식(명지대) 책임 편집

수록 작품 불우 선생 / 달밤 / 까마귀 / 장마 / 복덕방 / 패강랭 / 농군 / 밤길 / 토끼 이야기 / 해방 전후

'한국 근대소설의 완성자' '단편문학'의 명수. 이태준은 우리 근대 문학의 전개 과정에서 결코 간과할 수 없는 역할을 담당했던 작가 가운데 한 사람이다. 문학의 자율성과 예술성을 상실하지 않으면서도 현실 문제에 각별한 관심을 보여주었던 그의 단편은 한국소설사에서 1930년대를 대표하는 것으로 인정받고 있다.

22 두 파산 염상섭 단편선

김경수(서강대) 책임 편집

수록 작품 표본실의 청개구리 / 암야 / 제야 / E선생 / 윤전기 / 숙박기 / 해방의 아들 / 양과자갑 / 두 파산 / 절곡 / 얼룩진 시대 풍경

한국 근대사를 증언하고 있는 횡보 염상섭의 단편소설 11편 수록. 지식인 망국민으로서의 허무적인 자기 진단, 구체적인 사회 인식, 해방 후와 전후 시기에 대한 사실적 증언과 문제 제기를 포함한 대표작들을 통해 횡보의 단편 미학을 감상한다.

23 카인의 후예 황순원 소설선

김종회(경희대) 책임 편집

수록 작품 카인의 후예 / 너와 나만의 시간 / 나무들 비탈에 서다

인간의 정신적 순수성과 고귀한 존엄성을 문학의 제일 원칙으로 삼았던 작가 황순원. 그의 대표작 가운데 독자들의 가장 많은 사랑을 받은 장편소설들을 모았다. 한국전쟁을 온몸으로 체득하면서 특유의 절제되고 간결한 문장으로 예술적 서사성을 완성한 황순원은 단편에서와 마찬가지로 변함없는 감동의 세계를 열어놓는다.

24 소년의 비애 이광수 단편선

김영민(연세대) 책임 편집

수록 작품 무정 / 소년의 비애 / 어린 벗에게 / 방황 / 가실 / 거룩한 죽음 / 무명 / 꿈

한국 근대소설사와 이광수 개인의 문학 세계에서 중요한 의미를 갖는 단편 8편 수록. 이광수가 우리말로 쓴 최초의 창작 단편 「무정」, 당시 사회의 인습과 제도를 비판한 「소년의 비애」, 우리나라 최초의 서간체 소설인 「어린 벗에게」, 지식인의 내면적 갈등과 자아 탐구의 과정을 담은 「방황」, 춘원의 옥중 체험을 바탕으로 씌어진 「무명」 등 한국 근대문학의 장르와 소재, 주제 탐구 면에서 꼼꼼히 고찰해야 할 작품들이다.

25 불꽃 선우휘 단편선

이익성(충북대) 책임 편집

수록 작품 테러리스트 / 불꽃 / 거울 / 오리와 계급장 / 단독강화 / 깃발 없는 기수 / 망향

8·15 해방과 분단, 6·25전쟁으로 이어지는 한국 근현대사의 열병을 깊이 있게 고찰한 선우휘의 대표작 7편 수록. 평판작 「불꽃」과 「깃발 없는 기수」를 비롯해 한국 근현대사의 역동성과 이를 바라보는 냉철한 작가의식이 빚어낸 수작들을 한데 모았다.

²⁶ 맥 김남천 단편선

채호석(한국외대) 책임 편집

수록 작품 공장 신문 / 공우회 / 남편 그의 동지 / 물 / 남매 / 소년행 / 처를 때리고 / 무자리 / 녹성당 / 길 위에서 / 경영 / 맥 / 등불 / 꿀

카프와 명맥을 같이하며 창작과 비평에서 두드러진 족적을 남긴 작가 김남천. 1930년대 초, 예술운동의 볼세비키화론 주장과 궤를 같이하는 「공장 신문」「공우회」, 카프 해산 직후 그의 고발문학론을 담은 「처를 때리고」「소년행」「남매」, 전향문학의 백미로 꼽히는 「경영」「맥」 등 그의 치열했던 문학 세계의 변화를 일별할 수 있는 대표작 14편 수록.

²⁷ 인간 문제 강경애 장편소설

최원식(인하대) 책임 편집

한국 근대 여성문학의 제일선에 위치하는 강경애의 대표작. 일제 치하의 1930년대 조선, 자본가와 농민·노동자의 대립 구조 속에서 농민과 도시노동자가 현실의 문제를 해결하고자 하는 주체로 성장하는 과정과 그들의 조직적 투쟁을 현실성 있게 그려낸 작품. 이기영의 「고향」과 더불어 우리 근대 소설사에서 리얼리즘 소설의 수작으로 꼽힌다.

²⁸ 민촌 이기영 단편선

조남현(서울대) 책임 편집

수록 작품 농부 정도룡 / 민촌 / 아사 / 호외 / 해후 / 종이 뜨는 사람들 / 부역 / 김군과 나와 그의 아내 / 변절자의 아내 / 서화 / 맥추 / 수석 / 봉황산

카프와 프로문학의 대표 작가 이기영. 그가 발표한 수십 편의 단편소설들 가운데 사회사나 사상운동사로서의 자료적 가치가 높으면서 또 소설 양식으로서의 구조미를 제대로 보여주는 14편을 선별했다.

²⁹ 혈의 누 이인직 소설선

권영민(서울대) 책임 편집

수록 작품 혈의 누 / 귀의 성 / 은세계

급진적이고 충동적인 한국 근대의 풍경 속에 신소설이라는 새로운 서사 양식을 창조해낸 이인직. 책임 편집자의 꼼꼼한 텍스트 확정과 자세한 비평적 해설을 통해, 신소설의 서사 구조와 그 담론적 특성을 밝히고 당시 개화·계몽 시대를 대표하는 서사 양식에 내재화된 일본적 식민주의 담론을 꼬집는다.

³⁰ 추월색 이해조 안국선 최찬식 소설선

권영민(서울대) 책임 편집

수록 작품 금수회의록 / 자유종 / 구마검 / 추월색

개화·계몽시대의 대표적인 신소설 작가 3인의 대표작. 여성과 신교육으로 집약되는 토론의 모습을 서사 방식으로 활용한 「자유종」, 구시대적 인습을 신랄하게 비판한 「구마검」, 가장 대중적인 신소설 가운데 하나로 꼽히는 「추월색」, 그리고 '꿈'이라는 우화적 공간을 설정하여 현실 비판의 풍자적 색채가 강한 「금수회의록」까지 당대의 사회적 풍속과 세태의 변화를 민감하게 반영한 작품들을 수록했다.

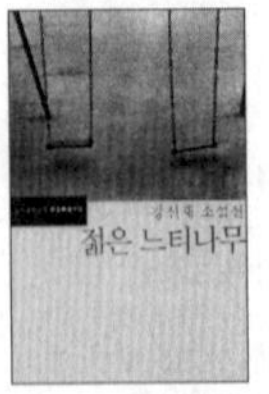

31 젊은 느티나무 강신재 소설선

김미현(이화여대) 책임 편집

수록 작품 안개 / 해방촌 가는 길 / 절벽 / 젊은 느티나무 / 양관 / 황량한 날의 동화 / 파도 / 이브 변신 / 강물이 있는 풍경 / 점액질

1950, 60년대를 대표하는 여성 작가 강신재의 중단편 10편을 엄선했다. 특유의 서정적인 문체와 관조적 시선, 지적인 분석력으로 '비누 냄새' 나는 풋풋한 사랑 이야기에서 끈끈한 '점액질'의 어두운 욕망에 이르기까지, 운명의 폭력성과 존재론적 한계를 줄기차게 탐문한 강신재 소설의 여정을 한눈에 볼 수 있는 기회다.

32 오발탄 이범선 단편선

김외곤(서원대) 책임 편집

수록 작품 일요일 / 학마을 사람들 / 사망 보류 / 몸 전체로 / 갈매기 / 오발탄 / 자살당한 개 / 살모사 / 천당 간 사나이 / 청대문집 개 / 표구된 휴지 / 고장난 문 / 두메의 어벙이 / 미친 녀석

손창섭·장용학 등과 함께 대표적인 전후 작가로 꼽히는 이범선의 대표작 14편 수록. 한국 현대사의 비극에 대한 묘사를 바탕으로 하면서도 잃어버린 고향, 동양적 이상향에 대한 동경을 담았던 초기작들과 전후의 물질적 궁핍상을 전통적 사실주의에 기초해 그리면서 현실 비판적 성격을 강하게 드러낸 문제작들을 고루 수록했다.

33 메밀꽃 필 무렵 이효석 단편선

서준섭(강원대) 책임 편집

수록 작품 도시와 유령 / 깨뜨려지는 홍등 / 마작철학 / 프레류드 / 돈 / 계절 / 산 / 들 / 석류 / 메밀꽃 필 무렵 / 삽화 / 개살구 / 장미 병들다 / 공상구락부 / 해바라기 / 여수 / 하얼빈산협 / 풀잎 / 낙엽을 태우면서

근대 작가의 문화적 정체성이 끊임없이 흔들렸던 식민지 시대, 경성제대 출신의 지식인 작가로서 그 문화적 혼란기를 소설 언어를 통해 구성하고 지속적으로 모색했던 이효석의 대표작 20편 수록.

34 운수 좋은 날 현진건 중단편선

김동식(인하대) 책임 편집

수록 작품 희생화 / 빈처 / 술 권하는 사회 / 유린 / 피아노 / 할머니의 죽음 / 우편국에서 / 까막잡기 / 그리운 흘긴 눈 / 운수 좋은 날 / 발 / 불 / B사감과 러브 레터 / 사립정신병원장 / 고향 / 동정 / 정조와 약가 / 신문지와 철창 / 서투른 도적 / 연애의 청산 / 타락자

한국 근대 단편소설의 형식적 미학을 구축하고 근대적 사실주의 문학의 머릿돌을 놓은 작가 현진건의 대표작 21편 수록. 서구 중심의 근대성과 조선 사회의 식민성 사이에서 방황하는 지식인의 내면 풍경뿐만 아니라, 식민지 조선의 일상을 예리하게 관찰함으로써 '조선의 얼굴'을 담아낸 작가 현진건의 면모를 두루 살폈다.

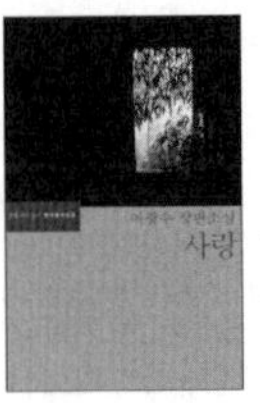

35 사랑 이광수 장편소설

한승옥(숭실대) 책임 편집

춘원의 첫 전작 장편소설. 신문 연재물의 제약에서 벗어나 좀더 자유롭고 솔직한 그의 인생관이 담겨 있다. 이른바 그의 어떤 장편소설보다도 나아간 자유 연애, 사랑에 관한 작가의 생각을 엿볼 수 있는 작품. 작가의 나이 지천명에 이르러 불교와 『주역』 등 동양고전에 심취하여 우주의 철리와 종교적 깨달음에 가닿은 시점에서 집필된, 춘원의 모든 것.

36 화수분 전영택 중단편선

김만수(인하대) 책임 편집

수록 작품 천치? 천재? / 운명 / 생명의 봄 / 독약을 마시는 여인 / 화수분 / 후회 / 여자도 사람인가 / 하늘을 바라보는 여인 / 소 / 김탄실과 그 아들 / 금붕어 / 차돌멩이 / 크리스마스 전야의 풍경 / 말 없는 사람

1920년대 초반 자연주의, 사실주의적 색채가 강한 작품 세계로 주목받았던 작가 전영택의 대표작선. 이들 작품에서 작가는, 일제 초기의 만세운동, 일제 강점기하의 극심한 궁핍, 해방 직후의 사회적 혼돈, 산업화 초창기의 사회적 퇴폐상에 대한 자신의 경험을 소박한 형식 속에 담고 있다.

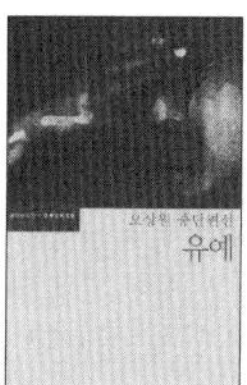

37 유예 오상원 중단편선

한수영(동아대) 책임 편집

수록 작품 황선지대 / 유예 / 균열 / 죽어살이 / 모반 / 부동기 / 보수 / 현실 / 훈장 / 실기

한국 전후 세대 문학의 대표 작가 오상원의 주요작 10편을 묶었다. '실존'과 '행동'에 초점을 맞춘 그의 작품은, 한결같이 극한 상황에 처한 인간 존재의 의미를 묻는 데 천착하면서 효과적인 주제 전달을 위해 낯설고 다양한 소설적 실험을 보여준다.

38 제1과 제1장 이무영 단편선

전영태(중앙대) 책임 편집

수록 작품 제1과 제1장 / 흙의 노예 / 문 서방 / 농부전 초 / 청개구리 / 모우지도 / 유모 / 용자소전 / 이단자 / B녀의 소묘 / O형의 인간 / 들메 / 며느리

한국 농민문학의 선구자로 평가받는 이무영의 주요 단편 13편 수록. 이들 작품에서 작가는, 농민을 계몽의 대상이 아닌, 흙을 일구는 그들의 삶을 통해서 진실한 깨달음을 얻는 자족적 대상으로 바라본다. 이무영의 농민소설은 인간을 향한 긍정적 시선과 삶의 부조리한 면을 파헤치는 지식인의 냉엄한 비판 의식이 공존하고 있다.

39 꺼삐딴 리 전광용 단편선

김종욱(세종대) 책임 편집

수록 작품 흑산도 / 진개권 / 지층 / 해도초 / GMC / 사수 / 크라운장 / 충매화 / 초혼곡 / 면허장 / 꺼삐딴 리 / 곽 서방 / 남궁 박사 / 죽음의 자세 / 세끼미

1950년대 전후 사회와 60년대의 척박한 삶의 리얼리티를 '구도의 치밀성'과 '묘사의 정확성'을 통해 형상화한 작가 전광용의 대표 단편 15편 모음집. 휴머니즘적 주제 의식, 전통적인 서사 형식, 객관적이고 냉철한 묘사 태도, 짧고 건조한 문체 등으로 집약되는 전광용의 작품 세계를 한눈에 살필 수 있는 계기.

40 과도기 한설야 단편선

서경석(한양대) 책임 편집

수록 작품 동경 / 그릇된 동경 / 합숙소의 밤 / 과도기 / 씨름 / 사방공사 / 교차선 / 추수 후 / 태양 / 임금 / 딸 / 철로 교차점 / 부역 / 산촌 / 이녕 / 모자 / 혈로

식민지 시대 신경향파·카프 계열 작가로서 사회주의 리얼리즘 문학을 추구한 작가 한설야의 문학적 특징을 잘 드러내는 단편 17편을 수록했다. 시대적 대세에 편승하며 작품의 경향을 바꾸었던 다른 카프 작가들과는 달리 한설야는, 주체적인 노동자로서의 삶을 택한 「과도기」의 '창선'이 그러하듯, 이 주제를 자신의 평생 과제로 삼아 창작에 몰두했다.

41 사랑손님과 어머니 주요섭 중단편선

장영우(동국대) 책임 편집

수록 작품 추운 밤/인력거꾼/살인/첫사랑 값/개밥/사랑손님과 어머니/아네모네의 마담/북소리 두둥둥/봉천역 식당/낙랑고분의 비밀

주요섭이 남녀 간의 애정 문제를 주로 다룬 통속 작가로 인식되어온 것은 교정되어야 마땅하다. 그는 빈민 계층의 고단하고 무망(無望)한 삶을 사실적으로 재현하는 데 탁월한 기량을 보였으며, 날카로운 현실인식과 객관적 묘사의 한 전범을 보여주었고 환상성을 수용함으로써 보다 탄력적인 소설미학을 실험하기도 하였다.

42 탁류 채만식 장편소설

우찬제(서강대) 책임 편집

채만식은 시대의 어둠을 문학의 빛으로 밝히며 일제 강점기와 해방기의 우리 소설사를 빛낸 작가다. 그는 작품활동 전반에 걸쳐 열정적인 창작열과 리얼리즘 정신으로 당대의 현실상을 매우 예리하게 형상화했다. 특히 『탁류』는 여주인공 봉의 기구한 운명의 족적을 금강 물이 점점 탁해지는 현상에 비유하면서 타락한 당대의 세계상을 여실하게 드러내주고 있다.

43 벙어리 삼룡이 나도향 중단편선

우찬제(서강대) 책임 편집

수록 작품 젊은이의 시절/별을 안거든 우지나 말걸/옛날 꿈은 창백하더이다/여이발사/행랑 자식/벙어리 삼룡이/물레방아/꿈/뽕/지형근/청춘

위험한 시대에 매우 불안하게 살았던 작가. 그러나 나도향은 불안에 강박되기보다 불안한 자유의 상태를 즐기는 방식으로 소설을 택한 작가였다. 낭만적 환멸의 풍경이나 낭만적 동경의 형식 등은 불안에 대한 나도향 식 문학적 향유의 풍경으로 다가온다.

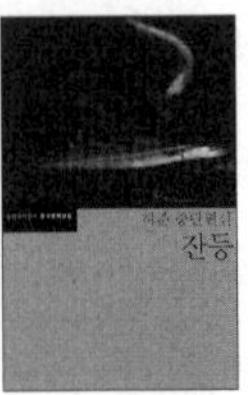

44 잔등 허준 중단편선

권성우(숙명여대) 책임 편집

수록 작품 탁류/습작실에서/잔등/속습작실에서/평대저울

한국 근대소설사에서 허준만큼 진보적 지식인의 진지한 자기 성찰을 깊이 형상화한 작가는 없었다. 혁명의 연성을 기꺼이 인정하면서도 혁명과 해방으로 인해 궁지와 비참에 몰린 사람들에 대해 깊은 연민과 따뜻한 공감의 눈길을 던진 그의 대표작 다섯 편을 한데 모았다.

45 한국 현대희곡선

김우진 김명순 유치진 함세덕 오영진 차범석 최인훈 이현화 이강백

이상우(고려대) 책임 편집

수록 작품 산돼지/두 애인/토막/산허구리/살아 있는 이중생 각하/불모지/옛날 옛적에 훠어이 훠이/카덴자/봄날

한국 현대희곡 100년사를 대표하는 작품 아홉 편. 1920년대부터 1980년대까지 각 시기의 시대 정신과 연극 경향을 대표할 만한 희곡들을 골고루 선별하였고, 사실주의 희곡과 비사실주의희곡의 균형을 맞추어 안배하였다.

⁴⁶ 혼명에서 백신애 중단편선

서영인 책임 편집

수록 작품 나의 어머니/꺼래이/복선이/채색교/적빈/낙오/악부자/정현수/학사/호도/어느 전원의 풍경—일명·법률/광인수기/소독부/일여인/혼명에서/아름다운 노을

일제강점기 한국문학을 대표하는 여성 작가이자 사회운동가인 백신애의 주요 작품 16편을 묶었다. 극심한 가난과 봉건적 인습의 굴레에 갇힌 여성들의 비극, 또는 그로부터 벗어나고자 하는 의지를 섬세한 필치와 치열한 문제의식으로 그려냈다. 그의 소설을 통해 '봉건적 가족제도와 여성의 욕망'이라는 해묵은 주제가 오늘날에도 여전히 풀리지 않는 과제로 존재하고 있음을 알게 된다.

⁴⁷ 근대여성작가선

김명순 나혜석 김일엽 이선희 임순득

이상경(KAIST) 책임 편집

수록 작품 의심의 소녀/선례/돌아다볼 때/탄실이와 주영이/경희/현숙/어머니와 딸/청상의 생활—희생된 일생/자각/계산서/매소부/탕자/일요일/이름 짓기/딸과 어머니와

일제강점기 한국문학을 대표하는 여성 작가들의 주요 작품 15편을 한 권에 묶었다. 근대 여성의 목소리로서 여성문학은 봉건적 가부장제에서 벗어나고자 개인으로서 여성의 자유로운 선택을 가로막는 온갖 질곡에 저항해왔다. 여성이 봉건적 공동체를 벗어나 개성을 찾아 나서는 길은 많은 경우 가출, 자살, 일탈 등으로 귀결되었지만, 그럼에도 여성 자신의 힘을 믿으면서 공동체의 인습에 저항하고 새로운 공동체를 지향하는 노력이 있었다. 여기에 식민지라는 조건 속에서 민족의 해방은 더 큰 과제이기도 했다. 이 책에 실린 여성 작가의 작품들은 신여성의 이러한 꿈과 현실, 한계를 여실히 드러내 보여준다.

⁴⁸ 불신시대 박경리 중단편선

강지희(한신대) 책임 편집

수록 작품 계산/흑흑백백/암흑시대/불신시대/벽지/환상의 시기/약으로도 못 고치는 병

여성의 전쟁 수난사를 가장 탁월하게 그려낸 작가 박경리의 대표 중단편 7편 수록. 고독과 절망의 시대를 살아내면서도 현실과 타협하지 못하는 결벽성으로 인간의 존엄을 고민했던 작가의 흔적이 역력한 수작들이 담겼다.